ullstein

JULIE HEILAND

Die Freundinnen vom Strandbad

Wogen der Freiheit

ROMAN

Ullstein

Besuchen Sie uns im Internet:
www.ullstein.de

Originalausgabe im Ullstein Taschenbuch
1. Auflage August 2022

Umschlaggestaltung: bürosüd° GmbH, München
Titelabbildung: © akg-images / ddrbildarchiv.de
Gesetzt aus der Albertina powered by *pepyrus*
Druck und Bindearbeiten: CPI books GmbH, Leck
ISBN 978-3-548-06560-1

Anmerkung

Auch wenn dieser Roman vor dem Hintergrund historischer Ereignisse spielt, historische Persönlichkeiten darin vorkommen und sämtliche historischen Fakten sowie Umstände recherchiert wurden, handelt es sich hierbei dennoch um eine fiktionale Erzählung.

I.

Clara

Neumond. Nicht ein Stern am Himmel.

Es war ihr, als würde der Wind Alex' Worte zu ihr tragen. *»Versprich mir, dass du es schaffst. Dass wir uns eines Tages wiedersehen.«*

Clara ging zügig. Das Zentrum von Teltow mit seinen Villen und den erhabenen Platanen hatte sie bereits hinter sich gelassen. In der Ferne konnte sie den Kirchturm Mitternacht schlagen hören. Geisterstunde. Nur einmal war ihr ein Mann auf der anderen Straßenseite entgegengekommen. Eilig war Clara in die nächstgelegene Gasse gehuscht und hatte sich hinter einer Mülltonne versteckt, bis die Luft rein war. Sie war von Kopf bis Fuß in Schwarz gekleidet, wahrscheinlich hob sich nur das Weiß ihrer Augen von der Nacht ab. Ob ihr anzusehen war, was sie vorhatte? Eine junge Frau in Männerkleidung mitten in der Nacht in Grenznähe?

Obwohl Clara sich anstrengte, leise zu gehen, war es ihr, als würde dennoch jeder ihrer Schritte geräuschvoll widerhallen. Vermutlich konnte man sogar ihr Herz schlagen hören. Die Nacht war ungewöhnlich kalt für August, was laut Radio am Ostwind lag. Immer wieder stach eine eisige Böe zu, ungebremst, da am Rand von Teltow kaum Häuser standen. Das war auch der Grund, weshalb das Grenzgebiet hier nicht lückenlos von Scheinwerfern ausgeleuchtet war wie innerhalb der Stadt. Dort wusste man nie, wer einen von wo aus beobachtete. Doch hier gab es nicht mal Straßenlaternen, es war stockdunkel. Ihr Weg führte sie am Teltowkanal entlang in Richtung Potsdam. Sehen konnte sie den Kanal nicht, aber sie hörte ihn. Das Rauschen, das leise Gluckern …

Auf einmal stürzten Erinnerungen auf sie ein wie Felsbrocken, drohten sie unter sich zu begraben. Sie sah Betty und Martha auf ihren Fahrrädern, auf dem Weg zum Müggelsee. Sie selbst auf Marthas Gepäckträger, die Beine lang ausgestreckt. Die Süße von Eis auf den Lippen, die Sonne im Gesicht. Ihr Bauch schmerzte vom vielen Lachen.

Sie sah ihre Mutter, wie sie morgens im alten Bademantel ihres Vaters in der Küche Kaffee kochte und dabei zu den Schlagern aus dem Kofferradio mitsummte.

Prompt standen Tränen in ihren Augen, die sie mit dem Ärmel ihres Pullovers fortwischte. Es war ihr, als würde ihr Herz versuchen, sie mit aller Gewalt zurückzuzerren, zum Parkplatz des Gasthofs *Schwarzer Adler*, wo sie sich unter Tränen von ihren Freunden verabschiedet hatte, zurück in den Käfer, zurück nach Köpenick, zurück nach Hause …

Geh weiter. Du musst jetzt tapfer sein.

Nach vielleicht dreißig Minuten erreichte sie die alte Brücke der Friedhofsbahn, die von Wannsee nach Teltow geführt hatte, bis sie vor wenigen Tagen unterbrochen worden war. Hier war Ende, Stacheldraht war gespannt. Clara lauschte in die Dunkelheit, doch es herrschte Totenstille. Sie zog Schuhe,

Hose und Pullover aus, versteckte alles in einem Gebüsch. Nur das langärmlige schwarze Sporthemd, das Alex ihr geschenkt hatte, und eine kurze Turnhose behielt sie an, band sich die Plastetüte mit ihren Dokumenten mit Heftpflaster um den Bauch. Das Schilf am Ufer wuchs dicht, vermutlich, weil hier seit geraumer Zeit keine Schiffe mehr fuhren. Die trockenen Halme knackten verräterisch unter ihren nackten Füßen.

»Von Teltow bis nach Westberlin, also zwischen Brücke und Kontrollpunkt, sind es etwa hundert Meter«, hatte Alex gesagt. »Ich schätze, dass du eine halbe Stunde für die Strecke brauchst.« Er hatte ihr alles genau erklärt. Hatte ihr geschildert, ab wo sie schwimmen musste, mit welchen signaltechnischen Anlagen zu rechnen war, und hatte ihr außerdem die Grenzanlagen aufgezeichnet. Eine Brücke, auf der Soldaten patrouillierten, war seiner Meinung nach das größte Hindernis.

Alex …

Seine blauen Augen. Das schiefe Grinsen. Das Gefühl, mit dem sein Anblick sie erfüllte …

Ihm war es gelungen, ihr behutsam ihre Rüstung abzunehmen. Sie hatten viel zu wenig Zeit miteinander gehabt …

Sie stieg in den Kanal. Das Wasser war kalt. Ihr Körper verkrampfte sich, als es ihre Knie berührte, ihre Oberschenkel, ihre Hüften. Schließlich ließ sie sich nahezu geräuschlos hineingleiten und tauchte unter. Sie öffnete die Augen: um sie herum vollkommene Schwärze, vollkommene Stille. Sah so der Tod aus?

Mit langen entschlossenen Schwimmzügen arbeitete sie

sich durchs Wasser voran, folgte dem Verlauf des Kanals. Manchmal hallten von fern Stimmen übers Wasser, Hunde bellten. *Nicht bewegen,* ermahnte sie sich dann. Sobald Ruhe herrschte, schwamm sie weiter. Unmöglich zu sagen, wie viel Zeit vergangen war, als sie endlich vor sich die Holzbrücke der Grenztruppen in der Dunkelheit ausmachen konnte. Langsam schwamm sie weiter, machte keine Welle, kein Geräusch, hatte die Brücke fast erreicht.

Auf einmal Stimmen. Zwei Soldaten betraten die Holzbrücke.

»Seit se nach Leipzig jezogen is, werd ick nich mehr aus ihr schlau. Die is völlig verändert. Ick hab noch jesagt, dass se hierbleiben soll. Vati hat ihr ja sogar 'ne Stelle in der Fabrik anjeboten, aber da hat die nur mit die Augen jerollt. ›Ick will studieren‹, hat se mir anjefahren.«

Clara wagte nicht zu atmen.

»Hm«, brummte der Zweite. »Weiber, einfach nich zu vastehn.«

Die zwei Soldaten setzten sich in Bewegung, schritten die Brücke ab. Clara zog sich tiefer in die Deckung des Schilfs zurück.

Plötzlich ein gefährliches Zischen direkt neben ihr. Ein paar schreckliche Sekunden lang dachte sie, sie hätte einen Alarm ausgelöst, und eine Leuchtkugel wäre in den Himmel aufgestiegen und hätte sie verraten. Aber es war nur ein Schwan, der sein Revier verteidigte. Von dem Geräusch irritiert, schlug ein Hund an.

»Wat war det?«, fragte einer der Soldaten.

Das Licht einer Taschenlampe suchte das Wasser ab. In

letzter Sekunde tauchte Clara unter, ihre Hände tasteten verzweifelt am schlammigen Grund, bekamen eine Wurzel zu fassen. Daran hielt sie sich fest. In der Tiefe war es noch kälter, und allmählich ging ihr die Luft aus. Über ihr wanderte noch immer das Licht der Taschenlampe hin und her, hin und her … Ihre Lungen drohten zu platzen. *Halte durch … Nur noch ein bisschen …*

Keine Luft …

Sie durchbrach die Wasseroberfläche. Sterne tanzten vor ihren Augen. Sie rang nach Luft, presste sich eine Hand auf den Mund.

»Ick hör doch wat!«

»Kiek ma eener an, 'n Schwan!«, erwiderte der andere. »Kann wohl nich schlafen. Komm, ick muss mal pullern.«

In der Dunkelheit sah Clara das majestätische Tier davongleiten.

Die beiden Männer gingen weg.

Inzwischen war ihr die Kälte so tief in die Knochen gekrochen, dass Arme und Beine ganz steif waren. Wie lange war sie schon im Wasser? Sie hatte jegliches Zeitgefühl verloren.

Weiter.

Knapp vor der Brücke nahm sie eine hauchzarte Reflexion wahr. Drähte waren wie Angelsehnen über dem Wasser von Brückenpfosten zu Brückenpfosten gespannt. Signaltechnische Anlagen.

Wieder tauchen, so tief wie nur möglich.

Dunkelheit.

So bitterkalt …

Noch ein kleines Stück …

Auf einmal ein stechender Schmerz in ihrem Unterschenkel. Ein heftiger Krampf. Sie hatte keine andere Wahl, musste auftauchen. Ihr Atem ging heftig und schnell, aber trotzdem bekam sie kaum Luft. Alles drehte sich.

Das kennst du doch vom Schwimmtraining. Man muss dann tief in den Bauch ein- und ausatmen. Beruhige dich. Du darfst jetzt nicht hyperventilieren.

Dann auf einmal der Gedanke: *Du hast es geschafft. Du bist tatsächlich unter der Brücke durch …*

»Von der Holzbrücke sind es noch etwa hundertfünfzig Meter«, rief sie sich Alex' Worte in Erinnerung. »Dort befindet sich die eigentliche Grenze: Links ist Westberlin, da beginnt die Freiheit.«

Das schaffst du.

Gerade, als sie weiterschwimmen wollte, hörte sie über sich, dass die Soldaten zurückgekommen waren.

»Mach ihr doch 'nen Antrag, vielleicht kommt se dann zurück nach Berlin.«

Zigarettenrauch stieg von der Brücke in die Nacht auf. Zwei dunkle Gestalten zeichneten sich vor dem Himmel ab. Die Gewehre ragten an ihren Rücken in die Luft. Claras Puls beschleunigte sich. Sie hatte ihren Körper nicht mehr unter Kontrolle. Ihr Schlottern würde sie noch verraten.

»Mal gucken. Sag mal, hast du det auch jehört?«

Sie schob die Faust in den Mund, dämpfte das Klappern ihrer Zähne. Obwohl sie nicht religiös war, schickte sie ein Stoßgebet in Richtung Himmel. *Bitte, lieber Gott, wenn es dich gibt, dann lass mich das hier überleben. Die da oben haben mir schon so viel genommen. Mach, dass sie mir nicht auch noch mein Leben nehmen …*

»Ach, wird schon nix sein. Allet jut. Jetz komm.« Die Zigarettenkippe wurde vor ihr ins Wasser geschnippt und trieb davon.

Dann wieder Stille.

Clara tauchte unter und näherte sich mit ruhigen Schwimmzügen der eigentlichen Grenze zwischen Ost und West. Grelles Scheinwerferlicht leuchtete jeden Zentimeter aus. Schon von Weitem sah sie das eiserne Gitter, das quer durch den Kanal gezogen war, um Schiffe abzuhalten. Es war schätzungsweise vier Meter hoch, oben mit Stacheldraht bespannt und taghell angestrahlt von einem hölzernen Wachturm am Ufer.

So kalt … so unendlich kalt …

Ein letztes Mal tauchen. Sie versuchte, drunter durchzukommen, doch das Gitter reichte bis in den schlammigen Grund. Offenbar wollte man sogar U-Boote aufhalten. Beinahe wäre ihr ein Kichern entwichen.

Doch je länger sie es versuchte, wieder und wieder tauchte und atemlos an die Oberfläche zurückkam, desto stärker wurde ihre Panik. Schon wieder war sie kurz davor zu hyperventilieren. *Atmen, tief atmen.*

Ihr würde nichts anderes übrig bleiben, als über die Absperrung zu klettern, das hatte Alex nicht vorhergesagt. Wie sollte sie das schaffen, wo sie doch kaum noch ihren Körper spürte? Clara schloss die Augen. Die zwei Soldaten auf dem Turm am Ufer würden sie sehen. Würden sie erschießen. Sie würde sterben. Und dennoch würde sie nicht umkehren.

Das Adrenalin, das durch ihr Blut jagte, half ihr dabei, ihre letzten Kräfte zu bündeln. Sie stellte einen Fuß ins Geflecht des Gitters, zog sich hoch. Stück für Stück erklomm sie die Absperrung. Ihr Kopf war wie leer gefegt. Ihre Arme und Beine arbeiteten sich nach oben.

Dort angekommen, bog sie den Stacheldraht mit den bloßen Händen auseinander, versuchte hindurchzuschlüpfen, spürte, wie sie sich die Haut am ganzen Körper aufschlitzte. Mehrere Sekunden lang war sie im vollen Scheinwerferlicht. Vielleicht sogar Minuten. Auf einmal verfing sich ihr Hemd im Stacheldraht. Panik. Sie riss sich los. Die messerscharfen Metalldornen drangen tief in ihr Fleisch ein. Der Zaun erzitterte. Dann war sie drüben. Sie plumpste eher hinunter, als dass sie sprang. Der Aufprall raubte ihr fast das Bewusstsein, das Geräusch war ohrenbetäubend.

Weiter …

Sie begriff kaum noch, was geschah. War nicht anwesend. Gut möglich, dass sie von einer Kugel getroffen worden war und einfach nicht spürte, wie das Leben nach und nach aus ihr herausfloss … Wie schön es wäre, hier einfach liegen zu bleiben, zu ruhen, einzuschlafen …

Auf einmal Alex' Stimme. *»Versprich mir, dass du es schaffst. Dass wir uns eines Tages wiedersehen.«*

Sie hob den Blick. War er hier irgendwo? Mit letzter Kraft kroch sie über den rauen Boden, stemmte sich an einem schmalen Baum hoch, kam auf die Beine. Vor ihr ein kleines Wäldchen.

Sie lebte. Das war eigentlich unmöglich … Vielleicht hatte sie die wenigen Minuten der Wachablösung erwischt.

Oder vielleicht waren die beiden, die gerade auf dem Turm zur Wache eingesetzt waren, nette Menschen. Was auch immer der Grund dafür war, dass ihr Herz noch schlug, sie würde ihn nie erfahren. Sowieso zählte nur, dass sie es geschafft hatte.

Sie lebte …

Mit schweren Gliedern schleppte sie sich weiter. Immer wieder blickte sie über die Schulter, war sich sicher, dass jeden Moment Soldaten hinter ihr auftauchen und sie doch noch schnappen würden.

Weiter, immer weiter …

Äste schlugen ihr ins Gesicht.

Du musst irgendwo Hilfe finden. An einer Haustür klingeln.

Sie hörte vereinzelte Autos. Die Bäume und das Gestrüpp lichteten sich. Das Erste, was sie dann sah, war ein roter Straßenkreuzer, der unter dem Schein einer Straßenlaterne parkte. Rote Autos gab's nicht in der DDR. War sie also wirklich im Westen?

Eine blonde Frau mittleren Alters saß auf dem Fahrersitz, trank aus einer Schnapsflasche. Clara konnte ihre Füße kaum noch heben. Sie stolperte, prallte mit beiden Händen gegen das Seitenfenster. Blut an der Scheibe. Die Frau schrie vor Schreck auf. Dann begriff sie, kurbelte eilig das Fenster runter. Ihre Augen waren riesig, als hätte sie einen Geist gesehen.

»Wo … bin … ich?« Claras Zähne klapperten inzwischen so heftig, dass sie kaum ein Wort hervorbrachte.

»Zehlendorf«, antwortete die Frau und fügte nach einer kurzen Pause noch hinzu: »Im Westen … Bist du etwa aus dem Osten abgehauen?«

Clara nickte.

»Los, rein mit dir, ich fahr dich ins Krankenhaus.« Die Frau lehnte sich über den Beifahrersitz und stieß die Tür auf.

Geschafft … Ich habe es wirklich geschafft. Ich bin im Westen …

Tränen liefen über Claras Wangen, als sie um den Wagen herum auf die andere Seite ging. Sie schmeckte Blut.

Auf einmal war es ihr, als würde sie auseinanderfallen. Als würde das, was sie aufrecht gehalten hatte, wegbrechen. Die Lichter Westberlins verschwammen vor ihren Augen, ihre Beine gaben nach, und Schwärze brach über sie herein.

2.

Betty

Das war ein traumhaft schöner Tag, fand Betty, als sie das verführerisch duftende Stück Eierschecke über den warmen Sand zu ihrem Strandkorb balancierte, begleitet von dem Schlager, der aus dem Kiosk zu hören war. Uschi trällerte mit, als wäre sie bei sich zu Hause unter der Dusche. Die Töne traf sie eher schlecht als recht, sodass es eine Weile dauerte, bis Betty den neuen Hit der Kolibris erkannte.

»Siebeeeen Liebesbriefe, damit schriebst du mihir«, sang die Kioskbesitzerin mit den roten Locken und dem von den vielen Jahren in der Sonne gegerbten Gesicht. Sie war die gute Laune in Person. Betty kannte sie schon, da war Uschi noch gertenschlank und verzweifelt auf der Suche nach einem Ehemann gewesen. Beides hatte sich inzwischen erledigt.

Das rosafarbene Tuch, das Betty sich um die Taille gebunden hatte, kitzelte angenehm ihre Knie. Eine laue Brise ließ die Krempe ihres Strohhuts flattern. So gemächlich, wie die Wattewolken über den Himmel wanderten, schipperten die Boote über das funkelnde *Meer von Berlin*. Der Strand war bunt getupft mit Handtüchern. Eine Idylle wie auf einer Postkarte. Eigentlich keine schlechte Idee … Sie sollte ihrem Vater mal den Vorschlag machen, Postkarten vom Strandbad drucken zu lassen und am Kiosk zu verkaufen.

Betty liebte das Strandbad Müggelsee in sanfter Demut, so wie man nur einen Ort lieben konnte, an dem man groß geworden war. Sie mochte, wie sich das schlichte Gebäude, das vom Volksmund auch »Kleiderbügel« genannt wurde, an den Hang schmiegte. Oben lag die Dachterrasse mit dem Strandcafé, wo man heute mühelos einen Platz bekam. Am Wochenende musste man schon mal anstehen. Unten war die Wandelhalle mit den Umkleiden sowie dem kleinen Laden mit Badehosen, Sonnencreme und Strandmatten. Und natürlich Uschis Kiosk, an dem es immer frischen Kuchen gab. Betty schmunzelte, als sie daran zurückdachte, wie sie dort früher Brausepulver für zehn Pfennig gekauft und von der Handfläche geschleckt hatten, wie es im Mund geprickelt und geschäumt hatte.

Doch der Zahn der Zeit nagte unerbittlich an der Idylle ihrer Kindheit, wie Betty feststellte, als sie genauer hinsah. Die einst weiße Fassade des Gebäudes war an manchen Stellen von der Witterung gelblich verfärbt. Das Blau, das die Fenster umrahmte, teilweise abgeblättert. Auf einmal war Betty ganz melancholisch zumute. Als sie dann auch noch hörte, wie sich eine Frau, die gerade ihrem Mann den behaarten Rücken eincremte, darüber beschwerte, dass es diese Woche keine Bockwurst gab, und überhaupt würden die Regale im Kiosk immer leerer werden, da konzentrierte Betty sich einfach auf das fröhliche Kinderlachen, das hob ihre Stimmung auf magische Weise sofort an. Sie stellte das Stück

Eierschecke in den Schatten, den ihr Strandkorb warf, setzte sich, lehnte sich zurück, atmete tief und behaglich aus und lauschte dem leisen Rauschen der Wellen.

»Nirgendwo jibt et Butter, dabei heiratet unsere Irene doch schon nächste Woche! Wie soll ick denn wat für all die Mäuler kochen und backen? Wie stellen die da oben sich det denn vor?«, sorgte sich eine Frau mit Badehaube und ausgeleiertem Badeanzug, die gerade mit ihrer Freundin aus dem Wasser kam und ein Handtuch um ihren braun gebrannten Körper wickelte. »Ick schreib 'ne Einjabe!«

Alles beim Alten, seufzte Betty innerlich. Sie blinzelte in das warme Licht, rekelte sich in ihrem Strandkorb und wackelte zufrieden mit den rosa lackierten Zehen, da schob sich eine Wolke vor die Sonne.

Eigentlich war nichts beim Alten. In der Nacht von Samstag auf Sonntag hatte man den Ostsektor komplett abgeschottet. Im Rekordtempo und unter strenger Bewachung hatte man eine Mauer zum Westen hin aufgestellt. Betty liebte Berlin. Dass ihre Heimatstadt nun geteilt war, fühlte sich an, als hätte man einem Familienmitglied Leid zugefügt. Und es machte ihr schreckliche Angst. Die Fronten verhärteten sich offenbar. Stand ein weiterer Krieg bevor?

Kurt würde jetzt mit ihr schimpfen, weil sie sich viel zu viele Sorgen machte. »Typisch Frau«, würde er sagen, »immer am Heulen.«

Der sanfte Wind trug den Duft der Eierschecke, die Uschi ihr geschenkt hatte, zu ihr her. »Musst doch jetzt für zwei essen«, hatte die Kioskverkäuferin gesagt. Betty nahm die *Eve-*

lyn zur Hand und blätterte ein wenig darin, konnte sich aber nicht recht auf die Artikel oder Fotografien konzentrieren.

Der Platz im Holzturm war neu besetzt. Der junge Kerl hatte so schmale Schultern, dass Betty sich fragte, wie er einen Ertrinkenden aus dem Wasser ziehen wollte, wenn es hart auf hart kam. Sie schmunzelte, als sie daran dachte, wie früher, als ihr Bruder noch Rettungsschwimmer gewesen war, so manches Mädchen am Ufer auf und ab flaniert war und verzweifelt versucht hatte, seine Aufmerksamkeit zu erlangen. Seit Alex bei der Armee war, war er kaum noch zu Hause geschweige denn im Strandbad.

Wie jeden Dienstagnachmittag hatte sich die Rentnersportgruppe zusammengefunden, um Gymnastik zu machen. Inmitten der Gruppe von überwiegend älteren Damen stellte der alte Horst, das Urgestein des Strandbads, mit extratiefen Kniebeugen unter Beweis, wie rüstig er noch war. Kaum zu glauben, dass es inzwischen schon fünf Jahre her war, dass Martha, Clara und Betty ihn vor dem Ertrinken gerettet hatten. Der Beginn einer einzigartigen Freundschaft.

Schmerz. So heftig, dass Betty nach Luft schnappte. Immer wieder sah sie Clara in der finsteren Nacht verschwinden, ganz in Schwarz gekleidet … Nach wie vor kein Lebenszeichen von ihrer Freundin. Natürlich nicht, es war ja gerade mal zwei Tage her, dass sie über den Teltowkanal geflohen war. Hatte sie es in den Westen geschafft? Oder war sie geschnappt worden und saß nun hinter Gittern? Was, wenn sie ertrunken war?

Nein. Clara war zäh. Sie schaffte alles, was sie sich in den Kopf setzte.

Betty versuchte, sich mit dem Anblick der drei kleinen Mädchen abzulenken, die am Ufer entlangliefen und Entenfedern sammelten, die hier und da auf den angespülten Algen lagen. Doch prompt erinnerte sie sich daran, wie sie früher mit ihren beiden Freundinnen nach »Schätzen« gesucht hatte, nach schönen Steinen oder Seemuscheln. Seitdem war so viel passiert …

Betty blätterte in der Zeitschrift um, und da war er, der Artikel, wegen dem sie um sieben Uhr morgens aufgestanden war, um auch ja als Erste in der Kaufhalle zu sein und eine Ausgabe der aktuellen *Evelyn* zu ergattern. Das Foto zum Artikel füllte fast eine ganze Seite. Es zeigte eine strahlende Braut in einem wunderschönen Kleid. War das wirklich sie? Obwohl die Hochzeit schon über eine Woche her war, konnte sie noch immer kaum glauben, dass sie nun eine verheiratete Frau war. Als ihr Onkel ihr in seinem Modeatelier in der Friedrichstraße erzählt hatte, dass unter den Gästen Fotografen der *Sibylle* und der *Evelyn* sein würden, hatte sie ihr Glück kaum fassen können.

Zwei vom Wasser kühle Hände legten sich auf ihre Unterschenkel. »Uhh, das tut gut!«, seufzte Betty wohlig.

Martha grinste sie an, richtete sich auf und wrang ihr nasses Haar aus. »Das Wasser hat heute die perfekte Temperatur. Nicht zu warm, nicht zu kalt.«

Martha ließ sich schwungvoll auf den freien Platz neben ihr fallen. Ihre Freundin pfiff anerkennend, als sie den aufgeschlagenen Artikel sah. »Ich kann noch immer kaum glauben, dass meine Freundin eine echte Berühmtheit ist.«

»Kurt ist berühmt, ich werde in dem Artikel kaum erwähnt.« Betty hatte ihn heute Morgen schon mindestens fünfmal gelesen.

»Das wird sich bald ändern.«

Martha nahm ihr die Zeitschrift aus der Hand und las den Titel sowie den Text vor, der unter dem Foto stand. »*Eine Hochzeit wie aus dem Märchen. Mit funkelnden Augen himmelt die überglückliche Braut ihren Ehemann an, den Regisseur Kurt Weiler. Das atemberaubende Kleid wurde von Theodor Kaiser entworfen.*«

Es war wirklich ein märchenhaft schöner Tag gewesen. Und sie würde ein märchenhaft schönes Leben führen. Betty bemerkte, dass sie unbewusst eine Hand auf ihren Bauch gelegt hatte. In ein paar Monaten waren sie eine richtige Familie. Zunächst hatte Betty nur insgeheim geahnt, dass sie schwanger war, es aber nicht wahrhaben wollen. Ihre Mutter hatte sie damit konfrontiert. Ein Schock. Sie war doch selbst noch ein halbes Kind, wie sollte sie sich da um ein Baby kümmern? Aber sie liebte dieses Wesen, das da in ihrem Bauch war, schon jetzt bedingungslos und würde alles dafür geben, dass es ein wunderbares und erfülltes Leben hatte. Sie würde ihm all ihre Liebe schenken. Gestern war sie mit ihrer Mutter beim Frauenarzt gewesen, alles war so, wie es sein sollte. Alles war gut.

Als Betty Martha die Eierschecke anbot, ließ ihre Freundin sich nicht zweimal bitten und biss herzhaft in den saftigen Kuchen aus Quark, Eiern, Vanillepudding und Korinthen. »Und du willst wirklich nichts davon?«, fragte sie kauend.

»Geht leider nicht, ich muss aussehen wie die da«, antwortete Betty und deutete auf das Mannequin auf der Titelseite der Zeitschrift. Gertenschlank, glänzendes Haar, makellose Haut. Rundum perfekt.

»Ich träume von deinen Kurven, und du willst sie loswerden«, sagte Martha und leckte sich selig die Lippen. »Abgesehen davon verstehe ich ehrlich nicht, warum diese Zeitschrift am Kiosk immer als Erste ausverkauft ist. Was ist an ein paar Rezepten und Schnittmustern so toll?«

»Die *Evelyn* ist viel mehr als das!«, wies Betty sie zurecht. »Die besten Fotografen arbeiten für sie, die Bilder darin sind Kunstwerke, und außerdem ist in jeder Ausgabe eine wirklich spannende Reportage, ein Porträt oder ein Interview mit einer interessanten Persönlichkeit. Die Artikel würden dir sicher auch gefallen.«

Martha runzelte ungläubig die Stirn.

»Wie läuft's denn eigentlich mit deinen Bewerbungen bei den Zeitungen?«, fragte Betty.

»Ach, das ist eine einzige Katastrophe. Heute Morgen hat der Chefredakteur einer Tageszeitung meine Qualifikationen offenbar in meinem Ausschnitt gesucht. Dabei habe ich nicht mal viel Oberweite.«

»Dann bewirb dich doch bei der *Evelyn*«, sagte Betty, als wäre nichts dabei.

Martha, die sich gerade den letzten Happs Kuchen in den Mund geschoben hatte, hustete. »Ich?«, krächzte sie mit vollem Mund und schluckte. »Niemals! Die lachen mich doch aus, wenn ich bei denen ankomme!«

Als ihre Freundin sich wenig damenhaft die Finger ableckte, verkniff Betty sich ein Schmunzeln. »Nun mach dir nicht ins Hemd! Versuch's doch einfach.«

»Mal sehen ...«, wehrte Martha ab.

»Viele Alternativen hast du nicht mehr«, ermahnte Betty ihre Freundin und zuckte entschuldigend mit den Schultern.

»Danke für den Hinweis.« Martha machte ein zerknirschtes Gesicht. »Dabei brauche ich unbedingt Arbeit! Ich muss deinen Eltern ein bisschen was zahlen dafür, dass ich bei ihnen wohne, hab ich mir vorgenommen. Außerdem brauche ich eine Beschäftigung, nachdem man mich schon am Roten Kloster nicht genommen hat. Sonst werde ich noch verrückt.«

»Glaubst du wirklich, dass dein Vater dahintersteckt?«

»Wer sonst? Er wollte nie, dass ich dort studiere.«

Nicht nur ihres, sondern auch Marthas Leben hatte sich in den letzten Monaten geradezu überschlagen. Ihre Freundin hatte nicht nur herausgefunden, dass sie adoptiert war, sondern auch, dass sie ihrer leiblichen Mutter gewaltsam fortgenommen worden war und Herr Asseln sie jahrelang ausspioniert hatte.

Einen Moment schwiegen sie und hingen beide ihren Gedanken nach.

»Du könntest vielleicht Uschi im Kiosk aushelfen«, schlug Betty vor.

»Nein, das wäre Stillstand. Jetzt verstehe ich Clara, wie sie sich gefühlt hat, als sie in der Drogerie arbeiten musste, obwohl sie studieren wollte.«

Claras Namen zu hören tat weh.

»Es ist irgendwie seltsam ohne Clara, nicht wahr?«, sagte Martha.

Betty nickte. »Ja. Ich vermisse sie sehr. Diese Ungewissheit, ob sie es geschafft hat oder nicht, bringt mich noch um …« Seit ein Kind in ihr heranwuchs, hatte sie den Eindruck, verwundbarer geworden zu sein.

»Sie hat es sicher geschafft«, erwiderte Martha. »Sie hat es uns fest versprochen. Wie geht's denn eigentlich deinem Bruder?«

»Ich habe ihn seit der Nacht ihrer Flucht nicht gesehen. Er ist ja wieder in der Kaserne. Es ist tragisch, dass die beiden gerade erst zueinandergefunden hatten und nun für immer getrennt sind.«

In jener Nacht hatten sie sich umarmt, als wären sie am liebsten verschmolzen.

»Und wie geht's dir?«, fragte Martha.

»Bis auf die Tatsache, dass ich Clara vermisse, ist alles bestens.« Betty lächelte, holte ihre Sonnenbrille aus ihrer roten Strandtasche und setzte sie sich auf die Nase. »Ich bin schon gespannt, wohin wir in die Flitterwochen fahren. Bisher hat Kurt nichts gesagt, aber ich bin mir sicher, dass wir ein paar Tage an der Ostsee oder vielleicht sogar am Schwarzen Meer verbringen. Sonne, Strand, gutes Essen, laue Nächte …« Betty tat so, als müsste sie die Träger ihres gepunkteten Bikinis richten.

Aber Martha ließ sich nicht täuschen. »Denkst du hin und wieder an Charlie?«, fragte sie.

Charlie …

Auf einmal stand sie wieder am Bahnhof in der Friedrichstraße, bereit, alles hinter sich zu lassen, ihre Familie, ihre Freunde, ihre Karriere und ihren Verlobten. Sie würde sich mit Charlie ein neues Leben aufbauen. In ihrem Koffer: ein paar Kleider, Butterbrote, ihr Ausweis … Auf den Bahnsteigen herrschte schreckliches Durcheinander. Die Züge fuhren nicht mehr. »Befehl von janz oben, kam heute Nacht«, hatte der Schaffner gesagt. »Hören Sie denn kein Radio? Die bauen irgend 'nen Schutzwall.«

Hin und wieder? Sie dachte jede Stunde an ihn, jede Minute. Jede Sekunde. Vor allem nachts, wenn Kurt neben ihr leise schnarchte. Dann sah sie Charlie vor sich, diese misstrauischen und tiefgründigen Augen, spürte ihn, seine Lippen, die leicht raue Haut an den Ellenbogen … Sie hatte eigentlich zu ihm nach München fahren wollen. Aber das Schicksal hatte ihr nicht nur Steine, sondern eine ganze Mauer in den Weg gestellt. Dachte er auch hin und wieder an sie? Oder war er enttäuscht und wütend auf sie, weil sie nicht am Bahnhof in München aufgetaucht war? Hatte er sie vielleicht schon vergessen?

»Geht's dir gut? Du bist auf einmal ganz blass«, hörte sie Martha wie von fern sagen.

»Natürlich. Die Hitze strengt mich wegen der Schwangerschaft etwas an«, log sie. »Das mit Charlie … das war nur eine kurze Schwärmerei.«

Eigentlich erzählten sie sich ausnahmslos alles, das war ein ungeschriebenes Gesetz zwischen ihnen. Aber Betty versuchte, sich ein glückliches Leben als Ehefrau und Mutter aufzubauen. Und dafür musste sie Charlie vergessen.

Unauffällig wischte sie eine Träne weg, die unter ihrer Sonnenbrille hervorgekullert war. Zum Glück kam in diesem Moment Micha die Freitreppe herab.

»Sieh mal einer an, wer da ist«, wechselte sie dankbar das

Thema. »Was ist das denn nun eigentlich zwischen euch beiden?«

Martha zog die Beine an und schlang die Arme um die Knie. »Ich weiß nicht. Ich mag ihn gerne, aber …« Sie zuckte mit den Schultern.

»Keine Schmetterlinge?«, fragte Betty, woraufhin Martha den Kopf schüttelte.

»Aber ich fühle mich wohl bei ihm.«

»Lass es langsam angehen, und schau einfach, was passiert. Du hast alle Zeit der Welt. Wenn du über gewisse Dinge sprechen willst, bin ich jederzeit für dich da.«

»Gewisse Dinge?«

Betty ließ die Augenbrauen tanzen und streichelte demonstrativ ihren Bauch. »Gewisse Dinge, die hierzu geführt haben.«

Martha lachte halb schamhaft, halb entrüstet.

»Wie spät ist es?«, fragte Betty, woraufhin Martha in ihrem Campingbeutel nach ihrer Armbanduhr kramte. »Fünf nach vier.«

»Oh, ich muss los! Kurt holt mich ab. Er hat eine Überraschung für mich.« Betty hatte die *Evelyn* schon in ihre Tasche gesteckt, als sie es sich anders überlegte und sie Martha aufdrängte. »Denk einfach noch mal in Ruhe drüber nach, und dann bewirb dich dort.«

Ihr *Ehemann* – sie musste sich noch daran gewöhnen, ihn so zu nennen – erwartete sie bereits vor dem Eingang des Strandbads. Wie eine rötlich blonde Version von James Dean lehnte er an seinem Wartburg, zog an seiner Zigarette und lachte sein unverkennbares ansteckendes Lachen. Dabei kräuselte er seine sommersprossenbetupfte Nase, was die jungen Frauen, die vor ihm standen, regelrecht dahinschmelzen ließ. Alles an ihrer Körperhaltung, wie sie mit ihrem Haar spielten und die Köpfe kleinmädchenhaft schief legten, verriet, dass sie mit ihm flirteten.

»Ich liebe Ihren neuen Film«, schwärmte eine. »Sie haben so viel Talent.«

Kurt schwoll natürlich die Brust bei so viel Aufmerksamkeit. »Filme zu drehen ist meine Bestimmung.«

»Jetzt ist es aber erst mal deine Bestimmung, deine Ehefrau und die Mutter deines ungeborenen Kindes nach Hause zu bringen.« Bettys Lächeln war freundlich, die Art, wie sie eine Hand auf Kurts Schulter legte, besitzergreifend.

»Da ist sie ja, meine wunderschöne Frau.« Er gab Betty einen kleinen Kuss, ehe er ihr die Beifahrertür aufhielt. »Darf ich bitten?«

Sie knickste spielerisch. »Sie dürfen.«

3.

Betty

»Wohin entführst du mich denn?«, fragte Betty, als sie den Müggelseedamm entlangfuhren. Zu ihrer Rechten begann die Bölschestraße, wo Jung und Alt in der Nachmittagssonne flanierten. Zwei Vopos gönnten sich vor der Bäckerei einen Liebesknochen und bissen herzhaft in den mit Schokolade überzogenen Brandteig.

»Wir machen einen kleinen netten Ausflug«, antwortete Kurt. »Aber wohin, verrate ich nicht.«

Ein Ausflug, wie lieb von ihm. Betty kurbelte ihr Fenster runter, streckte die Hand hinaus und ließ sie vom Fahrtwind streicheln. Verschiedene Gerüche streiften sie. Warmer Asphalt. Der malzige Geruch des Berliner Bürgerbräu. Doch als ein Trabi an ihnen vorbeibrummte, schloss sie das Fenster wieder, denn der Gestank des Zweitakters schlug ihr auf den leeren Magen.

Die Fahrt dauerte etwa eine halbe Stunde, und Kurt erzählte, dass er nun selbst das Drehbuch zu seinem nächsten Film schrieb. »Dieser Bekannte von dir hat sich nie wieder bei mir gemeldet. Der war mir von Anfang an suspekt.«

»Wirklich seltsam«, antwortete Betty mechanisch.

»Hast du ihn seitdem mal wiedergesehen?«

Bildete sie sich das nur ein, oder war sein Blick wirklich eindringlich?

Betty schüttelte den Kopf. »Nein«, hauchte sie, während sich Bilder vor ihrem inneren Auge abspulten: Haut an Haut. Seine Lippen auf ihren. Sein heißer Atem an ihrem Hals.

Dann sah sie sich selbst im Brautkleid, das Gesicht starr vor Entsetzen. Irgendjemand war, Sekunden, nachdem sie Kurt das Jawort gegeben hatte, von seinem Platz in der letzten Reihe aufgestanden und gegangen. Sie konnte es nicht beschwören, aber sie glaubte, dass dieser Jemand eine Mütze aufgehabt hatte.

Charlie ist in München, beschwichtigte sie sich. *Er kann es nicht gewesen sein.* Zumal in der Zwischenzeit die Mauer errichtet worden war. Das Risiko wäre zu hoch gewesen. So viel konnte sie ihm nicht bedeuten.

Und das ist besser so. Du bist bald Mutter, du trägst Verantwortung. Und Kurt war ein guter Mann. Erfolgreich, charmant, attraktiv. An seiner Seite würde sie ein Leben führen, wie sie es sich erträumt hatte.

Nach wie vor war dem Stadtzentrum der Krieg anzusehen. Manche Gemäuer waren übersät mit Einschusslöchern. Hier und da klafften Lücken zwischen den Gebäuden. Die Trümmer, die bereits fortgeschafft worden waren, wurden auf riesigen Brachen gelagert. Aber es gab auch Lichtblicke, wie beispielsweise an der Weberwiese das erste Hochhaus auf dem Boden der DDR, vor dem sie gerade hielten.

Kurt parkte den Wartburg am Straßenrand. »Ich befürchte, ich habe mich verfahren. Ich muss kurz nach dem Weg fragen.«

»Hier?«, wunderte sich Betty, aber Kurt war schon ausgestiegen und hielt ihr die Tür auf. »In einem Wohnhaus?«

Betty sah an dem Gebäude hinauf, zählte neun Geschosse. In den Zeitungen war zur Eröffnung, oder eigentlich schon während des Baus, viel darüber berichtet worden. »Es wächst in Berlin, in Berlin an der Spree, ein Riese aus Stein in der Stalinallee«, hatte man pathetisch gereimt.

Als sie die von Säulen gerahmten Stufen hinaufstiegen und das Vestibül betraten, straffte Betty sich unwillkürlich und betastete ihr Haar, das von ihrem Strohhut und dem Nachmittag im Strandbad sicher zerzaust war. In der Eingangshalle hallten ihre Absätze auf dem Steinboden wider. Betty hatte das Gefühl, in ihrem schlichten Sommerkleid, dessen Farbe schon etwas ausgewaschen war, nicht angemessen gekleidet zu sein. Das Haus hier hatte Klasse und verströmte Gediegenheit. Im Erdgeschoss gab es sogar Ladenflächen! Wenn die Milch mal ausging, musste man also nicht raus, sondern konnte sie hier kaufen. Es war nicht so, dass Betty sich besonders für die Fortschrittsparolen der SED interessierte, aber als sie mit der Hand über das Treppengeländer fuhr, musste sie zugeben, dass das Hochhaus an der Weberwiese etwas hermachte und sie auf einmal einen gewissen Enthusiasmus verspürte.

»Wir können doch nicht einfach so in ein Wohnhaus eindringen«, zischte sie Kurt zu.

Doch wie immer, wenn er sich etwas in den Kopf gesetzt hatte, hörte er sie gar nicht. »Blöd, jetzt ist hier niemand.

Schauen wir mal, ob wir oben jemanden finden. Ist doch nett, auf die Weise können wir uns das berühmte Bauwerk gleich mal anschauen.«

»Du willst hochfahren? Aber …«

Nahezu geräuschlos hielt der Fahrstuhl. Kurt öffnete die Tür, nahm sie an der Hand und zog sie ins Innere.

Zugegeben, ein klein wenig genoss sie das Abenteuer, in diesem modernen Hochhaus zu sein, über das so viel berichtet worden war, in dem es nicht nach scharfem Reinigungsmittel und im Winter vermutlich auch nicht nach Kohle roch. In einem Fahrstuhl, der ausnahmsweise nicht angsteinflößend knarzte, als würde er jeden Moment auseinanderfallen.

Im neunten Stock lag der gläserne Wintergarten, der wohl zur allgemeinen Benutzung diente. Hier standen Tomatenpflanzen, Gurkensträucher wanden sich an speziellen Gerüsten hoch, und sogar ein paar exotische Blumen gab es, die in speziellen Behältnissen von der Decke hingen. Außerdem konnte man es sich auf gepolsterten Liegen oder an einem runden, schmiedeeisernen Tisch bequem machen.

Das Beste war jedoch, dass der Wintergarten von einer großen Dachterrasse umgeben war. Betty hatte das Gefühl, von hier oben die ganze Stadt überblicken zu können.

Erinnerungsblitze leuchteten vor ihrem inneren Auge auf. Das Dach des Studentenwohnheims … Charlie neben ihr … Über ihnen der Sternenhimmel wie mit Diamanten besetzt.

Stopp. Wie konnte sie an Charlie denken, wenn ihr Ehemann direkt neben ihr stand? Sie keuchte, was Kurt offenbar als Zeichen ihrer Begeisterung deutete. Er verschränkte ihre Finger miteinander. »Muss toll sein, hier zu wohnen«, sagte er.

»Ja. Bestimmt ist es wunderbar.«

»Du willst also bei irgendwem klingeln und nach dem Weg fragen«, sagte Betty ungehalten, als sie die Treppe hinunterstiegen. »Nur zu! Die Leute werden dich für verrückt erklären. Sag hinterher nicht, dass ich dich nicht gewarnt habe.«

»Ich habe nicht vor zu klingeln«, entgegnete Kurt selbstzufrieden und zog einen Schlüssel aus der Hosentasche.

Betty blieb stehen. »Ist es das, was ich denke?«

Er zwinkerte ihr zu. »Dreiunddreißig Wohnungen, und eine davon gehört nun uns«, erwiderte er, während er die Tür aufschloss. »Nach Ihnen, die Dame. Willkommen in Ihrem neuen Zuhause, einer Wohnung für die Familie.«

Betty legte eine Hand vor den Mund. Sie war sprachlos. Der fein gemaserte Holzboden knarzte leise unter ihren Schritten, als sie andächtig den schmalen Flur entlanglief und dabei Kurts Ausführungen lauschte.

Er hatte die Hände in die Hosentaschen geschoben und folgte ihr lässig. »Drei Zimmer sowie Küche und Bad. Ausgestattet mit modernen Einbauschränken und einem Telefonanschluss, dazu angenehmer Schnickschnack wie Müllschlucker auf jeder Etage.«

Die Wohnung war vielleicht nicht die wunderschöne Jugendstilvilla, von der sie immer geträumt hatte, aber wer bekam im Leben schon genau das, was er sich erhofft hatte? Und eine Wohnung wie diese zu ergattern, das war etwa wie … wie ein Gewinn beim Zahlenlotto! Sie sah alles schon ganz genau vor sich: Hier würde sie das Wohnzimmer einrichten. In die Mitte des großen Raums käme das Sofa, so wie es sich gehörte, ausgerichtet auf die Schrankwand, in der der Fernseher, die Spirituosen und das gute Geschirr untergebracht sein würden. Dank der hohen Fenster war die Wohnung hell und lichtdurchflutet. »Davor stellen wir den Tisch, dann können wir beim Essen hinaus in den Park sehen.«

»Was kochst du mir Leckeres?«, fragte Kurt amüsiert.

Betty hatte nun vollends Feuer gefangen und eilte in die Küche, um sich umzusehen. Cremefarbene Schränke. Weiße Keramikfliesen an der Wand. Der Elektroherd hatte drei Platten. Wenn sie kochte, könnte sie aus dem Fenster gucken, und in ein paar Jahren würde sie ihrem Kind beim Spielen im Park zuschauen, während sie für ihre Familie Pudding zubereitete.

»Hier koche ich dir alles, was du willst!«

Ein paar Relikte der Vormieter waren noch zu sehen. Die gemusterten Gardinen oder die Fliegenfalle aus einer Mischung aus Zucker, Essig und Fit, wie sie auch bei ihrer Mutter in der Küche stand. »Wer hat denn vorher hier gewohnt?«

»Ein Lehrer mit Frau und Kind. Die Familie war von einem Tag auf den anderen verschwunden, haben wohl rübergemacht.« Es war deutlich herauszuhören, was er davon hielt. »Gut für uns. Dank meiner Kontakte sind wir nun stolze Mieter dieser Traumwohnung. Morgen geht der Umzug los.«

»Morgen schon?« Betty fühlte sich überrumpelt. Hätte er das nicht vorher mit ihr besprechen sollen?

»Klar, je schneller, desto besser. Du kennst mich doch. Ich verliere keine Zeit.«

Kurt zog sie an sich, und ihr wurde warm beim Anblick seiner gesprenkelten Haut. Er wurde nicht braun, er bekam einfach nur mehr Sommersprossen, was faszinierend war. Sie wollte ihm zeigen, wie dankbar sie ihm war für diese Wohnung, wusste aber nicht recht, wie. Also küsste sie ihn leidenschaftlich. Sie schloss die Augen und versuchte, das Gefühl in sich heraufzubeschwören, das sie bei Charlie gehabt hatte. Dieses Gefühl, als würde sie ein paar Zentimeter über dem Boden schweben. Aber es blieb aus. Dafür wusste sie inzwischen, wie sie Kurt zu küssen hatte, um ihm ein wohliges Seufzen zu entlocken.

»Ich muss los«, sagte er dann und schob sie von sich. »Die Arbeit wartet.«

»Wann gehen die Dreharbeiten los?«

»In zwei Wochen. Bis dahin müssen noch ein paar Drehorte ausfindig gemacht werden. Aber das Drehbuch ist so gut wie fertig. Es hat sich geradezu wie von selbst geschrieben.«

Betty traute sich: »Ist denn auch wieder eine Rolle für mich vorgesehen?« Eigentlich hatte er ihr fest versprochen, ihr eine Nebenrolle zu geben, aber sie hatten schon länger nicht mehr darüber geredet …

»Natürlich«, antwortete er, doch er hatte kurz gezögert.

»Und was ist das für eine Rolle?«

»Nun, wir brauchen noch jemand, der die Putzfrau spielt.«

»Die Putzfrau«, wiederholte sie. »Hat sie denn auch einen Namen?«

Wieder dieses Zögern. »Nein«, sagte er schließlich.

»Hat sie Text?«

Diesmal antwortete er nicht. Sein zerknirschter Gesichtsausdruck sagte alles.

»Ich soll eine Komparsin sein? Ist das dein Ernst?«

Kurt schob sie brüsk von sich. »Betty, du bist schwanger und musst dich schonen. Wenn unser Kind auf der Welt ist, sehen wir weiter. Abgesehen davon dachte ich, du hättest Freude daran, dich voll und ganz in die Einrichtung der Wohnung zu stürzen. Und hin und wieder wollen drei Zimmer, Bad und Küche auch geputzt sein. Da bietet man seiner Frau schon so viel, und sie will noch mehr.«

»Ich bin dir doch dankbar für das, was du mir bietest. Aber ich will auch arbeiten. Noch sieht man gar nichts.« Sie legte die Hände auf den Bauch. »Viele Frauen arbeiten bis kurz vor der Niederkunft. Und du hattest es mir versprochen!«

»Also gut, wenn du unbedingt willst, dann sehe ich, was ich für dich machen kann. Vielleicht können die Frauen am Büfett ja Unterstützung gebrauchen.«

Betty sah ihn entgeistert an. »Kurt, ich will nicht Stullen schmieren und Kaffee kochen. Ich will vor der Kamera stehen!«

»Du wirst auch wieder vor der Kamera stehen.« Er atmete schwer aus und rieb sich die Augen. »Also gut, du zwingst mich dazu, ein ernstes Wörtchen mit dir zu reden. Erst mal musst du ein paar Kilos loswerden, bevor ich dich wieder besetzen kann.«

Betty wusste nicht, ob sie in Tränen ausbrechen oder ihn ohrfeigen sollte. Aber sie hatte tatsächlich ein bisschen zugenommen.

»So, jetzt muss ich aber wirklich los. Ist es in Ordnung, wenn du mit der S-Bahn nach Hause fährst?«

Nachdem Kurt verschwunden war, sah Betty sich noch einmal in der Wohnung um. Sie versuchte, sich vorzustellen, was für Bilder sie aufhängen würden, überlegte, wo sie Stoff für Vorhänge ergattern könnte und was sonst noch angeschafft werden müsste. Aber sie empfand die Leere der Wohnung auf einmal als niederschmetternd. Ihr Blick fiel auf die Fliegenfalle. *Reiß dich zusammen, das ist nur eine Phase,* sagt sie sich und legte eine Hand auf ihren Bauch.

Trotzdem wurde sie das Gefühl nicht los, dass ihre Ehe mit Kurt doch nicht so traumhaft sein würde, wie sie es sich erhofft hatte.

4.

Martha

Martha hielt sich am Träger ihres Campingbeutels fest, als sie auf Micha zuging. Er saß auf der untersten Stufe der Freitreppe, die Füße im Sand vergraben.

»Na, wenn das mal nicht mein Lebensretter ist.«

Er blinzelte gegen die Sonne an. »Du musst das nicht immer wieder aufbringen, das sind doch olle Kamellen.«

»Bescheiden ist er auch noch.« Sie lächelte. »Schön, dich zu sehen.«

Sie war bemüht, locker zu sein, was nicht gerade leicht war, wenn man dem Mann gegenüberstand, den man zweimal geküsst hatte, und nun wurde man sich einfach nicht darüber klar, was man für ihn empfand. Als er sie so ansah mit seinen braunen Augen, in denen deutlich eine Frage stand, nämlich, was das denn nun zwischen ihnen war, wusste sie, dass sie bald mit ihm reden musste.

»Ich freue mich auch sehr, dich zu sehen«, sagte er sanft.

»Du lässt also den Abend im Strandbad ausklingen? Gute Entscheidung«, sagte sie.

Er schmunzelte. »Eigentlich habe ich mich im Kiosk um

eine Aushilfstätigkeit beworben, um ein bisschen Geld zu verdienen.«

»Und hat Uschi dir die Stelle gegeben?«

»Nachdem ich ihr gesagt habe, dass ihr Prasselkuchen der beste weit und breit ist, wollte sie mich kaum noch gehen lassen. Nächsten Montag fange ich an.« Er schirmte mit einer Hand sein Gesicht gegen die Sonne ab. »Und du willst schon los?«

Sie nickte.

Er sah auf den See hinaus, dann hinab auf die ausgetrocknete Süßwassermuschel vor seinen Füßen und schien etwas loswerden zu wollen. Ein Teil von Martha wollte unbedingt hören, was er ihr sagen wollte, ein anderer Teil hatte Angst davor.

Schließlich atmete er mit einem Seufzer aus und sagte: »Um ehrlich zu sein, hatte ich die Hoffnung, dass du hier sein würdest und wir etwas Zeit gemeinsam verbringen.«

Auch das war Micha. Bei all seiner Schüchternheit stets entwaffnend ehrlich und damit vielleicht einer der mutigsten jungen Männer, die sie kannte.

»Du könntest mich ein Stück begleiten«, schlug sie vor. »Nur, wenn du willst.«

»Das würde ich sehr gerne tun.« Er erhob sich und klopfte den Sand von seiner Cordhose.

Es war schön, so sehr gemocht zu werden. Gleichzeitig hatte Martha ein schlechtes Gewissen, weil sie das Gefühl hatte, ihn hinzuhalten, nicht ganz ehrlich zu sein. Dabei wusste sie wirklich nicht, was sie wollte.

Micha bot ihr an, ihr Fahrrad zu schieben, aber sie lehnte

ab. Er erzählte ihr, dass man ihn nicht zur Rundfunktechniker-Lehre zugelassen hatte. »Aber wenigstens darf ich Nachrichtentechniker lernen. Das ist zwar nicht ganz das, was mich interessiert, aber immerhin ähnlich.«

Ihr gefiel, dass er leicht die Augen zusammenkniff, wenn er lächelte, so als würde er in die Sonne blinzeln. Er strahlte eine innere Ruhe aus, um die Martha ihn beneidete. In ihrem Kopf herrschte meistens ein ziemliches Durcheinander. Wie sollte sie Geld verdienen? Wo sollte sie wohnen? Wie würde es ohne Familie und ganz allein auf sich gestellt mit ihr weitergehen?

Nur zu gut erinnerte Martha sich an den Tag, an dem Micha frisch an die Schule gekommen war. Damals hatte er noch rote Bäckchen gehabt. Inzwischen waren seine Gesichtszüge markanter und ziemlich männlich, fand sie. Er hatte feines haselnussbraunes Haar, in das Martha am liebsten die Hand vergraben hätte, um zu testen, ob es so weich war, wie es aussah. Keine Frage, er war ein gut aussehender Kerl und noch dazu klug und liebenswert. Und lachen konnte man mit ihm auch viel. Sicher gab es die eine oder andere in seinem Umfeld, die sich wünschte, er würde mal mit ihr ausgehen. Dieser Gedanke stimmte sie kein bisschen eifersüchtig, und das sagte doch schon alles.

Sie erreichten den Plattenbau. Still und dunkel lag die Erdgeschosswohnung da. Frau Reinhart verschlief den größten Teil des Tages, spielte nicht mal mehr Klavier, aber Martha erzählte Betty nichts davon. Sie wollte ihre Freundin nicht belasten.

»Da sind wir«, sagte Martha und rollte von den Fersen auf die Zehenspitzen und wieder zurück.

»Viel zu schnell«, erwiderte Micha.

»Ich würde dich ja fragen, ob du mit reinkommen willst, aber …«

Das hier war nicht ihr Zuhause. Seit Wochen wohnte sie bei Bettys Eltern. Erst hatte sie in Alex' Bett geschlafen, und nun, wo Betty bei Kurt lebte, war sie in ihr Zimmer gezogen, das mit Zitaten und Fotos berühmter Schauspielerinnen tapeziert war.

»Schon gut, ich verstehe das. War schön, dich zu sehen.« Er schien kurz zu zögern und beugte sich dann vor, um sie auf die Wange zu küssen. »Mach's gut.«

Sie sah ihm nach und verstand sich selbst nicht. Sie empfand Dankbarkeit und Vertrauen, wenn er bei ihr war – aber da waren keine Schmetterlinge in ihrem Bauch. Kein einziger.

Als sie in ihrem Campingbeutel nach dem Haustürschlüssel suchte, der sich irgendwo unter Sonnencreme, dem Handtuch und ihrem Kreuzworträtselbuch zu verstecken schien, nahm sie auf einmal eine Bewegung links von sich wahr. Sie hielt inne. War es möglich, dass sich da drüben gerade jemand im Gebüsch versteckt hatte?

Kurz kam ihr der Gedanke, womöglich von der Stasi oder ihrem Vater beschattet zu werden, aber sie bezweifelte, dass sich die Mitarbeiter derart stümperhaft anstellten. Vielleicht nur Kinder, die Verstecken spielten?

Ihr Gefühl sagte ihr jedoch, dass hier irgendetwas faul war. Entschlossen drehte sie sich um und marschierte auf den

Holunderstrauch zu. Ein verräterisches Rascheln war zu hören. Hier war definitiv kein Profi am Werk. Die Person flüchtete auf die andere Seite, und es ging einmal im Kreis, bis Martha jäh umkehrte und vor ihrem Verfolger stand.

»Du«, sagte sie ungläubig. »Was machst du denn hier?«

Sie hätte mit jedem gerechnet, mit Ronny oder ihrem Adoptivvater oder einem der Jungs, der ihr einen Streich zu spielen versuchte – aber nicht mit Anna Kubiki.

Ihre leibliche Mutter richtete sich auf und strich ein Blatt von ihrer zerschlissenen schwarzen Kunstlederjacke.

»Na ja, ich habe nach dir Ausschau gehalten.« Anna rollte mit den Augen und hatte dabei viel von einer Halbwüchsigen. Unter der Jacke trug sie ein schwarzes Sommerkleid mit roten Blumen darauf. Dazu schwarze Stiefel und eine Strumpfhose mit einer Laufmasche.

»Und warum? Du wolltest doch nichts mit mir zu tun haben.« Martha verschränkte die Arme vor der Brust. Noch immer war sie verletzt von ihrer Begegnung mit ihrer leiblichen Mutter. Sie hatte so sehr gehofft, endlich das Loch zu füllen, das seit Jahren in ihrer Brust klaffte, doch dann hatte Anna sie kaltherzig fortgeschickt.

»Ich habe lediglich gesagt, dass es besser für dich ist, wenn du nichts mit mir zu tun hast. Ich weiß, ich habe mich schrecklich verhalten. Du hasst mich jetzt bestimmt!« Sie hatte die Stimme erhoben, sodass eine Frau, die einen Kinderwagen über den Gehweg schob, unangenehm berührt zu ihnen hersah. Sogar die Hände hatte Anna vors Gesicht gelegt, und Martha fragte sich, ob alle Künstler so dramatisch waren, aber Betty schon mal nicht. Zum Glück.

»Ist ja gut, beruhige dich.« Martha wollte nicht noch mehr Leute auf sich aufmerksam machen.

Anna löste die Hände von ihrem Gesicht und musterte den Plattenbau. »Hier wohnst du jetzt also.«

»Ja, vorübergehend. Bis ich etwas Eigenes gefunden habe.«

»Das heißt, bei euch zu Hause herrscht noch immer dicke Luft?«

»Fragst du mich das ernsthaft? Meine Eltern haben mich meiner leiblichen Mutter weggenommen, mich jahrelang angelogen und ausspioniert. Wie könnte ich mit denen unter einem Dach wohnen?«

»Du hast viel durchgemacht in letzter Zeit.« Annas Stimme war nun sanft und mitfühlend.

»Ja, das stimmt.«

»Du könntest auch bei mir unterkommen …«

»Ach, jetzt auf einmal?«

Sie schwiegen beide ein paar Atemzüge lang.

»Wer war der junge Mann?«

Die Frage kam so unvermittelt, dass Martha einen Moment nicht wusste, was sie darauf erwidern sollte. »Micha? Ein … ein Freund von mir.«

»Er scheint dich gernzuhaben.«

»Wir sind nur befreundet.«

Anna schmunzelte, als würde sie Martha nicht glauben. »Das sah mir aber nicht so aus.«

Martha seufzte und warf demonstrativ einen Blick in Richtung Wohnung. Sie hatte sicher nicht vor, mit Anna über ihr Liebesleben zu reden. »Also sag schon, was willst du hier?«

»Ich möchte mich entschuldigen. Es tut mir leid, dass ich das letzte Mal so reagiert habe. Ich war überfordert.«

»Und ich etwa nicht?«, entgegnete Martha.

»Ich wünschte, ich könnte es ungeschehen machen. Aber du musst auch mich verstehen: Ich habe dich jahrelang verzweifelt gesucht, und kaum akzeptiere ich, dass ich dich für immer verloren habe, stehst du vor mir.«

»Und jetzt hast du es dir anders überlegt und willst etwas mit mir zu tun haben?«

Anna schob die Unterlippe vor und zuckte mit den Schultern. »Wir könnten uns doch ein bisschen kennenlernen.«

Diese Frau hatte sie so enttäuscht, sagte Martha sich, die konnte ihr gestohlen bleiben, aber im Grunde war sie ihr längst nicht mehr böse. »Meinst du das ernst?«

»Ja. Natürlich.«

Martha lächelte. Gerade wollte sie vorschlagen, dass sie ja vielleicht mal gemeinsam ins Strandbad gehen könnten, da sagte Anna: »Komm doch zu einem unserer Treffen.«

»Was für Treffen?«

Anna trat einen Schritt näher und flüsterte: »Wir müssen uns wehren. Wir können doch nicht einfach so zulassen, dass die uns hier einsperren! Künstler und Intellektuelle werden verfolgt. Jeder, der denken kann und das auch tut, ist denen ein Dorn im Auge.«

War das zu glauben? »Verlangst du gerade ernsthaft, dass ich mich einer illegalen Bewegung anschließe?«

»Du hast gesagt, du schreibst gerne, und wir brauchen

kreative Denkerinnen und Denker. Du bist klug und scheinst zurechtzukommen und …«

Marthas Enttäuschung war bodenlos. »Deshalb kommst du zu mir … Weil du willst, dass ich euch bei was auch immer unterstütze!«

»Das ist etwas, das wir zusammen machen können. Eine gemeinsame Aufgabe als Mutter und Tochter!«

»Du willst mich allen Ernstes dazu überreden, mich gegen den Staat aufzulehnen?« Fassungslos schüttelte Martha den Kopf. »Ich bin gerade erst volljährig geworden und werde mir sicher nicht mein ganzes Leben verbauen! Abgesehen davon kennst du mich kaum! Ich könnte dich anschwärzen!«

»Das tust du nicht«, sagte Anna selbstbewusst. »Wir sind aus demselben Holz geschnitzt, das ist nicht zu übersehen.«

Da hatte sie recht. Wie schon bei ihrem ersten Treffen hatte Martha auch jetzt die ganze Zeit das Gefühl, einer älteren Version von sich selbst gegenüberzustehen. Das gleiche braune Haar. Die gleichen braunen Augen. Die gleiche zierliche Figur. Der einzige Unterschied zwischen ihnen war, dass ihre Mutter keine Brillenschlange war und sich gehen ließ, und das würde sich Martha nie gestatten.

»Selbst wenn«, sagte sie. »Du solltest auf mich aufpassen und nicht versuchen, mich zu verbotenen Aktionen zu überreden! Du bist meine Mutter, verdammt!« Nun war Martha laut geworden, und es huschte doch tatsächlich ein kleines Schmunzeln über Annas Gesicht.

»Du hast mich Mutter genannt.«

Martha gab ein Geräusch von sich, das fast wie ein Knurren klang, aber sie merkte, dass ein Teil von ihr nicht abgeneigt war, sich Annas Angebot zumindest durch den Kopf gehen zu lassen. Doch ein anderer, stärkerer, Teil wollte nur noch in ihr Zimmer bei Bettys Eltern, die Tür hinter sich schließen und sich die Decke über den Kopf ziehen.

»Gib mir Zeit, darüber nachzudenken«, sagte sie. »Tatsächlich habe ich bei einem illegalen Radio mitgemacht, ganz fremd ist mir die Idee also nicht. Es ist nur so, dass ich mir von dir etwas anderes erhofft hatte.«

Wärme. Schutz.

Sie wandte sich zum Gehen.

»Ich kann wieder malen!«

Martha blickte ihre Mutter erstaunt an.

»Nachdem du bei mir warst, überkam es mich«, rief Anna aus. »Ganz neue Sujets, eine Formsprache, die mir mehr entspricht als alles, was ich je gemacht habe. Offenbar ist durch dein Auftauchen etwas in mir wieder ganz geworden. Ich kann wieder kreativ sein!«

»Das freut mich für dich«, sagte Martha leise. »Jetzt muss ich aber. Mach's gut, ich melde mich.«

Martha hob die Hand zu einem kleinen Winken und wandte sich ab. Am Neubau angekommen, schloss sie die Eingangstür auf und trat ins Gebäude. Die Erdgeschosswohnung lag still da.

In Bettys Zimmer warf sie sich aufs Bett und starrte die Decke an. Kaum zu glauben, dass sie wirklich von dieser leicht verwahrlost wirkenden Frau abstammen sollte.

Doch dann breitete sich ein Schmunzeln auf ihren Lippen aus. Anna malte wieder. Weil Martha in ihr Leben getreten war.

5.

Clara

Licht. Wie ein leichtes Kitzeln auf ihrem Gesicht.

»Sie hat ein bisschen geblinzelt, das ist doch ein gutes Zeichen, oder?« Eine Stimme wie von fern. Jung, hell, fürsorglich.

War das Martha? Oder Betty? Nein … Die Stimme löste nichts in ihr aus.

Ihre Glieder fühlten sich unendlich schwer an. Ihre Lider zu heben erschien ihr unmöglich. Da war ein dumpfes Pochen in ihrem Kopf. Ihre Kleidung klebte feucht an ihrer glühend heißen Haut. Gleichzeitig fror sie von innen heraus und schlotterte.

»Ich hole den Arzt.«

»Lassen wir sie lieber noch schlafen«, sagte eine zweite Stimme, die tiefer und älter klang.

»Aber der Arzt hat gesagt, dass …«

»Die Kleine war völlig am Ende ihrer Kräfte und braucht bestimmt noch ein bisschen Ruhe.«

Mit geschlossenen Augen lag Clara da und nahm alles in sich auf. Den Geruch von Desinfektionsmittel, frisch gewaschenen Laken und … Zimt? Konnte das sein? Nach und nach wurde sie sich der Geräusche um sich herum bewusst. Sie strengte sich an, alles seiner jeweiligen Quelle zuzuordnen. Manchmal war es leicht, dann wieder kaum möglich. Da war das ferne Rauschen einer Straße. Ein Stück entfernt waren Schritte zu hören. Ein leises Quietschen von Sohlen. Im Nebenzimmer jammerte und ächzte jemand. Ein Auto hupte. Draußen begann auf einmal ein lautes Hämmern, wie auf einer Baustelle … Dann war das Hämmern an ihren Schläfen. Dumpf und unbarmherzig.

»Mach das Fenster zu, der Lärm macht ihr zu schaffen.«

Die Geräusche wurden leiser. Metallringe klackerten. Offenbar waren die Vorhänge zugezogen worden, denn das Licht, das ihre Lider gekitzelt hatte, war verschwunden. Sie wollte sich bedanken, aber die Worte kamen einfach nicht.

»Was für schönes Haar«, staunte die hellere der beiden Stimmen. »Fuchsrot.«

Claras Mund war trocken. Sie schluckte, aber selbst diese kleine Bewegung kostete sie unendlich viel Kraft.

Sie nahm ein undeutliches Flackern über sich wahr, dann eine Berührung an ihrer Hand. »Armes Ding.«

Endlich schaffte sie es, die Lider zu heben. Langsam setzte ihr Kopf all die Eindrücke wie ein Puzzle zusammen. Die zwei Frauen, die sich um sie herumbewegten und ihrer Arbeit nachgingen, waren Krankenschwestern. Sie war in einem Krankenhaus. Nur weshalb, wollte sich ihr einfach nicht erschließen …

»Ist sie denn wirklich aus dem Osten geflohen?«, fragte die helle Stimme.

»Ja, sie ist wohl durch den Teltowkanal geschwommen,

war halb erfroren, als sie hier ankam, hat aus tausend Schnittwunden geblutet und war nicht bei Bewusstsein. Aber die ist zäh. Das sagt mir mein Gefühl. Nächste Woche hüpft die übern Ku'damm.«

Teltowkanal … geflohen …

Erinnerungsblitze leuchteten auf.

Ein sternenloser Himmel.

Dann: Alles schwarz. Totenstille. Sie ist umschlossen von Wasser, weiß nicht, wo oben und unten ist. Flutlicht, davor ein Gewehrlauf.

Ihr Herz raste. Dieser höllische Schmerz in ihrem Kopf wurde immer intensiver, wurde zu einem Geräusch, zu einem hohen Piepen, das ihren Schädel zu sprengen drohte. Alles, was sie tun konnte, war, die Augen zuzukneifen und darauf zu hoffen, dass sie erneut das Bewusstsein verlor.

Wie eine Erlösung kam schließlich das gleißend helle Weiß, brach über sie herein wie eine sanfte Woge. Dankbar stieß sie den Atem aus und ließ sich davon umhüllen.

Als sie das nächste Mal aufwachte, hatte sich ihr Körper beruhigt. Er glühte nicht mehr, sie war nur ein wenig benommen.

Sie hatte einen fahlen Geschmack im Mund. Hoffentlich gab es hier eine Möglichkeit, sich die Zähne zu putzen. Dass sie daran dachte, sich frisch zu machen, war vermutlich ein gutes Zeichen. Ebenso ihr dringendes Bedürfnis, sich zu strecken, doch ihre Arme und Beine fühlten sich schwer an, ließen sich nicht bewegen. Aber immerhin gelang es ihr, den Kopf zur Seite zu drehen. Ein frischer Lufthauch streifte sie, die reinste Wohltat.

Ein Stuhl wurde über den Boden geschoben.

Clara öffnete die Augen, nahm zunächst nur schemenhaft etwas über sich wahr. Mit aller Macht konzentrierte sie sich darauf, bis Form und Farbe sich verfestigt hatten und es Gestalt annahm. Zufrieden, aber mit schmerzendem Kopf erkannte sie, was es war: eine Frau.

Kurz hatte sie den bizarren Gedanken, im Himmel zu sein, denn die Fremde hatte etwas an sich, als wäre sie nicht von dieser Welt. Ihre Haut war so hell, als hätte sie noch nie einen Sonnenstrahl gesehen. Ihr Haar war silberblond und lag in weichen Wellen auf ihren Schultern auf. Sie hatte eine kleine spitze Nase und eher schmale Lippen. Und dann diese Augen … Tiefblau, wie das Eis des sowjetischen Baikalsees im Winter.

»Guten Morgen«, sagte diese Erscheinung von Frau und setzte sich auf den Stuhl, den sie sich herangezogen hatte, aber umgekehrt, lehnte den Oberkörper gegen die Rückenlehne. »Wieder unter den Lebenden?«

Clara sammelte all ihre Kraft und stemmte sich in eine sitzende Position. Die Frau erhob sich kurz und half ihr. »Wo bin ich?«

»Im Krankenhaus. In dem am Großen Wannsee.«

»Wannsee …«, wiederholte Clara ratlos.

»Kannst du dich erinnern, was passiert ist?«, fragte die Fremde, die vierzig Jahre alt sein mochte, vielleicht ein bisschen älter.

Gleißend helles Licht. Eisiges Wasser. Todesangst.

Clara kniff die Augen zusammen, ihr Körper verhärtete sich.

Eine sanfte Hand legte sich an ihre Wange. »Schon gut. Du bist jetzt hier. In Sicherheit. Trink etwas.«

Die Frau reichte ihr eine Tasse mit stark gesüßtem Tee, die Clara gierig leerte.

Clara schloss die Hände um das leere Behältnis, sah hinein und sagte: »Ich bin geflohen …«

Die Fremde nickte. »Und du hast es geschafft. Ab jetzt kannst du zwei Geburtstage feiern.«

Als die Fremde sich erhob, um zu der großen Tasche auf dem Tisch in der Ecke zu gehen, nutzte Clara die Gelegenheit, sie unauffällig zu mustern. Sie war groß und sehr schlank und trug einen eleganten cremeweißen Hosenanzug, darunter eine zartrosa Bluse. Marlene Dietrich trug so etwas, das wusste sie von Betty. Ihre Freundin hatte oft genug vom Stil der Dietrich geschwärmt und gesagt, dass sie sich wohl nie trauen würde, als Frau eine Hose zu tragen.

Die Fremde wirkte herzlich und gleichzeitig kühl und unnahbar. Feminin und doch so, als könnte sie sich problemlos wie ein Mann durchsetzen. Sie war ein einziger Widerspruch, und das war es wohl, was Clara dazu brachte, sie unablässig anzusehen.

»Ich bin Lilli«, sagte die Frau, der Claras Blick offenbar nicht entgangen war, und hob einen Stapel Kleidung aus der Tasche.

Clara überlegte, ob sie Lilli fragen konnte, was sie mitten in der Nacht an der Grenze gemacht hatte. Aber sie wollte nicht neugierig sein. War das nicht eigentlich auch egal? Es zählte nur, dass sie Clara gerettet hatte. Was wäre geschehen, wenn sie nicht vor Ort gewesen wäre?

Lilli legte den Stapel Kleidung auf Claras Beinen ab, die unter einer dünnen, weichen Decke steckten. »Das ist für dich. Nur für die ersten Tage. Ich ziehe das Zeug nicht mehr an.« Etwas an der Art, wie sie das sagte, ließ Clara annehmen, dass eine Geschichte dahintersteckte.

»Danke«, sagte sie.

Lilli hob ein braunes Wollkleid mit langen Ärmeln hoch und betrachtete es angewidert. Clara fiel es schwer zu glauben, dass diese dezent geschminkte Frau in dem extravaganten Hosenanzug jemals dieses schlichte Kleid getragen haben sollte, das im Grunde in Ordnung war, aber irgendwie auch in die DDR gepasst hätte.

»Kennst du denn jemanden im Westen?«, fragte Lilli.

Clara hatte das Gefühl, als würde ein schwerer Stein auf ihrer Brust liegen. Ab jetzt war sie völlig auf sich allein gestellt. »Nein, aber ich komme schon klar. Ich werde wohl erst mal in einem Auffanglager unterkommen. Dort wird man mir helfen, habe ich gehört.«

Lilli grinste spöttisch. »Eine ganz Tapfere also.«

Missmutig runzelte Clara die Stirn. Nur weil sie gerade Kleidung von dieser Frau bekommen hatte, verkniff sie es sich, ihr zu sagen, dass nichts, absolut nichts daran amüsant war, sein Leben zu riskieren und in einem Krankenhaus aufzuwachen, in einem Land, in dem man sich ein neues Leben aufbauen wollte mit nichts in der Tasche.

Als Lilli hinausging, um mit dem behandelnden Arzt zu sprechen, ließ Clara den Kopf aufs Kissen sinken. Schon liefen die Tränen. Natürlich war ihr klar gewesen, dass der Anfang hart werden würde. Verdammt hart. Aber sie hatte nicht geahnt, wie heftig der Schmerz war. In ihrer Brust klaffte ein riesiges Loch. Sie vermisste ihre Mutter, ihre festen, herzlichen Umarmungen. Sie vermisste ihren Großvater, sein leises unverständliches Gemurmel, wenn er tagsüber am Fenster saß und die Vögel im Hof beobachtete. Sie vermisste Martha und Betty, ohne die sie sich nicht vollständig fühlte. Sie vermisste ihren Vater, seinen unbedingten Glauben an sie, seine Menschenliebe. Es tat so schrecklich weh, an ihn zu denken. Sah er gerade von da oben auf sie herab? War er ihr Schutzengel gewesen?

Und sie vermisste Alex, in den sie sich vollkommen und unwiderruflich verliebt hatte, obwohl sie sich so lange dagegen gewehrt hatte.

Die Tür schwang wieder auf, und Lilli kam zurück. »Der Arzt sagt, wenn du dich gut fühlst, kannst du jederzeit gehen. Du musst nur in zwei Tagen noch mal einen Blick auf die Schnittwunden werfen lassen, die du überall hast.«

Hastig wischte Clara sich die Tränen von der Wange. Kurz überlegte sie, Schwindel oder Übelkeit vorzutäuschen, um noch nicht von hier wegzumüssen. Aber aufzuschieben, was sich ohnehin nicht vermeiden ließ, nützte ja nichts. Sie musste in Erfahrung bringen, wo ein Auffanglager war, in dem sie sich melden konnte. Sie musste ihren Weg durch eine Stadt finden, die ihr fremd war, auch wenn sie den gleichen Namen trug wie ihre Heimatstadt. Aber das würde sie schon meistern. Irgendwie …

Sie stellte sich vor, wie sie im Auffanglager eine Pritsche zugeteilt bekam. Lauter Unbekannte, die alle dasselbe Schicksal teilten. Dieselbe Verzweiflung in den Gesichtern.

Sie hörte Kinder weinen und verfluchte ihre Entscheidung, geflohen zu sein. In der DDR war sie jetzt eine gesuchte Verbrecherin. Und im Westen würde man sie auch nicht unbedingt mit offenen Armen empfangen. Wer war sie denn schon? Sie brachte nichts mit, kein Geld, keine Ausbildung. Nichts. Erneut liefen die Tränen.

Lilli betrachtete sie eingehend und kramte dann ein geblümtes Taschentuch aus ihrer cremefarbenen Handtasche, das sie ihr reichte. »Magst du Katzen?«

Clara nickte.

»Dann schwing die Beine aus dem Bett, und zieh dich an. Du kannst vorerst bei mir unterkommen.«

Clara konnte kaum glauben, was sie da gehört hatte. »Aber du weißt absolut nichts über mich und ich nichts über dich.«

»Das wäre das Abenteuer daran«, erwiderte Lilli und grinste.

6.

Martha

Ganze dreimal war Martha nun am Eingang des Redaktionsgebäudes der *Evelyn* vorbeigelaufen. Inzwischen war es vierzehn Uhr. Jedes Mal hatte sie sich gesagt: »Diesmal gehst du rein!« Aber wie von selbst hatten sich vor der hohen Tür mit der Messingklinke ihre Schritte beschleunigt, und sie war lieber vorbeigehuscht und um die Ecke gebogen, wo sie dann mit schlotternden Knien gestanden und ihre Feigheit verflucht hatte.

Inzwischen war sie dazu übergegangen, erst mal unauffällig von der anderen Straßenseite aus zu beobachten. Das widerstrebte ihr zwar – immerhin hatte früher ihr Adoptivvater ihr unschuldiges Kindergesicht benutzt und sie angewiesen, Badegäste im Strandbad auszuspionieren. Aber vielleicht würde ihr etwas ins Auge fallen, ein Zeichen oder so, was ihr zumindest ein klein wenig Zuversicht schenken würde, dass sie nicht komplett größenwahnsinnig geworden war, bei einer der renommiertesten Modezeitschriften der Republik nach Arbeit zu fragen.

Ein paar Arbeiter bogen um die Ecke, liefen an Martha vorbei und kehrten zur Baustelle zurück, die direkt hinter ihr lag. Martha hatte die Gruppe schon vorhin gesehen, als sie bei Konnopke Bockwurst gegessen hatte, einer Bude unter der Hochbahn in der Schönhauser Allee. Sie waren ihr aufgefallen, weil eine Frau im Blaumann unter ihnen war. Ein ungewöhnlicher Anblick.

Direkt hinter Martha zog man auf den Trümmern einer Kriegsruine ein neues Gebäude hoch. Schon ging das Hämmern und Bohren los.

Martha wollte gerade die Straße überqueren, da kamen zwei junge Frauen den Gehweg entlang. Ihre hohen Pferdeschwänze hüpften bei ihrem beschwingten Gang. Sie konnte nicht aufhören, die beiden anzustarren, so makellos, wie sie waren. Es war, als würde ihr Anblick die Welt entschleunigen. Der Lärm der Baustelle verblasste, der Trabi, der gerade um die Ecke gebogen war, fuhr langsamer.

»War ja klar, dass ihr bei der *Evelyn* arbeitet«, seufzte Martha leise, als die zwei Frauen vor der hohen Eingangstür stehen blieben, an der sie ein paarmal feige vorbeigelaufen war, um noch ein bisschen zu plaudern, ehe sie wieder hineingingen, um die Frauenwelt dieses Landes mit Modetipps und Wissenswertem zu versorgen.

Wo konnte man in diesem Land solche Kleider kaufen? Die beiden sahen aus wie frisch vom Laufsteg. Die Brünette trug ein rotes schlichtes Kleid mit hohem Kragen und schwarzem Gürtel, der ihre schmale Taille betonte, dazu eine große, getönte Sonnenbrille. Sie sah ein bisschen aus wie Audrey Hepburn. Die Blondine trug eine silberne Bluse, die sie mit einer großen bunten Kette aufgewertet hatte. Ihr Bleistiftrock schmiegte sich eng an ihren Körper. So schlank, wie die beiden waren, hatten sie heute Mittag vermutlich nicht bei Konnopke gegessen. Wahrscheinlich noch nie.

Martha strich über den leichten Stoff ihres gestreiften Sommerkleides, das ihr mit einem Mal schrecklich altbacken vorkam. Ihre dünne Strickjacke war nicht süß, wie sie vorhin noch gedacht hatte, sondern aus der Mode. Ihr Haar hatte sie wie immer zu einem braven Zopf geflochten. Wenigstens hatte sie sich für die Riemchensandalen mit dem kleinen Absatz entschieden. Sie sah aus wie ein Landei, das sich in die Stadt verirrt hatte, was ganz sicher an der Einstellung lag, mit der sie groß geworden war: Kleidung hatte praktisch und alltagstauglich zu sein. Was also wollte jemand wie sie hier bei der *Evelyn*?

Einer der Bauarbeiter pfiff, und die beiden Schönheiten winkten kokett und verschwanden in dem Gebäude.

Auf einmal ohrenbetäubender Lärm. Im nächsten Moment war Martha von Kopf bis Fuß eingehüllt in eine dichte Staubwolke. Direkt hinter ihr war Bauschutt abgeladen worden.

»Mist, verdammter!«, schimpfte sie.

Sie nahm ihre Brille ab und versuchte, die Gläser mit dem Ärmel ihrer Strickjacke von dem grauen Film zu befreien. *Du hast zwei Möglichkeiten*, sagte sie sich. *Entweder du fährst nach Hause und ärgerst dich den Rest des Tages über deine Feigheit. Oder du gehst jetzt in dieses Gebäude und versuchst dein Glück.* Clara war sogar so mutig gewesen, einfach ins Ministerium für Volksbildung zu marschieren und sich darüber zu beschweren, dass man ihr den Übertritt zur Erweiterten Oberschule verweigerte. Und sie selbst hatte schon Angst, sich der Chefredakteurin einer Modezeitschrift vorzustellen? Clara würde ihr gehörig in den Hintern treten, wenn sie hier wäre!

Blick nach links, Blick nach rechts. Die Straße war frei. Martha holte tief Luft und setzte sich in Bewegung.

Neben der Eingangstür war ein Schild angebracht, auf dem stand, dass die Redaktion der *Evelyn* im dritten Stock lag. Martha beschloss, den Fahrstuhl zu nehmen. Während die Kabine knatternd hinaufgezogen wurde, hielt sie sich an den Trägern ihrer Tasche fest und ging im Kopf noch mal durch, was sie sich zurechtgelegt hatte. Sie war ein engagiertes FDJ-Mitglied, hatte ihr Abitur erfolgreich bestanden und die Müggelsee-Freunde geleitet, zumindest eine kurze Zeit …

Der Fahrstuhl wurde langsamer und hielt.

Stimmen waren zu hören. Das Schlagen von Schreibmaschinentasten. Das Klack, Klack, Klack hoher Absätze. Ein Telefon klingelte, kurz darauf schon wieder.

Martha holte tief Luft. Sie trat aus dem Fahrstuhl, öffnete die gegenüberliegende Tür – und stand mitten in einem riesigen, saalartigen Raum. Gleich neben dem Eingang war ein Schreibtisch, an dem jedoch niemand saß. Es ging zu wie im Taubenschlag. Eine junge Frau schob einen Wagen voller Kleidung an ihr vorbei. Eine andere eilte auf angsteinflößend hohen Absätzen mit einem Stapel Zeitschriften in die entgegengesetzte Richtung.

In der Mitte stand ein großer altmodischer Konferenztisch mit Stühlen ringsherum. Daneben zeigte eine große Schultafel den Seitenplan der nächsten Ausgabe – das nahm Martha jedenfalls an. Aber noch war kaum etwas in die Kästchen für die jeweiligen Seiten eingetragen. An der einen Wand hohe Regale, gefüllt mit Büchern und Bildbänden, an der anderen drei Schreibtische. Davor waren an Schneiderpuppen Stoffe oder Kleidungsstücke drapiert.

Am Ende des großen Raums wurde eine Tür geöffnet, und man konnte in ein Büro schauen, aus dem Rauch quoll. Martha vermutete, dass dort die berühmte Chefredakteurin hinter einem wuchtigen Schreibtisch saß, sich Kaffee servieren ließ, Kette rauchte und die Asche in einen Aschenbecher aus Bleiglas schnippte.

Zögerlich trat Martha zwei Schritte nach vorne. Schon wieder klingelte das Telefon, und die junge Frau, die mit einem Stapel Papier aus dem Büro der Chefredakteurin gekommen war, hechtete sich hinter den Schreibtisch neben der Eingangstür und hob den Hörer ab.

»Redaktion *Evelyn*«, sagte sie ein wenig atemlos. »Sie sprechen mit Susi Hohlmüller. Was kann ich für Sie tun?«

Erneut wurde der Fahrstuhl geöffnet. Ein Postbote marschierte hinter Martha durch die Tür, zwang sie so einige Schritte in den Raum hinein und trug zwei Päckchen sowie einen Stapel Briefe zum Konferenztisch und legte alles ab. Dabei lächelte er selig. Kein Wunder, es wimmelte hier geradezu vor hübschen Frauen. Aber im Gegensatz zu den Zeitungsredaktionen, bei denen sie sich bisher vorgestellt hatte und in denen Frauen nur Kaffee gekocht oder Briefe sortiert hatten, arbeiteten sie hier als Journalistinnen. Ihre rot lackierten Fingernägel schlugen fleißig die Tasten der Schreibmaschinen an, sie begutachteten Fotos oder führten wichtige Gespräche am Telefon und machten nebenbei Notizen.

Als der Postbote wieder im Aufzug verschwunden war, wagte Martha es, Susi Hohlmüller anzusprechen.

»Hallo, mein Name ist Martha Ass … Martha Ku …« Sie verstummte. Sie hatte sich zu allem Gedanken gemacht, nur nicht darüber, mit welchem Nachnamen sie sich vorstellen sollte.

Susi Hohlmüller klimperte mit den langen Wimpern und wartete freundlich auf die Fortsetzung. Auf einmal wurden ihre dramatisch betonten Augen noch größer, wenn das überhaupt möglich war. »Ah! Du bist für die Vorher-nachher-Fotoreihe hier!«

»Eigentlich bin ich hier, um mich vorzustellen und zu fragen, ob vielleicht eine Stelle frei ist.«

»Hast du einen Termin bei der Chefredakteurin?«

Martha schüttelte den Kopf. »Nein, ich bin spontan hier.«

»Oh«, sagte die junge Sekretärin. »Gerade ist es ungünstig. Gleich haben wir Redaktionskonferenz.«

»Verstehe. Könnte ich vielleicht warten?«, fragte Martha vorsichtig.

Susi schüttelte den Kopf, ohne dass auch nur eine Locke ihrer Dauerwelle aus der Reihe tanzte. »Nein, besser nicht.«

»Ich mache auch keinen Mucks. Versprochen.«

Susi seufzte. »Aber du musst wirklich leise sein und dich hinten in die Ecke setzen. Frau Hartweg mag es nicht, wenn Fremde bei den Besprechungen anwesend sind.« Sie hatte die Stimme gesenkt und sich leicht über den Schreibtisch gebeugt. »Es kam eine Beschwerde von ganz oben, die *Evelyn* wäre zu französisch«, fuhr Susi fort. »Die Lage ist etwas angespannt. Aber du siehst mir nicht aus wie jemand von der Stasi.«

Fast hätte Martha aufgelacht.

Susi Hohlmüller sammelte ein paar Notizen auf ihrer Arbeitsfläche zusammen und brachte sie auf Kante. Dabei fiel ihr Blick auf die Uhr über dem Büro der Chefredakteurin. »Oh, ich bin spät dran! Schnell, setz dich dort hin.« Susi wies mit ihren manikürten Fingern auf eine Stuhlreihe neben den Toiletten.

Ein paar Journalistinnen hatten sich bereits um den großen Tisch in der Mitte des Raums versammelt, andere tippten noch schnell letzte Worte, rissen das Papier aus der Schreibmaschine und stürzten zu den anderen an den Versammlungstisch. Schaufensterpuppen mit Kleidung wurden herbeigeschleppt, ein Wagen mit einer Auswahl an Hüten und Gürteln neben dem Tisch platziert. Hektische Betriebsamkeit hatte alle jungen Frauen erfasst – es war, als würde gleich etwas Bedeutsames passieren. Auch Susi eilte auf ihren hohen Stiefeln zu dem Tisch, ließ sich in letzter Sekunde auf einen freien Stuhl fallen, ehe eine Frau aus dem Büro trat.

Das musste Frau Hartweg sein.

Ihre Art zu gehen ließ keinen Zweifel daran, dass sie sich der vollen Aufmerksamkeit aller bewusst war. Ihr Kostüm hatte die Farbe von Sekt und einen extravaganten Schnitt. Die Jacke saß an der Taille sehr eng und fächerte sich darunter auf. Ihr graublondes Haar hatte sie zu einem vornehmen Knoten geschlungen. Ihr Alter war schwer zu schätzen, aber wahrscheinlich ging sie auf die fünfzig zu.

Frau Hartweg stellte sich an das Kopfende des Tisches

und sah in die angespannte Runde. Ihre Fingerspitzen berührten den Tisch. »Meine Damen, ich hoffe, Sie hatten ein angenehmes Wochenende mit kreativen Geistesblitzen. Ich für meinen Teil war auf einer Modenschau von Heinz Bormann – und wer war unter den Gästen? Lotte Ulbricht. Offenbar beweist sie zumindest bei ihrer Kleiderwahl Geschmack.«

Die Frauen lachten.

»Wie auch immer«, fuhr Frau Hartweg fort. »Ich hoffe doch sehr, dass heute jemand mit einer guten Idee glänzt.«

Der Audrey-Hepburn-Verschnitt hob eine Collage hoch. Leider konnte Martha von ihrem Platz aus nicht sehen, was sie zusammengestellt hatte. Was auch immer es war, Frau Hartweg wirkte nicht sonderlich beeindruckt.

»Ich dachte mir, wir könnten China als Motto nehmen«, sagte die junge Frau. »Eine Reise durch das Land. Was isst man, wie lebt man. Und dann: Mode, chinesisch angehaucht, klare Linien, strenge Anmutung, die Farben Blau, Grau und Schwarz dominieren …«

»Sehr gut«, sagte die Chefredakteurin, und ihre Stimme triefte vor Sarkasmus. »Bringen wir doch einfach noch mal den Artikel, den wir schon vor zwei Jahren gebracht haben. Dann sparen wir uns Arbeit!«

Audrey Hepburn blickte bedröppelt auf ihre Unterlagen.

»Die Nächste?!« Die Chefredakteurin tippte mit ihrem Füllfederhalter einen enervierenden Rhythmus auf den Tisch.

Eine Frau, die offensichtlich schwanger war, meldete sich zu Wort. »Wie wäre es mit …« Sie hob die Hände, als würde sie den Titel vor sich sehen. »… Tagebuch einer werdenden Mutter. Ein Kind wird geboren!«

Frau Hartweg legte eine Hand an die Stirn, als hätte sie Kopfschmerzen. »Abgesehen davon, dass das nur ein Abklatsch der *Constanze* wäre, die etwas Ähnliches vor einem Jahr gebracht hat, wird neuerdings im Westen endlich die Antibabypille verkauft. Und wir Frauen hier, die davon nur träumen können, sollen mal wieder über die Wunder der Schwangerschaft schreiben?«

Die werdende Mutter legte wie zum Schutz beide Hände auf ihren Bauch. »Meins ist ein Wunschkind«, sagte sie leise. »Soll's ja geben.«

»Das interessiert im Moment keinen.«

Die sich ausbreitende Stille jagte Martha einen kalten Schauer den Rücken hinab.

Durch die offenen Fenster war das Bohren und Hämmern der Baustelle zu hören.

»Um Himmels willen, bei diesem Lärm kann man ja keinen klaren Gedanken fassen!«, rief Frau Hartweg aus.

Sofort sprang eine der Journalistinnen auf und eilte zum Fenster, um es zu schließen.

Auf einmal traf Frau Hartwegs Blick Martha wie ein Pfeil. »Wer ist das?«

»Das ist Martha … äh … Wie heißt du noch mal?«, fragte Susi.

»Martha. Martha Kubiki«, sagte sie eilig.

»Also Martha Kubiki würde sich gerne für eine Stelle bewerben.«

Martha hatte sich von ihrem Stuhl erhoben und versuchte, ihre Nervosität zu unterdrücken. Zögerlich trat sie ein paar Schritte näher an den Konferenztisch. »Hallo. Verzeihen Sie, dass ich störe. Ich wollte die Versammlung nicht unterbrechen. Aber ich bin hier, um …«

»Das Archiv liegt im Keller«, fiel Frau Hartweg ihr ins Wort und machte eine Handbewegung, als würde sie eine Fliege vor ihrem Gesicht verscheuchen. »Aber wir können uns keine Archivarin leisten. Sie haben sich vergebens herbemüht.«

Martha trat unbehaglich von einem Fuß auf den anderen. Sie spürte die Blicke sämtlicher Redaktionsmitglieder auf sich. »Na ja, eigentlich würde ich gerne in der Redaktion arbeiten.«

»Für die *Evelyn?*« Frau Hartweg setzte ihre schmale Brille auf und musterte Martha von oben bis unten. »Ihnen ist schon bewusst, dass wir eine *Modezeitschrift* machen? Sie scheinen sich nicht für Mode zu interessieren.«

»Na ja.« Beschämt verschränkte Martha die Hände vor dem Bauch, fühlte sich hässlich und geradezu schmutzig. Doch dann straffte sie sich. Sie war nicht hier, um sich runterputzen zu lassen wegen etwas, für das sie nichts konnte.

»Und ob ich mich für Mode interessiere. Aber es gibt in den Läden nun mal nicht viel Auswahl, oder?«

»Dann schafft man sich diese Auswahl eben selbst«, erwiderte Frau Hartweg trocken. »Können Sie nähen? Können Sie stricken? Nein? Dann können Sie gehen.« Sie zeigte zur Tür.

»Ich kann schreiben«, sagte Martha wie aus der Pistole geschossen und griff auf das zurück, was sie sich zurechtgelegt hatte. »In der neunten Klasse habe ich einen Schreibwettbewerb an unserer Schule gewonnen und …«

»Lesen Sie denn überhaupt die *Evelyn?*«, unterbrach Frau Hartweg sie, während sie einen Hut in Augenschein nahm, der auf dem Kopf einer Schneiderpuppe saß und mit großen Stoffblumen verziert war.

Sollte sie lügen? Lieber nicht. Die Augen dieser Frau sahen alles.

»Nein. Um ehrlich zu sein, nicht. Aber ich lese viel Zeitung.«

»Warum bewerben Sie sich nicht da?«

»Ich habe es bei verschiedenen Blättern versucht, aber immer wurde ich gefragt, ob ich Kaffee kochen kann.«

»Warum studieren Sie nicht oder machen eine Ausbildung?«

»Das wollte ich ja. Ich wollte immer aufs Rote Kloster. Doch … meine Bewerbung wurde abgelehnt.«

Sie überlegte, ob sie hinzufügen sollte, weshalb: Weil ihr Adoptivvater ihr Steine in den Weg legte. Aber dann hätte sie erwähnen müssen, dass er für die Stasi arbeitete, und das wäre mit Sicherheit ihr Aus.

»Was ist das da an Ihrem Kragen? Etwa ein Senffleck?«

Oh Gott. Am liebsten wäre Martha im Erdboden versunken. Sie kratzte den Fleck mit dem Fingernagel ab. »Mittags war ich …«

»Wie alt sind Sie?«, fiel Frau Hartweg ihr erneut ins Wort. »Achtzehn?«

Martha nickte. »Ich weiß, dass ich jung bin. Aber ich bin voller Energie, lerne schnell und bin fleißig …«

»Danke, ich weiß, was ich wissen muss. Sie dürfen gehen.« Frau Hartweg wandte sich ab und blickte nun wieder über ihr Gefolge, in Erwartung der nächsten Themenvorschläge.

» … aber ich brauche Arbeit. Und ich will etwas Sinnvolles tun. Etwas von Bedeutung.«

Frau Hartweg nahm ihre Brille ab, legte einen der Bügel an ihren Mundwinkel und sah Martha gedankenversunken an. Kurz hatte Martha die Hoffnung, die Chefredakteurin umgestimmt zu haben, aber dann wandte sie sich wieder den jungen Frauen zu.

Marthas Schultern sanken herab. Was hatte sie auch erwartet? Hier ging es um Äußerlichkeiten. Und mit all diesen geschminkten, makellosen Schönheiten konnte sie nun mal nicht mithalten. Sie hatte ja nur Köpfchen und Herz.

»Vielen Dank für Ihre Zeit«, sagte sie scharf.

Sie hatte schon fast die Tür erreicht, als auf einmal jemand laut pfiff. Sie wandte sich um. Es war die Chefredakteurin gewesen. »Montag, acht Uhr«, sagte sie. »Sie arbeiten erst mal auf Probe. Bringen Sie Ideen für die nächste Ausgabe mit. Ich will etwas nie Dagewesenes. Überraschen Sie mich …, wenn diese gut angezogenen jungen Frauen hier das schon nicht schaffen.«

7.

Clara

Sie hatten exakt in dem Moment das Krankenhaus verlassen, in dem sich der leichte Sommerregen auf einmal in eine Sturzflut verwandelte. Lilli vorneweg, Clara langsamer hinterher, rannten sie über den Parkplatz und wichen den Pfützen aus. Lilli lachte. Sie hatte sich ein Tuch um ihr Haar gebunden und hielt die Tasche mit der Kleidung schützend über ihren Kopf.

Auf dem Parkplatz standen so einige schicke Wagen herum: sportliche Flitzer, Mercedes-Luxusschlitten, bunte Käfer und VW-Busse. An Autos wie diesen hatte Clara immer Touristen aus dem Westen erkannt. Lillis roter Straßenkreuzer stand schräg und belegte zwei Parkplätze.

Clara wurde langsamer und blieb schließlich trotz des Regens stehen. War es verrückt, mit einer völlig Fremden mitzufahren? Sie wusste nichts über die Frau. Gar nichts. Nicht mal, wo sie wohnte oder wie sie mit Nachnamen hieß. Aber die Alternative wäre das Auffanglager, und bei der Vorstellung verknotete sich ihr Magen.

»Na, komm schon!« Lilli warf die Tasche auf den Rücksitz

und zog sich rote Lederhandschuhe an, für die Betty höchstwahrscheinlich einen Mord begangen hätte.

Kaum hatte Clara sich auf den weichen Ledersitz fallen lassen, zündete Lilli schon den Motor, und der Amischlitten machte einen Satz zurück, holperte über den Parkplatz und bog schließlich auf die nasse Straße ab. Clara krallte sich in den Sitz. Die Scheibenwischer hatten ihre liebe Mühe, des strömenden Regens Herr zu werden. Jäh fuhr Lilli einen Schlenker und hupte kräftig, als ein Bus blinkte und aus der Haltebucht fahren wollte.

»Erzähl mal was über dich«, sagte Lilli. »Ich weiß ja noch nicht mal, wie du heißt.«

»Mein Name ist Clara Vogel«, sagte sie wie auswendig gelernt. »Ich bin achtzehn Jahre alt, aufgewachsen in Köpenick.« Und außerdem war noch ihr Vater gestorben, und sie fühlte sich wie eine Verräterin, weil sie ihre Mutter und ihren kranken Großvater allein zurückgelassen hatte. Aber das erzählte sie wohl besser nicht, wenn sie bei Lilli einziehen wollte.

Lilli kniff die Augen leicht zusammen und sah sie eindringlich an, ohne dabei den Fuß vom Gaspedal zu nehmen.

»Und du?«, versuchte Clara von sich abzulenken.

»Ich wohne am Ku'damm.« Lilli grinste. Mehr gab auch sie nicht von sich preis.

Vielleicht hätte Clara beunruhigt sein sollen deswegen, doch seltsamerweise verspürte sie etwas wie Verbundenheit zu dieser eigenartigen Frau. Ob viele Frauen im Westen so waren? Ungestüm und kantig?

»Am Ku'damm also«, wiederholte Clara leise.

Sie war noch nicht dort gewesen, aber Betty hatte früher

oft genug gejammert, was sie nur dafür geben würde, in dieser Ecke Westberlins zu wohnen. »Ich würde jeden Tag in den Geschäften stöbern und abends mit euch ins Theater gehen und anschließend in einer Bar aufs Leben anstoßen!«, hatte sie gesagt.

Der Regen nahm endlich ab. Bäume, Autos, Häuser zogen am Seitenfenster vorbei. Clara warf einen Blick auf den Tacho und dann noch einen: 50 mph wurde da angezeigt, und sie hatte keine Ahnung, was das bedeutete. Aber ihr kam es ein bisschen vor wie Fliegen. Diese Lilli war eine tollkühne Fahrerin, was sie wohl von Beruf war? Wie ihre Wohnung aussehen mochte? Clara würde es bald erfahren.

Zu dem Ledergeruch der Sitze mischte sich Lillis Parfüm, das eine kräftige Gewürznote hatte, aber dennoch angenehm weich war, kein Vergleich zu den beißenden Düften, die sie in ihrer kurzen Zeit in der Drogerie verkauft hatte.

Sie kurbelte das Fenster herunter. Der Geruch von nassem Asphalt strömte herein. Bildete sie sich das nur ein, oder roch die Luft hier anders? Jedenfalls stank es nicht nach Zweitaktmotoren. Der Duft von Zuckerwatte, die an einem bonbonrosa Kiosk verkauft wurde, streifte sie.

Lilli drehte am Radio und suchte nach einem Lied, das ihr gefiel. Als sie endlich eines fand, bewegte sie den Oberkörper zum Takt und sang mit. »*And I wonder, I wa wa wa wa wonder why why why why she ran away …*«

Was der Text wohl bedeutete? Aber im Grunde war es egal. Handelten nicht alle Lieder von Liebe oder verlorener Liebe? Clara seufzte. Verlorene Liebe war ein ganz schlechtes Thema im Moment.

»Sprichst du Englisch?«, fragte Lilli, als sie an einer roten Ampel hielten.

»Ein bisschen. Mein Russisch ist besser.«

»Russisch«, sagte Lilli. »Diese Sprache klingt beängstigend.«

Clara nickte.

»Guck nicht so traurig, jetzt bist du im Westen!«

»Ja. Jetzt bin ich im Westen …«

Die Musik ging ins Blut und ließ sie etwas lockerer werden. Auf einmal fiel ihr auf, wie viele Farben es hier gab. Die bunte Kleidung in den Schaufenstern, die Fassaden der Häuser, die Regenschirme, die Leuchtschriften und Plakate an den Litfaßsäulen … Es gab so viel zu sehen, dass Clara gar nicht hinterherkam. Sie rauschten an einem Juwelier vorbei, an einer Wechselstube, einer Tanzschule, einem Kino, einem kleinen Markt … An dessen langen Verkaufstischen war alles glänzend eingepackt! Daneben war ein Obststand mit exotischen Früchten. Ananas, Bananen und Nektarinen … Keine Schlange davor. Aus einem Plattenladen drang fetzige Musik. Ein Stück weiter spielte an einer Kreuzung ein Straßenmusiker. Geschäftsmänner im Anzug und mit Aktenkoffer in der Hand eilten auf den U-Bahn-Zugang *Kurfürstendamm* zu. Na gut, die waren nun nicht besonders farbenfroh. Aber gepflegt und elegant. Ein kleines Mädchen mit bunten Luftballons hüpfte freudig über einen Zebrastreifen. Drei junge, hübsche Frauen schlenderten eingehakt an all den Geschäften vorbei den Gehweg entlang. Sie sahen schick aus, ihre Röcke mit Petticoat darunter schwangen um ihre Knie. Sie kicherten laut über etwas, eine der drei Freundinnen bog sich regelrecht vor Lachen. Zwei Bauarbeiter, die gerade die Straße neu asphaltierten, lupften ihre Schutzhelme zum Gruß. Wie frei sich die Menschen hier bewegten! So ungehemmt, so unbeschwert! Im Vergleich dazu waren die Menschen drüben regelrecht geduckt und verhalten.

Ein leuchtender Regenbogen spannte sich über die Dächer der Stadt. Clara lächelte.

»Ich bin im Westen …«, sagte sie.

Erst jetzt begriff sie die Bedeutung dieser Worte. Die Panik, die sie während ihrer Flucht empfunden hatte und die ihr noch immer in den Knochen gesessen hatte, löste sich. Sie hatte es geschafft. Sie hatte es wirklich geschafft! Plötzlich überkam es sie. Sie streckte den Kopf aus dem Fenster und rief laut: »Ich bin im Westen!«

Sie genoss den Fahrtwind im Gesicht, spürte ihr schulterlanges Haar flattern, hörte die Musik und Lillis Lachen.

»Na, so gefällst du mir schon viel besser. Wir sind gleich da«, sagte ihre Retterin.

Gerade noch rechtzeitig kurbelte Clara ihr Fenster hoch, denn als Lilli in eine Parklücke schoss, spritzte ein Wasserschleier empor. Ein Mann, der dort vor einer Sekunde noch gestanden hatte, schimpfte mit geballter Faust: »Genau deshalb ist es ein Fehler, Frauen neuerdings hinters Steuer zu lassen!«

Gänzlich unbekümmert zog Lilli die Handbremse an und stieg aus dem Ford. Sie warteten einen vorbeibrausenden Wagen ab und eilten auf die andere Straßenseite. Lillis Wohnung lag im obersten Stockwerk eines hellen Altbaus, dessen Fassade mit Stuck verziert war. Mehrere Stufen führten zur

Eingangstür des Gebäudes, die unter einem von Säulen getragenen Vordach lag. Es gab einen Aufzug mit einem schmiedeeisernen verschnörkelten Gitter davor, aber Lilli zog es vor, die Treppe zu nehmen.

Als sie die Wohnung aufschloss und öffnete, war ein zartes Miauen zu hören.

»Na, Lulu, hast du mich schon vermisst?«

Eine weiße Katze mit beeindruckend blauen Augen schnupperte an Clara und schmiegte sich dann schnurrend an ihre Knöchel.

»Sie mag dich.« Lilli lächelte zufrieden.

Clara beugte sich hinab, um Lulu zu streicheln, da biss das Tier sie in die Hand. Es tat nicht groß weh, aber sie erschrak trotzdem.

»Deshalb mag ich Katzen«, sagte Lilli mit einem kleinen Lachen. »Sie sind für mich Sinnbild des Lebens. Schön und erhaben. Man mag sie, man vertraut ihnen – und wenn man es am wenigsten erwartet, dann beißen sie zu oder verpassen einem einen Nasenstüber. Und im nächsten Moment tun sie wieder so, als wäre nichts gewesen.«

Tatsächlich schmiegte sich Lulu erneut an Claras Knöchel. »Leicht schizophren«, sagte sie und hütete sich, das Tier noch mal zu streicheln.

Lilli lachte, legte ihre Schlüssel auf der Kommode ab und stellte die Tasche mit der Kleidung in den Flur. Hinter der Tür entdeckte Clara eine zusammengerollte Gymnastikmatte und Sportschuhe. Die Dielen knarzten.

»Ich führe dich mal ein bisschen rum, und dann kannst du dich im Bad frisch machen.«

Es gab eine Küche mit nigelnagelneuen Geräten, die nicht danach aussahen, als würden sie oft benutzt werden. Neben dem Fenster lag sogar eine kleine Speisekammer, das Regal darin war besser gefüllt als jeder HO-Laden. Als Lilli ihr das Badezimmer zeigte, war Clara bemüht, sich nicht anmerken zu lassen, wie bewegt sie war. Von einem solchen Badezimmer hatte ihre Mutter immer geträumt. Oder von irgendeinem. Zu Hause hatten sie nur die Toilette eine halbe Treppe tiefer und wuschen sich in der Küche am Waschbecken. Ein Bad, das auch noch innerhalb der Wohnung lag, war purer Luxus. Hier gab es einen Boiler für warmes Wasser, und die Wände waren gekachelt. Das Regal war voll mit Flakons und Cremes, die teuer aussahen.

»Da ist das Wohnzimmer, dort drüben mein Schlafzimmer und daneben das Arbeitszimmer. Jetzt gehört es dir.«

»So viele Zimmer …«, staunte Clara leise.

»Ja, braucht kein Mensch«, erwiderte Lilli.

Clara bemerkte den angenehmen Blütenduft, der die gesamte Wohnung erfüllte. Nirgendwo lag auch nur ein Staubkorn. Das Arbeitszimmer mit der hellblau gestreiften Tapete, dem Sekretär mit einer Schreibmaschine darauf und der weißen Schrankwand war so reinlich, dass Clara das Bedürfnis verspürte, die Schuhe auszuziehen. In einer edlen Vase stand ein Strauß frischer Tulpen. *Tulpen*! Zu Hause bekam man höchstens Nelken. Das Bett war mit einer hellblauen Tagesdecke mit Rüschen am Saum bezogen.

Die Gemälde an den Wänden waren Originale – modern und ausdrucksstark, ihre kräftigen Farben standen im Kontrast zur eher schlichten Einrichtung der Wohnung. Das

Kunstwerk im Flur, zwischen Arbeitszimmer und Wohnzimmer, zeigte eine Frau vor einem Rosenstrauch, aber Frau wie Gewächs waren aus geometrischen Formen zusammengesetzt. Clara konnte nicht aufhören, das Bild anzusehen. Es erschien ihr wie eine Symbiose aus Geometrie und Kunst. Faszinierend …

Allgemein war die Wohnung sehr aufgeräumt und wirkte trotz der frischen Schnittblumen, der Bilder sowie der modernen Skulpturen auf den Kommoden eher kühl. Es dauerte, bis Clara begriff, woran das lag. Es gab keine Fotos. Nicht ein einziges, das Lilli mit Familie oder Freunden zeigte.

Und dann war da noch das Wohnzimmer.

Clara schnappte nach Luft und steuerte auf das Bücherregal zu, das eine ganze Wand einnahm. Bis auf ein paar Romane standen darin nur Fachbücher. Physik, Chemie, Biologie … Teilweise waren die Werke sogar auf Englisch.

»Interessiert du dich für die Wissenschaft?«, wollte Lilli wissen, als Clara sehnsüchtig mit dem Finger die Buchrücken entlangstrich.

Fast hätte Clara drauflosgesprudelt, dass sie unbedingt studieren und Kosmonautin werden wollte. Doch die Erinnerung daran, dass sie gar kein Abitur hatte, traf sie wie ein heftiger Stromschlag.

»Das war einmal«, sagte sie. »Jetzt muss ich erst mal irgendwie klarkommen.«

Lilli schob eine Hand in die Tasche ihrer Hose, während Clara weiter die Buchrücken berührte wie einen Fund von unschätzbarem Wert. »Ich bin Dozentin am Lehrstuhl Chemie«, sagte die Mitte-40-Jährige.

Clara wandte sich zu ihr um und erfasste diese außergewöhnliche Frau noch einmal neu. Eine Dozentin … »Du hast es weit gebracht«, sagte sie ehrfürchtig. »Du bist ganz oben angekommen.«

»Ja«, erwiderte Lilli, doch ihr Blick hatte sich verdunkelt. »Ist nur leider recht einsam hier oben.«

Lange lag Clara wach. Sie lauschte den Geräuschen der Nacht. Den Stimmen auf dem Gehweg, dem Rauschen der Autos, der Musik aus den Radios. Irgendwo ging eine Polizeisirene los.

Zu Hause war es nachts still gewesen. Nur in den Morgenstunden hatte sie hin und wieder den Bus vorbeibrummen gehört. Und im Sommer, wenn sie bei offenem Fenster schlief, vielleicht noch einen Katzenstreit. Sie vermisste die Ruhe.

Sie starrte an die Decke und verfolgte das Schattenspiel darauf. Tränen liefen über ihre Wangen. Sie krümmte sich, presste das Kopfkissen auf ihre Ohren.

Sie war im Westen.

8.

Betty

Sonnenlicht fiel zwischen den Vorhängen hindurch und kitzelte Betty wach. Sie rekelte sich, streckte die Arme über den Kopf, atmete tief ein und spürte ihrem Traum nach. Sie hatte auf einer Schaukel gesessen und war immer höher geschaukelt, fast hätte sie die Wolken berühren können …

Auf einmal durchfuhr es sie. Sie musste aufstehen! Vorsichtig schob sie die Decke von den Beinen, raffte ihr himmelblaues Nachthemd und schlich über die weiche Auslegware aus dem Schlafzimmer, darauf bedacht, Kurt nicht zu wecken.

Unser Zuhause, dachte sie selig, als sie über den Flur tapste. Neben der Tür liegt unser Wohnzimmer, in dem wir Gäste empfangen und es uns an langen Winterabenden gemütlich machen. Gegenüber unser Arbeitszimmer, das in ein paar Monaten das Kinderzimmer sein wird. Unsere Küche, unser Bad … Mit der Muskelkraft von ein paar netten Tontechnikern der DEFA und Marthas Hilfe war der Umzug zum Glück schnell und problemlos über die Bühne gegangen.

Sie hatte eine halbe Stunde, um sich hübsch zu machen. Als sie aus der Dusche kam und ein Handtuch um ihren nackten Körper schlingen wollte, fiel ihr Blick im Spiegel auf ihren Bauch. Konnte es sein, dass er schon ein klein wenig gerundet war? Oder hatte sie nur noch mehr zugelegt?

Sie drehte sich Lockenwickler in die Haare, zog Strümpfe an und schlüpfte in ein altrosa Kleid mit weißem Spitzenbesatz am Saum. Sie puderte sich, betonte die Augen mit Lidstrich und Wimperntusche und trug Lippenstift auf, aber nicht zu viel, sonst weigerte Kurt sich, sie zu küssen. Nach dem Föhnen drehte sie die Wickler aus dem Haar, festigte die sanften Wellen mit Spray und vollendete ihr Werk mit einem Hauch *Schwarzer Samt*, einem Parfüm, das Clara ihr zurückgelegt hatte, als sie in der Drogerie arbeitete.

Anschließend lief Betty schnell zum Bäcker, um frische Schrippen zu kaufen. Als sie wieder nach Hause kam, hörte sie Kurt schon im Bad. Ihr blieben fünf Minuten, um sein Frühstück vorzubereiten: eine Schrippe mit Zuckerrübensirup sowie Bohnenkaffee mit einem Schuss Kaffeesahne, zum Glück hatte Betty welche ergattert.

Diese Morgenroutine, empfohlen in einem Ratgeber für junge Ehefrauen, war ihr noch nicht in Fleisch und Blut übergegangen, aber das würde schon noch werden.

Als er das Wohnzimmer betrat, stellte sie gerade den Teller mit seinem Frühstück an seinen Stammplatz am Tisch, von wo aus er den besten Blick auf den Park hatte. Sie band die Schürze auf und hängte sie über den freien Stuhl. »Guten Morgen, mein Liebster.«

Er sah zum Anbeißen aus in seinem cremefarbenen Jackett, das elegant, aber auch lässig war. Wie immer hatte er einen leichten Schal locker um den Hals geworfen.

»Gut geschlafen?«, fragte sie ihn.

»Bestens!« Er setzte sich, rieb sich die Hände und lachte zufrieden auf. Wie sie sein helles, jungenhaftes Lachen liebte … Sie bewunderte ihn dafür, vor Energie nur so zu sprudeln, obwohl doch eigentlich Samstag war und er dennoch ins Büro fuhr, um zu arbeiten.

Betty schenkte ihm Kaffee ein und strich ihm mit der freien Hand über die Schulter. »Glaubst du, du kannst dir nächstes Wochenende freinehmen? Wir könnten einen Ausflug machen. Ich bekomme dich kaum noch zu Gesicht.«

»Wer zu Hause sitzt, bringt es zu nichts!«

Betty gab einen Schuss Sahne in seinen Kaffee. »Vorsicht mit solchen Sprüchen, sonst bringe ich eventuell kein Abendessen zustande.« Sie setzte sich neben ihn. »Im Ernst, Kurt, wir waren noch nicht mal in den Flitterwochen.«

»Wo willst du denn hin?«

»Ich weiß nicht. Einfach aus der Stadt raus. Vielleicht gibt es in Schmöckwitz einen netten Markt.«

»Waren wir da nicht letztens erst?«, wunderte er sich.

»Ich jedenfalls nicht. Vielleicht warst du da mit deiner Zweitfrau«, neckte sie ihn.

Kurt hatte beim Hereinkommen einen zusammengehefteten Stapel Papier auf den Tisch gelegt. »Ist das das Drehbuch zu deinem nächsten Film?«, fragte sie.

Er nickte, biss herzhaft in die Schrippe und leckte sich den braunen Sirup von den Lippen.

»Und, ist es gut?«

»Natürlich ist es gut! Ich habe es ja diesmal selbst geschrieben! Nur leider versteht der Schauspieler, der die männliche Hauptrolle übernommen hat, nichts von Kunst. Bei den Proben hat er ständig was zu meckern.«

»Und was gefällt ihm nicht?«

»Ach, was weiß ich! Das sind einfach nur die klassischen Allüren. Zum Glück drehen wir noch nicht.«

Betty blätterte in dem Drehbuch. Es war gespickt mit Anmerkungen. Fast jeder dritte Satz war durchgestrichen und eine neue Variante an den Rand gekritzelt. Einmal war sogar die halbe Seite herausgerissen.

Während Kurt seinen Kaffee in einem Satz herunterkippte und im Flur seine Jacke anzog, las Betty die Zusammenfassung der Geschichte auf der ersten Seite. *Berlin, 1945. Maria, attraktive Kriegswitwe und Parteigenossin, bewahrt eines Nachts einen jungen Mann davor, von der Brücke zu springen. Auf seinen Schultern lastet die Schuld, Mitläufer des NS-Regimes gewesen zu sein. Sie nimmt ihn vorerst bei sich auf. Obwohl er jünger ist als sie, wird sie seine erste große Liebe. Doch auch sie hat ein dunkles Geheimnis …«*

Betty ließ das Drehbuch sinken. Konnte es sein, dass …?

»Wo ist der Schuhlöffel?«, rief Kurt ärgerlich.

»In der Kommode, oberste Schublade«, antwortete sie automatisch, setzte sich in Bewegung und folgte ihm in den Flur, musterte ihn ratlos. »Ich habe gerade gelesen, um was es in deinem Film geht.«

»Und, was sagst du?« Sein selbstgefälliges Grinsen deutete darauf hin, dass er sich Lob von ihr erwartete.

»Das Ganze erinnert mich sehr an die Geschichte, die Charlie dir vorgestellt hat.«

»Ich kann den verdammten Schuhlöffel noch immer nicht finden!«, fluchte Kurt und wühlte in der Schublade.

Betty hob ein Paar Handschuhe an und gab ihm, was er suchte. »Um ehrlich zu sein, ist es *genau* seine Geschichte.«

»Wirfst du mir etwa vor, seine Idee gestohlen zu haben?« Kurt klang wütend.

Betty verschränkte die Arme vor der Brust. »Hast du?«

Er schüttelte empört den Kopf. »Ich habe mir höchstens die Grundidee geborgt und daran gefeilt. Jetzt ist die Geschichte viel besser!«

»Du hast die Witwe zu einer attraktiven Genossin gemacht. Das ist alles, was du geändert hast.«

»Na und? Hat dieser Kerl das Drehbuch geschrieben? Nein! Das war ich!«

»Aber besonders gut scheint es ja nicht zu funktionieren«, rutschte ihr heraus. Kurt war leicht zu kränken. »Tut mir leid, so war das nicht gemeint«, ruderte sie zurück.

»Betty, erklär mir nicht, wie man gute Filme macht. Wenn du mir wirklich einen Gefallen tun willst, dann tippe dieses Durcheinander ins Reine. Du darfst meine Schreibmaschine im Arbeitszimmer benutzen.«

»Wie überaus großzügig«, murmelte sie, als er aus der Tür war, ohne ihr einen Abschiedskuss gegeben zu haben.

»Wahnsinn! Ich kann immer noch nicht glauben, dass du jetzt bei der *Evelyn* arbeitest«, sagte Betty und legte das Maßband um ihre Taille.

Wie Martha trug sie nur Unterwäsche, doch im Gegensatz zu ihrer Freundin, die in einem unauffälligen bequemen

Büstenhalter und einem Baumwollhöschen steckte, trug sie ein reizvolles Ensemble aus weißer Spitze. Sie hatte es sich gekauft, damit Kurt sie mal wieder ansah. *Richtig* ansah. Beim Anblick von Marthas schlankem Körper wurde sie sich jedes Fettpölsterchens an ihrem Körper bewusst.

»Ich hab's auch noch nicht wirklich begriffen.« Martha ging die Kleider in Bettys Schrank durch. Am nächsten Montag wollte sie unbedingt einen guten Eindruck in der Redaktion der *Evelyn* machen, und Betty hatte ihr angeboten, ihr etwas Passendes zu leihen. »Vielleicht stecken sie mich in die Kantine. Abgesehen davon arbeite ich erst mal auf Probe. Kann also sein, dass sie mich am Montagabend schon wieder rausschmeißen.«

»Ach was«, erwiderte Betty. »Das wird nicht passieren. Ich bin stolz auf dich, dass du die Chefredakteurin dieser tollen Zeitschrift von dir überzeugt hast. Fünfundsechzig«, las sie vom Maßband ab. »Mist«, murmelte sie, schob die Unterlippe vor und notierte die Zahl widerwillig in dem kleinen Büchlein, das sie neuerdings in ihrem Nachttisch aufbewahrte.

»Was machst du da eigentlich?«, fragte Martha, während sie ein hellblau gestreiftes Kleid mit hohem Kragen über den Kopf zog.

»Ich nehme jeden Tag meine Maße«, erklärte Betty, stellte ein Bein auf ihr Bett und legte das Band um ihren Oberschenkel. »Eine Schauspielerin hat mir den Tipp gegeben. So kann ich meine Figur im Blick behalten. Nicht, dass es ausufert …«

»Du bist schwanger Betty. Ist es da nicht normal, dass eine Frau zunimmt? Was machst du, wenn dein Bauch kugelrund ist?«

»Ich will eben nicht normal sein. Ich geb's offen zu, ich will etwas Besonderes sein.« Ihr Lächeln erlosch ziemlich schnell, als sie sah, dass sie auch an den Oberschenkeln zugenommen hatte. »Oh Mann, demnächst gibt's wohl nur noch Knäckebrot für mich.«

»Ach, könnte man doch einfach tauschen, ich würde deine Kurven liebend gerne nehmen!«, sagte Martha mit Blick auf ihr Spiegelbild. Sie zupfte am Ausschnitt, den sie nicht mal ansatzweise ausfüllte, und wandte sich dann Betty zu. Ihre Brille war vom Überziehen leicht verrutscht, und ihr Haar stand ab. Sie sah wirklich drollig aus, und Betty hatte Mühe, nicht loszuprusten.

»An dir sieht dieses Kleid wunderschön aus, aber ich wirke, als würde ich einen Kittel tragen«, seufzte Martha. Sie schnappte sich vom Bett zwei Wollsocken und stopfte sie sich in den Ausschnitt, um sich dann wie ein Filmstar auf dem roten Teppich zu präsentieren. »Und was wären Sophia Loren oder Marilyn Monroe schon ohne weibliche Rundungen?«

»Schluss mit dem Quatsch. Du hast ja recht!« Betty warf das Maßband aufs Bett. »Was wäre ich nur ohne euch?«

Marthas Gesichtsausdruck versteinerte. Sie bemühte sich um ein Lächeln, aber Betty hatte den Fehler selbst bemerkt. »Ist wohl die Macht der Gewohnheit«, sagte sie niedergeschlagen. »Ich meine natürlich *dich*, nicht *euch*.«

»Was würde Clara dazu sagen, dass ich mich bei der *Evelyn* beworben habe?«

»Auch Clara wäre stolz auf dich, dass du so mutig warst und einfach bei denen an die Tür geklopft hast.«

Noch immer hatte Betty das Gefühl, dass ihre Freundin jeden Moment zu ihnen stoßen würde, das rote Haar leicht zerzaust, weil sie gerannt war. Elegant wie eine Katze würde sie es sich auf dem Bett bequem machen und sagen: »'tschuldigung, aber mein Großvater war mal wieder komplett durcheinander«.

»Meinst du nicht, dass sie sagen würde, ›Was willst du bei der *Evelyn*? Es gibt Wichtigeres als hübsche Kleider und Tipps zum Abnehmen? Politik beispielsweise?‹«

»Das sagt nicht Clara, sondern deine innere sehr, sehr kritische Stimme.«

»So wie dir deine innere sehr, sehr kritische Stimme sagt, du müsstest abnehmen«, konterte Martha und zog das Kleid wieder über den Kopf.

»Das sagt vor allem Kurt.« Das war ihr so herausgerutscht.

»Ich weiß, was Clara *dazu* sagen würde.« Martha hatte eine Augenbraue hochgezogen und betrachtete Betty mitleidig.

Über Kurt wollte Betty jetzt ganz sicher nicht reden. Schnell wechselte sie das Thema. »Clara würde dir sagen: ›Wenn du über Politik schreibst, verbreitest du nur die Lügen von denen da oben. Also schreib lieber über Mode.‹« Sie zwinkerte ihrer Freundin zu. »Und wenn du Tipps zum Abnehmen hast, will ich die als Erste lesen!«

Martha probierte einen marineblauen Rock an, der an der Taille mit großen weißen Knöpfen verziert war.

»Sieh's positiv«, sagte Betty, während sie sich nach und nach wieder ankleidete. Erst zog sie den Hüfthalter an, der auch ein wenig Form gab, und befestigte dann ihre Strümpfe daran. »Bei der *Evelyn* wirst du das machen, was du immer schon willst: schreiben.«

Martha legte den Kopf schief. »Machst du denn aktuell das, was du willst?«

Die Frage traf Betty unerwartet. Es dauerte zwei Herzschläge lang, ehe sie sich wieder fasste und ein Lächeln aufsetzen konnte. »Natürlich«, sagte sie.

»Aber hatte Kurt dir nicht eigentlich eine Rolle in seinem neuen Film versprochen?« Martha schob die schlichte weiße Bluse unter den Rocksaum und knöpfte den Bund zu, ohne Betty dabei aus den Augen zu lassen.

Betty lachte, als hätte Martha einen albernen Witz gerissen. Kurt lachte manchmal genauso über sie, und eigentlich konnte sie das nicht ausstehen. »Ich bin doch schwanger.«

»Ja. Schwanger, aber nicht krank. Du könntest arbeiten.«

»Ach, Marthalein«, seufzte sie. »Das ist alles so neu für mich. Mein Leben als Ehefrau, die Schwangerschaft … Ich muss mich da erst mal hineinfinden und kann nicht nebenbei noch Dialoge lernen. Abgesehen davon tippe ich Kurts neues Drehbuch ins Reine.«

Kurz überlegte sie, Martha anzuvertrauen, was sie belastete, nämlich, dass Kurt Charlies Idee gestohlen hatte. Aber sie schämte sich zu sehr für ihn. Sie wollte lieber alle in ihrem Umfeld in dem Glauben lassen, dass ihr Ehemann perfekt war. Ohne Makel. Und sie merkte doch genau, dass Martha Kurt ohnehin kritisch gegenüberstand, das wollte sie nicht noch befeuern. Sie würde die Sache schon irgendwie mit sich selbst ausmachen.

Sie zog ihr dunkelblaues Alltagskleid über, wandte Martha den Rücken zu und bat sie, den Reißverschluss hochzuziehen.

»Und darfst du auch mitreden, oder sollst du nur tippen?«, fragte ihre Freundin.

Betty griff nach der Schürze, die über dem Stuhl hing, und band sie sich um. »Natürlich darf ich auch mitreden. Der Rock steht dir übrigens gut. Ich leihe dir noch ein Haarband im gleichen Blau. Komm ruhig einmal die Woche vorbei, und such dir ein Kleid aus, auf die Weise hat keiner was an deinem Äußeren auszusetzen. So, und jetzt muss ich mich langsam ums Essen kümmern.«

»Eure neue Wohnung ist übrigens wirklich sehr schön«, sagte Martha, als Betty sie zur Tür begleitete.

»Danke«, erwiderte sie. »Auch noch mal für deine Hilfe beim Umzug.«

»Ich hoffe, dass ich auch bald etwas Eigenes finde und nicht mehr deine Eltern nerven muss.«

Betty gab ihrer Freundin einen Klaps auf den Oberarm. »Sag so etwas nicht! Du nervst meine Eltern nicht. Mutti ist froh, dass noch jemand im Haus ist. Sie schwärmt immer, was für ein Goldstück du bist.«

Sie umarmten einander zum Abschied. Nachdem Martha gegangen war, schlug Betty in der Küche das Kochbuch auf und suchte nach einem Rezept für Bratkartoffeln. Als sie die Zutaten durchging, schweifte ihr Blick ab und blieb an dem Drehbuch hängen, das auf dem Fensterbrett lag. Sie nahm es zur Hand, schlug wahllos eine Seite auf und überflog den Dialog.

»Ich fühle mich wie eine Ruine, ohne meinen Gatten an

meiner Seite …«, las sie und prustete los. »Um Himmels willen, Kurt!«

Sie vergaß, dass sie eigentlich Kartoffeln schälen und Zwiebeln hacken sollte. Stattdessen blätterte sie Seite für Seite um, murmelte die Sätze vor sich hin und fühlte sich in die Geschichte ein. Sie spürte, wie die Witwe in ihr zum Leben erwachte. Ein tiefer, unheilbarer Schmerz nagte an ihrer Brust. Sie war schrecklich einsam und verloren und schämte sich dafür, sich nach ein wenig Wärme und Zuneigung zu sehnen, weil es ihr wie Verrat an ihrem Mann vorkam, der im Krieg gefallen war.

»Ich habe ihn mit meinem ganzen Herzen geliebt …«, hörte sie sich sagen.

Das stand so nicht im Text, aber die Worte hatten sie regelrecht überkommen. Auf einmal war es ihr, als würde Strom durch ihren Körper fließen. Sie fühlte sich so wach wie schon lange nicht mehr. Wie magisch zog es sie in Kurts Arbeitszimmer, wo sie sich an den Tisch setzte, das Drehbuch neben die Schreibmaschine legte und zu tippen begann.

Sie war wie im Rausch, hangelte sich an Kurts Drehbuch entlang, aber füllte es mit ihren eigenen Sätzen. Als sie wieder zu sich kam, waren ihre Finger steif und schmerzten. Sie dehnte ihre Hände, lehnte sich auf dem Stuhl zurück, streckte sich zufrieden und kicherte, als ihre Schultern knackten. Sie hatte zwei Szenen bearbeitet, hatte einiges verändert, die Sätze geschmeidiger gemacht und sogar einen Monolog gestrichen, der belehrend und schrecklich langweilig war. Hoffentlich würde Kurt deshalb nicht wütend sein.

Sie sah zur Uhr – oh nein! Es war schon Viertel vor sechs!

Bald würde Kurt nach Hause kommen, und dann wollte er etwas Warmes essen!

Und trotzdem sprang sie nicht gleich auf, sondern genoss die tiefe Zufriedenheit, die sie erfüllte. Ihr Herz schlug kräftig. Ähnlich hatte sie sich gefühlt, nachdem sie mit Charlie geschlafen und in seinen Armen gelegen hatte. Sie lachte laut, zog die letzte Seite aus der Schreibmaschine und legte sie auf den Stapel. Wie berauschend es war, selbst kreativ zu sein und nicht nur die Vorgaben anderer zu erfüllen.

9.

Betty

Ihre Hochstimmung hielt auch die nächsten Tage an. Heute Morgen hatte sie Schlagsahne und Dosenchampignons bekommen und sogar frischen Knoblauch. Fehlte nur noch eine winzige Kleinigkeit …

»Schweinefilet«, las Betty den letzten Punkt auf ihrer Einkaufsliste vor und ließ den Zettel sinken. Kurt hatte angeregt, dass sie sich mal an etwas Herausforderndem versuchte und nicht nur Bratkartoffeln mit Spiegelei oder Kartoffeln mit Quark auf den Tisch brachte. Deshalb würde es Schweinefilet geben. Wenn sie denn welches bekam.

Optimistisch bleiben, sagte sie sich. Sie würde Glück haben, sie würde Schweinefilets ergattern, und Kurt wäre zufrieden. Sie wollte, sie *musste* ihn heute unbedingt mit einem leckeren Abendessen verwöhnen. Sie war mit dem Drehbuch durch, und heute wollte sie ihm so schonend wie möglich beibringen, dass sie in den letzten Tagen ein klein wenig daran gefeilt hatte. Und wenn er satt und zufrieden war und vielleicht noch einen Schnaps getrunken hatte, den sie ihm kredenzen würde, dann würde er es vielleicht nicht persönlich nehmen.

In dem Ratgeber für junge Ehefrauen, den ihre Mutter ihr

zur Hochzeit geschenkt hatte, weil er ihr selbst für ihre eigene Ehe sehr geholfen hatte, wie sie sagte, hatte Betty gelesen: »Als gute Ehefrau ist es Ihre Aufgabe, den Gatten zu verwöhnen, wenn er von einem anstrengenden Arbeitstag nach Hause kommt. Sobald er die Wohnung betritt, sollte er vom Duft des Abendessens empfangen werden. Machen Sie sich hübsch, und tragen Sie etwas Parfüm auf. Sollten Sie Kinder haben, sorgen Sie dafür, dass diese sauber und ordentlich gekleidet sind. Heißen Sie Ihren Liebsten mit einem strahlenden Lächeln willkommen.«

Genau so würde sie es machen!

Doch ihrem Optimismus wurde in der Fleischerei ein Dämpfer verpasst.

»Haben Sie …?«, setzte sie an und hielt kurz inne, als die Verkäuferin bereits die Augenbrauen hochzog. »Haben Sie Schweinefilet?«, fragte sie kleinlaut und meinte zu hören, wie eine der Frauen in der Schlange hinter ihr auflachte, als wäre Betty von allen guten Geistern verlassen.

»Wir haben leider nur kein Rinderfilet. Kein Schweinefilet gibt's zwei Straßen weiter«, entgegnete die untersetzte Verkäuferin schnippisch und stemmte einen Arm in die Hüfte. »Alle wollen immer Filet oder Braten«, sagte sie lauter, sodass man sie bis nach draußen ans Ende der Warteschlange hören konnte. »Warum kauft niemand Markknochen oder mal 'nen Schweineschwanz für 'nen Eintopf?«

Betty sank in sich zusammen. Die Situation war ihr schrecklich peinlich. Kurz überlegte sie sogar, wieder zu gehen. Aber dann straffte sie sich, räusperte sich und wartete, dass wenn schon nicht die Matrone, dann wenigstens deren

Kollegin sie erkannte, die gerade drei Räucherwürste von einer Wurstkette abschnitt. Die junge kaugummikauende Frau mit dem fetzigen Kurzhaarschnitt hatte doch bestimmt in der *Evelyn* den Bericht über die Traumhochzeit gelesen.

Um ihr ein wenig auf die Sprünge zu helfen, sagte Betty im lockeren Tonfall: »Da wird mein Mann aber enttäuscht sein. Wissen Sie, er arbeitet gerade an einem neuen Kinofilm und hat Hunger, wenn er nach Hause kommt.«

Und tatsächlich: Die Kollegin hatte offenbar mit halbem Ohr zugehört und wandte sich zu ihr um. Ihre Augen wurden groß. Sie stieß die Untersetzte mit dem Ellenbogen an. »Det is doch die Frau vom Weiler«, flüsterte sie.

»Frau Weiler!« Die vorhin noch schnippische Verkäuferin klang nun ganz ehrfürchtig. »Ick hab den aktuellen Film von Ihrem Mann ja schon im Kino jesehen. Det war wirklich 'n Erlebnis.« Sie legte eine Hand aufs Herz. »Sagen Se Ihrem Mann, det ick Gänsehaut hatte, als die junge Frau sich für ihr Heimatland und gegen die Liebe entscheidet.«

Betty lächelte freundlich. »Danke, ich richte es ihm aus.«

»Wir sind ja so stolz, det Ihr Mann jetzt in unserem Viertel wohnt.«

Ihre Kollegin mit der Kurzhaarfrisur nickte eifrig.

»Einmal hat er hier 'n paar Knackwürste für seine Mittagspause jekauft. So ein charmanter und freundlicher Mann is mir ja schon lange nicht mehr begegnet. Sie können sich glücklich schätzen.«

Hatte Betty sich das nur eingebildet, oder hatte eine der Damen hinter ihr sehnsuchtsvoll geseufzt?

»Ja«, sagte sie. Ihr Lächeln schmerzte inzwischen, lange würde sie nicht mehr durchhalten.

»Und natürlich haben wir für Sie wat Feines zurückgelegt. Warten Se mal, ick bin gleich wieder bei Ihnen.«

Schwerfällig verschwand die Frau im Kühlraum und kam kurz darauf mit einem rosa Fleischklumpen wieder, den sie auf ihren Verkaufstresen wuchtete. »Eisbein. Da gucken Se, wat?«

»Oh. Ja. Wahrhaftig.« Betty konnte es sich gerade noch verkneifen, die Nase zu rümpfen.

»Da wird sich Ihr Mann aber freuen, wenn Se dem det heute Abend vorsetzen. Schön mit Sauerkraut und Kartoffeln.« Sie rieb sich die Hände.

Betty hatte nicht den leisesten Schimmer, wie man Eisbein zubereitete. Aber ihr blieb wohl nichts anderes übrig, als zu nehmen, was man ihr anbot, ansonsten würde man ihr nie wieder etwas zurücklegen.

Während die Verkäuferin das Fleisch einpackte, beging Betty den Fehler, sich die Auslage anzusehen. Ihr Blick wanderte über die Vielzahl an Würsten, über die bleiche Sülze und die gerupften Hühner … Ihre Sinne waren in letzter Zeit besonders sensibel, deshalb nahm sie aus dem Kühlraum den Geruch von Blut und Geräuchertem wahr. Ihr drehte sich der Magen um.

Du musst hier ganz, ganz schnell raus, dachte sie auf einmal.

Sie beeilte sich zu bezahlen, verzichtete auf das Wechselgeld, dankte vielmals und stürzte aus dem Laden.

Frische Luft. Kurz befürchtete sie, sich auf offener Straße übergeben zu müssen, aber zum Glück beruhigte sich ihr

Magen wieder, nachdem sie ein paarmal tief ein- und ausgeatmet hatte.

Das Eisbein wog schwer in ihrem Beutel. *Bleib optimistisch,* erinnerte sie sich. Kurt hatte sich etwas anderes als Bratkartoffeln mit Spiegelei gewünscht. Sein Wunsch wurde ihm erfüllt. Alles war gut. Marlene Dietrich hatte in einem Interview gesagt, dass Eisbein mit Sauerkraut und Kartoffeln ihr absolutes Leibgericht war. Jetzt musste sie nur noch herausfinden, wie man es zubereitete. Ihre Mutter konnte höchstens Makkaroni-Auflauf in den Backofen schieben oder Dosen öffnen. Vielleicht könnte sie Uschi fragen? Oder sie wälzte eines der Kochbücher, die sie von Freunden und Bekannten der Familie zur Hochzeit geschenkt bekommen hatte. Ein hübscher Schal oder Parfüm wäre ihr lieber gewesen, aber jetzt war sie ganz froh über die praktischen Geschenke.

Auf einmal spürte sie ein seltsames Prickeln im Nacken … Sie sah sich um, aber bis auf eine Frau, die hinter ihr ging, sowie zwei Kinder, die mit Kreide auf dem Fußgängerweg malten, war da niemand.

Sie überquerte die Straße, die vom nächtlichen Regen noch feucht war. Der Wind blies eine Zeitungsseite über die Straße. *Aufschub der Demobilisierung bis zum Friedensvertrag,* lautete die Überschrift. Als sie an der Ampel stehen bleiben musste und ein Lastwagen mit Schutt an ihr vorbeidonnerte, sah sie sich unauffällig um. Hinter ihr war ein Mann aufgetaucht. Er trug einen hellen Mantel und einen Hut und zog an einer Zigarette. Unbewusst hatte sie schützend eine Hand auf ihren Bauch gelegt.

Grün. Betty lief weiter. Wurde schneller. Der Mann war noch immer hinter ihr. Beinahe hätte sie einen kleinen Jungen umgerannt, der auf dem Fahrrad um die Ecke gebogen kam. Sie entschuldigte sich. Blick über die Schulter – ihr vermeintlicher Verfolger betrat das Restaurant *Zur goldenen Traube*.

Wurde sie verrückt?

Sie atmete auf, als sie das Hochhaus an der Weberwiese erreichte. Aus dem Augenwinkel nahm sie wahr, wie ein Wagen am Straßenrand parkte. Ihr Puls beschleunigte sich wieder, als wisse ihr Herz etwas, was sie selbst nicht wahrhaben wollte. Wo waren nur die Hausschlüssel, wenn man sie brauchte? Verzweifelt wühlte sie in ihrer Handtasche, als auch schon Autotüren zugeschlagen wurden. Endlich ertasteten ihre Finger Metall. Sie zog die Schlüssel heraus, beeilte sich, die sechs Stufen hinaufzukommen. Doch zu spät.

»Bettina Weiler?«, sagte eine Männerstimme hinter ihr.

Sie wandte sich um. Zwei Polizisten hatten sich hinter ihr aufgebaut. »Ja?«

»Wir möchten Sie bitten, uns zur Klärung eines Sachverhalts zu begleiten.«

Obwohl sie erhöht stand, kamen ihr die beiden Männer in ihren Uniformen riesig vor. *Du bist Schauspielerin. Lass dir nicht anmerken, dass du Angst hast.* »Jetzt?«, fragte sie. »Und warum?«

»Det werden Sie schon noch erfahren.«

»Muss das sein? Ich habe gerade frisches Eisbein gekauft und wollte meinem Mann …«

»Der wird sich heute Abend 'ne Stulle schmieren müssen.«

»Mein Mann ist Kurt Weiler, er …«

»Det interessiert uns nicht, wer Ihr Mann is, wir haben 'ne Anweisung von janz oben.«

Wie angewurzelt stand sie da. Alles in ihr sträubte sich, in diesen Wagen zu steigen. Sie sah sich um. Die Leute würden reden, wenn sie von der Polizei abgeführt wurde …

Dann ging alles ganz schnell. Der größere und breitere der beiden Männer verlor die Geduld. Er stieg die Treppe zu ihr hinauf, packte sie am Oberarm und schleifte sie wie eine Schwerverbrecherin zum Streifenwagen. Sie stolperte die Stufen hinab, verlor einen Schuh, geriet in Panik. Versuchte, sich dem Mann zu entwinden, aber der Griff seiner Pranke wurde nur noch gnadenloser. Auf einmal war da auch noch sein Kollege, der sie am Pferdeschwanz packte und in den Wagen drückte. Sie jaulte auf vor Schmerz.

»Nun machen Sie kein Aufsehen.« Er warf ihr den verlorenen Schuh auf den Schoß.

»Ich bin schwanger!« Sie hörte selbst, wie hysterisch sie klang.

Die Wagentür flog zu. Die Fahrt ging zum Polizeipräsidium in der Keibelstraße. Sie hielt sich an ihrem Beutel mit dem Eisbein fest. Was wollte man von ihr? Vermutlich würde man sie zu Clara befragen. Martha hatte sie bereits vorgewarnt. Sie hatten genau abgesprochen, was sie im Falle eines Verhörs erzählen würden. Ihre Aussagen mussten übereinstimmen. Alles in allem war es so: Sie wussten von nichts und hatten absolut keine Ahnung, wo ihre Freundin steckte.

Der Wagen hielt auf einem Innenhof.

»Aussteigen«, wies einer der Männer sie an.

Rings um sie herum ragten Mauern auf, unzählige Fenster reihten sich aneinander, hinter denen Menschen verhört wurden oder in Zellen steckten. Die Tür fiel laut hinter ihnen zu. Betty wurde einen Gang entlanggeführt. Das künstliche Licht blendete sie. Ein saurer Geschmack breitete sich in ihrem Mund aus. Der Geruch von abgestandener Luft in Kombination mit der chemischen Schärfe von Putzmittel quälte ihren ohnehin gereizten Magen. Ihr fiel auf, dass sie ihren Beutel mit dem Eisbein im Wagen vergessen hatte.

»Halt …« Sie wollte umkehren, aber sofort reagierten die beiden Männer, packten sie fester unter den Achseln.

Schließlich wurde sie einer Frau in Uniform übergeben. Sie hatte einen kleinen lächerlichen Hut auf dem Kopf.

Die Frau schob sie in einen engen Raum. Das einzige Fenster war verhängt. Die Frau wies sie an, sich an die Wand zu stellen, den Blick in Richtung zweier greller Scheinwerfer. Sie schloss die Augen und versuchte, ihren Atem unter Kontrolle zu bringen.

Sie wusste nicht, wie viel Zeit verging, ehe die Frau erneut hereinkam und ihr sagte, sie solle sich setzen. Vielleicht nur ein paar Minuten, aber es war auch möglich, dass es eine Stunde war. Sie war inzwischen völlig zermürbt, beschloss aber, das unter keinen Umständen zu zeigen.

»Beine zusammen. Hände auf die Knie. Keine Bewegung«, befahl die Frau barsch, dann ging sie wieder hinaus.

Betty wagte kaum zu atmen. Sie fror in ihrem leichten Sommerkleid. *Alles wird gut*, versuchte sie, sich zu beschwichtigen. *Heute Abend bist du wieder zu Hause und kannst dich an Kurts Schulter ausweinen.*

Schon jetzt brannten Tränen in ihren Augen, dabei hatte das Verhör doch noch nicht mal begonnen.

Die Tür ging auf. Schemenhaft sah sie durch das grelle Licht die Gestalt eines Mannes.

»Guten Tag, Betty«, sagte eine ihr bekannte Stimme.

Die Scheinwerfer wurden ausgestellt. Nur noch die Deckenlampe leuchtete.

Betty blinzelte ein paarmal, ehe sich ihre Augen daran gewöhnt hatten, nicht mehr geblendet zu werden. Ein eisiger Schauer lief ihren Rücken hinab. »Herr Asseln …«

Er streckte ihr die Hand hin. Obwohl sie ihre Hände im Schoß behielt, blieb sein Lächeln freundlich, als er sich auf den Stuhl auf der anderen Seite des Tisches setzte. Als wäre er noch immer Marthas Vater und sie bei ihm zu Hause beim Kuchenessen. »Ach, hock dich ruhig bequem hin. So verkrampft ist das ja schrecklich.«

Betty straffte sich nur noch mehr. »Jetzt bin ich aber wirklich gespannt, wie Sie mir das hier erklären wollen.«

Herr Asseln lehnte sich zurück und schlug die Beine übereinander. »Haben die Genossen dich etwa nicht gut behandelt?«

»Nein, haben sie nicht.« Sie reckte das Kinn. »Dabei bin ich schwanger.«

»Herzlichen Glückwunsch. Mit Kurt Weiler hast du einen guten Fang gemacht. Ein treuer Sozialist!«

»Das sind wir beide. Deshalb verstehe ich umso weniger, was ich auf einem Polizeipräsidium soll.«

Das Lächeln war nun aus seinem Gesicht verschwunden. »Ich will mit dir über deine Beihilfe zur Republikflucht sprechen.«

Betty schnappte nach Luft, als wäre sie völlig fassungslos über diesen Vorwurf. »Das ist absurd. Ich verurteile Menschen, die sich vom schönen Schein des Kapitalismus locken lassen, anstatt den Aufbau unseres Landes zu unterstützen. Und wie gesagt, ich bin schwanger. Wie soll ich da jemandem helfen, über die Grenze zu fliehen?«

Darüber amüsierte er sich köstlich, was seltsam war, denn Betty hatte Herrn Asseln noch nie lachen sehen. Nun aber wischte er sich sogar eine Lachträne aus dem Augenwinkel. »Die Ausrede muss ich mir unbedingt merken! Weißt du, unter Kollegen tauscht man hin und wieder die absurdesten Aussagen aus. Deine wird sicher für jede Menge Lacher sorgen!«

»Ich verstehe nicht, was daran witzig sein soll.«

»Betty, du bist gerade mal im dritten Monat.« Er schnalzte mit der Zunge, während sein Blick erst über ihren Busen und dann über ihren Bauch wanderte. »Man sieht ja noch nicht mal was.«

Ein kalter Schauer jagte ihren Rücken hinab. Woher wusste dieser Mann, im wievielten Monat sie war? Sie merkte, dass ihre Hände unkontrolliert zu zittern begonnen hatten, und legte sie unter ihre Oberschenkel. *Reiß dich zusammen*, rief sie sich zur Ordnung.

»Und wem soll ich geholfen haben?«

»Deiner Freundin Clara Vogel. Sie wird vermisst, und wir gehen stark davon aus, dass sie im Westen ist.«

»Was? Clara wird vermisst?« Sie legte eine Hand vor den Mund und riss theatralisch die Augen auf.

»Verkauf mich nicht für dumm, Betty.« Herr Asseln stützte sich auf die Ellenbogen und legte die Fingerspitzen aneinander. »Clara ist eine deiner engsten Freundinnen. Seit über einer Woche ist sie nicht in der Drogerie aufgetaucht, in der sie arbeitet, und auch zu Hause war sie nicht mehr. Das soll dir entgangen sein?«

»Ich habe mir Sorgen gemacht, weil ich seit ein paar Tagen nichts von ihr gehört habe. Aber sie ist eine Einzelgängerin, immer mit den Gedanken im Kosmos. Da denke ich doch nicht gleich, dass sie rübergemacht hat.«

Sie hielt seinem eindringlichen Blick stand. »Herr Asseln, wie Sie bereits wissen, bin ich auf dem bestem Wege, Schauspielerin zu werden. Ich habe diesem Land einiges zu verdanken …«

»Ich habe das Filmplakat gesehen. Ich muss sagen, ich war sehr beeindruckt.«

Vielleicht musste sie ihre Taktik ändern, einen Versuch war es wert. Betty lächelte ein bisschen und klimperte mit den Wimpern, als wäre es ihm gelungen, ihr zu schmeicheln.

»Ich könnte Ihnen Karten für die Premiere des nächsten Films meines Mannes besorgen. Darüber würde sich Ihre Frau doch sicher freuen.«

Sein Gesicht verdunkelte sich. Der Segen im Hause Asseln hing wohl noch immer gewaltig schief. Immerhin war es seine Gattin gewesen, die Martha die Adresse ihrer leiblichen Mutter hatte zukommen lassen. »Hätte ich an einer solchen Veranstaltung Interesse, wäre es mir dank meiner hervorragenden Kontakte ein Leichtes, eine Einladung zu bekommen.« Er rieb sich über das glatte Kinn. »Nicht du kannst mir helfen, sondern ich dir. Und zwar kann ich dafür sorgen, dass sich die Regisseure unseres Landes um dich reißen.«

»Und warum sollten Sie das tun?«

»Ich bewundere Menschen, die eine Vision haben. Und eine Schönheit wie du gehört auf die Leinwand. Aber eine Hand wäscht die andere.«

»Wie gesagt, ich weiß nicht, ob Clara …«

»Vielleicht weißt du ja etwas über Martha. Sie wohnt doch noch bei dir zu Hause.«

Betty zögerte. Nickte.

»Sie hat Kontakt zu ihrer leiblichen Mutter aufgenommen, nicht wahr?«

Sie schwieg. Sah auf ihre verschränkten Hände herab.

»Es mag vielleicht ehrenhaft sein, zu seinen Freunden zu halten, aber besonders klug ist es in diesem Fall nicht. Wenn du die Schauspielerei wirklich liebst, dann solltest du dich auf die richtige Seite schlagen. Ich könnte deine Karriere nämlich auch von heute auf morgen beenden.« Wieder lächelte er wölfisch. »Also, haben Martha und Anna Kubiki Kontakt?«

Es war Betty zutiefst zuwider, aber sie lehnte sich ihm leicht entgegen und schenkte ihm ihren verführerischsten Augenaufschlag. »Herr Asseln, vielleicht ist nun der Zeitpunkt gekommen, ehrlich zu sein …«

Die Dämmerung senkte sich bereits über die Stadt, als Betty die Wohnungstür aufschloss. Völlig erschöpft stellte sie ihre Handtasche auf der Kommode ab. Ihr Blick fiel in den Spiegel. Ihr Gesicht war fast durchscheinend. Sie fühlte sich schmutzig. Hatte sie das Richtige getan oder einen entscheidenden Fehler begangen? Wieder und wieder durchlebte sie vor ihrem inneren Auge das Verhör …

»Vielleicht ist nun der Zeitpunkt gekommen, ehrlich zu sein«, hatte sie zu Herrn Asseln gesagt und verlegen mit einer Strähne gespielt, die sich aus ihrem Pferdeschwanz gelöst hatte. »Ich habe Sie schon immer bewundert. Dafür, wie Sie für Ihre Familie sorgen. Wie klug Sie sind. Sie haben so viel … Erfahrung.«

Zunächst hatte er misstrauisch die Augen zusammengekniffen, doch nach und nach ließ er sich von ihren Schmeicheleien einwickeln.

»Ich habe ja schon ein gewisses Alter«, spielte er den Bescheidenen.

»Ich kenne andere Männer in Ihrem Alter, die nicht Ihre Ausstrahlung haben. Martha hat mal erzählt, dass Sie auf die Jagd gehen?«

»Hin und wieder.«

»Die Jagd fasziniert mich. Man muss sich voll und ganz konzentrieren, jeder Muskel ist angespannt. Man zielt. Und dann – Schuss! Nur eine Chance, trifft man nicht, ist sie vertan.« Sie legte den Kopf schief, ließ ihre hellblauen Augen auf ihn wirken.

»Da haben Sie die Jagd aber reizvoll beschrieben.«

»Was ich eigentlich sagen möchte …« Sie rückte an die Stuhlkante vor. So verkrampft, wie ihr ganzer Körper war, war es nicht leicht, sich sinnlich und geschmeidig zu bewegen. Sie senkte die Stimme. »Ich kann nicht verstehen, dass

Martha wütend auf Sie ist. Sie sollte dankbar sein.« Sie atmete hörbar aus, schloss die Augen. »Um ehrlich zu sein, haben wir uns gestritten …«

»Ich bin mir sicher, ihr regelt das wieder. Martha kann sich glücklich schätzen, eine so berühmte Freundin wie dich zu haben.«

Sie lachte glockenhell. »Ach, schön wäre es, wenn ich auch nur etabliert wäre.« Sie warf nun alles Unschuldige, alles Schüchterne ab. Ihr Blick sollte wie Feuer sein. Jetzt zahlte es sich aus, dass sie in ihrer ersten Rolle »die Affäre« gewesen war. »Herr Asseln, ich wünschte, ich könnte Sie beeindrucken, indem ich Ihnen helfe, aber …«

»Dann bemühe dich, und wir beide werden gute Freunde«, fiel er ihr ins Wort. »Wir werden uns gewiss wiedersehen, Betty.« Er beugte sich über den Tisch, sie konnte seinen Atem auf ihrer Stirn spüren.

»Da bist du ja endlich!«, riss Kurt sie aus der Erinnerung.

Sie war ihm dankbar dafür – zumindest, bis sie seinen wütenden Gesichtsausdruck sah.

»Es ist fast sieben«, sagte er. »Ich dachte, ich komme nach Hause, und wir essen gemeinsam, aber niemand ist da. Hast du dich mal wieder im Strandbad gesonnt?«

Sie schmeckte Salz, spürte etwas Feuchtes ihre Wangen hinablaufen. Im Spiegel sah sie, dass ihre Wimperntusche verlaufen war.

»Was ist passiert?«, fragte Kurt nun sanfter.

Sie wischte sich die Tränen aus dem Gesicht. »Ich war einkaufen und wollte uns für heute Abend etwas Leckeres kochen, aber da wurde ich von zwei Polizisten abgeführt wie eine Kriminelle. Ich musste mit ihnen aufs Präsidium fahren, wo ich verhört wurde. Es war so schrecklich!« Sie schlang die Arme um ihn.

»Nun mal der Reihe nach.« Kurt strich ihr tröstend über den Kopf. »Was wollten die denn von dir?«

Wie viel konnte sie Kurt anvertrauen? Er war ihr Mann, sie sollte ihm alles erzählen können, und doch riet ihr eine innere Stimme, vorsichtig zu sein. »Clara ist offenbar seit ein paar Tagen nicht zur Arbeit erschienen, und zu Hause ist sie auch nicht. Die gehen davon aus, dass sie in den Westen rübergemacht hat.«

Kurt klemmte ihr eine Haarsträhne hinters Ohr. »Und, hat sie?«

Warum war er so ernst? Fast einschüchternd. Sonst tat er doch stets alles mit einem Schulterzucken und einem Lachen ab. Gerade jetzt hätte Betty diese Unbeschwertheit gebraucht.

»Ich weiß nicht …«, log sie.

Kurt drückte ihren Kopf an seine Brust und streichelte ihr über den Rücken. »Du kannst mir alles anvertrauen, Betty.«

»Das weiß ich doch«, sagte sie. »Wenn mir was einfällt, bist du der Erste, dem ich davon erzähle.«

Eine weitere Lüge.

»Und jetzt schmiere ich uns ein paar Brote, einverstanden?«

Als sie in die Küche ging, spürte sie noch immer Kurts Blick im Rücken.

10.

Martha

Als Martha an diesem Morgen die Wohnung der Reinharts verließ, um zur Redaktion der *Evelyn* aufzubrechen, wurde sie vor der Haustür von einem Polizisten in Empfang genommen. Er war noch jung, hatte vermutlich gerade erst seine Ausbildung hinter sich.

Zum Glück war Betty am Abend zuvor unter dem Vorwand, ein Buch von zu Hause holen zu wollen, zu ungewöhnlich später Stunde vorbeigekommen, um Martha vorzuwarnen. Sie war blass gewesen, ihre Augen rot und verquollen.

Bettys Mutter war im Nachthemd in den Flur gekommen und hatte die Tochter besorgt gemustert, aber nichts gefragt. Dann hatte sie ihnen einen Teller mit Butterkeksen gebracht und war schlafen gegangen. Beim kleinsten Geräusch, etwa wenn ihr Vater im Schlafzimmer gehustet hatte oder ein Auto vorbeigefahren war, war Betty zusammengezuckt. Und immer wieder hatte sie zwischen den Vorhängen hindurchgelugt, als würde sie damit rechnen, dass ein Stasi-Mitarbeiter vor dem Plattenbau stand und sie beobachtete.

»Es war Gert, der mich verhört hat«, hatte sie erzählt. »Ich hatte das Gefühl, dass er alles weiß! Sogar in welchem Monat ich bin, wusste er!«

Als der Polizist sie aufforderte, in den Wagen zu steigen, weigerte Martha sich. »Ich muss dringend zur Arbeit. Ich hab gerade erst angefangen und will keinen schlechten Eindruck machen.«

Gnadenlos packte er sie am Oberarm, schob sie zum Wagen. »Steigen Sie ein, wird's bald.«

Obwohl Martha sich auf diesen Moment vorbereitet hatte, zitterten ihre Hände. Würde man sie nur über Claras Flucht ausfragen? Oder wusste man auch über ihre Mitarbeit bei *Radio Freigeist* Bescheid? Ihr war nach Weinen und Schreien zugleich zumute, als sie sich vorstellte, dass die Redaktionskonferenz, die für diesen Dienstagvormittag angekündigt worden war, gerade begann und Frau Hartweg feststellte, dass Marthas Platz leer war.

Sie schloss die Augen, versuchte, ruhig zu atmen.

Als warmes Sonnenlicht ihre Lider kitzelte, warf sie einen Blick aus dem Seitenfenster. Erstaunt stellte sie fest, dass sie gar nicht in Richtung Zentrum unterwegs waren. Neben ihr funkelte der Müggelsee. Ihr wurde mulmig zumute. Was wurde das hier? Wohin brachte man sie?

Der Wagen hielt. Rechts von ihr stand in blauen schlichten Lettern: »Strandbad Müggelsee«.

»Aussteigen«, hieß es knapp.

Uschis Kiosk war um diese Uhrzeit noch verrammelt. Bis auf ein paar Studenten, die sich was dazuverdienten, indem sie Müll aufsammelten und Sandburgen mit Rechen eben machten, war das Strandbad leer.

Nur ein Mann stand auf der Dachterrasse. Beiger Mantel, Hut. Er wandte sich zu ihr um, und ihr Herz setzte einen Schlag aus. Da war er, der Mann, den sie so viele Jahre für ihren Vater gehalten, dem sie vertraut hatte und der sie doch nie als Tochter hatte akzeptieren können. Der sie sogar ausspioniert hatte.

Der Mann, der den Vater ihrer besten Freundin auf dem Gewissen hatte.

Gert Asseln.

»Ist es dir nicht gestattet, mich offiziell zu verhören?« Sie schob die Hände in die Taschen ihrer Jacke. »Lässt du mich deshalb hier rausbringen?«

Ihr Adoptivvater gab dem jungen Polizisten ein Zeichen, der sich daraufhin zurückzog. »Ich wollte in Ruhe mit dir reden. Ich dachte, das hier wäre ein guter Ort dafür.«

»Damit du mir auch den letzten schönen Fleck, an dem ich mich noch wohlfühle, kaputt machst?«

Gert blieb ruhig. »Damit du dich daran erinnerst, dass du es gut bei uns hattest. Wenn ich hier bin, dann denke ich nämlich an den Tag, als du dich das erste Mal getraut hast, einen Köpper ins Wasser zu machen.«

»Du hast mich gezwungen«, fuhr sie ihn an. »Du hast gesagt, wenn ich nicht endlich ins Wasser springe, dann lässt du mich hier, und ich muss ganz allein im Strandbad übernachten.«

»Und du bist gesprungen und hast es gemeistert. Du hast nur etwas Druck gebraucht und bist am Ende über dich selbst hinausgewachsen.«

»Ohne Druck hätte ich den Köpper garantiert auch gelernt. Es hätte nur länger gedauert. Aber noch mal: Was soll das? Du willst doch nicht gemeinsam mit mir in Erinnerungen schwelgen.«

»Ich weiß, dass du mich für den Bösen hältst. Aber ob du's glaubst oder nicht: Ich hab dich nur deshalb im Auge behalten, weil du mir etwas bedeutest. Du bist vom rechten Weg abgekommen. Aber auch du glaubst an diesen Staat, liebst dein Land. Das haben wir gemeinsam.«

»Komm mir bloß nicht so!« Sie hatte die Stimme erhoben.

»Ich bin nicht hier, damit wir uns gegenseitig Vorwürfe machen. Ich bin hier, damit du dich daran erinnerst, wie begeistert du bei der FDJ dabei warst, welche Möglichkeiten dir dieser Staat geschenkt hat, welche Perspektiven sich dir eröffnen. Und das ist dir auf einmal nichts mehr wert? Schau, wie's bei denen drüben ist. Der faulende, absterbende Kapitalismus macht die Reichen immer reicher und die Armen immer ärmer. Und irgendwann brechen sie einen neuen Krieg vom Zaun, weil ihnen die Absatzmärkte knapp werden. Deshalb müssen wir die Deutsche Demokratische Republik schützen. Wir beide wollen doch eigentlich dasselbe: den Sozialismus aufbauen. Wir müssen nicht gegeneinander sein. Wir könnten an einem Strang ziehen und Großes bewirken.«

»Aber das will ich nicht mit dir und deinen Genossen! Ihr schließt eure Kritiker weg und macht sie mundtot. Ihr habt eine Mauer gebaut, die die Menschen hier einsperrt! Ihr habt Familien, Liebende, Freunde auseinandergerissen! Wie lange ist es her, dass der Erste an der Mauer ermordet wurde? Einen Tag, zwei Tage? Und ihr startet sogleich eine hässliche Diffamierungskampagne, der Mann sei doch nur ein homosexueller Prostituierter gewesen. Selbst wenn es so war, er war ein Mensch, er war einer von uns.«

»Das ist ein Kampf, Martha! Ein Kampf für etwas Großes! Natürlich müssen wir da das eine oder andere Opfer in Kauf nehmen.«

Sie schüttelte den Kopf. Das hier hatte doch keinen Sinn. Sie sprach mit einem Fanatiker.

»Wie ist es Clara gelungen zu fliehen?«, fragte er auf einmal.

»Ihr wisst doch sonst alles«, erwiderte sie. »Das etwa nicht?«

»Hör auf mit den Spielchen. Du hast ihr geholfen. Wie ist sie rüber?«

»Ich soll ihr geholfen haben? Ich stamme doch aus einer mustergültigen sozialistischen Familie, das kann gar nicht sein.« Ihre Stimme triefte vor Sarkasmus.

»Eine Familie, mit der du gebrochen hast. Das ist kein Geheimnis.«

»Weil mein Adoptivvater so besessen ist, dass er mich fast umgebracht hätte!«, schrie sie. »Und Claras Vater ist tot!«

Auf einmal holte er aus und ohrfeigte sie so heftig, dass ein paar Sekunden lang Sterne vor ihren Augen tanzten. Als sie die Lider wieder hob, sah sie ihn nur undeutlich, was daran lag, dass ihre Brille zu Boden gefallen war.

»Martha, ich will dich doch nur beschützen«, hörte sie ihn sagen, sanft, als hätte er tatsächlich so etwas wie Mitgefühl.

Fast hätte sie gelacht. Sie schmeckte Blut.

Er zog ein kariertes Tuch aus einer der Taschen seines Mantels und tupfte ihr über Lippen und Kinn. Sie ließ ihn gewähren. »Die Rede, die du bei deiner Abiturfeier gehalten hast, wurde von einigen als Aufruf zum Protest verstanden. Du hast Kontakt mit Anna Kubiki aufgenommen, die im Visier der Staatssicherheit ist. Wenn du nicht allmählich lernst, Freund und Feind zu unterscheiden, dann bist du bald selbst im Visier.«

»Glaub mir, ich habe gelernt, wem ich vertrauen kann und wem nicht.«

Sie bückte sich, um ihre Brille vom Boden aufzuheben. Aber er war schneller, hatte sie sich schon geschnappt und polierte die Gläser mit seinem Taschentuch.

»Ach ja? Ist das so?«, erwiderte er. »Dann weißt du also, dass deine Freundin gestern eine umfassende Aussage gemacht hat?«

Martha wurde kalt. »Welche Freundin?«

»Bettina Reinhart.«

Sie schüttelte den Kopf. »Das glaube ich nicht. Du lügst.«

Sie führten einen stummen Kampf mit Blicken, den sie verlor.

»Weiß Valerie eigentlich, was du hier machst?«, fragte sie ihn.

»Ja.« Er reichte ihr die Brille. »Sie wollte nicht mitkommen. Sie will nichts mehr mit dir zu tun haben.«

Auch das glaubte sie ihm nicht.

»Du bist armselig«, sagte sie und wandte sich ab.

»Ich finde die Wahrheit schon heraus«, rief er ihr nach, als sie schon fast den Ausgang erreicht hatte und ihre Brille aufsetzte.

Sie hielt inne. Wandte sich zu ihm um. »Die Wahrheit interessiert dich doch gar nicht.«

Als Martha das Strandbad verließ, pochten ihre Schläfen schmerzhaft. Das Haarband, das Betty ihr für den heutigen Tag geliehen hatte, war verrutscht. Sie zog es vom Kopf. Ein Spaziergänger starrte sie an. Vermutlich hatte sie noch immer Blut im Gesicht. Ihre Nase pochte auch. Sie hatte nicht gedacht, dass sie dazu in der Lage war, so abgrundtiefen Hass gegen einen Menschen zu empfinden. Warum ließ Gert sie nicht einfach in Ruhe?

Ihr war danach, sich ins Bett zu verkriechen, die Decke über den Kopf zu ziehen und zu weinen, und doch schleppte sie sich zur Tram, obwohl sie ahnte, dass es keinen Sinn hatte. Sie war zu spät. Bestimmt war es bereits neun Uhr. Bis sie an der Schönhauser Allee ankam, wäre die Redaktionssitzung vorbei. Aber vielleicht, mit etwas Glück, hätte Frau Hartweg ja Verständnis, wenn Martha ihr schilderte, was vorgefallen war? Oder würde es die Chefredakteurin nur noch misstrauischer machen, wenn sie erfuhr, dass die Stasi es auf Martha abgesehen hatte?

Kaum hatte Martha den Aufzug verlassen und die Redaktion betreten, winkte Susi sie zu sich an den Schreibtisch. »Da bist du ja endlich! Wo zum Teufel hast du gesteckt?«

»Frag lieber nicht … Bin ich gefeuert?«

»Ich weiß nicht.« Susi machte einen zerknirschten Gesichtsausdruck. »Frau Hartweg war jedenfalls nicht begeistert, dich nicht am Konferenztisch zu sehen.« Sie kniff die

Augen zusammen und beugte sich zu Martha vor. Die Brille, die neben ihr auf dem Tisch lag, trug sie nur im absoluten Notfall. »Du siehst ja schrecklich aus. Sag mal, ist das da Blut in deinem Gesicht?«

Martha befeuchtete ihren Zeigefinger mit Spucke und rieb sich damit über das Kinn. »Ist es weg?«

In der Metallverkleidung des Aufzugs hatte sie undeutlich ihr Spiegelbild gesehen und war erschrocken. Ihr Pony war zerzaust, ihr eigentlich hoher Pferdeschwanz hing auf halbmast. Und zu allem Überfluss zeichneten sich unter ihren Achseln zwei große Schweißflecken auf dem schwarzen Stoff ihrer knittrigen Bluse ab.

Martha strich sich mit beiden Händen übers Gesicht. Einst mustergültig, war sie nun ein anschauliches Beispiel für das Wort »asozial«. »Glaubst du, ich kann mich noch schnell frisch machen?«

Die Frage erübrigte sich, denn ein lauter Pfiff schrillte durch den Redaktionsraum. Frau Hartweg stand vor der Tür zu ihrem Büro, Daumen und Mittelfinger noch an den Mundwinkeln, und sah Martha direkt an.

»Sie will dich sprechen«, übersetzte Susi.

»Ich bin doch kein Hund, den man herbeipfeifen kann«, murmelte Martha wütend.

Sie fühlte sich ein bisschen so, als wäre das hier ihr ganz persönlicher Gang zum Schafott. Das Büro der Chefredakteurin stand offen. Martha wartete im Türrahmen und wagte es nicht, etwas zu sagen, denn Frau Hartweg hatte sich gerade in ein Gespräch mit einem Fotografen vertieft, der ihr eine Auswahl an Modefotografien präsentierte. Außer ihm war noch Audrey Hepburn anwesend, die einen Block an ihre Brust drückte und wie auf einer Trauerfeier ganz in Schwarz gekleidet war.

»Wie schön, dass Sie uns auch noch mit Ihrer Anwesenheit beehren«, sagte Frau Hartweg plötzlich und wandte sich Martha zu.

Audrey Hepburn senkte den Blick auf ihre glänzend polierten Stiefel.

Martha holte Luft, um sich zu rechtfertigen, aber die Chefredakteurin schnitt ihr mit einer scharfen Geste das Wort ab. »Mich interessieren Ihre Entschuldigungen nicht.«

Sie wandte sich wieder den Aufnahmen zu, die der Fotograf nebeneinander an eine Korkwand pinnte.

»Vielleicht wirken die Farben von weiter weg noch mal anders …«, setzte der Mann an.

»Wie lese ich denn bitte eine Zeitschrift? Von weiter weg etwa? Nein, das ist es einfach nicht. Die Menschen dort draußen haben noch keine Lust auf gedeckte Herbstfarben, schon gar nicht in diesen Zeiten. Ich brauche etwas Pfiffiges, etwas Starkes! Das ist so alles so gewöhnlich und viel zu steril. Und dieses Modell habe ich erst letzten Monat in der *Sibylle* gesehen. Gibt es denn immer nur die gleichen Gesichter?«

»Aber wie sollen wir so schnell neue Modelle organisieren, einen anderen Ort finden und ein Thema?«, gab der Fotograf zu bedenken. »Wir sind eh schon spät dran.«

»Daran müssen Sie mich nicht erinnern«, sagte Frau Hartweg und sank auf ihren Schreibtischstuhl. »Aber einen kleinen zeitlichen Puffer haben wir schon.«

Auf der anderen Straßenseite ging das Hämmern und

Dröhnen der Baustelle wieder los. Frau Hartweg massierte sich die Schläfen. Schnell ging Martha zum Fenster, um es zu schließen. Dabei fiel ihr erneut die Frau auf, die auf der Baustelle Schutt in eine Schubkarre lud.

»Was sagen Sie zu den Fotos?«, hörte sie Frau Hartweg hinter sich fragen.

Stille. Martha wandte sich um und stellte fest, dass sämtliche Blicke erwartungsvoll auf sie gerichtet waren.

»Ich?«, fragte sie dennoch überflüssigerweise. In ihren Augen waren die Bilder alles andere als gewöhnlich. Immerhin waren die Modelle stark geschminkt und hatten diese unnatürlichen Posen. Sie räusperte sich. »Ich finde die Fotos in Ordnung.«

»In Ordnung …«, wiederholte Frau Hartweg und klackerte mit ihren Fingernägeln auf dem Tisch. Bei dem Geräusch stellten sich Martha die Haare auf. »Jagdwurst ist in Ordnung. Dass die Schokolade der DDR nur sieben Prozent Kakaoanteil hat, ist in Ordnung. Die Musikauswahl in den Diskotheken ist in Ordnung. Die Kleidung in den Kaufhäusern ist in Ordnung. Einfach alles in diesem Land ist in Ordnung. Die Menschen hier sind satt und haben Arbeit – das Leben hier ist *in Ordnung*. Es ist gerade genug, sodass die Menschen aufgehört haben zu träumen. Dabei sind es die Träume, die uns weiterbringen. Deshalb schenkt ihnen die *Evelyn* das Außergewöhnliche, damit sie wieder zu träumen anfangen!«

Martha wünschte sich, die Erde würde sich auftun und sie verschlingen.

»Bis spätestens Ende nächster Woche brauchen wir eine

neue Idee für die Fotoreihe. Bis dahin füllen wir erst mal die anderen Rubriken. Rezepte, Schnittmuster, Leserbriefe …«, sagte Frau Hartweg. »Und nun raus aus meinem Büro.«

Das ließ Martha sich nicht zweimal sagen, aber so leicht ließ Frau Hartweg sie nicht davonkommen. »Martha, Sie bleiben bitte.«

Oh Gott … War es jetzt so weit? Wurde ihr jetzt gekündigt?

»Ich habe Sie eingestellt, weil ich dachte, Sie hätten einen gewissen Pfiff. Ihre kleine leidenschaftliche Rede hat Tatendrang erahnen lassen. Aber auch ich kann mich hin und wieder täuschen.«

»Ich …«, setzte Martha an und verstummte, als Frau Hartweg den Deckel von ihrem Federhalter zog und zu schreiben begann.

»Ich gebe Ihnen noch eine Chance«, sagte sie ohne aufzublicken. »Diese Woche betreuen Sie die Leserbriefe und gucken sich unsere alten Hefte an, reden mit den Mitgliedern der Redaktion. Bis Ende nächster Woche krieg ich ein Konzept. Bringen Sie mir eine gute Idee für eine Fotoreihe, und enttäuschen Sie mich gefälligst kein zweites Mal. Sie dürfen jetzt gehen.«

Der Schreibtisch, den Susi ihr zugeteilt hatte, lag direkt neben den Toiletten und war so schmal, dass gerade mal eine Schreibmaschine, ein Blatt Papier und vielleicht noch ein Glas Wasser darauf passten. Egal. Immerhin hatte sie einen eigenen Arbeitsplatz!

Auf ihrem Stuhl erwartete sie heute eine große Pappkiste.

»Da drin sind Leserbriefe«, erklärte Susi. »Deine Aufgabe ist es, sie zu beantworten und welche für den Abdruck auszuwählen und abzutippen.«

Dankbar für die zweite Chance, die man ihr gegeben hatte, nickte Martha eifrig. Ein paar Briefe zu beantworten würde sie wohl problemlos meistern! Ihr Optimismus schwand jedoch schnell, als sie sah, wie viele Briefe auf eine Antwort warteten. »Ist das die Post der letzten zehn Jahre?«

Wahllos zog sie einen Umschlag aus der Kiste, riss ihn auf und faltete den Brief auf. »Liebe *Evelyn*, ich wende mich mit einer dringenden Frage an Sie«, las sie vor. »Ich glaube, mein Freund hat vor, mir einen Antrag zu machen. Er will mich ins *Ganymed* einladen. Ich habe keine Ahnung, was ich anziehen soll. Haben Sie einen Rat?«

»Einfach dasselbe wie immer?«, schlug Martha vor und lachte verständnislos.

Susi lachte nicht. Sie sah Martha an, als würde sie an ihrer Zurechnungsfähigkeit zweifeln. »Vorher musst du aber noch etwas anderes erledigen.« Sie nahm Martha bei der Schulter, lotste sie in Richtung Ausgang und drückte ihr einen Zettel mit einer Adresse in die Hand. »Du sollst ein paar Hüte für einen Fototermin abholen. Das Atelier des Designers liegt in der Friedrichstraße.«

»Fahren die Trambahnen denn inzwischen wieder regelmäßig?«, schaffte Martha es noch zu fragen, ehe Susi sie in die Aufzugkabine schob. Der Mauerbau hatte einiges durcheinandergebracht …

»Bitte sag mir, dass du nicht ernsthaft vorhattest, diese wunderbaren extravaganten Hüte, die du gleich mit deinen unwürdigen Händen berühren darfst, in einer Trambahn zu transportieren?!«, stöhnte Susi und knallte Martha die Tür vor der Nase zu.

Als Martha zwanzig Minuten später vor dem Atelier stand, sagte sie sich, dass dieser Tag eigentlich nur besser werden konnte. Sie würde die Hüte holen, mit dem Taxi zurück zur Redaktion fahren und dort Leserbriefe beantworten. Und doch ahnte sie das Schlimmste, als sie das Atelier betrat. Was, wenn dieser Modedesigner genauso herablassend war wie Frau Hartweg?

Ihre Hände waren feucht vor Aufregung. Unauffällig wischte Martha sie an ihrem Rock ab und blickte sich um. Auf Regalböden, an endlosen Kleiderstangen an der Wand aufgereiht, auf Kartons für den Versand, auf Tischen – sie war umgeben von farbenfrohen, extravaganten Kleidern, Hüten, Schuhen und Taschen. Es duftete angenehm nach Lavendel. Rechts von ihr war ein Regal mit Handtaschen. Eine grüne mit einer goldenen Schnalle stach ihr besonders ins Auge, etwas so Verspieltes und Hübsches hatte sie noch nie gesehen.

»Hallo? Ist da jemand?«, rief sie.

Metallringe klackerten, als der rote Samtvorhang, der einen Nebenraum verdeckte, aufgezogen wurde. Martha traute ihren Augen kaum, als auf einmal Bettys Onkel vor ihr stand. »Herr Kaiser!«

Unendliche Erleichterung überkam sie. Wie oft hatte Betty von seinem Atelier geschwärmt, aber Martha war noch nie hier gewesen. Sie hatte ihn nur zweimal gesehen, das letzte Mal auf Bettys Hochzeit. Damals hatte er einen maßgeschneiderten Anzug getragen, dazu Fliege und Lederhandschuhe. Betty hatte mal erwähnt, dass dieses Ensemble sein Markenzeichen war.

»Was machst du denn hier, Martha?«, wunderte er sich, aber er schien sich über die Überraschung zu freuen.

Küsschen links, Küsschen rechts. Martha war leicht überfordert, weil er sie so familiär empfing.

»Ich soll Hüte abholen«, erklärte sie.

»Sag bloß, du arbeitest bei der *Evelyn*? Ich wusste nicht, dass du dich für Mode interessierst.« Sein Blick wanderte über ihre Kleidung. So langsam war Martha diese prüfenden Blicke leid … Er runzelte die Stirn. »Komm erst mal rein, meine Sekretärin braut uns eine schöne Tasse Bohnenkaffee.«

»Na ja, eigentlich war Mode nie meine große Leidenschaft …«, schüttete sie ihm ihr Herz aus, während sie in einer Art Büro saßen, Kaffee tranken und Kekse aßen. Auch hier Stoffe und Schachteln überall. »Ich befürchte eh, dass ich nicht lange in der Redaktion bleibe. Man mag mich dort nicht sonderlich. Wahrscheinlich, weil ich nicht zur *Evelyn* passe.«

»Und warum ist das so?«

»Alle, die dort arbeiten, sind so schick und extravagant … Ich hab mich immer nur angepasst. Wollte auf keinen Fall aus dem Kollektiv hervorstechen. Die nehmen mich gar nicht für voll.«

»Dann schmeiß hin.« Er zuckte mit den Schultern, als wäre das keine große Sache, und nahm einen Schluck aus der weißen Tasse mit dem Goldrand. »Die können dich in fünf Minuten ersetzen.«

Martha hatte sich eigentlich ein paar aufmunternde Worte erhofft …

Herr Kaisers Mitarbeiterin sammelte Hüte ein, nahm einen vom Kopf einer Puppe, einen anderen aus einem auf Hochglanz polierten Regal aus Kirschholz, das wirkte, als würde es ursprünglich aus einem Schloss stammen.

»Aber ich brauche die Arbeit!«, protestierte Martha.

»Sag das Frau Hartweg genau so. Das wird sie gewiss von dir überzeugen.«

»Glaubst du?«, fragte sie zweifelnd.

»Nein! Natürlich nicht! Sie will, dass ihre Angestellten für die Zeitschrift brennen! Nicht, dass sie die Arbeit brauchen, aber eigentlich lieber etwas anderes machen würden.«

Er stand auf, holte aus einer runden Schachtel einen Hut mit bunten Federn und reichte ihn seiner Mitarbeiterin. Gab es wirklich jemanden, der so etwas trug? In der BRD vielleicht …

»Hast du denn überhaupt schon probiert, dich zu beweisen?«, fragte er.

»Natürlich.«

Wie Clara hatte er das Talent, bloß eine Augenbraue hochzuziehen und damit alles zu sagen. »Ich frage deshalb, weil du gerade einfach nur jammerst.«

»Was soll ich denn machen? Ich habe doch gerade erst bei der *Evelyn* angefangen. Was erwartet Frau Hartweg denn von mir?«

»Gute Ideen. Bring dich ein. Betty hat so oft erzählt, wie

tüchtig und klug du bist.« Er verschränkte die Arme vor der Brust und sah sie streng an. Gerade hatte er nur sehr wenig von dem warmherzigen Onkel, von dem Betty wiederum ihr erzählt hatte. »Was willst du von mir hören, Martha? Dass ich Mitleid mit dir habe und alle in der Redaktion schrecklich sind? Sind sie nicht. Sie machen ihre Arbeit, und sie machen sie gut. Sehr gut sogar, immerhin sprechen wir hier von einer der auflagenstärksten Zeitschriften dieses Landes. Du weißt, was am 17. Juni 1953 war?«

Sie nickte. »Der Aufstand.«

»Die Gründung der *Evelyn* war eine Reaktion auf den Aufstand. Die Menschen haben unter dem ständigen Mangel gelitten. Die Wirtschaft lag am Boden, wir haben keine Subventionen bekommen, unsere Fabriken wurden demontiert und in die Sowjetunion gebracht. Die Leute wurden unruhig, und die Regierung hat gemerkt, dass man ihnen nicht nur Brot, sondern auch Spiele geben muss. Und so wurde die *Evelyn* gegründet. Da geht es nicht nur um ein bisschen Mode und Unterhaltung. Es geht um viel, viel mehr. Es geht um Hoffnung. Dass es auch bei uns einmal besser wird. Dass auch wir trotz Planwirtschaft und Volkseigentum extravagant sein dürfen. Es geht darum, den Spielraum zu nutzen, den es gibt. Dafür brennen die Redakteurinnen der *Evelyn*. Und dafür brenne ich. Ich entwerfe individuelle Kleidung, durch die man sich ausdrücken kann. Und die *Evelyn* bringt meine Kleidung groß raus. Die Frauen dort haben kühne Ziele. Du aber siehst in ihnen nicht mehr als oberflächliche Modepuppen und wunderst dich, warum sie dir nicht zu Füßen liegen und dich mit Kusshand einstellen?«

Martha senkte beschämt das Kinn.

»Wenn Frau Hartweg ihre Mitarbeiter mit Bedacht auswählt, ist sie nur klug. Jeder ihrer Schritte wird genauestens beobachtet. Die da oben warten doch nur darauf, sie abzusägen. Sie schützt ihr Lebenswerk wie eine Löwin. Leute wie du, die nicht zu schätzen wissen, an welch großer Aufgabe sie teilhaben dürfen, bedrohen dieses Werk.«

»Darüber habe ich nicht nachgedacht«, sagte Martha kleinlaut und stellte die Tasse ab. »Es tut mir leid. Was mache ich denn jetzt?«

»Setz dich heute Abend auf den Hosenboden und arbeite. Versuch, es zu verstehen. Versuch, Mode zu verstehen.« Er nahm seiner Mitarbeiterin den Hutstapel ab und reichte ihn Martha.

»Mode verstehen …« Sie betrachtete die gestapelten Hüte in ihren Armen. »Als ob das so leicht wäre …«

»Dann streng dich gefälligst an.«

Seltsamerweise hatte seine Gardinenpredigt sie tatsächlich ermutigt. Sie brannte regelrecht darauf, in die Redaktion zurückzukehren und den anderen Löcher in den Bauch zu fragen. Aber sie wollte vorbereitet sein, zumindest ein bisschen, um sich nicht schon wieder zu blamieren.

Auf einmal hatte sie eine Idee. Sie sah ihn an. »Du hast Betty schon so oft in Modefragen beraten! Du hast ihr Stil beigebracht!«

»Und jetzt willst du dasselbe?« Er schüttelte entschieden den Kopf. »Ich habe zu tun. Ich muss Mode entwerfen und schneidern.«

»Bitte!«, bettelte sie. »Ich brauche diese Arbeit! Ich habe doch sonst nichts!«

Sie versuchte sich an dem Hundewelpenblick, mit dem Betty sie immer gebeten hatte, bei ihr abschreiben zu dürfen.

»Also schön«, gab er sich geschlagen und setzte ihr den nächsten Hut, den ihm seine Mitarbeiterin reichte, auf den Kopf. »Aber nur, weil du Bettys Freundin bist. Du hast Glück. Ich war gerade dabei, ein paar Modelle der letzten Kollektion auszusortieren. Da wird sich schon etwas für dich finden.«

Kaum hatten sie den Nebenraum mit den Modellen der letzten Saison betreten, fing Herr Kaiser Feuer. Wenn er die von ihm entworfenen Kleider berührte, dann, begriff Martha, sah er darin nicht einfach nur ein vernähtes Stück Stoff. Er betrachtete die Modelle mit der Zärtlichkeit eines Vaters oder vielleicht eines Reisenden, der in der ganzen Welt Schätze zusammengetragen hatte.

Zielstrebig steuerte er durch den Raum, nahm dort ein Kleid vom Bügel, hier einen Rock, dazu eine Bluse und Schmuck. »Ich tippe auf Größe vierunddreißig/sechsunddreißig«, sagte er. »Du bist recht blass und hast braunes Haar. Dunkelblau schmeichelt deinem hellen Teint. Du bist zierlich gebaut, also kannst du recht viel tragen. Du hast wenig Oberweite, also den Ausschnitt eher hoch setzen.«

Ehe sie sich's versah, hatte Martha einen Berg an Kleidung in den Armen.

»Und jetzt ab mit dir in die Umkleide!«

Schon wurde der Vorhang hinter ihr zugezogen. Ihr schwirrte der Kopf von seiner Standpauke, überhaupt von diesem Tag, der ihr inzwischen unendlich lang vorkam. Sie sah auf die wunderschönen Kleidungsstücke hinab, die sie sorgfältig auf die Chaiselongue gelegt hatte, die in der Kabine stand.

Zuerst zog sie einen Rock an, der sich eng an ihre Beine schmiegte, dazu eine goldene Bluse. Sie betrachtete sich im Spiegel, und das Herz wurde ihr schwer. Die Stoffe fühlten sich falsch an ihr an. Zu schön.

Obwohl sie sich zierte, bestand Herr Kaiser darauf, dass sie sich zeigte.

»Das bin doch nicht ich.« Ihre Schultern sackten hinab. Sie wollte … sie *konnte* ihr Spiegelbild nicht länger ertragen, gleich würden ihr Tränen die Wangen hinablaufen. »Diese Stücke sind so schön … so wertvoll.« Sie schlang die Arme um ihren Leib, stand gekrümmt und ratlos da. »Wahrscheinlich ist Mode einfach nichts für mich …«

Herr Kaiser legte die Fingerspitzen unter ihr Kinn und hob es an, zwang sie, die junge Frau im Spiegel zu betrachten. »Martha, ich sag dir was: Dort draußen sind unzählige Frauen, die sich wünschen würden, so seidiges Haar, so eine süße Stupsnase, so einen zierlichen Körper zu haben wie du. Aber darum geht es auch eigentlich gar nicht.«

Er ging zu der weiß lackierten, pompösen Kommode mit Goldverzierungen, auf der ein hoher Bücherstapel lag. Er zog einen dicken Bildband heraus und reichte ihn Martha. »Nimm den mal mit, und lass dich inspirieren.«

»Danke.« Wahllos schlug sie eine Seite auf und sah die Dietrich in einem Hosenanzug aus einem groben Stoff. Sie kam eine Straße entlang, direkt auf die Kamera zu. Sie wirkte selbstbewusst und stark. Martha blätterte weiter. Audrey Hepburn trug ein Ensemble aus einer schwarzen Hose und einem schwarzen Hemd mit hohem Kragen.

»Das gefällt mir gut«, sagte sie. »Schlicht, aber elegant. Trotzdem hat es das gewisse Etwas. Wie sie selbst.«

Herr Kaiser nickte. »Der Körper ist nur eine Hülle. Der interessiert mich gar nicht groß. Das eigentliche Kunstwerk ist deine Seele. Nur auf die kommt es an. Und die Kleidung soll deine Seele hervorheben und zum Strahlen bringen.« Er lächelte sanft. »Wir finden schon etwas, in dem du dich wohlfühlst, das dir entspricht. Wie wäre es denn damit?«

Er wählte aus dem Kleiderberg ein dunkelblaues Kleid und wartete, bis Martha es übergezogen hatte.

Sie trat aus der Kabine und betrachtete sich im Spiegel. Diesmal gefiel ihr, was sie sah. Überraschend gut sogar. Sie strich über den angenehmen Stoff. Das Modell hatte einen kleinen Kragen, einen geraden Schnitt und bekam nur etwas Form durch einen schmalen Taillengürtel. Es war schlicht und doch schick.

»Und, was sagst du?«, fragte Herr Kaiser.

Martha lächelte. »Meine Seele ist begeistert.«

II.

Clara

»Steig ein«, hatte Lilli gesagt und ihr wie ein Gentleman im Film die Tür ihres Ford aufgehalten. »Ich zeig dir, wie schön es bei uns ist.«

Clara streckte die Hand aus dem offenen Beifahrerfenster und genoss den Fahrtwind im Gesicht. Sie blickte in den Himmel hinauf, sah das saftige Laub der Straßenbäume und ein paar Federwölkchen über sich hinwegziehen und blinzelte ins Sonnenlicht. Der Ledersitz unter ihr vibrierte leicht, der Motor schnurrte – und das trotz der hundert Stundenkilometer, die der Tacho anzeigte.

»Wo fahren wir eigentlich hin?«, fragte sie.

»Wir fahren wie der Wind durch den Grunewald geschwind«, sang Lilli über das Motorschnurren hinweg. »Und dann sind wir bald am Wannsee!«

»Bei uns hat man das Lied umformuliert«, sagte Clara und zog sich ins Innere des Wagens zurück. »›Schließ die Badehose ein. Lass das Baden lieber sein, denn der Ami schießt am Wannsee.‹«

»War ja klar, dass die das propagandistisch ausschlachten.« Lilli verdrehte die Augen. »In den Fünfzigern sind Badegäste zu Schaden gekommen, weil der Truppenübungsplatz der Amis zu dicht lag. Aber das ist vorbei, ich schwöre! Ich werde dich mit meinem Leben verteidigen, falls jemand auf dich schießen sollte«, sagte sie theatralisch und zwinkerte ihr zu.

Clara legte eine Hand aufs Herz und sagte genauso theatralisch: »Danke, Genossin.«

Der dünne Stoff des Kleides, das Lilli ihr geliehen hatte, flatterte und rutschte ein Stück höher, und Clara schob den Saum wieder über die Knie. »Wir sind also auf dem Weg zum Wannsee«, sagte sie.

Ohne zu blinken, fuhr Lilli von der Straße ab und lenkte den Wagen auf einen großen Parkplatz. »So ist es. Und zwar deshalb, weil du mir gestern den ganzen Tag mit dem tollen Strandbad am Müggelsee in den Ohren gelegen hast.«

»Ich habe es höchstens zweimal erwähnt.«

»Da dachte ich mir, zeige ich dir doch mal, dass unsere Strandbäder sich auch sehen lassen können.«

»Ich war ewig nicht mehr schwimmen«, plauderte Lilli, als sie kurz darauf den Kiesweg entlanggingen, der über eine Grünfläche mit ein paar Bänken und Papierkörben auf ein Gebäude zuführte. Es war ein schlichter, schlauchartiger Bau, in dessen Zentrum ein gelbes Haus mit Spitzdach und Blumenkästen an den Fenstern aufragte. Dahinter lag wie am Müggelsee ein Streifen Wald. Schon von hier waren die typischen Geräusche eines Strandbads zu hören, und Clara verspürte einen Druck in der Brust, der noch heftiger wurde, als sie die zwei jungen Frauen sah, die gerade das Bad verließen. Einen Moment lang dachte sie doch glatt, es wären Betty und

Martha. Die Brünette holte ihr Fahrrad, die Blondine setzte sich auf den Gepäckträger, und gemeinsam fuhren sie davon.

»Kommst du?«

Clara hatte nicht gemerkt, dass sie stehen geblieben war. Sie beeilte sich, zu Lilli aufzuschließen, die sich schon an der Schlange vor der Kasse angestellt hatte.

Eine lange Treppe führte das abschüssige Gelände hinab zum Strand. Eine Gruppe selbstbewusster junger Frauen kam ihnen entgegen.

»Komm schon, Gisela!«, rief ein Mann mit Elvis-Tolle. »Ich will dich doch nur zum Tanzen ausführen! Ein bisschen Rock 'n' Roll hat noch niemandem geschadet! Deine Eltern müssen auch nix erfahren!«

Aber Gisela warf nur ihr langes blondes Haar über die Schulter und schleckte ungerührt ihr Eis.

Als Lilli und Clara an dem Möchtegern-Elvis vorbeiliefen, hatte er Gisela offenbar schon vergessen, denn er strich sich über sein mit Pomade in Form gebrachtes Haar und pfiff ihnen sogar hinterher. »Na, ihr beiden Hübschen? Darf man euch auf ein Eis einladen?«

Sie ignorierten ihn.

Auf einer Tafel am Fuß der Treppe waren mit Kreide die Temperaturen notiert: Die Luft hatte warme einunddreißig Grad, das Wasser neunzehn. Wie am Müggelsee gab es eine Wandelhalle, nur war diese hier etwa doppelt so lang, das Angebot riesig. Clara war regelrecht überfordert. Es gab ein Strandrestaurant, ein Café, einen Kiosk mit Bockwurst und Frittiertem sowie einen zweiten Kiosk, hinter dessen Tresen sich meterhoch Getränkekisten stapelten. Sie entdeckte auch einen Laden mit Bademode und einen mit Freizeitartikeln wie Federballsets oder Aufblastieren für Kinder. Und sollte jemand etwas von all den Dingen, die man hier kaufen konnte, verlieren, so gab es auch noch ein Fundbüro. Die Papierkörbe quollen über.

Und so viele Menschen … Selbst im Wasser musste man an diesem traumhaft schönen Sonntag einen freien Platz suchen. Alles war so bunt. Die Strandkörbe, die Sonnenschirme, die Liegen, die modischen Bikinis und Badehosen.

Clara entdeckte eine Wasserinsel … beziehungsweise mehrere. Rutschen waren daran befestigt, Kinder sausten vergnügt ins kühle Nass.

»Und, was sagst du?«, fragte Lilli.

»Toll«, sagte Clara und wünschte, sie wäre am Müggelsee, der keine fünfzig Kilometer Luftlinie entfernt lag. Dort gab es vielleicht nicht solche schicken Läden und auch keine Wasserrutschen, und vermutlich schmeckte hier das Eis viel besser. Aber dort kannte man einander, man grüßte sich. *Wie seltsam,* dachte sie. *In der Fremde fühlst du dich deiner Heimat verbundener denn je.*

»Gibt es vielleicht auch eine Stelle, wo weniger los ist?«, fragte sie.

Lilli musterte sie. »Erinnert dich das Ganze zu sehr an zu Hause?«

Clara nickte.

»Dann suchen wir uns ein ruhiges Plätzchen abseits vom Trubel.«

Sie zogen ihre Sandalen aus und wateten durch das Wasser. Bei dem angrenzenden Wäldchen breiteten sie im Halbschatten ihre Strandtücher aus. Clara bat Lilli, ihr mit dem Reißverschluss zu helfen, und schälte sich dann aus ihrem Kleid. Darunter trug sie einen Bikini, den Lilli ihr geliehen hatte und der ihr etwas zu groß war. Aber ihr gefielen das Karomuster und der sportliche Schnitt.

Da sie beide sehr helle Haut hatten, cremten sie sich großzügig mit einer angenehm nach Zitrus duftenden Sonnenlotion ein. Clara war beeindruckt, wie muskulös der Körper der Mitte-40-Jährigen war. Sie hatte mitbekommen, dass sie jeden zweiten Abend diszipliniert Gymnastik machte. Diese Frau schaffte fünfzig Liegestütze! Clara war nach drei auf dem Boden zusammengebrochen.

»Du hast heute Nacht wieder im Schlaf geredet«, sagte Lilli. »Du hast zweimal nach einem Alex gerufen.«

Clara sah auf den glitzernden See hinaus.

»Wer ist Alex?«, fragte Lilli.

Clara schlang die Arme um die angewinkelten Knie und atmete mehrmals tief ein und aus, ehe sie sich genug im Griff hatte, um nicht zu weinen. »Er war meine erste große Liebe. Meine erste Liebe überhaupt.«

»Erzähl mir von ihm.«

Es tat schrecklich weh, an ihn zu denken. »Er ist der Bruder einer meiner besten Freundinnen. Ich habe lange nicht wahrhaben wollen, was ich für ihn empfinde. Jungs haben mich nicht interessiert. Ich wollte einfach nur mein Abitur machen und studieren – gegen alle Widerstände.« Ihre Kehle wurde eng. »Das klingt vielleicht kitschig, aber manchmal frage ich mich, ob er mein Seelenverwandter war.«

»Das klingt sehr kitschig. Seelenverwandtschaft gibt es nicht.«

»Du bist also keine Romantikerin?«

»Die Zeiten sind vorbei. Die Erfahrung hat mich anderes gelehrt. Ich glaube sogar, dass es ungesund ist zu glauben, dass es den einen oder die eine gibt. Man trifft nicht aus heiterem Himmel Seelenverwandte. Man muss sie sich erarbeiten.«

»Aber ich kann mir nicht vorstellen, mich noch mal jemandem so zu öffnen, wie ich mich ihm geöffnet habe. Wie schafft man es, sich noch mal auf dieses Wagnis einzulassen?«

»Wie schafft es ein Schauspieler, sich auf einen neuen Film einzulassen? Oder wie schafft es ein Schriftsteller, ein neues Buch zu schreiben, wenn er eines beendet hat?«

Clara zuckte mit den Schultern. »Die müssen alle Masochisten sein.« Sie malte mit dem Zeigefinger das Muster auf ihrem Strandtuch nach. »Geht der Schmerz irgendwann weg?«

Lilli nickte. »Das verspreche ich dir. Im Grunde ist Herzschmerz nämlich nur eine chemische Reaktion, die irgendwann abläuft.«

»Und die Liebe?«, fragte Clara.

»Die Liebe ist auch nur Chemie. Manchmal dauert dieser chemische Vorgang ein ganzes Leben und wiederholt sich in Endlosschleife. Aber manchmal auch nicht.«

»Trotzdem tut es weh. Als wäre alles umsonst gewesen.«

»War es das denn? Du darfst den Wert einer Liebesgeschichte nicht nach der Dauer bemessen.«

Clara schwieg. Sie verarbeitete, was Lilli ihr da gerade gesagt hatte, doch ihre neue Freundin war noch nicht fertig.

»Der Herzmuskel ist sehr elastisch. Wahrscheinlich wirst du Alex nie vergessen, aber du wirst zulassen, dass noch jemand Platz in deinem Herzen findet. Und danach vielleicht sogar noch jemand …«

»Und ist diese Liebe dann ebenso schön und intensiv?«

Lilli lächelte sanft. »Ja. Man rechnet nicht damit, hat sich damit abgefunden, wie die Dinge laufen, und eine Rüstung angelegt. Man ist vorsichtiger, skeptischer. Aber wenn es einen dann doch trifft, dann fühlt es sich an wie eine … wie eine Erlösung.«

12.

Betty

»Einen wundervollen guten Morgen, Herr Schlesinger!«, grüßte Betty den Portier, der wie jeden Tag in dem kleinen Holzhäuschen an der Schranke des DEFA-Geländes hockte und das ständige Kommen und Gehen bewachte.

Der grau melierte Mann mit den Knopfaugen und dem warmherzigen Lächeln sah von seinem Kreuzworträtsel auf. »Guten Morgen, Frau Weiler. Sie sehen wie immer bezaubernd aus!«

Betty dankte ihm mit einem strahlenden Lächeln und konnte es trotz der Glasschüssel in ihren Händen nicht lassen, sich einmal zu drehen, sodass ihr Rock mit dem Petticoat darunter schwang.

»Bringen Sie Ihrem Mann heute seine Mittagspause?« Herr Schlesinger deutete auf den Beutel mit der Schüssel darin.

»Nicht nur das! Heute bringe ich ihm auch Arbeit.«

Natürlich hätte sie ihm das überarbeitete Drehbuch auch einfach abends zu Hause geben können. Aber Betty hatte nicht widerstehen können, mal wieder etwas Filmluft zu schnuppern, und war kurz entschlossen in den Bus gestiegen und nach Potsdam-Babelsberg gefahren. Das Skript, das in einer Klarsichthülle in ihrer Handtasche steckte, hatte sie ja inzwischen komplett neu getippt, aber noch hatte sie keine Gelegenheit gehabt, Kurt schonend beizubringen, dass sie auch Änderungen vorgenommen hatte. Bei manchen Szenen hatte sie sich gefragt, was in aller Welt in ihn gefahren war, aber das würde sie ihm natürlich niemals so sagen.

Summend lief sie über das Gelände, wich tänzelnd einem der Bildhauer aus, der ihr mit einer Leiter über der Schulter entgegenkam, lächelte beim Anblick einer Maskenbildnerin, die ihr Gesicht genießerisch in die Sonne streckte, und winkte dem Besitzer des Imbisses, in dem man den besten *Armen Ritter* essen konnte. Hin und wieder sah man dort sogar Schauspielerinnen und Schauspieler, die bei einem schnellen Kaffee ihren Text durchgingen.

Einmal mehr dachte Betty, wie sehr sie diesen Ort liebte. Es war ein Ort, der eine ganz besondere Magie ausstrahlte, an dem Figuren aus einem Drehbuch zum Leben erwachten, an dem tintenschwarzen Sätzen Gefühl eingehaucht wurde. Diese Magie gelangte bis in die Kinosäle und Wohnzimmer, wo sie den Zuschauern ein Lächeln auf die Lippen zauberte oder ein paar Tränen entlockte.

Sie erreichte den Gebäudekomplex, in dem Kurt heute in der großen Halle die romantische Szene im Wohnzimmer der Witwe inszenierte. Der erste richtige Drehtag nach den Proben. Er war am Morgen fahrig gewesen, hatte nur einmal von seinem Brötchen abgebissen und war dann losgestürzt. Sie zog eine Hälfte der schweren Flügeltür auf, lief durch das weiße Licht des Flurs. Zwei Frauen kamen ihr entgegen. Sie trugen beide zerlumpte Kleider, die direkt an die Zeit nach dem Krieg denken ließen, aber dennoch gut an ihnen aussahen – die Kunst einer Kostümbildnerin.

»Er hat mich gefragt, ob er mich später nach Hause fahren soll«, sagte die Blondine.

Karl, der die Halle bewachte, grüßte Betty freundlich. »Wat jibt's denn heut' Leckeres?«

»Kartoffelsalat mit Würstchen.«

Er rieb sich über den Bauch. »Haste vielleicht 'ne Schwester, die ick heiraten kann?«

»Nicht dass ich wüsste. Aber sollte mir doch eine unterkommen, denke ich natürlich an dich.« Sie zwinkerte ihm zu.

Karl öffnete die Tür einen Spalt, prüfte, ob gerade gedreht wurde, und ließ Betty dann eintreten. »Beeil dich lieber. Dein Mann jibt den Schauspielern jerade Anweisungen, dann wird wieder jedreht.«

Es ging zu wie in einem Ameisenhaufen. Zwei Techniker prüften das Licht, der Kameramann verstellte etwas an seinem Sitz, der Bühnenbildner drapierte die Kissen auf dem Sofa, die Dame von der Maske puderte den Schauspieler, während Kurt … ja … während Kurt offenbar damit beschäftigt war, mit der Hauptdarstellerin zu flirten. Warum sonst übernahm er die Arbeit der Maskenbildnerin und klemmte der Schönheit, die ein Tablett mit einer Kaffeetasse in der Hand hielt, eine Haarsträhne hinters Ohr? Doreen Lubosch war ihr Name. Sie war noch unbekannt, aber Kurt schwärmte von ihrem Talent und offensichtlich nicht nur davon. Ihr blondes Haar reichte ihr fast bis zum Hintern, war nun jedoch zu einer eindrucksvollen Hochsteckfrisur zusammengefasst, die sie älter wirken ließ. Sie spielte ja eine Witwe, war selbst aber gerade mal einundzwanzig. Als Betty Kurt gefragt hatte, warum er die Rolle nicht mit einer Frau im passenden Alter besetzte, hatte er gesagt: »Wer will das denn sehen?«

Betty ertappte sich dabei, eifersüchtig auf Doreen zu sein, und konnte sich deshalb selbst nicht leiden. Aber sollte Kurt nicht eigentlich sie fördern, seine Frau? Stattdessen durfte sie für ihn das Drehbuch abtippen. Sie umklammerte die Salatschüssel fester. Ein dumpfer Druck machte sich in ihrem Bauch breit. Und ihr wurde ganz heiß … Sie schämte sich, gerade, als wäre es ihr Fehler, dass ihr Mann mit einer anderen Frau flirtete. Als wäre sie nicht gut genug für ihn.

Aber sie wollte Kurt auch nicht hier und jetzt vor allen eine Szene machen, deshalb schluckte sie ihren Groll herunter. Vielleicht bildete sie sich auch nur ein, wie lüstern er die junge Frau betrachtet hatte. Ja, so musste es sein.

Mehrere Scheinwerfer waren auf die Kulisse eines Wohnzimmers gerichtet, bei dessen Anblick Betty sogleich einen Geruch in der Nase hatte, nämlich nach Zigarren und Kaminfeuer. Alles darin wirkte wuchtig und schwer. Die Wände waren aus dunklem Holz, daran aufgereiht ausgestopfte Marder und Füchse mit jeweils Tafeln darunter, auf denen das Todesdatum festgehalten war. Auf einer Kommode standen Pokale, darüber hingen Gewehre.

»Ich will, dass es in dieser Szene knistert, verstanden? Ich brauche Leidenschaft!«, peitschte Kurt die Schauspieler ein.

»Aber der Dialog ist nicht darauf ausgelegt, viel Gefühl zu

zeigen«, merkte der junge Schauspieler an, der auf der dunkelbraunen Ledercouch hockte und frustriert wirkte.

»Ach ja? Und das weißt du, weil du schon wie viele Drehbücher geschrieben hast?«

Streng genommen hatte Kurt auch erst zwei geschrieben. Eines hatte hauptsächlich sein Mitstreiter verfasst, und mit dem anderen fuchtelte er gerade in der Luft herum. Aber das mussten die Schauspieler ja nicht wissen.

Kurt warf sich ein Ende seines Schals über die Schulter und streckte dann die freie Hand aus, um sich von seiner Assistentin eine Tasse Tee reichen zu lassen. Neuerdings bestand er darauf, dass immer ein Löffel Honig darin war, weil er die Schauspieler so oft anschreien musste und deshalb ständig heiser war. Das vermutete sie zumindest.

»Beug dich noch tiefer, sodass dieser junge Kerl da vor dir gar nicht anders kann, als deine Reize wahrzunehmen«, wies er Doreen an. »Ich will, dass seine Ohren rot werden! Also bitte, auf Anfang!«

Betty runzelte die Stirn, als sie mitansah, wie Doreen ihrem Kollegen Kaffee einschenkte. Kein normaler Mensch beugte sich dabei so tief! Es wirkte, als hätte sie einen Hexenschuss.

»Der Sozialismus ist die Mutter, und Walter Ulbricht der Vater dieses Landes«, sagte sie gekünstelt.

»Wie viel Erfahrung du hast …«, erwiderte der junge Mann.

»Halt, stopp!«, unterbrach Kurt das Spiel. »Da klingt ja jede HO-Verkäuferin leidenschaftlicher!«

Jemand prustete los. Nun, genau genommen war leider

Betty diejenige, die gelacht hatte. Was war nur in sie gefahren? Aber sie hatte schon beim Lesen des Drehbuchs über die Stelle mit Mutter und Vater kichern müssen.

Kurt fuhr herum und funkelte sie wutentbrannt an. »Betty, was machst du denn hier?« Er wandte sich wieder dem Kollektiv zu. »Wir machen fünfzehn Minuten Pause, dann die nächste Szene. Diese hier wird wohl heute nichts mehr. Doreen, nach Feierabend in mein Büro.«

Die junge Frau presste die Lippen zusammen, nickte.

Zwei Atemzüge lang stand Betty wie angewurzelt da, ehe sie sich wieder fasste. »Ich dachte, ich sorge heute mal wieder dafür, dass du auch etwas Anständiges isst, nicht immer nur belegte Stullen.« Sie lächelte wie die glückliche Hausfrau von dem Bild, das die *Bino*-Würze anpries, und hielt demonstrativ die Schüssel hoch.

»Du bist ein Engel! Ich bin mit einem Engel verheiratet!«, rief er laut, sodass alle, die sich gerade am Büfett bedienten, ihn hören konnten.

»Ach, Kurt! Sei doch leise …« War es armselig, dass sie sich nach seiner Schmeichelei tatsächlich ein klein wenig besser fühlte?

Doch kaum hatte er zur Begrüßung seine Lippen auf ihre gedrückt, zischte er: »Was fällt dir ein, mich vor allen auszulachen? Mich überhaupt auszulachen?«

»Ich habe dich doch nicht ausgelacht. Ich habe über deinen Witz gelacht«, log sie. »Den mit der HO-Verkäuferin.«

Das besänftigte ihn zum Glück. »Ja, der war gut, was.«

»Schau, was ich dir außerdem noch mitgebracht habe.« Sie zog das Drehbuch aus ihrer Tasche.

»Was würde ich nur ohne dich machen!«

Sie setzten sich auf zwei der Stühle, die hinter der Kamera aufgereiht standen, und Kurt stopfte sich eine Serviette in den Kragen.

Jetzt war so weit. Sie musste ihm vorsichtig vermitteln, dass sie ein paar Änderungen am Drehbuch vorgenommen hatte. »Kurt, ich habe all deine Anmerkungen eingetippt …«, begann sie.

Er nickte, kaute. »Der ist ja kalt«,

»Ja, das hat Kartoffelsalat meistens so an sich.« Sie fuhr fort: »Ich habe mir ein paar Gedanken gemacht und finde, dass viele Dialoge künstlich klingen. Belehrend.«

Die Damen vom Büfett platzierten einen kleinen, runden Tisch ans Ende der Stuhlreihe, um dort Kaffee und Kuchen anzubieten.

»Nein, was soll denn der Kuchen dort?! Wie soll ich mich auf Drama konzentrieren, wenn es neben mir nach Zimt duftet? So kann ich wirklich nicht arbeiten!«, schrie er sie an.

Die Frauen beeilten sich, den Tisch wieder fortzutragen.

Inzwischen zweifelte Betty daran, dass er ihr zuhörte, aber sie war noch nicht bereit aufzugeben. Sie meinte es ja nur gut. Sie wünschte ihm von ganzem Herzen, dass sein Film ein Erfolg wurde.

»›Der Sozialismus ist unsere Mutter, und Ulbricht unser Vater‹«, zitierte sie. »So redet doch keiner.«

»Betty …« Er zog die Augenbrauen hoch. »Dieser Film soll eine Hommage an unser Land werden. Große Kunst!«

»Ja, eben. Kunst und keine Universitätsvorlesung. Kunst soll doch auch unterhalten. Das schließt gar nicht aus, dass ein Film auch eine Botschaft vermittelt – nur eben nicht ganz so hypertroph.« *Hypertroph* – das Wort hatte sie von Clara gelernt. Sie war stolz auf sich, dass sie es zu verwenden wusste. Doch Kurt blieb unbeeindruckt.

»Ich habe mir erlaubt, ein paar Stellen leicht zu verändern. Die Dialoge geschmeidiger zu machen.«

Er stellte die Schüssel auf den Stuhl neben sich, riss ihr das Drehbuch aus der Hand. »Das kannst du doch nicht einfach machen!« Er blätterte darin, überflog ein paar Szenen.

Ruhig bleiben, redete Betty sich gut zu. Sie rechnete schon mit dem Schlimmsten, aber ihr Glück war, dass die Schauspieler und Kollegen inzwischen aus der kurzen Pause zurückgekehrt waren. Unter Zeugen würde er sich keinen Wutausbruch erlauben.

»Betty, ich finde gut, dass du dir Gedanken machst«, sagte er leise, jedoch mit scharfem Unterton. »Aber ich erkläre dir ja auch nicht, wie du Kartoffelsalat zu machen hast.«

Das saß.

Kurt drückte ihr die Schüssel in die Hand und erhob sich. »So, weiter geht's!« Er klatschte in die Hände und strahlte in die Runde, als wäre seine Laune ungetrübt.

Ihr Gespräch war damit wohl beendet.

Betty seufzte enttäuscht und schob die Träger ihrer Tasche über die Schulter. Sie hatte es versucht, mehr konnte sie nicht tun.

Sie war schon durch die Tür, da hörte sie Kurt sagen: »Ich hatte in der Pause einen Geistesblitz. Wir schreiben ein paar Sätze um. Das klingt alles viel zu künstlich, so hypertroph.

Die Sätze müssen geschmeidiger sein. Wir sind ja nicht in einer Universitätsvorlesung.«

Betty merkte erst, dass sie aufgehört hatte zu atmen, als sich Luft schmerzhaft in ihren Lungen staute. Sie konnte zufrieden sein. Offenbar hatte Kurt doch auf sie gehört.

Aber er hat deine Arbeit als seine verkauft. So wie er die ganze Geschichte als seine Idee verkauft, obwohl sie eigentlich Charlie gehört, sagte eine Stimme in ihr. Er schien keine Skrupel zu haben, Menschen zu hintergehen und zu täuschen.

13.

Clara

Clara stellte der Katze gerade ein Schälchen mit Milch auf den Boden, als Lilli in die Küche kam und ihre Bluse zuknöpfte, die mit ihren Puffärmeln und dem hohen Kragen an die Kleidung eines Dichters aus der Elisabethanischen Zeit erinnerte und Lilli hervorragend stand. Lilli konnte sich so außergewöhnlich kleiden, an Clara hätte diese Bluse vermutlich lächerlich ausgesehen. Darunter trug sie ein weißes Spitzenbustier, ein ähnliches hatte Clara gestern in einem Schaufenster nicht weit von der Wohnung bewundert. Drüben war die Auswahl an hübscher Unterwäsche nicht gerade groß, ohne Beziehungen bekam man keine, aber Clara hatte auch nie Wert darauf gelegt.

»Wo kaufst du eigentlich deine Klamotten?«, fragte sie.

»Gefallen sie dir?« Lilli nahm sich eines der Marmeladenbrötchen, die Clara geschmiert hatte, und biss herzhaft hinein.

Noch immer traute Clara ihren Augen kaum, wenn sie Lillis Kühlschrank öffnete. Fruchtjoghurt. Vier Sorten Käse statt nur einer … Und in der Schale lag Obst, das Clara ihr Lebtag noch nicht gesehen hatte!

Und trotzdem vermisste sie schon jetzt die gute alte Jagdwurst von ihrem Stammfleischer in Köpenick. Dabei war sie gerade mal eine Woche hier. Überhaupt schmeckte die Wurst im Westen anders, und zu ihrer Überraschung musste sie feststellen, dass sie zu Hause besser schmeckte. Und man aß mehr davon. Sie hatte nur ungläubig den Kopf schütteln können, als Lilli beim Fleischer achtzig Gramm Schinken gekauft hatte. *Achtzig* Gramm. Sonst nichts. Der Fleischer in Köpenick hätte das als Beleidigung aufgefasst.

»Ja. Vor allem die Hosen haben es mir angetan. Sie müssen so viel praktischer und bequemer als Kleider und Röcke sein.« Clara gab zwei Löffel Jacobs Kaffee in den *Wigomat,* die Kaffeemaschine. Es hatte Spaß gemacht herauszufinden, wie das Ding funktionierte.

»Ja, Hosen sind auf jeden Fall praktisch, aber das ist ja nicht das einzige Kriterium für Kleidung«, antwortete Lilli und leckte sich die Marmelade von den Lippen. »Ich kaufe gern in Boutiquen ein. Am Ku'damm gibt es ein paar kleine Läden, die mir gut gefallen, aber ich stöbere auch hin und wieder im KaDeWe. Letztens war ich dort sogar in der Männerabteilung. Ich habe als Accessoire für eine meiner Blusen eine weiße Fliege gesucht.«

»Boutique, Accessoire, soso. Um hier klarzukommen, muss ich auch noch Französisch lernen.«

Das Wasser kochte im Gerät hoch und wurde zum Filter mit dem Pulver darin gepumpt. Kaffee tropfte in die Kanne und verbreitete seinen verführerischen Duft in der Küche.

»Faszinierend …«, murmelte Clara. Warum man nicht einfach Wasser auf dem Herd erhitzen und filtern konnte, sondern dafür ein Gerät brauchte, war ihr jedoch nach wie vor ein Rätsel. Was würde ihre Mutter wohl dazu sagen? Sogleich sah sie vor ihrem inneren Auge, wie sie jeden Morgen die alte Mühle zwischen ihre kräftigen Schenkel klemmte und Bohnen mahlte. Wenn auch nur eine einzige verloren ging, wurde der ganze Boden danach abgesucht. Wahrscheinlich war es bloß Einbildung, aber ihr schien es, als wäre auch der Kaffee zu Hause aromatischer gewesen, als hätte man die Arbeit und Mühe darin schmecken können.

»Bereit für den Tag?«, fragte Clara.

Lilli seufzte und überlegte, welche der Brötchenhälften sie als Nächstes essen sollte, die mit Erdbeer- oder die mit Pflaumenmarmelade. »Ich habe das Gefühl, dass die Studenten von Jahr zu Jahr fauler und unwissender werden. Die Jungs haben nur noch Feiern im Kopf, und die Frauen Heiraten. Heutzutage wissen die Studenten nicht mal mehr, dass Marie Curie die Röntgenstrahlung entdeckt hat«, beschwerte sie sich.

Ein Ruck ging durch Clara. Sie wollte keine Besserwisserin sein, konnte es sich dann aber doch nicht verkneifen zu sagen: »Das mit der Röntgenstrahlung war Wilhelm Röntgen, Marie Curie hat Radioaktivität nachgewiesen.«

Ein schiefes Grinsen breitete sich auf Lillis Lippen aus. Sie wirkte zufrieden. »Ist das so?«

»Glaube ich zumindest …«

Lilli richtete sich auf. »Ach, komm schon, Clara! Hör auf, dein Wissen zu verbergen! Du hast in einer Woche mehr oder minder alle Bücher in meiner Bibliothek gelesen!«

Woher wusste sie das? Clara hatte heimlich nachts gelesen, wenn sie nicht schlafen konnte.

»Wir wohnen auf engstem Raum, da kriegt man eben das eine oder andere mit«, rechtfertigte Lilli sich. Nach einer kurzen Pause fügte sie hinzu: »Und ich weiß, dass du nachts oft weinst.«

Es war Clara, als würde sämtliche Luft aus ihr entweichen. Sie vermisste ihre Mutter. Ihren Großvater. Martha und Betty. Und Alex … Obwohl Lilli unfassbar gastfreundlich und großzügig war, klaffte dennoch ein riesiges Loch in ihrer Brust. Vor allem nachts fühlte sie sich schrecklich einsam.

»Ich weine nicht, ich …« Weiter kam sie nicht, denn ohne dass sie etwas dagegen hätte tun können, strömten Tränen über ihre Wangen.

Lilli trat zu ihr und schloss die Arme fest um sie. »Diese Zeit ist bestimmt furchtbar schwer für dich, aber du bist nicht allein. Du hast mich.«

Clara klammerte sich an Lilli wie eine Ertrinkende.

»Wir finden etwas für dich, das dich erfüllt.«

Clara löste sich von Lilli und wischte sich mit dem Handrücken die Tränen aus dem Gesicht. »Aber ich habe nicht mal Abitur … Ich wurde kurz vor dem Abschluss von der Schule geschmissen, weil ich es gewagt habe, Kritik am System zu üben. Ich kann froh sein, wenn ich irgendwo Kaffee kochen darf.«

»Das sehen wir ja dann. Für was interessierst du dich denn am meisten? Oder hast du einen Berufswunsch?«, fragte Lilli.

»Ich wollte Kosmonautin werden«, erzählte Clara.

»Wollte den Weltraum erforschen. Wie Juri Gagarin, nur als die erste Frau.«

»Du wirst mir immer sympathischer.«

Clara schmunzelte, als Lulu in die Küche kam und zufrieden ihre Milch schleckte. »Es war verrückt, so etwas zu träumen …«

Es hatte eine Zeit gegeben, da hatte sie große Reden darüber gehalten, dass Frauen genauso klug, ehrgeizig und erfolgreich sein konnten wie Männer. Sie hatte Martha und Betty inspirieren wollen, das Beste aus sich herauszuholen. Aber diese Zeiten waren vorbei.

»Ein bisschen Wahnsinn gehört zum Genie nun mal dazu«, sagte Lilli. »Träume sind nie verrückt. Sie sind Wegweiser und zeigen uns, was wir uns für unser Leben wünschen, in welche Richtung wir streben sollen.«

»Kosmonautin werde ich wohl trotzdem nicht mehr.«

»Dann wirst du eben Astronautin. Kennedy hat vor Kurzem versprochen, dass bald ein Ami auf dem Mond landen wird. Es wird alles dafür getan, dass wir mit den Russen mithalten oder sie gar überflügeln.«

»Und es wird ein Mann sein. Nicht mal in der UdSSR dürfen Frauen ein Kosmonautik-Studium machen. Dabei propagiert der Sozialismus doch eigentlich, dass Frauen in allen Positionen arbeiten können.«

»Dinge ändern sich. Als ich in deinem Alter war, durften Frauen noch nicht mal Auto fahren.«

Der Kaffee war inzwischen durch den Filter gelaufen, und Clara schenkte ihnen ein. »Jetzt dürfen sie es auch nur mit der Erlaubnis ihres Mannes.«

»Wir finden schon einen Beruf, der dich erfüllt. Wie gesagt, der Herzmuskel ist elastisch. Und wenn ich eines in diesem Leben gelernt habe, dann, dass es meistens nicht so kommt, wie man es geplant oder sich erhofft hat. Aber das muss gar nicht schlecht sein. Im Gegenteil.«

Genüsslich schnupperte Lilli an ihrem Kaffee. »Und jetzt zieh dir was Ordentliches an.«

Clara sah an sich hinab. Sie trug noch immer das Nachthemd, das Lilli ihr geschenkt hatte. »Und warum?«

»Du kommst mit.«

»In die Uni?«

»Ganz genau. Ich möchte dich jemandem vorstellen.«

»Aber …«, wollte Clara protestieren.

Lilli hob die Hand wie eine Königin, die ihren Lakaien zum Verstummen bringt. »Es ist die Bedingung dafür, dass du hier weiter wohnen darfst.« Sie nahm einen Schluck Kaffee und verzog das Gesicht. »Was ist das? Wasser?«

Clara war es gewohnt, Pulver zu sparen. Bei ihnen zu Hause war nur Blümchenkaffee getrunken worden.

»Es gibt nichts, was ich weniger leiden kann als verschwendetes Potenzial«, sagte Lilli, stand auf, goss den Kaffee weg und befüllte die Maschine neu. »Also werde ich dafür sorgen, dass du einen anständigen Beruf erlernst. Und du wärst eine schreckliche Sekretärin, denn Kaffee kochen kannst du definitiv nicht.«

Sie hatten Mühe, einen Parkplatz zu finden. Langsam fuhren sie an einem Käfer, einem Mercedes und einer Horde Mopeds vorbei in der Hoffnung, irgendwo eine Lücke zu finden. Besaß denn im Westen jeder ein Auto?

»Der da fährt raus«, sagte Clara und deutete auf einen Mann, der gerade einen Schlüssel aus seiner Ledertasche geholt hatte.

Lilli zog die Augenbrauen hoch und sah Clara an, als würde sie fragen: »Ist das dein Ernst?«

Clara erkannte den Fehler, als ein wirklich winziges Gefährt auf die Straße bog. »Was ist das?« Sie wünschte, sie hätte einen Fotoapparat, um diesen rollenden Puppenwagen festzuhalten. »Dein Ford ist ja dreimal so lang!«

»Das ist eine Isetta. Du wirst sie noch öfter sehen.«

Sie entdeckten ein Stück weiter einen freien Platz, und Lilli beschleunigte, um knapp vor einem anderen Wagen in die Lücke zu schießen. Der Insasse, ein Mann mit Hut und Schnauzer, schimpfte, aber Lilli tat mal wieder so, als würde sie es gar nicht wahrnehmen.

Als Clara die Beifahrertür zustieß und ihr Blick auf das Universitätsgebäude fiel, setzte ihr Herz einen Schlag aus. Studenten mit Ledertaschen in den Händen und Büchern unter den Armen liefen auf den stilvollen Bau zu. Manche schlenderten entspannt, andere rannten, und wieder andere genossen vor der Glasfront die angenehme Wärme der Morgensonne.

»Na los!«, trieb Lilli sie an und hielt ihr die Eingangstür auf.

Clara folgte ihr hinein und musste erst mal stehen bleiben. Das hier war eine richtige Universität. Ein Ort, an dem Menschen sich bildeten, ihre Köpfe mit Wissen füllten. Ihr

Körper vibrierte vor Aufregung. Ähnlich musste sich Gagarin gefühlt haben, als er das erste Mal das Raumschiff betreten hatte.

Allein der Name. *Freie Universität Berlin.*

Genauso bewegten die Studenten sich hier über die Gänge – frei. Im Gegensatz dazu ging sie selbst steif und geduckt. Die Frauen trugen Petticoats, die ihre farbenfrohen Kleider um ihre Knie schwingen ließen. Die Männer locker geschnittene Anzüge oder Pullover mit Hemden darunter.

Clara war so überwältigt, dass sie keinen Laut herausbrachte. Aber sie lächelte. Wer hätte gedacht, dass sie doch noch einmal glücklich sein konnte?

Während sie Lilli die breite Treppe hinauf folgte, erklärte ihre Freundin ihr, wer dieser Kollege war, dem sie sie vorstellen wollte. »Er ist Professor der Chemie und könnte bei seiner Forschung Unterstützung gebrauchen. Du würdest nicht in einem Raumschiff arbeiten, sondern in einem Labor. Aber zumindest wird er dich fördern. Und nebenbei kümmern wir uns darum, dass du dein Abitur nachholst.«

»Ich habe keine Ahnung von Chemie …«

»Du sollst die Forschung ja auch nicht selber leiten, sondern ihn nur unterstützen. Und du wirst Professor Wittgenstein mögen.«

Professor Wittgenstein … Warum hatte Lilli sie nicht vorgewarnt? Oder ihr noch ein paar Wochen Zeit gegeben? Dann hätte sie sich in die Chemie eingelesen und wäre vorbereitet. Auf einmal war ihr ganz heiß, ihr Kopf glühte, als hätte sie Fieber.

Sie liefen einen Flur entlang, dann noch einen anderen,

stiegen eine schmale Seitentreppe hinab. Vermutlich waren sie schon gar nicht mehr im selben Gebäude, sondern in einem Nebentrakt.

»Glaubst du, ich kann mich vorher noch mal kurz frisch machen?« Sie fühlte sich wie vor einer wichtigen Prüfung und musste dringend auf die Toilette, obwohl sie in Lillis Wohnung noch gegangen war.

»Klar. Ich will eh erst in mein Büro.« Lilli zeigte ihr, wo die Damentoilette lag, und nannte ihr die Nummer ihres Büros.

Clara kühlte sich die erhitzten Wangen mit Wasser. Begegnete ihrem Blick im Spiegel. *Du schaffst das,* sagte sie sich. *Du wirst diesen Professor von dir überzeugen.*

Zwei Studentinnen betraten den Vorraum. Beide sahen sie makellos aus, wie aus einer Seifen- oder Parfümwerbung, die Clara schon ein paarmal im Fernsehen gesehen hatte.

»Jedenfalls glaube ich, dass Manfred mir einen Antrag machen will«, erzählte die Auffälligere von beiden, die eine große hellblaue Schleife im Haar hatte und ein Kleid in dem gleichen Hellblau trug. Clara taufte sie insgeheim Babsi, weil sie fand, dass sie mit ihrem Engelsgesicht und ihrer adretten Kleidung wie eine typische Babsi aussah. »Er verhält sich in letzter Zeit so geheimniskrämerisch.« Sie holte eine Puderdose aus ihrer Tasche und tupfte sich mit dem Schwamm über Nase und Wangen.

»Und würdest du Ja sagen?«, fragte ihre Freundin.

»Natürlich, Petra! Das würde mich retten! Dann hätte endlich das ewige Pauken ein Ende.«

»Ich wünschte, mich würde auch jemand heiraten und retten«, seufzte Petra sehnsuchtsvoll. »Vor allem die Vorlesungen bei Professor Wittgenstein sind die Hölle. Er denkt wohl, er hätte es mit lauter Albert Eibsteins zu tun.«

»Einstein«, rutschte Clara heraus.

»Was sagst du?«, fragte Petra.

Clara bemühte sich, nicht allzu besserwisserisch zu klingen. »Albert Einstein ist sein Name. Ist Professor Wittgenstein denn so schlimm?«

»Mehr als schlimm! Und dann muss ich ihn aktuell sogar noch bei seiner Forschungsarbeit unterstützen …«

»Ist das nicht toll, einen Professor bei seiner Forschungsarbeit unterstützen zu dürfen?«, fragte Clara.

Babsi musterte Clara hämisch von oben bis unten. »Eine von drüben! Ick glob's nich!«, sagte sie dann.

»Ganz schön nassforsch, dafür, dass sie Lumpen trägt und keine Frisur hat«, fügte die andere hinzu.

Clara trug eines der Kleider, die Lilli ihr im Krankenhaus geschenkt hatte. Sie ballte die Hände zu Fäusten und lockerte sie wieder. Zu Hause hätte sie diesen dummen Hennen ordentlich die Meinung gegeigt! Aber sie war nun mal nicht zu Hause.

Nur die Ruhe. Die beiden meinen das nicht so. Die hatten doch keine Ahnung, was in ihrem Heimatland vor sich ging! Welches Glück sie hatten, so behütet aufgewachsen zu sein. Sie hatten sich schon wieder von ihr abgewandt und setzten ihr Gespräch fort.

»Nichts kann man Professor Wittgenstein recht machen«, klagte Petra.

Babsi hatte die Puderquaste inzwischen wieder fortgepackt und betonte nun ihre Lippen mit etwas Rot. Dabei machte sie einen Mund wie ein Fisch. »Wahrscheinlich hat er dich nur in sein Labor zitiert, weil er es auf junge Studentinnen abgesehen hat.« Sie holte Festiger aus ihrer Tasche und sprühte reichlich davon auf ihre Hochsteckfrisur.

Clara musste husten. »Hast du auch noch etwas anderes in deiner Tasche außer Schminke? Vielleicht ein Buch?«

Schlagartig hielt Babsi in der Bewegung inne und wandte sich langsam um.

»Dich würde Professor Wittgenstein jedenfalls sicher nicht anfassen.«

Clara war so verletzt, dass ihr nicht mal eine schlagfertige Antwort einfallen wollte. Sie stürmte aus dem Raum. Tränen liefen über ihre Wangen. Was war denn nur los mit ihr? Zu Hause hatte sie so gut wie nie geweint! Sie war Sticheleien gewohnt. Bevor Betty und Martha sich mit ihr angefreundet hatten, war sie ständig gehänselt worden, aber das hatte sie gar nicht an sich herangelassen. Warum also verletzten die Worte dieser Schnepfen sie so sehr?

Weil du dich ohne Betty und Martha an deiner Seite schrecklich schutzlos fühlst.

Und sie kam sich dumm vor. Wie hatte sie ernsthaft glauben können, dass sie im Westen ein besseres Leben führen würde? Dass sie hier zurechtkommen würde? Sie passte nicht hierher, in diese Oberflächlichkeit, diese Arroganz. Und diesen Professor Wittgenstein wollte sie gar nicht erst kennenlernen, der würde sie doch auslachen, wenn sie ihm gestand, dass sie kein Abitur hatte.

Auf einmal wusste sie, was sie zu tun hatte. Sie eilte die Treppen hinab und verließ das Universitätsgebäude.

Bis auf ihren Ausweis, ihre Geburtsurkunde, etwas Geld und den Ring, den ihre Mutter ihr zum Abschied geschenkt hatte, hatte Clara nichts mitgebracht, und sie würde auch nicht mehr als das mitnehmen. Lediglich einen Einkaufsbeutel würde sie sich von Lilli borgen, das würde sie ihr wohl verzeihen, aber Clara brauchte etwas, um ihre paar Habseligkeiten zu verstauen.

Ein letztes Mal streichelte sie Lulu, die sich an ihre Beine schmiegte, als wüsste sie, dass das hier ein Abschied für immer war.

Was sie vorhatte, war verrückt. Man würde sie an der Grenze festnehmen und ins Gefängnis stecken. *Und was ist mit den Demütigungen und Schikanen der Lehrer, die du jahrelang in deiner Heimat ertragen musstest?*, fragte eine Stimme in ihr. *Oder weißt du nicht mehr, dass die DDR deinen Vater auf dem Gewissen hat? Hast du die Bilder vom Tag des Mauerbaus vergessen, die Panzer und die Soldaten?*

Aber die DDR bestand nicht nur aus Spitzeln und Genossen, auch Freunde lebten dort. Und es gab Menschen, die sich der Gleichmacherei verweigerten, die einen wachen Kopf hatten. Wie Frau Kremm, die ehemalige Abteilungsleiterin im Ministerium für Volksbildung, die Clara einst nicht danach beurteilt hatte, ob sie in der FDJ war oder nicht, sondern nur anhand ihrer Leistungen. Es gab Lehrer, die den Mut fanden, im Unterricht über Probleme des Landes zu sprechen. Diese Menschen waren ebenso Teil der Deutschen Demokratischen Republik.

Und Clara war es auch. Würde es immer im Herzen sein. War das nicht verrückt? Hier im Westen, auf der anderen

Seite der Mauer, hatte sie schließlich die Identität angenommen, die sie so lange von sich gewiesen hatte.

Die Wohnungstür wurde aufgesperrt. Lilli kam herein. »Hier steckst du. Dacht ich's mir doch.« Sie legte die Schlüssel auf der Kommode ab. »Ich habe mir Sorgen gemacht. Du warst auf einmal verschwunden.«

Clara konnte ihr nicht in die Augen sehen. Sie fühlte sich schlecht.

Lilli deutete auf Claras Beutel. »Was wird das?«

Clara drehte ihn unbehaglich in der Hand. »Ich passe hier nicht hin. Ich …«

»Und du hast es auch wirklich probiert?«, fiel Lilli ihr ins Wort.

Clara nickte.

»An der Universität heute hast du zumindest aufgegeben, ehe du es überhaupt versucht hast.«

Lulu kam in den Flur und strich ihrem Frauchen um die Beine. Doch Lilli hielt den Blick fest auf Clara gerichtet.

»Es tut mir leid …«, sagte Clara leise.

»Du verschwendest dein Talent!« Lilli fasste sich an die Stirn, an der sich unter ihrer durchscheinenden Haut eine feine hellblaue Ader abzeichnete.

»Es war nicht meine Absicht, dich zu enttäuschen.«

»Es ist egal, wenn du andere enttäuschst, Clara. Aber ich verzeihe dir nicht, dass du dich selbst enttäuschst!«, sagte Lilli aufgebracht.

»Da waren diese zwei Studentinnen, die sich über mich lustig gemacht haben«, versuchte Clara, ihr Verhalten zu erklären. »Es war einfach zu viel. Ich war am Ende meiner Kräfte.«

Lilli atmete schwer aus. »Was haben sie gesagt?«

»Sie haben über meine Kleidung gelacht. Irgendwie haben die gerochen, dass ich aus der DDR komme.«

»Das sind dumme Kinder«, erwiderte Lilli mit einer Mischung aus Einfühlsamkeit und Strenge. »Vermutlich wissen die noch rein gar nichts vom Leben. Wohnen bei ihren Eltern, lassen sich von Mutti bekochen und von Vati in die Uni fahren. Und trotzdem trifft dich, was sie sagen? Du solltest mehr darauf achten, wessen Meinung du dir zu Herzen nimmst.«

Claras Schultern sackten herab. »Ich weiß. Ich schäme mich. Eigentlich bin ich Hänseleien gewohnt. Ich war schon immer eine Außenseiterin.«

»Du warst schon immer was Besonderes.« Lilli legte die Hände auf Claras Schultern. »Ich sage dir jetzt etwas, und ich will, dass du dir das merkst. In Ordnung?«

Clara nickte.

»Es ist nicht der Kritiker, der zählt«, sagte Lilli. »Auch nicht derjenige, der aufzeigt, wie der Starke gestolpert ist oder wo der, der etwas getan hat, hätte besser sein können. Die Anerkennung gebührt dem, der wirklich in der Arena ist; dessen Gesicht verschmiert ist von Staub und Schweiß und Blut, der sich tapfer bemüht, der irrt und wieder und wieder scheitert, der die große Begeisterung kennt, die große Hingabe und sich an einer würdigen Sache verausgabt, der im besten Fall am Ende den Triumph der großen Leistung erfährt und der im schlechtesten Fall des Scheiterns zumindest dabei scheitert, dass er etwas Großes gewagt hat.«

Lilli legte eine Hand unter Claras Kinn und hob es leicht an, sah ihr in die Augen. »Sei in der Arena. Egal, wer was sagt. Sei einfach in der Arena.«

Claras Mundwinkel zuckten. »Ist dir diese feurige Rede gerade spontan eingefallen?«

»Ich wünschte, es wäre so. Aber ich habe nur sinngemäß die Worte von jemand anderem wiedergegeben. Weißt du, von wem?«

Clara schüttelte den Kopf.

»Theodore Roosevelt.«

»Bei uns gibt's keine Bücher über Roosevelt«, sagte sie.

»Das erklärt natürlich, warum mein kluges Mädchen das nicht wusste.«

Mein kluges Mädchen.

»Du hattest also wirklich vor, wieder rüberzugehen?«, fragte Lilli. »Du weißt hoffentlich, dass sie dich an der Grenze geschnappt und eingesperrt hätten. Komm, ich mach uns eine Flasche Sekt auf, das beruhigt die Nerven. Außerdem müssen wir feiern, dass ich rechtzeitig hier war.«

Eine halbe Stunde später saßen sie im Wohnzimmer, Lulu auf Claras Schoß.

Clara konnte selbst kaum glauben, was in sie gefahren war. »Was ist nur los mit mir? Ich habe so viele Bücher gelesen, so viel Wissen angesammelt, aber vernünftig hat mich das nicht gemacht. Manchmal brodelt es richtig in mir. Ich kann so wütend werden! Dann vergesse ich jede Vernunft. Manchmal habe ich sogar Angst, dass ich irgendwann noch jemanden verletze. Ich glaube fast, mit mir stimmt was nicht.«

»Dann würde auch mit mir was nicht stimmen.«

Clara sah Lilli fragend an.

»Ich bin auch oft sehr wütend.«

»Du? Ich habe dich noch nie wirklich wütend erlebt.«

»Ich bin so ziemlich jeden verdammten Tag wütend. Auch jetzt gerade bin ich schrecklich wütend.«

»Auf mich?«

»Auf dich. Auch wenn es schon nachlässt. Weißt du, ich war gerade mit meinem Studium fertig und hatte meine erste Stelle in einem Labor angetreten, als die Nazis an die Macht kamen. Frauen sollten ab sofort möglichst viele Kinder gebären und sich dem Mann unterordnen. Sie wurden von den gehobenen Posten verdrängt und bekamen das passive Wahlrecht abgesprochen. Ein Gesetz hat sogar ermöglicht, dass der Ehemann seine Frau dazu zwingen kann, ihren Beruf aufzugeben. Und mein Mann hat nur allzu gern davon Gebrauch gemacht.«

»Du warst verheiratet?«

Sie nickte finster. »Zu lange. Und das ist einer der Gründe, die mich oft sehr wütend machen. Je älter ich wurde, desto mehr habe ich gelernt, mich zu zügeln.«

»Dann muss ich das wohl auch noch lernen.«

Lilli stand aus ihrem Sessel auf, trat auf Clara zu, legte eine Hand an ihr Gesicht und lächelte sanft. »Untersteh dich. Es ist an der Zeit, dass wir Frauen aufhören, uns zu zügeln.«

14.

Martha

»Und jetzt brauche ich eine geniale Idee für einen Artikel oder eine Fotoreihe, mit der ich Frau Hartweg von mir überzeugen kann. Sonst fliege ich hochkant raus«, erzählte Martha und biss in ihr Birnenküchlein, das es heute zur Abwechslung an Uschis Kiosk gab.

Das Gespräch mit Bettys Onkel hatte etwas in ihr in Bewegung gesetzt. Es hatte sie inspiriert.

Micha lehnte auf dem Tresen des Kiosks und hörte ihr schon seit mindestens zehn Minuten geduldig zu. Auch Fritz war mit von der Partie, aber der eigentlich so heitere Kerl wirkte abwesend und nippte nur dann und wann an seinem Ginfizz, den Micha ihm gemixt hatte. Ein paar Flaschen Alkohol waren von ihrer Abiturfete im Strandbad übrig geblieben. Nur musste Fritz leider auf die Zitronenscheibe in seinem Getränk verzichten. Zitronen waren Mangelware.

Vor etwa einer Stunde hatten sich endlich die grauen Regenwolken verzogen. Das Wasser des Müggelsees war nun herrlich klar. Martha hatte vorhin, als sie gekommen war, nicht widerstehen können und war hinausgeschwommen, immer weiter. Da draußen waren ihre Probleme geschrumpft wie das Strandbad, das aus der Entfernung wirkte wie ein Architekturmodell.

Martha atmete tief die frische Luft ein, den Geruch des Sees, des warmen Sands, dazu den Duft nach Kuchen und Bockwurst aus Uschis Kiosk.

Eine Möwe hockte zufrieden auf der Mastspitze der DDR-Fahne, die am Ende der Dachterrasse im Wind flatterte. Bettys Vater hatte sie kürzlich aufhängen lassen.

»Wir machen's einfach und haben unsere Ruhe«, lautete seine Begründung. *Sich anpassen. Im Strom mitschwimmen.*

Es ging auf den Feierabend zu. Bis auf eine Mutter, die die Füße ihres Babys ins Wasser hielt, und zwei Mädchen, die sich bis gerade eben auf der Wasserinsel gesonnt hatten und sich nun am Ufer in ihre Handtücher hüllten, war das Strandbad leer. Sie hätte gemeinsam mit Betty und Clara auf der Wasserinsel liegen sollen, dachte Martha. Sie verspürte einen Stich, als sie an diese Zeit zurückdachte. Es fühlte sich an, als wäre sie schon Ewigkeiten her.

Während die Kleinere der beiden Mädchen ihr Haar zu zwei Zöpfen flocht, vertrieb sich ihre Freundin die Zeit mit Radschlagen, bis sie in den weichen Sand plumpste. Die beiden lachten und fütterten dann die Entenfamilie, die mit ihren Schnäbeln in den angespülten Algen wühlte, mit einer Schulstulle. Martha fragte sich, wann sie das letzte Mal so frei und unbeschwert gelacht hatte. Oder wann sie das letzte Mal ein Rad geschlagen hatte. Warum hörte man auf, so etwas zu tun, wenn man erwachsen wurde?

Ein paar Mücken schwirrten bereits über dem Wasser. Vielleicht noch ein, zwei Stunden, dann würde die Sonne langsam zum Horizont hinabsinken und schließlich hinter dem Wald auf der anderen Seeseite verschwinden. Als auch noch Peter Wieland melancholisch »Wenn es Abend wird …« sang und Uschi das Radio lauter drehte, löste sich der Druck in Marthas Brust.

»Genau das habe ich jetzt gebraucht«, seufzte sie, schob sich das letzte Stück ihres Birnenküchleins in den Mund und leckte sich das Fett von den Fingern.

Uschi tauchte neben Micha am Verkaufstresen auf. »Die Küchlein waren ruck, zuck ausverkauft«, berichtete sie stolz und fuchtelte mit der Kuchenzange. »Gibt's ja auch nicht alle Tage, so was Feines. Aber der Junge hat dir schnell eins auf die Seite gepackt.« Sie tauchte wieder ab, in den Eingeweiden des Kiosks klirrte und krachte es.

»Ist das wahr?«, fragte Martha. »Aber du wusstest doch gar nicht, dass ich noch herkomme.«

Micha zuckte mit den Schultern. »Dann hätte ich es eben meiner Mutter mitgenommen.«

»Was machst du da eigentlich?«, rief Martha der Kioskbesitzerin zu.

»Det Waschbecken tropft doch schon seit ein paar Wochen. Mein Bernd hat heut Morgen endlich 'n neues Rohr jekricht. Aber bis der det erledigt hat, da gehen noch mal 'n paar Monate ins Land, da tausch ick det lieber selber aus.«

»Selbst ist die Frau, zumindest wenn der Mann nicht aus'm Knick kommt!«, sagte Martha mit einem Zwinkern.

Sie lachten, nur Fritz zeigte keine Regung.

»Bei dir alles in Ordnung?«, fragte sie ihn besorgt.

»Na ja …«, murmelte er.

»Die Armee?«, fragte sie.

Obwohl Fritz mit seinen schmalen Schultern, die immer leicht nach vorne fielen, und seinen filigranen, manchmal fast femininen Bewegungen ganz offensichtlich nicht für Schießübungen und Marschieren gemacht war, hatte sein Vater darauf bestanden, dass er zum Wehrdienst ging.

»Auch«, erwiderte er. »Aber …« Er streckte sich, um einen Blick auf Uschi zu erhaschen. Die war jedoch voll und ganz damit beschäftigt, das alte Rohr abzumontieren. Mit gesenkter Stimme sagte er: »Waste hat rübergemacht.«

Es war zwar nicht so, dass Martha besonders dicke mit ihm gewesen war, aber Waste hatte zu ihrer Gruppe gehört, zu den Müggelsee-Freunden. Da war es wieder, dieses Gefühl, als würde alles zu Ende gehen. Als müsste sie sich in Acht nehmen, dürfe sich auf nichts zu tief einlassen, weil nichts Bestand hatte und die Welt zerbrechlich war.

»Du vermisst ihn sehr, oder?«, fragte Micha einfühlsam.

Fritz nickte. »Waste sagt, ich soll nachkommen. Aber was, wenn ich erwischt werde?« Er nahm einen Schluck von seinem Ginfizz, und Martha konnte seine Zerrissenheit nachfühlen. *Alles zurücklassen und ein neues Leben beginnen. Riskieren, erwischt zu werden. Oder hierbleiben und sich selbst verleugnen.*

Micha fand wie immer genau die richtigen Worte. »Die Entscheidung ist sicher schwer. Aber du bist nicht allein, wir haben immer ein Ohr für dich.«

Martha strich ihrem Freund über den Rücken.

»Lasst uns lieber über etwas anderes reden«, wehrte Fritz ab. »Beispielsweise darüber, dass du für die *Evelyn* arbeitest.

Das ist echt der Wahnsinn!« Er legte beide Hände auf sein Herz.

»Noch arbeite ich nicht fest dort. Es wundert mich schon, dass mir die Chefredakteurin eine letzte Chance gibt.«

»Wenn jemand das Zeug zur Journalistin hat, dann du!«, versuchte Micha sie aufzumuntern. »Zeig's ihnen!«

»Lieb von dir, aber wie gesagt, ohne eine geniale Idee war's das vermutlich für mich. «

»Ich weiß gar nicht, was die Leute an diesen Zeitschriften so toll finden«, sagte Micha.

»Die Fotos der *Evelyn* sind Kunst«, schwärmte Fritz.

»Eben. Kunst«, erwiderte Micha. »Die Inhalte sind einfach nicht realitätsnah.«

Martha nickte gedankenversunken. »Anfangs hätte ich das gar nicht gedacht, aber ich will die Stelle in der Redaktion unbedingt.«

»Gib's zu, du brauchst die Stelle, um weiterhin an diese phänomenale Kleidung zu kommen!« Fritz machte eine Handbewegung, die Marthas Absatzschuhe und das Kleid von Herrn Kaiser umfasste. »Du siehst umwerfend aus!«

Martha versuchte, ihre Verlegenheit damit zu überspielen, dass sie sich wie ein Mannequin drehte. Doch sie musste zugeben, dass sie sich mit ihrem neuen Äußeren auch wohlfühlte.

»Du siehst echt toll aus. Aber das hast du auch schon vorher«, sagte Micha.

Fritz leerte sein Glas. »Ich muss los, ich muss morgen wieder in die Kaserne.«

Sie umarmten ihn zum Abschied und sahen ihm nach,

wie er die Freitreppe hochstieg. Die zwei jungen Mädchen kauften am Kiosk noch Pfeffis, ehe auch sie aufbrachen.

»Kannst Feierabend machen«, rief Uschi Micha zu. »Ick bin hier auch gleich fertig, dann mach ick den Laden zu.«

Sie setzten sich auf die Brüstung der Dachterrasse. Eigentlich war das strengstens verboten, aber Herr Reinhart war heute schon früher nach Hause gefahren. Martha genoss den leichten Nervenkitzel, so hoch über dem Erdboden zu sitzen, und ließ die Beine in der Luft baumeln.

»Wie geht's dir denn bei den Reinharts?«, fragte Micha.

»Ich bin froh, dass ich ein Dach über dem Kopf habe. Und es ist wahnsinnig nett von ihnen, dass sie mich bei sich wohnen lassen.«

Micha durchschaute sie. Er ließ ihr Zeit, und obwohl sie sich fest vorgenommen hatte, nichts Schlechtes zu sagen, rutschte ihr heraus: »Aber ich fühle mich wie ein Eindringling. Sobald ich Geld habe, werde ich mir etwas Eigenes suchen. Wenn ich denn überhaupt eine Wohnung bekomme … Ohne Arbeit oder zumindest eine Lehrstelle wird das wohl nicht so leicht sein. Ich hab gehört, selbst Familien kriegen keine Wohnung, wie soll das da bei mir klappen.«

»Du weißt, dass du bei mir immer unterkommen kannst. Ich habe ein Stockbett. Du kannst dir aussuchen, ob du unten oder oben schlafen willst.«

Sie lächelte dankbar.

Eine Weile schwiegen sie beide gedankenversunken, und Micha zupfte am Etikett seiner Bierflasche.

Sie sah ihn an, und er sah sie an, und es lag so viel Zuneigung in seinem Blick, dass sie es nicht länger vor sich herschieben konnte.

»Wir müssen reden«, sagte sie.

Und gleichzeitig sagte er: »Würdest du mal mit mir ausgehen?«

Einen Moment lang war es still.

Micha sah aus, als hätte er Schmerzen. Trotzdem war er es, der sich zuerst fing. »Ich denke, ich weiß, was du mir sagen willst.«

Sie wollte ihm sagen, wie leid es ihr tat. Dass sie sich selbst nicht verstand. Aber er war schneller.

»Ich mag dich wirklich gern.« Er sprach ruhig und langsam, so als würde jedes seiner Worte direkt aus seinem Herzen aufsteigen. »Ich will für dich da sein. Ich will dich in allem unterstützen. Ich will dich zum Lachen bringen und dich trösten, wenn du an meiner Schulter weinst. Ich will, dass du mir alles erzählst. Ich will einfach, dass es dir gut geht.«

Seine Worte klangen fast wie ein Liebesgedicht. Das Herz wurde ihr warm, und gleichzeitig war ihr auf einmal ganz elend zumute. Warum konnte sie sich nicht einfach freuen? Warum konnte sie ihn nicht lieben? Sie hätte sich ohrfeigen mögen.

»Du bist viel zu gut zu mir.«

Er lächelte traurig. »Ich finde eher, das sollte das Mindeste sein.«

Sie holte tief Luft, und dann sagte sie es einfach. »Ich habe dich auch sehr gern, Micha. Aber ich befürchte, ich empfinde nicht so wie du. Ich wünschte, es wäre so. Aber in letzter Zeit ist einfach zu viel passiert.« Sie fuhr mit dem Zeigefinger über die Brüstung. »Vielleicht muss ich erst mal mein Leben geregelt bekommen …«

»Vielleicht«, sagte er, aber es klang, als würde er nicht so recht daran glauben.

»Kannst du das verstehen?« Sie hoffte so sehr, dass er ihr nicht böse war. Sie brauchte ihn als Freund, konnte ihn nicht auch noch verlieren. Sie hatte schon so viel verloren in letzter Zeit …

Nach einem kurzen Zögern nickte er. »Ja. Mir war nur wichtig, dass du weißt, wie ich … Du weißt schon.«

»Sind wir trotzdem noch Freunde?«

»Natürlich.«

Kurz zögerte sie, dann legte sie den Kopf auf seine Schulter. Gemeinsam sahen sie hinaus auf den Müggelsee, und Martha wünschte sich, sie könnte wie früher dessen Schönheit genießen. Aber ihr Herz blieb unberührt.

Als Martha auf ihr Fahrrad stieg, schleppte Uschi ihren Werkzeugkoffer und das rostige Rohr zu ihrem Trabi, mit dem sie nur dann zur Arbeit fuhr, wenn ihr Mann ihn nicht brauchte. Martha winkte der Kioskbetreiberin und stieg in die Pedale.

Ihre Bremsen quietschten, als sie an einer roten Ampel hielt. Die Tram kam angeruckelt. Menschen stiegen ein und aus. Männer mit Aktenkoffern in der Hand, Frauen in Rock und Bluse. Eine Frau stach jedoch heraus, denn sie trug einen Blaumann.

Martha schmunzelte, aber ihr Lächeln bröckelte vor Verblüffung, als sie sah, dass aus dem Fahrerabteil der Tram eine junge Frau den Kopf nach draußen streckte. Sie hatte eine blonde Dauerwelle und zwinkerte einem kleinen Jungen zu, der angerannt kam und ihr dankte, weil sie auf ihn gewartet hatte.

Die Ampel wurde grün, und doch blieb Martha stehen. Michas Worte kamen ihr in den Sinn: »Die Inhalte sind einfach nicht realitätsnah.«

Das war die Idee!

»Mädchen, träum doch nich!«, schimpfte ein Radfahrer.

Aber sie ließ ihn links liegen und trat kräftig in die Pedale, immerhin hatte sie vor, die Tram einzuholen.

15.

Martha

Als Martha am nächsten Morgen ihr Fahrrad anschloss, pfiff jemand. Es war einer der Bauarbeiter, und er lupfte seinen Helm. Verlegen hob sie die Hand und winkte, weil sie nicht unhöflich sein wollte. Dann huschte sie, so schnell es ihr eben möglich war auf den hohen Absätzen, ins Gebäude. Ihre geballte Konzentration lag darauf, nicht umzuknicken – nicht jetzt, so knapp vor der alles entscheidenden Schlacht. Bevor sie die Tür zur Redaktion öffnete, hielt sie noch einmal inne. Sie holte tief Luft.

Los. Du schaffst das.

Die Verblüffung war Susi deutlich anzusehen, als sie begriff, dass es Martha war, die da vor ihr stand. »Mensch, Martha! Du siehst ja dufte aus heute!« Doch dann verblasste ihr Strahlen, und sie verzog mitleidig das Gesicht. »Du bist schon wieder zu spät. Frau Hartweg …«

Weiter kam sie nicht, denn Frau Hartwegs Stimme dröhnte durch den Redaktionsraum. Die Chefredakteurin stand am Kopfende des Konferenztischs und hielt sich mit beiden Händen an der Rückenlehne ihres Stuhls fest, als könnte sie sich nur schwer beherrschen. »Hundewelpen?«, schimpfte sie. »Sie glauben ernsthaft, dass eine Horde Hundewelpen, die zwischen den Mannequins herumtollen und alles dreckig machen, der *Evelyn* irgendwie entspricht? Gehen Sie mir bloß aus den Augen!«

Bauch rein, Brust raus. Martha strich über den Stoff des dunkelblauen Kleides von Herrn Kaiser, das sie trug, straffte sich und steuerte zielstrebig auf die Redaktionsleiterin zu. »Frau Hartweg, ich bin …«

»Sie sind zu spät.«

»Eine Minute und dreißig Sekunden. Aber …«

»Und Sie sind gefeuert.«

Zwei Atemzüge lang war Martha sprachlos. Aber so schnell würde sie sich nicht geschlagen geben, hatte sie doch Himmel und Hölle in Bewegung gesetzt. Ihre Idee war gut. Das wusste sie einfach.

Sie straffte sich und holte ihren Notizblock aus ihrer Tasche. »Ich habe eine Idee für eine außergewöhnliche Fotoreihe. Fotos, die unsere Leserinnen berühren werden. Fotos, mittendrin im Leben, nicht steril und künstlich – und ich verspreche Ihnen, dass wir keine Hundewelpen brauchen.«

Frau Hartweg verschränkte die Arme, was wohl bedeutete, dass sie Martha zuhören würde.

Kurz überlegte Martha, sich zu setzen, weil ihre Knie weich waren, aber dann blieb sie doch stehen. Sie hatte das Gefühl, so besser reden zu können. »Was haben wir Frauen hier den Frauen im Westen voraus? Wir sind nicht nur Heimchen am Herd oder im besten Fall Sekretärinnen. Man sieht uns hinter dem Lenkrad mächtiger Baufahrzeuge. Wir wechseln Rohre. Wir leiten Großküchen. Wir fahren die Trambahn.«

Frau Hartweg spitzte leicht die Lippen. »Weiter.«

»Solche Frauen fotografieren wir. Die untätige, unnahbare Lady, stets kunstvoll frisiert, ätherisch dünn, in exaltierten Posen, damit kann sich doch hier keine Frau identifizieren. Lassen Sie uns weggehen von den unbeweglichen Anziehpuppen, von den Mannequins. Kaufen kann man die Kleidung bei uns doch eh nicht, höchstens selbst schneidern. Also passen wir die Zeitschrift dem Arbeitsalltag an. Wir ersetzen die Modelle durch Frauen, die am Aufbau einer neuen Gesellschaftsordnung mitwirken. Die tätige Frau als Symbol für einen erstarkenden Staat, für Wohlstand und Lebensfreude. Die Mode dafür: alltagstauglich, aber trotzdem schick. Das Motto: Frauen können alles, was Männer können! Selbst ist die Frau!«

»Wir bereiten Arbeitskleidung modisch auf, ganz im Sinne des Arbeiterstaates«, sprach Frau Hartweg vor sich hin, als hätte sie eine Eingebung, und Martha machte sich eifrig Notizen. »Die Mannequins tragen Arbeitsanzüge, kombiniert mit schicken Taillengürteln. Ich sehe sportliche Details vor mir wie aufgesteppte Taschen mit eingelegter Falte. Achselklappen. Tunnelgürtel …"

»Wenn Sie möchten, kann ich mich um alles kümmern«, bot Martha an.

»Haben Sie denn schon konkrete Ideen?«

»Ja, allerdings. Gegenüber auf der Baustelle arbeitet eine Frau, die wir fragen könnten, ob sie uns Modell steht. Außerdem habe ich eine Trambahnfahrerin ausfindig gemacht, die sich bereit erklärt hat, sich bei der Arbeit fotografieren zu lassen. Ich könnte auch die Erlaubnis einholen, im Strandbad Müggelsee zu fotografieren. Dort gibt es einen Kiosk und einen Rettungsschwimmerturm. Als Modell für diesen Ort würde ich eine Freundin von mir vorschlagen, die Schauspielerin ist.«

Frau Hartweg ließ den Blick über Marthas neue Kleidung wandern. Bildete sie es sich nur ein, oder umspielte tatsächlich ein dezentes Lächeln die sonst so verbissen aufeinandergepressten Lippen der Chefredakteurin? »Gute Arbeit. Organisieren Sie alles.«

Das bedeutete doch, dass sie nicht gefeuert war, oder?

Die Chefredakteurin wies sie an, ihr zu folgen, und sprach dabei über die Schulter mit ihr. »Jennifer wird Ihnen Entwürfe liefern, nach denen der Blaumann und die Uniform der beiden Frauen gestaltet werden können.«

Jennifer, der Audrey-Hepburn-Verschnitt, wartete mit einer Auswahl verschiedenfarbiger Lederhandschuhe vor dem Büro der Chefredakteurin.

»Einen Badeanzug für die Schauspielerin brauchen wir auch und eine Schürze. Jennifer, lassen Sie sich was einfallen, und geben Sie die Entwürfe in die Schneiderei, damit die das so schnell wie möglich umsetzen.«

Erfreut über die Aufgabe, lächelte die junge Frau Martha an.

Frau Hartweg klatschte in die Hände. »Na los, an die Arbeit!«

Im Nachhinein konnte Martha nicht sagen, welcher der Fototermine ihr am besten gefallen hatte.

Vielleicht hatte es ihr die Stunde auf dem Bau besonders angetan. Martha hatte nicht wegsehen können, als die Arbeiterin im eng anliegenden Nicki und in einer mit Nieten und praktischen Seitentaschen versehenen Hose aus festem grünen Stoff Steine angehoben und auf einen Haufen geworfen hatte. An ihren schlanken Armen hatten sich deutlich Muskeln abgezeichnet. Der Maskenbildner hatte ihre gebräunte Haut mit einem Hauch Öl überzogen, sodass es wirkte, als würde sie schwitzen. Mit ihrem langen schwarzen Haar sah sie aus wie eine Amazone. Ihren Kollegen fielen fast die Augen raus!

Vielleicht war auch der Termin mit der Trambahnfahrerin Marthas Favorit. Mit ihrer blonden Dauerwelle und ihrem ansteckenden Lachen war die Frau eine Wucht! Viele ihrer Fahrgäste kannte sie beim Namen, hatte für jeden ein paar nette Worte übrig. Es kamen großartige Aufnahmen zustande, als der Fotograf sie von draußen knipste, wie sie ihren Kopf aus dem Seitenfenster streckte, prüfte, ob alle Fahrgäste ein- und ausgestiegen waren. Den Schnitt ihrer Uniform hatte Jennifer etwas figurbetonter machen und das Jackett mit Kunstperlen aufwerten lassen.

Oder nein, ganz klar hatte der Termin im Strandbad am meisten Spaß gemacht. Martha schmunzelte und tauchte ab in der Erinnerung an den Nachmittag …

»Glaubst du wirklich, dass ich die Richtige dafür bin?«, hatte Betty gefragt, als sie sich zu zweit in eine der Umkleiden des Strandbads quetschten. Ihre Freundin schlüpfte in ein lässiges Kleid, das mit einem schicken Gürtel hochgeschoppt wurde. »Ich kenne doch die Mannequins, die sonst in der *Evelyn* abgelichtet sind … Und ich bin schwanger. Was, wenn man meinen Bauch sieht?«

»Man sieht noch kaum etwas. Du siehst atemberaubend aus.«

Betty hob einen knallroten Badeanzug an den Trägern hoch. »Den soll ich später für die Fotos im Wasser anziehen. Oh Gott, mir wird schlecht vor Aufregung!«

»Betty, schau mich an.« Martha legte die Hände auf die Schultern ihrer Freundin, die den Badeanzug sinken ließ und die Unterlippe vorschob. »Ich weiß nicht, warum wir Frauen immer so schrecklich unsicher sind, ständig an uns zweifeln und unsere strengsten Kritiker sind. Aber ich kann dir versprechen, dass die Leute da draußen und ich sowieso dich mit ganz anderen Augen sehen. Ich sehe eine wunderschöne, starke Frau. Ich sehe eine Frau, die sämtlichen Jungs an unserer Schule den Kopf verdreht hat. Ich sehe eine Frau, die die Höhen und Tiefen des Lebens kennt. Die seit Jahren darum kämpft, dass es ihrer Mutter gut geht, obwohl es eigentlich andersherum sein sollte. Ich sehe eine Frau, in deren Körper gerade ein Wunder geschieht, ein Kind wächst heran. Ich sehe eine Frau, die weiß, was Treue, Mitgefühl und Liebe sind. Eine Frau, die ihr Herz am rechten Fleck hat. Und das macht dich zu einer der schönsten Frauen, die ich kenne.«

»Darüber solltest du mal einen Artikel schreiben«, murmelte Betty, aber sie wirkte schon viel ruhiger. »Wie Frauen weniger selbstkritisch werden.«

»Gute Idee. Ich wünschte, ich hätte ein paar gute Ratschläge oder Tipps parat.« Martha sammelte mit dem Zeigefinger eine Wimper von Bettys Wange auf und hielt sie ihrer Freundin vor den Mund. »Wünsch dir was.«

»Auch wenn man's nicht aussprechen darf, tue ich's, dann ist es unser gemeinsamer Wunsch. Ich wünsche mir, dass es Clara gut geht und dass wir sie irgendwann wiedersehen«, sagte Betty und pustete.

Betty wurde geschminkt und frisiert, dann band man ihr eine Schürze mit fröhlichen Punkten um. Zunächst wurde sie fotografiert, wie sie am Kiosk Kuchen verkaufte und den Tresen putzte. Dann war es Zeit für den knallroten Badeanzug. Betty war fantastisch! Allein wegen ihr würden über die nächste Ausgabe der *Evelyn* alle reden! Vom hölzernen Rettungsschwimmerturm aus verfolgte sie mit dem Fernglas das Geschehen im Wasser. Später rannte sie mit einem Rettungsring in der Hand den Steg entlang und dem intensiven Licht der Abendsonne entgegen. Ihr langes blondes Haar flatterte hinter ihren Schultern.

Der Fotograf konnte gar nicht mehr aufhören zu knipsen. »Ich muss sagen, ich hatte schon lange nicht mehr so viel Spaß bei einem Fototermin«, sagte er, als er seine Kamera schließlich einpackte. »Ich gehe die Bilder am Wochenende durch, am Montag komme ich mit einer Auswahl in die Redaktion.«

»Fein«, sagte Frau Hartweg.

Martha erwartete kein Lob von der Chefredakteurin. Sie so zufrieden zu sehen war ihr schon Anerkennung genug. Deshalb war sie umso überraschter, als Frau Hartweg zu ihr sagte: »Ihre Idee war genau das, was ich mir von Ihnen erhofft habe. Diese Fotostrecke wird einschlagen wie eine Bombe, da bin ich mir sicher, und vor allem wird sie die Genossen da oben zufriedenstellen, ohne dass wir uns schämen müssten, in den Spiegel zu schauen.«

Martha konnte es kaum glauben.

»Trauen Sie sich zu, einen passenden Artikel zu schreiben?«, fragte Frau Hartweg nun auch noch. »Stichworte: Überholte Stereotype, weibliche Selbstverwirklichung, Vorbilder. Dreitausend Anschläge.«

Hatte sie richtig gehört? »Ja.« Martha nickte eifrig.

»Gut«, sagte Frau Hartweg und setzte sich ihre große Sonnenbrille auf. »Bis Montag, versteht sich.«

»Wird gemacht. Ich hätte sogar schon eine Idee für einen weiteren Artikel.«

Frau Hartweg schmunzelte. »Aus Ihnen wird ja doch noch was.« Sprach's und stolzierte auf ihren hohen Absätzen zum Ausgang.

Das erste Mal seit Langem hatte Martha das Gefühl, ihr Leben wieder ein klein wenig im Griff zu haben.

16.

Betty

Weil Kurt an diesem Samstag mal wieder in sein Büro gefahren war, um dort zu arbeiten, anstatt mit ihr etwas zu unternehmen, hatte Betty kurzerhand beschlossen, Apfeltörtchen zu backen und ihre Mutter zu besuchen. Sie würde mit ihr einen schönen Spaziergang machen, und anschließend würde es Kaffee und Kuchen geben.

Zu ihrer Verwunderung war es ihr Vater, der ihr die Tür öffnete.

»Vati, was machst du denn hier? Musst du heute nicht im Strandbad sein?«

»Das soll dir dein Bruder erklären«, brummte er.

»Alex ist auch da?« Betty schlüpfte aus ihren Schuhen und ihrer Jacke und beeilte sich, ins Wohnzimmer zu kommen. Doch dort herrschte eine gedämpfte Atmosphäre. Alex saß in sich zusammengesunken auf dem Sofa, beide Hände vors Gesicht gelegt.

»Betty!«, rief ihre Mutter und lächelte entrückt, während sie einen Strauß Blumen auf dem Esstisch arrangierte. Immerhin schien sie nüchtern zu sein.

»Ist denn etwas vorgefallen?«, fragte Betty.

Alex sah auf, und sie schlug vor Schreck eine Hand vor den Mund. Sein rechtes Auge war geschwollen und blau. An seiner Stirn war eine Wunde offenbar frisch genäht. Es war schrecklich, ihn so zugerichtet zu sehen.

Sie hielt sich am Flügel fest. »Was ist denn passiert?«

»Dein Bruder hat sich geprügelt«, erklärte ihr Vater und zündete sich eine Zigarette an. »Ich musste ihn vorhin aus dem Krankenhaus abholen.« Er nahm einen tiefen Zug.

»Ich habe mich nur gewehrt«, protestierte Alex. »Dieser Kerl hatte mich provoziert und …«

»Ich will deine Erklärungen nicht hören«, fuhr ihr Vater ihn an. »Ein wahrer Mann löst Probleme mit Worten, er prügelt sich nicht.«

Warum konnte ihr Vater nie Mitgefühl zeigen? Warum war er immer nur streng und unzufrieden mit ihnen?

Betty holte tief Luft, versuchte, ihn auszublenden. Sie kniete sich vor dem Sofa auf den Boden, legte eine Hand auf Alex' Arm und betrachtete die feinen Fäden, die die Platzwunde an der Stirn zusammenhielten. »Tut es sehr weh?«

»Halb so schlimm. Erzähl mir lieber, wie's dir geht. Was macht der Nachwuchs?«

»Er wächst und gedeiht«, erwiderte sie.

Das Lächeln, das sich auf seinem zerschundenen Gesicht ausbreitete, als er ihren Bauch betrachtete, war herzzerreißend. Als sie ihm erzählt hatte, dass sie schwanger war, hatte er Tränen in den Augen gehabt. Wenn man ihn so sah, diesen großen, muskelbepackten Kerl mit dem kurzen Haar, würde man nie meinen, was für ein feinfühliger Mann er doch war. Früher hatte er mit seinem strahlenden Lächeln sämtliche

Mädchenherzen zum Flattern gebracht. Doch seit geraumer Zeit wirkte er nur noch niedergeschlagen. Genau genommen, seit Clara geflohen war.

»Spürst du schon was?«, fragte er.

»Nein, noch nicht. Aber wenn es so weit ist, dann erfährst du es als Erster. Versprochen.« Sie schenkte ihm ein aufmunterndes Lächeln, das ihr einiges an Kraft abverlangte. »Schreibst du denn noch Lieder?« Auf diese Weise hatte er früher seine Gefühle zum Ausdruck gebracht. »Ich mochte deine Lieder immer gern«, fuhr sie fort, als er schwieg. »Du solltest zumindest wieder anfangen, Gitarre zu spielen.«

»Die Knalltüten in der Kaserne lachen mich doch nur aus.«

»Na und? Sollen sie doch.«

Ihr Vater schnaubte. »Ermutige ihn nicht auch noch zu diesem Unsinn! Er hätte trainieren sollen, dann wäre er vielleicht an eine Sporthochschule delegiert worden. Aber nein, auch das hat er sich verbaut!«

Hör einfach nicht hin, versuchte Betty ihrem Bruder mit ihrem Blick zu verstehen zu geben, aber Alex schloss die Augen, als wäre er unendlich erschöpft.

»Und warum bist du hier?«, fragte ihr Vater sie, während er seine Zigarette vehement im Aschenbecher ausdrückte. »Hast du auch schlechte Neuigkeiten?«

Auf einmal brodelte es in Betty. Sie erhob sich vom Boden, begegnete dem Blick ihres Vaters. »Ja. Ich befürchte, auch ich habe schlechte Neuigkeiten. Ich bin unglücklich in meiner Ehe.«

Ein paar Atemzüge lang war es so still, dass Betty hören

konnte, wie sich ein rosa Blütenblatt von einer der Blumen im Strauß löste und auf den Tisch fiel.

Plötzlich lachte ihr Vater laut auf, als hätte sie einen Witz gerissen.

»Ich wüsste nicht, was daran lustig sein soll«, sagte sie scharf.

Schlagartig wurde er ernst. »Offenbar sind alle in dieser Familie verrückt geworden!«

Betty sah ihn fassungslos an. »Was soll das denn heißen?«

»Das soll heißen, dass du undankbar bist. Du hast einen erfolgreichen und begehrten Mann an deiner Seite, der dir eine Rolle in seinem letzten Film ermöglicht hat und von dem du ein Kind erwartest. Du wohnst in einer modernen Wohnung und kannst dir alles leisten, was dein Herz begehrt. Und du bist unglücklich?«

Zweifel kamen in ihr auf. Hatte ihr Vater recht? War sie undankbar? Kurt hatte ihr doch vor Kurzem sogar einen Waschvollautomaten gekauft … Welche Ehefrau hatte so was schon?

»Was, Tochter, fehlt dir?«

»Respekt«, sagte sie. »Kurt respektiert mich nicht. Und wahrscheinlich liebt er mich nicht mal. Mein Gefühl sagt mir, dass er mich betrügt.«

»Dieses Schwein!«, fluchte Alex und sprang vom Sofa auf.

Ihr Vater war inzwischen zur Schrankwand gegangen, hatte sich eine Flasche Selbstgebrannten, den er gegen irgendwas eingetauscht hatte, herausgeholt und schenkte sich ein. Mit dem Glas wies er auf Alex. »Du sagst kein Wort mehr. Und du auch nicht.« Damit meinte er Betty. »Selbst wenn es so ist, ist das noch lange kein Grund, ein solches Drama zu machen.«

»Aber …«, wollte sie protestieren, doch ihr Vater schnitt ihr das Wort ab.

»Er ist ein erfolgreicher Regisseur, Betty, noch dazu ein attraktiver. Die Frauen werden sich ihm geradezu an den Hals werfen.«

»Heißt das etwa, du gibst ihm deinen Segen dafür, dass er fremdgeht?«

»Es wundert mich zumindest nicht. Ich dachte, du wüsstest, auf was du dich einlässt.«

Betty sah ihre Mutter an, deren Fingerspitzen noch an einer der Blüten ruhten, als wäre sie in dieser Position eingefroren. »Hast du dasselbe gedacht? Hast du auch damit gerechnet, dass er mich früher oder später betrügen wird?«

»Nein, natürlich nicht!«, erwiderte sie. »Ich hatte die Hoffnung, dass du ihm genug bist.«

»Dass ich ihm genug bin?«, wiederholte Betty mit dünner Stimme. Ihr schwindelte. Sie sank auf die Sofalehne.

»Wichtig ist jetzt nur, dass du das wieder hinbekommst«, sagte ihr Vater.

»Was soll ich hinbekommen?«, fuhr sie ihren Vater an.

»Bring dich wieder ins Spiel.«

»Und wie soll ich das bitte anstellen?«

»Zieh dir ein Kleid an, das er besonders gerne an dir mag. Koch ihm sein Lieblingsessen, sag ihm, wie großartig er ist und wie glücklich du dich schätzt, seine Frau zu sein. Solche Dinge eben!«

»Oder ich suche mir einfach auch eine Affäre.« Streng

genommen hatte sie ja sogar schon eine Affäre gehabt. Mit Charlie. Damals war sie zwar noch nicht mit Kurt verheiratet gewesen, aber immerhin verlobt. Erneut kamen Zweifel in ihr auf. Welches Recht hatte sie schon, sich über ihn zu beschweren, wo sie doch selbst schuldig war.

»Um Gottes willen!« Ihre Mutter machte große Augen.

»Mach dich nicht lächerlich«, entgegnete ihr Vater.

»Warum nicht? Gleiches Recht für alle. Oder ich lasse mich scheiden.«

Das hatte sie nur gesagt, um ihren Vater zu provozieren, aber es traf vor allem ihre Mutter. Sie fing an zu weinen, als würde sie Betty schon auf der Straße sitzen sehen. »Du bist doch schwanger …«

»Geh nach Hause, und reiß dich zusammen«, wies ihr Vater sie zurecht. »Unsere Familie hatte immer einen tadellosen Ruf, und das soll auch so bleiben. Und jetzt raus hier, alle beide. Und kommt mir erst wieder, wenn ihr zur Vernunft gekommen seid.«

Alex erhob sich vom Sofa und ging mechanisch aus dem Wohnzimmer. Kurz darauf krachte die Wohnungstür zu. Betty überlegte, ihm nachzueilen, aber sie war hier noch nicht fertig.

Ihr Vater leerte sein Glas und stellte es auf den Tisch. »Ob du's glaubst oder nicht, Betty, aber als dein Vater will ich nur das Beste für dich. Diese Zeiten sind schon schlimm genug. Es ist wichtig, dass wir alle einen kühlen Kopf bewahren.«

Damit verließ er den Raum.

Betty hoffte darauf, dass ihre Mutter irgendetwas sagen würde, dass sie Verständnis für Bettys Situation zeigen würde. Machte sie nicht seit Jahren dasselbe durch? Ertränkte sie nicht Tag für Tag ihren Kummer in Alkohol?

Aber sie ging nur zum Schrank, nahm die Flasche mit dem Selbstgebrannten und schenkte sich davon in das Glas ein, das ihr Mann hatte stehen lassen. »Sieh mich nicht so an.«

»Das ist alles? Mehr hast du nicht zu sagen? Du hast mir dazu geraten, Kurt zu heiraten. Du hast die Pflicht, mir beizustehen!«

»Er ist nur ein Mann. Einer von vielen. Und diese Affäre, die er vielleicht hat, ist nur eine Laune, eine Spielerei. Du aber bist seine Ehefrau und die Mutter seines Kindes. So etwas ist Männern wichtig. Er wird dich nicht verlassen.«

Bettys Augen schwammen in Tränen, die sie die ganze Zeit über zurückzuhalten versucht hatte. »Warst du denn nie auf Vater wütend?«

»Oh doch, Betty, schrecklich wütend sogar. Aber was bringt die Wut, wenn es doch keinen Ausweg gibt? Oder willst du dich wirklich scheiden lassen und dich als alleinerziehende Mutter durchschlagen? Wie willst du Geld verdienen? Du bist abhängig von Kurt und davon, dass er dir Rollen gibt. Abgesehen davon würde er dir bei einer Scheidung dein Kind wegnehmen.« Sie nahm einen großen Schluck. Ihr Blick war abwesend.

Jetzt liefen Bettys Augen über, und die Tränen strömten ihr über die Wangen.

Mehr zu sich selbst sagte ihre Mutter: »Ich habe viel falsch gemacht im Leben. Und jetzt habe ich dir zu dieser Ehe geraten und dich dazu gebracht, die gleichen Fehler zu machen. Ist das nicht seltsam?«

Betty nahm ihrer Mutter das Glas fort, schüttete den Inhalt in die Blumenvase und knallte es auf den Tisch. »Ich mache nicht die gleichen Fehler wie du. Ich werde nicht tatenlos mitansehen, wie mein Mann mich betrügt. Und ganz sicher werde ich mein Selbstmitleid nicht in Alkohol ertränken.«

Sie wandte sich zum Gehen, hielt dann noch einmal inne und sah ihre Mutter an. »Ich erinnere mich noch genau daran, wie du früher warst, als du noch ein paar wenige Auftritte hattest. Du hast immer so stark gewirkt, wenn du auf der Bühne standest. Du hast von innen heraus gestrahlt. Du warst wunderschön. Du warst mein Vorbild. Diese Mutter könnte ich jetzt gebrauchen.«

17.

Clara

Lilli war ein Geschenk des Himmels.

Sie lehrte Clara eine simple Technik, die jedoch half, ihr Selbstbewusstsein und ihren Ehrgeiz erneut zu entfachen. Nämlich die Technik, die richtigen Fragen zu stellen.

»Es heißt nicht: Schaffe ich es, mein Abitur nachzuholen?«, belehrte Lilli sie. »Sondern es heißt: *Wie* schaffe ich es, mein Abitur nachzuholen?«

Sie informierten sich und fanden heraus, dass Clara nächstes Jahr die Abiturprüfungen mitschreiben und, wenn sie bestand, sich für einen Studienplatz bewerben könnte.

»Und währenddessen arbeitest du in der Universitätsbibliothek«, beschloss ihre Freundin, die jetzt auch ihre Mentorin war. »Die suchen eine Aushilfskraft, und dann bist du immerhin schon mal am richtigen Ort und kannst dir ein bisschen was verdienen, um das Leben hier auch zu genießen.«

Lilli sagte: »Es heißt nicht: Glaubst du, ich könnte meinen Freundinnen ein Lebenszeichen schicken?, sondern: *Wie* kann ich meinen Freundinnen ein Lebenszeichen schicken? Ich könnte den beiden ein Päckchen zukommen lassen, von der lieben Tante Lilli aus dem Westen«, schlug sie Clara vor.

»Und du legst etwas hinein, das sie sofort wissen lässt, dass das Päckchen von dir kommt.«

»Würdest du das für mich tun? Ist das nicht zu viel verlangt? Du machst ohnehin schon so viel für mich …«

»Und es wird mir ein großer Genuss sein, dass du dein Leben lang in meiner Schuld stehst.« Lilli seufzte sehnsüchtig, wie jemand, der an Urlaub dachte oder eine köstliche Süßspeise.

Als Clara das Paket zusammenstellte, war sie aufgeregt. Um es als typisches Westpaket zu tarnen, kaufte sie Jacobs Kaffee, Milka-Schokolade und Feinstrumpfhosen. Außerdem noch ein fruchtiges Duschgel, Sonnencreme sowie ein Parfüm, das wie ein Rosengarten roch. Bei dem Duft hatte Clara sofort an Betty denken müssen. Unter einem doppelten Boden hatte sie zwei Ausgaben einer Modezeitschrift versteckt. Und schließlich das Wichtigste: zwei Bikinis, einer rot, einer blau. Da würden die beiden doch sofort an Clara und ihre gemeinsame Zeit im Strandbad denken, oder?

Das Paket würde sie an Bettys altes Zuhause schicken, auch wenn ihre Freundin dort nicht mehr wohnte. Aber sie vermutete, dass Martha noch immer dort untergebracht war.

Abends saß sie lange am Schreibtisch in ihrem Zimmer, begann immer wieder von Neuem, einen Brief an die beiden zu verfassen. Sie wünschte so sehr, sie könnte ihren Freundinnen erzählen, dass es ihr gut ging, was sie bisher alles erlebt hatte … Aber das war zu riskant. Im Papierkorb häuften sich die verworfenen Versuche, und auch auf dem Schreibtisch lagen schon einige zusammengeknüllte Blätter. Jedes Wort drehte sie im Kopf hin und her, versuchte, Martha und

Betty eine geheime Botschaft zu übermitteln. Sie sah in die Flamme der edlen Bienenwachskerze, die sie angezündet hatte, und sprach leise Sätze vor sich hin, die sie nicht schreiben durfte. »Ich vermisse euch beide so sehr …« Oder: »Bitte sagt meiner Mutter, dass ich sie und Großvater lieb habe. Gebt ihr den Kaffee, und umarmt sie fest von mir.«

Es tat weh, dass sie ihrer Mutter nichts schicken durfte, aber das wäre zu auffällig. Bestimmt stand sie unter Beobachtung der Stasi, seit Clara fort war.

Meine liebe Betty!,

begann sie schließlich einen neuen Brief.

Erinnerst du dich noch man mich? Vermutlich nicht. Wir sind über zehn Ecken miteinander verwandt, und ich kann dir nicht mal genau sagen, wie. Früher war ich ein paarmal bei deinen Eltern zu Besuch, ehe meine Arthrose zu sehr zu schmerzen begann. Inzwischen verlasse ich die Wohnung kaum noch und tröste mich mit schönen Erinnerungen – wie die an unsere Nachmittage am Müggelsee. Damals hast du mich immer Tantchen genannt. Auch hier gibt es ein Strandbad, am Wannsee gelegen. Es ist schön dort, aber an das Strandbad Müggelsee kommt es nicht heran.

Ich hörte, dass du geheiratet hast und sogar Nachwuchs erwartest, und will dir gratulieren. Ich hoffe, die Kleinigkeiten im Paket freuen dich. Bitte richte auch deinem Bruder die herzlichsten Grüße aus. Und Martha, die uns oft zum Strandbad begleitet hat. Ich denke viel an euch alle …

Deine Tante Lilli.

Nahezu ehrfurchtsvoll trug sie am nächsten Tag das Paket zur Post, hielt es wie einen kostbaren Schatz. Es war ihre Verbindung nach Hause. Das Thermometer am Fenster der Filiale zeigte heiße dreiunddreißig Grad. Ein Ventilator surrte hinter dem Tresen, Papier flatterte in dem leichten Windzug, dem die Menschen in der Warteschlage geradezu entgegendrängten.

Als sie an der Reihe war, betrachtete der Mann hinter dem Tresen das Paket. »Geht det rüber?«, fragte er.

»Ja«, antwortete sie: »Nach Ostberlin.«

Nach Hause, sagte ihr Herz.

Als sie aus der kühlen Postfiliale nach draußen trat und Lilli sah, die auf der Bank neben der mit bunter Werbung und Kinoplakaten bekleisterten Litfaßsäule saß, lächelte sie. Heute trug ihre Freundin ein schickes Kostüm in einem intensiven Senfgelb und hatte ihr Haar hochgesteckt. Doch anstatt, wie es sich gehörte, kerzengerade dazusitzen, die Handtasche auf dem Schoß, die Beine im perfekten Neunzig-Grad-Winkel, hatte sie lässig ein Bein über das andere geschlagen und einen Arm auf die Rückenlehne gelegt. Irgendwann mal wollte sie wie diese Frau sein, dachte Clara.

Gemächlich schlenderten sie die Straße entlang. Erfreut stellte Clara fest, dass ihr inzwischen schon ein paar Gesichter im Viertel bekannt vorkamen. Da war der Zeitungskiosk, der auch Karamellen und Esspapier verkaufte, in schönen Pastellfarben. Nach Schulschluss tummelte sich oft eine

Horde Kinder davor. Da war die Imbissbude, aus der es verführerisch nach Frittiertem duftete. Ein Stück weiter kehrte der Besitzer des kleinen Schuhladens wie jeden Tag in seiner Mittagspause die Straße. Da war die Eisdiele mit sage und schreibe zehn verschiedenen Sorten. Als Clara das erste Mal dort gewesen war, hatte sie sich nicht entscheiden können und war ohne eine einzige Kugel zu kaufen wieder gegangen. Inzwischen hatte sie herausgefunden, dass Zitrone ihr Lieblingseis war. Gegenüber lag das Kino *Zoo Palast*, in dem sie mit Lilli *Das süße Leben* von Fellini angeschaut hatte. Hinter der Kaiser-Wilhelm-Gedächtniskirche, die während des Krieges schwer beschädigt worden war und an der noch immer Bauarbeiten stattfanden, lag das berühmte *Kaufhaus des Westens*. Während des Krieges war ein US-amerikanisches Kampfflugzeug ins Dachgeschoss geflogen, weshalb das Gebäude fast vollständig ausgebrannt war. Aber inzwischen war es wieder aufgebaut. Menschen kamen und gingen, schleppten Tüten mit Mode oder feinen Delikatessen heraus oder bewunderten die edel dekorierten Schaufenster. Das *KaDeWe* war für viele drüben der Inbegriff ihrer Sehnsucht, dessen, was sie nicht kriegen konnten. Auch Clara verspürte eine gewisse Ehrfurcht, als sie an dem siebenstöckigen Gebäude im neoklassizistischen Stil emporblickte.

Sie erinnerte sich noch gut an die Zeit, als so viele Gebäude vom Krieg zerstört gewesen waren. Jetzt, wenn man das eifrige Getümmel so sah, war es, als hätte es keinen Krieg gegeben. War auch das Teil des Lebens? Dass es immer weiterging, auch wenn man sich das manchmal kaum vorstellen konnte. Und irgendwann war es, als wäre nie etwas gewesen …

Lilli entging nicht, dass Clara sich nicht vom Anblick der hübschen Kleider im Schaufenster lösen konnte. »So, das Paket für deine Freundinnen ist auf dem Weg. Jetzt bist du dran.«

»Ich brauche nichts, ich …«

»Ich dulde keinen Widerspruch!« Es gab nicht viele Frauen, die größer als Clara waren, aber Lilli überragte sie um zwei, drei Zentimeter und baute sich jetzt im Spaß vor ihr auf.

»Aber ich habe kein Geld für neue Klamotten.«

»Ich schenke sie dir.«

»Das will und kann ich nicht annehmen«, widersprach Clara. »Du tust schon so viel für mich! Du lässt mich ja sogar kostenlos bei dir wohnen!«

»Das haben wir schon geklärt. Du hilfst mir dafür einfach ein bisschen im Haushalt. Und die neue Kleidung betrachten wir als Investition von mir in dich. Kleider machen Leute.«

Clara seufzte. Und sie hatte gedacht, sie selbst wäre stur … »Nennen wir es einen Vorschuss? Sobald ich mein erstes eigenes Geld verdient habe, gebe ich dir alles wieder, was du für mich ausgegeben hast.«

»Meine Güte, wenn du dann endlich Ruhe gibst!«, stöhnte Lilli. »Als ich dich eingesammelt habe, hast du kaum ein Wort gesprochen, und jetzt quasselst du mir die Ohren ab! Hätte ich das mal gewusst, hätte ich Gas gegeben und gemacht, dass ich wegkomme.«

Sie grinsten sich an.

»Eine Bedingung habe ich aber noch«, sagte Clara.

Lilli atmete schwer aus. »Also raus damit. Was ist die verdammte Bedingung?«

Clara grinste, packte Lillis Unterarm und zog sie ins Kaufhaus.

Nachdem sie in der Feinkostabteilung gestöbert hatten, in der Lebensmittel verkauft wurden, von denen Clara noch nie was gehört hatte – *Parmesan* oder *Broccoli*, der ein bisschen aussah wie grüner Blumenkohl –, machten sie sich auf in die Damenabteilung. Es dauerte eine Weile, bis sie zwischen all den Kleidern und Röcken eine Hose fanden. Das war Claras Bedingung gewesen.

»Und du bist dir sicher, dass du das willst? Hosen zu tragen gilt in vielen Kreisen noch als unschicklich«, sagte Lilli, die vor der Umkleide auf sie wartete.

»Ich bin mir sicher«, antwortete Clara und stieg aus ihrem hellblauen Rock. »Wie kam es eigentlich, dass du angefangen hast, Hosen zu tragen?«

»Ich hielt es einfach für die logische Folge der Pyjamamode.« Wie so oft bei ihr war es schwer zu sagen, ob das ein Witz oder ihr Ernst war. »Die Öffentlichkeit ist immer über alles Neue entrüstet. Zuerst, als Frauen ihre Beine zeigten. Nun verstecken Frauen sie wieder, und zwar, indem sie Hosen tragen, aber das führt auch zu Entrüstung. Ohnehin kann man es nie allen recht machen, also mache ich es doch einfach mir selbst recht, davon bekomme ich am wenigsten Sorgenfalten.«

Clara betrachtete sich im Spiegel. Die Hose war hoch geschnitten und aus einem dunkelblauen Stoff. Dazu trug sie eine kurzärmelige altrosa Strickjacke mit weißen Punkten darauf. Ihr Anblick gefiel ihr.

»Nun zeig dich doch endlich.«

Als sie hinaustrat, bemerkte Clara den scheelen Blick einer Frau mit einem kleinen Hut auf dem Kopf.

»Gut siehst du aus«, sagte Lilli und zupfte den Kragen der Strickjacke zurecht.

»Findest du?«

Die Frau sah erst zu Clara, dann zu Lilli, dann wieder zu Clara, schüttelte den Kopf und wandte sich den Kostümen zu.

Als Lilli sich hinter sie stellte, um testweise Claras schulterlanges Haar zu einer Hochsteckfrisur aufzudrehen, nutzte Clara die Chance, sie unbemerkt im Spiegel in Augenschein zu nehmen. Die tiefblauen Augen. Die schmalen Lippen. Die wie durchscheinende Haut.

»Wie heißt du eigentlich wirklich?« Das hatte sie schon längst mal fragen wollen.

Ihre Freundin zögerte. »Lilith«, antwortete sie schließlich.

Den Namen hörte Clara das erste Mal. »Klingt schön. Was bedeutet er?«

»Die Nächtliche.«

»Die Nächtliche …«, wiederholte Clara. »Das passt zu dir. Immerhin standest du mitten in der Nacht auf einem Parkplatz und hast mir das Leben gerettet.«

Da legte sich auf einmal ein Ausdruck auf Lillis Gesicht, der Clara an sanftes Morgenlicht denken ließ. »Schicksal …«, sagte sie.

Sollte sie es wagen, Lilli auf ihre Vergangenheit anzusprechen? »Du hast mir noch gar nichts davon erzählt, wie du aufgewachsen bist«, tastete sie sich vor. »Wo du herkommst. Wie du zu der Person geworden bist, die du bist. Wie waren deine Eltern?«

Lilli schlenderte zu dem Regal mit Accessoires und probierte ein Paar schwarze Lederhandschuhe an. »Sehr streng«, antwortete sie knapp.

Clara gab noch nicht auf. »Hast du geheiratet, weil sie es von dir verlangt haben?«

Lilli kniff die Augen zusammen. Offenbar hatte Clara ins Schwarze getroffen. »Ich musste wiedergutmachen, dass ich es gewagt habe zu studieren.«

»Seit wann seid ihr getrennt?«, wagte Clara zu fragen.

»Du bist eine Nervensäge.« Ein Schatten hatte sich über Lillis Gesicht gelegt.

Sie war zu weit gegangen, fühlte sich schrecklich indiskret. Sie wollte sich gerade entschuldigen, da sagte Lilli leise: »Offiziell seit zwei Wochen und sechs Tagen. Inoffiziell schon seit Jahren.«

»Seit dem Tag, an dem ich geflohen bin und du wie durch ein Wunder mit deinem Wagen an der Grenze gestanden hast«, sagte Clara.

Lilli nickte und wandte sich ab.

Clara ahnte, dass diese Frau noch viel tiefere Abgründe hatte, als sie bisher geahnt hatte.

18.

Betty

»Kommt nicht infrage«, sagte Kurt. »Du bist schwanger, falls du das vergessen haben solltest.«

Betty hatte sich etwas mehr Begeisterung darüber erhofft, dass sie ihren Ehemann heute Abend in die *Möwe* begleiten wollte. »Kochen und putzen darf man deiner Meinung nach als Schwangere, aber ein bisschen Zerstreuung schadet?«, sagte sie, während sie ein himmelblaues Kleid aus ihrem Schrank hervorholte, dessen Stoff nur leider sehr fest war. Da würde sie vermutlich nicht mehr hineinpassen.

Kurt zog sein Jackett über, richtete den Kragen und legte seine Armbanduhr an. »Was, meinst du, sagen die Leute, wenn sich meine schwangere Frau die Nächte um die Ohren schlägt?«

Am liebsten hätte sie ihn mit seinem Schal stranguliert, den er sich wie immer locker um den Hals warf. Musste sie denn wirklich betteln? Sie hatte gehofft, an seiner Seite stände ihr die Welt offen, und nun durfte sie abends nicht mal für ein paar Stunden ausgehen?

»Bitte, ich liebe die *Möwe*!« Sie schob die Unterlippe vor und versuchte, ihn mit ihrem Augenaufschlag weich zu stimmen, aber er war zu sehr mit seinem Spiegelbild beschäftigt, um ihre Bemühungen wahrzunehmen.

In dem Klub traf sich alles, was in der Film- oder Theaterbranche Rang und Namen hatte – oder wie sie mal haben wollte. Schauspieler, Regisseure, Intendanten, Kostümbildner, Drehbuchautoren, Opernsänger oder -sängerinnen … Allesamt ungemein inspirierende und unterhaltsame Menschen. Einmal hatte sie dort sogar mit einem Feuerschlucker geplaudert!

»Ich will dich doch nur für ein, zwei Stunden begleiten. Um zehn, spätestens halb elf, liege ich im Bett und schlafe tief und fest! Versprochen! Ein bisschen Theaterluft schnuppern tut mir gut, sonst werde ich hier noch verrückt.«

Morgens bereitete sie Kurt das Frühstück zu, danach ging sie einkaufen und kochte. Ihr Leben war in etwa so abwechslungsreich wie das Obstangebot in einem HO.

Sie hatte begonnen, seinen Nacken zu massieren, was ihm eigentlich immer ein wohliges Seufzen entlockte. Nun aber schüttelte er ihre Hände ab. »Ich kann dich dort heute Abend nicht gebrauchen. Dort sind nur Leute aus der Filmbranche.«

Das saß. War sie etwa in seinen Augen schon nicht mehr Teil der Filmbranche? Sah er in ihr nur noch ein kleines Hausmütterchen? »Aber genau deshalb will ich dich doch begleiten. Ich will Kontakte knüpfen. Sonst gerate ich noch völlig in Vergessenheit.«

Er schien ihr nicht mehr zuzuhören. Ihr fiel auf, dass er einen Duft aufgetragen hatte. *Ist sie da heute Abend?*, war sie kurz davor zu fragen, *Doreen Lubosch, deine neue Muse?*

Wut kochte in ihr hoch. »Ich habe sehr viel Lob für meine Leistung in deinem Kurzfilm bekommen!«, erinnerte sie ihn. »Und immerhin habe ich das ganze Drehbuch umgeschrieben!«

Der letzte Satz war ihr herausgerutscht, und sie bereute ihn sofort. Ein kalter Schauer lief ihr über den Rücken, als Kurts Blick sie traf. »Betty, was redest du denn da? Du hast lediglich *meine* Arbeit abgetippt.« Er sprach langsam und eindringlich. »Mach dich nicht lächerlich.«

Nachdem die Wohnungstür hinter Kurt zugefallen war, stand Betty wie vom Blitz getroffen da. Wie lange, konnte sie nicht sagen. Vielleicht nur Sekunden. Vielleicht auch Minuten. Als sie durch das offene Fenster draußen ein Kind weinen hörte, fing sie sich wieder. *Reiß dich zusammen!* Sie würde sich einfach einen netten Abend machen, eine heiße Dusche nehmen, sich in ihren Bademantel kuscheln und gucken, was im Fernsehen kam.

Mechanisch trat sie ans Fenster. Wie schön Berlin an diesem lauwarmen Sommerabend war. Sie sah ein verliebtes Pärchen die Straße entlangschlendern. Sah Kinder im Park herumtoben. Dort draußen spielte sich das Leben ab, während sie in dieser Wohnung steckte wie in einer Gefängniszelle.

Das hier ist nicht das Leben, das du dir für dich gewünscht hast, sagte eine leise Stimme in ihr.

Mach dich nicht lächerlich.

Eine junge Mutter fütterte mit ihren zwei Töchtern die Tauben. Die Frau wirkte glücklich. Zufrieden. Hatte ihr Vater recht, und sie war undankbar?

Kurt meinte es gewiss nur gut mit ihr. Er sorgte sich um sie.

Auf einmal verblasste die glückliche Mutter, und Betty sah ihr Spiegelbild in der Fensterscheibe. *Du allein weißt, was gut für dich ist. Also zieh dir ein hübsches Kleid an, trag etwas Make-up auf, und amüsier dich.*

Eine Stunde später hielt das Taxi vor der *Möwe*. Allein beim Anblick des hellen Palais, das einst dem Fürsten von Bülow gehört hatte und das in der anbrechenden Abenddämmerung stimmungsvoll beleuchtet war, schlug ihr Herz kräftig in ihrer Brust. Gleich nach Kriegsende hatten die Russen das Haus nach Tschechows Stück *Tschaika – Die Möwe* – für hungrige deutsche Künstler eröffnet. Hier sollten sie essen, trinken und große Werke erschaffen.

Das Licht hinter den hohen Fenstern war schummrig. Silhouetten junger Männer und Frauen waren zu sehen. Ein schlichter, stilvoller Erker saß über der hohen Flügeltür, die mit einem Mal aufging. Ein junger Kerl torkelte nach draußen, das Haar in seiner Stirn war verschwitzt. Er zischte leidvoll, als die kühle Luft ihn traf, ehe er mit dem Rücken gegen die Wand sank und eine Zigarettenschachtel aus seiner Hosentasche zog, die ihm prompt auf den Boden fiel.

Betty bezahlte den Fahrer und drückte den Knopf ihrer Handtasche zu. Sie zog den herzförmigen Ausschnitt ihres Kleides zurecht, fasste ihr offenes Haar zusammen und legte es über ihre rechte Schulter, das alles so ruhig und mit Bedacht, dass der Taxifahrer, der sie unablässig über den Rückspiegel anstarrte, wohl nicht auf die Idee gekommen wäre, wie aufgewühlt sie innerlich war. Wie würde Kurt reagieren, wenn er sie entdeckte?

Du hast Angst, dachte sie. *Angst vor deinem eigenen Mann.*

Der junge Kerl, der an der Mauer lehnte, bekam große Augen und richtete sich auf, als sie aus dem Auto stieg und den seidigen Stoff ihres langen Kleides über ihre Beine fließen ließ. Ihr Onkel hatte diesen eisblauen Traum aus Paillettenbesatz und einer Raffung an der Taille gezaubert. Erst hatte sie sich möglichst unauffällig kleiden wollen, aber dann hatte sie gedacht, dass Kurt, wenn er sie sah, ruhig die Augen rausfallen sollten. Er sollte nicht anders können, als sie stolz seinen Kollegen und Freunden zu präsentieren.

Inzwischen hatte der Kerl ein Streichholz entfacht und hielt es an die Zigarette, die zwischen seinen Lippen steckte. Die Spitze glomm rötlich auf, als er einen tiefen Zug nahm. Betty grüßte ihn mit einem dezenten Nicken, richtete ihre Stola und betrat dann den Klub.

Verglichen mit dem Standard der HO-Gaststätten, war die *Möwe* ein Luxus-Etablissement. Die Türen hatten Klinken aus Messing. Es gab mehrere Säle und eine Grillstube, aus der der Geruch der reinsten Fleisch-Völlerei drang: Rumpsteak, Schweinemedaillons und Kebaptscheta. Sie erhaschte den Blick auf eine vielleicht zehnköpfige Gruppe, die ausgelassen feierte. Auf dem Tisch stand eine große Platte, auf der sich die gebackenen Kartoffelstäbchen türmten.

Da sie keinen Hunger hatte, ging sie in den Nebenraum und bahnte sich in der rauchgeschwängerten Luft ihren Weg zwischen den plaudernden Gästen hindurch zur Bar, die halbrund vor einen Kamin gesetzt war. Sie quetschte sich neben ein paar Frauen, die laut über etwas lachten, und überflog die Kreidetafel, auf der die Getränke aufgelistet waren.

»Etwas ohne Alkohol bitte«, rief sie dem Kellner über die laute Jazzmusik hinweg zu. Die Musikrichtung war eigentlich verboten, die Partei bezeichnete sie als »Gift des Imperialismus« oder wie Ulbricht gesagt hatte: »Ausdruck einer Affenkultur«, aber sie begann sich dennoch schleichend zu etablieren.

»Ick kann dir höchstens 'ne Vita-Cola anbieten«, erwiderte der junge Mann hinter dem Tresen, der gerade eine Reihe Schnapsgläser auf einem Tablett mit Kirsch füllte.

»Perfekt!«

Betty sah sich um. Dichter Zigaretten- und Zigarrenrauch wogte zwischen den schweren, dunklen Möbeln hindurch. Trompeten und Posaunen waren zu Wandlampen umgestaltet worden. Dazwischen gerahmte Fotos, die die Barmänner mit Prominenten zeigten. Als Betty das erste Mal hier gewesen war, hatte sie sich vorgestellt, wie vielleicht irgendwann mal ein Foto von ihr an der Wand hängen würde.

Als der Kellner die Cola vor sie stellte, entdeckte sie ein ihr bekanntes Gesicht. Wie war noch mal sein Name? Heinrich …? Egal. Es zählte nur, dass er Regisseur war.

Betty stellte sich auf die Zehenspitzen und winkte ihm, bereute es aber sofort, weil sie nicht bedürftig wirken wollte. Hatte ihr Onkel ihr nicht beigebracht, wie eine Dame sich benahm? Hatte es keinen Effekt, dass sie jahrelang die Gesten und Augenaufschläge der Hollywood-Ikonen studiert hatte?

»Betty, wie schön, dich zu sehen!« Er küsste sie auf die Wange.

»Was macht die Arbeit?«, erkundigte sie sich. »Dein letzter Film über diesen jungen Mann, der es vom Bauern zum Kinderarzt schafft, war großartig!« Eigentlich hatte Betty sich schrecklich gelangweilt, aber das war wohl kein guter Gesprächseinstieg.

»Die Kritiken waren alle sehr gut.« Er schwenkte das bernsteinfarbene Getränk in seiner Hand, sodass die Eiswürfel darin klirrten. »Bald beginnt das Vorsprechen für meinen nächsten Film.«

Gerade, als sie ihn fragen wollte, wovon dieser nächste Film denn handelte, sagte er: »Ich hätte dich ja eingeladen, doch Kurt meinte, du gehst voll in deiner neuen Rolle als werdende Mutter auf. Freut mich. Oh, entschuldige mich, aber gerade ist ein Komponist reingekommen, mit dem ich verabredet bin.«

Resigniert nippte Betty an ihrer Cola. *Durchhalten,* sagte sie sich. *Brust raus. Lächeln.*

Erfreut entdeckte sie Dirk, der sich bei Kurts aktuellem Film um die Beleuchtung kümmerte, aber der stets leicht gelangweilt wirkende Kerl mit Hornbrille war gerade in ein Gespräch mit einem etwa doppelt so alten Mann vertieft und lief an Betty vorbei, ohne sie wahrzunehmen. »Ich sag's dir, ohne seine Kontakte würde der sicher keinen Film mehr drehen«, hörte sie Dirk sagen, ehe er vom Gedränge an der Bar verschluckt wurde.

Er sprach doch wohl nicht von Kurt, oder? Wie auch immer, so langsam beschlich sie das Gefühl, einen Fehler begangen zu haben. Sie hätte einfach zu Hause bleiben sollen.

»Bettina … Betty Weiler?« Der junge Kerl, der bei ihrer

Ankunft aus dem Klub getorkelt war, stand auf einmal vor ihr. Er strahlte sie an, die hellblonden Augenbrauen hochgezogen, und machte den Eindruck, als wäre er schlagartig ausgenüchtert oder würde sich zumindest sehr zusammenreißen.

»Ja, die bin ich«, erwiderte sie. »Und Sie sind?«

Er streckte ihr die Hand hin. »Anton. Anton Jahn.« Sein Händedruck war fest. »Vermutlich wimmelt es hier nur so von Leuten, die interessanter für Sie wären als ich, aber wenn Sie mir nur fünf Minuten Ihrer wertvollen Zeit schenken, wäre ich Ihnen ungemein dankbar.«

Betty schmunzelte. »Na, dann schießen Sie mal los. Ihre Zeit läuft.«

»Ich bin Regisseur … Oder zumindest will ich mal Regisseur sein. Ich studiere noch, aber derzeit bin ich dabei, meinen ersten Kurzfilm auf die Beine zu stellen. Ein Vierzigminüter.«

Sie ahnte bereits, worauf dieses Gespräch hinauslaufen würde, und war nicht interessiert. Aber dieser junge Mann mit seinem zerzausten rötlich blonden Haar, das dringend mal wieder geschnitten werden musste, und dem Hemd, das schon ein paarmal geflickt worden war, war ihr sympathisch. Und gerade war er das Beste, was sich ihr bot. Die Alternative wäre, allein an der Bar zu stehen.

»Worum geht es denn in Ihrem Film?«, fragte sie und legte in gespieltem Interesse den Kopf schief.

»Er handelt von einem Liebespaar in Berlin. Zwei Seelenverwandte: Er, Carl, arbeitet in einer Fabrik und ist auch recht zufrieden. Seine Freundin Barbara ist Lehrerin und unzufrieden. Immer öfter fährt sie in den Westen rüber, findet dort Freunde, ein Zimmer, sogar Arbeit. Und eines Tages ist da die Mauer, die die beiden trennt. Er steht vor der Entscheidung: noch schnell rübermachen zu ihr oder zulassen, dass eine Mauer sie für immer trennt.«

Auf einmal war es Betty, als würde sie unter Strom stehen. »Sie glauben also an die große Liebe?«

Anton lachte auf. »Mein Drehbuchautor zumindest. Und, was sagen Sie zu der Geschichte?«

»Ich denke, mein Mann würde sie interessant finden und …«

»Ich habe aber Sie gefragt«, unterbrach er sie.

Pause.

»Ich glaube, dass sich viele mit dieser Geschichte identifizieren können«, antwortete Betty.

Er lächelte. »Noch wird der Stoff von den staatlichen Stellen geprüft. Aber ich bin zuversichtlich.«

Sie war sicher, dass ein solcher Stoff keine Chance hatte, aber wer war sie, ihm seine Illusionen zu rauben? »Ich drücke Ihnen fest die Daumen.« Sie hatte wieder begonnen, nach Kurt Ausschau zu halten.

»Dürfte ich so dreist sein und Ihnen meine Karte geben? Vielleicht haben Sie ja Interesse, in dem Film mitzuwirken … Ich finde Ihr Spiel bemerkenswert – Ihre Warmherzigkeit, die Echtheit Ihrer Darstellung.« Anton schob seine Hand in eine der hinteren Taschen seiner abgewetzten Hose und zog eine Visitenkarte hervor.

Kurt würde sie auslachen, wenn sie ihm erzählte, dass sie in einem Studentenfilm mitspielte. »Ich überlege es mir«, sagte sie höflich, nahm die Karte und steckte sie in ihre Handtasche.

»Um ehrlich zu sein, besteht der Drehbuchautor sogar darauf, dass Sie die Hauptrolle übernehmen. Deshalb habe ich Sie überhaupt angesprochen.«

Sie fühlte sich geschmeichelt, war jedoch auch leicht verwirrt. »Und wer ist dieser mysteriöse Drehbuchautor? Kenne ich ihn denn?«

Doch Anton lächelte nur und verabschiedete sich mit einer dezenten Verbeugung. Wie seltsam, dachte sie und trank ihre Cola aus.

Sie stellte das Glas auf dem Tresen ab und trat ans Fenster, von wo aus man auf die Marienstraße blickte. Da entdeckte sie Kurt. Und sie war nicht überrascht, als sie sah, dass Doreen bei ihm war. Er ließ eine Zigarette aus seinem Etui gleiten, dann noch eine und gab ihr eine davon. Die junge, hübsche Frau steckte sie sich zwischen ihre knallrot geschminkten Lippen und ließ sich von ihm Feuer geben. Als er eine Hand um ihre schmale Taille legte und ihr etwas ins Ohr raunte, presste sie die Lippen zusammen und trat ein Stück zur Seite.

Bettys Hände zitterten. Wie konnte er ihr das antun? Sein Kind wuchs in ihr heran! Er hatte ihr doch gerade erst auf dem Standesamt die Treue versprochen! Sie hätte vor Wut etwas kaputt schlagen mögen. Sie sollte dort hinausgehen und ihn zur Rede stellen!

Sie fuhr herum, wollte hinaus – und blickte in Gert Asselns Gesicht. Ein kalter Schauer rann ihr den Rücken hinab.

Marthas Adoptivvater hatte die Hände hinter dem Rücken verschränkt. Eine rote Nelke steckte im Revers seines dunkelbraunen Jacketts. »Betty«, sagte er, breitete die Arme aus und lächelte. »Ich muss mich wohl noch daran gewöhnen, dass du inzwischen eine junge Frau geworden bist. Du siehst atemberaubend aus.«

Betty ging nicht darauf ein. »Ich hätte nicht gedacht, dass Sie hier ein und aus gehen.«

»Meine Arbeit verlangt es. Aber eigentlich gefällt es mir hier recht gut. Man entdeckt doch immer wieder neue Seiten an sich.« Er lachte, wies dann nach draußen. »Dein Mann jedenfalls scheint sich prächtig zu amüsieren.«

Betty schwieg.

»Frau Lubosch ist auf dem Weg nach ganz oben. Sie bringt alles mit: Schönheit, Talent und ein gutes Gespür für Kontakte.« Er musterte sie. »Du jedoch hast das gewisse Etwas. Du bist für den roten Teppich gemacht. Du reagierst instinktiv, wenn Scheinwerferlicht auf dich fällt.«

Betty ertrug es, dass er eine Hand unter ihr Kinn legte und ihr Gesicht anhob. »Stehst du inzwischen auf der richtigen Seite?«

»Ich stehe auf keiner Seite«, entgegnete Betty, wandte das Gesicht ab und zog den Zipfel der Stola über ihr Dekolleté. Sie fühlte sich beschmutzt von seinen Blicken.

»Du machst es dir nur selbst schwer, Betty.«

»Ich will einfach bloß meine Arbeit machen.«

»So wie ich. Im Grunde genommen ist es doch ganz einfach. Eine Hand wäscht die andere. Du hilfst mir, und ich helfe dir. Du hast dich vorhin mit Hartmut Mitternacht unterhalten. Er wird dir vielleicht erzählt haben, dass er gerade seinen neuen Film besetzt. Ich könnte die Empfehlung aussprechen, die weibliche Nebenrolle mit dir zu besetzen.« Er berührte sie am Ellenbogen. »Lass dir das in Ruhe durch den Kopf gehen. Es wäre doch eine Verschwendung, wenn du keinen Fuß mehr auf den Boden bekommst.«

Ihr wurde übel, so heftig, dass sie befürchtete, sich zu erbrechen. Sie entschuldigte sich und zog sich eilig zu den Toiletten im ersten Stock zurück. Durch das Fenster war die S-Bahn zu sehen, die früher alle zehn Minuten vom Bahnhof Friedrichstraße in den Westen gefahren war. Sie dachte an Clara und fragte sich, was sie an ihrer Stelle tun würde. Sie hatte sich Herrn Asseln widersetzt, woraufhin er alles dafür getan hatte, ihr Leben zu zerstören. Sogar ihren armen Vater hatte er nicht verschont. War sie selbst auch stark genug, einen Kampf wie diesen zu führen? Oder würde sie daran zugrunde gehen? Was war nur aus ihrem Leben geworden, wie hatte sie sich derart in die Ecke manövrieren können? Gab es überhaupt eine richtige Entscheidung in ihrer Situation? Welche war das? Tränen stiegen ihr in die Augen, Schluchzer schüttelten ihren Körper. Und auf einmal verspürte sie einen stechenden Schmerz im Unterleib. Sie krümmte sich, stützte sich auf dem Waschbecken ab. Versuchte, sich auf ihren Atem zu konzentrieren, was fast unmöglich war, denn sie hatte das Gefühl, ein Messer würde ihr durch die Eingeweide fahren.

»Alles in Ordnung?« Wie von fern hörte sie die Stimme einer jungen Frau, die hereingekommen war, ohne dass Betty es bemerkt hatte.

»Ja«, brachte sie mit zusammengebissenen Zähnen hervor und richtete sich mühsam auf. »Alles in Ordnung.«

Sie kühlte ihr Gesicht mit Wasser und stellte erleichtert fest, dass der Schmerz abebbte, genug, dass sie sich ein Taxi rufen und nach Hause fahren konnte. Ihre Beine fühlten sich an wie aus Gummi, als sie die Holztreppe hinabstieg. Sie hielt sich am Geländer fest.

Sollte irgendjemand die blonde junge Frau in dem atemberaubenden Kleid sehen, würde er denken, sie wäre betrunken, so tapsig ging sie, musste sich immer wieder an der Hausmauer abstützen und zu Atem kommen. Tränen rannen ihr über die Wangen. Endlich erreichte sie den Taxistand am Bahnhof Friedrichstraße, nur wartete dort kein Taxi. Weit würde sie nicht mehr gehen können. Sie war kurz davor, zu Boden zu sinken, als ein Auto neben ihr hielt. »Wo willste denn hin?«

Ein Schwarztaxi. Ein Bürger, der mit seinem hellblauen Trabi Menschen kutschierte, um sein Gehalt aufzubessern. Eigentlich strengstens verboten, aber er war ihre einzige Möglichkeit, um nach Hause zu kommen.

Während der Fahrt wurden die Krämpfe in ihrem Unterleib wieder schlimmer. Mehrmals warf der Mann einen Blick zu ihr nach hinten, wahrscheinlich befürchtete er, dass sie sich gleich übergab, und bereute es, sie aufgesammelt zu haben. In ihrem Kopf herrschte ein einziges Durcheinander. Warum war sie Kurt nicht genug? Sie strengte sich doch an. Versuchte, ihm eine gute Ehefrau zu sein. Sie hatte die Wohnung heimelig eingerichtet. Sie machte sich für ihn hübsch, versuchte abzunehmen und war letzte Woche sogar auf Beutezug gegangen, um Reizwäsche zu ergattern. Sie hatte Kochen gelernt. Aber er beschwerte sich darüber, dass immer nur Makkaroni oder Kartoffeln auf den Tisch kamen. Er hatte wohl noch nie einen Blick in die Kaufhalle geworfen. Spaghetti gab es nur gerüchteweise. Und nun hatte er auch noch dafür gesorgt, dass Hartmut Mitternacht in ihr bloß noch eine werdende Mutter sah und ihr keine Rolle in seinem neuen Film anbot.

Schweiß stand auf ihrer Stirn. Ihr Körper fühlte sich seltsam an, als würde er sich von innen heraus auflösen. Ging es ihrem Baby gut? Endlich hielt das Auto. Sie bezahlte, verzichtete auf das Wechselgeld. Die Welt schwanke, als sie ausstieg. Sie wartete, bis der Trabi davongerattert war, dann ging sie langsam zur Haustür, jeder Schritt schmerzte in ihrem Bauch. Mittlerweile war Kurt ihr egal, sie hatte Angst um ihr Kind.

Sie erreichte den Aufzug. Eine erneute Woge an Schmerz überrollte sie, riss sie förmlich entzwei. Sie schnappte nach Luft. Stützte sich an der Wand ab. *Atmen.*

Bruchstückhaft nahm sie wahr, wie sie die Wohnungstür aufschloss, sich ins Badezimmer schleppte. Kurz überlegte sie, einen Arzt zu rufen, aber die Krämpfe zwangen sie in die Knie, sie würde nicht bis zum Telefon im Flur gelangen. Da bemerkte sie die Feuchtigkeit an ihren Schenkeln. Sie führte die Finger zwischen ihre Beine. Ihre Fingerspitzen waren rot. Blut. Sie blutete.

Nein. Neinneinnein!

Da begriff sie, was hier gerade geschah. Die Krämpfe, die sie spürte, waren Wehen. »Bitte nicht …«, wimmerte sie.

Sie riss ein Handtuch vom Haken und presste es sich zwischen die Beine, als müsste sie nur irgendwie die Blutung stoppen, und dann wäre alles wieder gut.

Eine neue Welle Schmerz überrollte sie.

»Bitte …«, wisperte sie wieder und wieder, während das Blut aus ihr herausströmte.

Dann setzten erneut Wehen ein, die schlimmsten bisher. So heftig, dass sie schrie. Der Schmerz war unmenschlich. Sie hatte Angst. Nicht davor zu sterben. Sondern davor, alles zu verlieren, was ihr in den letzten Wochen Hoffnung gegeben hatte, was ihr den Glauben verliehen hatte, dass dieses Leben doch gut und schön war, weil ein kleines Wesen in ihr heranwuchs.

Plötzlich löste sich etwas aus ihr. Sie konnte spüren, wie es mit dem Blut aus ihr herausfloss. Aus einem Reflex heraus fing sie das kleine Wesen mit der Hand auf.

Die Welt stand still.

Ihr Kind.

So unfassbar klein, viel zu klein für diese große, grausame Welt. Es war wunderschön. Hatte sogar schon eine winzige, bezaubernde Nase. Seine Augen waren geschlossen, als würde es schlafen.

Sie konnte nicht aufhören, es anzusehen. Wagte kaum zu blinzeln, wollte nicht eine Sekunde davon verpassen, wie dieses zerbrechliche Wesen auf ihrem Handteller lag.

Sie wusste nicht, wie lange sie so auf dem Boden kauerte und ihr Kind hielt. Schließlich, draußen war es noch dunkel, stand sie schwankend auf. Sie bettete ihr Kind auf ihren liebsten Seidenschal. Im Spiegel sah sie, dass ihre Wimperntusche verlaufen war. Sie sah aus wie ein Geist.

Es war ihr, als wäre das einzig Gute, das ihr dieses Leben geschenkt hatte, gestorben.

Wie in Trance wischte sie sich notdürftig sauber und fuhr mit dem Aufzug nach unten, holte aus dem Keller die Schippe für die Blumenerde, ging auf wackeligen Beinen hinaus. Im Park hinter dem Haus hob sie kleines Loch aus, in das sie den Schal legte, ehe sie Erde darauf häufte.

Sie begrub ihr Kind, und es war ihr, als würde sie sich selbst mit ihm begraben.

Dann brach sie zusammen.

19.

Martha

Martha arbeitete gerade konzentriert an einem Artikel und ließ die Tasten der Schreibmaschine nur so klappern, als sie auf einmal eine gewisse Aufregung an der Tür wahrnahm. Sie lehnte sich in ihrem Stuhl zurück und sah zu ihrem Erstaunen Alex im Büroeingang stehen. Was wollte der denn hier? Und woher wusste er überhaupt, dass sie neuerdings für die *Evelyn* arbeitete? Es war schon eine ganze Weile her, dass sie ihn gesehen hatte. In der Nacht, in der sie gemeinsam Clara zur Teltowbrücke gebracht hatten.

Aus alter Gewohnheit, weil sie früher unsterblich verliebt in ihn gewesen war, glättete sie ihr Haar mit beiden Händen und machte sich dann zur Tür auf, doch je näher sie ihm kam, desto unbehaglicher war ihr zumute. Alex sah schrecklich aus. Offenbar regnete es draußen, denn er war patschnass. Zu seinen Füßen bildete sich eine kleine Pfütze. Er schien auch gerannt zu sein, denn er war völlig außer Atem, hielt sich an Susis Schreibtisch fest. Er war so blass, dass sie befürchtete, er würde gleich zusammenklappen. Von den schwarzen Ringen unter seinen Augen ganz zu schweigen.

Er sah aus, als wäre jemand gestorben. Sie schlug die Hände vor den Mund.

»Ist etwas passiert?«, fragte sie ihn und merkte, wie schnell ihr Herz schlug.

Oh Gott. Hatte er am Ende etwas von Clara gehört?

»Fritz ist tot«, sagte er.

Stille.

Ihre Welt schwankte.

»Was?« Sie schüttelte den Kopf. Verstand nicht, was Alex da gerade zu ihr gesagt hatte.

»Fritz ist tot«, sagte er noch einmal.

»Aber …« Martha hielt inne, als sie merkte, dass Susi die Ohren spitzte. Sie nahm Alex beim Arm und lotste ihn in den Aufzug.

Sie fuhren ins Erdgeschoss. Trotz des Regens ging sie mit ihm nach draußen, weil sie dort am ehesten ihre Ruhe hätten. Das kleine Vordach schützte sie halbwegs vor den Fluten, die vom Himmel stürzten. Die grauen Gebäude ragten in der Düsternis ringsum drohend auf.

»Ich weiß selbst so gut wie nichts. Sein Vater hat mich fortgejagt, als ich mit ihm sprechen wollte. Er distanziert sich von seinem Sohn. Du weißt ja, dass er ein hohes Tier bei der Armee ist. Nicht mal auf seiner Beerdigung war der Alte!« Sein Körper bebte vor Schluchzern. Tränen, vermischt mit Regentropfen, liefen über sein Gesicht.

»Erzähl mal der Reihe nach.« Martha rieb sich über ihre kalten Oberarme. »Warum distanziert er sich von Fritz? Weißt du, was passiert ist?«

»Man hat Fritz im Zug erwischt. Das weiß ich von seiner

Mutter, sie hat mit mir gesprochen.« Alex raufte sich vor Verzweiflung die Haare. »Ich bin mir sicher, dass Fritz Waste hinterherwollte. Offenbar hatte er seine Zeugnisse und seine Geburtsurkunde im Koffer dabei … Das war verdächtig. Seine Mutter meinte, sie hätten ihn verhört und in den Stasiknast gesperrt.«

Marthas Knie wurden weich. Sie lehnte sich gegen die raue Hauswand, spürte den Regen kaum, der von der Seite auf sie einpeitschte und sich in ihre Kleidung sog. Sie schüttelte den Kopf, unfähig zu begreifen, was Alex ihr gerade gesagt hatte. Es war doch noch gar nicht so lange her, dass sie ihn im Strandbad getroffen hatte … und auf einmal sollte er tot sein?

»Vielleicht liegt ein Missverständnis vor und …«

»Fritz ist tot, verdammt!«, fuhr Alex Martha an. »Er ist eben beerdigt worden! Ich habe seinen Sarg in der Erde verschwinden sehen!«

»Aber wieso wusste ich nichts davon? Ich wäre doch hingegangen …«

»Die wollten das in aller Stille machen, haben die Eltern gesagt. Aber wenn du mich fragst, ging es darum, dass keiner was mitkriegt.«

Martha rutschte mit dem Rücken die Wand hinab, setzte sich auf den Boden. Regen sprenkelte ihre Brille, sie sah kaum noch etwas.

»Seine Mutter hat gesagt, sie hätte eine Besuchserlaubnis gehabt. Aber dann durfte sie doch nicht zu ihm. Einen Tag später war er tot.« Er ging vor Martha in die Hocke. »Ich glaube, dass die Stasi ihn auf dem Gewissen hat. Deshalb hat man ihn auch nicht aufgebahrt, obwohl seine Mutter das gewünscht hatte. Aus irgendeinem Grund war auch das nicht möglich.« Jäh sprang er vom Boden auf. »Und es bringt mich um, nicht zu wissen, was mit Clara ist. Ob sie vielleicht im Gefängnis sitzt und das Gleiche mit ihr passiert. Die Stasi hat offenbar grausame Verhörmethoden, und sie ist doch so zart …«

In seinem Gesicht standen Verzweiflung, Angst, Wut … Auf einmal gab er ein Geräusch von sich, das fast unmenschlich klang. Im nächsten Moment schlug er mit der geballten Faust gegen die Hauswand. Geschockt sah Martha ihn an. Blut lief von seinen Fingerknöcheln seinen Arm hinab.

»Alex …« Sie richtete sich an der Wand auf, ging auf zittrigen Beinen auf ihn zu, nahm seine Hand, barg sie in ihrer. »Clara lebt. Sie mag zart wirken, aber ich kenne niemanden, der so stark ist wie sie. Sie hat es in den Westen geschafft. Das weiß ich. Ich weiß es einfach.«

Sie wollte ihm sagen, dass er nicht allein war mit seiner Angst und seiner Wut auf diesen Staat. Wollte ihm sagen, dass sie immer für ihn da war. Dass sie diese Zeit gemeinsam durchstanden, gemeinsam trauern konnten. Aber er riss sich von ihr los, sagte, »Ich muss irgendwas machen, sonst werde ich noch verrückt«, und rannte davon.

»Warte!«, rief sie ihm nach. »Wir lassen uns etwas einfallen. Die kommen nicht einfach so davon!«

Doch Alex rannte schon quer über die Schönhauser Allee durch den Regen.

Am Abend desselben Tages läutete Martha bei Micha Sturm.

Bei Betty war niemand zu Hause gewesen, aber sie musste unbedingt mit jemandem reden, sonst würde sie durchdrehen. *Wie Alex*, sagte eine leise Stimme in ihr.

Obwohl es noch immer in Strömen regnete, war sie von der S-Bahn-Station in Köpenick zu Fuß zu ihm nach Hause gelaufen. Sie hatte das Prasseln auf ihrem Kopf, in ihrem Gesicht kaum gemerkt.

Die Tür ging auf. »Ist ja schon gut, ich … Martha?!« Michas Blick wanderte über ihr Haar, das ihr im Gesicht klebte, über ihre nasse Kleidung, ihre Schuhe. Ihre Brille war beschlagen. »Komm schnell rein.«

Er half ihr aus ihrer Strickjacke. Kurz war es so still, dass man hören konnte, wie es vom Saum ihres Kleides auf den Boden tropfte, wie ihre Zähne vor Kälte aufeinanderschlugen. Ihre Fingerspitzen waren taub vor Kälte.

»Ich schlage vor, du nimmst jetzt erst mal eine heiße Dusche und wärmst dich auf. Ich mache in der Zwischenzeit Tee. Und dann erzählst du mir, was passiert ist. Einverstanden?«

»Störe ich denn nicht?«, fragte sie. »Deine Mutter und deine Großeltern sind doch wahrscheinlich …«

»Meine Mutter hat heute im Krankenhaus Nachtdienst, und meine Großeltern sind im Wohnzimmer und essen vor dem Radio zu Abend, und da bleiben die eine Weile.«

Er zeigte ihr, wo das Badezimmer lag, und legte ihr auf den Stuhl neben dem Waschbecken Kleidung von sich. Lange Zeit stand Martha einfach nur regungslos unter dem Wasserstrahl, spürte, wie es warm auf ihren Kopf und ihre Schultern prasselte.

Als sie aus der Dusche kam, konnte sie tatsächlich etwas klarer denken. Michas Hose, der Nicki und der Pullover waren ihr viel zu groß, die Ärmel hingen über ihre Hände. Aber das gab ihr das Gefühl, als könnte sie sich in der Kleidung verstecken. Sein typischer Geruch umhüllte sie, und wie durch ein Wunder hörte auch das Zittern auf.

Michas Schrank war knallig rot und hatte ziemlich viele Fächer und Türen, von denen ein paar offen standen. Darin sah sie ein selbst gebautes Radio, ein paar Schallplatten und allerlei technischen Kram, mit dem sie nichts anzufangen wusste. Von seinem Fenster aus blickte man auf einen Wohnblock, hinter dem um diese Uhrzeit die Sonne schon nicht mehr zu sehen war. Menschen eilten zur Tram, die Mantelkragen hochgeschlagen, Regenschirme über ihren Köpfen. Als ein Bus durch eine Pfütze fuhr, spritzte eine Fontäne auf den Fußgängerweg. Ein Mann wurde nass und schimpfte mit geballter Faust. Ein kleines Kind sprang mit Gummistiefeln in eine andere Pfütze. Die Welt drehte sich weiter. Nur Fritz war tot.

Das Stockbett, in dem Micha schlief, hatten sie von den Nachbarn geschenkt bekommen, erzählte er. Als seine Mutter und er hier vor einem Jahr eingezogen waren, hatten sie so gut wie nichts mitgebracht.

»Ich mag's«, sagte er mit der für ihn typischen Genügsamkeit.

»Und wo schläfst du?«, wollte sie wissen. »Oben oder unten?«

»Je nachdem. Manchmal oben, meistens unten.«

Dort machten sie es sich bequem, und Micha zeigte ihr,

was ihm am meisten an seinem Bett gefiel. Man konnte nämlich einen Vorhang zuziehen, dann war es, als wäre man in einer Höhle. An der Wand, die mit senfgelben und orangen Mustern tapeziert war, war ein kleines Brett befestigt, auf dem ein Buch, eine Zeitschrift und eine Taschenlampe lagen.

Micha ließ ihr Zeit. Sie hatte keine Ahnung, wie sie es ihm beibringen sollte. Wie hatte Clara Betty und ihr beigebracht, dass ihr Vater gestorben war? Sie hatte es einfach gesagt. Geradeheraus.

»Ich habe eine sehr traurige und schockierende Neuigkeit«, begann sie und erzählte ihm, was sie von Alex erfahren hatte.

Lange war es still zwischen ihnen. Micha schloss die Augen, saß reglos da. Sie stellte ihre Tasse auf das Bord, nahm ihm auch seine ab und verschränkte dann ihre Hände mit seinen.

»Alex ist völlig fertig«, sagte sie, als die Stille erdrückend zu werden drohte. »Er ist kaum wiederzuerkennen.«

»Und wie geht's dir?«, fragte Micha.

»Ich würde Waste gerne benachrichtigen. Aber ich habe keine Ahnung, wie wir ihn ausfindig machen können. Und …« Ein Schluchzen entfuhr ihr. Da schloss Micha sie fest in seine Arme. Und sie hielt sich an ihm fest, als würde sie ansonsten auseinanderbrechen.

»Ich sollte dich trösten, nicht umgekehrt«, weinte sie an seiner Schulter. »Du hast ihn besser gekannt.«

»Wir trösten uns gegenseitig«, sagte er und strich über ihren Rücken.

»Danke«, flüsterte sie.

»Wofür denn?«

»Dass du immer für mich da bist.« Tränen liefen über ihre Wangen.

»Gern geschehen.«

Sie löste sich von ihm und strich sich den Pony aus dem Gesicht. »Micha, wir müssen etwas unternehmen. Wir können nicht einfach so tun, als wäre nichts geschehen.«

Micha legte die Stirn in Falten. »Was schwebt dir denn vor?«

Sie holte tief Luft, nahm innerlich Anlauf. »Wir müssen darüber berichten, was in diesem Land geschieht! Wir könnten eine Zeitschrift herausbringen oder wenigstens ein dünnes Heft …«

Er rieb sich über die Augen. »Martha, das ist verrückt.«

»Das war *Radio Freigeist* auch.«

»Damals stand aber auch noch keine Mauer mit bewaffneten Grenzsoldaten. Die machen Ernst.«

»Wir machen auch Ernst.«

»Du schreibst doch jetzt für die *Evelyn* und hast kaum noch Zeit.«

»Die Arbeit in der Redaktion macht mir Freude, und ich lerne viel, aber das, was ich dort mache, ist etwas völlig anderes. Dort unterwerfen wir uns größtenteils der Parteilinie, nur hin und wieder suchen wir Schlupflöcher. Ich will meine Meinung klar sagen können. Ich will die Leute aufrütteln. Ich will, dass die, die Fritz' Tod zu verantworten haben, nicht einfach so davonkommen.«

Micha legte eine Hand vor die Augen und senkte das Kinn. Er atmete schwer aus und sah sie dann zwischen Mittel- und Zeigefinger hindurch an. Er schmunzelte ein klein wenig.

»Was?«, fragte sie.

»Weißt du, genau das mag ich an dir.«

»Was denn?«

»Dass du dich engagierst. Du hast Ideale und kämpfst dafür.« Zwei Atemzüge lang schwieg er. »Ich habe keine Ahnung, wie man eine Zeitschrift macht. Das ist dir klar, oder?«, fügte er dann hinzu.

»Aber ich lerne das ja gerade. Ich lerne, wie man Reportagen und Porträts schreibt, und habe inzwischen auch in Ansätzen begriffen, wie man eine Zeitschrift plant, gestaltet und herausgibt. Aber ich brauche dich an meiner Seite. Also, kann ich auf dich zählen?«

Micha schenkte ihr ein kleines Lächeln. »Du hast doch vorhin selbst gesagt, dass ich immer für dich da bin.«

»Danke.« Sie legte die Arme auf seine Schultern und betrachtete sein liebes Gesicht, die Schokoladenaugen, die weichen Lippen.

Einmal mehr fragte sie sich, womit sie diesen Kerl eigentlich verdient hatte. Auf einmal, ganz selbstverständlich, mehr eine andere Art, Danke zu sagen, legte sie ihre Lippen auf seine. Es war nur ein kleiner Kuss, der sich jedoch vertraut anfühlte. Lag es daran, dass sie ihn schon einmal geküsst hatte? Oder daran, dass sie sich bei ihm wohlfühlte?

Als würde sie nach einer Antwort darauf suchen, küsste sie ihn erneut.

Doch Micha legte seine Hände an ihr Gesicht und schob

sie sanft, aber bestimmt von sich fort. »Das sollten wir vermutlich nicht tun.«

Stille. Zwei Herzschläge lang.

Dann fasste sie sich wieder. »Verstehe. Natürlich …«

»Es ist nicht so, dass ich dich nicht küssen will«, erklärte er und bekam dabei rote Ohren. »Aber ich kann nicht sicher sagen, ob du es willst. Du bist durcheinander und hast heute viel durchgemacht.«

Sie nickte beschämt. »Du hast recht. Tut mir leid.«

»Ich kümmere mich mal ums Abendessen«, sagte er, zog den Vorhang auf und kletterte aus dem Bett.

Nachdem er die Tür hinter sich zugezogen hatte, ließ Martha sich zur Seite fallen, rollte sich zusammen und zog das Kopfkissen über ihr Gesicht. Konnte dieser furchtbare Tag jetzt bitte einfach enden?

20.

Clara

Grauer Himmel. Regen trommelte auf den Sarg, der von vier Männern in schwarzer Kleidung mithilfe dicker Seile langsam in das ausgehobene Rechteck in der Erde hinabgelassen wurde. Ihre Mutter schluchzte bitterlich in ein Taschentuch. Martha legte einen Arm um sie, stumme Tränen liefen über ihr Gesicht. Neben ihr stand Betty, so blass, als würde sie jeden Moment in Ohnmacht fallen.

Alex … Seine Augen waren gerötet.

Eine eiskalte Faust schloss sich um Claras Herz. »Ist Großvater … ist er gestorben?«, brachte sie hervor.

Doch niemand schien sie zu hören. Niemand sah zu ihr her. Sie versuchte, zu ihren Freundinnen zu gelangen, aber immer wieder stieß sie gegen eine unsichtbare Wand. Sie schlug mit den Fäusten dagegen, schrie.

Dann fiel ihr Blick auf das Kreuz. *Clara Vogel* stand darauf.

Sie schreckte hoch. Ihr Nachthemd klebte an ihrem schweißnassen Körper. Mit beiden Händen fuhr sie sich über das Gesicht, langsam beruhigte sich ihr Atem. Schon wieder ein Albtraum.

Sie knipste die Nachttischlampe an und griff nach dem

dicken Wälzer, den sie sich in der Bibliothek ausgeliehen hatte.

Eine Kirchturmuhr schlug in der Ferne Mitternacht. Die Holzdielen im Flur knarzten, dann wurde die Klinke heruntergedrückt und die Tür einen Spaltbreit geöffnet. Lillis Silhouette zeichnete sich im schwachen Licht ab. Sie trug einen kurzen Morgenmantel aus Seide. »Hab ich doch richtig gesehen, dass bei dir Licht brennt. Kannst du schon wieder nicht schlafen?«

Clara schüttelte den Kopf. »Nein, ich hatte einen Albtraum …«

Lilli kam herein, setzte sich auf die Bettkante, nahm Clara das Buch aus der Hand und blickte auf die Umschlagrückseite. »Kosmologie also.« Sie schmunzelte, doch dann wurde sie ernst. »Clara, so kann es doch nicht weitergehen.«

Was meinte sie damit? Dass Clara oft nachts wach lag? Oder gar, dass sie hier kostenlos wohnte?

»Morgen Abend gehen wir aus.«

Clara wollte protestieren, aber Lilli ließ sie nicht zu Wort kommen. »Du versteckst dich hinter Büchern. Du musst mal was erleben.«

»Ich mag die Arbeit in der Bibliothek. Und abends bin ich müde.«

Seit einer Woche arbeitete sie in der Bibliothek. Zwar hätte sie lieber in einem der Vorlesungssäle ihren Kopf mit Wissen gefüllt, aber immerhin war sie den ganzen Tag umgeben von schlauen Büchern. Die meiste Zeit verbrachte sie damit, für Studenten oder Professoren Werke herauszusuchen oder sie an ihren Ort zurückzustellen und neue Titel in den

Katalog aufzunehmen. Wann immer sie Pause hatte oder wenig los war, stöberte sie selbst, schlenderte zwischen den Regalen entlang oder las sich in dem einen oder anderen Fachbuch fest.

»Clara, ich dachte, du bist hierhergekommen, weil du dir ein besseres Leben aufbauen willst. Ein Leben, in dem du tun und lassen kannst, was du willst. Aber ich habe eher den Eindruck, dass du dich verkriechst.«

Clara richtete sich im Bett auf.

»Ich weiß, du hast viel durchgemacht«, fuhr Lilli fort. »Aber bist du denn gar nicht neugierig, was in dieser Stadt auf dich wartet?«

Doch. Das war sie. Aber sie hatte auch Angst davor, nur aufs Neue festzustellen, dass sie nicht hierherpasste.

»Du bist bloß einmal jung und voller Energie und hast diesen straffen, schönen Körper. Und glaub mir, wenn ich eines gelernt habe, dann, dass man seine Zeit nicht verschwenden darf. Denn man weiß nie, was dieses Leben bereithält. Und deshalb machen wir uns morgen einen schönen Tag. Wir gehen in ein Museum oder ins Theater, und abends stoßen wir an!«

Clara zögerte. Museum und Theater waren nach ihrem Geschmack, aber bei der Vorstellung, einen Abend in einer Bar mit lauter Fremden verbringen zu müssen, krampfte ihr Magen. Wenn sie mit ihren Mädels ausgegangen war, hatte sie meist still in der Ecke gesessen und Betty und Martha dabei zugesehen, wie sie neue Leute kennenlernten. Vor allem Betty hatte ein unfassbares Talent dafür, mit Fremden über alles Mögliche zu plaudern.

»Lass mich raten, du warst vermutlich noch nie richtig aus, oder?«, fragte Lilli.

»Du unterschätzt mich. Einmal bin ich sogar fast von der Polizei verhaftet worden, weil wir nach einer Party ins Strandbad eingebrochen sind. Betty und ich konnten gerade noch abhauen.«

Lilli zog erstaunt die Augenbrauen hoch. »Da sieh mal einer an. Also abgemacht? Morgen sorgen wir dafür, dass du dich von all dem Ballast befreist und einen Schritt in dein neues Leben machst.«

»In mein neues Leben …«, wiederholte Clara leise und ließ sich auf ihr Kopfkissen zurückfallen.

»Erwarte nicht zu viel«, sagte Clara und verfluchte innerlich schon jetzt, dass sie sich von Lilli die Schuhe mit dem Absatz hatte aufdrängen lassen. Hoffentlich müssten sie nicht mehr allzu weit laufen. »Ich kann nicht gut mit Fremden.«

»Entspann dich. Wenn es dir nicht gefällt, gehen wir wieder. Aber vielleicht kommst du ja auf den Geschmack«, beharrte Lilli.

Eigentlich hätte Clara den bisher schönen Abend lieber zu Hause in ihren vier Wänden ausklingen lassen. Im Hebbel-Theater hatten sie das Stück *Der zehnte Mann* angesehen. Das Theater lag im Amerikanischen Sektor in der Stresemannstraße in Kreuzberg. Nach dem Krieg war es das einzige fast unversehrt gebliebene Theatergebäude in Berlin gewesen, wie Lilli erzählt hatte. Seitlich leuchtete eine große Reklameschrift. Hohe Glastüren und Fenster durchfluteten das Eingangsportal mit Licht.

»Nach dem Krieg hat man den Eintritt mit Kohle für die Heizung bezahlt«, hatte Lilli zu berichten gewusst.

Der jüdische Hintergrund des Stücks war ihr fremd gewesen, aber es hatte sie belebt und mit Hoffnung erfüllt, die jedoch schnell tiefer Mutlosigkeit wich, denn nun sollte es in eine Diskothek mit dem Namen *Eden Saloon* gehen. Bereits auf dem Fußgängerweg hörte man die wilde Jazzmusik und das sonore Rauschen unzähliger Gespräche, aus dem dann und wann ein Lachen herausstach. Ein Flügel der weiß lackierten Tür stand offen. Lilli schob den schweren roten Samtvorhang beiseite und ließ Clara den Vortritt.

Es war ihr, als würde sie eine andere Welt betreten. Dichtes Gedränge herrschte. Eine Frau Anfang zwanzig rempelte sie an und lief weiter, ohne sich zu entschuldigen. Dafür war sie wohl zu betrunken. Die Hitze der tanzenden Körper staute sich unter der niedrigen Decke. Männer wirbelten Frauen herum, ihre Röcke fächerten sich auf. Sämtliche Wände waren bekritzelt mit Sprüchen, Liebesbotschaften oder kleinen Skizzen, auch Schweinereien. Hier und da gab es Sitzgelegenheiten: Sofas, deren Leder an manchen Stellen aufgeplatzt war, oder Tische mit Stühlen. Auf der Bühne spielte eine Band. Dahinter das große Gemälde eines zotteligen Hundes, der fast würdevoll dreinblickte.

Unter den Frauen stach Lilli heraus, und das nicht nur aufgrund ihres stilvollen Äußeren oder ihres erhabenen Auftretens, sondern zudem, weil sie die Älteste war. Unter den Männern hingegen fanden sich mehrere Herren über vierzig, die den jungen Frauen an der Bar Getränke spendierten.

Auf einmal schwebte etwas über Claras Kopf hinweg.

Eine Art Kapsel, auf der sogar »Sputnik« geschrieben stand. Sie beobachtete, wie der junge Mann hinterm Tresen mehrere volle Schnapsgläser in die Kapsel lud und sie wieder zurückschickte, ans andere Ende des Raums.

»Und, was sagst du?«, fragte Lilli und sah Clara auffordernd an, wollte gelobt werden für ihre tolle Idee.

Claras rechter Mundwinkel hob sich zu einem schiefen Lächeln. Bisher amüsierte sie sich. Es war richtig, dass sie sich hatte überreden lassen.

»Faszinierend, nicht?«, sagte Lilli. »Diese flirrende, berauschende Energie.«

Ihre groß gewachsene Freundin bewies erstaunliches Talent, ihnen einen Weg zur Bar zu bahnen, wo sie ihnen zwei Cocktails bestellte. Das Getränk war weiß und cremig und schmeckte nach Banane und etwas, das Clara nicht so leicht zuordnen konnte. »Was ist das?«

»Kokosnuss.«

Lilli wippte zur Musik, wollte wissen, wie Claras Eltern gewesen waren und ob sie schon als kleines Mädchen davon geträumt hatte, Kosmonautin zu werden. Clara erzählte davon, wie sie früher Außenseiterin gewesen war, ehe sie sich mit Martha und Betty im Strandbad Müggelsee angefreundet hatte, und wie sie darunter gelitten hatte, in der Schule die Widerworte, die ihr oft auf der Zunge gelegen hatten, runterzuschlucken.

Besonders gefiel es ihr, den so frei und ungehemmt tanzenden Paaren zuzuschauen. Es sah nach Spaß aus. Wie konnte man drüben so etwas verbieten? Stattdessen versuchte man, den Menschen den *Lipsi* schmackhaft zu machen, wenn man so wollte die sittsame Antwort der DDR auf den verwerflichen Rock 'n' Roll und Elvis' Hüftschwung. Die Hüfte wurde beim Lipsi jedenfalls kaum bewegt, und auch der Oberkörper blieb weitgehend gerade. Hin und wieder machte man einen kleinen Hüpfer, aber das war's dann auch. Es schien, als hätte der Erfinder dieses Tanzes alles, was auch nur einen Hauch von Sex-Appeal hatte, herausgefiltert.

Clara sog mit dem Strohhalm geräuschvoll den Rest des Cocktails auf. Erstaunlich, wie schnell das cremige Getränk ausgetrunken war …

»Komm, lass uns auch tanzen.« Lilli stellte ihre Gläser auf dem Tresen ab und zog Clara auf die Tanzfläche.

Eigentlich tanzte Clara nicht gern. Sie wusste nie, was sie mit ihren langen Armen und Beinen anstellen sollte, wie sie ihren Körper einzusetzen hatte. Aber Lilli kannte keine Gnade. Sie nahm ihre Hand und drehte sie ein paarmal, legte einen Arm um ihre Taille und schaffte es irgendwie, dass Clara sich zurückfallen und von ihr auffangen ließ. Im nächsten Moment schon wurde sie wieder in die Senkrechte gezogen und gedreht, dann gleich noch einmal, bis ihr schwindelte. Es ging so schnell, dass sie kaum hinterherkam. Sie kollidierten mit einem anderen Paar, und jemand lachte laut. Überrascht stellte Clara fest, dass sie selbst diejenige war, die den Spaß ihres Lebens zu haben schien.

Da bereits der eine Cocktail deutlich spürbar in ihrem Blut kreiste, holten sie sich später an der Bar Mineralwasser, in dem ein Zitronenschnitz steckte, wie Clara begeistert bemerkte. Sie stützte den Ellenbogen auf den Tresen, leerte durstig ihr Glas, lutschte an der Zitrone. Das Gedränge war mittlerweile noch stärker geworden. Clara konnte sich nicht daran erinnern, schon mal unter so vielen Menschen gewesen zu sein … Höchstens auf den Demonstrationen, bei denen man sich als DDR-Bürger blicken lassen musste. Aber da tanzte sicher niemand.

»Darf ich bitten?«, fragte auf einmal jemand.

Es dauerte einen Moment, bis Clara begriff, dass sie gemeint war. Neben ihr stand ein junger Mann. Schiefes Grinsen, weiße Zähne, hellbraunes Haar, vorne zu einer Tolle toupiert und seitlich mit Brillantine geglättet. Er war attraktiv, aber nicht ihr Typ. Männer, die zu sehr von sich überzeugt wirkten, mied sie, denn die Wahrscheinlichkeit war groß, dass sie nicht an ihrer Meinung interessiert waren, sondern nur selbst reden wollten. Und sie diskutierte nun mal gern.

Dass seine Gegenwart sie dennoch befangen machte, ärgerte sie. Sie betastete ihren feuchten Nacken. »Ich tanze eigentlich nicht …«

»Das sah aber gerade eben anders aus.«

»Oh, Sie haben uns gesehen? Meine Freundin hat mich geführt. Ich hatte keine Ahnung, was ich da tue.« Clara klemmte die Arme eng an ihren Körper, denn bestimmt hatte sie Schweißflecken unter den Achseln.

»Ich kann Sie auch führen. Na los, zieren Sie sich nicht so. Schenken Sie mir nur einen Tanz!«

Ohne ihre Antwort abzuwarten, hatte er sie am Unterarm gepackt und wollte sie zur Tanzfläche ziehen, da stellte sich Lilli schützend vor sie. »Bist du dir sicher? Du musst nicht, wenn du nicht willst.«

»Schon gut«, gab Clara sich geschlagen. »Es ist ja nur ein Tanz. Vielleicht macht es ja sogar Spaß.«

Der Fremde mit der Schmalztolle zwinkerte Lilli zu. »Die Kleine wird gar nicht mehr von der Tanzfläche wollen.«

Lillis Blick war vernichtend. »Sie ist nicht klein.«

Doch der Kerl zog Clara bereits mit sich. Er nahm ihre rechte Hand. Zwischen all den Paaren, die zu der schnellen Rock-'n'-Roll-Musik um sie herumwirbelten, fühlte sie sich schrecklich unsicher. Mit Lilli war es leicht gewesen, aber nun …

Sieh es einfach als eine Chance, Neues auszuprobieren, redete sie sich gut zu. Und sie musste doch endlich mal aus ihrem Schneckenhaus herauskommen!

Der Kerl wartete zwei Takte ab und überraschte Clara dann damit, dass er einen kleinen Schritt zurückmachte, um mit dem linken Fuß zu kicken, anschließend mit dem rechten. Er lachte, als sie sich nicht vom Fleck bewegte. Warum erklärte er ihr nicht einfach, was sie zu tun hatte? Stattdessen wurde sein Griff fester. Ihr Kopf lief auf Hochtouren, sie versuchte, die Schrittfolge zu begreifen und nachzuahmen, aber sie war stocksteif. Kleiner Schritt zurück, ein Schritt auf dem Platz, Kick mit dem rechten Fuß, dann mit dem linken …

»Entspann dich«, raunte ihr die Schmalztolle ins Ohr.

Sie versuchte es ja … Versuchte, die Musik zu genießen. Aber sie fühlte sich unwohl, empfand den Geruch ihres Tanzpartners als abstoßend. Sein herbes Rasierwasser, gemischt mit Schweiß, reizte ihren Magen. Als sie gegen ihn taumelte und mit der Hand sein Hemd berührte, spürte sie, dass es feucht war.

Er drehte sie einmal, alles verschwamm vor ihren Augen. Ihr Puls beschleunigte sich. Warum hatte sie sich darauf eingelassen? Sie hatte das Gefühl, keine Luft mehr zu bekommen, fuhr sich mit dem Finger unter ihre Kette mit dem Medaillon, die Alex ihr geschenkt hatte, als er sie erneut überraschend herumwirbelte. Die Musik war auf einmal schrecklich laut. Sie wurde angerempelt. Zu viele Menschen um sie herum … Luft … Sie brauchte frische Luft … Ihr Herz raste. Trotz der Hitze im Raum war ihr eigenartig kalt. Sie musste hier raus. Sofort.

Auf einmal war Lilli an ihrer Seite. »Zeit, nach Hause zu gehen«, sagte sie.

Ihr scharfer Blick bewirkte, dass der Kerl von Clara abließ und abwehrend die Hände hob. Irgendwie schaffte ihre Freundin es, ihnen einen Weg durch das Gedränge hindurchzubahnen.

Draußen atmete es sich zum Glück schon leichter. Clara ließ sich mit dem Rücken gegen das Gemäuer fallen. Schloss die Augen. Atmen … Ein und aus. Ein und aus …

»Wieder besser?«, fragte Lilli besorgt.

Clara nickte.

»Du warst auf einmal ganz blass. Ich hätte nicht zulassen dürfen, dass dieser Kerl dich überredet, mit ihm zu tanzen.«

»Schon gut. Einen Versuch war es wert. Ich bin wohl einfach nicht dafür gemacht.«

Lilli hakte Clara unter. »Komm, gehen wir nach Hause.«

In der Wohnung duschte Clara lange. Schließlich stellte sie das Wasser ab und wickelte ein Handtuch um ihren Körper.

Der Spiegel war beschlagen. Sie wischte mit der Hand einen Streifen auf Augenhöhe frei. Obwohl sie wusste, dass es Unsinn war, war sie enttäuscht von sich. Und sie schämte sich. Der Abend war zunächst so schön gewesen, das Theater! Der Sputnik mit den Getränken!, und hatte beinahe in einem Ohnmachtsanfall geendet. Sie war es nicht gewohnt, dass ein fremder Mann ihr so nah war. Alex' Nähe hatte ihr nie zu schaffen gemacht. Von Anfang an hatte es sich richtig angefühlt.

Lilli schob die Tür einen Spalt auf. »Geht's dir besser?«, fragte sie besorgt.

»Ja, danke«, antwortete Clara. »Es tut mir leid. Ich wollte dir den Abend nicht verderben.«

»Das hast du doch nicht! Dieser Kerl war ein Trottel.«

Auf einmal fiel Clara auf, dass etwas fehlte. »Meine Kette!«, rief sie aus und betastete ihr Brustbein, obwohl sie doch im Spiegel sehen konnte, dass das Schmuckstück nicht da war.

»Wir kaufen dir eine neue«, sagte Lilli und gähnte herzhaft.

»Die kann man nicht einfach nachkaufen! Sie war von Alex.« Clara suchte in ihren Sachen auf dem Boden, in den Taschen ihres Kleides, sogar in ihrer Strumpfhose. Aber da war nichts. »Ich muss sie beim Tanzen verloren haben …« Sie sank in sich zusammen. »Sie war alles, was ich von ihm hatte!« Tränen liefen über ihr Gesicht.

Lilli ging neben ihr in die Hocke und nahm Clara in den Arm.

»Ich vermisse ihn so sehr«, weinte Clara an Lillis Schulter.

»Ich weiß.« Lilli strich ihr zärtlich über das Haar. »Aber glaub mir, irgendwann wirst du ihn vergessen haben.«

»Und wenn nicht?«

»So ist diese Welt nun mal«, sagte Lilli. »Wir sind alle austauschbar.«

21.

Martha

Der Zettel mit »Kaputt. Bitte klopfen« war verschwunden. Martha drückte die Klingel, und tatsächlich: Sie funktionierte.

Micha hatte darauf bestanden, sie zu begleiten, und Martha war froh darüber. Zwar war diese leicht verwahrlost wirkende Frau, vor deren Tür sie standen, ihre Mutter, aber das machte nicht unbedingt leichter, was sie vorhatte. Im Gegenteil. Außerdem schleppte er die Schreibmaschine, die er von seiner Mutter geborgt hatte.

Als Anna ihr öffnete, stockte Martha der Atem. Kein vergilbter ausgeleierter Pullover, kein zotteliges Haar. Sie trug ein eng anliegendes, bunt gestreiftes Hemd, einen Rock, der bis knapp über die Knie reichte, und eine pflaumenfarbene Strumpfhose. Trotz ihrer leicht chaotischen Kleiderwahl sah sie hübsch aus.

»Martha!« Ihre Augen leuchteten auf. »Ich hätte nicht gedacht, dass du … Ich hatte gehofft, dass du … Ach, unwichtig …« Sie winkte ab. »Und du bist Micha, nicht wahr?«

Martha staunte, dass sie sich offenbar seinen Namen gemerkt hatte.

»Kommt rein. Hartmut ist auch gerade hier.«

Es roch nach gebratenen Zwiebeln und Speck. Sie folgten Anna ins Wohnzimmer, und Martha warf Micha einen Blick zu, der sagte: »Es sah wirklich so schrecklich aus, wie ich es dir beschrieben habe.« Nun war der Raum aufgeräumt und sauber. Unauffällig trat Martha näher an die Wand heran – war sogar frisch gestrichen worden? Und wenn ja, wo hatte ihre Mutter die Farbe her?

Martha deutete auf das bunte Ölbild, das über der Couch hing. »Ist das von dir?«

Ihre Mutter nickte. Ja, ich habe es gemalt, nachdem du hier warst.«

Nur ein Satz, und Martha wurde es warm ums Herz. »Wirst du es verkaufen?«

Anna lachte. »Um ein Bild zu verkaufen, müsste ich Traktoren malen, Bauern auf dem Felde oder kräftige Arbeiter. Sozialistischen Realismus eben. Die Realität, die ich sehe, ist aber eine andere.«

Martha dachte an die Kunstdrucke, die in ihrem alten Zuhause hingen, einer im Schlafzimmer ihrer Eltern und einer im Wohnzimmer. Landschaften, die in ihr nie etwas ausgelöst hatten. Dieses Bild hingegen war eine Explosion an Kraft und guter Laune, der man sich kaum entziehen konnte.

Sie strich mit den Fingerspitzen über die Rückenlehne des Sofas, auf dem ein paar Skizzen lagen, manche davon zusammengeknüllt.

»Hallo, Martha.« Annas Mann kam mit einer Gießkanne vom Balkon herein und klopfte ihr mit der freien Hand auf die Schulter. Er hatte eine solche Kraft, dass ihr ein leises »uff« entfuhr. »Ick bin der Hartmut.«

Er trug eine rot-weiß gepunktete Frauenschürze, viel zu klein für seinen Körper. »Schön, du hast deinen Freund dabei!« Er streckte Micha die Hand hin, der sie tapfer schüttelte und das Gesicht erst vor Schmerz verzog, als Hartmut zurück in die Küche ging und sich wieder dem Kochtopf auf dem Herd zuwandte.

»Er ist nicht mein …«, setzte Martha an, verstummte dann aber. Die Situation war ohnehin schon peinlich genug.

»Ick merk schon, janz die Mutter …«, hörte sie Hartmut lachen.

Martha sah sich um. Auch der alte Krempel, mit dem die Wohnung das letzte Mal vollgestopft gewesen war, war verschwunden. Von den unzähligen Ablegern einer Topfpflanze waren nur noch zwei übrig, und die standen auf dem Balkon.

War es erbärmlich, dass sie noch immer hoffte, die Wohnung würde etwas in ihr auslösen, würde eine Erinnerung an früher in ihr hervorrufen? Aber der Raum war ihr fremd.

»Hast du Hunger?«, fragte Anna. »Wir kochen gerade Soljanka.«

Martha hätte nicht gedacht, dass ihre Mutter kochen konnte.

Als hätte sie ihre Gedanken gelesen, fügte Anna hinzu: »Oder eigentlich kocht Hartmut. Ich schneide nur die Essiggurken und die Zwiebeln.« Sie lächelte unsicher und zupfte am Nagelbett ihres Daumens.

»Nein, danke. Wir sind hier, um etwas mit euch zu besprechen.« Sie nahm Micha den Koffer aus der Hand, stellte ihn auf den Tisch, der Farbränder hatte, als wäre hier über die Jahre oft über den Rand gemalt worden, klappte den Koffer auf und präsentierte den beiden die Schreibmaschine. »Wir gründen eine Zeitschrift.«

»Eine Zeitschrift?«, wiederholte Anna ratlos.

»Ja. Früher haben wir Radio gemacht, aber das ist zu aufwendig.«

»Und über was wollt ihr schreiben?«, fragte Anna.

»Wir wollen Machenschaften entlarven, über Fluchtversuche und Schicksale schreiben.« Kurze Pause. Dann sagte sie: »Unser Freund Fritz ist im Gefängnis umgekommen.«

Annas Gesicht nahm einem leidvollen, aber auch bitteren Ausdruck an. »Das tut mir sehr leid für euch.«

»Danke. Was du über den sozialistischen Realismus gesagt hast, hat mich auch erschreckt«, fuhr Martha fort. »Bei uns könnte andere Kunst eine Plattform bekommen. Die Leute sollen zum Nachdenken angeregt werden. Und natürlich wollen wir unterhalten. Spaß soll das Ganze auch machen.«

Anna nickte. »Siehst du, deshalb wollte ich dich ins Boot holen. Ich habe gleich gewusst, dass du die besten Ideen hast.«

Hartmut wandte sich vom Herd her zu ihnen um und sagte: »Auf mich könnt ihr auch zählen.«

»Gut.« Martha bemühte sich um die professionelle Gelassenheit einer Frau Hartweg. Aber sie war viel zu aufgeregt und zappelig, konnte es kaum erwarten zu beginnen, gemeinsam zu arbeiten, Ideen auszutauschen. Etwas zu bewirken. »Du hast erwähnt, ihr hättet ein paar Bekannte, die ebenfalls aktiv werden wollen?«

»Ja. Wir müssen natürlich vorsichtig sein, wen wir fragen … Aber Tom ist sicher dabei.«

»Und wir fragen Alex, ob er Interesse hat«, sagte Martha zu Micha. »Dann brauchen wir nur noch ein paar mehr Schreibmaschinen, Papier und eine Möglichkeit zu drucken.« Als sie es aussprach, wurde ihr bewusst, dass ihr Unterfangen eigentlich undurchführbar war. Wo sollten sie Papier herbekommen? Wo konnten sie in dieser Stadt eine Zeitschrift unbemerkt drucken und binden?

Hartmut brachte den Topf, Besteck und Geschirr herein und schöpfte etwas von der Suppe auf einen Teller, den er vor Martha auf den Tisch stellte. »Jetzt esst erst mal was. Ihr seht erschöpft aus.«

»Danke, aber …« Sie verstummte, als er zwei dicke Scheiben Brot abschnitt und ihr Magen auffordernd knurrte.

Sie setzten sich, und Martha betrachtete die rötliche Suppe mit Wurststücken, Paprika und Essiggurken. Anna drückte kurz zum Dank Hartmuts Hand, und dann begannen sie zu essen.

Martha tunkte das Bauernbrot in die Soljanka und nahm beherzt einen Bissen. Die Suppe war unerwartet scharf, und sie schnappte nach Luft.

»Schmeckt es dir nicht?«, fragte Anna besorgt.

Martha musste über sich selbst lachen, während sie eine Träne aus dem Augenwinkel wischte. »Schmeckt erstaunlich gut«, sagte sie und strich sanft über die Ecke des bekleckσten Tisches, an der sie eine kleine lächelnde Sonne entdeckt hatte, deren gelbe Farbe schon etwas abgeblättert war. Mit dem Zeigefinger fuhr sie Mund und Augen nach.

Auf einmal durchfuhr es sie wie ein Blitz. Eine Erinnerung. Vor ihrem inneren Auge sah sie eine kleine Kinderhand mit einem feinen Pinsel zwischen den Fingern. Sah eine jüngere Version von Anna, ihre fröhlichen Augen, ihr liebevolles Lächeln. Sah, wie sich ihre Hand auf die Kinderhand legte und sie führte, wie sie gemeinsam der Sonne zarte Strahlen malten.

22.

Betty

Betty stand am Fenster. In dem kleinen Park vor dem Krankenhaus ging ein Patient auf Krücken gestützt langsam den Weg entlang. Neben ihm seine Frau oder Schwester, die Arme leicht erhoben, um sofort eingreifen zu können, sollte er Hilfe brauchen. Zwei Krankenschwestern standen vor dem Seiteneingang. Sie zogen an ihren Zigaretten, ohne ein Wort zu wechseln, drückten im Aschenbecher die Stummel aus und verschwanden wieder im Inneren des Krankenhauses.

Der Himmel war blutrot.

Sie hatte versucht zu verstehen, was geschehen war. Aber manche Geschehnisse im Leben waren wohl einfach nicht zu begreifen.

Als sich eine Wolke vor die Sonne schob, sah Betty schwach ihr Spiegelbild im Fenster. Ihr Haar war wirr. Das Krankenhemd, das man ihr angezogen hatte, hing schief, sodass eine Schulter frei lag. Ihre Lippen waren trocken und rissig.

Die Tür ging auf, und eine Krankenschwester kam herein.

»Frühstück!«, sagte sie und stellte ein Tablett auf den Tisch neben dem Bett. »Jetzt gibt's was in den Bauch.«

Betty sah sie an, sah dann das Essen an. Eine Schrippe, ein Klecks Butter und eine Scheibe Wurst. Ihr Magen rebellierte bei dem Anblick. Sie wandte sich ab.

»Es ist immer ein gutes Zeichen, wenn Patienten von allein aufstehen. Ick geb mal dem Arzt Bescheid.«

»Ich möchte nach Hause. Richten Sie das dem Arzt aus.« Bettys Stimme war rau. Sie hatte nicht gesprochen, seit sie aufgewacht war. Mit niemandem, auch nicht mit ihrer Mutter, die an ihrem Bett gesessen hatte, als Betty zu sich gekommen war. Ihre Mutter hatte sie lange umarmt und tröstend auf sie eingeredet, aber ihre gut gemeinten Worte hatten sie nicht erreicht. Nichts erreichte sie. Sie fühlte sich innerlich wie tot.

»Ick weeß nich, ob det möglich ist«, wehrte die Schwester ab.

»Dann machen Sie es möglich!«, zischte Betty, und augenblicklich tat ihr der scharfe Tonfall leid, die Frau konnte ja nichts für das, was geschehen war. Sanfter, fast flehend fügte sie hinzu: »Bitte.«

Ehe die Schwester das Krankenzimmer verließ, konnte sie es sich nicht verkneifen, Betty missbilligend zu mustern.

Betty hörte das Ticken der Uhr. *Tick, tick, tick.*

Das Tropfen des Wasserhahns.

Eine Krankenwagensirene heulte auf. Hektik im Flur. Sie trank ein paar große Schlucke von dem Tee auf dem Tablett und wurde ruhiger. Sie spürte ihren Herzschlag, langsam, träge. *Du musst wach bleiben,* sagte sie sich und sank auf die

Bettkante. *Nicht wieder einschlafen …* Ihr vorhin noch flacher Atem wurde lang und tief. Ihre Lider wurden schwer. Das Letzte, was sie wahrnahm, war, wie sie zur Seite kippte.

Als sie das nächste Mal die Augen öffnete, hatte jemand ihre Beine auf das Bett gelegt und sie zugedeckt. Sie blinzelte und sah, dass Martha neben ihr saß.

Sie schrieb etwas auf einen Block, doch als sie merkte, dass Betty sich aufzurichten versuchte, legte sie ihre Schreibutensilien schnell zur Seite, half ihr und stopfte ihr das Kissen hinter den Rücken.

»Hallo, Schlafmütze! Da bist du ja wieder«, sagte sie sanft. »Schau mal, was ich dir mitgebracht habe.« Sie zog eine Ausgabe der *Evelyn* aus ihrer Tasche. »Offiziell erscheint die erst morgen. Du bekommst sie also vor allen anderen zu sehen.«

Bettys Lippen spannten, als sie lächelte. Früher wäre sie bei diesem Geschenk im Raum herumgehüpft. Nun sah sie das hübsche Modell auf dem Umschlag, das so unbeschwert lachte, eine Hand auf ihren sommerlichen Strohhut gelegt und einen Klecks Sonnencreme auf der Nase, und fragte sich, ob auch sie jemals wieder so fröhlich sein würde.

Martha deutete auf das Abendessen – Senfeier und einen Kanten Brot – und verzog den Mund. »Denken die, dass du bei dem Essen das Krankenhaus schneller verlässt? Zum Glück hab ich mitgedacht und das hier dabei!« Sie zog aus ihrer Tasche zwei in dünnes Papier gehüllte Birnenküchlein. »Liebe Grüße von Uschi.«

»Danke.« Betty bemühte sich, begeistert zu klingen, aber ihr Magen wollte von Essen noch immer nichts wissen. Sie legte die Küchlein auf dem Nachttisch ab.

Sie schwiegen. Betty wusste einfach nicht, was sie sagen sollte. Dabei zog Kurt sie doch oft damit auf, dass sie schnatterte wie ein Entchen.

»Weißt du, ob mein Mann mal hier war?«, fragte sie.

Martha nickte. »Einmal, um mit den Ärzten zu sprechen. Aber da hast du geschlafen.«

Pause. Marthas Mund stand offen, als würde sie nur noch nach den richtigen Worten suchen, und Betty ahnte, dass jetzt kommen würde, wovor sie so schreckliche Angst hatte. Beileid. Trost.

»Betty, es gibt keine Worte für das, was dir passiert ist. Ich …«

»Schon gut«, fiel sie ihrer Freundin ins Wort. »Ich komme klar.«

Zu spät. Erinnerungen stürzten auf sie ein wie tonnenschwere Felsbrocken. Blut, das ihre Schenkel hinablief. Ein winziger, winziger Körper auf ihrem liebsten Seidenschal. Erde, die sie in ein Loch im Boden schippte.

Martha zupfte an ihren Fingern, wie immer, wenn etwas sie aufwühlte oder ihr Sorgen bereitete.

Betty nickte in Richtung der runden weißen Tablette, die neben dem Teller in einer kleinen Plasteschale lag. »Hast du eine Ahnung, was das ist?«

»Deine Mutter hat mir erzählt, dass man dich gefunden hat«, wich Martha der Frage aus und konnte sie dabei nicht ansehen. »Ein Mann, der mit seinem Hund Gassi ging, hat den Notarzt verständigt.« Martha hielt inne, nagte an ihrer Unterlippe.

Irgendetwas war hier faul. Und Betty wollte wissen, was.

»Da ist doch etwas, was du mir verschweigst. Los. Raus mit der Sprache.« Obwohl sie sich bemühte, freundlich zu sein, klang sie hart und unnachgiebig.

»Betty, du hast mitten in der Nacht im Park ein Loch gegraben und hattest dabei ein Abendkleid an …«

Betty verstand nicht.

Martha holte tief Luft. *Jetzt kommt es,* dachte Betty noch, ehe Martha mit der Wahrheit herausrückte: »Die gehen davon aus, dass du … verrückt bist.«

Stille.

»Ich bin nicht verrückt. Ich … ich habe mein Kind verloren«, sagte Betty mit erstickter Stimme.

»Ich weiß. Ich habe mit dem Arzt gesprochen und mehrmals gesagt, dass das der Schock und die Trauer gewesen sein müssen, aber Kurt …« Sie brach ab.

Betty wurde es eiskalt. »Was hat er gemacht?«, fragte sie tonlos

»Er hat offenbar erwähnt, dass du in letzter Zeit oft aufbrausend oder gar rasend warst. Er sagte, du hast ihn ständig grundlos beschuldigt oder geweint.«

Sie merkte, dass sie die Hände zu Fäusten geballt hatte. »Er lügt. Das ist eine dreiste Lüge!« Aber so wie sie klang, so wie sie die Zähne fest zusammenbiss, um nicht loszuschreien, konnte sie nachvollziehen, dass Martha sich Sorgen machte. Denn das stand in ihrem Blick geschrieben.

»Das war einfach alles ziemlich viel für dich in letzter Zeit«, sagte sie.

Betty schüttelte den Kopf. »Kurt ist derjenige, der oft wütend ist. Er betrügt und hintergeht mich. Er hat verhindert, dass ich Arbeit bekomme. Er …« Sie brach ab, als sie Salz schmeckte. Wie konnte er so etwas hinter ihrem Rücken über sie erzählen? Sie schluchzte, wischte sich mit dem Ärmel über die Nase.

Martha reichte ihr ein Taschentuch. »Du hast nichts gesagt … Du hast das alles alleine durchgemacht … Das tut mir leid.«

»Wir sind nun mal keine Kinder mehr, Martha.« Sie schnäuzte sich, und Martha drückte sie behutsam an sich. »Du hast dein Leben, ich habe meins. Jede von uns hat ihre eigenen Sorgen«, sagte sie an Marthas Schulter. »Vermutlich gehört es zum Erwachsensein dazu, allein klarzukommen.«

Darüber dachte Martha einen Moment nach, ehe sie sagte: »Ich glaube, Erwachsensein bedeutet, sich mit den richtigen Menschen zu umgeben, und ich bin immer an deiner Seite. Wir haben beide viel durchgemacht, aber das verbindet uns doch auch. Deshalb dürfen wir nie aufhören, einander alles zu erzählen.«

Betty wischte sich die Tränen von den Wangen. Nickte. »Du hast ja recht …«

»Und ich glaube dir«, fuhr Martha fort. »Aber die Ärzte glauben Kurt. Deshalb müssen wir sehr vorsichtig sein, was wir tun oder sagen. Verstehst du?«

Sie meinte es nur gut, und dennoch war Betty enttäuscht. Sie hatte gehofft, ihre Freundin würde ihr versprechen, dass sie schon einen Weg finden würden, den Arzt davon zu überzeugen, dass Betty nicht verrückt war. Dass sie Kurt ordentlich die Meinung geigen würde.

Ihr Lächeln war zittrig. »Und die Tablette da? Die soll mich ruhigstellen, nicht wahr?«

Martha verzog mitleidig das Gesicht. »Du musst sie nicht nehmen. Spül sie einfach im Waschbecken runter.«

»Ich weiß«, erwiderte Betty und nickte schwer. »Ich weiß ... Ich glaube, sie haben mir auch etwas zur Beruhigung in den Tee getan.«

»In den Birnenküchlein ist nur ganz viel Liebe von Uschi.« Martha strich ihr eine Haarsträhne aus dem Gesicht. »Was kann ich für dich tun, um dir zu helfen? Willst du erst mal wieder nach Hause zu deinen Eltern ziehen?«

Betty zuckte mit den Schultern. »Lieber nicht. Wenn man nicht verrückt ist, wird man es dort ganz bestimmt.«

»Du könntest dir eine eigene Wohnung suchen.«

»Und was soll ich denen auf dem Amt sagen? Dass ich eigentlich verheiratet und finanziell abhängig von meinem Mann bin, aber getrennt von ihm leben möchte? Die werden mir nie im Leben eine Wohnung geben. Clara hat immer betont, wie wichtig es ist, als Frau Geld zu verdienen, auf eigenen Beinen zu stehen, unabhängig zu sein ... Hätte ich nur auf sie gehört.«

»Du wärst finanziell unabhängig, wenn Kurt dich nur lassen würde. Und wir könnten zusammenziehen. Gemeinsam bekommen wir vielleicht eine Wohnung.«

Betty war ihrer Freundin ungemein dankbar, und dennoch lehnte sie ab, behauptete, erst mal mit Kurt in Ruhe über das, was passiert war, sprechen zu wollen. Aber die Wahrheit war, dass sie nicht stark genug für diesen Kampf wäre. In ihr war so viel Schmerz, so viel Verzweiflung. Damit bewegte und veränderte man nichts. Um etwas zu verändern, brauchte man Wut.

Und so nahm Betty, nachdem Martha aufgebrochen war, die kleine weiße Tablette. Sie legte sie auf ihre Zunge, spürte, wie sie langsam zerging, und schluckte sie schließlich hinunter.

Sie schmeckte süßlich.

23.

Martha

»Also, was haben wir bisher? Ein Redaktionskollegium …« Martha blickte in die Runde. » … bestehend aus vier Mitgliedern. Mit mir fünf.«

Immerhin! Sie machte einen Haken auf ihrem Block.

Anna, Hartmut, Micha und zu ihrer großen Freude auch Alex hatten sich um den bunten Tisch versammelt und sahen sie voller Tatendrang an. Es würde nicht leicht für Alex werden, an den Redaktionssitzungen teilzunehmen. Aber wenn er in der Kaserne Texte oder Gedichte verfasste, wäre er vielleicht abgelenkt von seinem Schmerz über Claras Verlust.

»Tom kommt noch. Eigentlich wollte er längst da sein«, sagte sich Anna.

»Wer ist Tom?«, fragte Alex.

»Der Sohn eines befreundeten Künstlers.«

»Und wir können ihm vertrauen?«, sprach Martha die Frage aus, die auch deutlich in Michas Gesicht geschrieben stand.

Fragst du mich das wirklich?, drückte der Blick ihrer Mutter aus.

»Ich gebe nur zu bedenken, dass, was wir vorhaben, keine

Bagatelle ist. Wenn man uns erwischt, wandern wir ins Gefängnis.«

»Vielen Dank für deine motivierende Rede.« Anna verschränkte die Arme vor der Brust.

»Also, weiter«, seufzte Martha. »Wir haben Papier. Eins, zwei, drei, vier Stapel«, zählte sie. Ein weiterer Haken auf ihrem Block.

Die letzte Woche hatte sie damit verbracht, halb Berlin abzuklappern. Papier war Mangelware. Wann immer sie in einem Schreibwarenladen welches gesehen hatte, hatte sie zugegriffen. Micha hatte etwas von dem Geld beigesteuert, das er in Uschis Kiosk verdiente. Einen Stapel hatte sie aus der Redaktion der *Evelyn* schmuggeln können. Einen weiteren hatte Betty aus Kurts Arbeitszimmer stibitzt.

Ihre Fingerspitze wanderte einen Punkt tiefer. »Eine Schreibmaschine …« Sie schob ihre Brille auf die Nasenspitze und ließ den Blick über die Anwesenden wandern. »Nur eine? Hat denn niemand mehr eine auftreiben können?«

Kollektives Kopfschütteln.

Frustriert ließ Martha ihre Liste sinken. »Das reicht doch nicht.«

Es war zum Haareraufen. Auf einmal fühlte sie sich ganz klein, ihr Unterfangen erschien ihr wie ein unbezwingbarer Berg.

»Wer will denn alles schreiben?«, fragte Micha. »Die Schreibmaschine meiner Mutter benutze ich. Ich kann sie nur leider nicht ewig ausborgen. Martha schreibt den Leitartikel. Alex, du brauchst in der Kaserne nur Papier und Stift.«

Alex nickte.

»Ich könnte vielleicht auch einen Text verfassen«, sagte Hartmut. Und ich koche für euch.«

»Tom und ich könnten etwas malen«, warf Anna ein.

»Auf diesen Tom bin ich ja mal gespannt«, murmelte Martha. »Wenn er überhaupt auftaucht. Immerhin haben wir uns extra wegen ihm erst um einundzwanzig Uhr getroffen, warum auch immer.« Sie sah wieder auf ihre Liste. »Gut, ich habe vielleicht eine Idee, wo ich noch eine Schreibmaschine auftreiben könnte. Auch wenn es mir nicht gefällt …«

Sie dachte an die Maschine, die im Haus ihrer Adoptiveltern in ihrem Kinderzimmer auf dem Schreibtisch stand. An dem Ort, den sie vielleicht von allen Orten dieser Welt am meisten hasste, weil die beiden sie als kleines Mädchen ihrer Mutter weggenommen hatten und ihr Adoptivvater ein hohes Tier bei der Stasi war. Ihr Leben klang wie ein Agentenroman.

Sie rief sich zur Ordnung und tippte auf den nächsten Punkt auf ihrer Liste. »Wie drucken wir?«

Die ganze Nacht über hatte Martha sich vergeblich den Kopf darüber zerbrochen.

»Ach, wir finden schon eine Lösung«, sagte Anna.

»Na, deinen Optimismus möchte ich haben.« Martha rieb sich die Stirn. Vervielfältigungsmaschinen jeder Art wurden streng kontrolliert. »Eine Vervielfältigungsmaschine ist ja wohl das Wichtigste in einer Redaktion.«

»Das stimmt nicht«, widersprach Anna. »Das Wichtigste sind wir und unser Glaube an das, was wir tun.«

Martha wollte erwidern, dass Annas Kalendersprüche nicht hilfreich waren, da klopfte es an der Wohnungstür.

Schon war Anna vom Sofa aufgesprungen, tänzelte zur Tür und warf dabei einen flüchtigen Blick in den Flurspiegel. »Vielleicht ist das ja Tom mit einer kleinen Überraschung …«, sang sie zufrieden.

Sie öffnete die Tür, sagte: »Du wirst es nicht glauben, die Klingel geht wieder.«

»Mach mich nicht fertig. Nach all den Jahren«, lachte er, und Martha dachte nur noch: Oh mein Gott.

Dann setzte ihr Gehirn aus.

Tom sah aus wie eines der Männermodelle, die letzte Woche für eine Anprobe in der Redaktion gewesen waren. Er war groß, athletisch gebaut und hatte blondes glattes Haar, das etwas länger und zerzaust war. Er hatte ein herzförmiges Gesicht, was sie bei Männern bisher selten gesehen hatte. Aber sie stellte fest, dass es ihr gefiel. Sein schiefes Grinsen hatte etwas Verwegenes, der Blick seiner grüngrauen Augen wirkte herausfordernd. Und er schleppte einen Matrizen-Drucker.

Deshalb hatten sie sich wohl erst bei Anbruch der Dunkelheit treffen können. Damit niemand sah, wie er dieses illegale Gerät ins Haus schmuggelte.

Er wuchtete den Drucker auf den Tisch und tätschelte ihn. »Ich hab unterschätzt, wie schwer dieses Ding ist! Entschuldigt die Verspätung, aber ich musste meinen Großvater erst noch überreden, dieses Schmuckstück hier rauszurücken.«

Ehrfürchtig trat Martha näher und betrachtete die Vervielfältigungsmaschine. Eigentlich musste jeder Druckapparat angemeldet sein. »Wo hat dein Großvater den denn her?«

»Aus seiner Zeit im Widerstand gegen die Nazis. Widerstand liegt bei uns quasi in der Familie.«

Martha hatte davon gehört, dass die Flugblätter der Weißen Rose auf einem Matrizen-Drucker vervielfältigt worden waren.

Als Tom sie mit einem Lächeln ansah, durchfuhr es sie wie ein Stromschlag. »Und du musst Martha sein. Deine Mutter hat schon viel von dir erzählt.«

Deine Mutter.

Auf einmal schüttelte er ihr die Hand, und Martha konnte sich nicht daran erinnern, sie ihm entgegengestreckt zu haben. Sie blinzelte.

»Ich muss sagen, du rettest uns mit dem Drucker«, brachte sie endlich hervor. Ihre Stimme klang, als wäre sie heiser. Noch immer lag ihre Hand in seiner. Eine schöne Hand, Spritzer von gelber und weißer Farbe auf der gebräunten Haut. Seine Finger waren lang und schlank. Richtige Künstlerfinger.

Sie entzog ihm ihre Hand und wies zum Tisch. »Das sind Micha und Alex, Freunde von mir. Sie sind auch Teil der Redaktion.«

»Freut mich«, sagte Tom in die Runde.

Micha lächelte flüchtig und zupfte dann am Ärmelbündchen seines Pullovers. Alex nickte zum Gruß und maß Tom mit einem Blick, der das Lächeln des Neuankömmlings bröckeln ließ.

»Tom ist ein großes Talent«, schwärmte Anna und legte beide Hände auf seine Schultern. Breite Schultern, wie Martha bemerkte. »Seine Kunstwerke rauben mir jedes Mal den Atem.«

»Ich probiere mich nur ein bisschen aus«, sagte er.

»Er untertreibt maßlos. Er ist viel besser als ich.«

»Und was malst du?«, fragte Martha.

»Eigentlich alles«, antwortete Tom. »Aktuell spezialisiere ich mich auf politische Skizzen. Komm doch einfach mal bei mir vorbei, dann zeige ich es dir.«

Warum wurden ihre Wangen heiß?

»Gibt es denn schon ein Konzept?«, fragte er.

»Ich … also wir hatten an eine künstlerisch-satirische Zeitschrift gedacht«, antwortete sie. »Wir richten uns an Gleichgesinnte. Menschen, die diesem Staat skeptisch gegenüberstehen. Wir wollen aufklären, aufrütteln. Wahre Geschichten erzählen.«

»Klingt gut. Genau so habe ich mir das vorgestellt.«

Dieser Blick … Sie spürte ihn am ganzen Körper. Noch nie hatte jemand sie so angesehen.

»Ich hatte mir schon mal Gedanken gemacht und ein paar Ideen ausprobiert. Das hier hat mir am besten gefallen.« Tom hatte einen Beutel bei sich und zog eine schlichte Mappe daraus hervor. Darin lag eine Collage aus Briefschnipseln. »Ich dachte mir, wir könnten das Schreiben von Eingaben thematisieren. Da habe ich schon die verrücktesten Sachen gehört. Wie findest du's? Sei ruhig ehrlich.«

Die Collage gefiel Martha, sie hatte beißenden Witz, zeigte, wie absurd und kafkaesk das System funktionierte. Clara hätte sie auch geliebt. Wie oft hatte ihre Freundin im Namen ihrer Eltern Eingaben geschrieben, damit die Familie endlich eine größere Wohnung bekam! Die Kunst dabei war es, den Spagat zu schaffen, sich einerseits zu beschweren, andererseits jedoch höflich und demütig zu wirken.

»Finde ich gut«, sagte Martha. »Vielleicht könnten wir einen Artikel danebenstellen und dafür vorsichtig ein paar Leute in unserem Umfeld fragen, ob sie schon mal eine Eingabe geschrieben haben und, wenn ja, worum's ging.«

»Wir könnten auch eine Vorlage anbieten«, schlug Micha vor. »So nach dem Motto: Wie schmeichle ich mich am Ende eines Briefes noch mal richtig ein, damit ich keinen Ärger bekomme?«

Martha war begeistert.

»Sehr geehrter Herr Ulbricht, wir danken Ihnen für Ihre Friedenspolitik …« Das kam von Hartmut.

Anna prustete los.

»Ich bin Ihnen für die neuesten sozialpolitischen Maßnahmen sehr dankbar«, sagte Micha.

»Ich sehe schon, da wird sich einiges finden«, lachte Martha.

»Dann ist das heute unser erstes offizielles Redaktionstreffen?«, fragte Tom und klatschte in die Hände. »Haben wir schon denn schon einen Namen für unsere Zeitschrift?«

Schon eine ganze Weile hatte Martha gegrübelt, aber ihr war noch keine gute Idee gekommen. Es musste etwas Simples, Einprägsames sein.

»Ich dachte mir, wir könnten sie *Panther* nennen.« Alle Blicke waren nun auf Anna gerichtet, die verlegen mit den Schultern zuckte. »Du hast in der Rede, die du auf der Abiturfeier gehalten hast, von einem Tiger in einem Käfig erzählt und dann das Gedicht *Der Panther* von Rilke zitiert.«

Nun waren alle Blicke auf Martha gerichtet, die von den verschiedensten Gefühlen ergriffen wurde. Zweifel – hatte sie sich verhört? Wärme – das hier bedeutete doch, dass sie ihrer leiblichen Mutter wichtig war, oder nicht? Angst – was, wenn Anna sie erneut enttäuschen würde? »Du warst da?«, fragte sie.

Anna nickte. »Ich lasse mir doch nicht die Abiturfeier meiner Tochter entgehen. Ich war sehr stolz auf dich.«

»Das … das freut mich«, stammelte sie. Es war ihr, als würde ein Teil in ihr, den sie verloren geglaubt hatte, leuchten.

»Also ich finde den Namen gut«, sagte Hartmut. »*Panther*. Das kann man sich merken. Was sagt ihr?«

Auch Alex war begeistert. Als Micha seine Meinung sagen wollte, sprach Tom in exakt demselben Moment.

»Du zuerst.« Tom wies mit der Hand auf Micha und neigte dabei leicht den Kopf.

»Nein du.« Micha schüttelte vehement den Kopf.

»Also ich finde den Titel spitze«, sagte Tom und zwinkerte Martha zu. »Diese Rede hätte ich ja gerne gehört.«

Es war spät geworden. Sie hatten noch mit einem Glas Wein auf den *Panther* angestoßen, hatten Tom von *Radio Freigeist* erzählt, und er hatte ihnen seinen Traum anvertraut, irgendwann von seiner Kunst leben zu können. Die ganze Zeit über hatte Martha wie gebannt an seinen Lippen gehangen.

Als sie sich schließlich verabschiedete und Micha und

Alex schon draußen im Hausflur auf sie warteten, standen Martha und Anna noch einen Moment voreinander.

Schweigen machte sich zwischen ihnen breit. Der Abend war schön gewesen, Martha hatte sich unerwartet wohlgefühlt.

»Ich bin froh, dass wir das hier gemeinsam machen«, brachte sie nach einer Weile hervor.

»Ich auch«, antwortete Anna. »Ich will dir noch mal anbieten, bei mir einzuziehen. Das ist doch nichts, bei fremden Leuten … Du kannst ja jederzeit wieder gehen, wenn es dir nicht gefällt.«

Marthas Haut kribbelte vor Aufregung. Ihr Herz wurde warm bei der Vorstellung, bei ihrer leiblichen Mutter einzuziehen. Einen kleinen Teil der Zeit nachzuholen, die sie verloren hatten. »Einverstanden. Lass es uns versuchen.«

Ihre Mutter sah kurz aus, als würde sie nicht glauben, was sie da gehört hatte. »Wirklich? Ich räume gleich morgen den ganzen Kram aus dem Malzimmer. Im Keller ist noch eine Matratze, die holt Hartmut hoch.«

Martha fasste sich ein Herz und umarmte ihre Mutter. Wie oft hatte sie sich diesen Moment in ihrer Fantasie ausgemalt. Auch wenn es kindisch war, hatte sie sich vorgestellt, dass sie so etwas wie einen Ruck verspüren würde, wie zwei Magneten, die sich anzogen. Weil endlich zusammenfand, was zusammengehörte. Der Ruck blieb aus, Martha war schrecklich verkrampft. Und Anna, die mit der plötzlichen Nähe nicht gerechnet hatte, tätschelte ihr unbeholfen den Rücken. Aber obwohl die Situation so seltsam war, war Martha das erste Mal seit langer Zeit wirklich glücklich.

24.

Martha

Die Kirchturmuhr von Köpenick schlug halb acht. Pünktlich auf die Sekunde verließ Gert Asseln das Haus. Martha wartete, bis er den Trabant aus der Garage setzte und davonfuhr, ehe sie hinter ihrem Versteck hervorkam: dem Geräteschuppen des alten Ehepaars, das gegenüber wohnte und kaum noch hörte und sah.

Nach einem Wartburg überquerte sie die Straße. Ihre Füße wussten genau, wie viele Stufen es zur Tür hinauf waren, ohne dass sie je bewusst gezählt hatte. Noch immer war an der Hauswand das Schild angebracht, das sie als kleines Mädchen gebastelt hatte. *Familie Asseln.* Ihr Herz zog sich zusammen. Und obwohl ihr der gepflegte Vorgarten, die gekehrte Steintreppe, die Haustür aus dunklem Holz, obwohl ihr all das vertraut war, so war sie doch lang genug nicht hier gewesen, um ihr Zuhause mit einer gewissen Distanz wahrzunehmen.

Sie klingelte.

»Moment bitte!«

Martha stellte sich vor, wie Valerie noch schnell einen prüfenden Blick in den Spiegel neben der Flurgarderobe warf.

Die Tür ging auf, und vor ihr stand die Frau, die sie so viele Jahre für ihre Mutter gehalten hatte. Die ihr beigebracht hatte, wie man sein Haar zu einem ordentlichen Zopf flocht. Wie man Hemden und Blusen bügelte und wie sich ein junges Mädchen zu verhalten hatte. Blondes Haar, wie immer perfekt frisiert. Eisblaue Augen. Hohe, vornehme Wangenknochen. Früher hatte Martha sich oft gefragt, warum sie nichts von Valeries Schönheit geerbt hatte, warum sie so anders aussah.

»Martha«, hauchte ihre Adoptivmutter, legte eine Hand auf ihre Brust und schnappte nach Luft. »Komm rein!«

»Musst du los zur Arbeit?«, fragte Martha.

Valerie trug ein formloses dunkelbraunes Kleid mit orangen Blumen darauf. Es war neu, Martha kannte es nicht an ihr. Vermutlich hatte sie es gekauft, weil man auf dem Stoff keine Flecken sah und es nicht gebügelt werden musste.

»Ja. Aber es ist nicht schlimm, wenn ich später komme. Ich kann mich auch krankmelden.«

»Nicht nötig, ich werde eh nicht lange bleiben. Eigentlich bin ich nur hier, weil ich etwas holen will.«

»Oh. Natürlich.« Valerie nickte. Hastig trat sie beiseite, um Martha hereinzulassen, und fuhr mit dem Zeigefinger über einen Bilderrahmen, als hätte sie dort Staub entdeckt. Zu spät. Martha hatte die Enttäuschung in ihrem Blick gesehen, die sie zu verbergen versuchte.

Sie gab sich einen Ruck. »Ein Kaffee wäre vielleicht schön.«

Ein zartes Lächeln legte sich auf Valeries Lippen. »Ich setze gleich welchen auf.«

Als Martha ihre Jacke aufhängte, überfiel die Erinnerung sie, daran, wie sie früher von der Schule nach Hause gekommen war, ihre Tasche neben dem Schuhschrank abgestellt und »Bin zu Hause« gerufen hatte. Ihre Schuhe waren verschwunden, vermutlich sorgsam aufbewahrt in einer beschrifteten Box auf dem Dachboden. Sie sah vor ihrem inneren Auge, wie sie, hungrig von den Unterrichtsstunden, FDJ-Treffen oder Nachmittagen im Strandbad, dem Duft des warmen deftigen Essens in die Küche gefolgt war, wo ihre schöne Mutter in einer Schürze am Herd stand, in einem Kochtopf rührte und sagte: »Wasch dir bitte vor dem Essen die Hände.« Es kam ihr vor, als wäre seitdem eine Ewigkeit vergangen.

Der Geruch im Haus, nach Kamin und Zigarren, nach frisch gewaschener Wäsche und den Lavendelsäckchen, die Valerie im Haus verteilte, erschien ihr fremd.

Während der Kaffee vom Filter in die Kanne tropfte, sah Martha sich in der Wohnung um, nahm wahr, was sich verändert hatte. Der Kalender am Küchenregal, in dem Termine notiert waren, wie Marthas Ausflüge mit der FDJ oder gemeinsame Unternehmungen, war verschwunden. Das Blumenbild, für das sie als Zehnjährige einen Preis bekommen und das ihre Mutter am Kühlschrank aufgehängt hatte – ebenfalls verschwunden.

Martha ahnte, wer dahintersteckte. Es war, als hätte ihr Vater versucht, jegliche Erinnerung an sie auszulöschen. Die rote Nelke, die sie früher immer hatte holen müssen, stand noch unter dem Porträt Otto Grotewohls, nur kaufte inzwischen vermutlich Valerie sie.

»Trinkst du deinen Kaffee immer noch mit einem Schuss Kondensmilch und einem Löffel Zucker?«, fragte Valerie, während sie das Kännchen und die Schale mit den weißen Kristallwürfeln sowie einen Teller mit Butterkeksen auf den Tisch stellte.

»Genau wie du«, antwortete Martha. »Wie geht es dir?«

»Gut. Ich kann mich nicht beklagen.«

»Hat Gert dich noch mal …«

»Nein«, unterbrach Valerie sie schnell. *Nur nicht drüber reden.*

Nie würde Martha den Anblick ihres geschwollenen blauen Auges vergessen.

»Habt ihr euch wieder vertragen?«, fragte sie.

»Wir reden kaum. Wir essen zusammen, schlafen nebeneinander, aber nehmen einander kaum noch wahr.«

»Warum verlässt du ihn nicht?« Martha nahm sich einen der Kekse und tunkte ihn in ihren Kaffee.

Valerie schloss die Hände um ihre Tasse. »Er ist mein Mann. Wir haben den Krieg gemeinsam überstanden, wir haben gemeinsam dafür gekämpft, dieses Land wieder aufzubauen. Wir haben zwei Kinder gemeinsam großgezogen. So etwas gibt man nicht so leicht auf.«

Seine Tochter hatte Gert sehr leicht aufgegeben, dachte Martha.

»Aber nun zu dir.« Valerie legte eine Hand auf Marthas. »Du siehst gut aus.«

»Ich arbeite jetzt bei der *Evelyn*, das macht mir Freude.«

Valeries Augen leuchteten auf. »Herzlichen Glückwunsch. Das ist großartig. Wohnst du noch bei den Reinharts?«

»Nein«, antwortete Martha nach kurzem Zögern. »Um ehrlich zu sein, wohne ich jetzt bei meiner Mutter. Also Anna.«

Nichts an Valeries Gesichtsausdruck änderte sich, sie hatte sich wie eh und je im Griff. Aber in ihren Augen sah Martha den Schmerz, den sie bei dieser Neuigkeit empfand. »Schön. Das ist schön.« Sie strich eine imaginäre Falte in der Tischdecke glatt. »Was willst du denn eigentlich holen?«

»Meine alte Schreibmaschine. Ist sie noch hier?«

»Ja. Ich habe nichts an deinem Zimmer verändert.«

»Und das hat Gert zugelassen?«

»Er wollte deine Sachen auf den Dachboden räumen oder verschenken. Aber ich habe dein Zimmer einfach abgeschlossen und den Schlüssel versteckt.« Valerie reckte ihr Kinn. Ihr Mund zuckte: ein feines, stolzes Lächeln.

Ihr Zimmer. Klappcouch. Anbauwand. Das Regal mit ihrem Schatz darin, ihren Büchern. Auch hier lauerten hinterhältige Erinnerungen. Die Fotocollage mit Bildern schöner Tage, alle davon zeigten Betty und Clara. Auf ihrem Bett hatte sie das erste Mal Micha geküsst. Sie hob die Matratze etwas an, und tatsächlich: Noch immer lag gut versteckt ein dünner Stapel beschriebenen Papiers darunter.

»Martha!«, entfuhr es Valerie empört. »Was hast du da versteckt?«

»Texte von mir«, erwiderte Martha und lächelte, als sie ein paar der Sätze überflog. *Auf einmal, etwa in der Mitte des kleinen Wäldchens auf Müggelwerder, tauchten Baracken vor uns auf*, las sie.

Dann: *Zwischen ihnen gab es keine Verpflichtungen oder Erwartungen, keine Scham und keine Anstrengung. Nur Bewunderung, Respekt und Zuneigung. Sie fühlten sich einander zutiefst verbunden, denn ihre Freundschaft beruhte auf Freiheit.*

»Texte, die ich nur für mich oder für unseren geheimen Radiosender geschrieben habe.«

»Oh.« Valerie verschränkte die Arme vor dem Bauch, wie sie selbst, wenn sie unsicher war oder nicht wusste, was sie sagen sollte. Eine Geste, die sie offenbar von ihrer Adoptivmutter übernommen hatte.

Martha klappte die Platte des Schreibtischs auf. Dahinter stand sie: ihre Schreibmaschine.

»Du hast immer wunderbar geschrieben«, sagte Valerie. »Ein richtiges Talent.«

Martha dankte ihr mit einem Lächeln und fuhr mit dem Zeigefinger über die schwarzen Tasten. Sie konnte sich nicht daran erinnern, in diesen vier Wänden mal für etwas gelobt worden zu sein. Wann immer ihre Adoptivmutter den Versuch unternommen hatte, hatte Gert alles zunichtegemacht. *Warum nur der zweite Platz beim Sportwettbewerb? Warum nicht der erste? Warum feiern, wenn sie zwar den Wissenswettbewerb gewonnen hat, aber trotzdem nicht an die Technische Hochschule delegiert wird?*

»Darf ich denn vielleicht mal einen Text von dir lesen?«

Martha zögerte. Sah auf ihre Schuhspitzen hinab.

»Mir ist bewusst, dass es dir schwerfällt, mir zu vertrauen«, sagte Valerie. »Ich habe dich so enttäuscht. Aber egal, was du auch machst, ich stehe hinter dir und würde dich niemals verraten. Ich will, dass du das weißt. Ich war sehr stolz auf die Rede, die du in deiner Schule gehalten hast. Meine schlaue, mutige Tochter.«

Martha schluckte. Warum war auf einmal ihre Kehle eng?

Nahezu gleichzeitig klemmten sie sich eine Haarsträhne hinters Ohr. Auf einmal wurde Martha eines bewusst: Gert könnte alles daransetzen, so zu tun, als wäre sie nie Teil dieser Familie gewesen. Er könnte sämtliche Fotos von ihr entsorgen, könnte sogar ihr Zimmer ausräumen. Aber es würde ihm nie gelingen zu leugnen, dass Martha Valeries Tochter war, wenn auch nicht ihre leibliche. Denn die Frau, die sie großgezogen hatte, hatte sie geformt. Das sah Martha in all den kleinen Gesten oder Eigenheiten, die sie gemein hatten.

»Fühlst du dich denn wohl bei Anna?«, fragte Valerie besorgt.

»Ja. Schon.« Martha nickte. »Aber sie trinkt ihren Kaffee schwarz«, fügte sie mit einem Grinsen hinzu. »Und Kekse hat sie auch nicht.«

Valerie verstand. Ein zögerliches Lächeln breitete sich auf ihren Lippen aus. »Dann kommst du einfach immer hierher, wenn dir nach einem guten Kaffee ist.«

25.

Betty

Vor etwa einer Stunde hatte man ihr das Abendessen gebracht. Betty hatte keinen Hunger. Sie saß auf dem Krankenhausbett, trug das strenge dunkelblaue Kostüm, das ihre Mutter ihr gestern gebracht hatte, und hielt sich an den Henkeln der Handtasche fest, die auf ihrem Schoß stand.

Das monotone Tick, Tick, Tick der Uhr hatte etwas Einschläferndes. Sie war müde, ihr Körper fühlte sich schwer an. Eine weitere Nacht ohne Schlaf lag hinter ihr. Einmal war sie zumindest kurz weggedöst, doch dann war das Licht eines Krankenwagens durch den Spalt zwischen den hässlichen Übergardinen gefallen und hatte sie geweckt. Ein Mann hatte irgendwo im Gebäude vor Schmerz geschrien. Schatten waren über die grauweiße Wand gehuscht. Die Äste der Bäume hatten ausgesehen wie die Klauen eines Ungeheuers. Kurz darauf waren eilige Schritte auf dem Linoleumboden im Flur zu hören gewesen, hin und her, hin und her.

Obwohl sie vorhin das Fenster geschlossen hatte, war ihr noch immer kalt. Ein Teil von ihr empfand Erleichterung, heute endlich das Krankenhaus verlassen zu dürfen. Gleichzeitig verknotete sich ihr Magen bei der Vorstellung, Kurt ge-

genüberzutreten. Warum hatte er sie nicht verteidigt, als der Arzt angedeutet hatte, sie wäre *verrückt*? Warum war er ihr sogar noch in den Rücken gefallen und hatte behauptet, sie wäre manchmal jähzornig?

Der Schinken auf der Brotscheibe hatte bereits einen unappetitlichen Rand, als Kurt endlich kam. Sie fühlte sich eklig, weil sie sich nur dürftig mit einem Waschlappen frisch gemacht hatte. Ihre Zunge war pelzig und schien zu groß für ihren Mund zu sein. Das Haar lag ihr platt am Hinterkopf an.

Kurt nahm die Tasche mit ihrer Wechselkleidung. Keine Umarmung. Nicht mal eine nette Begrüßung. »Schauen wir, dass wir hier rauskommen«, war alles, was er sagte.

Im Auto schwiegen sie. Betty suchte nach den richtigen Worten, aber ihr Kopf war voll und leer zugleich. Sie sah aus dem Fenster, sah eine Frau mit Kinderwagen. Ein Mädchen auf einem Klapprad, einen Mann, der im Motorraum seines Trabis herumschraubte. Die Welt drehte sich weiter, während ihre stehen geblieben war.

Daran, wie Kurt das Lenkrad umklammerte, merkte sie, dass auch er angespannt war.

»Danke, dass du mich abgeholt hast«, sagte sie, nachdem er den Wartburg am Straßenrand vor dem Hochhaus an der Weberwiese geparkt hatte.

Er nahm ihren Dank mit einem Kopfnicken hin.

Schweigend fuhren sie im Aufzug nach oben.

Auch in der Wohnung kein Trost, keine lieben Worte, von einer Umarmung ganz zu schweigen. Stattdessen ließ er sich im Wohnzimmer auf das Sofa fallen und schaltete den Fernseher ein. Ein paar Atemzüge lang stand Betty einfach nur da, wusste nichts mit sich anzufangen, wollte bloß noch ins Bett und endlich schlafen. Aber sie sagte sich, dass auch Kurt sein Kind verloren hatte. Es war für sie beide schrecklich.

Deshalb ging sie zum Fernseher und schaltete ihn aus, um ihm zu sagen, dass sie diese schwere Zeit gemeinsam durchstehen würden, dass sie für ihn da war.

Aber Kurt kam ihr zuvor. »Hast du deine Medizin genommen?« Er hielt den Blick auf den schwarzen Monitor gerichtet.

»Nein. Heute noch nicht.«

»Und warum nicht?«

»Das sind Beruhigungstabletten«, antwortete sie. »Warum hast dem Arzt gesagt, ich wäre jähzornig?«

»Weil es die Wahrheit ist. Du gibst Widerworte, widersetzt dich mir ...«

»Was redest du denn da? Ich gebe mir Mühe, alles zu tun, was du mir sagst. Ich ...

»Ich habe dir gesagt, du musst dich schonen«, fiel er ihr ins Wort. »Ich habe dir gesagt, du musst auf unser Kind aufpassen.« Sie erschrak, als er ihr sein Gesicht zuwandte. In seinem Blick fand sie kein Mitgefühl, keine Trauer. Nur Verachtung. »Ich habe dir gesagt, du sollst zu Hause bleiben und dir nicht die Nächte um die Ohren schlagen. Stattdessen spionierst du mir nach.«

Ihr Herz setzte einen Schlag aus.

»Ich habe dich gesehen«, sagte er anklagend. »An der Bar ...«

»Aber ich hab doch nichts getrunken.« Ein verzweifeltes Lachen brach aus ihr hervor.

»Du hast unser Kind getötet.« Er sprach ganz ruhig, als wäre das eine unumstößliche Tatsache.

Es war ihr, als würde sie metertief stürzen.

»Was?« Ihre Knie gaben nach, sie sank auf einen der Stühle am Esstisch. »Du gibst mir die Schuld?«

Er sah sie einfach nur an. Sein Blick war Antwort genug.

Auf einmal ging alles ganz schnell. Sie sprang vom Stuhl auf und verpasste ihm eine schallende Ohrfeige. »Wie kannst du es wagen!«

Er befühlte seine Wange. Ihr Herz schlug so kräftig, als würde es jeden Moment aus ihrer Brust springen. Als er sich vom Sofa erhob, schreckte sie zurück. Sie hatte Angst … Angst vor ihrem Ehemann.

»Du bist kaum wiederzuerkennen«, sagte er, kam näher, und sie machte erneut einen Schritt zurück. »Schhh …«, sprach er zu ihr wie zu einem wilden Tier.

Sie ließ es zu, dass er ihr Gesicht in die Hände nahm. »Nimm deine Tabletten«, sagte er mit einer sanften Bedrohlichkeit. »Tu es für uns.«

Sie zitterte. Legte die Hände auf ihren Bauch, der noch immer leicht gewölbt war, als würde ein Kind darin wachsen.

Er zog aus der Innenseite seines Jacketts eine Packung *Meprobamat* und legte sie in Bettys Hand. Sie sah auf die Tabletten hinab.

»Dadurch wird alles leichter«, versprach er ihr. »Tu es für uns.«

Alles würde leichter sein … Wie verlockend das klang.

Und so drückte sie eine Tablette aus der Verpackung und schluckte sie.

»Brav«, sagte er und strich über ihre Wange. »Das ist meine Betty.«

26.

Martha

»Entschuldigt die Verspätung«, rief Martha, als sie endlich in Annas Wohnung angekommen war.

Sie war außer Atem, weil sie von der Tramstation bis zu dem heruntergekommenen Haus am Rande Grünaus gerannt war. Den leichten Schwindel, der sie schon den ganzen Tag begleitete, ignorierte sie. Sie legte ihren Campingbeutel auf dem Boden ab und setzte sich an den Tisch im Wohnzimmer, an dem sich die »Redaktionsmitglieder« bereits versammelt hatten. Wie selbstverständlich hatten sie ihr den Platz am Kopfende freigelassen.

»Der Termin hat länger gedauert als gedacht«, erklärte sie.

Anna kratzte mit dem Fingernagel rote Farbe von ihrem Arm. »Warum musst du überhaupt am Sonntag arbeiten?«, tadelte sie.

»Der Koch, den ich interviewt habe, hatte nun mal nur heute Zeit«, rechtfertigte Martha sich.

Aktuell wirkte sie an einem Sonderheft mit, der Titel lautete: *Hundert internationale Rezepte.* Was für ein Murks! Um bei der Fotoreihe ansatzweise internationales Flair zu erzeugen, hatten sie jede Menge quietschbunter Badeanzüge und Sonnenhüte schneidern lassen, sodass man den Eindruck gewinnen konnte, die Aufnahmen wären irgendwo in der Karibik entstanden, nicht an der von Scheinwerfern angestrahlten Ostsee. Aber wo sollten die Leser überhaupt die Zutaten für die internationalen Gerichte herbekommen? Der Fotograf und sie hatten herzhaft gelacht, als sie »Coq au Vin« oder »Schweinefleisch Chao Mian« gelesen hatten.

Martha fuhr sich mit einer Hand über das Gesicht, atmete tief ein und sah in die Runde. »Also, heute Nacht wird gedruckt. Ist die Vervielfältigungsmaschine bereit?«

»Bereit!«, sagte Micha und salutierte scherzhaft.

Martha schmunzelte. »Sehr gut. Wie sieht es mit den Inhalten aus?«

Seit zwei Monaten arbeiteten sie inzwischen an der Zeitschrift. Kaum zu glauben, dass schon Mitte November war … Jedes Wochenende hatten sie sich getroffen und in die Tasten der Schreibmaschinen gehauen. Sie hatten Ideen besprochen und verworfen, hatten sich gegenseitig Texte vorgelesen oder redigiert und zwischendurch Hartmuts Kartoffelpuffer mit Apfelmus oder Eierschecke verschlungen. Als es Kartoffeln und Letscho gegeben hatte, hatten sie alle die Teller abgeleckt. Martha hatte ihm kurzerhand den Auftrag erteilt, für die Zeitschrift zwei seiner Lieblingsrezepte aufzuschreiben.

»Ich habe mein Werk beendet«, verkündete ihre Mutter und war auf einmal ganz aufgeregt. Ihre Wangen waren leicht gerötet, was sie jünger wirken ließ.

»Ist es das Bild, das hinter dir steht?«, fragte Martha. »Das mit dem Bettlaken abgedeckt ist?«

Anna nickte.

»Zeigst du es uns?«

»Ich bin noch nicht bereit …«, zierte Anna sich.

»Mutti …« Martha gelang die Meisterleistung, dieses Wort sanft auszusprechen und dennoch deutlich zu machen, dass sie keinen Widerspruch dulden würde.

Hartmut tätschelte aufmunternd ihre Hand, und Anna seufzte kapitulierend. Sie erhob sich von ihrem Stuhl, ging zu der Leinwand und zog mit einem Ruck das Laken herunter. Das Bild zeigte eine Person mit einem geometrischen Körper: Ihr Kopf war ein Quadrat, Arme und Beine waren Rechtecke, und dazwischen saß ein Kreis. Die Person balancierte auf einem gefährlich dünnen Steg, darunter ewiges schwarzes Nichts. Hinter der Figur wucherte ein bedrohliches Dickicht, in dem mehrere rote Augenpaare funkelten, sogar eine Klaue ragte heraus. Einen Arm streckte die Figur nach vorn aus, ans sonnenhelle Ende der Brücke, wo aus ihrer Hand Zweige mit Knospen wuchsen. Dort wartete der Frühling auf sie. Von der Anpassung zum Neuanfang war der Weg unsicher und gefährlich.

Voller Stolz lächelte Martha sie an. »Das ist wirklich sehr gut. Es berührt mich tief.«

»Ja? Wirklich?« Ihre Mutter zupfte an ihrer Nagelhaut.

»Ja. Ganz wirklich.«

»Für die Zeitschrift habe ich eine Skizze davon angefertigt und ein paar Worte dazu geschrieben«, sagte Anna.

Alex hatte sich unauffällig in der Kaserne umgehört und die Geschichten dreier Liebespaare aufgeschrieben, die durch die Mauer getrennt worden waren. Als Martha seinen Artikel gelesen hatte, hatte sie gestaunt, wie tiefgründig seine Gedanken waren. Sogar ein Gedicht über Trennungsschmerz hatte er verfasst. Mittlerweile sah er besser aus, war nicht mehr so blass, und auch die schwarzen Augenringe waren verschwunden. Es war, als hätte er sich einen Teil seines Kummers von der Seele geschrieben.

Micha hatte eine Anleitung beigesteuert, wie man sich selbst eine Antenne bauen und auf dem Dach installieren konnte. Noch immer hatte Martha Albträume davon, wie Miriam *Radio Freigeist* fast auf die Spur gekommen wäre, hätte Clara sie nicht vorgewarnt und Micha nicht die Antenne in letzter Sekunde vom Dach montiert.

Tom hatte seine Vorlagen für eine Eingabe beigesteuert.

Sie selbst hatte einen Nachruf auf Fritz verfasst. Sie hatte darüber geschrieben, wie sehr ihn alle gemocht hatten, weil er so gerne gelacht hatte und sensibel gewesen war. Und sie hatte darüber geschrieben, dass er doch nur mit seinem Freund zusammen sein wollte. Dass man offiziell behauptete, er hätte sich erhängt, es aber verdächtigerweise seiner Mutter nicht gestattet worden war, ihren Sohn ein letztes Mal zu sehen.

Marthas Text war der einzige, der noch gedruckt werden musste. Die nächsten Stunden verbrachten sie damit, die einzelnen Blätter mit einer schmalen Klebebindung zu versehen, und schließlich war die erste Ausgabe des *Panther* fertig. In einer stolzen Auflage von achtzig Exemplaren, die die Leute hoffentlich weitergeben würden, sodass die Reichweite wesentlich höher wäre.

Auf den ersten Blick konnte das dünne Heft nicht mit einer professionellen Zeitschrift mithalten, aber Martha fand, Annas und Toms Karikaturen und Zeichnungen werteten es auf. Wo sonst gab es eine solche Mischung aus Kunst und Journalismus schon?

Martha hatte das Gefühl, ein paar Zentimeter über dem Boden zu schweben, als sie in dem Heft blätterte. Sie hatten es geschafft. Sie hatten wirklich eine Zeitschrift erschaffen!

»Ich bin stolz auf uns«, sagte sie in die Runde und stellte die Finger auf den Tisch, wie Frau Hartweg es oft tat.

Hartmut schenkte allen Rosenthaler Kadarka ein, und sie stießen miteinander an, umarmten und beglückwünschten sich gegenseitig.

»Ihr wisst, was jetzt kommt. Jetzt müssen wir unser Baby verteilen. Und das, ohne uns erwischen zu lassen.« Marthas Herz schlug kräftig in ihrer Brust, als sie fragte: »Seid ihr bereit?«

»Immer bereit!«, rief Anna begeistert, zog Martha an sich und küsste sie aufs Haar.

»Wir sollten uns aufteilen«, schlug Micha vor.

Doch ehe er weitersprechen konnte, legte Tom einen Arm um Martha. »Es wäre mir eine Ehre, die Chefredakteurin in meinem bescheidenen Wagen zu kutschieren.«

Martha merkte, wie sie knallrot wurde. »Einverstanden.«

Was sollte sie auch sonst sagen? Michas Anblick tat ihr in der Seele weh. Aber er legte keinen Widerspruch ein. »Pass auf dich auf«, war alles, was er zu Martha sagte, als sie sich später im Hof trennten. Dann hängte er sich seinen speckigen Rucksack über die Schulter und verschwand mit Alex in der Nacht.

Martha fühlte sich wie eine Figur in einem Kriminalroman. *Es war finstere Nacht,* würde sie schreiben. *Die schmale Mondsichel versteckte sich hinter Wolken. Das Viertel schlief. Ein Gewitter zog auf. Sie drückten sich mit dem Rücken an das Gemäuer einer dunklen Gasse mitten in Köpenick. Tom warf einen Blick um die Ecke und prüfte, ob die Luft rein war …*

Vielleicht könnte sie das Abenteuer sogar ein wenig genießen, hätte sie nicht das Gefühl, ihr Herz würde ihr jeden Augenblick aus der Brust springen. Obwohl in ihrem Campingbeutel nur noch etwa zehn Hefte waren, fühlte er sich schwer auf ihrem Rücken an. Acht Hefte hatten sie bereits verteilt. Seit einer Stunde waren sie unterwegs, huschten von einem Wohnblock zum nächsten, während sich Alex und Micha Adressen im Zentrum vorknöpften, Anna und Hartmut in Grünau. Natürlich warfen sie die Zeitschrift nur dort ein, wo sie auch gelesen werden würde – bei Freunden und Bekannten.

»Sind wir eigentlich verrückt?«, flüsterte sie.

Tom nickte. Grinste. »Wahrscheinlich schon.«

Martha fror in ihrer Jacke, die für Mitte November eigentlich zu dünn war. Aber es war ihre Lieblingsjacke, und sie hatte hübsch aussehen wollen.

Auf einmal ein Geräusch. Direkt hinter ihnen. Martha fuhr herum. Taumelte vor Schreck gegen Tom. Aber es war nur eine hungrige Katze, die auf eine Mülltonne gesprungen war.

»Die Luft ist rein«, sagte Tom. »Bereit?«

Martha nickte. Schluckte. »Los.«

Hand in Hand schlenderten sie auf den Wohnblock zu,

als wären sie rein zufällig hier unterwegs und hätten nicht illegale Zeitschriften in ihrem Campingbeutel.

Vor dem Gebäude machten sie halt. Tom behielt die Straße im Blick, während Martha hineinschlüpfte und eine Zeitschrift in den Briefkasten warf.

Als sie wieder hinaustrat, ging alles ganz schnell. Martha sah gerade noch, wie die Lichter eines Wagens um die Ecke bogen, hörte Tom leise fluchen. »Mist, die Polypen!« Spürte, wie er sie im nächsten Moment gegen die Hauswand drückte, und seine Lippen auf ihre legte.

Tom küsst dich, dachte Martha. Dann drang zu ihr durch, was er gesagt hatte. Die Polizei! Adrenalin jagte durch ihren Körper.

Das Auto wurde langsamer und hielt schließlich direkt neben ihnen. Sie begann zu zittern. Ihr ganzer Körper bebte. Sie spürte die Zeitschriften an ihrem Rücken wie Säure, die sich durch ihre Haut fraß.

»Ruhig bleiben«, sagte Tom dicht an ihrem Ohr. Sie spürte seinen heißen Atem an ihrem Kinn. »Vertrau mir.«

Dann küsste er sie erneut, und Martha konnte nicht anders, als sich seinem Kuss hinzugeben. Sie ließ es zu, dass er ihre Lippen mit seiner Zunge öffnete, den Kuss vertiefte. Ihr ganzer Körper stand in Flammen. Vielleicht hätte sie sogar den Streifenwagen vergessen, wäre nicht ein Polizist ausgestiegen.

»Macht, dass ihr nach Hause kommt«, sagte er. »Da braut sich ein Gewitter zusammen.«

»Danke. Vielen Dank«, sagte Tom. »Sie haben recht, wir sollten nach Hause gehen.«

Der Mann fragte nicht nach ihren Ausweisen, sondern stieg ein und fuhr weg. Als Tom sich von ihr löste, spürte Martha den kalten Nachtwind, dort, wo vorher sein Körper sie berührt hatte. Langsam beruhigte sich ihr Herz wieder.

»Tut mir leid«, sagte er. »Ich wollte dich nicht so überfallen.«

»Schon gut.« Sie räusperte sich, weil ihre Stimme rau war. »Hat ja funktioniert.«

Als sie schließlich auch die restlichen Zeitschriften verteilt hatten und sie zu Toms Trabi zurückkehrten, war sie noch immer zittrig. Erleichtert sank sie auf den Beifahrersitz. Im Auto fühlte sie sich sicher. Sie versuchte zu verarbeiten, was gerade geschehen war. Fast wären sie gefilzt worden! Aber alles, was sie denken konnte, war: *Tom hat dich geküsst. Und es hat sich angefühlt wie zu schweben.*

»Der Tag, an dem Martha K. offiziell zur Verbrecherin wurde«, lachte Tom, als sie schließlich vor Annas Wohnblock angekommen waren. Er fuhr mit beiden Händen das Lenkrad nach, und Martha wurde von einem angenehmen Schauer erfasst.

»Glaub mir, das bin ich schon«, erwiderte sie. »Ich hab bei einem illegalen Radiosender mitgemacht und schon mal eine ganze Nacht auf dem Polizeirevier verbracht.«

Tom kniff leicht die Augen zusammen, so, wie er es auch tat, wenn er über einer Skizze saß. Sie betrachtete ihn gern, wenn er malte oder einfach nur nachdachte. »Offenbar gibt es viel, das ich noch nicht über dich weiß.«

Martha glättete mit der Hand den Rüschensaum ihres

Kleides, unter dem sie eine dicke Strumpfhose trug. »So viel auch wieder nicht.«

»Trotzdem würde ich es gerne herausfinden.« Seine Stimme war leise und sanft.

Martha spürte, wie nah sie einander in diesem kleinen, engen Trabi waren, dessen Rücksitz vollgepackt war mit einer Staffelei, einem Klapphocker und Farben. Insekten schwirrten um das Glas der Straßenlaterne rechts vor ihr.

»Ich wäre gerne dabei, wenn die Leute die Zeitschrift lesen. Was würde ich dafür geben, ihre Gesichter zu sehen«, plapperte sie drauflos, weil sie die Stille nicht ertrug.

Toms rechter Mundwinkel hob sich zu einem schiefen Grinsen, und sie verstummte, unfähig, auch nur noch ein Wort zu sagen. Ihre Finger spielten an ihrem Zopfhalter, den sie aus ihrem Haar gezogen hatte. Sie wollte, dass er sie noch einmal küsste. Nicht zur Täuschung diesmal. Bei diesem Gedanken wurde ihr ganzer Körper erneut von einer Hitzewelle ergriffen. Sogar die Scheibe beschlug leicht, als sie aus dem Fenster sah, um sich eine kurze Verschnaufpause vom Anblick seiner weichen Lippen zu gönnen.

Sie sollte aussteigen. Sie konnte ihn doch gar nicht küssen! Das würde nur ein riesiges Chaos verursachen. Sie arbeiteten zusammen. Mehr nicht.

Gerade als sie eine Hand auf den Türgriff gelegt hatte, hörte sie das leise Prasseln. Es hatte zu regnen angefangen. Erst tröpfelte es nur, doch innerhalb kurzer Zeit wurde aus dem Schauer ein ausgewachsener Wolkenbruch.

»Das kann doch nicht wahr sein!«, lachte Martha.

Tom betrachtete sie mit diesem eindringlichen Blick, als

würde er von ihren Wimpern bis zu dem kleinen Leberfleck auf der rechten Wange alles an ihr in sich aufnehmen. Das machte sie nur noch nervöser. Und das wusste er auch, sonst hätte er nicht so geschmunzelt.

»Warte noch einen Moment. Vielleicht hört der Regen gleich auf«, sagte er.

»Das ist nicht gut«, sagte eine Stimme in ihr, »das ist gar nicht gut«, und trotzdem blieb sie sitzen.

Ein Gesprächsthema musste her. Schnell. Zum Glück erinnerte sie sich an die Ledertasche, die sie vorhin vom Beifahrersitz genommen und auf die Rückbank gelegt hatte. Sie deutete darauf. »Sind da Bilder drin, die du gemalt hast?«

»Bloß Skizzen.«

»Darf ich sie sehen?«

»Nur zu.«

Als Martha einen Arm nach hinten streckte, kam sie Tom dabei gefährlich nahe. Sie spürte seine Nähe zwischen den Beinen, schämte sich dafür. Was war denn nur los mit ihr?

Wieder dieser Blick, wieder dieses leichte Schmunzeln. Als würde Tom abwarten, was geschah. Sie zog einen Block aus der Tasche. Das erste Bild zeigte zwei Männer, die vor einer Parkbank einen Campingtisch aufgestellt hatten und Karten spielten. Der Anblick lenkte Martha von Toms Nähe ab, von seinem angenehmen Duft nach Rasierwasser. Sie wurde etwas lockerer.

Das änderte sich jedoch schlagartig, als sie umblätterte und die Skizze einer nackten Frau betrachtete. Sie lag entspannt auf einem Sofa und sah den Betrachter direkt an.

»Oh«, war alles, was sie herausbrachte. Dann fing sie sich wieder. »Wer ist das? Deine Freundin?«

»Eine Bekannte.«

Martha blätterte weiter. »Und das? Ebenfalls eine Bekannte?«

Auch diese Frau war nackt, sie stand am Fenster und rauchte eine Zigarette.

»Ja, auch«, antwortete er und fuhr sich durch sein blondes Haar, sodass es in alle Richtungen abstand. »Es ist nicht das, was du denkst.«

»Ich denke nichts.«

»Doch. Du denkst, das sind Frauen, mit denen ich intim bin«, sagte er. »Aber ich male diese Frauen nur.«

Vorsichtig fuhr Martha mit einem Finger über die Zeichnung. »Ist doch eigentlich egal. Die Bilder sind wunderschön. Du hast so viel Talent. Das ist mir schon bei deinen Ideen für den *Panther* aufgefallen.«

Sie wagte es, seinen Blick zu erwidern, nur einen Herzschlag lang, länger konnte sie ihm nicht standhalten.

»Ich könnte auch dich malen«, sagte er auf einmal.

Stille.

Im nächsten Moment lachte Martha auf. »Mich? Nein …«

Die Frauen auf den Bildern schienen sich wohl in ihrer Haut zu fühlen. Sie wirkten selbstbewusst und stark. Frei. Sie hingegen war verkrampft und fand sich nicht sonderlich hübsch. Jedenfalls nicht hübsch genug, um sich seinem Blick auszusetzen und sich zu allem Überfluss auch noch malen zu lassen.

Abgesehen davon hatte sie Angst vor dem Verlangen, das

sie verspürte. Seit ihrem Kuss hatte sie das Gefühl, als würde Strom durch ihren Körper fließen. Sogar ihre Fingerspitzen kribbelten. Sie wollte ihn berühren, wollte, dass er sie berührte. Wollte auf seinen Schoß klettern und sich in einem Kuss mit ihm verlieren. Wollte, dass die Fensterscheiben noch viel mehr beschlugen. Es fehlte nicht mehr viel, und sie hätte gesagt: »Lass uns irgendwo hinfahren, wo wir allein sind.«

Er musste ihr Verlangen in ihren Augen lesen, denn auf einmal beugte er sich zu ihr herüber, legte eine Hand an ihre Wange, sein Mund nur noch Millimeter von ihrem entfernt …

Doch Martha wandte sich ab. Es konnte sein, dass ihre Lippen seine ein klein wenig gestreift hatten, aber das zählte nicht. »Ich kann nicht …«, hauchte sie.

Er verstand sofort. »Ist es wegen Micha?«

»Nein. Doch. Auch. Gerade ist so viel los in meinem Leben, und ich will mich nicht in irgendwas hineinstürzen, was mich am Ende nur noch mehr durcheinanderbringt.«

»Und ich bringe dich durcheinander?«

»Ein bisschen«, gestand sie. »Ein bisschen viel.«

Noch immer lag seine Hand an ihrer Wange. Er erlaubte es sich, mit dem Daumen über ihre Unterlippe zu fahren, ehe er den Arm zurückzog. »Das ist schön zu hören.« Er lächelte. »Eine solide Ausgangsbasis.«

Das Prasseln ließ nach. Tom stellte die Scheibenwischer an, und die Schlieren verschwanden. Die Straße war nass, Pfützen hatten sich am Bordstein gebildet, die im Licht der Straßenlaternen golden schimmerten.

»Ich glaube, jetzt kann ich mich nach draußen wagen«, sagte Martha. »Anna macht sich wahrscheinlich schon Sorgen.«

In dieser Nacht lag Martha lange wach. Noch immer floss Strom anstelle von Blut durch ihre Adern. Unruhig wälzte sie sich hin und her, bis sie es nicht mehr aushielt und auf den Balkon hinaustrat in der Hoffnung, die Nacht möge ihre erhitzten Gedanken abkühlen.

27.

Clara

Wie in Zeitlupe taumelten dicke Schneeflocken vom Himmel. Einen Moment blieb Clara stehen, um den Anblick in sich aufzunehmen. Sie streckte die Zunge raus, um einen der zarten weißen Sterne aufzufangen, wie sie es früher mit Martha und Betty getan hatte. Sie dachte daran, wie sie auf dem zugefrorenen Müggelsee Schlittschuh gelaufen waren und Schneeengel am Ufer gemacht hatten. Wie sie sich anschließend bei ihnen zu Hause mit einer Tasse heißer Schokolade, von ihrem Vater nach seinem Geheimrezept zubereitet, aufgewärmt hatten.

»Trödel nicht, es ist kalt!«, rief Lilli.

Clara schob die Hände in die tiefen Taschen ihres Mantels und setzte sich in Bewegung. Am Ende der Straße schippte ein Mann den Gehweg frei, doch nur ein paar Atemzüge später lag schon wieder eine dünne weiße Schicht darauf. Der Schnee knirschte unter ihren hohen Schuhen, deren Absätze sie extra für diesen Abend beim Schuster hatte neu besohlen lassen. Immerhin war Silvester. Sie hatte Weihnachten überstanden, ohne in ein tiefes Loch zu fallen, und sie würde auch den heutigen Abend überstehen, sagte sie sich.

»Da sind wir.« Lilli hielt ihr die Tür des Gebäudes auf, in dessen Hochparterre die Tanzschule lag. Goldenes Licht fiel auf das pudrige Weiß auf dem kleinen Vordach. Hier würden sie heute das neue Jahr feiern. Ein neues Jahr ohne ihre Familie. Ohne ihre Freundinnen. Ohne Alex.

Denk an etwas anderes, sagte sie sich und konzentrierte sich auf die beschwingte Tanzmusik, die von drinnen zu hören war.

»Keine Sorge, es werden nicht viele Leute da sein. Es ist nur eine kleine Feier für Universitätsangestellte.« Lilli kannte sie inzwischen recht gut. Wobei Clara immer besser darin wurde, mit Fremden zu plaudern, ihre Freundin hatte sie oft genug ins kalte Wasser geworfen.

An der Uni nahm Clara inzwischen an einem Arbeitskreis Experimentalphysik teil und begleitete Lilli einmal pro Woche zum Zirkeltraining. Überraschenderweise war es nicht leicht gewesen, ihre sonst so selbstbewusste Freundin dazu zu überreden, sich einer Sportgruppe anzuschließen und nicht nur zu Hause im Wohnzimmer Liegestütze zu machen. Lilli fühlte sich zwischen all den verheirateten Frauen und denen, die es bald sein wollten, unwohl, wie sie kleinlaut gestanden hatte.

»Du bist doch diejenige, die immer predigt, dass es mir egal sein kann, was andere von mir denken!«, hatte Clara getadelt.

»Du hast ja recht, du kleine Nervensäge«, hatte Lilli erwidert und die Augen verdreht.

Also wurde nun jeden Donnerstagabend gemeinsam geschwitzt, hinterher gingen sie immer auf ein Bier.

Als sie nebeneinander die drei breiten Stufen hinaufstiegen, zog Clara die weichen Lederhandschuhe von den Fingern, die Lilli ihr geliehen hatte. Lilli hielt ihr die Tür auf. Sie wurden von einer vornehmen Dame in den Fünfzigern in Empfang genommen, und Lilli zeigte die Einladungen vor. Die Dame dankte, nahm ihnen die Mäntel ab und wünschte einen schönen Abend.

Sie betraten einen prächtigen Saal, darin ein wogendes Menschenmeer, ein Rauschen angeregter Gespräche und Musik von der vierköpfigen Band auf der Bühne. Es wurde getrunken, gelacht, getanzt. Eine Frau mit auffälligem Perlenschmuck rief: »Hier drüben, Gustav!«, stellte sich auf die Zehenspitzen und winkte einen Mann herbei, der sich mit zwei Gläsern Sekt seinen Weg zwischen den Gästen hindurchbahnte.

»Das ist für dich eine kleine Feier?«

Selbst Lilli musste darüber lachen.

Während sich ihre Freundin an der Bar anstellte, ließ Clara den Blick über die tanzenden Paare schweifen, über die Frauen in den festlichen Kleidern, die Männer in Anzügen, über die mit goldenem Lametta geschmückten Tische, die hohe, stuckverzierte Decke, von der zwei üppige Kronleuchter hingen. Wie würden Betty und Martha es hier finden? Sie stellte sich vor, wie die beiden sich heute Abend herausputzten. Feierten sie gemeinsam? Oder getrennt voneinander, nun, wo Betty verheiratet war? Und ihre Mutter? War sie allein mit dem Großvater zu Hause, oder hatte sie zwei, drei Freunde eingeladen? Das Herz wurde ihr schwer …

»Übrigens wird Professor Wittgenstein heute Abend auch

hier sein«, riss Lilli sie aus ihren Gedanken und drückte ihr ein Glas Sekt in die Hand. »Wenn wir ihn zwischen all den Leuten hier finden, stelle ich dich ihm vor. Mit etwas Glück sucht er noch immer Unterstützung bei seiner Forschungsarbeit.«

Es war ein schöner Abend, und doch war Clara nur mit halbem Herzen anwesend. Immer wieder strömten Erinnerungen auf sie ein, dagegen konnte sie nichts tun, sosehr sie sich auch bemühte. Obwohl sie das Prickeln des Sekts, die flotte Musik, die Unbeschwertheit genoss, sehnte sie sich nach der Einfachheit der kleinen Wohnung, in der sie groß geworden war. Als sie eines der Häppchen probierte, sah sie vor ihrem inneren Auge, wie ihre Mutter in der Küche bergeweise Stullen schmierte und mit Gürkchen und Eischeiben, garnierte. Sie sah, wie überglücklich ihr Vater war, weil er ein paar Raketen und Knallerpackungen ergattert hatte – dafür hatte er seit fünf Uhr morgens angestanden.

Erstaunt stellte Clara fest, dass ihr Glas schon leer war. Diesmal ging sie zur Bar, und Lilli unterhielt sich mit einer Bekannten in einem pflaumenblauen langen Kleid mit tiefem Ausschnitt.

Während Lilli sich immer neuen Gesprächspartnern zuwandte, hier einen Scherz machte, dort ein wenig flirtete, blieb Clara die meiste Zeit neben der Bühne an einen Pfeiler gelehnt stehen, trank Sekt und betrachtete das Geschehen aus sicherem Abstand. Wie früher, fiel ihr auf. Sie wusste einfach nie, worüber sie mit Fremden reden sollte. Mit Astronautik konnte nicht jeder etwas anfangen, und seichte Gespräche über das Wetter oder Modetrends konnte sie nicht leiden.

Die Zeiger der Uhr über der Bühne zeigten an, dass es noch eine Stunde bis Mitternacht war. Ein Walzer wurde gespielt. Es war genau zu sehen, wer in der Schule den Tanzunterricht ernst genommen hatte und wer nicht. Manche Paare stachen mit einer perfekten Körperhaltung und fließenden Bewegungen geradezu heraus.

Lilli kam herbeigeeilt, schnappte sich Clara und schwang sie gekonnt zwischen den kreisenden Paaren hindurch, was ihnen von einigen der Anwesenden verwirrte Blicke einbrachte. Die Musik wechselte, und ein romantischer Schlager wurde gespielt. Wie selbstverständlich legte Clara die Hände auf Lillis Schultern und wiegte sich hin und her. Sie genoss die Musik, legte den Kopf in den Nacken, ließ sich von Lilli drehen, den Blick auf den funkelnden Kronleuchter über ihr gerichtet. Sie schloss die Augen, gab sich dem Tanz hin und öffnete sie wieder, als sie Lillis Blick auf sich spürte.

»Ich habe Durst«, sagte Lilli brüsk und löste sich von Clara. »Lass uns eine neue Runde holen.«

Je näher Mitternacht rückte, desto mehr kreisten Claras Gedanken um ihre beiden Freundinnen, um Alex … Der Tanzsaal verschwamm vor ihren Augen, stattdessen sah sie die schlichten Holztische im Gemeindehaus, in dem sie jedes Jahr mit ihrer Familie, Freunden und Bekannten gefeiert hatte, sah das einfache, aber leckere Büfett aus Buletten, gefüllten Eiern und Kartoffelsalat, zu dem jeder etwas beigesteuert hatte.

Schon wieder war ihr Glas leer. Inzwischen spürte sie den Alkohol in ihrem Blut kreisen.

Kurz vor Mitternacht gesellten Lilli und Clara sich zu den anderen Schaulustigen auf dem Gehweg. Die Sekunden wurden heruntergezählt. Drei, zwei, eins …

Feuerwerk explodierte. Bunte Lichter leuchteten am Himmel. Die Luft war ein einziges Jaulen.

Ihr Vater, der eine Rakete in eine Flasche steckte, anzündete und dann schnell einen Satz zurückmachte. Das Zischen, als das Geschoss in den Himmel jagte. Das Funkeln in den Augen ihrer Mutter, wenn sich das Feuerwerk darin spiegelte.

Clara stellte sich vor, wie Martha und Betty einander in den Armen lagen. War Alex bei ihnen? Sie blinzelte die Tränen fort und sagte leise: »Frohes neues Jahr. Ich vermisse euch.«

Auf einmal wurde sie von Lilli in eine Umarmung gezogen. »Frohes neues Jahr. Auf dass all deine Wünsche in Erfüllung gehen.« Ihre Freundin küsste sie auf die Wange.

»Danke, das wünsche ich dir auch.«

Schnaps wurde nun ausgeschenkt. Kein Problem für sie, sie kam aus der DDR, sie war trinkfest, sagte sie sich. Und der Alkohol half ihr, nicht mehr so viel nachzudenken. Je weiter die Nacht voranschritt, je mehr Männer sie zum Tanz aufforderten, desto leichter fiel es ihr, sich einfach treiben zu lassen. Auch einen dieser Cocktails mit Banane und Kokos trank sie.

Als ein junger Mann sie auf der Tanzfläche drehte wie einen Kreisel, merkte sie plötzlich, dass sie frische Luft brauchte. Sie entschuldigte sich.

Doch die frische Luft war wie eine Ohrfeige. Ein paar

junge Männer, die auf dem Gehweg beieinanderstanden, lachten, als sie herauskam. Sie fühlte sich wie ein Schiff auf hoher See.

»Was um Himmels willen hat man in diesen Cocktail getan?«, murmelte sie und hielt sich abseits der Blicke der Männergruppe am angenehm kühlen Gemäuer fest.

»Alkohol vermutlich«, lachte auf einmal eine Stimme hinter ihr.

Clara zuckte vor Schreck zusammen und fuhr herum. Zwei Männer standen hinter ihr, oder war es nur einer? Das war schwer zu sagen, denn die Gesichter wurden eins und verschwammen dann wieder.

»Kann ich Ihnen irgendwie behilflich sein? Sie sehen blass aus …«

Ein Mann, zählte sie nach. Außer, er hatte einen Zwillingsbruder, der exakt denselben Anzug mit derselben Krawatte trug. Die Wahrscheinlichkeit ging jedoch gegen null. Er sah eher aus, als würde er es bevorzugen, in einem Sessel und mit einem Glas gutem Rotwein in der Hand ein Buch zu lesen, statt auf diesem rauschenden Fest zu sein. Vielleicht lag es am klugen Blick seiner grauen Augen, umfächert von zarten Lachfalten. Oder an seinem Haar, das bereits so manche weiße Strähne hatte.

»Nein, schon gut«, brachte sie hervor. »Danke.«

»Soll ich Ihnen vielleicht ein Glas Wasser besorgen?« Er hatte eine angenehme Stimme, ruhig und tief.

Erst jetzt bemerkte sie, dass er sie am Arm berührte und seine Körperhaltung leicht angespannt war, als wäre er bereit, sie jederzeit aufzufangen, sollte sie umkippen.

Sie schüttelte den Kopf. Bemühte sich, flach zu atmen, sich auf die Kühle der Nacht zu konzentrieren.

»Vielleicht sollten Sie sich kurz setzen«, schlug er vor.

»Nein, geht schon wieder.« Es kostete sie einige Anstrengung, sich aufzurichten. Sie winkte ab, als wäre alles bestens. »Danke.«

Sie schwiegen einen Moment, und während Clara durchatmete und ihren erhitzten Körper der kalten Luft darbot, sah er hinauf in den Sternenhimmel. »So eine wundervolle Nacht. Zu schön, um sie nur drinnen zu verbringen. Bei mir zu Hause war es nicht so hell, da hat man die Sterne etwas deutlicher gesehen.«

Sie verstand sofort, was er meinte. Köpenick war nachts nie so hell erleuchtet gewesen wie der Ku'damm. Sie vermisste den Sternenhimmel dort. Und gleichzeitig vermied sie es, in den Himmel zu blicken, denn jedes Mal musste sie dabei an Alex denken. Daran, wie er sie mitten in der Nacht abgeholt und ihr die alte Sternwarte in den Müggelbergen gezeigt hatte. *»Als wären wir zwei Galaxien, die kollidiert sind, und dadurch sind Tausende von Sternen entstanden«*, hatte sie zu ihm gesagt, kurz bevor er sie das erste Mal geküsst hatte. Ihre Hand legte sich auf ihr Brustbein, tastete nach der Kette, die Alex ihr geschenkt hatte. Doch dort war nichts. Sie hatte sie schon vor Wochen verloren.

»Ich hatte die Hoffnung, eine Sternschnuppe zu sehen«, sagte der Fremde. »Das wäre doch ein guter Start ins neue Jahr.«

Warum redete er so viel? Warum ging er nicht?

»Auf Französisch heißen Sternschnuppen *étoiles filantes*,

übersetzt fadenziehende Sterne«, fuhr er fort. »Auf Spanisch *estrellas vagas,* das sind die faulen Sterne.« Er lachte leise. »Wussten Sie, dass man im Mittelalter geglaubt hat, Sternschnuppen seien herabstürzende Stücke von Sternen, die Engel beim Putzen herausgebrochen hätten?«

Sie nickte.

Er deutete in den Himmel und entdeckte Orion. Sein Finger wanderte weiter. »Da sind die Plejaden«, sagte er. »Und Aldebran.«

Sie konnte es sich nicht verkneifen. »Aldebaran«, verbesserte sie ihn.

»Wie bitte?« Er sah sie erwartungsvoll an.

»Der Stern heißt Aldebaran. Nicht Aldebran.« Ihre Zunge war schwer, sie lallte ein bisschen. »Hören Sie«, fuhr sie fort, »das heute ist nicht mein bester Tag … Nacht … Jedenfalls es wäre mir lieber, wenn Sie mich allein lassen würden.« Sie klang abweisend, sogar in ihren eigenen Ohren.

»Sind Sie denn mit jemandem hier, der Sie nach Hause bringt?«

Clara nickte, dabei graute es ihr davor, wieder in die nach Schweiß und Zigarettenrauch und Alkohol stinkende Luft zurückzukehren, sich zwischen den feuchten Körpern hindurch ihren Weg zu bahnen und nach Lilli zu suchen.

»Soll ich …«

»Bitte«, unterbrach sie ihn. »Ich komme wirklich zurecht.«

Nach einem gefühlt endlosen Moment gab er sich geschlagen. »War mir eine Freude.«

Als sie nichts darauf erwiderte, zog er sich schließlich zurück.

Später, als sie mit Lilli auf dem Heimweg war, legte sie den Kopf in den Nacken. Eine Sternschnuppe huschte über den Himmel.

28.

1962

Betty

Vogelzwitschern. Ein leichter Frühlingswind streifte sie. Eine Ente quakte aufgeregt.

Das Gras war am Morgen noch gefroren und taute erst, wenn die Sonne darauf fiel. Die Leute sagten Dinge wie: »Das sind die ersten schönen Tage.« Oder: »Jetzt war's lange genug kalt und ungemütlich.«

Kies knirschte, als sich jemand näherte. Ein Mantel raschelte, als sich die Person neben sie auf die Parkbank setzte.

Betty öffnete die Augen. »Sie schon wieder.« Ihr Atem gefror vor ihrem Mund.

»Ich wollte sehen, wie es dir geht«, sagte Herr Asseln.

»Hervorragend, sieht man das nicht?«, erwiderte sie kalt, richtete den Blick wieder geradeaus auf den kleinen Teich und schob die Hände in die Taschen ihres Mantels.

»Du siehst blendend aus, keine Frage, aber ich glaube, das täuscht«, erwiderte er. »Ich habe da nämlich etwas gehört.«

Betty spürte, wie sich ihre Mundwinkel hoben. Sie lächelte. Nicht, weil sie sich über dieses Kompliment freute, sondern weil es so absurd war.

Früher hatte sie vielleicht blendend ausgesehen. Jetzt hatte sie mit ihrem Schmuck, den hohen Stiefeln, den roten Lederhandschuhen und dem cremeweißen Mantel mit dem Kunstfellbesatz, den ihr berühmter Onkel kreiert hatte, vielmehr etwas von der alten Jugendstilvilla, die sie einst so geliebt hatte, vor der sie oft stehen geblieben war, um sich auszumalen, sie würde eines Tages darin leben. Vor einem halben Jahr war der Besitzer verstorben, wie ihre Mutter erfahren hatte, und seine Ehefrau, die nun allein darin wohnte, bewältigte die Arbeit nicht, und so verkam das Haus immer mehr. Im Vorgarten wucherte Unkraut, Löwenzahn und Gras sprießten zwischen den Steinplatten, die zur Haustür führten, die Marmorstufen waren von der Witterung dunkel verfärbt, und die Fensterläden benötigten dringend einen neuen Anstrich. Aber dafür brauchte man Material, das es nicht gab, und Kraft, die die ältere Frau nicht mehr hatte.

Wenn Betty in den Spiegel sah, dann sah sie auch bei sich selbst schleichenden Verfall. Noch immer stand sie morgens vor Kurt auf, wusch sich, legte ihr Haar, trug Puder und Rouge, Wimperntusche und etwas Lippenstift auf. Zum Schluss noch einen Spritzer Parfüm, und fertig war Betty Weiler, wie ihr Gatte sie haben wollte. Nur dass in ihren Augen das Leben erloschen war.

»Was hat die Firma Horch und Guck denn gehört?«, fragte sie.

Herr Asseln blieb ruhig, doch daran, wie er die Augen

leicht zusammenkniff, sah sie, dass die kleine Provokation ihn getroffen hatte. Das war gut. Früher hatte sie Angst vor ihm gehabt. Aber diese Zeiten waren vorbei.

»Dass du kaum noch die Wohnung verlässt beispielsweise.«

»Was wollen Sie von mir? Ich habe Ihnen bereits gesagt, dass ich Martha nicht ausspioniere. Vergessen Sie's. Warum also sollte ich …«

»Davon gehe ich inzwischen auch nicht mehr aus«, unterbrach er sie. »Trotzdem hätte ich gedacht, dass dir etwas an der Schauspielerei liegt. Aber du hast seit fast zwei Jahren nicht mehr vor der Kamera gestanden. Du verschwendest dein Talent.«

Betty schwieg, schloss die Augen. Früher hatte sie das traurig gestimmt. Inzwischen fühlte sie … nichts.

»Ich kann dir helfen, wenn du uns hilfst.«

»Ich will nicht für Sie arbeiten«, sagte sie ruhig. »Noch nicht mal, wenn Sie mir dafür eine Hauptrolle in einem Kinofilm zusichern.«

»Aber du willst das hier.« Er zog eine Packung Tabletten aus der Tasche in der Innenseite seines Mantels. *Meprobamat.*

»Die bringen dich durch den Tag, nicht wahr? Die machen vieles leichter.«

Betty versuchte, sich nicht anmerken zu lassen, dass ihr Puls sich beschleunigte. Außer Kurt wusste niemand, dass sie das Beruhigungsmittel noch immer nahm. Eine Tablette morgens, und sie schaffte es, einkaufen zu gehen, mit ihren neuen Freundinnen zu plaudern und den Haushalt zu meistern. Dann noch eine abends. Wenn Kurt sich hin und wieder nachts auf sie legte, dann ertrug sie das und schlief danach friedlich ein.

»Ich verlange nicht viel von dir, Betty. Ab und zu brauchen wir eine Schauspielerin für unsere Einsätze. Wenn du uns hilfst, dann kann ich dich mit deinen kleinen Helferchen hier versorgen. Andernfalls ...«

»Andernfalls was?«

»Dann, befürchte ich, musst du künftig ohne sie klarkommen.«

Sie blickte auf die Rose, die sie dort gepflanzt hatte, wo sie ihr Kind begraben hatte, spürte den Schmerz als dunklen Schatten in sich. Sie legte den Kopf in den Nacken, betrachtete die noch kahlen Äste über sich.

Dann schüttelte sie den Kopf. »Gehen Sie.«

Herr Asseln erhob sich von der Bank. »Es ist nur eine Frage der Zeit, bis du angekrochen kommst und bettelst. Wir werden uns wiedersehen, Betty Weiler.«

29.

Clara

Gemächlich schob Clara den mit Büchern beladenen Wagen den schmalen dämmrigen Flur entlang, vorbei an Regalen mit unzähligen Büchern darin. Durch die kleinen quadratischen Fenster in den holzvertäfelten Wänden drang in regelmäßigen Abständen ein wenig Licht. Staub tanzte darin. Sie mochte den Anblick, denn er verlieh diesem Ort etwas Magisches.

Ja, für sie bestand kein Zweifel, dass hier Magie geschah. Köpfe wurden mit Wissen angefüllt, Horizonte erweitert, neue Welten eröffnet. Die meisten der Studenten wussten dieses Glück gar nicht zu schätzen. Sie stöhnten über den Büchern und fluchten, weil sie für Prüfungen pauken mussten. Sie ließen sich ablenken, hatten Tagträume, flüsterten miteinander oder prügelten sich ohne jede Leidenschaft Daten und Fakten ein, die sie sich auf der nächsten Party wieder aus dem Hirn soffen. Einmal hatte sie sogar ein Pärchen in einer dunklen Ecke beim Knutschen erwischt. Noch dazu in der Abteilung *Religion*. Die hatten wohl gedacht, dass sich dorthin niemand so schnell verirren würde, aber Clara mochte die dunklen, einsamen Ecken am liebsten. In ihren Mittagspausen verkroch sie sich oft dorthin, um in Ruhe zu lesen. Hier entschied niemand darüber, womit sie sich beschäftigen durfte und womit nicht. Hier wurden einem keine Meinungen aufgezwungen. Die Studenten im Westen hatten keine Ahnung, was das für ein Glück war.

Gestern war sie mit Lilli noch bei französischem Wein und Käse, der so zart war, dass er auf der Zunge zerging, versumpft. Sie hatten Musik gehört und die Gedanken schweifen lassen, Pläne geschmiedet, vielleicht für ein paar Tage nach Wien oder Mailand zu fahren. Lilli sagte das einfach so dahin, als wäre es keine große Sache. Aber Clara hatte das Gefühl, als leuchtete etwas in ihr auf. Allein darüber nachzudenken bedeutete für sie Freiheit …

Keine fünf Stunden hatte sie geschlafen. Das Dämmerlicht und die nach alten Büchern riechende Luft taten ein Übriges. Wie eine Schlafwandlerin schob sie ihren Wagen voran, dazu die vollendete Ruhe, die nur dann und wann unterbrochen wurde von einem Umblättern oder einem leisen Husten …

Auf einmal krachte sie mit dem Wagen gegen etwas. Gegen einen Mann, um genau zu sein.

»Oh Gott!«, entschuldigte sie sich und senkte die Stimme. »Das tut mir so leid«, flüsterte sie. »Ich habe Sie nicht gesehen!

»Mein Fehler. Ich hatte nicht damit gerechnet, dass hier hinten jemand ist.«

Ein paar Bücher waren von dem Wagen gefallen. Gleichzeitig bückten sie sich, um sie aufzuheben. Erst da erkannte sie, wen sie vor sich hatte.

Oh nein! Das konnte doch nicht wahr sein!

»Fräulein Aldebaran«, sagte der Mann und lächelte.

»Herr Sternschnuppe«, erwiderte sie selbstbewusster, als sie sich fühlte. Bestimmt waren ihre Wangen ganz rot. »Ich wollte Sie nicht vor den Kopf stoßen, indem ich Sie an jenem Abend verbessert habe.«

»Das haben Sie nicht. Ganz im Gegenteil.«

Sie richteten sich auf. Clara drückte das Buch, das sie aufgehoben hatte, an ihre Brust. Sie schaffte es nicht, ihn anzusehen.

»Ich fühle mich noch immer schlecht, weil ich Sie einfach so allein gelassen hatte«, sagte er.

»Das müssen Sie nicht. Ich hatte Sie darum gebeten.«

»Sind Sie denn an diesem Abend noch gut nach Hause gekommen?«, erkundigte er sich.

Sie nickte. »Ja, danke.«

Einen kurzen Moment herrschte Schweigen.

»Hören Sie …«, sagte Clara schließlich. »Unsere letzte Begegnung ist mir peinlich. Ich hatte zu viel getrunken. Normalerweise bin ich vernünftig und vermittele nicht den Eindruck, dass ich Hilfe brauche.«

»Schon gut, ich war auch mal jung. Hin und wieder unvernünftig zu sein gehört zum Leben dazu.«

Es lag Clara auf der Zunge zu fragen, wie alt er denn war. Er war schwer zu schätzen. Den weißen Strähnen in seinem Haar nach zu urteilen war er bestimmt über vierzig Jahre alt.

»Ich habe Sie hier schon ein paarmal gesehen«, sagte er. »Jedes Mal lesen Sie und scheinen kaum etwas um sich herum wahrzunehmen. Sie verschlingen die Bücher geradezu.«

Clara zuckte leicht mit den Schultern. »Ich bin nur neugierig.«

Er lächelte. »Neugier ist eine gute Eigenschaft.«

»Nicht dort, wo ich herkomme«, rutschte ihr heraus.

»Und wo kommen Sie her?«

Sofort schloss sich eine eiskalte Faust um ihr Herz. »Suchen Sie ein Buch?«, wechselte sie das Thema. »Kann ich Ihnen helfen?«

»Ich wollte dieses hier zurückgeben. Eigentlich sollte sich meine Assistentin darum kümmern, aber sie kümmert sich lieber am Telefon um die Nöte ihrer Freundin. Abgesehen davon mag ich es, in der Bibliothek zu stöbern. Ich weiß die Ruhe zu schätzen. Hier habe ich oft die besten Gedanken.«

Clara hatte das Gefühl, er spräche ihr aus dem Herzen. Ihr Blick fiel auf das Buch, das er bei sich trug. *Biochemie des Menschen.*

»Interessieren Sie sich für Chemie?«, fragte er, als er ihren Blick bemerkte.

»Um ehrlich zu sein, weiß ich nicht allzu viel darüber.«

»Die Chemie ist hochinteressant. Was studieren Sie?«

»Noch studiere ich hier nicht, aber ich will mich um einen Platz bewerben. Ich muss erst dieses Jahr mein Abitur nachholen. Aber dann will ich vielleicht Astrophysik studieren.«

Er zog die Augenbrauen hoch. »Ich bin beeindruckt. Wie kommen Sie auf dieses Fach?«

»Der Kosmos fasziniert mich.«

»Das hätte ich mir denken können.« Er blickte sie an, als würde er in ihr etwas sehen, das ihm gefiel. Er reichte ihr das

Buch. »Wären Sie so freundlich, das für mich zurückzustellen?«

Als sie es nehmen wollte, hielt er es noch einen Moment fest. »Sie dürfen mich auch gerne in meinem Labor besuchen. Dann zeige ich Ihnen ein bisschen, woran ich forsche.«

Kurz wusste sie nicht, was sie darauf erwidern sollte. War er nur nett zu ihr, oder flirtete er mit ihr? »Mal sehen«, sagte sie.

Er musterte sie, bis sie errötete und zu den tanzenden Staubpartikeln hinaufblickte.

»Dann kehre ich mal wieder zurück zu meinen Reagenzgläsern«, sagte er.

In dieser Nacht las Clara in dem Buch über die Biochemie des Menschen, das sie nicht zurückgestellt, sondern ausgeliehen hatte. Sie stellte fest, dass es noch andere faszinierende Universen gab, von denen sie bisher nichts geahnt hatte.

30.

Martha

Die Zeiger von Marthas Armbanduhr rückten auf drei viertel acht vor. Ihr Puls beschleunigte sich.

Während die anderen Redaktionsmitglieder ihre Schreibblöcke holten und auch zum Konferenztisch kamen, ging Martha im Kopf noch einmal ihre Idee durch, die ihr mitten in der Nacht im Traum gekommen war und die sie danach wach gehalten hatte. Der Mond hatte hell und rund am Himmel gehangen, als sie im Wohnzimmer wie besessen in die Tasten der Schreibmaschine gehauen hatte.

Nur flüchtig hatte sie neben sich das Tapsen von nackten Füßen wahrgenommen.

»Na, hat dich die Muse geküsst?«, hatte Anna gesagt und sich das vom Schlaf zerzauste Haar aus dem Gesicht gestrichen, wie Martha aus dem Augenwinkel wahrgenommen hatte. »Ich hab auch nachts die besten Ideen.«

»Hab ich dich gestört?«, hatte Martha gemurmelt, ohne den Blick von den tintenschwarzen Worten zu lösen. »Tut mir leid, bin gleich fertig.«

Sie hatte so ein Gefühl gehabt: *Das ist es! Das ist die Idee für meinen ersten Leitartikel!* Sie war endlich so weit, das spürte sie genau.

Etwa ein Dreivierteljahr arbeitete sie schon für die *Evelyn*. Inzwischen war sie ein vollwertiges Redaktionsmitglied. Die Zeiten, in denen sie Leserbriefe beantwortet hatte, waren vorbei. Anfangs hatte Frau Hartweg ihr die Artikel, die sie verfasst hatte, regelrecht um die Ohren gehauen. Martha hatte sich jedes Mal gefühlt, als würde sie bei lebendigem Leib gehäutet werden, wenn die Chefredakteurin ihren Rotstift gezückt und jeden Satz, jedes Wort umgedreht und ganze Passagen gestrichen hatte, sodass am Ende mehr Rot als Schwarz zu sehen gewesen war. »Noch mal«, hatte sie dann jedes Mal schlicht gesagt und Martha das Blatt gereicht. Eigentlich hatte sie gedacht, dass sie recht gut schreiben konnte, aber Frau Hartweg hatte ihr mehr als deutlich zu verstehen gegeben, dass sie noch viel lernen musste.

Sie ging durch eine harte Schule, keine Frage. Nicht nur einmal hatte sie am Abend weinend am Küchentisch gesessen, und Anna hatte sie bei einer Tasse Pfefferminztee und Butterkeksen, die sie inzwischen für Martha dahatte, getröstet. Aber es lohnte sich. Schon bald merkte sie selbst, dass ihre Artikel besser wurden. Sie lernte, scharf und präzise zu formulieren. Und gleichzeitig gelang ihr immer öfter die Meisterleistung, durch die Blume Kritik am Staat kundzutun, ohne dass man ihr etwas vorwerfen konnte.

Es war nicht ungewöhnlich, dass sie bis tief in die Nacht an ihren Artikeln feilte. Anna war wahnsinnig stolz auf sie, machte sich aber Sorgen. Doch Martha liebte das Schreiben, und wenn sie ihre gedruckten Artikel ein paar Wochen später in den Händen hielt, mit ihrem Namen darunter, dann leuchtete etwas in ihr. Wie die Sonne auf dem Müggelsee, wo sie zugegebenermaßen schon lange nicht mehr gewesen war.

Martha bewunderte die Chefredakteurin für ihre originellen Ideen und ihren Mut, unbequeme Wahrheiten zu veröffentlichen. Nie würde sie den siebenundzwanzigsten Oktober vergessen. Ganz Berlin, ach, die ganze Welt, hatte den Atem angehalten. Am Grenzübergang Friedrichstraße hatten sich amerikanische und sowjetische Panzer direkt gegenübergestanden. Die *Evelyn* hatte darauf mit einer Fotoreihe unter dem Motto *Auf eine gute Nachbarschaft!* reagiert. Die Modelle hatten in Schrebergärten über den Zaun hinweg geplaudert und gelacht, man hatte gegrillt, sich zugeprostet und den Nachbarn Würstchen rübergereicht.

Immer öfter sah Frau Hartweg zu Martha, wenn es darum ging, eine wichtige Entscheidung zu treffen. Die Chefredakteurin vertraute ihrer Meinung, und dadurch lernte Martha, sich selbst zu vertrauen. Die Arbeit in der Redaktion gab ihr den Halt, nach dem sie sich so lange gesehnt hatte. Endlich verdiente sie ihr eigenes Geld und hatte ein Dach über dem Kopf. Noch dazu eines, unter dem sie sich wirklich wohlfühlte. Mit Anna konnte sie herumblödeln, bis ihr vor Lachen der Bauch wehtat. Sie hatte das Gefühl, endlich eine Richtung zu haben im Leben. Ihr Glück fühlte sich nicht mehr so zerbrechlich an.

Auch Anna gab sich Mühe. Sie rauchte nur noch wenig und malte viel. Einmal hatte sie Martha sogar ihr Lieblingsessen gemacht: Spaghetti mit Wurstgulasch. Wo auch immer sie die Spaghetti aufgetrieben hatte. Hin und wieder entdeckte Martha Eigenschaften von sich selbst an ihr. Auch ihre Mutter war stur wie ein Esel und konnte es nicht leiden, wenn sie nicht recht hatte.

An den Wochenenden wurde an der nächsten Ausgabe des *Panther* getüftelt. Die ersten Monate über war Martha ziemlich frustriert gewesen, weil sie keine Reaktion auf ihr Heft bekommen hatten. Sie hatte das Gefühl gehabt, sie würden ganz umsonst so viel riskieren.

»Du bist ungeduldig«, hatte Micha sie liebevoll geneckt. »Warte ab. Es dauert einfach, bis sich unser Heft herumspricht, bis die Leute sich darüber austauschen und eine Diskussion entsteht.«

Er hatte recht behalten. Inzwischen hatten sie fast doppelt so viele Abnehmer, von denen einige ihnen hin und wieder auch etwas Geld in die Hände drückten. Besonders rührte es Martha, wenn ein paar ganz Wagemutige Papier, Stifte, Büroklammern oder einfach nur Kuchen »für die guten Gedanken« vorbeibrachten. Da wusste Martha, dass sie das Richtige taten.

Tom war ein paarmal im Anschluss an ihre Sitzungen von guten Freundinnen, wie er behauptete, abgeholt worden. Aber einmal hatte sie gesehen, wie er einen Arm um eine der jungen Frauen gelegt und sie auf die Schläfe geküsst hatte. Unwillkürlich hatte Martha sich mit der jungen Frau verglichen. Sie wünschte, sie hätte ebenso langes, wallendes Haar, so große blaue Augen, so lange, schlanke Beine. Wenn sie dann in den Spiegel blickte, sah sie nur ihre Brille, ihr Kleinmädchengesicht mit der Stupsnase und ihren knabenhaften Körperbau.

Die Wahrheit war, dass sie, wann immer sie gemeinsam die frisch gedruckten Zeitschriften ausgeliefert hatten, gehofft hatte, er würde sie erneut küssen. Jedes Mal hatte sie sich darauf vorbereitet, hatte Pfeffis gelutscht und bereits Tage vorher die Lippen mit einem Balsam aus Bienenhonig gepflegt, damit sie im Fall der Fälle weich waren. Jedes Mal, wenn er sie dann wieder zu Hause abgesetzt hatte und nichts passiert war, war sie sich blöd vorgekommen. Warum verliebte sie sich immer in Männer, die nichts von ihr wissen wollten? Bei Alex war es doch dasselbe gewesen. Aber war sie denn wirklich in Tom verliebt? Sie wusste doch kaum etwas über ihn, abgesehen davon, dass er unwahrscheinlich gut aussah. Na ja, außerdem war er lustig, aufmerksam, talentiert und engagiert … Und wenn das keine liebenswerten Eigenschaften waren, dann wusste sie es auch nicht.

Als Frau Hartweg an diesem Morgen fünf vor acht die Redaktion betrat, trug sie ein schwarzes Kostüm, das sie sehr schmal, fast zerbrechlich wirken ließ und gleichzeitig ihre kantigen Gesichtszüge hervorhob. Sie ließ ihre Sonnenbrille auf, bis sie ihren Platz an der Stirnseite des Konferenztisches eingenommen hatte. Als sie das Accessoire abnahm, erschrak Martha. Sie war blass, ihre Augen waren verquollen, als hätte sie in dieser Nacht kein Auge zugetan.

»Was besprechen wir heute?«, fragte sie und klang erschöpft.

Kurz war es still, denn eigentlich war doch sie diejenige, die den Ton angab.

»Wir wollten über das Titelthema der nächsten Ausgabe beraten«, sagte Susi unsicher und spielte dabei an ihrem Stift.

Es herrschte eine Atmosphäre, als wäre der Kapitän eines großen Schiffs von Bord gegangen, das nun unkontrolliert auf dem offenen Meer trieb. »Und wir haben zu viele Heiratsanzeigen und müssen überlegen, eine ganze Seite statt einer halben damit zu füllen.«

»Nehmen Sie ruhig eine Seite dafür.« Frau Hartweg sprach langsam, wirkte abwesend. Sie sah Susi nicht mal an. »Hat irgendjemand einen Vorschlag für die große Modestrecke?«

Jetzt!, sagte eine Stimme in Martha. *Das ist deine Chance!*

»Mir ist heute Nacht eine Idee gekommen«, begann sie. »Sie ist gewagt, aber man wird uns nichts vorwerfen können, wenn wir uns geschickt anstellen. Das Motto der Fotoreihe lautet: *Urbaner Schick*. Aber eigentlich geht es nicht nur um die Mode, es geht vielmehr um den Hintergrund. Denn wir werden die Mannequins vor maroden Mauern posieren lassen.«

Die daraufhin einsetzende Stille war ihr bereits bekannt. Sämtliche Blicke waren erwartungsvoll auf Frau Hartweg gerichtet. Keine der anwesenden Journalistinnen würde ihre Meinung kundtun, ehe die Chefredakteurin gesprochen hatte. Würde sie diese Idee für gut befinden, würden alle nicken. Wenn nicht, würden sie den Kopf schütteln.

Frau Hartweg lächelte ein klein wenig, wurde dann jedoch ernst. »Hat sonst noch jemand einen Vorschlag?«

Martha war enttäuscht. Sie hatte sich Begeisterung erhofft. War ihre Idee zu gewagt? Warum hatte die Hartweg nichts gesagt, sondern einfach weitergemacht, als hätte sie Marthas Vorschlag gar nicht gehört?

Später, als sie am Ende der Konferenz angekommen waren und Martha ihre Notizen einsammelte, sagte Frau Hartweg: »Martha, ich würde Sie gerne sprechen. Unter vier Augen. In meinem Büro.«

Auf einmal hatte Martha ein Gefühl, als würde Unheil drohen. Als sie das Büro der Chefredakteurin betrat, stand Frau Hartweg am Fenster, die Hände auf dem Rücken verschränkt.

»Es tut mir leid, wenn meine Idee zu wagemutig war«, entschuldigte Martha sich. »Ich dachte nur, dass …«

»Ich muss Sie leider entlassen«, sagte Frau Hartweg.

Stille.

Martha blinzelte. Hatte sie sich verhört? »Wie bitte, ich …«

»Sie sind entlassen«, sagte Frau Hartweg noch einmal und wandte sich zu ihr um.

Marthas Hals war ganz trocken. Sie schluckte. Versuchte zu verarbeiten, was sie gerade gehört hatte. Der Boden unter ihren Füßen fühlte sich sumpfig an. »Und warum? Meine Ideen haben Eingang ins Heft gefunden. Wir bekommen positive Leserbriefe für die Artikel, die ich schreibe.« Sie hatte sich in Rage geredet, war laut geworden. »Warum also wollen Sie mich loswerden?« Auf einmal dämmerte ihr, was hier los war. »Das ist eine Anweisung von oben, nicht wahr?«

Frau Hartweg nickte nur, sagte nichts. Das war Antwort genug. Gert Asseln steckte dahinter.

»Es tut mir leid«, sagte die Chefredakteurin. »Ich kann nichts für Sie tun.«

»Ach ja?«, entfuhr es Martha. »Wirklich nicht? Oder haben Sie Angst um Ihren eigenen Posten?«

Das war ungerecht. Aber Martha war wütend und frustriert.

»Es geht nicht nur um Sie oder mich«, entgegnete Frau Hartweg. »Es geht um das große Ganze. Es geht um die *Evelyn*. Ich muss die Zeitschrift schützen.«

»Dann ist ja alles gesagt.«

»Noch nicht. Wir wandeln hier in der Redaktion auf einem schmalen Grat«, fuhr Frau Hartweg fort. »Auf einem sehr schmalen Grat. Manchmal warte ich nur darauf, dass sie uns zumachen.«

Sie sank auf ihren Chefsessel, schlug die Beine übereinander und war nun wieder ganz die Alte. »Ihre Idee hat mir gefallen. Sehr gut sogar. Ich würde sie gerne in der nächsten Ausgabe bringen. Außerdem einen entsprechenden Artikel, der die Fotos begleitet. Sehen Sie sich dazu imstande, einen zu schreiben? Wir halten das Thema klein und unauffällig. ›Urbaner Schick‹, wie Sie es vorgeschlagen haben. So legen wir den Fokus auf die Hintergründe. Die Mode für die Fotoreihe: schlicht, aber doch kraftvoll. Wehende Mäntel, lockere Blusen, Hosen, zu denen wir Schnittmuster beilegen.«

Marthas Gefühle fuhren Achterbahn. Gerade noch hatte sie die Chefredakteurin verachtet, weil sie ihr nicht helfen würde. Und jetzt bewunderte sie Frau Hartweg wieder. »Ich? Äh, ja. Natürlich.«

»Oder haben Sie nun, da wir in Zukunft getrennte Wege gehen, vor, ihn selbst zu veröffentlichen?« Frau Hartweg senkte das Kinn und sah Martha über den Rand ihrer Brille hinweg an.

Oh Gott … Wusste sie etwa vom *Panther*?

»Ich sehe alles, was in diesen Räumlichkeiten abläuft. Sie haben ein paarmal nach Redaktionsschluss, wenn kaum noch jemand hier war, sehr konzentriert an etwas geschrieben, das Sie mir aber nie vorgelegt haben. Und hin und wieder ist auch Papier verschwunden.« Sie spitzte die Lippen.

»Ich … Ich schreibe an einem Roman«, log Martha. Sie war zappelig, wollte nur noch raus aus diesem Büro.

»Das mit dem Lügen sollten Sie demnächst üben, falls Sie damit weitermachen wollen«, sagte Frau Hartweg. »Wissen Sie, Martha, Worte haben die Macht, die Welt zu verändern. Der Großteil der Menschen beißt sich auf die Zunge. Aber ein paar wenige haben den Mut aufzubegehren. Und dafür haben Sie meinen größten Respekt. Schreiben Sie den Artikel, und lassen Sie ihn mir zukommen. Indem wir ihn veröffentlichen, lehne ich mich aus dem Fenster, aber Sie haben sich einen Leitartikel redlich verdient.«

»Danke«, stammelte Martha.

Eine Hand bereits auf der Türklinke, pfiff Frau Hartweg sie noch einmal zurück. Das schrille Gepfeife würde Martha sicher nicht vermissen. Man machte sich jedes Mal fast in die Hosen.

Als sie sich umwandte, lächelte die Chefredakteurin. Das kam selten genug vor, doch zu Marthas Verwunderung hatte ihr Lächeln etwas geradezu Mütterliches. »Ach ja, wenn Sie gehen, nehmen Sie ruhig noch einen Stapel Papier mit«, sagte sie.

31.

Clara

In dem langen, fensterlosen Flur im Untergeschoss der Universität fühlte sich Clara klein. Die Luft hier war stickig, und der Boden verströmte einen stechenden Geruch, was vielleicht an dem Putzmittel lag, immerhin wurde gerade frisch gewischt. An diesem Freitagnachmittag waren kaum noch Studenten da. Es war so leise, dass Clara das Plätschern hören konnte, als die Putzfrau ihren Mopp ins Wasser tauchte. Sie hörte das Tropfen, als sie ihn aus dem Eimer zog, und das *Platsch,* als sie ihn auf den Boden drückte. Sie hörte sogar das Flirren der Deckenlampe, deren Licht vom Staub unzähliger Jahre und toten Fliegen gedimmt war.

Hinter der Tür, vor der Clara regungslos stand, klingelte ein Telefon. Kurz darauf hörte sie eine Frauenstimme.

Sie wischte ihre feuchten Handflächen an ihrem Kleid ab. Lilli hatte sie mal wieder ins kalte Wasser gestoßen.

»Ich habe gestern mit Professor Wittgenstein gesprochen«, hatte Lilli heute Morgen wie nebenbei erwähnt, während sie in der Zeitung geblättert und ihren Kaffee getrunken hatte. Inzwischen hatte Clara sich daran gewöhnt, dass sie mit dem Kaffeepulver nicht sparen musste. »Er sucht noch immer einen Ersatz für seine Laborassistentin, die wohl eine Katastrophe ist. Er gibt dir noch eine Chance, dich auf die Stelle zu bewerben. Schau mich nicht so an! Vielleicht gefällt dir die Arbeit im Labor ja …«

Lilli hatte ja recht. Während der letzten Monate hatte Clara immer wieder Durchhänger gehabt und war oft kaum aus dem Bett gekommen. Zum Sport oder auch nur zum Bäcker zu gehen hatte sie unendlich viel Kraft gekostet. Sie hatte das Gefühl gehabt, dass alles keinen Sinn hatte. So kannte sie sich selbst gar nicht. Die Bibliotheksstelle war in Ordnung, aber sie brauchte eine Perspektive. Es war an der Zeit, dass sie endlich ihren Hintern hochbekam und an ihrer Zukunft arbeitete, dass sie sich hier ein Leben aufbaute.

Ihr kamen die Worte der beiden jungen Frauen in den Sinn, die sich in der Damentoilette über sie lustig gemacht hatten. Zunächst hatten sie über den Professor geschimpft. *Nichts kann man ihm recht machen.* Petra hatte die eine geheißen. Hin und wieder hatte sie auch in der Bibliothek Studenten flüstern hören, wie schwer seine Prüfungen waren und wie streng er war. Aber Lilli hielt viel von ihm, und Clara selbst hatte auch wirklich nichts dagegen, hart zu arbeiten, Leistung zu bringen und sich weiterzuentwickeln. Vielleicht war er ein guter Lehrmeister. Und wenn er ihr unsympathisch war, dann würde sie einfach wieder gehen.

Clara klopfte. Die Frauenstimme lachte nun und erzählte eifrig weiter. Als sie erneut anklopfte und wieder keine Reaktion kam, erlaubte sie es sich, einfach einzutreten.

Petra arbeitete also noch immer für den Professor. Ihr Geplauder brach ab, als sie Clara bemerkte. »Ich rufe dich gleich zurück«, sagte sie in den Hörer. »Du glaubst ja gar nicht, was dann passiert ist!« Die herausgeputzte Blondine legte auf, schob ihre rot umrahmte Lesebrille auf die Nasenspitze und musterte Clara unverhohlen. »Wie kann ich dir helfen?«

»Ich bin hier, um mich bei Professor Wittgenstein vorzustellen«, antwortete Clara.

»Davon weiß ich nichts.«

»Wir haben auch keinen Termin ausgemacht. Ist er denn in seinem Labor?«

»Ja. Aber niemand darf ihn stören. Das ist eine ausdrückliche Anweisung.« Als wäre Clara ihre volle Aufmerksamkeit nicht wert, hatte sie begonnen, sich die Nägel zu feilen.

Clara deutete auf die drei Stühle an der Wand. »Dann warte ich einfach.«

Petra warf ihr einen verächtlichen Blick zu, griff wieder nach dem Hörer, steckte, um sich die langen Fingernägel nicht zu ruinieren, die Nagelfeile in die Löcher der Wählscheibe und wählte.

»Wir kennen uns übrigens«, sagte Clara.

»Ach ja?« Die Blondine fluchte und legte den Hörer auf. »Mist, jetzt habe ich mich verwählt!«

»Ja. Du und deine Freundin habt euch über meine Kleidung lustig gemacht.«

Erneut musterte Petra sie über den Rand ihrer Brille hinweg. Auf einmal hellte ihr Gesicht sich auf. »Stimmt! Du hattest dieses scheußliche Kleid an.« Petra nahm den Hörer wieder in die Hand und vollführte damit eine Bewegung, die Claras Absatzschuhe sowie das schicke Kostüm mit dem kurzen

Bolero umfasste. »Und jetzt schau dich an! Westberlin scheint dir gutzutun!«

Die Tür zum Labor öffnete sich, und ein großgewachsener, schlanker Mann im weißen Kittel und mit Schutzbrille auf dem von weißen Strähnen durchzogenen Haar trat ins Vorzimmer. »Das kann doch nicht wahr sein!«, schimpfte er. »Petra, was ist so schwer daran …«

Doch Clara sollte nie erfahren, was Petra offenkundig missglückt war, denn da fiel sein Blick auf sie. »Das ist ja eine Überraschung. Eine schöne natürlich.«

Clara starrte ihn an. Das war doch nicht möglich! Vor ihr stand der Mann, der sie am Silvesterabend sturzbetrunken erlebt und den sie dann zu allem Überfluss in der Bibliothek mit ihrem Rollwagen gerammt hatte. Dieser Mann war Professor Wittgenstein? Was hatte sich das Schicksal denn nur dabei gedacht?

»Ich bin hier, um mich bei Ihnen vorzustellen«, brachte sie schließlich hervor und erhob sich von ihrem Stuhl. »Lilli schickt mich. Aber ich will nicht stören …« Sie wollte sich abwenden.

»Sie stören nicht«, erwiderte er freundlich und nahm sie beim Arm. »Ganz und gar nicht. Kommen Sie, ich zeige Ihnen das Labor.«

Clara spürte Petras Blick im Rücken, als der Professor ihr galant die Tür aufhielt.

Das also war ein Labor. Clara nahm sich einen Moment, um alles zu betrachten. Da waren bauchige Glasgefäße, Reagenzgläser, Bunsenbrenner, Pipetten … Zwei Kühlschränke surrten leise.

»Lilli hat nur wenig über Sie erzählt«, sagte der Professor. »Aber es ist deutlich zu merken, dass sie große Stücke auf Sie hält.«

»Ich stehe gern Rede und Antwort.« Sie gab sich wesentlich selbstbewusster, als sie in diesem Moment war. Sie schlenderte durch den Raum, betrachtete ein paar der Gerätschaften, die sie noch nie zuvor gesehen hatte.

»Lilli sagte, ich wäre ein Narr, würde ich Sie nicht sofort mit Kusshand einstellen«, antwortete der Professor. »Noch nie ist ihr jemand mit so viel Lerneifer und so einer schnellen Auffassungsgabe untergekommen, sagt sie.«

Clara war vor einem Gerät stehen geblieben, in dem mehrere mit Blut gefüllte Röhrchen kreisförmig angeordnet waren.

»Das ist eine Zentrifuge«, erklärte er.

»Zentrifuge …«, wiederholte sie leise wie früher, wenn sie Russisch-Vokabeln gelernt hatte. »Und das hier ist ein Mikroskop. Das kenne ich aus der Schule.«

»Na ja, das hier wird besser sein als das, was Sie in der Schule hatten. Nur zu, werfen Sie ruhig einen Blick hindurch.«

Clara führte ihr rechtes Auge zum Okular. Sie sah runde, teils überlappende Flecken. »Wie die Kaulquappen, die wir früher am Müggelsee eingesammelt haben«, rutschte ihr heraus.

Sie hoffte, dass er sie nicht gehört hatte, dass ihre Worte auf magische Weise vom Mikroskop verschluckt worden waren. Aber da sagte er: »Der Müggelsee? Liegt der nicht im Osten?«

Sie richtete sich auf, klemmte sich eine Haarsträhne hinters Ohr. »Ja.«

»Sagen Sie bloß, Sie kommen von drüben.«

»So ist es.«

Würden nun all die Fragen folgen, die sie eigentlich hatte vermeiden wollen?

»Seit wann sind Sie hier?«, fragte er da auch schon.

»Seit etwa einem Dreivierteljahr.«

Er kombinierte schnell. »Dann sind Sie geflohen. Kurz nach dem Mauerbau, nicht wahr?«

»Noch weitere Fragen, Euer Ehren?«

»Tut mir leid, ich wollte nicht aufdringlich sein.«

»Schon gut. Ist das Blut?«, wechselte sie das Thema. Das Bild, das sich ihr durch das Mikroskop gezeigt hatte, erinnerte sie an eine Skizze in dem Lehrbuch *Biochemie des Menschen.*

»Richtig.« Professor Wittgenstein nickte anerkennend.

»Ich habe das Buch gelesen, das Sie ausgeliehen hatten«, erzählte sie. »Ich war neugierig. Es war interessant und hat mir über eine schwere Zeit hinweggeholfen. Unsere vielfältigen Probleme sind schlicht nicht mehr vorhanden, wenn wir uns auf der Zellebene betrachten. Eine beglückende Perspektive, ich muss schon sagen.«

Er lächelte. Es war ein zufriedenes Lächeln. »Wissen Sie, die meisten denken, die Chemie wäre langweilig und trocken. Aber eigentlich ist sie eine ungemein lebendige Wissenschaft. Allein, dass wir hier miteinander reden können, erfordert eine ganze Menge chemischer Reaktionen, die permanent im Körper ablaufen.«

»Liebe. Herzschmerz. Alles nur chemische Abläufe«, erwiderte sie darauf. »Das hat zumindest Lilli mir erklärt.«

»Da hat sie recht.«

»Und woran forschen Sie?«, fragte sie.

»Aktuell am weiblichen Hormonhaushalt.«

Sie zog die Augenbrauen hoch. »Oh.«

»In den letzten Jahren kam es zu einigen sehr interessanten Entdeckungen in diesem Bereich. So ist es gelungen, weibliche Sexualhormone zu isolieren, die eisprunghemmende Wirkung von Progesteron nachzuweisen und und und … Im Zuge dessen kam vor zwei Jahren in Amerika die erste Antibabypille auf den Markt«, fuhr er fort. »Bei uns ist sie erst in ein paar Monaten erhältlich.«

»Heißt das, Frauen können dann in der Apotheke diese Pille kaufen und werden durch die Einnahme nicht schwanger?« Sie spürte, wie sie errötete. »Nicht, dass Sie denken, dass ich … Eine Freundin von mir …« Ihr Stammeln ließ sie immer unglaubwürdiger werden. Aber sie hatte wirklich an eine Freundin gedacht, nämlich an Betty, die eigentlich nicht so schnell von Kurt hatte schwanger werden wollen.

»Schon gut.« Er schmunzelte. »Bei regelmäßiger Einnahme ist das so. Aber nicht jede Frau wird diese Pille kaufen können. Nur die Frauen, die verheiratet sind. Eigentlich soll sie auch eher gegen Menstruationsbeschwerden ausgehändigt werden und nicht als Verhütungsmethode.«

Clara fand das ungemein spannend. Ob eine solche Pille jemals in der DDR erhältlich sein würde?

»Wenn Sie das Thema interessiert, dann kommen Sie doch am Montag früh vorbei.«

Sie sah ihn an. »Bieten Sie mir etwa gerade eine Stelle an?«

»Ja.« Er nahm die Laborbrille vom Kopf und fuhr sich durchs Haar. »Ich brauche Unterstützung. Jemanden, auf den ich mich verlassen kann.«

»Aber ich habe mich noch gar nicht richtig vorgestellt. Sie wissen doch so gut wie gar nichts über mich! Abgesehen davon, dass ich aus der DDR komme und kein Abitur habe.«

»Ich weiß, dass Sie neugierig und klug sind. Das genügt mir. Für Sie wäre das natürlich schon eine Herausforderung. Mögen Sie denn Herausforderungen?«

»Ich liebe Herausforderungen! Nur so wächst man und findet heraus, was alles in einem steckt!«, plapperte sie drauflos.

»Dann sehen wir uns am Montag.«

Als er ihr die Hand entgegenstreckte und sie dabei anlächelte, beschleunigte sich ihr Herzschlag. Auf einmal war ihr ganz warm. »Dann erforsche ich also ab sofort den weiblichen Hormonhaushalt«,.sagte sie und dachte, dass ebenjener bei ihr offenbar gerade ein wenig durcheinandergeraten war.

32.

Betty

Als es an der Wohnungstür klingelte, schminkte Betty sich gerade die Lippen. Ihre weizenblonde Löwenmähne wallte in sanften Wellen über ihre Schultern. Sie trug einen seidigen Morgenmantel, locker gebunden, um ihre fliederfarbene Reizwäsche erkennen zu lassen.

»Einen Moment noch«, zwitscherte sie.

Das Tack, Tack, Tack ihrer hohen Absätze war vermutlich durch die dünne Tür zu hören. Sie öffnete und sagte im selben Moment: »Tiger, du hast dir aber Zeit gelassen. Ich dachte schon, du …« Schlagartig verstummte sie, als sie die junge Frau sah, die vor ihr stand. Ihr laszives Lächeln erlosch. »Oh.« Sie zog den Ausschnitt ihres Morgenmantels vor der Brust zusammen.

Währenddessen wanderte der Blick der Frau an Betty hinab, von den dunkelroten Lippen bis hin zu den Pumps mit dem hohen Absatz. Die Frau war recht klein, sogar kleiner als Martha, und kleidete sich für ihre füllige Figur unvorteilhaft.

»Tut mir leid, ich …«, setzte die Frau an und warf einen flüchtigen Blick auf das Namensschild neben der Tür. Wahrscheinlich dachte sie, sie hätte sich im Stockwerk geirrt. Hatte sie nicht. War ihr Gesicht gerade eben noch voll freudiger Erwartung gewesen, so wirkte sie nun, als wäre ein Regenschauer über ihr herabgegangen. »Ich wollte eigentlich zu Paul … Ist er denn da?«

»Er wollte nur kurz was zu trinken holen …«, antwortete Betty im Plauderton, als wäre sie so unsensibel, von der Bestürzung der Frau vor ihr nichts mitzubekommen. »Was Prickelndes zum Anstoßen.«

Der Frau stand der Mund offen. »Wer sind Sie?«, brachte sie schließlich hervor.

Bettys Gewissen meldete sich. Es sagte: *Was tust du denn hier? Normalerweise würde es dir beim Anblick dieser Frau das Herz zerreißen …* Aber die Stimme war zu leise, Betty hörte sie kaum. Es war, als würde sie von fern kommen, hinter dem milchigen *Meprobamat*-Nebel hervor.

»Ich bin Linda«, antwortete sie. Das war ihr Tarnname. Gert Asseln hatte ihr genau auseinandergesetzt, was sie zu sagen und zu tun hatte. »Und wer bist du?«

»Marlies.«

»Oh.« Betty nickte und gab sich ein bisschen erschrocken. »Du bist das also …«, sagte sie leise.

»Hat Paul dir von mir erzählt?«

»Um ehrlich zu sein, ja.« Betty musterte die Frau missbilligend. Dabei wollte sie sie viel lieber in die Arme schließen und trösten. »Du solltest wirklich aufhören, ihm nachzustellen.«

»Was? Wie bitte?« Marlies schüttelte den Kopf. »Ich habe

nicht … Ich habe gewiss nicht …« Sie war sichtlich kurz davor, in Tränen auszubrechen. »Ich gehe besser.«

Ehe Betty noch etwas erwidern konnte, eilte Marlies davon. Die alten Treppenstufen knarzten laut, und schließlich fiel im Erdgeschoss die Haustür zu. Es hätte ohnehin nichts mehr hinzuzufügen gegeben. Bettys Auftrag war erfüllt. Wenn alles so lief, wie von der Staatssicherheit geplant, dann war's das mit Marlies und Paul. Vermutlich würde der Arme die Welt nicht mehr verstehen, wenn die junge Frau, die bei ihrem letzten Treffen noch so verliebt gewesen war, auf einmal nichts mehr von ihm wissen wollte. Nach und nach würde die Stasi Paul immer mehr isolieren.

Als Betty zurück in die Wohnung ging, um sich wieder anzukleiden, konnte sie nicht in den Spiegel schauen. Ihr war leicht übel, aber das konnte auch an den Tabletten liegen. Heute Morgen hatte sie gleich zwei genommen, doch der wohlige Nebel ließ schon wieder nach.

Sie hatte nie gewollt, dass es so weit kam. Aber Herr Asseln hatte recht behalten. Als sie die letzte kleine weiße Tablette aus der Packung gedrückt hatte, hatte sie sich gesagt, dass sie schon ohne das Beruhigungsmittel klarkommen würde. Doch bereits nach ein paar Stunden war sie von einer schrecklichen Unruhe ergriffen worden. Sie hatte gezittert, ihr Herz hatte gerast, und sie hatte Kopfschmerzen gehabt. All das hätte sie vielleicht noch durchgestanden, aber dann kam der unerträgliche Seelenschmerz. Wie eine meterhohe Welle, die sie fortspülte und in die Tiefe riss. Schmerz, als würde sie innerlich zerfallen. Sie war erfüllt von Verzweiflung und einer Trauer, die sich anfühlte wie ein kalter, lichtloser Brunnen, auf dessen Grund sie stand.

Das schaffst du nicht, dafür bist du nicht stark genug, hatte sie gedacht.

Gerade als Betty in Pauls Schlafzimmer ihre Bluse in den Rock schob, trat Herr Asseln zu ihr. Er war die ganze Zeit über in der Küche gewesen. »Gut gemacht. Dieses arme Ding wurde von Paul Bertz die längste Zeit mit seinen Ansichten zugequatscht.«

Vielleicht hatte Paul gerade seine große Liebe verloren. Paul, den sie nur von einem Foto kannte und in dessen Schlafzimmer sie sich gerade befand, während er auf der Arbeit war und nichts ahnte.

Als sie auffordernd die Hand ausstreckte und ihren Lohn verlangte, lächelte er auf eine Weise, die ihr einen kalten Schauer den Rücken hinabjagte.

»Ich fahre dich nach Hause«, sagte er.

»Nicht nötig.«

Aber er bestand darauf. Schon früher, als sie noch davon ausging, dass er ein einfacher Angestellter bei der Post war, hatte sie Angst vor ihm gehabt und in seiner Gegenwart kaum ein Wort hervorgebracht. Sie gab sich geschlagen.

Betty hasste jede Sekunde, die sie mit diesem Mann in dessen Trabant verbringen musste. Es war ihr, als läge eine Schlinge um ihren Hals. Die Stadt erschien ihr abstoßend. Die Luft war diesig, die Wolken hingen schwer am Himmel, die Gebäude waren heruntergekommen und grau. In einer langen Schlange vor einem Eisenwarenladen stritten die Wartenden miteinander. Vor einem Kiosk kontrollierte ein Vopo einen Halbwüchsigen aus reiner Schikane. Ein Stück weiter weinte ein Kind, weil sein Eis auf den Gehweg gefallen war.

Betty löste den Blick vom Seitenfenster und betrachtete die rote Stoffnelke, die vom Rückspiegel baumelte. »Haben Sie endlich eine Rolle für mich organisiert?«, fragte sie.

»War das gerade etwa keine Rolle, die du spielen durftest?«

»Eine Rolle vor der Kamera. Bei der ich Geld verdiene.«

»Beizeiten.«

»Das haben Sie das letzte Mal auch schon gesagt. Überhaupt war die Rede davon, dass ich Ihnen nur einmal aushelfe. Das hier war schon das dritte Mal!«

Sie erreichten das Hochhaus. Es war kurz vor Feierabend, die meisten Wohnungen des modernen Gebäudes leuchteten golden in der Dämmerung. Nur ihr Zuhause lag dunkel da. Kurt war also noch nicht zurück. Sie bekam ihn nur noch selten zu Gesicht. Manchmal aßen sie gemeinsam zu Abend und sprachen dabei kaum ein Wort, ehe er sich vor den Fernseher setzte, um seine tägliche Portion Rotlichtbestrahlung zu genießen wie andere die erste Frühlingssonne. Er war einer der wenigen Menschen dieses Landes, die den *Schwarzen Kanal* schätzten und Karl-Eduard von Schnitzler alias Sudel-Ede für einen von den Guten hielten.

»Jetzt beschwer dich mal nicht«, sagte Herr Asseln leichthin. »Es läuft doch alles bestens. Ich beliefere dich mit deinen Helferchen, und dafür musst du uns nur hin und wieder einen kleinen Gefallen tun.«

Sie schloss die Augen. »Sie hatten nie vor, mir eine Rolle

zu vermitteln, nicht wahr?« Auf einmal lachte sie auf und erschrak selbst darüber, wie sie klang. Als wäre sie am Rande des Wahnsinns. »Natürlich nicht. Denn dann wäre ich ja beschäftigt und könnte nicht mehr für Sie arbeiten.« Sie lachte immer mehr. »Oh Betty! Du bist so dumm!«, rief sie aus und schmeckte Tränen. Ihr Lachen war zu einem Weinen geworden. Die Wirkung ihrer *Helferchen* ließ wohl nach …

»Betty …«, sagte Herr Asseln wie zu einem kleinen Kind.

Erneut streckte sie die Hand aus. »Geben Sie mir endlich, was mir zusteht«, sagte sie scharf.

Herr Asseln holte aus der Innenseite seines Mantels das ersehnte *Meprobamat* hervor. Doch als sie die Packung nehmen wollte, zog er seine Hand zurück. Wieder dieses Lächeln, das ihr das Blut in den Adern gefrieren ließ.

»Was soll das?«

»Ich dachte, du wärst klüger. Ich dachte, du würdest begreifen, dass du Teil von etwas Großem sein darfst. Ich habe gehofft, du würdest dich auf die richtige Seite stellen. Aber schon bei deinem letzten Auftrag habe ich gemerkt, dass du nur um dein eigenes Wohl kreist.«

»Sie haben gehofft, ich würde mich auf Ihre Seite stellen? Obwohl Sie mich erpressen? Ich hätte Sie für klüger gehalten.« *Provozier ihn nicht!*, ermahnte sie sich selbst. Sie musste schleunigst aus diesem Auto, ehe sie sich noch völlig vergaß. Aber sie brauchte das *Meprobamat* … Sie wollte nach den Beruhigungstabletten greifen, doch wieder zog er seine Hand zurück.

»Du hast wohl vergessen, mit wem du es zu tun hast«,

sagte er. »Du weißt, wie schnell wir ein Leben zerstören können. Du warst gerade selbst Teil davon.«

Ihre Blicke fochten einen stummen Kampf aus. »Damit ist jetzt Schluss«, erwiderte sie dann.

Sie würde eben einen anderen Weg finden müssen, an das Medikament zu gelangen. Als sie eine Hand bereits am Türhebel hatte, hielt er ihr erneut die Packung hin. »Ich will nicht so sein. Du wirst die hier wohl jetzt brauchen.«

Sie überlegte, einfach auszusteigen. Aber die Angst vor dem Seelenschmerz und die Hoffnung, von den Tabletten in eine wohlige rosa Wolke gehüllt zu werden, in der nichts zu ihr durchdrang, war größer als ihr Stolz. Sie nahm das Medikament und stieß die Autotür auf.

Erst als sie die junge Frau sah, die vor dem Eingang des Hochhauses stand und sie halb ungläubig, halb verletzt anstarrte, begriff sie, worauf er angespielt hatte. *Du wirst die hier wohl jetzt brauchen.*

»Martha«, hauchte sie. So schnell sie konnte, stieg sie aus und eilte auf ihre Freundin zu. »Es ist nicht so, wie du denkst!«

Martha war so blass, dass Betty kurz befürchtete, sie würde zusammenbrechen. Als sie ihre Hand ergreifen wollte, riss ihre Freundin sich los. »Was hast du mit diesem Scheusal zu schaffen?!«

Der Motor wurde gezündet. Herr Asseln fuhr davon. Am liebsten hätte sie einen großen Stein genommen und auf sein Auto geworfen.

»Er hat mich erpresst«, versuchte sie zu erklären, was viel komplizierter war. »Aber ich habe ihm nichts erzählt. Er weiß nichts von eurer Zeitschrift, das musst du mir glauben.«

Martha hielt verzweifelt die Tränen zurück, das konnte Betty ihr deutlich ansehen. »Wie soll ich dir das denn jetzt noch glauben? Warum hast du mir nichts gesagt? Dann könnte ich dir vertrauen … Aber so …« Sie schüttelte den Kopf. Konnte Betty dabei nicht ansehen.

»Martha, ich bin deine Freundin. Ich bin's, Betty!«

»Was hat er dir versprochen? Womit hast du dich kaufen lassen?« Erst jetzt fielen Martha die Tabletten in Bettys Hand auf. »Du nimmst die noch immer?«

Betty nickte. Ihre Wangen waren heiß vor Scham, vor Verzweiflung, vor Wut auf Herrn Asseln, aber auch vor Wut auf sich selbst. »Ich brauche sie. Wenn ich sie nicht nehme, dann gehe ich drauf. Ich kann einfach nicht mehr, Martha …«

»Und was musst du dafür tun? Menschen ausspionieren? Freunde oder Bekannte verraten?«

Betty fühlte sich wie Dreck. »Ich arbeite für die als Schauspielerin. Heute habe ich eine junge Frau glauben lassen, ihr Freund hätte eine Affäre. Die Absicht dahinter ist, den jungen Mann zu isolieren.« Seltsamerweise war es fast wie eine Erlösung, es endlich auszusprechen, sich zu ihrer Schuld zu bekennen. »Ich kann nicht mehr …«, weinte sie.

»Was erwartest du jetzt von mir, Betty?«, fuhr Martha sie an. »Trost? Du hilfst diesem Mann, wegen dem Clara unser Land verlassen hat, der ihren Vater auf dem Gewissen hat, der mit seiner Besessenheit fast auch mich umgebracht hätte und der nun dafür gesorgt hat, dass ich meine Arbeit verliere!« Sie spuckte die Worte regelrecht aus.

»Du bist bei der *Evelyn* gekündigt?«

»Exakt. Und wir beide wissen, wie's jetzt für mich weitergeht. Es wird wie bei Clara sein. Ich werde mich überall bewerben, aber nirgendwo genommen werden. Und so etwas unterstützt du?«

»Nein …« Aber genau so war es doch. So wie man nach und nach Marthas Leben zerstörte, hatte sie heute die Liebe zwischen Paul und Marlies zerstört. Betty hatte das dringende Bedürfnis, sich zu waschen, ihre Schuld mit den Fingernägeln von ihrer Haut zu kratzen, bis sie blutete. »Verzeih mir … Bitte!«

Martha rang nach Luft, als hätte sie die ganze Zeit über den Atem angehalten. »Ich muss das erst mal verarbeiten …«

Es war Betty, als würde sie metertief stürzen. Die einzige Freundin, die sie noch hatte, ging.

33.

Martha

Seit Tagen hatte Martha kaum geschlafen. Immer wieder sah sie vor ihrem inneren Auge, wie Betty aus dem Auto von Gert Asseln stieg. Konnte sie ihrer Freundin glauben, dass sie ihm wirklich nichts erzählt hatte?

Micha war der Einzige, mit dem sie über das gesprochen hatte, was geschehen war. »Ich weiß einfach nicht mehr, was ich glauben kann und was nicht … Meine Familie hat mich jahrelang belogen und ausspioniert und jetzt auch noch Betty?«

Micha und sie hatten einander im Schneidersitz gegenübergesessen, in seiner Höhle, dem unteren Teil seines Stockbetts, verborgen hinter dem Vorhang, den seine Oma aus einer alten Tischdecke genäht hatte.

»Habt ihr seitdem miteinander gesprochen?«, hatte er gefragt.

Kopfschütteln. »Nein. Ich fühle mich schrecklich deswegen. Überhaupt fühle ich mich wie die schlechteste Freundin. Warum habe ich nicht gemerkt, dass sie noch immer diese Beruhigungstabletten nimmt?! Es ging ihr nicht gut, und ich habe es nicht mitbekommen, ich hatte keine Zeit für sie …«

Micha hatte sanft mit dem Daumen die Tränen von ihrer Wange gewischt. »Es ist nicht deine Schuld, dass es so gekommen ist. Du warst für sie da. Du hast ihr im Krankenhaus deine Hilfe angeboten, hast du gesagt. Aber sie hat sich nicht helfen lassen. Du kannst niemanden retten, wenn er nicht gerettet werden will.«

»Kann ich nicht?«, hatte sie mit gebrochener Stimme gefragt.

»Leider nicht. Manchmal ist alles, was du tun kannst, das Beste zu hoffen und die Person mit offenen Armen zu empfangen, wenn sie zurückkommt.«

Martha hatte sich an ihn geschmiegt und sich von ihm halten lassen. »Was machen wir denn jetzt? Ich vertraue Betty, aber …«, hatte sie laut überlegt, bis Micha die Entscheidung für sie getroffen hatte.

»Aber du vertraust Gert Asseln nicht, und wir müssen auf Nummer sicher gehen. Deshalb sollten wir schleunigst unser ganzes Zeug aus Annas Wohnzimmer rausschaffen und die Redaktion verlegen.«

In einer Nacht-und-Nebel-Aktion hatten Micha, Anna und sie alles, was sie zur Herstellung des *Panther* brauchten, im Keller des Mietshauses, in dem Micha wohnte, zwischen einem Zentner Kohlen und dem Regal mit Eingemachtem versteckt. Aber das war natürlich keine Dauerlösung. Wie durch ein Wunder hatte zwei Tage später einer ihrer treuen Leser, der Pfarrer war, ihnen angeboten, die Redaktion ins Kellergewölbe seiner Kirche zu verlegen.

Nun, eine Woche später, sah Micha sie an, als würde er an ihrer Zurechnungsfähigkeit zweifeln. »Ausgerechnet am ersten Mai willst du protestieren? An einem der größten Feiertage dieses Landes?«

»Wir protestieren nicht«, widersprach Martha und nahm eine der Holzlatten zur Hand, die sie am Vortag gekauft hatte. »Wir setzen nur ein Zeichen. Man wird uns nichts vorwerfen können.«

Tom saß im Schneidersitz auf einem der Klappstühle auf dem Balkon in der Frühlingssonne und zeichnete etwas. Obwohl Micha direkt neben ihr auf dem Boden hockte und sich ihre Arme fast berührten, war es Toms Anwesenheit, die sie deutlicher spürte. Er trug einen ausgeleierten schwarzen Nicki, an dem etwas weiße Lackfarbe war. Was an jedem anderen asozial ausgesehen hätte, sah an ihm unverschämt gut aus. Seine Arme waren schon ein bisschen gebräunt, weil er viel draußen unterwegs war. Als er sich streckte, erhaschte sie einen Blick auf sein Achselhaar. Auf einmal hatte sie das dringende Bedürfnis, die Haut an der Stelle zu berühren, eine Stelle, auf die so gut wie nie die Sonne fiel und die deshalb heller war und ganz weich aussah. Ein wohliger Schauer durchfuhr sie.

Micha stupste sie an. »Hörst du mir zu?«

Sie schüttelte sich leicht, riss sich aus ihrem Tagtraum los. »Klar doch. Du hast gerade gesagt, dass einem in diesem Land alles falsch ausgelegt werden kann.« Das war zumindest das Letzte, was sie mitgekriegt hatte …

Micha gab nicht auf. »Ich habe von jemandem gehört, der einfach nur am Wahlsonntag ausgeschlafen hat. Um ein Uhr mittags hat es an seiner Tür geklopft. Der Parteisekretär der

Uni-Sektion stand vor ihm und sagte: ›Wo bleiben Sie denn? Alle haben schon gewählt, nur Sie nicht.‹ Eine Woche später wurde er von der Uni geschmissen!«

»Den Klebstoff bitte«, sagte sie zu Tom. Sie hatte keinen Nerv mehr für Diskussionen. Ihre Entscheidung stand fest.

Der attraktive Künstler zwinkerte ihr aufmunternd zu und warf die Tube mit dem Klebstoff. Sie war erleichtert, als sie sie auffing.

»Du steigerst dich doch nur so rein, weil du deine Arbeit verloren hast. Aber du wirst etwas Neues finden!«

»Ach ja? Also gestern habe ich meine zweite Absage bekommen. Dabei war der Leiter des Hotels, in dem ich mich vorgestellt hatte, eigentlich angetan von mir gewesen. Mysteriös.«

»Und das finde ich so ungerecht, dass ich am liebsten deinem Adoptivvater eine verpassen würde. Trotzdem kann ich nicht mitansehen, wie du dich noch mehr in Schwierigkeiten bringst.«

Martha trug Klebstoff auf. »Was sollen sie uns denn vorwerfen? Auf den Transparenten wird nichts stehen.«

Tom erhob sich von seinem Sonnenplatz und kam herein, um Micha kameradschaftlich auf die Schulter zu klopfen. »Mach dir keine Sorgen. Alles wird gut gehen.«

Er zog eine Packung *Salem gelb* aus seiner Nietenhose, ließ eine Zigarette herausgleiten und zündete sie mit einem Streichholz an. Wie ein Cowboy, dachte Martha.

Demonstrativ war Micha ein Stück zur Seite gewichen, aber Tom schien es nicht bemerkt zu haben. Vielleicht war es ihm aber auch schlichtweg egal.

Als er ihr die filterlose Zigarette reichte, nahm sie einen Zug und gab sie ihm zurück. Sie war stolz, dass sie inzwischen nicht mehr husten musste. In einer Nacht, in der sie gemeinsam den *Panther* ausgeliefert hatten, hatte Tom ihr das erste Mal angeboten, eine Kippe zu teilen, und sie hatte nicht widerstehen können. Sie war zu neugierig gewesen zu erfahren, wie es war zu rauchen. Aber auch die Vorstellung, etwas mit den Lippen zu berühren, was zuvor seine Lippen berührt hatte, fand sie aufregend. Bestimmt hatte sie gerade schon wieder diese nervösen Flecken an Hals und Dekolleté …

Erneut warf Micha ihr diesen Blick zu … Einen Blick, bei dem sie sich schlecht fühlte. »Du rauchst?«

»Nur hin und wieder.« Und weil er nicht aufhörte, sie anzustarren, hatte sie das Gefühl, sich rechtfertigen zu müssen. »Das beruhigt mich und hilft mir, bei all dem Mist der letzten Wochen den Mut nicht zu verlieren.« Sie konzentrierte sich darauf, die Presspappe auf die Holzlatte zu kleben. Ein weißes, leeres Transparent.

Die Wohnungstür fiel zu. »Hallihallo!«, sang Anna zufrieden und tänzelte leichtfüßig ins Wohnzimmer. »Wir haben tatsächlich eine neue Wachsmatrize ergattert, ist das zu glauben?! Wir kamen an einem Schreibwarenladen vorbei, und Hartmut meinte: ›Lass uns doch einfach nachfragen‹, und tatsächlich konnten wir eine kaufen.«

Hartmut schleppte zwei Beutel mit Einkäufen herein und machte sich sogleich daran, Gemüse und Konserven zu verstauen. Micha war aufgestanden, um ihm zu helfen.

»Wie weit seid ihr?«, fragte Anna, ließ sich in den Schaukelstuhl fallen und schlug die schlanken Beine übereinander.

»Fast fertig.« Martha klebte die nächste weiße Presspappe auf eine Holzlatte.

»Warum schreiben wir eigentlich nichts auf die Transparente?«, wollte ihre Mutter wissen.

»Weil wir damit ausdrücken, dass man in diesem Land seine Meinung nicht sagen darf«, erklärte Martha. »Das ist unsere Strategie, uns den möglichen Folgen zu entziehen, sollte die Polizei uns erwischen. Wenn nichts auf dem Transparent steht, dann können wir auch für nichts zur Verantwortung gezogen werden.«

»Ziemlich genial!« Tom drückte seine Zigarette im Aschenbecher aus und hielt dann den Daumen nach oben. Wieder zwinkerte er ihr zu. Wollte er ihr damit etwas zu verstehen geben? Er schien aktuell mit keiner Frau auszugehen, zumindest hatte Martha nichts dergleichen mitbekommen …

»Sollen wir ein paar *Panther*-Ausgaben mitnehmen?«, schlug Anna vor.

Micha, der gerade eine Packung *Tempoerbsen* und ein Glas Schmalzfleisch aus dem Einkaufsbeutel hervorgeholt hatte, breitete die Arme aus, als würde er fragen »Ist das euer Ernst?«.

»Kommt nicht infrage«, unterbrach Martha ihre Mutter schnell. »Das ist wirklich zu gefährlich.«

»Du willst auf einer Parade, wo es vor Polizei, Militär und Stasi-Spitzeln nur so wimmeln wird, mit unserer Zeitschrift winken?«, konnte Micha sich dennoch nicht verkneifen zu spotten.

Martha wechselte das Thema. »Wie viele Transparente brauchen wir eigentlich?«

Anna, Hartmut und Tom meldeten sich. Nur Micha schob die Hände in die Hosentaschen.

»Tut mir leid, doch bei öffentlichem Protest bin ich raus.«

»Aber nur als Gruppe setzen wir ein Signal für die Meinungsfreiheit!«, sagte Tom. »Marthas Idee ist sehr gut. Mit kleinen Aktionen wie diesen entziehen wir uns den immer gleichen verlogenen Ritualen, zu denen uns die Staatsführung zwingt. Mit diesem stummen Protest liefern wir einen Denkanstoß. Willst du das nicht? Willst du nicht Teil davon sein?«

»Ich will vor allem meine Lehrstelle behalten und dass meine Mutter nicht wegen mir ihre Arbeit verliert«, entgegnete Micha.

Martha verstand ihn. War es nicht auch so, dass sie sich erst jetzt zu dieser Aktion durchringen konnte, weil ihre Arbeit bei der *Evelyn* nicht mehr auf dem Spiel stand?

»Oder machst du dir einfach nur in die Hose?«, provozierte Tom ihn.

Martha hielt die Luft an. Kurz befürchtete sie, die beiden würden aufeinander losgehen. Aber wie immer bewahrte Micha die Ruhe, auch wenn sein Blick deutlich ausdrückte, dass er Tom am liebsten eine verpasst hätte.

»Ja. Um ehrlich zu sein, habe ich Angst.«

Das mochte Martha an Micha am meisten: Er stand zu seinen Gefühlen.

»Aber geht es nicht genau darum, für unsere gemeinsame

Sache die Angst abzuwehren?«, erwiderte Tom. »Die Angst zu überwinden?«

»Lass gut sein«, bremste Martha ihn. »Jeder muss selbst entscheiden, welches Risiko er eingehen will.«

»Dem Feigen wird nie die Welt gehören«, schob Tom noch nach.

»Ich gehe jetzt besser«, sagte Micha kopfschüttelnd.

Er war schon an der Tür, als Martha ihn am Jackenärmel zu fassen bekam. »Geh nicht einfach so. Was ist denn los?«

»Das ist mir einfach eine Nummer zu heiß«, sagte er mit gesenkter Stimme. »Dort wird es morgen vor Polizei und Stasi-Spitzeln nur so wimmeln. Ich muss auch an meine Familie denken.«

»Und es steckt wirklich nicht mehr dahinter?«

Er runzelte die Stirn. »Was meinst du?«

»Du kannst Tom nicht ausstehen, das ist nicht zu übersehen.«

»Er ist ein Trottel.«

»Er hat dir nichts getan. Im Gegenteil. Er ist immer nett zu dir und gut gelaunt. Seine Skizzen bereichern den *Panther* und …«

»… und er sieht gut aus und bringt dich mit jedem Schwachsinn zum Lachen!«, platzte es aus ihm heraus.

Ein Stockwerk tiefer weinte mal wieder das Kind.

»Bist du eifersüchtig?«, fragte Martha.

»Nein.« Micha sah auf seine ausgebeulten Lederschuhe. »Ja. Doch. Bin ich. Aber das ist nicht der Grund, weshalb ich nicht dabei sein mag.«

»Du lässt mich doch nie im Stich … Du bist immer für mich da …« Ihre Kehle wurde eng.

»Ja, das bin ich«, sagte er und klang traurig. »Und wie ist das eigentlich umgekehrt? Das ganze letzte Jahr haben wir uns nur auf die Zeitschrift konzentriert. Nie hast du mal gefragt, wie meine Lehre läuft oder wie's meiner Familie geht.«

»Das stimmt nicht, das ist unfair.« Sie hatte gefragt. Nicht jedes Mal vielleicht. Aber hin und wieder hatte sie nachgehakt.

»Meine Oma ist ziemlich krank, sie braucht ihre Medizin«, sagte er. »Und mein Vater, der ohnehin nie zu mir stand, weigert sich neuerdings, Unterhalt zu zahlen.«

»Das tut mir leid«, war alles, was ihr in diesem Moment einfiel. Sie fühlte sich wie die schlechteste Freundin der Welt.

»Du hast dich verändert«, sagte er. »Du bist kaum noch wiederzuerkennen. Du rauchst ja sogar!«

»Na und? Jeder raucht.«

»Aber du eigentlich nicht.« Traurig musterte er sie. »Was bedeute ich dir denn eigentlich, Martha?«

Sie hatte das Gefühl, im freien Fall zu sein. »Viel … Du bedeutest mir viel.«

»Aber nicht genug, nicht wahr? Du hast mal gesagt, dass du Zeit brauchst. Dass du dein Leben erst auf die Reihe bekommen musst. Und das habe ich respektiert und die Zeit als dein Kumpel genossen. Aber was soll ich machen, ich habe immer noch Gefühle für dich!«

Oh Gott, glänzten da Tränen in seinen Augen?

»Aber ich will auch nicht ewig warten und hoffen.«

Sie wollte etwas sagen, doch er ließ sie nicht zu Wort kommen.

»Ich will niemanden an meiner Seite, der sich nicht sicher ist und überlegen muss, ob er Gefühle für mich hat oder nicht. Das ist mir erst jetzt klar geworden. Und ich kann auch nicht länger mitansehen, wie du dich in diesen Kerl da verliebst. Das tut nämlich weh.«

Martha hatte das dringende Bedürfnis, den Kragen ihrer Bluse zu lockern. Ihr Herz schlug so heftig, als hätte es schon etwas begriffen, was ihr Kopf noch nicht verstehen wollte. »Was heißt das denn?«

»Ich befürchte, das war's.«

Sie schüttelte den Kopf. »Micha, bitte, ich …«

In diesem Moment trat Tom zu ihnen in den Flur. »Hartmut fragt, ob wir Hunger haben und …« Er hielt inne. »Alles in Ordnung?«

»Alles in Ordnung«, sagte Micha. Das Lächeln, das er an Tom richtete, war eine endgültige Kapitulation. »Pass auf sie auf.«

Und dann ging er. Martha blieb stehen, bis seine Schritte nicht mehr auf der Treppe knarzten und die Tür im Erdgeschoss zufiel.

Als sie sich am nächsten Tag zu viert auf den Weg zur Parade machten, fühlte Martha sich, als hätte sie Steine gefrühstückt. Hatte Micha recht? Gingen sie zu weit? Und war es wirklich vorbei zwischen ihnen? Würde sie ihn nicht wiedersehen, außer vielleicht, wenn er im Sommer wieder an Uschis Kiosk aushalf? Und wie würden sie dann miteinander umgehen? Sie konnte sich nicht vorstellen, auch noch ihn zu verlieren … Er war ihr Halt in all dem Chaos gewesen, und sie hatte Angst davor, nun völlig unterzugehen. Aber sie konnte ihn ja auch nicht zwingen, mit ihr befreundet zu sein.

Sie waren mit der überfüllten S-Bahn bis zur Station Jannowitzbrücke gefahren und gingen von dort aus in Richtung Marx-Engels-Platz, wo früher mal das Stadtschloss gestanden hatte, ehe Ulbricht veranlasste, den vom Krieg fast vollständig ausgebrannten Prachtbau zu sprengen.

Viele Menschen, einige davon mit roten Fahnen und Transparenten, auf denen wahlweise rote Nelken, Walter-Ulbricht-Fotos und Hammer und Zirkel im Ährenkranz zu sehen waren, gingen in Pulks in dieselbe Richtung. Anna, die mit Hartmut und Tom vor ihr gelaufen war, ließ sich zu ihr zurückfallen. »Bedrückt dich etwas?«

»Ach, alles gut …« Martha winkte mit der freien Hand ab, in der anderen hielt sie ihr unbeschriftetes Transparent.

»Hast du dich gestern mit Micha gestritten?«

»Ja. Ich glaube, er macht eine Weile nicht mit.«

»Habt ihr euch wegen Tom gestritten?«, kombinierte ihre Mutter.

Martha nickte. »Micha denkt, ich wäre verliebt in ihn.«

»Und? Bist du's?«

»Ich mag ihn.« Das war ja wohl die Untertreibung des Jahres!

»Auch mir ist nicht entgangen, wie du Tom ansiehst«, gestand Anna.

Martha wurde heiß vor Scham. Hatte am Ende auch Tom selbst bemerkt, wie sehr sie ihn anhimmelte?

»Ich kann dich verstehen«, sagte Anna. »Tom hat diese ganz besondere Ausstrahlung … Hätte ich dein Alter, hätte ich mich vermutlich auch Hals über Kopf in ihn verliebt.«

»Aber er interessiert sich nicht für mich. Zumindest nicht auf *die* Art.« Martha überlegte, ihrer Mutter davon zu erzählen, wie Tom sie eines Nachts geküsst hatte, um die Polizei zu täuschen. Aber es war nicht der richtige Zeitpunkt.

Anna legte einen Arm um sie. »Mein tapferes Mädchen. Das Leben ist gerade ziemlich hart zu dir.«

»Ich hoffe, bald kommt mal wieder ein spaßiger Teil.« Martha bemühte sich um ein Lächeln.

Ein kleiner Junge zeigte auf ihre unbeschrifteten Transparente. »Mutti, guck mal! Da steht ja gar nichts drauf!«

Ein Mann im grauen Anzug lächelte ihnen aufmunternd zu. Eine Frau mit Hütchen schüttelte den Kopf.

Es war Martha, als würde sie durch Wasser waten. Jeder Schritt war schwer. Immer wieder sah sie sich um. Waren irgendwo Vopos? Fiel ihr jemand auf, der verdächtig unverdächtig nach Stasi aussah? Das Herz klopfte ihr bis zum Hals.

Sie liefen an unzähligen Fahnen vorbei, die an diesem Feiertag aus den Fenstern gehängt wurden. Schließlich erreichten sie den Platz. Jung und Alt, Plastenelken angesteckt, hatte sich hier zusammengefunden, um bei der Demonstration mitzulaufen. Blieb man zu Hause, fiel man negativ auf. Die meisten reihten sich deshalb mit einem Schulterzucken ein, trugen die Banner, die man ihnen in die Hand gedrückt hatte, und sagten sich, dass es immerhin zum Trost gratis Bockwurst gab. Das Gedränge war unbeschreiblich. Scheppernd setzte Musik ein. Das Ganze war ziemlich beeindruckend. Als Höhepunkt und Abschluss der Veranstaltung würden wie jedes Jahr Panzer an der Ehrentribüne vorbeirollen, Einheiten der Betriebskampfgruppen würden in Uniform aufmarschieren und Soldaten mit der Kalaschnikow vor der Brust. Darunter vermutlich auch Alex.

Tom blieb stehen, um sich seinen Schnürsenkel zu binden, der aufgegangen war. Martha wartete auf ihn. Zwei Jungs um die siebzehn wurden auf sie aufmerksam, einer von ihnen hob unauffällig den Daumen. Diese kleine Geste machte ihr Mut, und sie traute sich, ihr Transparent ein kleines Stück höher zu halten, als sie weiterliefen. Dann noch Toms Lächeln, und sie war geradezu beflügelt. Sie hatten einen Weg gefunden, gegen die Unterdrückung Andersdenkender zu protestierten. Sie fühlte sich nicht mehr nur wie ein Gegenstand, mit dem die da oben tun und lassen konnten, was sie wollten. Das hier war ein Akt der Befreiung.

Martha stellte sich auf die Zehenspitzen, um nach Anna und Hartmut Ausschau zu halten, die ein ganzes Stück weiter vorne waren als sie.

Da bemerkte sie aus dem Augenwinkel eine hektische Bewegung. Ein Polizist deutete auf sie. Auf einmal ging alles ganz schnell.

»Polypen!«, rief sie.

»Weg hier!« Tom ließ sein Plakat fallen, packte sie am Handgelenk und zog sie mit sich. Sie bahnten sich ihren Weg zwischen den Menschen hindurch und rannten, so schnell ihre Füße sie trugen.

Blick über die Schulter – ein Polizist hatte sich an ihre Fersen geheftet. Von Anna und Hartmut keine Spur. Hatte man sie geschnappt?

»Hier lang!«, rief Tom. »Schmeiß das Transparent weg!«

Sie bogen in eine menschenleere Seitenstraße ab, dann in die nächste. Noch immer hörte Martha Schritte hinter ihnen, verlor die Orientierung und flehte innerlich, dass Tom wusste, was er tat.

Doch der Polizist war schneller als sie, hatte bereits aufgeschlossen. »Hände hoch!«, rief er.

Sie waren geliefert. Martha bereute es, ihr Transparent fallen gelassen zu haben. Jetzt konnte sie nicht mal beweisen, dass nichts Schlimmes darauf gestanden hatte. Was, wenn man sie ins Gefängnis steckte?

Eine Katze mit einer Maus im Maul flitzte die Straße entlang und blieb ein Stück weiter sitzen, um das kleine Tier zu fressen.

»Langsam umdrehen.«

Irgendwoher kannte sie diese Stimme … War das möglich?

Als sie sich umwandte, stand Ronny vor ihr. Er hatte seine Waffe auf sie gerichtet.

»Du …« Schlagartig wich die Farbe aus seinem Gesicht.

Seit sie fast in dem Feuer umgekommen war, das er an der Datsche gelegt hatte, hatten sie sich nicht mehr gesehen. Sein helles Haar war militärisch kurz geschoren, sodass es fast wirkte, als hätte er eine Glatze. Er sah seinem Vater immer ähnlicher, hatte denselben schmalen, unerbittlichen Mund. In seiner Uniform und mit der Waffe in der Hand wirkte er angsteinflößend.

Vor Wut verzog er das Gesicht zu einer hässlichen Fratze. »Bist du jetzt völlig verrückt geworden?«

»Ihr kennt euch?«, fragte Tom. Wie Martha hatte auch er die Hände erhoben.

»Ronny, ich schwöre dir, wir haben nichts Schlimmes getan«, redete sie beruhigend auf ihn ein.

»Ach ja? Ihr hattet weiße Transparente dabei. Eine Losung für den Sieg des Sozialismus ist dir wohl nicht eingefallen, die du hättest draufschreiben können?«

»Es ist nicht verboten, mit unbeschriebenen Transparenten zu marschieren«, sagte Tom und warf sich in die Brust.

Ronny richtete die Waffe auf ihn. »Du bist verdammt noch mal still!« Spucke flog aus seinem Mund.

Um heil aus dieser Situation rauszukommen, musste Martha wohl oder übel den einzigen Trumpf ausspielen, den sie hatte. Auch wenn es ihr widerstrebte, denn im Endeffekt tat sie genau das, was auch Gert Asseln bei ihr versucht hatte, nämlich, sie mit bewegenden Erinnerungen zu manipulieren. »Ronny, du bist doch mein Bruder …«

»Das war ich nie«, zischte er verächtlich. »Ich war nie dein Bruder.«

»Aber du hast mich geliebt.«

Tom sah sie aus dem Augenwinkel an und runzelte verwirrt die Stirn.

»Und ich habe dich lieb gehabt«, fuhr sie fort. »Als ich Schulanfängerin war, hast du mich fast einen Monat lang morgens bis zum Klassenzimmer begleitet, weil ich so aufgeregt war. Du hast mir Fahrrad fahren beigebracht und ein Pflaster auf die Knie geklebt, als ich gestürzt war.«

Bildete sie sich das nur ein, oder wurde sein Ausdruck weicher? »Ein Eichhörnchen hatte dich erschreckt …«, sagte er leise. Die Hand, in der er die Waffe hielt, zitterte ein bisschen.

»Und du hast mich dazu gebracht, gleich wieder aufs Rad zu steigen und loszufahren.«

»Mutti war wütend, weil ich nicht besser auf dich aufgepasst habe.« Kurze Pause. Er rang mit sich, biss die Zähne zusammen. Sagte dann: »Sie vermisst dich. Sie spricht oft von dir. Sagt Sachen wie ›Das würde Martha jetzt schmecken‹ oder ›Wie's meinem Mädchen wohl geht?‹«

»Ich vermisse euch auch …« Sie ließ die Hände sinken, machte einen Schritt auf ihn zu. »Aber du weißt, dass … Es ist einfach zu viel passiert.«

Auf einmal bebte Ronnys ganzer Körper. Es dauerte einen Moment, bis Martha begriff, dass er weinte. »Ich habe so viel falsch gemacht. Ich fühle mich schrecklich wegen dem, was ich dir angetan habe. Ich wollte dir nicht wehtun oder dir schaden, das musst du mir glauben. Als ich gehört habe, dass du in der Datsche warst … Ich war kurz davor, von der nächsten Brücke zu springen!« Er wischte sich die Tränen aus dem Gesicht.

Martha legte eine Hand auf den Lauf der Waffe und schaffte es, dass er sie sinken ließ. »Ich glaube dir, Ronny.«

Als er sie ansah, hatte er sich wieder halbwegs gefasst. »Kannst du mir irgendwann verzeihen?«

Es kostete sie Überwindung, aber sie schloss die Arme um ihn. »Ja. Alles wird gut, Ronny.«

Ihr Adoptivbruder hielt sich an ihr fest wie ein Ertrinkender. Weil seine Schulter an ihre Kehle drückte, bekam sie kaum Luft, wagte es aber nicht, etwas zu sagen.

»Und jetzt verschwindet, ehe ich es mir anders überlege oder Verstärkung kommt«, sagte er und löste sich von ihr.

Martha drückte seine Hand. »Danke.«

Und dann rannten sie los.

34.

Betty

Ihr Herz raste. Schweiß tränkte ihr Nachthemd und die Bettwäsche. Ihr Mund war trocken, und sie hatte schrecklichen Durst, obwohl sie heute die ganze Zeit Wasser getrunken hatte. Ihr Kopf dröhnte, als würde ein Presslufthammer darin wüten …

Am meisten Angst hatte sie vor all den Gefühlen, die sie verzweifelt zu unterdrücken versucht hatte. Doch sie fühlte sich jetzt, wo sie sich dem Seelenschmerz stellte, relativ stabil. Als wäre der Umgang mit der Katastrophe, die nun eingetreten war, weniger lähmend als die Angst davor.

Nachdem Martha sie dabei erwischt hatte, wie sie aus Gert Asselns Auto gestiegen war, war sie in ihrer Wohnung ins Bad gegangen, um sich die Hände zu waschen. Erst hatte sie es vermieden, in den Spiegel zu schauen, doch dann hatte sie sich ihrem Anblick gestellt, hatte ihr wächsernes Gesicht betrachtet, die eingefallenen Wangen, war dem Blick ihrer leeren Augen begegnet.

Sie hatte sich nicht betrachtet wie sonst, wenn sie sich schminkte. Sie hatte eine unerbittliche Bestandsaufnahme ihres Lebens gemacht. »Das bist nicht mehr du«, hatte eine innere Stimme gesagt. »Du bist vom Weg abgekommen, und jetzt musst du schauen, dass du wieder zurückfindest.«

In diesem Moment hatte das Telefon geklingelt. »Liebes, man hört gar nichts mehr von dir«, hatte sich ihre Mutter gesorgt. »Ist denn alles in Ordnung?«

»Alles in Ordnung«, hatte Betty mechanisch wiederholt. Sie wusste, dass im Spiegelschrank über dem Waschbecken ihre Tabletten waren. Ein kleiner Rest des Medikaments war noch in ihrem Blut. Sie war in Sicherheit.

Doch dann hatte sie sich an ihre leeren Augen erinnert und begriffen, dass nichts in Ordnung war.

»Das stimmt nicht«, hatte sie sich verbessert. »Es geht mir nicht gut. Ich brauche deine Hilfe.«

Ihre Mutter hatte sie abgeholt. Nun lag sie in ihrem alten Kinderzimmer im Bett und spürte, wie ihr Körper deutlich Nachschub forderte. Wenn sich ihre Lider hoben, sah sie ihre alten Plüschtiere, die neben ihrem Kopfkissen saßen und sie mit ihren Knopfaugen zu trösten versuchten. Über dem Bett hing noch immer das Foto, von dem herab die wunderschöne Audrey Hepburn sie anlächelte. Die Zitate von Filmikonen an den Wänden katapultierten sie zurück in eine Zeit, in der sie noch hoffnungsvoll und naiv gewesen war.

»Ein kluges Mädchen küsst, aber liebt nicht, hört zu, aber glaubt nicht, und geht, bevor sie verlassen wird«, las Betty auf der bunten, ordentlich mit Tinte beschrifteten Pappe an ihrer Schranktür. Hätte sie sich die Worte von Marilyn Monroe mal lieber zu Herzen genommen, anstatt sie nur aufzuschreiben. Ihr fiel auf, dass Martha während ihrer Zeit, in der sie in Bettys Zimmer geschlafen hatte, ein paar Sprüche hinzugefügt hatte. Sie schmunzelte, als sie den Satz von Astrid Lindgren über ihrem Schminktisch las. »Lass dich nicht unterkriegen, sei frech und wild und wunderbar!«

Martha … Sie verspürte einen Stich in der Brust.

Die Tür ging auf, und ihre Mutter brachte Betty einen Teller Suppe ans Bett. »Wie geht es dir?«

»Danke. Besser.« Betty setzte sich aufrecht hin.

Ihre Mutter öffnete das Fenster, um frische Luft reinzulassen, und sank dann auf die Bettkante. »Ich bin froh, dass du hier bist. Es tut mir leid, dass ich nicht für dich da war. Ich …«

Betty sagte nicht: Schon in Ordnung. Sie sagte: »Jetzt bist du ja für mich da, und das ist alles, was zählt.«

Ihre Mutter war blass, ihre Augen waren gerötet, als hätte auch sie in dieser Nacht kein Auge zugetan. »Lieb, dass du das sagst. Aber ich weiß, dass ich in den letzten Jahren versagt habe. Ich habe übersehen, dass du als meine Tochter von mir lernst. Ich hätte dir gerne Stärke beigebracht, Mut und Stolz. Stattdessen hast du von mir gelernt, wie man schweigt und runterschluckt. Wie man sich selbst verleugnet.« Sie holte tief Luft. »Betty«, sagte sie dann. »Ich will, dass du weißt, dass ich nicht mehr trinke.«

Einen Moment lang war Betty wie eine Kamera, die aus der Vogelperspektive filmte. Sie sah zwei Frauen, eine ein jüngeres Ebenbild der anderen, auf einem mit geblümter Wäsche bezogenen Bett, in dessen oberer Ecke eine Reihe Plüschtiere saß. Eine der zwei Frauen hielt sich an einem Suppenteller fest und wagte es kaum, sich zu bewegen aus Angst, Hühnerbrühe zu verschütten und diesen Moment zu zerbrechen. Die andere hielt sich am Anblick ihrer Hausschuhe fest, die einen kleinen Absatz hatten und mit einer rosa Schleife verziert waren.

»Ich war keine gute Mutter«, fuhr Mona fort. »Und das tut mir leid. Als du das letzte Mal hier warst, hattest du recht, wütend auf mich zu sein. Ich habe dich im Stich gelassen.«

Betty spürte, wie viel Kraft es ihre Mutter kostete, dieses Gespräch zu führen. Dabei zu essen wäre völlig undenkbar, deshalb stellte sie den Teller vorsichtig auf dem Nachttisch ab.

»Der Alkohol hat mich betäubt. Ich habe nichts gefühlt. Aber wer nichts fühlt, ist eigentlich so gut wie tot.«

Draußen ging ein Wolkenbruch nieder. Die Gardine wurde hereingeweht.

»Mach nicht denselben Fehler wie ich«, sagte ihre Mutter. »Bleib lebendig, Betty.«

Sie legte die Arme um ihre Mutter und hielt sie fest. »Ich bleibe lebendig«, versprach sie.

Ihre Mutter atmete seufzend aus, als hätte sich etwas in ihr gelöst, und sagte, dass sie sich nun ums Abendessen kümmern würde.

Betty betrachtete ihr ordentlich gelegtes Haar, das weich aussah, aber wenn man es anfasste, war es vom Haarfestiger wie Stroh. Zarte Linien umfächterten ihre Augen und zeugten davon, dass sie gerne lachte. Die Kerben auf der Stirn dagegen sprachen von Kummer. Sie war wunderschön.

Im Türrahmen blieb ihre Mutter noch einmal stehen. »Es gab übrigens einen Grund, weshalb ich eigentlich angerufen hatte. Ein Westpaket ist für dich angekommen.«

»Für mich? Ein Paket aus dem Westen?«, fragte Betty verwundert. Dann fiel der Groschen. Das konnte doch nur von Clara sein! »Oh mein Gott! Und das sagst du erst jetzt? Wo ist es? Ich muss sofort zu Martha!« Schon war sie aus dem Bett geklettert.

»Willst du dich nicht noch ein bisschen schonen?«, sorgte sich ihre Mutter.

»Mir geht es viel besser!« Betty zog das erstbeste Kleid an, das sie in ihrem Schrank zu fassen bekam. In den letzten Wochen hatte sie so stark abgenommen, dass sie problemlos hineinpasste. Ihre Mutter brachte schnell das Paket herbei, das Betty an sich nahm wie einen kostbaren Schatz. Es war brutal aufgerissen und notdürftig wieder zugeklammert worden. »Bei der Zustellung beschädigt« stand darauf, aber wer glaubte das schon?

Im Flur schnappte sie sich ihre Tasche und hatte die Wohnungstür fast schon zugezogen, als ihr einfiel, dass Schuhe sinnvoll wären.

Zum Glück musste sie nicht lange auf den Bus nach Grünau warten. Durchnässt und außer Atem kam sie schließlich bei Martha an und verfluchte die Tatsache, dass sie so weit auseinanderwohnten, seit Martha zu Anna gezogen war. Ihre Mutter hatte ihr noch einen Schirm aufgedrängt, den Betty jedoch beim Sprint von der Bushaltestelle bis in Marthas Straße schützend über das Paket in ihren Armen gehalten hatte. Ja, sie war richtig. Sie erkannte den Friseursalon wieder, der mit seinen bunten Lichtern einen irgendwie zwielichtigen Eindruck machte. Betty sprang über eine große

Pfütze und eilte auf die andere Straßenseite, zu dem Gebäude, in dem im dritten Stock Annas Wohnung lag. Es war lange her, dass sie hier gewesen war. Als sie damals gemeinsam mit Clara ihre Freundin begleitet hatte, war Martha schrecklich nervös gewesen, weil sie das erste Mal ihrer leiblichen Mutter gegenüberstehen würde.

Vielleicht nicht ganz so nervös, aber doch mit beschleunigtem Puls stellte Betty sich unter das mit Moos bewachsene Vordach und faltete den Regenschirm zusammen. Immerhin hatten Martha und sie nicht gesprochen, seit Martha sie vor zwei Tagen aus Gert Asselns Trabant hatte steigen sehen. Neben ihrem Kopf hing ein Wirrwarr aus Kabeln herab. Die Eingangstür wurde von einem großen Mülleimer aufgehalten. Dahinter lagerte ein kaputter Holzschlitten.

Während sie die Treppe hinaufstieg, überlegte sie, was sie sagen könnte, damit ihre Freundin ihr verzieh. Warum hatte sie sich nicht vorher Gedanken darüber gemacht? Jetzt war ihr Kopf leer, und sie würde bestimmt bloß Unsinn von sich geben und am Ende alles nur noch schlimmer machen!

Oben angekommen, gab sie sich einen Ruck und klingelte. Sie zählte ihre Herzschläge. *Eins, zwei, drei, vier …* Die Tür ging auf, und Martha stand vor ihr und schob die Brille, die etwas vorgerutscht war, zurück auf die Nasenwurzel.

»Ich weiß, ich bin vermutlich der letzte Mensch auf diesem Planeten, den du sehen willst«, platzte es aus Betty hervor. »Das, was ich getan habe, tut mir schrecklich leid. Ich bin hier, um mich zu entschuldigen, ach was, um dich um Vergebung zu bitten. Wenn nötig, sinke ich auf die Knie.«

Sie musste nach Luft schnappen. »Und das hier ist gekommen …« Sie hob den Karton hoch. »Aus Westberlin.«

Es tropfte auf das Paket, die Feuchtigkeit sog sich sogleich ins Packpapier. Erst jetzt begriff Betty, dass sie weinte.

Im nächsten Moment schlang Martha die Arme um sie. »Ich hab dich so vermisst!«

»Ich hab dich noch viel mehr vermisst!«

Martha bestaunte das Paket. »Ist das wirklich von Clara? Bist du dir sicher?«

»Zu einundachtzig Prozent! Ich kenne jedenfalls keine Lilli aus Westberlin.«

Das war das erste Mal, dass Betty Annas Wohnung betrat. Sie sah sich nur kurz um, weil Martha sich schon aufs Sofa fallen ließ und voller Vorfreude in die Hände klatschte. Mit den Pflanzen, den knalligen Bildern an den Wänden und dem Krimskrams, der überall stand, war es hier interessant und lebendig, mehr ein Zuhause als nur eine Wohnung. Sie setzten sich auf dem Sofa einander gegenüber, das Paket zwischen ihnen.

Martha legte eine Hand auf ihr Herz. »Das ist wie Weihnachten und Geburtstag zusammen.«

»Und noch Ostern und alle anderen Feiertage dazu«, erwiderte Betty und schnitt mit einer Schere vorsichtig das Paketband auf.

Martha faltete das Papier auseinander und klappte den Karton auf, und ein fremder Geruch strömte heraus. Es duftete nach Westen. Aromatischer Kaffee. Ein fruchtiges Duschbad. Parfüm. Seidenstrümpfe … Es war wundervoll, in Marthas Augen zu blicken, die glänzten wie zwei Weihnachtsbaumkugeln.

Und dann holte Betty einen leuchtend roten Bikini aus dem Paket hervor. Für eine Sekunde wurde sie von einer richtigen Schockwelle ergriffen. »Ich schwöre, mein Herz ist gerade einen Moment stehen geblieben! Der ist ja ein Traum!« Sie legte probeweise das Oberteil an ihren Busen. »Der passt bestimmt.«

Für Martha lag ein dunkelblauer Bikini mit Matrosenstreifen im Seidenpapier, der ihr sicher ganz wunderbar stehen würde. »Sie kennt uns gut.«

Sogar zwei Ausgaben einer Modezeitschrift hatte Clara ins Paket geschmuggelt, raffiniert unter einem doppelten Boden. Gemeinsam lasen sie den Brief, der beigelegt war, und ab da bestand kein Zweifel mehr daran, dass ihre Freundin dahintersteckte.

Auf einmal bröckelte Marthas Lächeln. »Ich vermisse sie …«

Betty nickte. »Ich auch … Alex wird vollkommen aus dem Häuschen sein. Das macht mir fast schon Sorgen. Er ist doch gerade erst wieder auf die Beine gekommen …«

»Hauptsache, er weiß, dass sie lebt«, erwiderte Martha. »Das wird ihm alles bedeuten.«

Einen Moment schwiegen sie und hingen ihren Gedanken nach. Auch wenn Martha ihr offensichtlich verziehen hatte, verspürte Betty das dringende Bedürfnis, sich ihr zu erklären. »Martha, das, was ich getan habe, war ein schrecklicher Fehler. Das klingt nach einer dummen Entschuldigung, aber ich bin da irgendwie reingerutscht. Ich war so traurig.

Erst wegen Kurt, und dann bin ich einfach nicht darüber hinweggekommen, dass ich dieses kleine Wesen, das da in mir herangewachsen ist, verloren habe. Die Beruhigungstabletten haben den Schmerz betäubt, und Kurt hat dafür gesorgt, dass ich sie auch immer brav nehme. Gert Asseln wollte schon vorher, dass ich für ihn arbeite, aber ich war standhaft und habe mich geweigert. Doch dann hatte er mich mit den Tabletten in der Hand. Ich habe ihm dreimal geholfen. Das war alles, das schwöre ich. Ich habe ihm nie etwas über dich oder eure Zeitschrift verraten.«

Die ganze Zeit über hatte sie zu dem Paket hinabgesprochen, doch nun sah sie Martha an. »Ich hasse mich dafür. Glaubst du, du kannst mir verzeihen?«

»Natürlich. Mir tut es leid, dass ich in dieser schweren Zeit nicht für dich war.« Martha verschränkte ihre Hände mit Bettys. »Aber jetzt bist du hier, und ich bin hier. Wir halten uns an den Händen, wir atmen, wir haben uns lieb. Das ist alles, was zählt. Wir haben die Turbulenzen oder die Tragödien, die uns widerfahren, wohl leider nicht unter Kontrolle. Aber wir können immer frei entscheiden, wie wir darauf reagieren. Und wir beide, wir drei …« Sie legte eine Hand auf das Paket. » … wir lassen uns durch nichts auseinanderbringen.«

Sie lächelten einander an.

»Eine Sache nur«, sagte Martha. »Versprichst du mir, dass du die Leute, denen du geschadet hast, informierst?«

Betty schluckte. »Ja, das werde ich. Aber ich hab Angst. Die werden wütend sein, wäre ich an ihrer Stelle auch.«

»Du musst ja nicht hingehen, ein anonymer Brief reicht.«

Betty nickte. »Das werde ich wohl schaffen.« Sie seufzte. »Was hast du denn eigentlich bei mir zu Hause gewollt?«

»Ich hatte hier einen Zettel vor der Wohnungstür vorgefunden, mit deiner Schrift. Offenbar konnte die jemand sehr gut nachahmen. Da stand drauf: *Komm doch heute um vier zum Kaffee vorbei. Deine Betty.*«

»Also deshalb hat er darauf bestanden, mich nach Hause zu fahren. Er wusste, dass du da sein würdest. Aber das heißt auch, dass er weiß, dass du bei Anna wohnst.«

Martha nickte. »Wie geht es dir denn jetzt? Nimmst du die Tabletten noch?«

Betty schüttelte den Kopf. »Nein. Inzwischen geht es mir gut. Vorerst werde ich wieder zu Hause einziehen. Ich kann mit Kurt nicht mehr unter einem Dach wohnen. Er liebt mich nicht. Manchmal habe ich sogar das Gefühl, dass er mich hasst. Ich glaube, er hat mich nur geheiratet, weil er dachte, ich sei ein dummes Blondchen, mit dem er alles machen kann.« Sie nahm das Parfüm erneut heraus, schnupperte daran und erinnerte sich, wie sie sich nur für ihren Ehemann hübsch gemacht hatte, wie sie versucht hatte zu vermeiden, dass er sie ungeschminkt sah, wie sie sich für ihn verstellt hatte. »Ich habe mir so viel Mühe gegeben. Ich wollte unbedingt, dass unsere Ehe, unsere kleine Familie funktioniert. Ich habe mich so angestrengt, dass alles in Ordnung ist …«

»Was, wenn du aufhören würdest, dich so sehr anzustrengen, und stattdessen einfach … lebst?«, erwiderte Martha und zuckte mit den Schultern. »Wenn du endlich für dich selbst lebst, nicht für andere?«

Betty nickte zögerlich. »Du hast recht. Die ganze Zeit hab

ich meine Gefühle unterdrückt. Ich will aber staunen, mich für etwas begeistern, vor Zorn kochen, zum Platzen glücklich sein!«

Ihre Mutter hatte recht. Nie wieder würde sie so gut wie tot sein. Sie war *lebendig*. Und das in allen Farben und Facetten.

35.

Martha

»Und jetzt?« Nur eine kleine Frage, und doch hatte alles mit ihr begonnen.

Martha hatte neben Tom in seinem Auto gesessen, das am Straßenrand parkte. Es war an der Zeit, dass sie ausstieg und sich beeilte, ins Bett zu kommen. Und doch blieb sie sitzen und atmete auf, als Tom die Handbremse anzog, als habe er nicht vor, sofort weiterzufahren.

Der Himmel in dieser Vollmondnacht hatte ein mystisches Blau. Tom und sie hatten mal wieder gemeinsam Zeitschriften ausgeliefert. Die Anzahl ihrer Abnehmer stieg weiter. Seit der Pfarrer ihnen gestattet hatte, im Keller seiner Kirche zu drucken, hatten sie auch zwei neue Redaktionsmitglieder gewonnen, die vierzigjährige Heike, deren Sohn am Tag des Mauerbaus in letzter Sekunde rüber war. Sowie einen jungen Lehrer namens Gustav, der Martha oft ins Wort fiel und alles besser wusste. Sie fragte sich, ob Micha ihn mögen würde. Vermutlich nicht. Sie stellte sich vor, wie sie heimlich vielsagende Blicke austauschten, wenn Gustav mal wieder große Reden schwang.

Prinzipiell lief es fast schon beängstigend gut. Insgeheim

wartete sie nur darauf, dass das Leben mal wieder zuschlug und sie aus der Bahn warf.

Sie schwiegen, und Tom betrachtete gedankenversunken den Mond, der die feinen Wolken ringsum silbergrau schimmern ließ. Unsicher schob sie die Hände zwischen die Knie. Sie sah den Nachtfaltern zu, die unter der Straßenlaterne schwirrten, und konnte doch nur daran denken, wie gut Tom roch und wie sehr sie jedes Mal unter Strom stand, wenn er sie ansah. War sie noch immer nur eine Freundin für ihn, und ihr hoffnungsvolles, romantisches Herz spielte ihr bloß einen Streich, oder war da mehr?

Eigentlich machte es ohnehin keinen Sinn, sich schlafen zu legen, denn dies war eine dieser Julinächte, die so heiß waren, dass man kein Auge zubekam und sich nur unruhig im Bett hin und her wälzte. Also konnte sie getrost noch ein bisschen in Toms Trabi sitzen bleiben. Nur müsste ihr dafür endlich etwas einfallen, was sie sagen könnte … Etwas Lustiges, Kluges oder Inspirierendes am besten …

Obwohl ihr Fenster runtergekurbelt war und hin und wieder eine leichte Brise sie streifte, schwitzte Martha. Vielleicht lag es auch daran, dass Tom sie den ganzen Abend über immer wieder berührt hatte. Und wenn er sie so ansah wie jetzt, wenn sich das Mondlicht in seinen Augen spiegelte, dann …

Es war definitiv Zeit auszusteigen.

Gerade, als sie die Hand auf den Türgriff legen wollte, sagte er die entscheidenden zwei Wörter: »Und jetzt?«

»Was meinst du?« Sie klemmte sich eine Haarsträhne hinters Ohr.

»Na, wir haben zwei neue Redaktionsmitglieder und immer mehr Abnehmer! Es läuft ziemlich gut für uns, das müssen wir doch mal feiern!«

»Es ist mitten in der Nacht …« Sie klang, als hätte sie schon zugestimmt, obwohl sie noch nicht mal wusste, was ihm überhaupt vorschwebte.

»Na und?« Er zündete den Motor, löste die Handbremse und fuhr einfach los.

»Halt, Tom! Nicht, dass Anna sich Sorgen macht.« Ihr Protest klang selbst für ihre eigenen Ohren halbherzig.

»Sie weiß doch, dass wir zusammen unterwegs sind.«

Ihre Haut prickelte. »Und wo fahren wir hin?«

»Lass dich überraschen.«

Sie ahnte es bereits, als sie durch den nachtschwarzen Wald hindurch Wasser funkeln sah.

Ehe sie protestieren konnte, sagte er: »Keine Angst, wir brechen nicht ins Strandbad ein. Das hast du ja offenbar schon grandios vergeigt. Aber gleichzeitig hast du so oft vom Müggelsee geschwärmt … Da frage ich mich doch, was so besonders an der Pfütze ist.«

Martha versetzte ihm einen kleinen Stoß gegen die Schulter.

»Na, dann werde ich dir mal zeigen, wie toll *dieser See* ist«, sagte sie, als er hielt, und stieß die Beifahrertür auf.

Tom schnappte sich eine aus alten Laken selbst genähte und bemalte Tasche von der Rückbank. »Ich bin vorbereitet.«

»Du hast das geplant?«

Im Vorbeigehen sagte er mit rauer Stimme: »Ich habe davon geträumt«, und schwang sich die Tasche über die Schulter.

Sie folgten dem von Mondlicht beschienenen schmalen Trampelpfad durch den Wald. Tom hielt ihr Zweige aus dem Weg und warnte sie vor hervorstehenden Wurzeln. Schließlich traten sie aus dem Dickicht und auf einen schmalen Streifen Wiese. Das Schilf am Ufer wuchs dicht, aber es gab einen Steg, der wirkte, als hätte er schon einige Jahre auf dem Buckel. Ein Schwan glitt friedlich über das Wasser. Es roch herrlich würzig nach Natur, nach feuchter Erde und See.

»Meine Eltern haben mir immer strengstens verboten, an den wilden Stellen schwimmen zu gehen«, erzählte Martha und trat an den Rand des Stegs. »Da sind die Nackten, hat Valerie gesagt. Ich dachte mir damals immer: Wenn ich mal erwachsen bin, dann mache ich das.« Sie lachte leise über sich selbst.

»Bist du denn jetzt erwachsen?«, fragte Tom.

Sie zuckte mit den Schultern. Noch fühlte sie sich nicht so. Dabei hatte sie es früher kaum erwarten können. »Ist Erwachsensein ein Alter oder ein Gefühl?«, fragte sie.

»Beides.«

»Und welches Gefühl ist es dann? Langsam denke ich, dass es nur darum geht, sich verzweifelt auf das Gute zu konzentrieren und das viele Schlimme auszublenden, weil man sonst kaputtgeht. Ein verzweifeltes Den-Kopf-über-Wasser-Halten.«

»Ganz schön tiefgründig. Fragst du mich als Nächstes, was der Sinn des Lebens ist?« Tom holte eine Flasche Rotwein aus der Tasche.

»Interessieren würde mich die Antwort schon.«

Er entkorkte die Flasche und reichte sie ihr.

»An Gläser hast du wohl nicht gedacht?«, neckte sie ihn und nahm einen Schluck, dann noch einen und reichte sie ihm zurück. Sogar seine Art, die Flasche am schmalen Hals zu packen und daraus zu trinken, hatte etwas Lässiges, Attraktives.

Als er den Wein auf dem Steg abstellte und sein Hemd über den Kopf zog, fragte sie beunruhigt: »Was wird das?«

»Ich gehe ins Wasser. Du etwa nicht?«

»Tom …«

»Martha …«, sagte er in exakt demselben Tonfall. »Was ist denn schon dabei? Es ist heiß, niemand ist hier. Wir amüsieren uns doch nur.« Er beugte sich zu ihr hinab, und sein Atem streifte ihre Lippen. »Ich weiß, dass du nicht widerstehen kannst.«

»Ach ja? Und *woher* weißt du das?«

»Weil ich dich kenne.«

Sie verschränkte die Arme vor der Brust. Konzentrierte sich darauf, seinem Blick standzuhalten, was nicht leicht war, aber immerhin starrte sie so nicht seinen nackten Oberkörper an, seine gebräunte Haut, seine breiten Schultern oder den flachen Bauch mit dem leichten Flaum unterhalb seines Bauchnabels … Oder vielleicht starrte sie doch.

Beherrsch dich!, ermahnte sie sich. »Und wie bin ich so, deiner Meinung nach?«, schaffte sie es zu fragen.

»Du wirkst vielleicht ruhig und brav, aber in dir brennt ein Feuer. Du bist leidenschaftlich, liebst das Abenteuer, ein klein wenig Gefahr. Du wünschst dir die große, alles verzehrende Liebe …«

Ihr stockte der Atem.

Und dann öffnete er den Knopf seiner Hose und zog sie nach unten, stieg heraus. Nahezu verzweifelt sah sie auf den See hinaus.

Mit einem perfekten Köpper sprang er ins Wasser, tauchte wieder auf und strich sich die Haare aus dem Gesicht. »Angsthase!«

Was ist denn schon dabei?, sagte sie sich.

»Umdrehen!« Sie zog die Schleife an ihrem Ausschnitt auf, schob die Knöpfe aus den Ösen und ließ ihr leichtes Sommerkleid ihre Beine hinabgleiten. Sie öffnete den Verschluss ihres Büstenhalters und schlüpfte schließlich aus ihrem Höschen.

Tom stand von ihr abgewandt, sodass Martha das Spiel seiner Rückenmuskulatur sehen konnte, als er die Arme genießerisch ausstrecke. Sie setzte sich auf den Rand des Stegs und glitt von dort aus ins kühle, dunkle Wasser. Er drehte sich zu ihr um. Das Mondlicht schimmerte dunkelblau in den Kuhlen seines Schlüsselbeins.

Martha tauchte unter und öffnete die Augen, war umgeben von vollendeter Stille. Nur wenn ihre Hände durch das Wasser fuhren, war ein leises Rauschen zu hören. Ihr kam das Märchen von der kleinen Meerjungfrau in den Sinn, die sich unsterblich in den Prinzen verliebte und am Ende seinetwegen starb.

Direkt vor Tom durchbrach sie die Wasseroberfläche. Sie strich sich das Haar aus dem Gesicht. Sah ihn an.

Sein Kehlkopf hüpfte auf und ab, als er schluckte. »Ich würde dich gerne malen.«

Sie trat noch näher an ihn heran. »Dann mach das.«

Er watete zum Steg. Sie wagte es, sich umzudrehen, und sah, wie er sich hinaufzog, sah seinen knackigen Hintern und grinste. Anstandshalber schloss sie die Augen, aber dann betrachtete sie ihn doch, die helle Haut, das Spiel von Licht und Schatten darauf, die feinen Muskeln, seinen Penis. Er holte seinen Skizzenblock aus der Tasche. Martha hörte das leise Schaben, als er seinen Stift anspitzte. Sie solle etwas näher ans Ufer kommen, mit dem Rücken zu ihm bis zu den Knien im Wasser stehen und ihn über die Schulter ansehen. »Streich dein Haar nach hinten. Perfekt.«

Erst hatte sie ihn in ein Gespräch verwickeln wollen, um ihre Unsicherheit zu überspielen, aber er hatte sich nicht darauf eingelassen. Also stand sie da, hörte das Kratzen des Stifts, blickte zu Tom und spürte das Wasser auf ihrem nackten Körper, über den der Wind strich. Außerdem spürte sie Toms Blicke auf ihrem Rücken, ihrem Po, ihren Beinen. So viel hatte sie noch nie gespürt. Einerseits fühlte sie sich verletzlich und seinen Blicken ausgeliefert, andererseits sinnlich und weich und wach. Es war berauschend.

Martha hatte keine Ahnung, wie viel Zeit verging, ehe er fertig war. Vielleicht war es eine Stunde, vielleicht weniger. Ihre Haut war inzwischen getrocknet. Über den weichen Boden des Sees ging sie zu ihm, legte die Arme auf den Steg und ließ sich das Bild zeigen.

»Und, was sagst du?« Sie fand niedlich, wie nervös er wirkte.

»Es fällt mir schwer zu glauben, dass diese schöne Frau mit dem intensiven Blick, dass die wirklich ich bin.« Diese Frau wirkte begehrenswert, stark.

»Ich habe nur gemalt, was ich sehe.«

»Danke«, wisperte sie.

Und auf einmal neigte er sich zu ihr vor und küsste sie.

Und sie küsste ihn zurück, mit einer Leidenschaft, als hinge ihr Leben davon ab. Er konnte gerade noch den Block zur Seite legen, ehe sie ihn zu sich ins Wasser zog. Seine Lippen waren ganz weich. Als er sie zärtlich in die Unterlippe biss, durchfuhr es ihren ganzen Körper.

Irgendwann lagen sie auf dem Steg. Haut an Haut. Sein Atem an ihrem Busen, seine Zunge umspielte ihre Brustwarzen. Sie hatte ja nicht geahnt, wie gut sich das anfühlte. Ihr entwichen Laute, von denen sie nicht gewusst hatte, dass sie zu ihnen fähig war.

»Ich habe noch nie …«, setzte sie an.

Er schluckte und blickte sie forschend an. Hatte sie ihn mit ihrer Bemerkung verunsichert? Oder gar abgeschreckt? Da senkte er erneut seine Lippen auf ihre herab. Diesmal küsste er sie zärtlich und streichelte ihr Gesicht dabei. Ohne Vorwarnung drang er in sie ein. Der Schmerz zerriss sie beinahe. Sie klammerte sich an seinem Rücken fest, biss die Zähne aufeinander. Er bewegte sich langsam auf ihr, sein Haar kitzelte leicht an ihren Schläfen.

Sie wünschte, sie hätte vorher mit Betty darüber gesprochen, was sie zu tun hatte. Sie fragte sich, ob sie nicht ebenfalls ein bisschen beschleunigt atmen sollte, aber das Gegenteil war der Fall, denn ihr Atem ging flach, und sie war völlig verkrampft. Auch seine Schmetterlingsküsse auf Nase und Wange beruhigten sie nicht. Die ganze Zeit über hielt Martha den Blick auf den Mond gerichtet und glaubte, darin ein tröstlich lächelndes Gesicht zu erkennen.

Dann ein lustvolles Stöhnen von ihm, ein Erschauern seines ganzen Körpers, und es war vorbei. Tom schob sich von ihr. Sie hörte ihn atmen. Ihr Körper fühlte sich seltsam an. Anders. Aber wahrscheinlich bildete sie sich das nur ein. Obwohl sich gerade das erfüllt hatte, wovon sie nächtelang geträumt hatte, war es ihr, als hätte man ihr etwas geraubt. Und obwohl Tom direkt neben ihr lag, fühlte sie sich einsam.

Es verging eine Woche, in der Martha Tom nicht zu Gesicht bekam. Als sie anfing, sich Sorgen zu machen, wagte sie es schließlich, in Friedrichshain bei dem Haus vorbeizugehen, in dem er wohnte. Bisher war sie nur ein einziges Mal dort gewesen, um einen Text von ihm abzuholen, und war leicht eingeschüchtert gewesen.

Als Martha an der Wohnungstür im ersten Stock klopfte, kam keine Reaktion. Auch Anna, die seinen Vater von ihrer Zeit an der Kunstakademie kannte, fand nicht heraus, wo er steckte.

Es war, als wäre er spurlos verschwunden.

36.

Betty

Kurt hatte das Namensschild an seinem Büro erneuern lassen. Anstatt »Kurt Weiler – Regisseur« stand dort nun »Kurt Weiler – Regisseur und Drehbuchautor«.

Vielleicht hätte sie darüber gelacht, hätte es nicht so sehr in ihr gebrodelt. Dieser schmierige Lügner! Was sie vorhatte, war nicht nur das Richtige, es war auch längst überfällig. »Zeig's diesem Mistkerl«, trieb sie sich selbst an.

Sie hatte sich für ein rotes Kleid entschieden. Fatalrot, wie ihr Onkel, der Modeschöpfer, die Farbe gerne bezeichnete. Ein Rot, das eine Warnung war und eine Provokation. Ihre Lippen hatte sie in derselben Farbe geschminkt und ihre Augen mit schwarzem Lidstrich betont. Sie sah aus wie lebendig gewordenes Feuer, bereit, alles niederzubrennen.

Sie klopfte leise. Keine Reaktion.

Vielleicht hätte sie noch einmal klopfen sollen, aber sie ahnte, was da drin vor sich ging, und dachte, dass es strategisch klüger war, ihren Ehemann auf frischer Tat zu ertappen. Die Tür war nicht abgeschlossen. Erinnerungen überfielen sie, als sie leise das Büro betrat. Sie dachte daran, wie sie oft in dem stickigen Raum mit dem kleinen Fenster auf den großen Regisseur gewartet hatte. Wie er Rotwein aus der Vitrine geholt und ihnen eingeschenkt hatte, ohne zu fragen, ob Betty überhaupt etwas trinken wollte. Im Gegensatz zu ihr hatte er gewusst, dass Alkohol gefügig machte. Warum hatte sie damals nicht auf ihr Herz gehört, das sich gegen ihn und seine Berührungen gesträubt hatte? Warum war es offenbar üblich, dass Frauen verlernten, auf ihre innere Stimme zu hören? Stattdessen wurden sie dazu abgerichtet, es immerzu anderen recht zu machen.

Eine Schrankwand trennte das Büro in zwei Hälften, dahinter versteckte sich ein kuscheliges Sofa. Von dort war ein leises, verräterisches Keuchen zu hören. Betty straffte sich.

Das also war das Ende ihrer Liebesgeschichte. Ihre Füße trugen sie mechanisch, folgten der Kleiderspur auf dem Boden, der Anzughose und dem Schal, den sie früher so gern an ihm gesehen hatte und den sie inzwischen hasste.

Das Erste, was sie sah, war sein nackter Hintern zwischen zwei langen Frauenbeinen. Betty war nicht überrascht, ihn mit einer anderen Frau zu erwischen. Auch nicht darüber, dass es eine gertenschlanke Blondine war. Sie war jedoch überrascht, dass es nicht Doreen war, sondern dass diese blauen Augen, die sich vor Schreck weiteten, zu einem Gesicht gehörten, das sie noch nicht kannte. Wohl wieder eine neue Muse.

»Störe ich?«, fragte Betty und lächelte, als wäre das hier ein nettes, zufälliges Treffen.

»Betty!« Ungeschickt kletterte Kurt von der Frau.

Die Fremde richtete ihr Kleid, das sie nicht mal ausgezogen hatte. Sie war blass, und kurz fragte Betty sich, ob das der

Schreck war, von der Ehefrau ertappt worden zu sein, oder ob mehr dahintersteckte.

»Das also nennst du Arbeit?«, fragte Betty.

»Ich habe Claudia für das Vorsprechen vorbereitet«, entgegnete er. Inzwischen hatte er sich seine beige Anzughose geschnappt. Er schlüpfte hinein und zog den Reißverschluss hoch.

»Oh, das ist natürlich sehr verdienstvoll, dass du dich so gut um neue Talente kümmerst.« Sie hob ihre rechte Hand hoch und deutete auf den Ehering. »Wie dumm nur, dass du verheiratet bist. Und zwar mit mir.«

»Ach, komm schon, Betty!« Er breitete die Arme aus, als wäre die Szene, die sie hier machte, völlig ungerechtfertigt. »Eine Affäre gehört in meinem Beruf zum guten Ton! Abgesehen davon lässt du dich gehen.«

Sie zog die Augenbrauen hoch. »Das ist eine interessante Art, dich zu entschuldigen.«

»Ich schlage vor, du beruhigst dich.« Er zog sein Hemd über und knöpfte es zu. »Du misst dieser Sache viel zu viel Wert bei.«

»Wie viel Wert ich dieser Sache beimesse, entscheide ich ganz allein.« Und dann sprach sie aus, weshalb sie hergekommen war: »Ich will die Scheidung.«

Totenstille.

Kurt gab seiner Affäre ein Zeichen, dass sie verschwinden sollte. Die Leere in den Augen der Schauspielerin traf Betty wie eine Ohrfeige. Die junge Frau wirkte schrecklich verletzlich. Ähnlich hatte auch Doreen ausgesehen, als Kurt in der *Möwe* eine Hand auf ihre Taille gelegt hatte. Obwohl Betty wohl alles Recht der Welt hätte, wütend auf Claudia zu sein, hatte sie Mitleid mit ihr. Deshalb hob sie die Tasche vom Boden auf, die nur der Schauspielerin gehören konnte, und reichte sie ihr. Die Frau floh regelrecht aus dem Raum.

Als die Tür hinter ihr zufiel, stellte Kurt die Frage, mit der Betty schon gerechnet hatte. In den letzten Monaten hatte sie sie oft gehört. »Hast du deine Tabletten heute etwa nicht genommen?«

»Nein, Kurt, habe ich nicht. Ich nehme sie nicht mehr. Und das ist auch der Grund, weshalb ich endlich wieder klar genug im Kopf bin, um zu begreifen, was für ein unerträgliches Arschloch du bist.«

»Wirst du jetzt wieder hysterisch?«

Ein Teil von ihr wollte etwas kaputt schlagen, wollte auf ihn einprügeln. Doch sie wusste es besser. »Nenn mich nicht hysterisch«, erwiderte sie, so ruhig sie konnte. »Ich bin traurig wegen der Zeit, die ich an dich verschwendet habe. Aber vor allem bin ich wütend. Und ich habe alles Recht dazu. Dir kam es gelegen, dass diese Tabletten mich benebeln, weil ich auf die Weise keine Fragen mehr gestellt habe, nicht wahr? Deshalb hast du darauf bestanden, dass ich sie nehme. Weil du tun und lassen konntest, was du wolltest, während ich zu Hause saß und auf dich gewartet habe. Du hast mich nie geliebt. Der tadellose, ehrenhafte Regisseur wollte einfach nur ein braves Frauchen für die Öffentlichkeit, damit er weiter ungestört herumvögeln kann.«

Er machte einen Satz auf sie zu, und kurz befürchtete sie, dass er sie schlagen würde. »Du wirfst mir meine Affäre vor, dabei bist du diejenige, die mich von Anfang an betrogen hat!

Mit diesem nichtsnutzigen Drehbuchautor, diesem Versager! Da guckst du, was? Glaubst du, ich weiß das nicht?« Er lachte verächtlich. »Ich weiß sogar, dass du mich verlassen wolltest. Dass du schon am Bahnhof warst!« Spucke flog aus seinem Mund und traf sie an der Wange.

Es war, als wäre die Temperatur im Raum schlagartig um ein paar Grad gesunken. »Woher ...«

»Ich habe meine Kontakte, Betty. Hast du das immer noch nicht begriffen?«

Grob nahm er ihr Gesicht in die Hände, presste es zusammen. »Du willst die Scheidung? Du willst mich öffentlich demütigen? Nur zu. Aber dann mache ich dich fertig. Und wer wird dir denn schon zuhören? Du bist doch nur die tablettenabhängige Verrückte. Der Arzt im Krankenhaus wird es bezeugen, und die Leute werden sagen, was für ein großherziger Mann ich doch bin, es so lange mit dir ausgehalten zu haben. Ich werde dafür sorgen, dass du nie wieder ein Bein auf den Boden bekommst. Ich bin so viel mächtiger als du.«

Fast wäre es ihm tatsächlich gelungen, sie einzuschüchtern. Aber mit seinem letzten Satz hatte er einen Fehler gemacht. Sie war nämlich auch mächtig. Sie hatte Martha an ihrer Seite, und gemeinsam würden sie schon einen Weg finden, sie aus dieser unerträglichen Ehe zu befreien. Sie reckte ihr Kinn. »Mächtig willst du sein? Du bist der jämmerlichste Waschlappen, der mir je begegnet ist.«

37.

Clara

Angefangen hatte es damit, dass Professor Wittgenstein sie zum Essen eingeladen hatte. Sie hatte sich nichts dabei gedacht, hatte darin nur eine Geste der Anerkennung gesehen, weil sie ja auch wirklich gute Arbeit leistete. Als er ihr Wein eingeschenkt und ihr dabei das Du angeboten hatte, war sie erleichtert gewesen.

»Ich bin Tilo«, hatte er gesagt und ihre Hand geschüttelt.

Clara verbrachte gerne Zeit mit Tilo. Früher war ihr nie aufgefallen, dass sie klüger als die meisten ihrer Mitmenschen war. Aber seit sie Lilli und Tilo kannte, genoss sie Gespräche auf Augenhöhe zu allen möglichen Themen, von Wissenschaft bis Zeitgeschichte. Sie mochte es, Tilo zuzuhören, sich mit ihm auszutauschen, zu diskutieren, und stellte jedes Mal erstaunt fest, wie schnell die Zeit mit ihm verflog. Seit sie ihn kannte, war sie viel weniger düster, hatte ihre Kraft und ihre Lebenslust wiedergefunden. Er war ihr ein Freund, auch wenn sie kaum Privates austauschten. Deshalb störte es sie auch kein bisschen, dass es fast schon zur Gewohnheit geworden war, sich auch am Wochenende mit ihm im Labor zu treffen und gemeinsam zu forschen.

Eines Abends lud er sie in die Oper ein, weil sie noch nie in einer gewesen war. »Du wirst es lieben«, hatte er versprochen. Clara hatte es bezweifelt. Was sollte so toll daran sein, zwei Stunden lang Menschen dabei zuzusehen, wie sie *Don Giovanni* von Mozart trällerten. Aber Tilo behielt recht. Sie war so ergriffen, dass er ihr ein Taschentuch reichte. Eines aus einem seidigen Stoff, nicht so wie die von drüben, an denen man sich die Nase wund putzte.

Als er sie eine Woche später zu sich nach Hause einlud und Clara sich mit Wimperntusche und Puder für den Abend hübsch machte, lehnte sich Lilli an den Türrahmen und verschränkte die Arme vor der Brust. »Er mag dich.«

»Wir verstehen uns nur gut«, erwiderte Clara und tupfte etwas Parfüm auf den Hals.

Lilli zog vielsagend die Augenbrauen hoch. »Ach ja? Ich hätte nicht gedacht, dass du so naiv bist.«

Dieser Hieb kam unerwartet und traf Clara mit ziemlicher Heftigkeit. »Wie meinst du das?«

»Tilo lullt dich ein mit Dingen, die du nicht kennst oder dir nicht leisten kannst, weil er dich ins Bett bekommen will. Er ist ein Mann.«

So schätzte Clara ihn eigentlich nicht ein. Er war ein Gentleman und hatte sie bisher nie lüstern oder gierig betrachtet, so wie es manche Männer taten. Zwar war ihr nicht entgangen, dass er sie hin und wieder etwas länger ansah, als es unter Kollegen oder Freunden üblich war, aber sie hatte sich manchmal auch dabei ertappt, mit ihm zu flirten. Ein klein wenig zumindest, weil es der Seele guttat.

Aber mal angenommen, Lilli hatte recht: Wie würde sie damit umgehen, wenn Tilo sie zu verführen versuchte?

Clara stellte das Parfüm zurück in den Spiegelschrank und sah Lilli dann direkt an. »Du meinst, er will mich kaufen, und wenn ich darauf eingehe, bin ich eine Nutte?«

»Ach Gott, nein! Entschuldige.« Lilli legte eine Hand an die Stirn. »Ich will nur, dass du vorsichtig bist.«

»Ich bin nicht dumm«, sagte Clara. »Und ich kann auf mich aufpassen.«

Als sie an jenem Abend aus dem Taxi stieg, verschlug es ihr den Atem. Tilo wohnte in Grunewald, einem bekanntermaßen wohlhabenden Viertel. Als der Fahrer »Wir sind gleich da« gesagt und sie aus dem Seitenfenster geschaut hatte, hatte sie sich kurz gefragt, ob sie auch wirklich die richtige Adresse genannt hatte. Eine Villa reihte sich an die nächste. Jugendstilschlösser mit Erkern und Türmchen, Prachtbauten im klassizistischen Stil. Hinter verschnörkelten, schmiedeeisernen Toren erstreckten sich gepflegte Vorgärten mit kunstvoll in Form gebrachten Buchsbaumhecken, Marmorskulpturen und sprudelnden Brunnen.

Das Haus, in dem Tilo wohnte, hatte zum Glück nichts Protziges an sich. Und doch war es für Clara, die in einer Wohnung groß geworden war, die aus allen Nähten platzte und deren Toilette eine halbe Treppe tiefer lag, Bad gab es keins, ein Traum. Kaum zu glauben, dass nur eine einzige Person diese drei Stockwerke bewohnte. Die unterste Fensterreihe war mit Gittern versehen und vermutlich ein Souterrain. Blumenkästen zierten die quadratischen Fenster darüber, in deren Läden Herzen gestanzt waren. Drei hohe schmale Fenster lagen im ersten Stock, die kleinen runden darüber gehörten wohl zum Speicher. Auf dem schmalen Schindelturm saß ein Wetterhahn und blinkte im Licht der Abendsonne.

Das Gartentor war aus Holz und quietschte leise, als sie es öffnete. Clara folgte dem Kiesweg und stieg die Treppe hinauf, die zur Haustür führte. In den Händen hielt sie eine Pappschachtel mit einem kleinen Geschenk für Tilo darin. Als sie den altmodischen Türklopfer anhob, gab sie acht, dass dem überaus anfälligen Inhalt der Schachtel nichts geschah.

Eine Frau mit warmherzigen Augen und roten Apfelbäckchen öffnete ihr. Von Lilli wusste sie, dass Tilo keine Frau hatte. Also konnte das nur eine Haushälterin sein. Eine *Haushälterin*!

»Äh. Ich bin Clara«, stammelte sie.

»Angenehm, Hedwig. Nur hereinspaziert«, begrüßte die etwa sechzigjährige Frau Clara freundlich.

Clara stellte die Schachtel vorsichtig auf der Flurkommode ab und ließ sich unbeholfen ihre Jacke abnehmen.

Tilo empfing sie im Wintergarten. Er trug einen Anzug und sogar eine Krawatte. Auf einmal war ihr das Geschenk peinlich … Warum hatte sie ihm nicht einen edlen Wein oder Zigarren mitgebracht?

Doch als Tilo die Pappschachtel öffnete, strahlte er wie ein kleiner Junge. »Dass du dich daran erinnert hast!«

Sie hatte ihm Schaumküsse gemacht. Vor etwa einem Monat hatte sie ihm erzählt, wie ihre Mutter vor vielen Jahren die sahnigen Türmchen in Pappkartons durch Westberlin getragen und für je drei Mark an Geschäftsleute in der Mittagspause oder junge Mütter verkauft hatte. Damals war Clara noch ein kleines Mädchen gewesen und hatte immer gehofft, dass wenigstens einer der mit Sahne gefüllten und mit Schokolade überzogenen hauchzarten Köpfe sich nicht mehr verkaufen ließ, weil er angeschlagen war. Die kaputten hatte nämlich dann sie naschen dürfen.

Tilo hatte zu der Zeit schon studiert und sich zweimal einen Schaumkuss geleistet. »Noch heute habe ich den Geschmack auf der Zunge!«, hatte er im Labor geschwärmt. »Was würde ich dafür geben, noch mal einen vernaschen zu dürfen!«

Ob ihre Mutter ihm die Süßigkeit verkauft hatte, konnte er natürlich nicht sagen, auch wenn Clara die Vorstellung gefiel. Inzwischen hatte sie herausgefunden, dass er fünfundvierzig Jahre alt war und damit über zwanzig Jahre älter als sie.

Die Einrichtung der Villa ließ sich wohl am ehesten als »Landhausstil« bezeichnen. Gemütlich und ein wenig rustikal. »Ursprünglich hat das Haus einem Frankfurter Banker gehört, der aber hat es nur selten genutzt, wenn ihm nach etwas ländlicher Ruhe gewesen ist«, erzählte Tilo. Genau danach sah die Villa aus. Dies war ein Ort, an dem man nach einem langen Spaziergang die Schuhe abstreifte, sich in den Sessel vor dem Kamin fallen ließ und Tee trank. An den Wänden hingen Landschaftsmalereien. Und die vielen Räume! Es gab sogar ein Esszimmer, in dem die Haushälterin inzwischen die Vorspeise aufgetragen hatte. Fasanenpastete mit ofenwarmem Weißbrot. Es folgten Rehrücken auf Kartoffelbrei und schließlich Bayerische Creme, Köstlichkeiten, die Clara noch nie zuvor gegessen oder auch nur gesehen hatte.

Nach dem Essen führte er sie noch ein wenig in seinem Haus herum. Besonders im Wohnzimmer war auf Details geachtet worden, zum Beispiel darauf, dass die Zierkissen zu den geblümten Vorhängen passten. Es war schnell klar, wer hier Einrichtungstalent bewiesen hatte, nämlich die Frau auf dem gerahmten Foto, das auf dem schwarzen Klavier im Wohnzimmer stand.

»Meine verstorbene Frau«, sagte Tilo, der Claras Blick bemerkt hatte.

Clara nahm das Foto in die Hand. »Sie war sehr hübsch.«

»Das war sie. Aber deshalb habe ich sie nicht geheiratet. Ich habe sie für ihre Klugheit geliebt. Sie hat kein Blatt vor den Mund genommen und mir ihre Meinung gesagt. Sie war anders als all die Frauen, die ich sonst getroffen habe.«

Die nächste Frage beantwortete Tilo, ohne dass Clara sie hatte stellen müssen. »Sie ist gestorben. Vor zehn Jahren. Krebs.«

»Das tut mir sehr leid«, sagte Clara.

»Wie ist es bei dir?«, fragte er. »Wir haben noch nie wirklich über dich geredet.«

»Da gibt es nicht viel zu erzählen.«

»Das bezweifle ich. Ich glaube sogar, dass du sehr interessant bist.«

Sie spürte, dass ihre Wangen warm wurden.

Er verschränkte die Hände hinter dem Rücken, wie er es oft tat. »Bevor du hierhergekommen bist, gab es denn da jemanden, dem dein Herz gehört hat?«

Die Frage traf sie wie ein Pfeil in die Brust. Sie schnappte nach Luft. Sollte sie ihm von Alex erzählen? »Ja«, sagte sie. »Da gab es jemanden. Sein Name war Alex. Er war meine erste große Liebe, aber wir hatten nicht viel Zeit zusammen …«

»Weil dann die Mauer gebaut wurde und du rüber bist?«, kombinierte Tilo.

Sie nickte. Merkte, wie ihre Kehle eng wurde, selbst nach all der Zeit, die vergangen war.

»Tragisch, wie diese Mauer Menschen auseinandergerissen hat.«

»Ja. Aber nicht so tragisch wie deine Geschichte«, erwiderte sie. »Alex lebt noch.«

»Er lebt sogar in derselben Stadt, ist so nah, und trotzdem könnt ihr euch nicht berühren, nicht sehen, nicht sprechen. Ich finde das schlimm. Denkst du oft an ihn?«

Erneut nickte sie.

»Er wird immer ein Teil von dir sein«, sprach er aus, was sie dachte. Sie schätzte seine verständnisvolle, sensible Art.

Es war höchste Zeit, das Thema zu wechseln, ehe sie noch in Tränen ausbrach. »Das ist also schon alles?«, fragte sie ironisch und machte eine Geste in den Raum hinein.

Tilo zeigte ihr noch das mit Holz verkleidete edle Arbeitszimmer. Was für ein unbeschreiblicher Luxus es doch war, so viele verschiedene Räume zu besitzen, die man gar nicht alle nutzen konnte. Clara fuhr mit dem Finger über das beeindruckende Bücherregal und blieb schließlich vor einer Skulptur stehen, die eine halb nackte Frau mit einer Flöte zeigte. Sie hatte einen üppigen Kopfschmuck und war von fremdartigen Blumen umgeben.

»Die Schnitzerei haben meine Frau und ich aus Indien mitgebracht.«

»Du warst in Indien?«

»Nicht nur dort«, antwortete er. »Diese Vase hier stammt aus Indonesien. Und die Maske da drüben an der Wand aus China.«

Er hatte schon so viel von der Welt gesehen … Und sie? Sie kannte Köpenick, den Müggelsee und neuerdings ein paar Ecken Westberlins.

»Ich beneide dich um deine Reisen«, sagte sie und trat näher an die Maske heran. Eine schauerliche Fratze, die den Mund aufriss und zwei spitze Schneidezähne zeigte. »Bestimmt waren sie ungemein bereichernd.«

»Auch du wirst früher oder später reisen.«

»Ja. Irgendwann vielleicht …«

»Du könntest mich nach Italien begleiten«, sagte er.

Stille. Sie sah ihn an.

»Es ist traumhaft dort«, fügte er hinzu. »In zwei Wochen mache ich eine Busreise an die Amalfiküste.«

Sie war überfordert. Italien … So viel hatte sie schon über dieses wundervolle Land gelesen. Aber sie konnte doch nicht mit ihrem Vorgesetzten in den Urlaub fahren! Eigentlich hatte sie mit Lilli nach Italien fahren wollen, aber bisher waren ihre Pläne immer nur vage gewesen, dahingesagt bei einem abendlichen Glas Wein. Dabei machte Clara eigentlich gerne Nägel mit Köpfen.

»Aktuell fehlt mir noch das Geld«, wich sie aus.

»Bezahle ich dich nicht gut genug?«, lachte er.

Clara errötete und senkte den Blick. »Angemessen.«

»Ich würde die Reise für dich bezahlen.«

Entschieden schüttelte sie den Kopf. »Das kommt nicht infrage!«

»Warum nicht? Bei all den Überstunden, die du machst, hast du es dir verdient.«

»Und dennoch sind all die Überstunden keine Reise wert.«

»Aber deine Gesellschaft schon«, sagte er geradeheraus. »Ich fühle mich wohl mit dir, und ich glaube, du hast mich auch gern. Ein bisschen zumindest. Ich für meinen Teil wüsste niemanden, mit dem ich meine Zeit lieber verbringen würde.«

Die unterschiedlichsten Gefühlte tobten in ihrer Brust. Sie konnte nicht glauben, dass ein Mann wie Tilo, der so erfahren und belesen war, der so viel darstellte, sich für sie interessieren konnte. Wenn sie mit ihm nach Italien fahren würde, dann bedeutete das doch, dass sie zuließ, dass sich etwas zwischen ihnen entwickelte. Und das wiederum fühlte sich an, als würde sie Alex betrügen.

Aber sie fühlte auch Zärtlichkeit für diesen feinsinnigen, freundlichen Mann mit den schönen Augen. Und es war an der Zeit, dass sie endlich mit ihrer Vergangenheit abschloss und Wurzeln in ihrer neuen Heimat schlug. Und deshalb legte sie eine Hand an seine Wange. »Danke für deine aufrichtigen Worte. Sie bedeuten mir viel.«

»Aber …?«

»Aber was würde das heißen, wenn ich dich begleiten würde?«

Er legte seine Hand auf die ihre, und auf einmal glänzten Tränen in seinen Augen. »Es würde heißen, dass ich dich noch lieber haben würde.«

Er deutete ihr Zögern falsch, wich zurück. »Tut mir leid, ich war zu forsch. Ich wollte nicht …«

»Nein, das ist es nicht! Ich bin nur überwältigt. Ich mag dich, sehr sogar.«

Bei ihm fühlte sie sich sicher, als könnte ihr nichts zustoßen. Deshalb stellte sie sich auf die Zehenspitzen und schenkte ihm einen Kuss. Eigentlich nur eine Berührung seiner Lippen. Eine Art Danke. Sie horchte in sich hinein und stellte fest, dass sie die Nähe schön gefunden hatte. Sie hatte zwar nicht das Gefühl zu schweben, wie es bei Alex der Fall gewesen war. Aber sie glaubte, nach einem Jahr in der Fremde bei Tilo endlich ein Zuhause finden zu können.

Würde Lilli sie deswegen verachten? Clara dachte an das Gespräch mit ihr zurück. Nein, gewiss nicht. Im Endeffekt tat sie doch genau das, wozu Lilli sie schon seit Längerem ermutigte: weiterleben.

Sie traf eine Entscheidung. »Was müsste ich denn für einen Italienurlaub einpacken?«, fragte sie.

Italien – das waren bezaubernde uralte Dörfer mit verwinkelten Gassen. Das war köstliches Essen. Das war Meeresrauschen. Üppige, leuchtende Bougainvillea-Sträucher. Das war Hitze und das Suchen von schattigen Flecken. Das war Sand unter den Füßen. Das war lange ausschlafen und sich die Nächte um die Ohren schlagen. Das war angetrunken durch enge Gassen taumeln und lachen, bis einem der Bauch wehtat.

Clara staunte über alles, was es da an Unbekanntem gab. Über Märkte, auf denen Zitronen verkauft wurden, die doppelt so dick waren wie die in den Kaufhallen. Über die Düfte … wilder Rosmarin, gebratener Knoblauch und körniges Salz.

Aber besonders die Busfahrt mit den anderen Touristen würde ihr in Erinnerung bleiben. Während sie aus dem Fenster schaute und die Küstenlandschaft Amalfis an ihr vorbeizog, lauschte sie dem bunten Sprachengewirr. Sie hörte Englisch, Französisch, Deutsch, Spanisch … Manchmal ertappte sie sich dabei, gar nicht mehr aus dem Fenster zu schauen, sondern ihre Mitreisenden anzustarren. Diese Vielfalt in nur einem Bus machte ihr besonders deutlich, wie sehr die DDR auf sich selbst beschränkt blieb. Die Menschen dort waren eingemauert, abgeschnitten von Erfahrungen, ohne die Chance auf Durchlüftung ihrer Hirne und Seelen. Wie konnte man ihnen nur so etwas Schönes verwehren? Hier sah sie die Menschen lachend miteinander radebrechen. Sie genossen das Leben.

Ausgerechnet in diesem stickigen Bus, in dem die Luft stand und ihr leicht übel war von der rasanten Fahrweise des fluchenden Italieners hinterm Steuer, erfuhr sie die ganze Welt. Sie strahlte Tilo an und legte ihre Hand auf seine.

Doch auf einmal bröckelte ihr Lächeln.

»Was ist?«, fragte er besorgt.

»Ich dachte nur an meine Mutter und Betty und Martha … So etwas Tolles werden sie nie erleben.« Vertane Lebenszeit.

»Sag das nicht. Vielleicht geschieht ein Wunder, und diese Mauer wird eines Tages Geschichte sein.«

»Ich hoffe es so sehr, dass es fast wehtut.«

An ihrem letzten Abend aßen sie köstlichen Fisch in einem einfachen Restaurant mit karierten Tischdecken und Meerblick. Anschließend stießen sie mit Sekt auf dem Balkon ihres Hotelzimmers an und betrachteten den atemberaubenden Sternenhimmel. Clara legte den Kopf in den Nacken, um den tiefschwarzen Samt zu bewundern, auf dem unzählige Sterne glommen.

Als wären wir zwei Galaxien, die kollidiert sind, und dadurch sind Tausende von Sternen entstanden … Sie fragte sich, ob ihr Herz irgendwann nicht mehr so schwer sein würde, wenn sie an Alex dachte.

»Ist das dort oben Aldebaran?«, neckte Tilo sie.

»Oh, bitte! Verschone mich, und sprich nicht weiter!« Sie legte die freie Hand vor die Augen. »Das war mein erstes Silvester. Mir ging es nicht gut so allein in der Fremde, und ich habe es wohl etwas übertrieben.«

»Ob du's glaubst oder nicht, ich fand dich trotzdem hinreißend. Du musstest mich unbedingt verbessern.«

Mit Tilo konnte sie auch wie jetzt schweigen, ohne dass es ihr unangenehm war oder sie das Bedürfnis hatte, die Stille mit hohlen Worten zu füllen. Sie lauschten dem Zirpen der Grillen, dem Atem des Windes, der salzige Meeresluft zu ihnen trug, und genossen den würzigen Duft der Natur um sie herum.

»Ich fühle mich sehr wohl bei dir, Clara«, sagte Tilo.

»Ich fühle mich auch sehr wohl bei dir.« Sie hakte sich bei ihm ein und legte den Kopf auf seine Schulter.

»Noch nie zuvor habe ich eine Frau getroffen, mit der ich mich derart gut unterhalten kann und deren Meinung mich so stark interessiert«, fuhr er fort. »Und ich bezweifle, dass ich noch mal jemanden wie dich treffen werde.«

Auf einmal war es ihr, als befände sie sich im freien Fall. Als wisse ihr Herz etwas, was ihrem Kopf noch verborgen war.

»Ich weiß, ich bin ein ganzes Stück älter als du«, fuhr er fort. »Aber ich weiß auch, dass du viel zu klug bist für die Männer in deinem Alter. Du hast eine alte Seele. Ich möchte, dass es dir gut geht. Dass du ein Zuhause hast. Dass du abgesichert bist.«

»Das … Das weiß ich sehr zu schätzen«, war alles, was sie hervorbrachte.

Er stellte sich vor sie, nahm ihre Hände. »Es ist vermessen, auch nur zu fragen, aber ich muss es versuchen: Kannst du dir vorstellen, den Rest deines Lebens mit mir zu verbringen?

Clara dachte noch: *Nein, das ist doch nicht möglich …*

Dann sank er vor ihr auf die Knie und hob den Blick. »Clara Vogel, willst du mich heiraten?«

38.

Martha

Sie bewarb sich in einem Hotel. Immerhin konnte sie dank Russischunterricht und ihrer jahrelangen Brieffreundschaft mit Jelena aus Kaluga ziemlich gut Russisch und hatte als zweite Fremdsprache Englisch hinzugewählt. An der Rezeption könnte sie ihre Sprachkenntnisse gut einsetzen. Als sie per Brief zum Vorstellungsgespräch eingeladen worden war, hatte sie einen kleinen Freudenhüpfer gemacht. Zwar war das natürlich nicht ihr Traumberuf, aber immerhin! Sie hatte eines der stilvollen Kleider von Herrn König angezogen und sich dezent geschminkt. Im Gespräch mit der Hotelleitung hatte sie sich offenbar so gut geschlagen, dass der ältere Herr mit dem Schnauzer ihr sogar Komplimente für ihr Auftreten gemacht hatte.

Eine Woche später kam erneut ein Brief vom Hotel. »Wir bedauern, Ihnen mitteilen zu müssen, dass die Stelle anderweitig vergeben wurde. Danke für Ihr Interesse …«, las sie Anna vor und lief dabei im Wohnzimmer auf und ab. »Wie ist das möglich? Am Ende des Gesprächs hat mir Herr Voigt die Hand geschüttelt und gesagt, er würde sich freuen, mich bald wiederzusehen!«

Sie bewarb sich bei der Post. Auch dort schien man von ihr angetan zu sein, doch eine Woche später kam der Brief. »Vielen Dank für die Bewerbung, Sie erfüllen leider nicht die Anforderungen.«

Sie bewarb sich in einer Kanzlei als Sekretärin. Als Verkäuferin in einer Buchhandlung. Manchmal rief sie selbst von der Telefonzelle aus an, um zu erfahren, dass man keinen Platz für sie hatte, ein andermal hörte sie einfach nichts. Wütend, frustriert und in ihrem Stolz verletzt versuchte sie, eine Stelle als Kellnerin zu ergattern, dann in einem frisch eröffneten *Exquisit*, in einer Bäckerei, schließlich sogar in einer Fleischerei, obwohl ihr das widerstrebte. Jeder Versuch blieb erfolglos. Sie vermutete, dass es eine Art Liste gab, auf die Gert Asseln ihren Namen hatte setzen lassen. Offenbar war jedes Hotel, jedes Restaurant, selbst der kleinste HO-Laden in Berlin dazu aufgefordert, Neueinstellungen von der Stasi absegnen zu lassen.

Und so blieb ihr nichts anderes übrig, als zum Arbeitsamt zu gehen. Ein hässliches Gebäude, in dem es nach scharfem Putzmittel und deftigem Kantinenessen roch. Alles hier war farblos, sogar die Bilder an den Wänden, und die Menschen, die ihr entgegenkamen, wirkten fahl.

Artig stellte sie sich in die unerwartet lange Schlange. Hatten diese Leute alle dasselbe Problem wie sie, oder hatten sie sich zuvor gar nicht die Mühe gemacht, selbst zu suchen? Zwei Frauen standen vor der Flügeltür, hinter der wohl die Gespräche stattfanden, und plauderten, als wäre das hier ein nettes Café. Neben Martha ragte eine Säule in die Höhe, an der eine Uhr ungewöhnlich laut tickte.

Ihre journalistische Neugier machte sich bemerkbar. Kurz entschlossen tippte sie dem Mann, der vor ihr stand, auf die Schultern. Er war eigentlich im besten Alter, höchstens dreißig. Mit seiner Aktentasche, dem frisch gebügelten Hemd und dem mit Pomade in Form gebrachten Haar wirkte er wie jemand, der leicht eine Anstellung finden sollte.

»Entschuldigen Sie, darf ich Sie fragen, wie lange Sie schon arbeitslos sind?«

So, wie der arme Kerl Luft holte, war ihm anzusehen, dass er sich so einiges von der Seele reden wollte. Aber dazu kam er nicht, denn wie aus dem Nichts baute sich eine Dienstperson neben Martha auf, ein verhältnismäßig kleiner Mann mit Halbglatze und eng stehenden Augen. Er schob einen gewaltigen Bauch vor sich her wie sonst nur werdende Mütter kurz vor der Entbindung. »Junges Frollein, wat reden Sie denn da?«

Martha sah sich um – Frollein? War wirklich sie gemeint?

»Hier ist niemand arbeitslos«, schnauzte er sie an. »Sie sind nicht arbeitslos und der Mann da auch nicht.« Er hatte einen Kugelschreiber in der Hand, mit dem er auf den Mann vor ihr deutete, der sich peinlich berührt abwandte.

»Doch«, erwiderte sie verständnislos. »Deshalb bin ich hier. Weil ich arbeitslos bin.«

»Nein.« Entschieden schüttelte der Mann den Kopf, verschränkte die Arme hinter dem Rücken und wippte von den Fersen auf die Fußballen und zurück. »Det is hier det Arbeitsamt, nich det Arbeits*losen*armt. Sie suchen Arbeit.«

Da dämmerte ihr, worum es ging. Offiziell gab es ja keine Arbeitslosigkeit in der Deutschen Demokratischen Republik.

Wahrscheinlich wäre es das Beste, sich zu entschuldigen, den Fehler einzugestehen und die Sache auf sich beruhen zu lassen. Aber der Ärger der letzten Tage und Wochen machte sich bemerkbar. Und sie würde sich sicher nicht von einem kleinen pampigen Mann den Mund verbieten lassen! »Ich suche Arbeit, weil ich arbeitslos bin«, konterte sie.

»Ick hab jesagt, Sie sind nicht arbeitslos!«, brüllte der Mann. Sein Kopf war hochrot, und eine Ader pochte an seiner Stirn.

Ehe er noch einen Herzinfarkt bekam oder Martha von der Polizei hinausbefördert wurde, tröstete sie sich damit, dass der Klügere nachgab. Hocherhobenen Hauptes verließ sie das Gebäude.

Jetzt hätte sie Micha gut gebrauchen können. Er fand immer die richtigen Worte, um sie zu trösten und aufzubauen. Schon ein paarmal hatte sie überlegt, zu ihm zu fahren und sich bei ihm zu entschuldigen, aber inzwischen war so viel passiert … Außerdem hatte sie sich geschämt, weil sie sich mit Tom eingelassen hatte. Wieso hatte Micha gesehen, dass Tom nicht gut für sie war, sie selbst jedoch nicht?

Wem könnte sie ihr Herz ausschütten? Anna hatte selbst ihre Schwierigkeiten, eine Stelle zu finden und zu behalten … Abgesehen davon würde sie ihr vermutlich keine große Hilfe sein, sondern nur auf den Staat schimpfen. »Valerie …«, kam ihr auf einmal in den Sinn.

Und so fand Martha sich eine halbe Stunde später vor der Krippe wieder, in der ihre Adoptivmutter arbeitete.

»Das ist ja eine schöne Überraschung!«, freute Valerie sich.

Die Kinder wurden gerade von den Eltern abgeholt. Es herrschte ein Lärm, wie ihn nur eine Horde Kleinkinder machen konnte. Getrampel, Geplärre, Gekicher … dazwischen immer wieder die besorgten Rufe der Mütter. *Conny, nicht rennen! Karsten, raus aus der Pfütze! Dieter, die Kekse sind für später!*

Martha setzte sich an den Tisch im Spielraum und beobachtete ihre Adoptivmutter dabei, wie sie mit den Eltern umging. Sie bewegte sich irgendwie anders. So sorglos … Sie lachte sogar laut auf und warf sich ihr blondes Haar über die Schultern. Früher hatte sie es für die Arbeit immer zu einem strengen Dutt gebunden. Sie war ja wie ausgewechselt, nicht zu vergleichen mit der strengen, angespannten Mutter, die sie einst gewesen war.

»So, jetzt habe ich Zeit für dich!« Valerie ließ sich auf den Stuhl neben Martha fallen. »Erzähl, wie geht es dir?«

Während Martha knapp ihre Probleme bei der Arbeitssuche zusammenfasste, sortierte Valerie die Stifte auf dem Tisch nach Farbe in eine Schachtel.

»Ich bin kurz davor, mich für einen Kurs als Stadtbilderklärerin einzuschreiben!«, stöhnte Martha. »Dann könnte ich mir wenigstens ein Taschengeld verdienen, wenn ich schon keine richtige Stelle finde.«

»Stadtbilderklärer« war ein anderes Wort für »Touristenführer«, doch nach Hitler war das Wort »Führer« verboten worden. Es gab keinen Lokführer mehr, sondern einen Lokkapitän, und auch wenn man Führerschein sagte, bekam man eins auf den Deckel. Das hieß nämlich nun Fahrerlaubnis.

Valerie faltete die Hände auf dem Tisch und dachte nach.

Martha fiel auf, dass sie heute sogar roten Lippenstift und Rouge aufgelegt hatte. Dabei schminkte sie sich doch sonst nur sehr dezent …

»Vielleicht könnte ich dich hier anstellen?«, schlug Valerie vor.

»Auch das würde Gert zu verhindern wissen«, sagte Martha. »Und ich will nicht, dass du Ärger mit ihm bekommst.«

»Ach!« Sie winkte mit der Hand ab. »Mehr Ärger kann ich nicht mit ihm bekommen.«

»Wie meinst du das?«

»Ich habe mich von ihm getrennt und bin ausgezogen.«

Kurz war Martha sich nicht sicher, ob sie sich vielleicht verhört hatte. Und dann hatte sie Angst, etwas Falsches zu sagen. Sollte sie ihre Adoptivmutter trösten? Aber so zufrieden, wie Valerie die Lippen spitzte, und ihre frisch lackierten Fingernägel prüfte, machte sie nicht den Eindruck, als würde sie unter der Trennung leiden. Wer war diese Frau, und was hatte sie mit ihrer freudlosen Adoptivmutter gemacht?

»Das ist … das ist toll!«

»Ja.« Valerie nickte. »Ich hätte nicht gedacht, dass ich zu diesem Schritt in der Lage wäre, aber neben Gert habe ich mich mit der Zeit mehr und mehr wie ein Geist gefühlt, als würde ich langsam verschwinden.«

»Und wo wohnst du jetzt?«

»Bei einer Freundin, aber das ist natürlich keine Dauerlösung.« Sie pustete sich eine Haarsträhne aus dem Gesicht.

Als Martha sie fragte, wie Gert reagiert hatte, verdunkelten sich Valeries eisblaue Augen. Sie wischte mit der Hand ein paar Krümel auf dem Tisch zusammen. »So, wie man es erwartet. Er hat schrecklich getobt. Hat mir gedroht. Aber ich habe ihm schnell klargemacht, dass er besser ruhig bleibt. Immerhin kann ich beweisen, dass er all unsere Nachbarn ausspioniert hat. Wenn er in dieser Gegend wohnen bleiben möchte, dann sollte er mich lieber in Ruhe lassen.«

Martha legte ihre Hand auf Valeries. »Du siehst jedenfalls gut aus.« Sogar sehr gut. Ihr Kleid war nicht praktisch, sondern in einem hellen Blau und aus einem Stoff, der leicht knitterte.

»Danke. Ich muss sagen, es geht mir auch wirklich gut.« Valerie lachte. »Mir war ja gar nicht klar, was ich verpasse!«

So verträumt hatte Martha nur gelächelt, wenn Alex früher in der Schule an ihr vorbeigelaufen war oder sie vielleicht sogar gegrüßt hatte. Da fiel der Groschen. »Sag bloß, du hast jemanden kennengelernt!«

Valerie seufzte und sah aus dem Fenster, vor dem ein attraktiver Mann ihres Alters mit einem Strauß Wiesenblumen auf sie wartete. »Wir haben uns beim Einkaufen kennengelernt«, erzählte sie. »Es gab nur noch eine Packung KuKo-Reis, und er hat sie mir überlassen. Ist das nicht romantisch?«

»Das ist es.« Martha schmunzelte.

Es geschahen doch noch Wunder, dachte sie.

Am Abend des nächsten Tages stand Martha vor einem Altbau am Rande von Köpenick und schirmte mit einer Hand ihr Gesicht gegen das Licht der untergehenden Sonne ab. Hier wohnte Micha also inzwischen. Laut Alex hatte er die Wohnung schwarz bezogen. Eine Bekannte seiner Großeltern war wohl offiziell die Mieterin.

»Er hat alles komplett alleine renoviert«, hatte Alex erzählt.

Martha hatte traurig gelächelt. »Er kann so viel …«

Es war ein gepflegtes Gebäude in einer guten Umgebung. Eine Feinbäckerei, eine Fleischerei und eine Buchhandlung waren nur ein paar Meter entfernt. In den Fenstern hingen Blumenampeln, und die Gardinen waren neueste Ware. Eine alte Dame beobachtete aus dem zweiten Stock das Geschehen auf der Straße und blieb selbst beinahe unsichtbar dabei. Ein Bus hielt ächzend, Menschen stiegen ein und aus. Eine schwarzgraue Rauchwolke quoll aus dem Auspuff, ehe sich das Gefährt wieder ratternd in Bewegung setzte.

Martha wünschte, sie wäre mutig genug, über die Straße zu gehen, zu klingeln und Hallo zu sagen. Doch immer, wenn sie sich sagte, *komm schon, es ist Micha!,* dann erinnerte sie sich daran, wie sehr sie ihn verletzt hatte, und ihre Beine bewegten sich einfach nicht.

Auf einmal ging die Tür des Altbaus auf, und Micha kam heraus. Er sah gut aus, trug Nietenhosen und ein rot-blau kariertes Hemd. Seine Haare waren etwas länger als früher und standen in alle Richtungen ab.

Er war nicht allein. Eine junge Frau war bei ihm, die laut über etwas lachte, das er gesagt hatte, und sich dann bei ihm einhakte.

Martha verspürte einen Stich. Regungslos stand sie da und schaffte es einfach nicht, ihn zu rufen. Sie sah ihm nach, bis er um die Ecke verschwunden war.

Schön für ihn, wenn er eine Freundin hat, redete sie sich gut zu, während sie sich auf den Weg nach Hause machte und dabei einen Stein vor sich herkickte.

Als sie endlich am Wohnblock ankam, in dem sie mit Anna lebte, war ihr nur noch nach Sofa und einem schönen Roman, gerade hatte sie *Djamila* von Tschingis Aitmatow angefangen. Sie zuckte zusammen, als auf einmal jemand vor ihr stand. Es war Tom.

»Lässt du dich auch mal wieder blicken«, sagte sie kalt.

»Wo warst du?« Er sah sie forschend an.

Sie war wütend. Auf ihn. Aber auf einmal auch auf Micha, obwohl sie wusste, dass sie dazu kein Recht hatte. Trotzdem musste sie Dampf ablassen, und Tom kam ihr da gerade recht. »Ist das dein Ernst? Das sollte ich dich fragen!«

»Warst du bei ihm?«

Martha blinzelte. »Wen meinst du?«

Er zog die Augenbrauen hoch. *Das weißt du doch,* sagte sein Blick.

»Ja, ich war bei Micha«, stieß sie aus. »Aber er war nicht da.« Sie zuckte mit den Schultern. »Ich habe mir Sorgen um dich gemacht! Ich dachte, dir wäre etwas zugestoßen! Dass die dich vielleicht geschnappt und ins Gefängnis gesteckt hätten oder was weiß ich!«

»Du hast dich um mich gesorgt?« Tom wirkte verwundert.

»Ja. Ob du's glaubst oder nicht, es gibt Leute, die sich um dich sorgen!«

Im nächsten Moment drückte er sie gegen die Hauswand. Es ging so schnell, dass sie es kaum mitkam. Sie spürte etwas Weiches auf ihren Lippen und dachte perplex, »Tom küsst mich«, ehe sie den Kuss erwiderte. Er verschlang sie regelrecht, mit einer Leidenschaft, die ihr den Atem raubte.

Halt! Sie war doch wütend auf ihn!

Sie stemmte die Hände gegen ihn und schob ihn von sich weg. »Warum dachtest du eigentlich, dass ich bei Micha war?«

»Dein Gesichtsausdruck hat dich verraten. Du vermisst ihn.«

»Wir waren befreundet. Deshalb vermisse ich ihn.«

Auf einmal wandte Tom sich ab, raufte sich das Haar. »Er wäre so viel besser für dich als ich! Er ist besonnen und strebsam und einfach perfekt!«

»Was redest du denn da?«

»Stattdessen lässt du dich auf mich ein«, fuhr er fort, als hätte er sie nicht gehört.

»Micha hat eine Freundin«, versuchte sie ihn zu beruhigen. »Und um ehrlich zu sein, dachte ich bis jetzt auch nicht, dass dir etwas an mir liegt.«

»Das dachtest du?«

»Wo warst du?«, fragte sie ihn sanft.

»Ich war untergetaucht«, antwortete er. »Ich hatte einem Kumpel bei etwas geholfen, nichts Schlimmes, nur ein Kunstprojekt. Aber die haben ihn verhaftet, da hab ich Panik bekommen. Ich wollte dich da nicht mit reinziehen ...« Er sah sie an. »Aber ich bin eigennützig. Ich konnte nicht länger ohne dich sein, und deshalb bin ich wieder hier.«

»Tu das nie wieder. Verschwinde nie wieder einfach so.«

Als er schwieg, sagte sie: »Tom?«

Er lehnte die Stirn an ihre, seine Lippen waren nur einen

Hauch entfernt. »Es wäre das Beste, wenn du dich von mir fernhalten würdest. Ich bin nicht gut für dich.«

»Wie meinst du das?«, flüsterte sie.

»Ich komme kaum allein klar, wie sollen wir zu zweit klarkommen?«, fragte er. »Ich verdiene mein Geld mit wechselnden Arbeiten, die mich nicht erfüllen. Ich ziehe Ärger regelrecht an. Und ich habe diese Unruhe in mir … Ich habe Angst, dir das Herz zu brechen.«

Ihre Lider senkten sich. Ihr Kopf sagte, dass sie gehen sollte. Aber ihr Herz wollte bleiben. Herz über Kopf. »Wenn mir jemand das Herz bricht, dann sollst du es sein.«

Als sich ihre Augen wieder öffneten, sah sie, dass er lächelte. Er küsste sie auf die Stirn und schloss sie dann in eine feste Umarmung.

Auf einmal sagte er: »Lass uns zusammenziehen.«

Hatte er das gerade wirklich vorgeschlagen? Sie sah zu ihm auf. »Eben sagst du mir noch, dass ich mich von dir fernhalten soll, und auf einmal willst du mit mir zusammenziehen?«

»Ich glaube, du tust mir gut. Meine Wohnung ist groß genug. Sie ist vielleicht nicht das, was du dir vorgestellt hast. Aber sie hat Charme. Du wirst dich wohlfühlen. Und Anna kann mit Hartmut tun und lassen, was sie will.« Er legte eine Hand unter ihr Kinn, hob es leicht an und brachte ihre Lippen an seine heran. »Und ich kann mit dir tun, was ich will.«

Ihr Körper erschauerte. »Und was genau wäre das?«

Er hob sie hoch, als würde sie nichts wiegen, und sie schlang die Beine um ihn. »Finde es heraus«, sagte er.

39.

Betty

»Ich verstehe«, sagte Betty kühl. »Trotzdem danke.«

Sie knallte den Hörer auf die Gabel. Von den gerahmten Bildern an der Wohnzimmerwand guckten Kätzchen und Hundewelpen sie aus großen verschüchterten Augen an. Was fand ihre Mutter nur an diesem Kitsch?

Mona Reinhart war gerade beim Friseur, und Betty hatte die sturmfreie Bude genutzt, um zwei Regisseure anzurufen, die auf ihrer Hochzeitsfeier gewesen waren. Das war vielleicht das einzig Positive an dieser Ehe. Durch ihren Mann hatte sie ein paar Kontakte knüpfen können. Sie hatte die beiden Regisseure gefragt, ob sie vielleicht zufällig gerade einen Film besetzten und eine Rolle für sie frei wäre. Es müsse nichts Großes sein. Zwei, drei Sätze wären schon ausreichend. Der Erste hatte gesagt: »Tut mir leid, du passt einfach nicht. Ich suche gerade eher eine ganz natürliche, zarte Frau.« Der Zweite war wenigstens ehrlich und nannte ihr den wahren Grund: »Ich habe von deiner Tablettensucht gehört. Mit so etwas will ich nichts zu tun haben.«

Kurt hatte ganze Arbeit geleistet.

Sie zerriss den Zettel mit den Telefonnummern und ließ

die Fetzen in den Papierkorb in ihrem Zimmer fallen. Es fiel ihr schwer, sich nicht erbärmlich zu fühlen. Wie sollte es denn jetzt mit ihr weitergehen? So wie es aussah, war ihr Traum, Schauspielerin zu werden, endgültig zerplatzt …

Da bemerkte sie die Visitenkarte, die auf ihrem Schminktisch lag. Die hatte sie völlig vergessen … Sie hatte sie eigentlich vor zwei Tagen aus ihrer Handtasche aussortiert, um sie wegzuschmeißen. In der *Möwe* hatte sie die Karte von dem jungen Filmstudenten bekommen. Anton Jahn war sein Name. Damals hatte er ihr von dem Drehbuch zu einem Vierzigminüter erzählt. Ob er sein Filmprojekt schon verwirklicht hatte? Bestimmt. Immerhin lag ihr Treffen schon fast ein Jahr zurück. Trotzdem könnte sie ihn kontaktieren. Sollte sie ihn einfach anrufen? Einen Versuch war es wert. Sie brauchte Beschäftigung und wollte unbedingt wieder vor der Kamera stehen, selbst wenn es nur für einen Studentenfilm war.

Sie hatte den Hörer im Wohnzimmer schon abgehoben, da dachte sie, dass sie eine weitere Absage am Telefon nicht ertragen würde. Das Beste wäre es, einfach zu ihm zu fahren.

Die Adresse, die auf der Visitenkarte stand, war in der Nähe vom Prenzlauer Berg. Betty fuhr mit der Hochbahn zur Schönhauser Allee und ging von dort aus zu Fuß, vorbei an einer Reklame von *Schultheiss Qualitätsbier*, die ins Innere einer Gaststätte lockte, vorbei an einem Mann, der Kleingeld in seiner Brieftasche zusammenkratzte und in einen Münzfernsprecher warf, vorbei an einer Litfaßsäule mit einem Plakat, das für Kurts neuen Spielfilm warb. Sie überlegte, es abzureißen, hatte aber Angst, von einem Vopo erwischt zu werden.

Vor einem zweistöckigen Haus blieb Betty stehen. Der Gehweg war hier nass, vermutlich hatte jemand Schmutzwasser ausgekippt. Noch einmal las sie die Adresse. Sie täuschte sich nicht. Es sah aus, als wäre die Stadt hier zu Ende. Ein Stück die Straße runter gab es eine Reihe mit Garagen oder Lauben, sie konnte es nicht genau sehen. Sie machte mit ihren Absatzschuhen einen Schritt über eine Pfütze. Als sie durch das Haus ging und den Hof betrat, fühlte sie sich, als wäre sie ein paar Jahre in der Zeit zurückgesprungen. Die Tür zur Gemeinschaftstoilette stand offen. Eine alte Frau saß auf einem Schemel und las Linsen. Neben ihr lag ein zotteliger Hund auf dem Boden. Ein Auge war ganz weiß, vermutlich sah er kaum noch was. Zwei Hühner liefen frei herum. Es roch nach gekochten Kartoffeln und auch leicht nach der frischen Wäsche, die sich im ersten Stock von Fenster zu Fenster spannte.

Sollte sie lieber wieder umkehren? Als der Hund sie witterte und sich knurrend vom Boden erhob, zuckte sie vor Schreck zusammen und wäre fast über einen Ziegelstein gestolpert.

Gib nicht so schnell auf, ermahnte sie sich.

»Ist hier das Büro von Anton Jahn?«, fragte Betty die alte Frau.

Anstatt zu antworten, rief sie laut: »Antoooon!«

Es dauerte ein bisschen, ehe im zweiten Stock das Fenster aufging und ein junger Kerl den Kopf nach draußen streckte. Betty hatte ihn mit Hemd und Anzughose in Erinnerung, darin hatte er älter gewirkt. In dem ausgeleierten Nicki, den er nun trug, sah er aus wie ein junger Student, der sich die

Nacht um die Ohren geschlagen hatte. Sein Haar war zerzaust, seine Haut fahl. »Was ist denn?« Er kratzte sich am Kopf.

»Hier is 'ne Dame für dich.«

Als er Betty sah, richtete er sich kerzengerade auf. »Oh«, sagte er und strich sich mit beiden Händen über sein ungekämmtes Haar.

»Störe ich?«

»Nein!« Hektisch wedelte er mit den Händen. »Ich habe nur nicht mit dir gerechnet … Ähm, magst du … wollen Sie … vielleicht hochkommen?«

Sein »Büro« war eigentlich seine Wohnung, wie sich herausstellte, und die Telefonnummer, die er angegeben hatte, die einer Kneipe, in der er oft mittags aß. »Die Wirtin ist mir wohlgesinnt und spielt gerne meine Sekretärin«, fügte er als Erklärung hinzu und strich sich über den Nacken.

Während Betty sich umsah, ordnete er schnell das Blätterchaos auf seinem Tisch und trat einen Pullover, der auf dem Boden lag, unter sein Bett. In dem kleinen Zimmer roch es nach altem, feuchtem Gemäuer. Die Wände waren tapeziert mit unzähligen Notizen. Betty trat näher an eine heran und las: *»Dramatische Liebesszene im Park: Schmetterlinge hinzufügen.«*

»Ist das eine Notiz für deinen Film, von dem du mir in der *Möwe* erzählt hast?«, fragte sie.

Er nickte. »Ja.«

»Wo willst du Schmetterlinge herbekommen?«

»Ich werde mich wohl einen Tag auf die Lauer legen und

sie vorsichtig in Marmeladengläser einsammeln. Er grinste und zuckte mit den knochigen Schultern.

Betty stellte sich die Szene wundervoll vor, wie das Liebespaar einander gegenüberstand, sich sehnsüchtig in die Augen blickte und auf einmal Schmetterlinge im Hintergrund flatterten.

Sie trat in den gebündelten Sonnenstrahl, der wie Scheinwerferlicht durchs Fenster fiel, und sah in den Hof hinab, wo die alte Frau gerade die restlichen Linsen aus ihrer Schüssel an die Hühner verfütterte.

»Womit habe ich denn die Ehre deines Besuchs verdient?«, fragte Anton und knetete verlegen seine Hände.

Betty lehnte sich gegen die Fensterbank. »Ich bin hier, um zu fragen, wie es um dein Filmprojekt steht.«

»Ich kann stolz verkünden, dass die staatlichen Stellen den Film nach mehreren überarbeiteten Fassungen endlich bewilligt haben.«

Betty schmunzelte. Da stand dieser junge Kerl vor ihr in seinem heruntergekommenen Zimmer, in einem ausgeleierten Nicki und einer Hose, die am Saum zerschlissen war, und bemühte sich, professionell zu klingen.

»Fehlt nur noch die Besetzung …«, tastete er sich vor und legte die Fingerspitzen aneinander.

Das war ihr Stichwort. »Hättet ihr noch Interesse daran, dass ich die Hauptrolle übernehme?«

»Ja!«, rief er begeistert aus. »Natürlich! Oh Mann, ich kann's nicht glauben …«

Betty hatte schon ganz vergessen, wie schön es war, wenn sich jemand für sie begeisterte. »Hättest du denn eine Fassung des Drehbuchs für mich?«, fragte sie. »Ich würde es natürlich gerne vorab lesen.«

»Klar doch!« Anton begann, hektisch in dem Durcheinander auf seinem Schreibtisch zu suchen, und fand den gebundenen Stapel Papier schließlich neben seinem Bett. »Das ist ein Durchschlag mit ein paar Anmerkungen von mir. Den können Sie gerne haben. Der Drehbuchautor hat ja das Original.«

»*Die Unendlichkeit des Himmels*«, las sie den Titel vor. Darunter stand: »Drehbuch: Anton Jahn.«

»Warum steht nicht der Name des eigentlichen Autors drauf?«, wollte sie wissen.

Anton wirkte hin- und hergerissen. »Na ja, wenn sein Name auf dem Buch stehen würde, hätten wir wohl keine Chance, den Film umzusetzen. Ich hoffe, das schreckt Sie nicht ab.«

»Ganz im Gegenteil.« Betty blätterte durch das Drehbuch. »Lerne ich ihn denn mal kennen, den mysteriösen Drehbuchautor?«

»Er geht nicht so gern unter Leute. Aber vielleicht ist er ja mal beim Dreh dabei.« Anton machte einen zerknirschten Gesichtsausdruck. »Ist Ihnen bewusst, dass ich Ihnen keine Gage zahlen kann? Ich kann Sie höchstens mit Verpflegung am Set locken.«

Keine Gage... Das bedeutete, dass sie noch eine Weile bei ihren Eltern wohnen musste und ihr Ziel, unabhängig zu sein, in die Ferne rückte. Aber aller Anfang war schwer, und das Wichtigste war, dass sie endlich wieder dem nachgehen konnte, was sie erfüllte.

»Doch falls wir irgendwelches Geld bekommen, werden Sie an allem beteiligt.«

»In Ordnung.«

Anton sah sie an, als könnte er es noch immer nicht glauben. »Sie sind also dabei?«

»Unter einer Bedingung«, erwiderte sie und streckte ihm die Hand hin. »Nur, wenn wir uns duzen. Ich bin Betty.«

40.

Martha

Es war ein ungeschriebenes Gesetz im Strandbad, dass die Wasserinsel den »Großen« gehörte. Deshalb hatten sich die beiden kleinen Mädchen still und leise verkrümelt und ihnen das Feld überlassen, als Martha und Betty sich auf das Floß gestemmt hatten.

Martha lag am Rand der Insel, genoss die wohltuende Wärme des Holzes an ihrem Rücken und fuhr mit einer Hand durch das kühlende Wasser. Während sie dem beruhigenden Gluckern der Wellen lauschte, die gegen die Insel rollten, vertrödelte sie gemeinsam mit Betty die Zeit damit, nach Wolkenbildern zu suchen, die der Wind formte.

»Das ist definitiv ein Drache«, sagte ihre Freundin und deutete auf die längliche Wattewolke über ihnen. »Schau, da ist die Schnauze. Und Zacken auf dem Rücken hat er sogar auch.«

Marthas Lippen spannten leicht vom Tag in der Sonne, als sie lächelte. Sie atmete aus, als hätte sie endlich allen Ballast der letzten Monate, ach, der letzten Jahre abgeworfen. Das war die Magie des Müggelsees. Das Strandbad war eine eigene kleine Welt, in der alles gut war.

Sie schirmte die Augen mit der Hand vor der Sonne ab und betrachtete den Himmel. »Und hinter dem Drachen ist eine kleine Ente. Das ist seine beste Freundin. Er beschützt sie.«

Betty gluckste. Früher hatten sie sich zu dritt stundenlang damit die Zeit vertrieben, dem Wind dabei zuzusehen, wie er wie ein Bildhauer die Wolken formte, und sich dazu lustige Geschichten auszudenken.

Die fruchtige Süße des Wassereises auf den Lippen, das freudige Kinderlachen vom Ufer, das ferne Trällern der Schlagermusik aus Uschis Kiosk, auf ihrer Haut der Duft der Sonnencreme aus Claras Paket, neben ihr ihre beste Freundin, deren blonde Mähne auf dem Holz aufgefächert lag und sich mit ihrem braunen Haar verwob. Wie Betty trug Martha den Bikini, den Clara ihnen aus Westberlin geschickt hatte. Er saß wie angegossen. Durch die Bademode und die Sonnencreme auf der Haut war es ein klein wenig so, als wäre ihre Freundin bei ihnen.

»Dieser Nachmittag mit dir ist einfach nur schön«, murmelte Betty schläfrig. »Ich bin so froh, dass zwischen uns wieder alles gut ist.«

»Geht mir genauso.« Martha rollte sich auf die Seite und richtete Bettys Bikiniträger, der verdreht war. In den feinen Härchen auf dem Unterarm ihrer Freundin hatte sich ein wenig Sonnencreme verfangen. »Wie geht's Alex inzwischen?«

»Er hat sich wieder beruhigt«, antwortete Betty.

Alex war aufgewühlt gewesen, als Betty und sie ihm gemeinsam von dem Paket erzählt hatten. Er war gerade dabei gewesen, in der Waschküche Nickis in einen Korb zu laden.

Er war einer der wenigen Männer, die sich selbst um ihre Wäsche kümmerten. Als sie ihn dafür lobte, murmelte er, dass er seiner Mutter keine Arbeit machen wolle. Obwohl es draußen über dreißig Grad waren und die drückende Schwüle ein Gewitter ankündigte, war es im Keller angenehm kühl, und es duftete nach warmer Seifenlauge.

»Ein Paket ist angekommen«, rückte Betty aufgeregt mit der Neuigkeit raus.

»Aus dem Westen«, ergänzte Martha.

»Ein Paket?«, wiederholte er und wischte seine feuchten Hände an der Hose ab. Auf einmal war er weiß wie eine Wand, sodass sie ihm schon raten wollte, sich lieber zu setzen.

Sein Kehlkopf hüpfte mehrmals auf und ab, ehe er schließlich mit erstickter Stimme hervorbrachte: »Von Clara? Seid ihr euch sicher? Wann ist es angekommen? Warum erzählt ihr mir erst jetzt davon?!« Er hatte immer schneller gesprochen, war dabei immer lauter geworden, bis ihm die Sicherung durchbrannte und er die Kellertreppe hochstürmte.

Sie fanden ihn auf der mickrigen Grünfläche neben dem Plattenbau.

»Es tut mir leid«, entschuldigte sich Betty. »Du warst in der Kaserne, und gestern Abend bist du so spät nach Hause gekommen, da habe ich schon geschlafen und …« Betty verstummte, als sie sah, dass seine Schultern bebten. Er weinte.

»Ich bin nur so froh …«, schluchzte er, als müsste er sich für seine Tränen rechtfertigen.

»Ich habe auch geweint«, sagte Betty und strich ihm über den Rücken, woraufhin er sich in ihre Arme rettete und sich an ihr festklammerte. »Weinen tut gut. Dafür muss man sich nicht schämen.«

»Ich hoffe, dass er jetzt, wo er die Gewissheit hat, dass sie lebt und es ihr gut geht, endlich zur Ruhe kommen kann«, riss Betty Martha aus der Erinnerung.

»Ja. Das würde ich ihm wünschen.« Martha hatte sich inzwischen in den Schneidersitz gesetzt und wickelte eine Alge, die sie aus dem Wasser gefischt hatte, um ihren Finger und wieder ab.

»Ist bei dir denn alles in Ordnung?«, fragte Betty. »Du grübelst heute schon den ganzen Nachmittag.«

»Ach, mir geht einfach viel durch den Kopf. Die Arbeit in der Kinderkrippe ist zwar nett, aber …«

» … nicht das, was dich erfüllt«, vollendete Betty für sie den Satz und richtete sich ebenfalls auf.

Martha nickte. In der Ferne brummte der Dampfer über den See, ein paar Leute winkten vom Deck her, und sie winkte zurück. »Ich dachte mir, dass es schon nicht so schlimm werden würde«, sagte sie. »Aber es ist anstrengend und kräftezehrend, nicht das zu tun, was einem Freude macht. Ich bin jeden Abend so müde, dass ich direkt ins Bett gehe. Tom hat sich schon beklagt, dass ich richtig spießig werde.«

Seit zwei Wochen unterstützte Martha ihre Adoptivmutter in der Krippe. Sie spielte mit den Kleinen, räumte hinter ihnen auf und hatte ein Auge darauf, dass sich niemand verletzte. Eigentlich hatte sie immer gedacht, dass sie Kinder mochte. Aber nun, wo sie fast den ganzen Tag von einer Horde Kinder umgeben war, hatte sich das schnell geändert.

Jeden Abend hatte sie höllische Kopfschmerzen von dem ständigen Lärm.

»Hast du denn noch Zeit und Muße zum Schreiben?«, fragte Betty.

Ehe Martha antwortete, sah sie sich um. Weiter draußen kraulte eine Frau. Auf dem Steg schnarchte ein Mann, sein Hut lag als Sonnenschutz auf seinem Gesicht. Der alte Horst in seiner ausgeleierten Badehose, die noch aus Vorkriegszeiten stammen musste, schimpfte auf die neumodische Musik, die gerade im Radio lief. Uschi ignorierte ihn und polierte summend ihren Verkaufstresen. Prinzipiell war also niemand in der Nähe, der den Eindruck machte, sie zu belauschen. Trotzdem senkte sie die Stimme. »Ich schreibe natürlich weiterhin für den *Panther*. Auch wenn die Arbeit dort, seit dieser Gustav Teil der Redaktion ist, nicht mehr so viel Spaß macht wie anfangs.«

Der junge Lehrer war ein wenig zu engagiert, ihrer Meinung nach. Abgesehen davon, dass er alles besser wusste, bestand er neuerdings darauf, dabei zu sein, wenn die Zeitschrift in den Kellerräumen der Kirche gedruckt wurde. Aber Martha ließ für diese Arbeit, bei der die Gefahr, von der Stasi auf frischer Tat ertappt zu werden, am größten war, nur einen kleinen, eingeschworenen Kreis zu. *Auch weil Micha nicht mehr dabei ist, macht die Arbeit am* Panther *nicht mehr so viel Spaß*, dachte sie wehmütig.

»Du darfst nie aufhören zu schreiben«, ermahnte Betty sie. »Selbst wenn du nur für dich allein schreibst. Egal, wie viele Steine man dir in den Weg legt. Aus all den Erfahrungen, die du inzwischen gesammelt hast, könntest du doch leicht einen Roman machen!«

»Stoff genug hätte ich auf alle Fälle.«

Betty fasste ihre dichte Mähne zu einem hohen Pferdeschwanz zusammen. »Ich meine es ernst. Schreib über all das, was dir passiert ist.«

Martha runzelte die Stirn. »Ich soll über mich selbst schreiben?«

»Warum nicht? Du hast so viel durchgemacht. Irgendjemand muss doch für die Nachwelt festhalten, was in diesem Land vor sich geht! Vielleicht schaffen wir es, den Roman in den Westen zu schmuggeln, und die können die Geschichte auch verfilmen!« Betty hatte richtig Feuer gefangen.

Das war süß von ihr, aber Martha gefiel der Gedanke nicht, über sich selbst zu schreiben. Das wäre so, als würde sie sich für besonders toll oder interessant halten. »Du denkst ja groß«, wehrte sie lachend ab.

»Natürlich«, sagte Betty, als wäre das selbstverständlich. »Lieber denke ich zu groß als zu klein. Warum sollte ich weniger wollen? Wäre ich ein Mann, würdest du nicht lachen, du würdest mir Respekt für meine Pläne zollen.«

Martha prustete los und schüttelte dabei staunend den Kopf. Die begnadete Schauspielerin vor ihr hatte gerade eine perfekte Imitation von Clara abgeliefert. Sie hatte sogar genau wie ihre Freundin im Westen eine steile Falte zwischen den Augenbrauen gehabt. »Ich hatte gerade wirklich das Gefühl, Clara würde mir eine Standpauke halten.«

Betty grinste zufrieden.

»Apropos Schreiben und Clara. Lass uns ans Ufer zurückkehren und deiner lieben Tante Lilli für ihr Paket danken.«

Während Martha einen Köpper machte, hockte Betty sich auf den Rand der Insel und ließ sich behutsam ins Wasser gleiten. Am Ufer setzten sie sich auf die beiden Hocker im Schatten vor Uschis Kiosk und teilten sich eine Waldmeisterlimonade. Neuerdings wurden am Kiosk auch Postkarten verkauft, Herr Reinhart hatte Bettys Idee gefallen. Er hatte beantragt, dass ein paar Motive gedruckt wurden, und es hatte tatsächlich geklappt. Die Karte, die sie für Clara ausgesucht hatten, zeigte den See mit der Wasserinsel, zwei Schwänen und ein paar Ruderbooten darauf.

Die Kioskbesitzerin hatte noch Prasselkuchen übrig, von dem sie ihnen jeweils ein großes Stück schenkte. Es war fast wie früher. Nur ohne Clara.

Martha verspürte eine wohlige Müdigkeit, wie sie einen nur nach einem Tag im Strandbad einhüllte, und sie freute sich schon darauf, sich zu Hause den See vom Körper zu duschen, sich in ein Handtuch zu kuscheln, sich auf ihr Bett fallen zu lassen, auf das frisch gewaschene Laken, ihrem leichten Sonnenbrand auf den Schultern nachzuspüren und dann einfach einzuschlafen mit dem Wissen, dass ihre Mutter sie wecken würde, wenn es Abendessen gab. In diesen Momenten war sie einfach wieder Kind, und das liebte sie. Ob das normal war? Ging es anderen Erwachsenen auch so?

Martha holte einen Füller aus ihrer Tasche und schraubte den Deckel ab. »Also, was schreiben wir?«

»Liebe Tante Lilli, vielen Dank für dein Paket …«, diktierte Betty.

Martha schrieb bewusst klein, um den wenigen Platz auf der Karte voll und ganz zu nutzen. »Zu Weihnachten werden wir uns mit einem Dresdener Stollen revanchieren«, schlug sie vor.

»Ach, es wäre zu schön, wenn wir einen Teil der Szenen von Antons Spielfilm drüben drehen könnten«, seufzte Betty wehmütig. »War ja klar, dass das nicht erlaubt wird. Aber ich hatte natürlich die Hoffnung, rüberfahren und Clara treffen zu können …«

»Ob sie drüben jemanden kennengelernt hat? Ob sie Freunde hat, abgesehen von dieser Lilli?«, dachte Martha laut nach. »Immerhin ist sie schon seit einem Jahr drüben.«

»Auf jeden Fall nicht so gute wie uns zwei.« Betty befeuchtete ihren Daumen mit Spucke und wischte Marmelade von Marthas Wange.

»Ob sie einen Freund hat?«, grübelte Martha.

»Auch der wird niemals an Alex herankommen.«

Martha nickte. »Die beiden waren wirklich etwas Besonderes.« Sie pflückte einen großen Streusel von ihrem Kuchen und schob ihn sich in den Mund. »Glaubst du eigentlich, dass Kurt dahintersteckt, dass ihr nicht drüben drehen dürft?«

Betty schüttelte den Kopf. »Er weiß vermutlich gar nicht, dass ich in diesem Kurzfilm mitspiele. Und selbst wenn, ist er so selbstverliebt, dass er über einen kleinen Film wie diesen nur lacht.«

»Ich wünschte, mir würde irgendetwas einfallen, damit er dir nicht mehr drohen kann! Es ist schrecklich, wie leicht er deine Berufsaussichten kaputt machen konnte.«

»Allerdings. Aber noch schrecklicher finde ich, dass ich

auf ihn reingefallen bin. Manchmal glaube ich, dass ich mich nie wieder auf einen Mann einlassen werde.«

»Sag das nicht. Es wird jemand kommen, der es voll und ganz gut mit dir meint.«

»Meint es denn dieser Tom gut mit dir? Ich kenne ihn ja noch gar nicht … Und dabei wohnst du inzwischen sogar mit ihm zusammen!«

»Na ja, nur so halb. Heute schlafe ich mal wieder bei Anna. Darauf hat sie bestanden, einmal die Woche«, sagte Martha leichthin.

Aber die Frage hatte sie getroffen. Meinte Tom es gut mit ihr? Er war nett und brachte sie oft zum Lachen. Vor einem Monat war sie bei ihm eingezogen. Aber ihr fiel schon auf, dass die Arbeitsaufteilung eher ungerecht war. Von Putzen hielt er nicht viel, das ewige Anstehen in den Läden nervte ihn, und Kochen konnte er nicht, behauptete er. Wie hatte er zuvor ohne sie überlebt?

Betty war aus allen Wolken gefallen, als Martha ihr davon erzählt hatte, dass sie am Müggelsee mit Tom geschlafen hatte und nun bei ihm einziehen wollte. »Hältst du das wirklich für eine gute Idee?«, hatte ihre Freundin gefragt.

Aus Unsicherheit hatte Martha haltlos drauflosgeplappert. »Ich weiß es nicht … Warum denn nicht? Immer bin ich am Grübeln und zerdenke alles bis ins kleinste Detail. Damit muss mal Schluss sein. Ich beneide andere Menschen, die sich beim Entscheiden leichttun. Wenn es nicht funktioniert, kann ich immer wieder zurück zu Anna. Aber ich kann auch nicht ewig in ihrem Malzimmer hausen. Ich bin erwachsen.«

»Schön für dich. Ich bin nämlich gerade wieder in mein altes Kinderzimmer gezogen«, hatte Betty trocken erwidert.

Martha biss in ihren Kuchen, leckte sich die Süße der Marmelade von den Lippen und schmeckte auch etwas Sonnencreme.

»Vermisst du Micha nicht?«, fragte Betty vorsichtig.

Martha zuckte mit den Schultern. Betty strich ihr tröstend über den Oberarm, hielt inne und drückte mit dem Finger gegen ihre Haut. »Oh, du bist übrigens ein bisschen rot.«

»Ich weiß. Du auch, am Dekolleté.«

»Wir hätten noch mal zwischendurch cremen sollen. Auf dieser Insel vergisst man aber auch immer die Zeit! Hoffentlich ist das bis morgen weg. Nicht dass ich vor der Kamera aussehe wie eine Tomate.«

»Vielleicht macht dich das nur umso begehrenswerter. Tomaten sind Mangelware«, scherzte Martha, woraufhin Betty losprustete und aus Versehen Martha mit Kuchen anspuckte.

»'tschuldigung …« Betty wischte die Krümel von Marthas Haut.

»Mit Tom kann man jede Menge Spaß haben«, sagte Martha. »Er ist kreativ und sprudelt vor Energie und sieht irre gut aus!«

Gedankenversunken nahm Betty einen Schluck Waldmeisterlimonade und rührte mit dem Strohhalm in dem grünen Getränk. »Genau das habe ich anfangs auch an Kurt gemocht. Aber das wird auch anderen Frauen auffallen. Darunter habe ich in meiner Ehe immer gelitten. Wobei ich …« Sie verstummte.

»Was?«, hakte Martha nach.

»Wobei ich bei Doreen und seiner letzten Affäre, dieser Claudia, eigentlich den Eindruck hatte, sie würden sich unwohl bei ihm fühlen … Es war, als könnten sie es kaum erwarten, von ihm wegzukommen. Deshalb bin ich den beiden auch nicht böse. Egal, jetzt reden wir über dich.« Sie winkte mit der Hand ab. »Du findest Tom doch sicher nicht nur toll, weil er gut aussieht und charismatisch ist? Ich befürchte, wir Frauen verwechseln da manchmal was …«

Martha zuckte ratlos mit den Schultern.

»Ich finde jedenfalls, du solltest noch mal mit Micha reden.«

»Ich bin eigentlich darüber hinweg, dass er nicht mehr mit mir befreundet sein mag, und denke nur noch hin und wieder an ihn. Ich wüsste gern, wie es ihm geht. Aber dass ich ihn vermisse, kann ich eigentlich nicht sagen, ich …«

In diesem Moment kam besagter Mann die Freitreppe herab. An seiner Seite war die junge, hübsche Frau, mit der sie ihn bereits letztens gesehen hatte, als sie vor seiner Wohnung gestanden hatte. So, wie sie ihn anhimmelte, als er etwas sagte, und dann auf einen der Strandkörbe wies, war sie zweifellos seine Freundin. Der Anblick tat unerwartet weh.

»Er vermisst dich sicher auch«, sagte Betty.

»Ach ja? Sieht mir aber nicht danach aus.« Martha war auf einmal wütend. Nicht auf Betty, sondern auf Micha, obwohl sie dazu nun wirklich nicht das Recht hatte.

Betty zog vielsagend die Augenbrauen hoch und sah dann wieder zu der jungen Frau, die gerade ihr Kleid über den Kopf zog. »Na ja, wie du hat sie eine Brille und braunes Haar und eine zierliche Statur. Aber ist nur so ein Gedanke von mir … Ich dachte eigentlich immer, dass …«

»Was?«

»Dass ihr füreinander bestimmt seid. Schau mich nicht so an, ich weiß, das ist albern. Aber trotzdem. Ihr habt einfach harmoniert.«

»Lass uns lieber die Karte an Clara fertig schreiben und dann endlich darüber nachdenken, womit wir Kurt drankriegen können, damit er dir nicht schadet. Gert hat schon genug angerichtet, Kurt müssen wir jetzt stoppen. Die glauben, die können mit uns machen, was sie wollen, nur weil sie Macht und Einfluss haben. Aber du bist nicht allein, du hast mich an deiner Seite. Jetzt müsste Clara hier sein … Ihr würde bestimmt etwas einfallen, so klug, wie sie ist. Und dann wären wir auch schon zu dritt …«

Auf einmal hatte sie eine Idee. Sie sah Betty an. »Warte mal …«

Betty, die gerade in ihren Kuchen hatte beißen wollen, hielt mit offenem Mund in der Bewegung inne.

»Das ist es!«, rief Martha aus. »Genau das ist die Lösung! Kurt glaubt vielleicht, dich kleinhalten zu können. Aber da täuscht er sich! Wenn Frauen sich zusammenschließen, dann sind sie eine Urgewalt.« Sie legte die Hände auf Bettys Schultern. »Bist du bereit, öffentlich die Wahrheit zu sagen, auch wenn es schwer für dich sein wird?«

Die Begrüßung durch die Chefredakteurin der *Evelyn* war wie eh und je. »Ich hoffe, Sie verschwenden nicht meine Zeit.«

Sie trug ein beiges Kleid, darüber eine goldene, mit Pailletten verzierte Jacke, dazu dezenten Schmuck, hohe Schuhe und eine große schwarze Sonnenbrille.

Alles wie immer, dachte Martha und schmunzelte. »Ich denke, der Ausflug lohnt sich für Sie«, erwiderte sie selbstbewusst.

Sie hatte Frau Hartweg angerufen und um ein Treffen gebeten. Die Chefredakteurin hatte die Gaststätte am neuen Müggelturm vorgeschlagen. Der Turm war neun Stockwerke hoch und bestach mit großen Panoramafenstern und einer Plattform, von der aus man einen atemberaubenden Ausblick hatte. »Ein Treffen dort würde mir gelegen kommen. Ich wollte mir den neuen Bau ohnehin am Wochenende ansehen. Vielleicht eignet er sich für Modeaufnahmen«, hatte sie erklärt.

Am Fuß des Gebäudes gab es eine Sonnenterrasse, auf der Frau Hartweg sich nun an eines der Tischchen setzte. Sie legte klirrend den Autoschlüssel ab, winkte den Kellner herbei und bestellte einen Kaffee. »Schwarz. Ohne Zucker.«

Es schien, als wäre halb Berlin an diesem Freitagnachmittag auf die Idee gekommen, hier die Woche ausklingen zu lassen. Kinder rannten zwischen den Tischen herum, der Kellner konnte ihnen mit seinem Tablett nur mit Mühe ausweichen. Die Dämpfe von Currywurst und Broiler, vermischt mit dem kräftigen Parfüm von Frau Hartweg, waren gewöhnungsbedürftig.

»Ich habe eine Idee für einen großen Artikel, der aber zugegebenermaßen riskant ist«, sagte Martha. Sie zog eine Augenbraue hoch, fragte auf diese Weise stumm: »Interesse?«

Frau Hartweg schlug die schlanken Beine übereinander. »Schießen Sie los.«

Martha schilderte ihr knapp, was Betty in ihrer Ehe mit Kurt widerfahren war. »Sie ist bereit, öffentlich darüber zu sprechen. Außerdem wollen zwei Schauspielerinnen aussagen, dass Kurt Weiler sie bedrängt beziehungsweise missbraucht hat. Alles ist vorbereitet. Eigentlich müssen nur noch die Interviews geführt und der Artikel geschrieben werden. Ich stelle mir ein allgemeines Stück zum Thema ›Machtmissbrauch in der Ehe‹ vor. Betty ist doch kein Einzelfall. Viele Frauen würden sich in einem solchen Text wiederfinden. Wir könnten sie ermutigen, ihnen Tipps geben. Aber natürlich geht es auch um die Forderung nach wirklicher Gleichberechtigung von Mann und Frau, damit keine Frau mehr Vergleichbares erdulden muss.« Das war ein langer Vortrag gewesen. Bang blickte Martha ihre ehemalige Chefin an. »Was sagen Sie?«

Frau Hartweg bleckte die Zähne. Sie hatte Blut geleckt, Martha sah es ganz deutlich. »Sie müssten unter Pseudonym schreiben, weil Sie nicht mehr für die *Evelyn* arbeiten. Wäre das für Sie in Ordnung?«

Martha nickte.

»Gut.« Frau Hartweg nahm einen Schluck von ihrem Kaffee. »Nehmen Sie sich Zeit für den Artikel, das ist ein heikles Thema. Sie bekommen das übliche Honorar bei Abgabe von mir bar auf die Hand. Sagen Sie Ihrer Freundin, dass ich zutiefst missbillige, was ihr widerfahren ist. Aber dass nicht alle Männer so sind. Ich selbst habe auch zwei Anläufe gebraucht, um den Richtigen zu finden.«

Derart Privates hatte sie noch nie von Frau Hartweg erfahren. Martha stand der Mund offen. Sie hatte keine Ahnung, was sie darauf erwidern sollte.

Frau Hartweg nahm noch einen Schluck Kaffee und wollte dann ihr Portemonnaie aus ihrer Handtasche holen, aber Martha winkte ab. »Das geht natürlich auf mich. Vielen Dank für Ihre Zeit und Ihr Vertrauen.«

»Ich danke Ihnen«, erwiderte die Chefredakteurin. »Das Ganze ist wirklich heikel. Andererseits ist die Gleichberechtigung in der Verfassung verankert, und darauf hinzuweisen, wo sie noch nicht herrscht, ist quasi unsere Pflicht. Das könnte klappen.«

»Ja, das denke ich auch.«

»Gut. Ich bin gespannt auf Ihren Text.« Sie nahm den Autoschlüssel vom Tisch und stand auf. »Wo arbeiten Sie jetzt?«

»In der Kinderkrippe meiner Adoptivmutter, um etwas Geld zu verdienen.«

»Sie schreiben also nicht mehr?«

»Doch …« Martha schob die Hände zwischen ihre Knie. »Ich arbeite an einem Roman.«

Ein dezentes Lächeln umspielte die schmalen Lippen der sonst so strengen Frau. »Sehr gut. Alles andere hätte mich auch enttäuscht.«

41.

Clara

Clara hielt sich gerade eines der Kleider an, die sie in Italien gekauft hatte, und betrachtete sich in dem holzgerahmten Spiegel, als es an ihrer Zimmertür klopfte.

»Komm ruhig rein«, rief sie.

Eine runde Lesebrille saß auf Lillis Nase, und ein Buch klemmte unter ihrem Arm. Ihr silberblondes Haar hatte sie mit einer Spange lose hochgesteckt, einzelne Strähnen umrahmten ihr ausdrucksstarkes Gesicht. »Morgen kommen meine Doktoranden zum Frühstück. Dafür könnten wir später einen Hefezopf machen. Bist du dabei?«, fragte sie, doch dann sah sie, dass Clara sich anzog. War sie gerade noch locker und beschwingt gewesen, wirkte sie nun steif. Ihr kritischer Blick machte Clara ein schlechtes Gewissen. »Außerdem wollte ich fragen, ob du Lust hast, ein Stück mit dem Wagen zu fahren und die Sterne anzuschauen?«, fügte sie hinzu. »Das Wetter ist traumhaft. Ich dachte, wir könnten mal wieder in Ruhe plaudern.«

Clara machte ein zerknirschtes Gesicht. »Tut mir leid, aber heute Abend kann ich nicht. Tilo lädt mich zum Essen ein.«

Das schlichte Kleid war nicht das richtige für einen Restaurantbesuch, deshalb legte sie es zu den anderen Modellen aufs Bett. So langsam musste sie sich beeilen, sie war spät dran und trug noch immer nur ein hauchzartes Unterkleid aus Seide.

Lilli trat näher, legte das Buch ab und hob eines der Kleider am Bügel hoch. »Das hier kenne ich gar nicht. Ist es neu?«

»Ja, Tilo hat es mir im Urlaub geschenkt. Ich habe protestiert, aber dann hat er es einfach gekauft.« Sie pustete sich eine Haarsträhne aus dem Gesicht.

Nichts an Lillis Gesichtsausdruck änderte sich, und dennoch hatte Clara das Gefühl, als wäre die Temperatur im Raum auf einmal gesunken. Ihre Freundin trat mit dem Kleid auf sie zu und hielt es vor sie. Ihre Blicke trafen sich im Spiegel, und obwohl Lilli lächelte, sah Clara Schmerz in ihren Augen. »Es steht dir gut. Zieh doch das heute Abend an.«

»Ich weiß nicht …«

Lilli nahm es vom Bügel. »Ich würde es gerne mal an dir sehen.«

Widerwillig schlüpfte Clara hinein und ließ sich von ihrer Freundin dabei helfen, den Reißverschluss zu schließen.

»Du hast kaum etwas von eurem Urlaub erzählt«, sagte Lilli.

»Habe ich doch«, protestierte Clara.

»Von den unglaublichen Landschaften und der fremden Kultur hast du erzählt. Und wie sehr du dir wünschen würdest, dass deine Freundinnen irgendwann die Möglichkeit haben, Italien kennenzulernen. Aber du hast nicht erzählt, ob du dich gut mit Tilo verstanden hast.«

Genau vor diesem Moment hatte Clara sich gefürchtet. Seit Tagen hatte sie Bauchschmerzen deswegen. *Irgendwann musst du ihr sagen, dass du dich verlobt hast. Tu es doch einfach!*

»Er war sehr zuvorkommend«, wich sie aus.

»Ja, das sehe ich. Er hat dir ein Kleid gekauft. Ein teures, wie es aussieht.«

»Und ich habe es angenommen, na und?«

Lilli setzte sich aufs Bett und stützte sich hinter ihrem Rücken auf die Hände. »Gibt es denn einen Grund zum Feiern, oder warum führt er dich zum Essen aus?«

»Grund zum Feiern gibt es doch genug! Ich studiere endlich! Und ich hab genug Geld, um mein Zimmer bei dir zu bezahlen. So langsam komme ich in Westberlin an.«

Sie hatte nicht geahnt, wie viel Spaß es ihr machen würde zu forschen. Tilo hatte sie davon überzeugt, sich für das Studienfach Chemie einzuschreiben. Außerdem hatte er ihr ein Praktikum in einem Pharmaunternehmen organisiert.

»Soso. Und sonst gibt es keine Neuigkeiten? Keine Höhepunkte während der Reise? Keine Verlobungen?«

Clara hatte das Gefühl, als würde ein Auto auf sie zurasen, und sie wäre nicht dazu imstande auszuweichen. »Woher weißt du davon?«

»Ich habe Tilo am Vormittag in der Uni getroffen. Er war überrascht, dass du mir noch nichts erzählt hast. Verlobt bist du nun also …«

»Schau mich nicht so strafend an!« Clara begann, sich haltlos zu rechtfertigen. »Ich fühle mich wohl bei Tilo. Er ist anders als die Männer, denen man sonst so begegnet. Und du weißt, wie schwer ich mich getan habe, hier anzukommen.

Die ständige Konkurrenz und dass alles hier mit einem Fingerschnippen zu ersetzen ist …«

»Du beschwerst dich über Konkurrenz? Du hast selbst dafür gesorgt, dass Petra mit einem Fingerschnippen ersetzt wird – durch dich.«

»Das ist unfair«, sagte Clara gekränkt.

»Ist es nicht. Es ist die Wahrheit.«

»Na und? Trotzdem ändert es nichts daran, dass ich Tilo gernhabe. Wenn ich mit ihm zusammen bin, dann fühlt es sich ein kleines bisschen so an, als wäre ich zu Hause.«

Lilli richtete sich auf und fuhr mit dem Daumen über die feinen Linien auf ihrer Handfläche. »Und wenn du bei mir bist, fühlt es sich nicht so an?«

»Du bist meine Freundin, und daran wird sich nie etwas ändern. Doch er wird mein Mann sein. Mein Lebenspartner.«

»Aber war dann nicht alles umsonst? Dein Kampf darum, zu studieren, zu arbeiten! Dir ein eigenes Leben aufzubauen! Es gab mal eine Zeit, da wolltest du ins Weltall fliegen!«

Lillis Worte trafen Clara. Hatte ihre Freundin recht? War dann alles, was sie riskiert hatte, umsonst gewesen? Sie hatte diese lebensgefährliche Flucht doch nur auf sich genommen, um irgendwann mal in der Astronautik zu arbeiten, vielleicht sogar selbst Astronautin zu werden.

Sie dachte an das, was ihr Vater zu ihr gesagt hatte, kurz bevor er gestorben war. *Manchmal muss man loslassen, dem Fluss des Lebens vertrauen und sehen, wo er einen hinführt.* Bisher hatte sie sich verzweifelt am Ufer festgehalten. Aber sie war auch nicht mehr die junge, ehrgeizige Frau, die sie noch vor einem Jahr gewesen war. Die, blind für alles andere, ausschließlich ihren Traum verfolgt hatte. Ihr Blick auf die Dinge hatte sich verändert. Ihre Werte hatten sich verändert. Sie sehnte sich nach Halt im Leben, nach Beständigkeit, nach einem Fixpunkt. Und sie wollte nicht, dass dieser Fixpunkt Arbeit war. Sie wollte Liebe.

Sie, die immerzu nach Wissen, Erfolg und Anerkennung gelechzt hatte, sehnte sich im Grunde ihres Herzens nur nach einem Zuhause.

»Ich werde bald zu ihm ziehen«, sagte sie. »Tilo wohnt allein in diesem riesigen Haus, und ich habe deine Gastfreundschaft schon lang genug ausgenutzt.«

»Du warst nicht nur ein Gast«, widersprach Lilli.

»Ich weiß, entschuldige …« Sie blickte auf ihre nackten Füße hinab und strich sich über das Gesicht. »Tilo bietet mir vielleicht nicht das Weltall«, sagte sie und sah dann Lilli an. » … aber er bietet mir die Welt.«

»Eine Welt hinterm Herd vielleicht!«, entfuhr es Lilli ungewöhnlich scharf. Sie war vom Bett aufgesprungen.

»Warum reagierst du so heftig? Du warst doch diejenige, die uns einander vorgestellt hat!«

»Weil ich wollte, dass er dich einstellt und dir eine Chance gibt! Und nicht, dass er versucht, dich rumzukriegen. Ein kleines, hilfloses und heimatloses Ding. Eine Schutzbedürftige.«

»Hör auf, so zu reden. Ich bin weder hilflos noch klein, und er ist nicht schlecht. Er ist …«

»Er ist ein Mann«, fiel Lilli ihr ins Wort. »Glaub mir, ich weiß, wovon ich rede. Sie versprechen dir die Welt, aber eigentlich wollen sie nur bekocht und bespaßt werden. Sie wollen ihre Frauen klein und artig, wie dressierte Affen. Sie wollen …«

»Hör auf!«, fuhr Clara sie an. »Ich habe eine Entscheidung getroffen, und sie wird gut für mich sein. Ich soll mir die Wahrheit anhören? Dann hör du sie dir auch an. Du hast deinen Mann verlassen, du hast deine Eltern verlassen, du hast all deine Freunde verlassen! Du weißt doch gar nicht, was Beständigkeit ist! Für dich sind alle Menschen austauschbar.«

Lilli wirkte, als wäre sämtliche Luft aus ihr gewichen. »Diese Menschen haben *mich* verlassen«, sagte sie matt. »Nicht umgekehrt.«

Clara atmete schwer aus. »Aber ich werde dich nicht verlassen, wenn es das ist, wovor du Angst hast. Ich hab dich lieb. Ich bin dir dankbar, dass du mich unterstützt und an mich geglaubt hast. Das ändert sich nicht. Das wird mein ganzes Leben lang so sein.«

Lilli sah sie an. »Vielleicht wäre es aber besser, du würdest mich verlassen.«

Damit ging sie. Clara hörte die Wohnungstür zufallen. Sie war allein.

42.

Betty

»Eigentlich ist es ja nicht üblich, dass der Autor während der Dreharbeiten vorbeischaut …«, sagte Anton, als Manuela, die Maskenbildnerin, ein letztes Mal mit dem weichen Puderpinsel über Bettys Gesicht ging.

Betty rümpfte die Nase, aber es nützte nichts. Der feine Staub provozierte eine Niesattacke. Natürlich war prompt die Frisur verrutscht. Manuela seufzte und bemühte sich, Bettys Mähne mit Festiger zu bändigen.

»Oh, wie schade«, schniefte Betty. »Ich hätte ihn gerne kennengelernt. Ich finde, er hat ungemein viel Talent.«

»Aaaaber«, fuhr Anton selbstzufrieden fort und warf einen Apfel von einer Hand in die andere, »vielleicht kommt er heute doch mal zu den Dreharbeiten, diese Szene ist ihm nämlich besonders wichtig.«

»Das würde mich freuen! Vor allem, weil er offenbar darauf bestanden hat, dass ich die Hauptrolle übernehme. Er kennt mich, aber ich habe ihn noch nie gesehen. Zumindest nicht wissentlich.«

Ein paar Schaulustige waren stehen geblieben, um das Treiben am Drehort zu beobachten. Sie drehten in einem

Park, dessen Rasen bunt getupft war mit weißen Gänseblümchen, gelbem Herbst-Löwenzahn, blauer Wegwarte und fliederfarbenem Wiesenklee. Eine kleine Oase mitten in Berlin. Der Kameramann – ebenfalls ein Student – ging in die Hocke und formte mit seinen Händen eine Art Rahmen vor seinen Augen, um zu prüfen, wie die Szene wirken würde. Die Regieassistenz erklärte der Praktikantin, die den Ton angelte, worauf sie zu achten hatte. Es hatte sich herausgestellt, dass die Dame, die sich um die Verpflegung kümmerte, Antons Mutter war, die ihren Jungen unterstützte, wo sie nur konnte. Ihre Soljanka, ihr Kartoffelsalat mit Buletten, ja sogar ihre belegten Stullen schmeckten besser als das Essen in den schicken Restaurants, in die Kurt Betty ausgeführt hatte.

Der Beleuchter trat zu ihnen, um mit Anton etwas zu besprechen. Währenddessen betrachtete Betty Anton, sein knittriges gestreiftes Hemd, das er so gut wie jeden Tag trug, und die zerschlissene Anzughose. Es faszinierte sie, wie viel selbstsicherer er war, wenn er seiner Arbeit nachging. Als hätte er darin wahrhaftig seine Bestimmung gefunden. Hin und wieder kam es vor, dass Betty ihm seine mangelnde Dreherfahrung anmerkte, aber er hatte gute Ideen, und gemeinsam fanden sie jedes Mal eine Lösung. Besonders schätzte Betty an ihm, dass er sich ihre Meinung anhörte und bis jetzt ihre Vorschläge sogar jedes Mal begeistert angenommen hatte.

»Du wärst selbst eine gute Regisseurin«, hatte er vor zwei Tagen zu ihr gesagt, und Betty war ganz ergriffen gewesen. Sie war es nicht gewohnt, dass man ihr etwas zutraute.

Nicht einen Tag hatte sie es bisher bereut, Teil dieses

Filmprojekts zu sein, bei dem sie wahrscheinlich nicht einen Pfennig verdiente.

Anton wandte sich ihr wieder zu. »Wo waren wir stehen geblieben? Ach ja, mein Autor. Er ist sehr zurückhaltend, das darf man nicht falsch verstehen.« Er klatschte in die Hände. »Sind wir dann so weit?«

Betty stellte sich auf ihre Position unter die Trauerweide und verankerte sich in ihrer Rolle. Auf keine andere Szene hatte sie sich so intensiv vorbereitet. Nicht der Text hatte ihr Schwierigkeiten gemacht, sondern ihr Einfühlungsvermögen. Nicht, weil sie die Situation nicht hätte nachempfinden können. Ganz im Gegenteil. Sie hatte alles so fühlen können, dass es wehgetan hatte und sich etwas in ihr gegen den Schmerz sperrte. Die Szene riss alte Wunden in ihr auf. Seit sie diesen Film drehte, wurde sie ständig an ihre viel zu kurze Zeit mit Charlie erinnert. An ihr erstes Treffen auf Fritz' Party. An seine wunderschönen, einfühlsamen Briefe. An ihre gemeinsame Nacht …

»Alle auf Position!«, rief Anton.

Norbert, die männliche Hauptrolle, trat zu ihr. »Bereit, den Leuten dort draußen zu zeigen, wie ein guter Kuss aussieht?« Er zwinkerte ihr zu.

Betty lachte, ohne zu erröten. Sie mochte Norbert, weil er eine ruhige, nachdenkliche Art hatte, aber doch auch mal für einen Witz zu haben war. Er war gebildet und kultiviert. Anfangs war Betty sich an seiner Seite dumm vorgekommen, aber diese Unsicherheit hatte er ihr schnell nehmen können. Er hatte braune Locken und ein angenehmes Gesicht mit weichen, fast weiblichen Zügen. Als Betty einen Teil der Aufnahmen hatte sichten dürfen, hatte sie gesehen, dass er für die große Leinwand gemacht war. Erleichtert hatte sie festgestellt, dass auch sie gut aussah. Und dass sie wunderbar mit Norbert harmonierte, was das Wichtigste war. Man nahm ihnen sofort ab, wie intensiv ihre Gefühle füreinander waren.

»Kamera?«, rief Anton.

»Bereit!«

»Ton?«

»Bereit!«

Betty schloss die Augen, atmete tief ein. Gleich würde der Schmerz sie mit sich reißen, aber das wäre es wert. Unzählige Menschen hatten genau diese Ungerechtigkeit erfahren, hatten Ähnliches durchgestanden. Dieser Film verschaffte diesen Menschen Gehör, sagte ihnen, dass sie nicht allein waren.

»Schauspieler?«, rief Anton.

»Bereit«, antwortete Betty. Sie war bereit, sich ihrer Vergangenheit zu stellen.

»Uuuuund bitte!«

Norbert schob sie sanft gegen den Stamm. Als er ihr tief in die Augen sah, wurde sie von einem wohligen Schauer ergriffen. Sie vergaß, wie lange es her war, dass sie einen Mann geküsst hatte. Betrachtete diese schönen Lippen. Im nächsten Moment lagen sie auf ihren.

Die herabhängenden Äste der Trauerweide boten Schutz, vermittelten ihr das Gefühl, sie wären allein auf dieser Welt. Alles um sie herum löste sich auf. Die Kamera, das Filmteam, die Schaulustigen … Und auf einmal war sie in der Zeit zurückgesprungen und mit Charlie in dem Park, nach ihrer ersten und einzigen gemeinsamen Nacht. Sie versank völlig in diesem Kuss, schlang die Arme um den Nacken des Mannes vor ihr, zog ihn näher an sich heran. Wie eine Verdurstende, die endlich den rettenden Schluck Wasser schmeckt. Während sie ihn küsste, war er nicht mehr Norbert, sondern ein junger Mann mit einem herzförmigen Muttermal schräg über seinem schön geschwungenen Mund. Mit tiefgründigen graublauen Augen und schwarzem zerzausten Haar.

Charlie …

Sie schmiegte das Gesicht an seine Brust, atmete seinen Duft ein, nach warmer Haut und leicht nach Rasierwasser … Auf einmal flatterte ein Schmetterling an ihnen vorbei, dann noch einer. Ein zauberhafter, magischer Anblick.

»Ich liebe dich«, wollte sie ihm sagen, aber stattdessen hauchte sie: »Ich muss los …« Schwer zu sagen, ob sie ihn sanft von sich schob oder sich eigentlich doch eher an seinem Hemd festhielt.

»Bleib noch ein bisschen«, erwiderte er, umschloss ihre Hände mit seinen und bedeckte ihre Fingerknöchel mit Küssen. »Nur einen kleinen Moment. Ich kann dich noch nicht gehen lassen.«

Dieses Lächeln brachte ihr Herz zum Schmelzen …

»Es geht nicht.«

Charlie stützte sich mit beiden Händen neben ihr an dem Stamm der Trauerweide ab und hielt sie gefangen. »Ich weiß, wir kennen uns noch nicht lange, und ich weiß, dass du Zweifel hast. Aber ich weiß auch, dass sich das mit dir einfach richtig anfühlt.«

Sie konnte all die Liebe und Wärme, die sie für diesen jungen Mann empfand, nicht verbergen. Ihr Blick verriet sie.

Doch ihren Mund hatte sie unter Kontrolle, und deshalb sagte sie: »Es ist nicht so einfach …«

»Doch, ist es«, erwiderte er. »Liebst du mich?«

Sie fühlte sich in die Ecke gedrängt. Wandte das Gesicht ab, aber er legte eine Hand unter ihr Kinn und zwang sie, ihn anzusehen. »Was bedrückt dich?«

Stille. Sie spürte ihr Herz schlagen. Hörte das kräftige Bum, Bum, Bum … Ihr Atem stockte. »Ich muss dir etwas sagen …«, brachte sie hervor. »Ich denke darüber nach, in den Westen rüberzumachen.«

»Was?« Erst schienen ihre Worte nicht zu ihm durchzudringen, dann auf einmal sah er aus, als befände er sich im freien Fall.

Sie holte Luft, versuchte, ihre zittrige Stimme zu glätten. »Ich habe sogar eine Wohnung.«

Es war schrecklich zu sehen, wie weh sie ihm tat.

Er war von ihr zurückgewichen. »Und das hast du die ganze Zeit über hinter meinem Rücken organisiert?«

»Es ist einfach so passiert. Erst der neue Freundeskreis, dann die Arbeitsstelle und schließlich die Wohnung.«

Er schüttelte den Kopf, fuhr sich mit einer Hand über das Gesicht. »Wann?«

»Bald. Lieber zu früh als zu spät. Komm mit mir …«

»Wie könnte ich?«, rief er aus. »Hier ist meine Familie, hier sind meine Freunde, mein Zuhause …«

Sie hatte diese Antwort befürchtet. Deshalb hatte sie dieses Gespräch so lange hinausgezögert. Und doch war sie nicht auf die Angst vorbereitet, die sie auf einmal erfüllte. Die Angst, vielleicht das Beste in ihrem Leben zu verlieren.

Tränen der Ohnmacht strömten über ihre Wangen. »Bitte …« Sie hatte das Gefühl, ihre Beine würden jeden Augenblick nachgeben. Sie nahm sein Gesicht in die Hände. »Ich *muss* gehen, aber ich kann auch nicht ohne dich sein. Deshalb flehe ich dich an: Komm mit mir. Denn ich liebe dich, Charlie. Ich liebe dich aus ganzem Herzen.«

Aus dem Augenwinkel nahm sie auf einmal eine Bewegung wahr. Einer der Schaulustigen war gegangen. Nietenhose. Schwarzes Haar. Mütze.

War das möglich? Oder täuschte sich ihr Herz, weil sie mit dieser Szene in die Vergangenheit eingetaucht war?

Eigentlich hätte sie noch einen Satz gehabt, aber er steckte ihr im Hals fest. So etwas passierte ihr das erste Mal.

»Und Schnitt!«, hörte sie Anton wie von fern rufen.

»Das war gut«, holte Norbert sie ins Hier und Jetzt zurück. »Nur leider heißt meine Rolle nicht Charlie.«

Oh Gott, hatte sie Charlie gesagt? Sie schlug eine Hand vor den Mund. »Das tut mir leid! Wie unprofessionell!«

Anton trat neben sie. »Kein Problem.« Er legte einen Arm um sie, als wüsste er genau, was in ihr vorging. »Das war großartig, Betty. Mach dir keine Sorgen, wir können die Aufnahme sicher gebrauchen, und wir drehen ohnehin noch ein paarmal aus unterschiedlichen Perspektiven.«

Manuela wollte ihr Gesicht erneut pudern, aber Betty eilte Anton hinterher und hielt ihn an der Schulter fest. »Wer ist da gerade gegangen?« Ihr Herz schlug heftig, als wäre sie auf der Flucht oder vielmehr, als würde es versuchen, sie anzutreiben, loszurennen, dem Fremden hinterher …

»Das …« Anton lächelte voller Mitgefühl. » … das war der Drehbuchautor.«

Betty spürte ein zartes Kitzeln auf ihrem Unterarm. Ein Schmetterling hatte sich daraufgesetzt.

43.

Martha

Der laute Knall ließ Martha zusammenzucken. Als der Schreck von ihr abfiel, warf sie den Kopf in den Nacken und lachte überdreht wie der Rest der Frauen um sie herum. Frau Hartweg hatte die Flasche Rotkäppchensekt entkorkt und goss nun den goldenen Inhalt in die schmalen Gläser auf dem Besprechungstisch. Es war neun Uhr morgens an einem Montag. So konnte eine Woche beginnen!

Obwohl Martha noch nicht einen Tropfen getrunken hatte, war es ihr, als würde schon jetzt Sekt in ihrem Blut prickeln. Sie stießen auf ihren Artikel an.

Zu ihrer Linken stand Betty, so nah, dass sich ihre Oberarme berührten. Ihre Freundin drängte sich geradezu an sie. Sie hatte noch kaum ein Wort gesprochen und auch noch keines der Häppchen angerührt, die Susi besorgt hatte.

Marthas Artikel erzählte Bettys Geschichte, natürlich eingebettet in gesamtgesellschaftliche Zusammenhänge, wie das in der DDR gefordert war. Die Menschen in diesem Land würden heute lesen, wie sie ihr Kind verloren und wie ihr Ehemann sie in die Abhängigkeit von Beruhigungstabletten getrieben hatte.

Aus diesem Grund waren auch die beiden Schauspielerinnen Doreen Lubosch und Claudia Hagen anwesend. Martha hatte Kontakt zu den beiden aufgenommen und ein Interview mit ihnen geführt. Erst hatten die beiden nur zögerlich geantwortet, aber als sie gemerkt hatten, dass sie Martha vertrauen konnten, hatten sie gesprochen. Es hatte sich herausgestellt, dass der angesehene Regisseur die beiden Frauen mehrmals bedrängt und Claudia Hagen sogar zum Geschlechtsverkehr gezwungen hatte. Er hatte ihre Abhängigkeit schamlos ausgenutzt. Wie Betty hatte er Claudia gedroht, sie werde keine Rollen mehr bekommen, wenn sie nicht gefügig wäre.

»Ich habe sofort nach dem Vorfall Anzeige erstattet«, hatte die junge Frau in dem Interview erzählt. Martha hatte ihr angesehen, welchen Kampf sie innerlich mit sich ausfocht. »Aber auf dem Revier wollte man mir nicht glauben. Ich bekam keine Beratung, keine ärztliche Behandlung, nicht mal Verständnis. Zumindest hat es sich nicht so angefühlt.«

Vergewaltigung war in der DDR ein Tabuthema. Das Gespräch hatte Martha zutiefst aufgewühlt und ergriffen, Claudia natürlich noch viel mehr. Die tapfere Frau hatte sich anschließend sogar erbrochen.

Als alle mit Sekt versorgt waren, klopfte Frau Hartweg mit einem kleinen Löffel gegen ihr Glas, und die Diskussionen verstummten. »Ich muss zugeben, dass ich an diesem Tag sehr bewegt bin. Vier Frauen haben sich zusammengeschlossen und Stärke bewiesen. Und das nicht nur, um einem Täter das Handwerk zu legen, sondern auch, um auf ein wichtiges Thema aufmerksam zu machen. Nämlich darauf, wie leicht wir Frauen aufgrund unserer sozialen Stellung in die Opferrolle gedrängt werden. Aber es gibt einen Weg hinaus, die Zeiten ändern sich. Das haben diese vier bewiesen. Einen Applaus bitte für Doreen Lubosch, Claudia Hagen, Bettina Weiler sowie Martha Kubiki.«

Der Jubel der anwesenden Journalistinnen kam von Herzen, und Martha merkte, dass auch Betty etwas entspannter wurde. Susi pfiff sogar laut.

»Auf uns, auf die *Evelyn*! Auf diesen Artikel, der ein voller Erfolg wird!«

»Haben Sie keine Angst«, sagte Frau Hartweg eine Stunde später beim Abschied zu Betty. »Wir stehen voll und ganz hinter Ihnen.«

»Ich kenne meinen Mann«, erwiderte Betty. »Er wird das nicht auf sich sitzen lassen. Um ehrlich zu sein, fürchte ich mich vor ihm.«

Doreen legte einen Arm um Betty. »Du hast das Richtige getan. *Wir* haben das Richtige getan. Gemeinsam sind wir stark!«

So lautete auch der Titel des Artikels. *Gemeinsam sind wir stark.*

Martha stellte sich vor, wie die Zeitschrift in den frühen Morgenstunden ausgeliefert worden war, wie die Menschen dort draußen sie auf dem Weg zur Arbeit an einem Kiosk oder beim Bäcker gekauft hatten. Wie die Ersten den Artikel lasen, Verkäuferinnen oder Sekretärinnen die Köpfe zusammensteckten. *Hast du schon gehört, was Kurt Weiler getan hat?*

Am Nachmittag fuhren Martha und Betty an den Müggelsee.

Eigentlich hatte Betty sich zu Hause verkriechen wollen, aber das hatte Martha nicht zugelassen. »Du wirst den Menschen dort draußen zeigen, wie gut es dir nun ohne Kurt geht!«

An einem Dienstag war zum Glück ohnehin nur wenig los im Strandbad. Außerdem war es leicht bewölkt. Bis auf zwei Frauen, die es sich auf dem Steg gemütlich gemacht hatten, eine Mutter mit Kind und die Rentner-Sportgruppe war nichts los.

Als sie die Freitreppe hinabstiegen, bemerkte Martha, dass die beiden Freundinnen auf dem Steg sie anstarrten. Sie winkte Uschi und stellte fest, dass am Kiosk nur noch ein einziges Exemplar der *Evelyn* übrig war, das jedoch gerade von einer Frau aus dem Ständer genommen und gekauft wurde. Auch Betty hatte es gesehen. Ihre Anspannung war zurück.

»Es ist seltsam, dass auf einmal alle mein Privatleben kennen«, sagte sie und legte die Hände auf den Bauch, als hätte sie Schmerzen. »Oder eigentlich nur das Schreckliche daran. Die schmutzige Wäsche.«

Sie zogen sich in einen Strandkorb zurück, wo sie vor Blicken geschützt waren. Martha bemühte sich, ihre Freundin abzulenken. Sie erzählte davon, wie es war, mit Tom zusammenzuwohnen. Wie chaotisch er im Gegensatz zu ihr war und dass er überall sein Zeug liegen ließ und sie sich manchmal fühlte wie seine Mutter, wenn sie ihm erklärte, dass man Bücher nach Farbe sortierte oder man sich niemals, wirklich niemals mit Straßenkleidung aufs Bett setzte.

Betty schien aber nur mit halbem Ohr zuzuhören, und auch Martha entging nicht, dass die beiden Frauen auf dem Steg immer wieder zu ihnen sahen. Betty schob ihre große

Sonnenbrille von ihrem blonden Schopf vor die Augen und setzte ihren Sonnenhut auf.

»Bestimmt denken sie, dass ich verrückt bin.«

»Überhaupt nicht. Sie denken, du hast gut daran getan, diesen Mann zu verlassen.«

»Mir ist schlecht …«, murmelte Betty. »Vielleicht sollten wir doch lieber gehen. Alle starren die ganze Zeit her … Können wir nicht bei dir zu Hause ein Brettspiel spielen oder so?«

In diesem Moment trat Uschi zu ihnen. Betty sank tiefer in den Strandkorb.

»Ick dachte mir, det ihr vielleicht wat Süßes jebrauchen könnt«, sagte die rothaarige Kioskbesitzerin und hielt ihnen einen Teller mit Plundergebäck hin. »Ist ein aufwühlender Tag heute, nich wahr?«

»Ja«, antwortete Martha, weil Betty kein Wort hervorbrachte, nahm den Teller entgegen und fragte sich, wie der Kiosk überleben konnte, wenn Uschi ständig Kuchen verschenkte.

»Ich hab den Artikel jelesen. Ick wusste ja nicht, was los war … Dieses Schwein braucht sich hier nicht mehr blicken zu lassen, sonst jag ich den mit der Grillzange fort!«

Betty brachte ein kleines Lächeln zustande. »Danke, Uschi.«

»Komm mal her, Kleene, und lass dich drücken.«

Kaum hatte Betty sich erhoben, zog Uschi sie schon in eine herzliche Umarmung.

Die junge Mutter, das Kind auf dem Arm, trat zögerlich zu ihnen. »Frau Weiler?« Sie hatte dunkle Ringe unter den Augen, ihr Körper wirkte ausgezehrt. »Entschuldigen Sie die

Störung. Ich wollte Ihnen nur sagen, dass ich den Artikel in der *Evelyn* gelesen habe. Was Sie durchgemacht haben, ist schrecklich, und ich empfinde tiefes Mitgefühl für Sie. Mein Mann hatte auch eine Affäre, seitdem bin ich alleinerziehend.«

Mittlerweile standen Betty Tränen in den Augen. »Danke. Das bedeutet mir sehr viel.«

Sie lächelte das kleine Mädchen an, das verschämt wegsah und das Gesicht im Haar der Mutter verbarg.

Auch die zwei jungen Frauen vom Steg hatten sich zu ihnen gewagt. »Wir haben gerade zugehört und wollten ebenfalls unser Mitgefühl aussprechen. Wir werden nicht den neuen Film von Ihrem Mann anschauen«, sagte die Brünette in Clogs und mit Badetuch um die Hüfte.

Ihre Freundin mit dem fetzigen Kurzhaarschnitt nickte eifrig, sodass ihre großen Kreolen schwankten. »Und wir sagen allen, die wir kennen, dass sie ihn auch nicht anschauen dürfen!«

Immer mehr Badegäste gesellten sich zu ihnen, und auf einmal waren sie umgeben von einer Traube Menschen, die Betty alle ihr Mitgefühl aussprachen. Die Rentner-Sportgruppe betonte wie Uschi, dass Kurt ihnen lieber nicht über den Weg laufen sollte, sonst würden sie ihm schon beweisen, dass man Rentner nicht unterschätzen sollte. Der alte Horst schimpfte mit geballter Faust auf die Männer von heute, die alle nicht mehr wüssten, was Anstand sei. Zwei junge Mädchen mit bunten Spangen im Haar sagten schüchtern, dass Betty ihr Vorbild sei.

»Gemeinsam sind wir stark!«, rief eine der Frauen.

Auf einmal brach Sonnenlicht durch die Wolkendecke und strahlte wie ein Scheinwerfer direkt auf sie. Alles schien zu leuchten. Ein magischer Moment.

»Ja«, sagte Betty. »Gemeinsam sind wir stark.«

44.

1963

Betty

»Frau Reinhart, hier! Schenken Sie unseren Leserinnen und Lesern ein Lächeln! Hand an die Hüfte bitte. Und schön gerade stehen.«

Der Fotograf schüchterte Betty ziemlich ein mit seinen Anweisungen. Aber dann hatte sie sich daran erinnert, wie weit sie es gebracht hatte. Ganz allein, ohne fremde Hilfe, gegen alle Widerstände. Und auf einmal schien sie von innen heraus zu glühen. Sie lächelte, winkte und hauchte Luftküsse in die Kamera. Über ihr funkelten die Sterne an diesem besonderen Abend. Denn heute feierten sie die Premiere von *Die Unendlichkeit des Himmels.*

Betty trug einen Traum aus leuchtend roter Seide, den Onkel Theodor extra für diesen Anlass entworfen hatte. »Wenn meine liebe Nichte einen besonderen Auftritt hat, dann soll sie auch etwas Besonderes tragen!«, hatte er gesagt. Das Kleid war im Nacken zusammengebunden und hatte einen tiefen Rückenausschnitt. Die dazugehörige federleichte Stola lag locker auf ihren Unterarmen.

»Glauben Sie, dass *Die Unendlichkeit des Himmels* ein Berlin-Film ist?«, fragte ein Rundfunkjournalist.

»Ganz gewiss«, antwortete sie in das Aufnahmegerät, das er ihr entgegenhielt. »Wir haben uns bemüht, die Stadt ungeschönt zu zeigen, in ihrer Rauheit, ihrer Zerrissenheit.«

»Was haben Sie mit Ihrer Rolle gemein?«, wollte ein anderer Reporter wissen.

Ihre Mutter, die schräg hinter ihr stand, schüttelte kaum merklich den Kopf. *Antworte lieber nicht darauf.* Die Frage war gefährlich, immerhin flüchtete die junge Frau, die Betty gespielt hatte, in den Westen. »Na ja, ist das nicht offensichtlich? Wir sind beide blond«, scherzte sie und zuckte kokett mit den Schultern.

Sie war froh, ihre Mutter an ihrer Seite zu wissen. Seit Wochen war sie ihr eine große Stütze. Wenn man so wollte, war Mona in den letzten zwei Wochen so etwas wie ihre Agentin geworden. Es hatte damit angefangen, dass plötzlich jede Menge Interviewanfragen und Rollenangebote Betty erreicht hatten – so viele, dass sie keine Lust mehr gehabt hatte, ans Telefon zu gehen. Kurz entschlossen hatte Mona Reinhart den Hörer abgenommen und einen Termin für ein Vorsprechen in Bettys Kalender eingetragen oder einen Interviewtermin. Nach und nach hatte sich ihr Aufgabenfeld erweitert. Dankbar hatte Betty ihr die Organisation von allem übertragen. Ihre Mutter sagte Veranstaltungen für Betty zu oder ab, organisierte von ihrem Bruder Theodor passende Kleider und begleitete sie hin und wieder auf Veranstaltungen. Als sie vorhin in ihrem eleganten Kostüm vor ihr gestanden und zur Eile gedrängt hatte, da hatte Betty sich bei dem Gedanken ertappt, dass ihre Mutter kaum wiederzuerkennen war. Sie war die starke, schillernde Persönlichkeit, die sie früher gewesen war.

Wie durch Magie öffnete sich die Tür, und Betty trat ein ins gedimmte Licht des Restaurants. Sie wurde von Applaus empfangen.

»Da ist sie, unsere Hauptdarstellerin!«, rief Anton und umarmte sie herzlich. »Wer hätte gedacht, dass dieses kleine Studentenprojekt auf solches Interesse stoßen würde!«, lachte er. Er sah gut aus in dem schwarzen Anzug, dem weißen Hemd und mit der Fliege am Hals.

»Dein Film berührt die Menschen und ist dabei aufrichtig. Das wird sich schnell herumsprechen.«

Sie wechselten noch ein paar Worte, und dann wurde er von einer Schauspielerin in Beschlag genommen.

So viele Menschen … Betty war überwältigt. Jemand drückte ihr einen Strauß Blumen in die Arme. Fremde Menschen schüttelten ihr die Hand und gratulierten ihr, schwärmten von dem Film, von der gewaltigen Bildsprache, den klugen Dialogen und davon, wie ergriffen sie von Bettys Spiel gewesen waren. Bei der angenehmen Jazzmusik und den unzähligen Gesprächen im Hintergrund war es gar nicht so leicht, sich zu konzentrieren.

Sie feierten im *Lukullus*, einem der besten Restaurants der Stadt, das sich von den üblichen HO-Gaststätten abhob. Die üppigen Kronleuchter, die alten verspielten Möbel und die hübschen Stehlampen, die nur mattes Licht spendeten, bildeten eine fast theatralische Kulisse, eine Illusion vom Pariser Leben, wie Betty es sich in ihrer Fantasie ausmalte. Der Besitzer war ein sanfter Opernliebhaber mit einer Schwäche für gutes Essen, weshalb man hier außergewöhnliche Dinge bekam wie Schnecken oder Entenbrust. Tagsüber fuhr der Mann kreuz und quer in der Stadt herum, organisierte Ware, Champignons hier, Spargel dort – ohne Beziehungen brauchte man gar nicht zu hoffen, einen solchen Luxus ergattern zu können.

Betty atmete auf, als sie Martha zwischen all den ihr fremden Gesichtern erblickte. Ihre Freundin nahm ihre Hand und drehte Betty einmal im Kreis. »Bin ich irgendwie in Hollywood gelandet?«

»Ach, du übertreibst. Abgesehen davon siehst du selbst aus wie von der großen Leinwand.«

Scherzhaft präsentierte Martha sich wie Betty vorhin vor dem Fotografen. »Findest du wirklich, ich hätte Chancen?« Sie trug ebenfalls eines der Kleider von Onkel Theodor. Es war schwarz, der Schnitt schlicht und elegant.

»Definitiv! Ich dachte schon, dass Audrey Hepburn persönlich hier ist, um mir zu gratulieren.« Genug herumgealbert, sie musste unbedingt noch etwas loswerden. »Danke, dass du hier bist.«

»Ist das dein Ernst? Es gibt kostenlos Häppchen und Sekt! Das lasse ich mir doch nicht entgehen!« Martha prostete ihr zu.

»Ehrlich. Ohne dich hätte ich das nicht geschafft«, fuhr Betty fort. »Hättest du ihm nicht Einhalt geboten, hätte Kurt dafür gesorgt, dass ich in der Öffentlichkeit als *die Verrückte* gelte. Aber dein Artikel hat mich gerettet. Viel mehr noch. Er hat mich zu einer Art Ikone gemacht. Absolut unverdient …«

»Doch, das hast du dir verdient«, widersprach Martha. Ich bin so stolz auf dich.« Martha umarmte sie vorsichtig, hatte wohl Angst, Bettys Hochsteckfrisur zu ruinieren und Sekt zu verschütten.

»Ist Tom nicht mitgekommen?«, fragte Betty, als sie sich von ihrer Freundin gelöst hatte.

»Ach, der mag große Veranstaltungen nicht so gern …«

Na und?, lag Betty auf der Zunge. Wie oft hatte sie Kurt zu Veranstaltungen begleitet, nur um ihm eine Freude zu machen. Aber was wusste sie schon … Ihre Ehe war eine einzige Katastrophe gewesen. Sie war wohl die Letzte, die Kritik an Beziehungen üben durfte.

Martha entdeckte Onkel Theodor in Anzug und mit Fliege an einem der Tische. Er hatte die Beine elegant übereinandergeschlagen. Trotz der hohen Temperaturen trug er feine Lederhandschuhe. »Gott sei Dank, jemand, den ich kenne! Ich sage ihm kurz Hallo. Ich will dich nicht länger aufhalten, du musst bestimmt noch hundert Hände schütteln!«

Betty schlug sich mit ihrer Mutter zur Bar durch, was gar nicht so leicht war, wenn einem ständig gratuliert wurde.

»Willst du denn keinen Sekt trinken?«, fragte Mona, als Betty zwei Cola bestellte.

»Ach nein. Ich muss heute Abend sicher noch ein paarmal mit Sekt anstoßen, da beginne ich lieber langsam.« Das war natürlich nur die halbe Wahrheit. Sie ahnte, wie schwer es für ihre Mutter sein musste, umgeben von lauter Menschen zu sein, die prickelnden Sekt genossen und Cocktails schlürften. Betty wollte gerade sagen, wie schade es war, dass

Alex heute nicht hier sein konnte, als ihr auffiel, dass ihre Mutter die Lippen zusammenpresste. »Ist was passiert?«

Mona ließ die Eiswürfel in ihrer Cola kreisen. »Nein, ich freu mich für dich. Es ist nur, dass ich …« Sie straffte sich, holte Luft und sagte dann: »In den letzten Wochen war sehr viel los. Termine mussten organisiert werden, dann noch die Fahrten nach Leipzig und Dresden …«

Betty wurde ernst. Hatte ihre Mutter vor, ihr zu sagen, dass sie nicht länger für sie die Drecksarbeit machen wollte? Dass es ihr zu viel war? Sie verstand ihre Mutter ja … Sie hatte eh schon ein schlechtes Gewissen gehabt, sie so sehr für ihre Zwecke einzuspannen. Aber ohne ihre Hilfe würde sie zugrunde gehen!

»Versteh mich nicht falsch, mir macht die Arbeit Spaß«, fuhr ihre Mutter fort. »Aber du verdienst doch jetzt recht ordentlich. Deshalb wollte ich dich fragen, ob … du mich bezahlen würdest. Nicht viel. Vielleicht zehn Prozent von deinem Honorar?«

Betty schwieg.

»Dann wäre ich etwas unabhängiger«, rechtfertigte ihre Mutter sich und klang dabei fast flehend, als würde sie um Verzeihung für ihre übertriebene Forderung bitten. »Und ich könnte vielleicht sogar mal mit einer Bekannten in den Urlaub fahren oder abends in ein Restaurant gehen. Das ist schon alles, was ich möchte.«

Betty rührte mit dem Strohhalm in ihrer Cola. »Kommt nicht infrage.«

Sie konnte förmlich sehen, wie ihre Mutter in sich zusammensank. Deshalb beeilte sie sich, die Situation aufzulösen. »Privatmanager sind nicht gern gesehen, wir müssen das unter der Hand machen. Ich bezahle dir dreißig Prozent meines Honorars. Dafür möchte ich aber auch, dass du es dir von dem Geld richtig gut gehen lässt.«

Nun war ihre Mutter diejenige, die sprachlos war. Ein paar Atemzüge lang starrte sie Betty einfach nur an. Auf einmal lachte sie und blinzelte dabei die Tränen fort, die in ihre Augen gestiegen waren. Es war schön, ihre Mutter so glücklich und bewegt zu sehen, aber gleichzeitig tat es auch weh. Sie war eine tolle Frau und sollte sich nicht schlecht fühlen, wenn sie für ihre Arbeit entlohnt werden wollte.

»Danke«, sagte sie und drückte sanft Bettys Handgelenk. »So, und jetzt werde ich die Frau dort hinten begrüßen. Sie arbeitet bei der *Constanze*.«

»Wer hat sie eingeladen?«, fragte Betty.

»Deine Managerin«, sagte ihre Mutter leichthin und grinste, ehe sie sich mit ihrer Cola einen Weg zwischen den Gästen hindurchbahnte.

Das Leben konnte es also tatsächlich gut mit einem meinen. Wer hätte das gedacht? Betty empfand eine vage Angst. Momente wie diese waren zerbrechlich. Es würden auch wieder andere Zeiten kommen. Deshalb war es umso wichtiger, dass sie diesen Abend in vollen Zügen genoss.

Anton schlug mit einer Kuchengabel gegen sein Glas. Nach und nach wurde es still im Saal. »Liebe Gäste, liebe Freunde, liebe Verwandte, liebe Genossen, ich danke herzlich für Ihr zahlreiches Erscheinen auf der Premiere unseres Spielfilms.«

Applaus. Ein paar junge Männer jubelten laut. »Glückwunsch, Toni!«, rief einer. »Weiter so!«

Anton lachte und winkte ab. »Applaudieren Sie lieber, wenn ich die Hauptdarsteller zu mir bitte. Norbert Schwarz und Bettina Weiler. Kommt zu mir, ihr beiden!«

Erneuter Applaus. Betty stellte ihre Cola auf dem Tresen ab. Die Menge teilte sich, bildete eine Gasse, die bei Anton endete. Das Herz schlug ihr bis zum Hals. Würde sie sich jemals daran gewöhnen, im Mittelpunkt zu stehen? Sie war froh, Norbert an ihrer Seite zu haben.

Einer der Kellner bot ihr auf einem Tablett ein Glas Sekt an, und Betty stieß mit Anton und Norbert an.

»Mein großer Dank gilt auch dem Drehbuchautor. Wo steckt er denn schon wieder? Er ist ein wenig schüchtern …« Anton suchte die Menge ab. »Ah, dort hinten in der Ecke! Meine Damen und Herren, dieser junge Mann, der mich so finster ansieht, hat gemeinsam mit mir das Drehbuch zu diesem grandiosen Film verfasst.«

Betty war neugierig, immerhin hatte es kein einziges Mal geklappt, dass sie den Autor zu Gesicht bekam. Das war auch nicht weiter verwunderlich, normalerweise hatten die Autoren mit dem Dreh nichts zu tun. Aber sie hatte die Geschichte geliebt, die klugen und einfühlsamen Dialoge, und brannte darauf, das Gesicht dahinter zu sehen.

In diesem Moment erblickte sie ihn.

Ihr Herz setzte aus.

Halb im Verborgenen lehnte er an einer Säule. Zuerst hatte sie festgestellt, dass ihr dieses Gesicht bekannt vorkam. Dass sie jemanden kannte, der ebenso schwarzes Haar hatte.

Dessen Blick ebenso unter die Haut ging. Nur hatte es einen Moment gedauert, bis ihr klar geworden war, wer dieser jemand war, weil sie ihn eigentlich fast nur mit Mütze kannte. Offenbar hatte er darauf zur Feier des Tages verzichtet. Vielleicht aber trug er sie inzwischen auch nicht mehr. Betty hatte ihn ja seit fast zwei Jahren nicht gesehen.

Der Mann, dessen Küsse sie manchmal nachts noch auf der Haut spürte, schaute ihr direkt in die Augen.

Nein. Das ist nicht möglich …

Wie von fern hörte sie Anton sagen: »Einen Applaus für Charlie Bischof.«

Sie spürte nicht, wie das Glas ihren Fingern entglitt. Ein Kellner kam zu ihr, um die Scherben wegzukehren. Wie angewurzelt stand sie da, bis ihre Mutter ihr eine Hand auf den Arm legte und ihr sagte, sie solle ein Stück beiseitetreten.

Ihr erster Impuls war zu fliehen. Sie befürchtete, jeden Moment zusammenzubrechen. Ihre Knie waren wie aus Gummi. Wie war es möglich, dass er hier war? Dass sie all die Monate, die sie vor der Kamera gestanden hatte, nichts von ihm mitbekommen hatte? Die Monate, in denen sie die Worte ausgesprochen hatte, die er geschrieben hatte. Für sie.

Wie konnte er es wagen …

Anton sagte etwas, ein paar Gäste lachten. Erneuter Applaus. Sie schaffte es, ein paar Schritte zu machen und sich in eine dunkle Ecke zwischen zwei hohen Topfpflanzen zurückzuziehen, um durchzuatmen. Der Raum füllte sich wieder mit Stimmen. Die Musik spielte weiter.

Und dann stand er auf einmal vor ihr. Er sah sie einfach nur an und hebelte damit ihre Welt aus. Ehe sie sich's versah, holte sie aus und verpasste ihm eine Ohrfeige. Dann stürmte sie aus dem Saal. Einfach nur weg hier.

Hätte zufällig jemand aus einem der Fenster der umliegenden Gebäude geblickt und die junge Frau im leuchtend roten Abendkleid gesehen, die mit geballten Fäusten den Gehweg entlangmarschierte, so hätte derjenige sicher nicht gedacht, dass sie gerade noch vor zahlreichen Menschen geehrt worden war. Käme ihr jemand entgegen, würde er vermutlich schnell die Straßenseite wechseln. Sie versuchte, aus dem schlau zu werden, was gerade geschehen war. Aber in ihrem Kopf herrschte ein einziges Durcheinander. Kurz glaubte sie sogar, sich getäuscht zu haben. Was, wenn es doch nicht Charlie gewesen war, sondern jemand, der ihm ähnlich sah? Immerhin hatte sie während der Dreharbeiten unaufhörlich an ihn denken müssen, hatte oft das Gefühl gehabt, er stünde ihr gegenüber. Vielleicht war in den letzten Monaten alles etwas viel gewesen, vielleicht war das sogar noch eine Nebenwirkung der Tabletten … *Vielleicht, vielleicht, vielleicht …*

Im Licht einer Straßenlaterne blieb sie stehen und hielt sich an dem kalten Metall fest.

Nein. Ihr Herz hatte ihn erkannt. Charlie war hier. Er war die ganze Zeit hier gewesen …

»Betty?«, hörte sie ihn hinter sich sagen.

Langsam drehte sie sich um. »Was … was machst du hier? Ich dachte …« Sie legte eine zittrige Hand an ihr Schlüsselbein.

»Dass ich in München bin«, vollendete er den Satz für sie. »Das war ich auch. Bis zu dem Tag, an dem ich im Radio gehört habe, dass sie in der Nacht die Grenze dichtgemacht haben. Ich hatte Angst um dich. Ich dachte, dass du vielleicht nicht mehr rübergekommen bist. Und dann habe ich die wohl schwerste Entscheidung meines Lebens getroffen. In München in der Freiheit bleiben oder nach Hause zurückkehren. Nach Hause, zu dir …«

Ihre Welt schwankte. Sie fasste sich an die glühende Stirn. »Du warst also die ganze Zeit hier …« Wieder kochte Wut in ihr hoch. Sie warf sich auf ihn und trommelte mit den Fäusten auf seine Brust. »Warum hast du nichts gesagt? Warum hast du dich nicht gezeigt, dich zu erkennen gegeben?«

Er hielt ihre Hände fest. »Das wollte ich. Aber dann hast du Kurt geheiratet, und mir wurde klar, dass ich mich getäuscht hatte. Du hattest gar nicht vor, zu mir nach München zu kommen. Du hattest dich für ihn entschieden.«

Sie schüttelte den Kopf. Tränen liefen über ihre Wangen. »Nein. Das ist nicht wahr. Ich wollte zu dir. Ich war auf dem Weg zu dir. Aber ich war zu spät … Die Züge fuhren nicht mehr …«

In dem daraufhin einsetzenden Schweigen wurden sie sich beide der Tragweite dessen bewusst, was Betty gerade gesagt hatte.

»Ist das wahr?«, fragte er.

»Ja. Ich hätte alles für dich aufgegeben.« Auf einmal fiel ihr etwas ein. »Dann warst du das auf unserer Hochzeit … Du hast die Zeremonie verlassen.«

Er nickte. »Ja. Ich hatte die Hoffnung, wenn ich mit eigenen Augen sehe, wie du ihn heiratest, kann ich mit unserer Liebe abschließen. Doch es hat nur wehgetan.«

»Aber darauf zu bestehen, dass ich die Hauptrolle in deinem Film übernehme, hat dir nicht wehgetan?«

»Keine Schauspielerin hätte die Rolle besser gespielt«, antwortete er ruhig. »Du warst perfekt dafür. Das ist unsere Geschichte.«

Alles in ihr sehnte sich danach, ihr Gesicht an seine Brust zu schmiegen, ihn zu spüren, seinen vertrauten Duft einzuatmen. Gleichzeitig hatte sie Angst, in Tränen auszubrechen und völlig die Fassung zu verlieren, hier und jetzt zu Boden zu sinken.

»Und nun?«, fragte er.

Betty richtete die Stola auf ihren Schultern. »Ich werde jetzt wieder reingehen, auf unseren Erfolg anstoßen und später mit meiner Mutter nach Hause fahren.«

»Das war's? Betty, ich kann dich nicht gehen lassen, jetzt, wo ich weiß, dass du zu mir wolltest! Wie kann ich dich erreichen?«

»Gar nicht.« Sie schüttelte den Kopf.

»Warum? Ich versteh's nicht ...«

»Du wirst mitbekommen haben, was zwischen Kurt und mir vorgefallen ist.«

Er nickte.

»Endlich ist in meinem Leben wieder Ruhe eingekehrt. Es geht mir gut. Ich bin stabil. Und das will ich nicht aufs Spiel setzen. Dich auf einmal wiederzusehen wirft mich gerade völlig aus der Bahn. All die Zeit, die wir verloren, die wir verschwendet haben ...« Jetzt weinte sie doch.

Sie wollte an ihm vorbei, aber er stellte sich ihr in den Weg. Sein Blick war voller Mitgefühl. »Ich wohne in der Lottumstraße 23, Prenzlauer Berg. Du kannst jederzeit vorbeikommen, wenn du willst. Kannst du dir das merken? Lottumstraße 23.«

»Mach's gut, Charlie.«

Sie trat an ihm vorbei und hielt schwankend auf den Eingang zu.

»Wo warst du denn so lange?«, wurde sie drinnen von ihrer Mutter in Empfang genommen. »Ich würde dir gerne Ulrich Bernhard vorstellen, einen Regisseur.«

»Einen Moment noch«, erwiderte Betty und hielt sich am Tresen fest. »Ich komme gleich zu euch.«

Charlie war hier. Es ging ihm gut. Er wollte sie wiedersehen. Inzwischen bereute sie es, ihn so stehen gelassen zu haben. Aber dieser Abend war nicht der richtige Rahmen für ein klärendes Gespräch mit ihm. Sie war zu durcheinander und musste das, was sie gerade erfahren hatte, erst mal verarbeiten.

Betty winkte den Kellner herbei. »Entschuldigen Sie, haben Sie vielleicht Zettel und Stift für mich? Ich müsste eine Adresse notieren.«

Kaum hatte sie Straße und Hausnummer aufgeschrieben, gesellte sich Martha zu ihr. »Alles in Ordnung? Du bist auf einmal ganz blass.«

»Charlie ist hier«, sagte sie. »Er hat das Drehbuch zum Film geschrieben. Ist das zu glauben?« Ihr Lachen war eine Art Selbstschutz, um nicht in Tränen auszubrechen oder vor Wut zu kochen.

»Was? Aber …«

Weiter kam sie nicht, denn Anton steuerte auf sie zu. Er

wirkte aufgeregt und wollte gerade etwas loswerden, doch Betty kam ihm zuvor. »Wusstest du es? Wusstest du, was Charlie und mich verbindet?«

Er machte ein zerknirschtes Gesicht. »Ja. Um ehrlich zu sein, schon. Er hat gesagt, es ist besser, wenn du nicht weißt, wer das Drehbuch geschrieben hat.«

Wütend funkelte sie ihn an. »Die ganze Zeit über hast du mir verschwiegen, dass …«

»Verzeihst du mir, wenn ich dir sage, dass wir in zwei Monaten zum Filmfestival nach Westberlin eingeladen sind?«, fiel er ihr ins Wort. Er hatte die Hände hochgerissen wie ein Gauner, der sich vor der Polizei ergab.

Betty sah Anton an. Sah Martha an. Dann wieder ihn.

Anton wartete auf eine Antwort. »Ist das nicht großartig?«, half er ihr auf die Sprünge. »Ja? Nein? Vielleicht?«

Da begriff sie, was er ihr gerade eröffnet hatte. Ein Filmfestival, wie wunderbar … Sie packte Martha an den Unterarmen, so fest, dass ihre Freundin aufjaulte. »In Westberlin«, sagte sie.

Marthas Augen wurden groß. »Das heißt, du kannst Clara sehen!«

»Ja, schön«, sagte Anton, der ja nichts von ihrer Freundin wusste. »Und … wir sind auf einem Filmfestival.«

»Das ist wunderbar, Anton!« Betty umarmte ihn fest. »Wir können so stolz auf unseren Film sein. Weißt du, was mich freut? Dass die da oben uns verboten haben, in Westberlin zu drehen, wir es aber trotzdem geschafft haben, über die Grenze zu kommen!«

Sie wandte sich wieder Martha zu. »Ich werde Clara gleich morgen schreiben. Hoffentlich kommt der Brief an!«

Mehr zu sich selbst sagte sie: »Nach so langer Zeit werde ich die Dritte im Bunde endlich wiedersehen …«

45.

Clara

Wie lange hatte sie auf diesen Moment gewartet. Endlich, nach zwei Jahren, würde sie einen der Menschen wiedersehen, die ihr am meisten bedeuteten. Die ihre Heimat waren. Eine ihrer beiden besten Freundinnen, die sie brauchte wie die Luft zum Atmen, würde sie heute in ihre Arme schließen können.

Sie hatten sich in einem gemütlichen Café am Ku'damm verabredet. Allein das fühlte sich irgendwie seltsam an … Früher hatten sie nie ausgemacht, wann sie sich wo trafen, hatten sich höchstens mit einem lockeren »Wir sehen uns morgen« verabschiedet. Es war sowieso klar gewesen, dass sie so gut wie jeden Tag miteinander verbrachten.

Ganze zehn Minuten zu früh hatte sie das Café erreicht. Da es vorhin geregnet hatte und die Stühle und Tische draußen nass gewesen waren, hatte sie sich im Innenraum an die hohe Fensterscheibe gesetzt, damit sie ihre Freundin sehen konnte, wenn sie kam. Ob Betty sich verändert hatte? Sie selbst war sicher nicht mehr die junge Frau, die sie in Köpenick gewesen war. Dafür war zu viel geschehen, und inzwischen hatte sie sich mit Lillis und Tilos Hilfe den Gepflogenheiten Westberlins angepasst. Hatte endlich Wurzeln in Westberlin geschlagen. Sie frühstückte Croissants, war Mitglied eines Debattierklubs und machte Karriere.

Was, wenn sie sich so sehr verändert hatte, dass Betty und sie sich nichts mehr zu sagen hätten oder die Vertrautheit zwischen ihnen dahin wäre? Sie war so aufgeregt, dass ihre Papierserviette inzwischen schon ganz ausgefranst war, weil sie die ganze Zeit über daran zupfte.

In dem Café duftete es nach frisch gebackenen Waffeln und Zimt, aber das nahm sie kaum wahr. Ihr Atem ließ die kalte Scheibe beschlagen. Erneut hatte es zu regnen begonnen.

Ein Bus hielt. Clara streckte sich, um besser sehen zu können. Die Tür wurde geöffnet, und Betty stieg aus.

Da war sie. Ihre Betty.

Mit ihrem leuchtend roten leichten Mantel war sie eine Erscheinung an diesem grauen Regentag. Sie schob die große Kapuze von ihrem Haar, ihre blonde Mähne wallte in sanften Locken über ihre Schultern. Sie merkte gar nicht, dass sie angestarrt wurde. Ein Mann, der es gerade noch eilig gehabt hatte, war sogar stehen geblieben und schien nicht mitzubekommen, dass der Regen über sein Gesicht lief und sich in seine Kleidung sog.

Und auf einmal gab es kein Halten mehr.

Clara sprang auf, schob die Eingangstür des Cafés auf, eilte nach draußen und auf Betty zu. Ihre Freundin sah sie, rannte ihr entgegen, und dann lagen sie sich in den Armen, taumelten, rutschten fast mit ihren glatten Sohlen auf dem nassen Asphalt aus. Betty fühlte sich noch genau wie früher an, weich und warm. Sie duftete nur anders, wie ein Rosengarten. Sie benutzte wohl das Parfüm, das Clara ihr geschickt hatte.

Erst einmal schnatterten sie durcheinander. *Kneif mich mal, damit ich weiß, dass ich nicht träume! Du bist es wirklich! Ist das zu glauben? Ich konnte es kaum erwarten … Ich habe die Stunden gezählt! Und ich die Minuten! Ich die Sekunden!*

»Ich habe dich so schrecklich vermisst!«, hauchte Betty schließlich.

»Ich dich auch, euch beide natürlich, dich und Martha«, erwiderte Clara. »Du zitterst ja in deinem dünnen Mantel. Komm, lass uns schnell ins Warme gehen.«

»Ich merk's nicht mal, so aufgeregt bin ich.«

In Inneren des Cafés schälte Betty sich aus ihrem Mantel, hängte ihn über die Stuhllehne und wärmte sich die Hände an der Heizung unterhalb des Fensterbretts. Mit großen Augen sah sie sich um. Clara mochte das Café deshalb, weil es die gemütliche Atmosphäre eines ein wenig altbackenen Wohnzimmers hatte. Die Tapeten waren weiß-golden gestreift, und auf den Tischen standen kleine Blumenvasen mit Röschen darin. Die Lampen an der Decke waren verschnörkelt und mit Zierhäubchen versehen. Das hauchzarte Porzellan hatte einen Goldrand, und auf den Bänken in der Ecke und den zwei gemütlichen Ohrensesseln neben dem Kamin lagen bestickte Zierkissen.

Die junge Bedienung, die eine Rüschenschürze trug sowie ein Häubchen auf ihrem zurückgebundenen schwarzen Haar, trat zu ihnen an den Tisch. »Was darf ich Ihnen bringen?«

Clara entging nicht, dass der Blick der Frau etwas länger auf Betty haften blieb. Vielleicht hatte sie *Die Unendlichkeit des Himmels* gesehen, die aktuell in ganz Westberlin gefeiert wurde und in der ihre berühmte Freundin die Hauptrolle spielte. Vielleicht sah sie ihr aber auch an, dass sie aus Ostberlin stammte. Clara wusste noch, dass die Leute es zu riechen schienen, woher man kam. Selbst wenn sie Lillis Kleider getragen hatte, hatten die Leute sie auf ihre Herkunft angesprochen. Vielleicht weil ihr der Stolz ausgetrieben worden war in der DDR, das gesunde Selbstbewusstsein, mit dem in Westberlin jeder sein Leben zu leben schien.

Nachdem sie heiße Schokolade und Kuchen bestellt hatten, beugte sich Betty zu Clara und flüsterte: »Wie freundlich die Leute hier sind.«

»Na ja, nicht alle. Aber in den Läden und den Restaurants schon, das stimmt. Die wollen ja auch was verkaufen. Hier ist es nicht so wie drüben bei uns, wo man dankbar sein muss, wenn man überhaupt was bekommt.«

Bei uns … Hing sie denn wirklich noch immer mit halbem Herzen drüben?

Auf den ersten Blick war ihre Freundin dieselbe. Aber als Clara sie genauer betrachtete, sah sie doch, dass Betty älter geworden war. Ihre Augen erzählten von Schmerz und Kummer, von denen Clara nichts wusste.

»Erzähl …« Betty legte eine Hand auf ihre. »Wie geht es dir? Du siehst großartig aus! Richtig modern.«

»Lilli geht gern einkaufen«, erzählte sie. »Sie kennt all die guten Boutiquen in der Stadt und hat einen hervorragenden Blick dafür, was einem steht und was nicht. Wie du.«

»Die ominöse Tante Lilli, die uns das Päckchen geschickt hat?«

Clara nickte. »Ja. Sie ist vierundvierzig Jahre alt, aber nicht wirklich eine Tante. Ich habe ihr so viel zu verdanken. Sie hat mich nach meiner Flucht bei sich aufgenommen.«

»Auch darüber weiß ich noch nichts. Oh, wir haben so viel nachzuholen und zu wenig Zeit! Ein Glück, dass es überhaupt geklappt hat!«

Die Kellnerin brachte die heiße Schokolade und zwei Stücke duftenden Quarkstrudel.

Clara fragte, wie es ihrer Mutter ging. Sie schlug sich tapfer, berichtete Betty, die alle zwei Wochen nach ihr sah, und auch der Großvater lebte noch und war munter, auch wenn er immer mehr verkalkte. Betty versprach, ihnen das Geld zu übergeben, das Clara für sie in einen Briefumschlag gepackt hatte. Auf einmal war die anfängliche Euphorie über das Wiedersehen getrübt, und Clara merkte, wie sie sich verkrampfte, um bloß nicht in Tränen auszubrechen. Die letzten zwei Jahre hatte sie versucht, nicht allzu oft an zu Hause zu denken, damit die Wunde endlich heilen konnte. Mit Betty jedoch war nun ein kleines, bedeutendes Stückchen Heimat zu ihr gekommen. Das war wundervoll, riss aber die Wunde wieder auf. Sie sehnte sich danach, Martha zu sehen. Ihre Mutter, den Großvater … Sie wollte wissen, wie es Uschi ging und ob der alte Horst noch immer unglaubliche Geschichten über den Müggelsee erzählte. Vor allem wollte sie unbedingt über Alex reden, nur einmal seinen Namen hören, ihn selbst aussprechen, wie eine Gewissheit, dass es ihn auch wirklich gab und er nicht nur eine Traumgestalt war, wie es ihr inzwischen beinahe vorkam. Aber sie würde noch ein wenig abwarten und erst ganz am Schluss nach ihm fragen, wenn Betty losmusste.

Ruck, zuck hatte Betty die Schlagsahne von ihrem Getränk gelöffelt, und Clara bestellte noch eine Portion extra.

»Würdest du mir von deiner Flucht erzählen?«, bat ihre Freundin.

Clara hielt sich an ihrer Tasse fest, von der schokoladiger Dampf aufstieg. »Um ehrlich zu sein, weiß ich nicht mehr alles. Es gibt Lücken in meiner Erinnerung. Als würde mein Kopf gewisse Dinge bewusst ausblenden.«

Sie erzählte, wie sie im kalten Wasser des Teltowkanals das Gefühl gehabt hatte zu erfrieren. Wie sie kurz vor dem Ziel den Zaun im Wasser erklommen hatte und sicher war, jeden Moment erschossen zu werden. Wie sie im Krankenhaus aufgewacht war und Lilli sie bei sich aufgenommen hatte. Sie sprach ruhig und gefasst, ein wenig mechanisch, das merkte sie selbst.

»Es grenzt an ein Wunder, dass du überlebt hast«, staunte Betty.

»Ja …« Clara sah durchs Fenster, wie der Regen auf dem Asphalt zerplatzte und Blasen warf. »Wunder … Sie existieren wohl doch«, sagte sie gedankenversunken. »Das aus dem Mund einer eingefleischten Wissenschaftlerin«, fügte sie mit einem Lächeln hinzu.

Sie erzählte Betty, wie sie ihr Abitur nachgeholt und angefangen hatte, Chemie zu studieren. »Nebenbei arbeite ich als Laborassistentin.«

»Chemie?«, fragte Betty erstaunt. »Nicht Physik oder Kosmonautik?«

»Das Schicksal hat etwas anderes für mich vorgesehen.«

»Aber es war doch dein Traum, das Universum zu erforschen!«

»Ja, das stimmt. Und ich kann nicht leugnen, dass es mir einen Stich versetzt hat, als ich vor ein paar Tagen gelesen habe, dass die erste Frau ins Weltall geflogen ist.«

»Du meinst diese Russin, Tereschkowa?« Betty nickte. »In den Zeitungen steht nichts anderes mehr. Martha hat mir einen der Artikel vorgelesen. Wir haben beide natürlich sofort an dich gedacht.«

»Das ist lieb. Aber in der Chemie fühle ich mich auch wohl. Und wenn ich später in der Forschung arbeite, dann kann ich wirklich etwas bewirken. Die Chemie entwickelt Medikamente, die den Menschen das Leben erleichtern oder sogar retten. Das gefällt mir daran.« Sie schnitt mit der Gabel ein Stück Quarkstrudel ab. »Aber jetzt erzähl mal, wie es Martha geht nach all dem, was sie mit ihrer Adoptivfamilie durchgemacht hat.«

Betty nahm ihre Handtasche von der Stuhllehne und zog ein dünnes Heft daraus hervor. Unauffällig sah sie sich um. Eine Gewohnheit, die Clara nur zu gut kannte und wohl auch nie ablegen würde. Bis auf die Bedienung und ein Pärchen, das nicht aufhörte, sich in die Augen zu starren, waren sie allein.

»Martha hat eine Zeitschrift gegründet«, flüsterte Betty und schob das Heft über den Tisch zu ihr. »Ich habe ein Exemplar in meinem Koffer geschmuggelt, getarnt im Umschlag eines alten Drehbuchs. Guck mal, was unsere Freundin für großartige Arbeit leistet.«

Panther, stand auf dem kunstvoll gestalteten Titelblatt. Darunter eine kraftvolle schwarze Wildkatze, die die Zähne fletschte. Am Rand waren die Titel der Artikel, die in der Ausgabe zu lesen waren, aufgelistet.

»Marthas Texte sind unschlagbar«, sagte Betty, während Clara durch das Heft blätterte. »Richtig inspirierend. Gerade schreibt sie an einem Roman. Ich bin wirklich stolz auf sie.«

»Umarme sie bitte fest von mir, und sag ihr, dass ich sie für ihren Mut bewundere.«

Claras Kehle wurde eng. Ihre beiden Freundinnen hatten so viel erreicht, und sie war nicht Teil davon gewesen. Sie überflog ein Rezept für Eier in Senfsoße, blätterte um und betrachtete die Karikatur. Sie zeigte das Sandmännchen, das mit leerem Beutel am Tresen eines Heimwerkerladens stand. Der Verkäufer guckte das arme Kerlchen grimmig an. In einer Sprechblase, die aus seinem Mund kam, stand: »Sand? Ham wa nich!«

»Wer hat das gezeichnet?«, wollte Clara wissen.

»Tom. Er ist so was wie ihr fester Freund.«

Clara zog die Augenbrauen hoch. »Du klingst nicht gerade begeistert …«

»Ach … Ich kenne ihn kaum. Ich habe ihn nur einmal am Müggelsee gesehen, als er sie abgeholt hat. Er sieht wirklich gut aus, aber ich habe den Eindruck, dass er nur mit sich selbst beschäftigt ist.«

»Was ist mit Micha? Ich dachte immer, die beiden wären perfekt füreinander.«

»Du sagst es!« Betty prostete ihr mit ihrer heißen Schokolade zu, nahm einen Schluck und leckte sich den Schokoladenbart von der Oberlippe.

Während Betty sich über ihren Quarkstrudel hermachte, las Clara einen poetischen Text, der auf der letzten Seite abgedruckt war. *Mein geteiltes Herz, mein geteiltes Ich. Das eine lebt im Hier und Jetzt, das andre in der Vergangenheit. Im Sommer 61.*

Es spürt deine Berührung im Wind, hört dein Flüstern im Rascheln der Blätter. Der Duft der Blüten ist der Duft deiner Haut.

Und dann erwach ich aus meinem Tagtraum, und mein zweites Ich schleppt sich durch den Tag, eine leere Hülle.

von A.R., stand darunter.

Ihr Atem stockte.

»Es geht ihm gut«, hörte sie Betty wie von fern sagen. »Anfangs hat er sich schwergetan. Aber inzwischen schlägt er sich tapfer.«

»Das ist schön.« Clara nickte, als wäre diese Antwort ausreichend. Aber das war sie nicht. Sie wollte alles erfahren, wollte wissen, ob er noch Lieder schrieb und Gitarre spielte. Ob er noch immer wie ein Besessener Sport machte. Ob er sich mit seinem Vater ausgesöhnt hatte. Ob er eine Freundin hatte. Sie wollte all die kleinen Details über ihn erfahren, die selbst herauszufinden sie nie die Gelegenheit hatte. Wie er seinen Kaffee trank. Ob er Frühaufsteher war. Sie wusste nicht, was seine Lieblingsfarbe war oder wovor er sich am meisten fürchtete …

Sie bekam kaum noch Luft, fuhr sich mit dem Zeigefinger unter den Stehkragen ihres hochgeschlossenen Kleides. Dabei war sie so glücklich, ihre Freundin endlich wiederzusehen. Das Letzte, was sie wollte, war, in Tränen auszubrechen.

Themawechsel. »Jetzt bist du an der Reihe. Wie geht es dir?«

Als Betty erzählte, was ihr in den letzten Jahren widerfahren war, wurde Clara ganz starr. Bettys Ehe war gescheitert, sie hatte ihr Kind verloren und war tablettensüchtig gewesen. Und Clara hatte ihrer Freundin in dieser schweren Zeit nicht beistehen können … Sie hatte ja nicht mal gewusst, was sie durchmachte. Clara fand nicht die richtigen Worte, um ihrer Freundin mitzuteilen, wie leid ihr all das tat. Doch ihr Körper sprach für sie.

»Nicht weinen.« Tröstend legte Betty eine Hand auf ihre. »Es gibt auch wunderbare Neuigkeiten. Ich habe Charlie wiedergetroffen. Er hat das Drehbuch zu dem Film geschrieben. Ist das nicht unglaublich?«

»Das kannst du laut sagen.« Clara tupfte sich mit ihrer Serviette die Tränen aus dem Gesicht. »Und wie geht es jetzt weiter mit euch?«

»Ich weiß es nicht … Ich muss in Ruhe mit ihm reden. Doch eines weiß ich sicher: Ich werde mich von Kurt scheiden lassen. Wenn ich dir einen Rat geben darf: Heirate am besten nie!«, sagte sie mit einem Lachen und schob sich einen Löffel Schlagsahne in den Mund.

Clara lachte nicht. Sie stellte die Tasse ab, legte beide Hände nebeneinander auf den Tisch und sagte: »Um ehrlich zu sein, hat Tilo mir einen Antrag gemacht. Und ich habe ihn angenommen.«

Stille. Die leise Musik, das heitere Geplauder der Bedienung, das Brummen des Kühlschranks, das Rauschen der Autos draußen auf der regennassen Straße … all das war verebbt, so tief war die Stille zwischen ihnen.

»Tilo … Das ist dieser Professor, für den du arbeitest?«, fragte Betty dann.

»Ja«, sagte Clara.

»Dann ist er wesentlich älter als du, oder?«

Der Happen Quarkstrudel in Claras Mund wurde auf einmal immer mehr. Sie kaute und kaute. »Ja, aber das macht mir nichts«, wehrte sie ab. »Ich weiß seine Reife zu schätzen.«

»Du heiratest ihn also … Und wann soll es so weit sein?«

»Nächstes Frühjahr. April vermutlich.«

»Was sagt Lilli dazu?«, fragte Betty.

»Warum willst du das wissen?«

»Sie ist deine Freundin. Martha und ich sind nicht bei dir. Wir können nicht mehr beurteilen, was gut und was schlecht für dich ist. Das muss sie tun. Ich will nur sicherstellen, dass sie das auch gut macht und auf dich aufpasst.« Tränen waren in Bettys Augen getreten.

»Lilli passt gut auf mich auf.« Clara verschränkte die Hände. »Ich wünschte, alles wäre wie früher. Ich wünschte, wir würden uns jeden Tag sehen, uns alles erzählen … Ich wünschte, ihr könntet Tilo kennenlernen. Ich werde euch niemals ersetzen oder vergessen. Das musst du mir glauben. Ich glaube auch nicht, dass das geht. Wir sind miteinander groß geworden. Wir sind fest miteinander verwoben. Ihr seid meine Familie.«

Sie entlockte Betty ein kleines Lächeln. »Ich weiß … Aber du wirst heiraten. Und wir werden nicht dabei sein …« Betty ließ den Blick durch den Raum schweifen und schaute dann wieder Clara an: »Alex fragt oft nach dir«, fügte sie hinzu.

Clara schaffte es nicht, etwas darauf zu erwidern.

»Er hat mir das hier für dich mitgegeben.« Betty zog einen Brief aus ihrer Handtasche und legte ihn vor Clara auf den Tisch.

Sie nahm einen Schluck der heißen Schokolade, schmeckte aber Salz.

»Wenn du es irgendwie schaffst, dann melde dich doch mal bei ihm. Vielleicht kann Lilli ihm einen Brief schicken oder …«

»Aber ich werde heiraten …« Clara kämpfte innerlich. *Nicht schon wieder weinen.* Sogar leichte Bauchschmerzen hatte sie, als würde die Trauer sie innerlich aushöhlen.

Betty beugte sich nach vorne und wischte mit dem Daumen die Tränen aus Claras Gesicht, die sich offenbar doch von ihrem unteren Wimpernkranz gelöst hatten. »Denk zumindest drüber nach. Begeh nicht den gleichen Fehler wie ich.«

In dieser Nacht konnte Clara nicht schlafen. Unruhig wälzte sie sich hin und her, befürchtete schon, Tilo zu wecken. Schließlich gab sie auf, schwang die Beine aus dem Bett und schlich barfuß übers Parkett. Sie raffte den Seidenstoff ihres Nachthemds und tapste ins Bad, wo der gemütliche weinrote Strickpullover lag, den sie gerne abends trug, wenn sie mit Tilo auf der Terrasse saß.

Erst zog es sie nach draußen, wo sie ein wenig im Garten herumspazierte und die kühle Schönheit der Sterne auf sich wirken ließ. Aber es dauerte nicht lange, und sie dachte an die gemeinsame Nacht mit Alex an der Sternwarte. Sofort klaffte ein großes Loch in ihrer Brust … Sie kehrte ins Warme der Villa zurück.

Inzwischen hatte sie sich bei Tilo eingelebt. Sie mochte den Duft des alten Hauses, das Knarzen der Treppe, Tilos Liebe zu exotischen Pflanzen. In jedem Zimmer standen Orchideen, und der Wintergarten duftete nach den Zitronen- und Orangenbäumen.

Sie trank in der Küche ein Glas Milch und ging dann in sein Arbeitszimmer, um sich in den Sessel am Kamin zu kuscheln und zu lesen. Ihre Fingerspitzen wanderten über die Buchrücken, über Enzyklopädien, Fachbücher und Gedichtsammlungen. Durch das Fenster sah sie den vollen Mond am Himmel, und obwohl sie in dieser wunderschönen Villa leben durfte, in der ein Stockwerk über ihr der Mann schlief, den sie heiraten würde, den sie aufrichtig gernhatte, fühlte sie sich einsam.

Aus ihrer Tasche an der Garderobe im Flur holte sie den Brief, den Alex Betty für sie mitgegeben hatte. Tilo hatte sie nichts davon erzählt. Sie wollte ihn nicht belasten, fühlte sich aber schlecht, weil sie ein Geheimnis vor ihm hatte.

Liebste Clara,

vielleicht willst du nichts von mir hören, weil du mit der Vergangenheit abgeschlossen hast. Dann verbrenne diesen Brief. Ich will nicht alte Wunden aufreißen.

Vermutlich sind meine Worte viel zu unbeholfen, wenn ich versuche, zu Papier zu bringen, was ich empfinde. Trotz-

dem will ich es versuchen. Wenn ich dir sage, dass ich oft an dich denke, untertreibe ich maßlos. Jedes Lied, jedes Gedicht, das ich schreibe, handelt von dir.

Ich kann deine Worte nicht vergessen. ›Als wären wir zwei Galaxien, die kollidiert sind, und dadurch sind Tausende von Sternen entstanden …‹ Wusstest du, dass Sterne, die so klein am Himmel wirken, eigentlich viel, viel größer als die Erde sind? Natürlich weißt du das, du süße Besserwisserin …

Aber genau so ist es mit meinen Gefühlen für dich. Aus der Ferne mögen sie dir vielleicht klein vorkommen, doch wärst du hier bei mir, dann wüsstest du, wie unermesslich ihr Leuchten ist. Wie das Strahlen der Sonne, die auch ein Stern ist, wie ich gelesen habe. Du leuchtest wie eine Sonne in meiner Brust.

Ich wünsche dir von Herzen nur das Beste.

Dein Alex.

Silbernes Mondlicht fiel auf den Schreibtisch und das Briefpapier, das darauf lag.

Clara atmete schwer aus, setzte sich auf den Stuhl, öffnete den Deckel des Federhalters und begann zu schreiben.

Liebster Alex …

46.

Martha

Völlig erschöpft, schleppte Martha sich die Treppe hinauf. Sehnsüchtig dachte sie an eine heiße Dusche … an ihren flauschigen Bademantel … an ihr Bett … Mit etwas Glück würde sie es noch schaffen, ein paar Zeilen von Stendhals *Die Kartause von Parma* zu lesen, ehe ihr die Augen zufielen.

Der Tag in der Krippe hatte sie an den Rand ihrer Kräfte gebracht. Die Kinder hatten sich heute regelrecht auf sie gestürzt, als hätten sie sich heimlich gegen sie verschworen. Feli, ein eigentlich total süßes Mädchen, hatte Martha aus Trotz, weil sie nicht essen wollte, Tomatensoße an ihre weiße Bluse geschmiert. Und der kleine Robert hatte unaufhörlich geweint, und sie hatte ihn nicht mal trösten dürfen.

Heute hatte sie mit den Zweijährigen eine Übung machen müssen. Die Kleinen hatten an einem Seil entlanglaufen und auf unterschiedliche Dinge treten müssen: etwas Weiches, etwas Raues, etwas leicht Spitzes. Zweck der Übung war, dass sie sensorische Eindrücke sammelten. Nur durften die Zweijährigen nicht aus der Reihe tanzen, sondern mussten auf Linie bleiben. Zweijährige! Noch immer hatte sie von dem Geschrei ein hohes Piepen im Kopf.

Als sie die Wohnung aufschloss, dröhnte ihr laute Rockmusik entgegen. Hatte Tom heute nicht eigentlich einen wichtigen Termin an der Hochschule? Das Pochen in ihrem Kopf wurde schlimmer. Sie ließ ihre Tasche auf den Boden fallen und stieg über das Durcheinander aus leeren Farbtöpfen und alten Zeitungen. Eigentlich hatte Tom ihr versprochen, für ein wenig Ordnung zu sorgen. Aber auf dem Tisch im Wohnzimmer lagen allerlei Materialien verteilt, die er sicher für eine Collage brauchte. Fichtenzweige, Pfennige, Wolle … Er konnte aus etwas, das wie Müll aussah, Kunstwerke erschaffen. Das beeindruckte sie immer wieder. Aber im Moment nervte der Müll. Gestern waren Freunde von ihm vorbeigekommen, die leeren Bierflaschen standen noch herum und dünsteten den Alkohol im Sonnenlicht aus. Zusammen mit Zigarettenrauch, der im Raum waberte, ergab sich fast etwas wie Kneipenatmosphäre.

Ihr Liebster saß gerade über einem neuen Bild. Alles, was er dabei trug, war eine ausgefranste Nietenhose. Der Anblick ließ sie den stressigen Tag vergessen.

Sie mochte die Wohnung, in der sie nun schon fast ein Jahr lebte. Zwar war sie mit ihren anderthalb Zimmern nicht gerade groß, aber Tom hatte mithilfe vieler gefärbter Laken und von ihm bemalter Möbel eine Art orientalisches Nest gebaut. Annas Balkon vermisste sie trotzdem.

»Tom«, rief sie über die laute Musik hinweg. »Ich bin zu Hause!«

Keine Reaktion. Er tauchte einen Pinsel in rote Farbe und verteilte sie mit leidenschaftlichen Bewegungen, die an eine Art Tanz erinnerten, auf der Leinwand. Auch auf dem Boden, wie sie ernüchtert feststellte, denn das Rot spritzte über die alten Zeitungen, die er ausgelegt hatte, um die Holzdielen zu schützen.

»Tom!«, rief sie lauter und nahm die Nadel vom Plattenspieler. Die Musik verstummte. Er fuhr herum.

»Martha!« Dieses Lächeln entschädigte sie für alles … Sein blondes Haar war zerstrubbelt, und er hatte ein bisschen Rot im Gesicht. Schon war er bei ihr und küsste sie, schmiegte seinen nackten Oberkörper an sie, dass sie sich beherrschen musste, ihn nicht aufs Sofa zu ziehen.

»Hattest du nicht heute den Termin mit deinem Professor von der Hochschule Weißensee?«, fragte sie ihn. Als er sie ansah, als hätte er keine Ahnung, wovon sie sprach, fügte sie hinzu: »Wegen der Ausstellung.«

»Ja. Doch. Der war heute«, antwortete er knapp.

»Und wie war's?«

»Gut.«

»Wahnsinn, bei deiner detailgenauen Ausführung habe ich das Gefühl, ich wäre dabei gewesen!«

»Ich bin nicht derjenige von uns, der die Bücher schreibt.«

»Also, raus mit der Sprache. Gibt er dir die Chance, an der Gruppenausstellung in der Akademie teilzunehmen?«

»Nein.« Tom legte den Pinsel auf die offene Farbdose. »Mein Professor ist Verfechter des Sozialistischen Realismus. Er besteht darauf, dass ich starke Bauern male, die ihre Felder bestellen, und pausbäckige Kinder, die begeistert die rote Fahne schwenken. Das will ich aber nicht.«

Martha ließ sich auf das Sofa fallen. Warum hatte sie das bereits kommen sehen? Sie verstand es ja sogar ein bisschen.

Aber sie hatten auch eine Wohnung zu bezahlen, und Martha wollte nicht nur Kartoffeln und das billige Brot essen.

»Es wäre doch nur für die Ausstellung«, sagte sie. »Du würdest dir als Künstler einen Namen machen und mit etwas Glück ein Bild verkaufen.«

»Aber ich würde meine Prinzipien und Ideale verraten.«

»Du kannst doch hier, in unseren vier Wänden, weiterhin das malen, worauf du Lust hast!« Sie hörte selbst, dass sie flehentlich klang. »Glaubst du, du kannst noch mal mit deinem Professor reden?«

»Nein. Denn ich habe mein Studium hingeschmissen.«

»Du hast was?!« Fassungslos sah sie ihn an. »Warum sprichst du nicht mit mir, ehe du solche großen Entscheidungen fällst?!«

»Weil es *meine* Entscheidungen sind!«, entgegnete er.

»Aber es geht dabei nicht nur um dich allein! Wir wohnen zusammen, wir sind ein Paar. Ich will dir ja auch nichts aufzwingen, ich will einfach nur, dass wir miteinander reden! Aber du denkst immer nur an dich!«

Seit sie mit Tom zusammen war, konnte sie richtig wütend werden. Im Hause Asseln war fast nie gestritten worden. Hin und wieder hatten Ronny und sie sich ein bisschen gekabbelt. Aber grundsätzlich galt: Es wurde getan, was das Oberhaupt der Familie, Gert Asseln, befahl. Widerworte wurden sofort mit gnadenloser Härte bestraft.

»Du findest mich egoistisch? Ja, vielleicht bin das!«, erwiderte er aufgebracht. »Und weil ich so egoistisch bin, werde ich dir jetzt etwas sagen. Ich liebe dich. Ich sage dir das, obwohl ich weiß, dass ich nicht gut für dich bin und Micha hundert Mal besser für dich wäre.«

Martha war überfordert und gleichzeitig ergriffen von seinen Worten. Aber warum fing er denn jetzt schon wieder mit Micha an? »Was redest du denn da? Das stimmt auch gar nicht.«

Er sah sie an und wirkte verletzt und beinahe kindlich. »Hast du deinen eigenen Roman nicht gelesen?«

Stille.

Dann fragte sie: »Du liest meine Sachen?«

»Natürlich. Besser kann man einen Menschen nicht kennenlernen als über die Kunst, die er erschafft. Und du bist eine begabte Künstlerin. Das wird ein guter Roman.«

Marthas Schultern sackten herab. »Na ja … Noch tue ich mich schwer.«

Immer wieder überarbeitete sie das Geschriebene, nie war sie zufrieden damit. Es war gar nicht so einfach, die eigene Geschichte aufzuschreiben. Leichter fiel es ihr, sich eine Heldin auszudenken und deren Schicksalsschläge und Erlebnisse dramatisch zu schildern.

»Wahrscheinlich wäre es das Beste, wenn ich dich freigeben würde«, sagte Tom und sah dabei auf die roten Farbsprenkel auf dem Boden. »Jeder Mann könnte sich glücklich schätzen, eine so begabte Freundin zu haben. Ich verdiene dich gar nicht.«

»Sag so etwas nicht.« Sie erhob sich vom Sofa, stellte sich auf die Zehenspitzen und legte ihre Lippen auf seine.

Wie immer, wenn sie ihn küsste, vergaß sie, dass er sie

manchmal zur Weißglut treiben konnte. Ihr Körper entflammte vor Leidenschaft. War das Liebe?

Später, als sie frisch geduscht ins Schlafzimmer ging, fiel ihr Blick auf den Text, der noch in der Schreibmaschine auf dem Tisch am Fenster steckte. Sie zog ihn heraus und las, was sie in der vergangenen Nacht geschrieben hatte: »Vielleicht existieren wir nicht wirklich, bis uns jemand existieren sieht. Vielleicht können wir nicht richtig sprechen, bis es jemanden gibt, der versteht, was wir sagen. Vielleicht sind wir nicht wirklich lebendig, ehe wir von jemandem so geliebt werden, wie wir sind. Pur und nackt und ganz natürlich.«

Sie fragte sich, wie Tom hatte wissen können, dass sie beim Schreiben an Micha gedacht hatte.

47.

Betty

Was tat sie hier nur, fragte sie sich wieder und wieder. Sie sollte umkehren und nach Hause gehen. Sie sollte sich auf das Vorsprechen für einen großen Kinofilm, das in zwei Tagen sein würde, vorbereiten. Sie war schrecklich nervös. So viel Zeit war vergangen, seit sie einander das letzte Mal in den Armen gehalten hatten. So viel war geschehen. War es möglich, wieder da anzuknüpfen, wo sie aufgehört hatten? Hatte Charlie sich verändert? Hatte sie sich zu sehr verändert und gefiel ihm vielleicht gar nicht mehr?

Doch unverständlicherweise fühlte sich selbst dieser Flur in dem Mietshaus, das sie noch nie zuvor betreten hatte, mehr wie zu Hause an als ihr altes Kinderzimmer, in das sie wieder eingezogen war. Weil *er* hinter der Tür war. Charlie.

Sie wollte in Ruhe mit ihm reden. Wollte erfahren, wie es ihm in den letzten Jahren ergangen war und wie er Anton kennengelernt hatte. Und natürlich interessierte es sie auch, wie es nun mit ihm weiterging, welche Pläne er für die Zukunft hatte …

Eine ganze Stunde hatte sie im Bad verbracht. Auf ihren Wangen lag ein Hauch Rosa, als hätte ihr jemand ein Kompliment gemacht. Ihre Hände hatten so sehr gezittert, dass sie aus Versehen Wimperntusche auf ihre Schläfe getupft hatte. Eine weitere Stunde hatte sie überlegt, was sie anziehen sollte. Sie hatte Kleider und Röcke aus ihrem Schrank gezogen und frustriert auf ihr Bett geworfen. Letztendlich hatte sie sich für ein schlichtes hellblaues Kostüm entschieden. Dazu trug sie feine schwarze Strümpfe, die Clara aus dem Westen geschickt hatte.

Sie holte tief Luft und klopfte. Ein Stuhl kratzte über den Boden. Kurz darauf ging die Tür auf, und Charlie stand vor ihr. »Du bist wirklich gekommen«, sagte er. Und dann lächelte er, ein Lächeln, das wie reines Gold war.

»Da bin ich«, hauchte sie. Atemlos, unsicher.

Verlegen stand sie im Flur. Sie sahen einander an und schwiegen, als wäre dieser Moment zerbrechlich, als hätten sie beide Angst, etwas Unbedachtes zu sagen oder zu tun, das alles ruinieren könnte.

Verzeih mir, dass ich dich auf der Feier so habe stehen lassen …, hatte sie ihm in dem Brief geschrieben, der ihren Besuch ankündigen sollte. *Ich würde gerne in Ruhe mit dir reden, wenn dir noch danach ist.*

»Komm rein«, sagte Charlie.

Sie ließ sich von ihm aus ihrem leichten Mantel helfen. Sein Hemd war ein Stück aufgeknöpft, und als sie einen Blick auf seine nackte Brust erhaschte, sah sie verlegen zur Seite.

»Wie war das Filmfestival?«, fragte er.

»Großartig. So viele tolle Filme und interessante Leute. Aber das Beste war, dass ich Clara treffen konnte.«

Er lächelte. »Das war sicher bewegend.«

»Das war es.« Sie klemmte sich eine Haarsträhne hinters Ohr. »Hier wohnst du jetzt also.«

Das Gebäude war ein Aufstieg im Vergleich zum Studentenwohnheim, was aber auch nicht sonderlich schwer war. Während Betty sich umblickte, spannte Charlie ein Blatt in seine Schreibmaschine auf dem Tisch am Fenster. Sie wagte es kaum, sich zu bewegen, denn der Boden war bedeckt mit drei Reihen von beschriebenen Blättern. Es gab nichts Besonderes in diesem Raum, und doch betrachtete sie alles wie das Kostbarste auf der Welt. *Seine Kamera … Seine Mütze, die er offenbar doch noch besitzt. Seine Bücher. Sein Waschbecken. Seine Schuhe.* Ein paar seiner Fotografien hingen gerahmt an der Wand. Eines zeigte eine alte Frau, deren Gesicht von Falten gezeichnet war. Bei ihrem Lachen ging Betty das Herz auf. Auf dem Foto daneben warfen zwei Männer auf der Müggelspree ihre Angeln aus.

Das Bett, in dem er schläft … Daneben lagerte er hinter einem Vorhang ein paar Lebensmittel sowie Getränke.

»Ist nicht das *Adlon*«, sagte er.

»Mir gefällt es«, erwiderte sie.

»Kann ich mich noch rasieren?«, fragte er.

Sie nickte. »Natürlich. Lass dir Zeit.«

Dabei hatte ihr der leichte Bartansatz an ihm eigentlich gut gefallen. Während er sein Gesicht einschäumte, spürte sie seinen Blick im Spiegel auf sich. Das Rasiermesser schabte über seine Haut. Seltsamerweise war dieser Anblick intimer als alles, was sie je zuvor gesehen hatte.

Als er sein Gesicht mit einem Handtuch abtrocknete, nahm sie alles an ihm überdeutlich wahr. Seine schmalen

Hüften, einen Geruch nach warmer Haut und Tinte und nun auch nach Rasierwasser.

Betty stellte ihre kleine Handtasche auf dem Stuhl ab und ging dort, wo der Boden frei war, auf und ab wie ein rastloses Tier. »Ich bin hier, um mich bei dir zu entschuldigen. Dafür, dass ich am Abend der Feier nicht mit dir geredet habe. Ich war überwältigt.«

Charlie spülte das Messer ab und legte es auf den Waschbeckenrand. »Ich weiß. War ja auch ein bisschen viel nach all der Zeit.«

»Ich habe versucht, alles zu verstehen, aber es gelingt mir nicht …«

Er knöpfte sich das Hemd zu und schaute noch einmal in den Spiegel, um den Kragen zu richten. Betty wandte sich ab. Bei dem, was sie jetzt loswerden wollte, konnte sie ihm nicht ins Gesicht sehen. »Ich habe Kurt nur geheiratet, weil ich von ihm schwanger war. Ich will, dass du das weißt. Ich war wirklich auf dem Weg zu dir, ich hatte gepackt und war am Bahnhof. Aber erst fuhren keine Züge, und dann bin ich zusammengebrochen. Zum Glück war Clara durch einen Zufall auch da.«

Die daraufhin einsetzende Stille ging unter die Haut. »Glaub mir, Betty, hätte ich all das gewusst, hätte ich mich dir schon viel früher gezeigt«, sagte Charlie schließlich. »Dass du schwanger warst und das Kind verloren hast, habe ich erst später durch den Artikel in der *Evelyn* erfahren.« Ihm brach die Stimme. Er konnte sie nicht ansehen.

»Du bist also wirklich wegen mir zurückgekommen?«, fragte sie sanft.

Er richtete sich auf. Nickte.

»Was ist mit deinem Vater? Du hattest gesagt, dass du ihn vielleicht ausfindig gemacht hast. Wie konntest du das für mich aufgeben?«

»Ich war so viele Jahre ohne ihn klargekommen. Ich wusste, dass ich das auch in Zukunft schaffen würde. Aber eine Zukunft ohne dich …« Er wandte sich zu ihr um, und sein Blick gab ihr das Gefühl, unendlich wertvoll zu sein. » … das konnte ich mir nicht vorstellen.«

Ihr war so warm, dass sie auch die kurze Jacke ihres Kostüms auszog und über den Stuhl hängte. Sie betrachtete ihn eingehend. Er wirkte entspannter, sein Ausdruck war nicht mehr ganz so ernst und misstrauisch.

»Betty«, sagte er, als müsste er sich versichern, dass sie es war.

Sie trat so nah an ihn heran, dass sie zwei helle Sprenkel in seinen graublauen Augen ausmachen, dass sie seine dunklen Wimpern genau betrachten konnte, die geschwungenen Lippen … Ihre Blicke hielten einander fest, und in diesen stillen Moment sagte sie ihm alles. Sie sagte ihm, wie sehr sie ihn vermisst hatte. Dass er sie nachts und auch in ihren wachen Stunden verfolgt hatte.

Sie traf eine Entscheidung. »Charlie, ich habe in all der Zeit nie aufgehört, dich zu lieben«, gestand sie ihm. Mit beiden Händen fuhr sie sein Gesicht entlang, so sanft, dass ihre Fingerspitzen ihn kaum berührten. »Liebst du mich denn auch noch?«

»Ja … natürlich …« In seiner Stimme lagen Zärtlichkeit und eine tiefe Trauer darüber, so viel Zeit verloren zu haben.

Er zog einen Stuhl heran, setzte sich und zog Betty auf seinen Schoß. Sie spürte seinen Atem. Die Zeit stand still.

Als sich ihre Lippen berührten, öffnete sich etwas in ihrer Brust, und goldenes Licht durchflutete sie. Er schnappte nach Luft. Sie schmeckte Salz, öffnete die Augen und sah, dass er weinte. Sie schlang die Arme um seinen Hals, glücklich, verzweifelt. Küsste die Tränen von seinen Wangen.

Die Küsse wurden drängender, und nach und nach versiegten die Tränen. Er stand auf, hob sie hoch, und sie schlang die Beine um ihn. Er trug sie zum Bett, legte sie ab und betrachtete sie. Sie sah das Wechselspiel der Gefühle in seinem Gesicht, das Verlangen, die Zuneigung, die Unsicherheit. Dass er ihre Gefühle nach all der Zeit erwiderte, war mehr, als sie sich hatte erhoffen können.

Sie knöpfte sein Hemd auf, schob es von seinen Schultern. Weg mit seiner Hose, ihrem Kleid, ihren Strümpfen … Dann traf ihre Haut auf seine. Als seine Lippen und seine Finger über ihren Körper strichen, wusste sie, dass es Menschen gab, die füreinander geschaffen waren. Sie schob sich auf ihn, küsste seine Brust, seinen Bauch. Es gab keinen Teil an ihm, den sie nicht liebte.

In seinen Augen sah sie ihre Zukunft. Nebeneinander einschlafen. Gemeinsam aufwachen. Lange Spaziergänge an Frühlingstagen. Wochenendausflüge an den Müggelsee. Die zwei Jahre, die verstrichen waren, hatten sich in nichts aufgelöst.

48.

Clara

Der Herbst hatte die Stadt im Griff. In den Läden lagen Kürbisse und Äpfel aus. Die Bäume schmückten sich mit bunten Blättern wie für einen letzten großen Auftritt. Die intensive Sonne war ihr Scheinwerfer, ehe sie an zunehmend kalten Tagen nach und nach begannen, ihr farbenprächtiges Gewand abzuwerfen. Diese nahezu poetische Beschreibung hatte Betty mal vor ein paar Jahren benutzt, und jedes Jahr im Herbst dachte Clara daran.

Eine Sensationsmeldung ging durch die Presse. Adenauer trat zurück. Die Haushälterin riss in der Küche den Oktober vom Kalender.

Keine Antwort von Alex.

Nachts wurde es so kalt, dass es Frost gab. Wenn Clara mal wieder nicht schlafen konnte und es sie nach draußen zog, um den Sternenhimmel zu bewundern, dann knisterte das Gras unter ihren Stiefeln. Morgens dampfte die Wiese in der milden Morgensonne. Die Gemüsehändler holten ihre Waren ins Innere ihrer Läden. In den Cafés beschlugen die Scheiben, wenn sich an nass-stürmischen Tagen die Menschen drinnen drängten. Clara mochte es, sich im oberen

Stockwerk auf die breite Fensterbank des Erkers zu kuscheln und dem Regen zu lauschen, der leise gegen das Glas pochte. Die ersten gebrannten Esskastanien wurden auf der Straße verkauft. Eine schockierende Nachricht ging um die Welt: John F. Kennedy war durch ein Attentat ums Leben gekommen. Die Haushälterin riss den November vom Kalender.

Keine Antwort von Alex.

Weihnachten stand vor der Tür. Eine zauberhafte Zeit. In den Schaufenstern funkelten goldenes Lametta und Weihnachtsbaumkugeln. Kinder drückten sich die Nasen an den Scheiben platt, um die frisch eingetroffenen Spielwaren zu bewundern. Eisenbahnen, Modellflugzeuge und Puppen mit großen Augen und blonden Locken. Die Frauen bewunderten Schmuck, für die Männer lagen Pfeifen oder Zigarren aus. Und natürlich allerlei Luxuswaren, die man eigentlich nicht brauchte, wie elektrische Kaffeemühlen. Männer schlugen ihre Mantelkragen hoch, Frauen hatten dicke Schals um den Hals geschlungen. Auf den Gehwegen wurde Schnee geschippt, die Schaufeln kratzten auf dem Pflaster.

Clara mochte es, sich bei Tilo einzuhaken und mit ihm gemächlich durch die Straßen zu schlendern, um Weihnachtsgeschenke einzukaufen. Sie liebte den Duft von gebrannten Mandeln auf den kleinen Adventsmärkten, liebte es, ihre Hände an Glühwein zu wärmen, und den Anblick der dicken Flocken, die vom Himmel taumelten.

Unter Tilos Namen gab sie ein Paket für Betty und Martha auf sowie eines für ihre Mutter und ihren Großvater. Sie wünschte, sie könnte dabei sein, wenn ihre Lieben den duftenden Kaffee, die feinen Strumpfhosen, die Seifen, Parfüms und die Schokolade auspackten. Für ihre Mutter hatte sie auch noch eine Dose Südfrüchte gekauft, die sie sich laut Betty gewünscht hatte. Eigentlich war Clara es seit ihrer Kindheit gewohnt zu sparen, und deshalb kaufte sie für sich selbst nie Markenprodukte. Aber wenn sie ein Paket nach Ostberlin schicken wollte, dann kamen nur all die Dinge in ihren Einkaufskorb, die sie aus der Werbung kannte.

Als sie auf der Post anstand, sah sie durch das Fenster einen Postboten auf dem rutschigen Gehweg zu einem Brieffach schlittern. Ihre Gedanken wanderten zu Lilli, von der sie seit ihrem Streit nichts mehr gehört oder gesehen hatte. Zweimal hatte sie ans Büro ihrer Freundin geklopft, aber die Tür war verschlossen gewesen. *Dann halt nicht*, hatte ihr Stolz gesagt. *Dann schmoll halt!* Warum reagierte ihre Freundin so heftig darauf, dass Clara Tilos Antrag angenommen hatte? Warum konnte sie sich nicht einfach für sie freuen?

Sie hatte sich angestrengt, neue Bekanntschaften zu knüpfen. Aber bis auf Christa, eine fünfundsechzigjährige Physikprofessorin, war ihr niemand begegnet, mit dem sie sich so gerne austauschte wie mit Lilli.

In einem Moment, in dem sich Clara schrecklich einsam gefühlt hatte, hatte sie Lilli einen Brief geschrieben, aber keine Antwort erhalten. Die Zurückweisung tat weh.

»Wo soll det hingehen?«, riss der alte Mann hinter dem Schalter Clara aus ihren Gedanken.

Sie war an der Reihe. »Nach drüben«, antwortete sie und stellte die beiden Pakete vor ihm auf den Tresen.

Es wurde Frühling. Morgens wurde sie vom Zwitschern der Vögel geweckt. Die ersten Glockenblumen wuchsen im

Garten. Das erste Mal lief Clara bei einem Ostermarsch von Atomwaffengegnern mit. Die Haushälterin riss den März vom Kalender.

Sie hatte Lilli eine Einladung zur Hochzeit geschickt, aber auch darauf keine Reaktion erhalten.

Noch immer kein Brief von Alex …

Immer mehr hatte Clara das Gefühl, in einem wunderschönen Glasschloss zu leben, aus dem heraus sie einsam das aufregende Treiben der Welt beobachtete. Allein suchte sie ein Hochzeitskleid aus, allein ging sie zur Anprobe. So kurz vor dem großen Tag spürte sie die Mauer, die sie von ihren Freundinnen und ihrer Familie trennte, mehr denn je. Manchmal fühlte sie sich wie eingesperrt, was natürlich bizarr war, denn hier im Westen, an Tilos Seite, hatte sie doch eigentlich die Freiheit, die sie sich immer erhofft hatte. Aber es war Lilli gewesen, die sie diese Freiheit hatte spüren lassen. Clara hatte es genossen, wenn ihre Freundin spontan vorgeschlagen hatte, einen Ausflug an den Wannsee zu unternehmen, oder sie zum Debattierklub mitgenommen hatte.

Dann war er gekommen, der große Tag. Der schönste Tag ihres Lebens, wie manche sagten. Clara fragte sich, wie es möglich war, glücklich und unglücklich zugleich zu sein.

Tilo war altmodisch und bestand darauf, sie vor der Trauung nicht zu sehen. Deshalb war er in den frühen Morgenstunden zu einem Freund gefahren. Sie würde sich ankleiden, würde sich schminken, würde mit dem Taxi zur Kirche fahren. Es gab niemanden, der sie zum Altar führte. *Die paar Schritte wirst du doch wohl allein schaffen,* ermahnte sie sich. Die

Trauung war um zwei Uhr. Danach würde es bei ihnen zu Hause einen kleinen Umtrunk geben.

Clara lief den ganzen Morgen lang unrund. Erst fiel ihr die Kaffeetasse runter, dann verbrannte sie sich die Hand am Herd. Irgendwann setzte sie sich im Erker auf die Fensterbank, zog die Beine an und grübelte. Was, wenn Alex geantwortet hätte? Würde sie dann heute Tilo heiraten? Was, wenn sie niemals geflohen wäre? *Was wenn, was wenn, was wenn …*

Es klingelte an der Haustür. Clara ignorierte es. Vermutlich nur wieder ein Bekannter von Tilo, der ein Geschenk vorbeibrachte. Doch der ungebetene Gast gab nicht auf und läutete Sturm. Niedergeschlagen tapste Clara in ihrem übergroßen roten Strickpullover und in ihren dicken Socken die Treppe runter.

Als sie die Tür öffnete, brach eine meterhohe Welle an heftigen Emotionen über sie herein. Alles Schwere fiel von ihr ab, und auf einmal bebte ihr Körper vor Erleichterung, Dankbarkeit und unbändiger Freude.

»Na, na, na«, sagte Lilli. »Mein starkes Mädchen weint doch nicht.«

Clara wischte sich mit dem Ärmel die Tränen aus dem Gesicht und nahm Lillis Hand. »Das sind Freudentränen …«

Lilli zog sie in eine Umarmung und legte das Kinn auf ihren Scheitel. »Entschuldige, ich bin spät dran.« Sie schob Clara von sich und lächelte sie aufmunternd an. »Komm, wir steigen in meinen Wagen und fahren einfach drauflos.«

»Aber …«

»Keine Sorge, wir werden noch genug Zeit haben, um

dich hübsch zu machen. Du wirst pünktlich zu deiner Hochzeit in der Kirche sein.«

Lilli lenkte ihren roten Ford die Kurven der Landstraße entlang bis zum Wannsee, an eine der frei zugänglichen Stellen. Lilli fegte mit der Hand ein paar Blätter von der Bank am Ufer, und sie setzten sich. Ein leichter Wind kitzelte Clara im Nacken, und sie schlug den Kragen ihres Mantels hoch. Hin und wieder kam die Sonne durch, und Clara streckte der Wärme ihr Gesicht entgegen, ehe sich wieder Schatten über das Wasser und das Ufer legten.

»Du siehst mitgenommen aus«, sagte Lilli. Diese so selbstsichere Frau, die sonst eine beneidenswerte Lässigkeit an den Tag legte, saß steif neben ihr auf der Kante der Bank, die Knie aneinandergedrückt, die Hände auf das verwitterte Holz gestemmt.

Clara zupfte einen Fussel von ihrem fein gewebten Schal, den sie sich von ihrem ersten Gehalt gekauft hatte. »Die letzten Wochen waren nicht gerade leicht.« Sie schwiegen einen Moment, in dem Clara ihren Mut sammelte. Sie sah Lilli an. »Warum bist auf einmal wieder da?«

»Deine beiden Freundinnen von drüben haben mir geschrieben«, antwortete Lilli.

»Martha und Betty?«

»Ja. Sie meinten, ich darf heute nicht von deiner Seite weichen und muss alles dafür tun, dass es dir gut geht.«

Clara lächelte. »Das sieht den beiden ähnlich. Ich vermisse sie so sehr …«

»Und sie meinten, ich soll dir das hier geben.« Lilli zog ein Foto aus ihrer Manteltasche. Es zeigte Martha, Betty und sie an dem Tag, an dem sie den alten Horst vor dem Ertrinken gerettet hatten. Der Beginn ihrer Freundschaft.

Clara konzentrierte sich auf ihren Atem, ein Trick, den sie sich bereits als junges Mädchen beigebracht hatte, um nicht vor anderen in Tränen auszubrechen. *Ein und aus. Ein und aus …* Nur leider funktionierte er immer seltener. »Ich wünschte so sehr, die beiden könnten heute an meiner Seite sein.« Sie sah hinaus auf den See, auf dem eine Ente im Schrägflug landete und ein Stück auf der Wasseroberfläche schlitterte. »Irgendwie fühle ich mich betrogen … Früher, als ich klein war, kam mir alles so leicht vor. Natürlich gab es auch damals größere und kleinere Dramen: Prüfungen, Hänseleien an der Schule, der tägliche Druck, bloß nichts Falsches zu sagen. Aber wenn ich nach Hause kam und es nach Apfelkuchen duftete, dann war die Welt gut. Das Leben war ein Planschbecken. Jetzt habe ich das Gefühl, in einem tosenden Meer zu treiben. Immer wieder werfen sich Wellen über mich und versuchen, mich runterzudrücken. Warum ist Erwachsensein so schwer?«

»Vielleicht ist dein Ansatz falsch«, erwiderte Lilli. »Vielleicht war das Leben nie dazu gedacht, leicht zu sein.«

»Na toll, und das soll mir helfen?«

»Ja. Weil dir dann vielleicht klar wird, dass es uns allen so geht. Mir. Deinen Freundinnen. Tilo. Dem Bäcker, bei dem wir früher gemeinsam Brötchen geholt haben. Allen. Das ist das, was uns verbindet.«

Wenn die Sonne wie jetzt hinter den Wolken verborgen war, fröstelte Clara. Schräg über ihnen gurrte im Geäst der Linde eine Taube.

»Warum hast du mich alleingelassen?«, fragte sie.

»Du warst nicht allein. Du hattest Tilo.«

»Aber ich hätte eine Freundin gebraucht.«

Lilli verzog das Gesicht. »Vielleicht war das das Problem.«

Clara wartete auf eine Erklärung, doch Lilli schwieg. »Ich werde mit dieser Heirat nicht alles aufgeben, was mir etwas bedeutet«, sagte sie deshalb. »Ich werde nicht aufhören, zu arbeiten oder zu forschen …«

»Darum geht es mir nicht«, unterbrach Lilli sie.

»Warum warst du dann wütend auf mich? Ich verstehe es nicht. Erklär's mir!«

Lilli sah auf den bewegten See hinaus, auf dem an diesem Tag die Wellen Schaumkronen hatten. Es war, als würde sie an seinem Anblick Kraft sammeln, ehe sie schließlich ausatmete und dabei sagte: »Ich war nicht wütend auf dich. Ich war verliebt in dich.«

Dieses so unerwartete Geständnis brachte Clara völlig durcheinander. Als würde sie vor einer Gleichung sitzen, die sie eigentlich kannte, und dennoch wollte sich ihr die Lösung nicht erschließen.

»Das ist die Wahrheit«, sagte Lilli. »Jetzt kennst du sie.«

Auf einmal fing Clara an zu kichern, bremste sich dann aber gleich, indem sie eine Hand auf den Mund drückte. »Ich habe nichts davon gemerkt«, murmelte sie zwischen ihren Fingern hindurch. »Ich habe mich so oft vor dir umgezogen, ich habe sogar vor dir geduscht!«

Lilli rollte mit den Augen, lächelte aber, als wäre sie erleichtert, dass Clara nicht schockiert oder wütend war. »Dein Kichern ist kindisch. Von wegen, du bist erwachsen.«

Auf einmal atmete Clara viel leichter. Lilli war verliebt in sie gewesen. Sie hatte einen verständlichen Grund gehabt, sich von ihr fernzuhalten. »Aber wie ist es möglich, dass ich nichts mitbekommen habe?«

»Weil ich darauf trainiert bin, mir nichts anmerken zu lassen«, antwortete Lilli. »Mein Leben lang. Homosexualität ist verboten, vergiss das nicht. Und ich habe oft genug zu spüren bekommen, wie Menschen reagieren, wenn sie die Wahrheit erfahren.«

Clara vermutete, dass ihre Freundin auf ihre Eltern anspielte, zu denen sie keinen Kontakt hatte. Überhaupt schien sie keine wirklichen Freunde zu haben.

»Bist du schockiert?«, fragte Lilli.

»Nein, gar nicht. Ich bin froh, dass du dich mir anvertraut hast.«

»Heißt das, wir sind noch immer Freundinnen?«

»Natürlich! Ich bin unendlich froh und dankbar, dass du hier bist und mich an diesem Tag unterstützt.« Clara legte den Kopf auf Lillis Schulter.

Eine Lücke tat sich zwischen den Wolken auf, und Sonnenlicht brachte den See zum Glitzern.

»Ist dein Leben denn nun so, wie du es dir erträumt hast?«

»Anders. Ganz anders. Aber auch gut.«

»Ich habe übrigens noch etwas für dich«, sagte Lilli nach einer Weile.

Aus der Tasche in der Innenseite ihres Mantels holte sie ein Stofftuch hervor, das sie auf ihre flache Handfläche legte. Als sie die Ecken aufschlug, lag darauf eine silberne Kette mit einem Herzanhänger. Es war die Kette, die Alex ihr geschenkt hatte.

»Wo hast du die denn her?«, hauchte Clara.

»Als du gemerkt hast, dass du deine Kette vermisst, bin ich am nächsten Tag zur Diskothek gefahren und habe gefragt, ob man sie dort vielleicht gefunden hat. Und siehe da, so war es«, sagte Lilli. »Ich hoffe, du bist mir nicht böse, dass ich sie dir nicht gegeben habe. Aber ich dachte wirklich, dass es besser so ist. Dass du leichter mit der Vergangenheit abschließen kannst, wenn du sie nicht mehr trägst.«

»Danke …« Clara nahm das Schmuckstück und betrachtete die zarte Gravur. C+A. Das Herz glänzte wie am ersten Tag.

Dann war es so weit. Zu Hause zog Clara die Seidenstrümpfe an, die sie sich extra für diesen Tag gekauft hatte. Lilli half ihr ins Hochzeitskleid und knöpfte es am Rücken zu. Es war ein schlichtes Kleid aus einem seidigen cremeweißen Stoff, ohne jeglichen Perlen- oder Spitzenbesatz. Ihre Freundin steckte ihr das rote Haar hoch, setzte sich dann auf den Rand der frei stehenden Wanne und sah ihr dabei zu, wie sie sich schminkte. Das Rouge, mit dem sie etwas Lebendigkeit auf ihre Alabasterhaut zauberte, erinnerte sie an die Farbe von Terrakotta, in die sie sich während ihres Italienurlaubs verliebt hatte. Sie schwärzte ihre hellen Wimpern und trug nur wenig Lippenstift auf, der dasselbe Fuchsrot wie ihre Haare hatte. Sie legte Ohrringe aus echten Perlen an, die Tilo ihr zu Weihnachten geschenkt hatte, und sprühte noch etwas Parfüm auf ihren *Schwanenhals,* wie ihr zukünftiger Ehemann zu sagen pflegte.

Schließlich wandte Clara Lilli den Rücken zu, damit sie ihr Alex' Kette anlegen konnte. Sie spürte die Kälte des Silbers auf ihrer warmen Haut und legte eine Hand auf das Herz. »Ich bin so weit«, hauchte sie.

Je näher sie der Kirche kamen, desto enger zog sich die Schlinge um ihren Hals. *Noch kannst du die Hochzeit absagen …*

Obwohl der Fahrtwind ihre Hochsteckfrisur ruinieren würde, kurbelte sie das Fenster herunter und streckte den Kopf hinaus. Egal.

Einatmen. Ausatmen …

Zwei Galaxien. Eine Kollision. Tausende von Sternen …

Sie erreichten die Kirche. Als Lilli ihr die Beifahrertür aufhielt, brach die Wolkendecke auf. Auf einmal schien alles zu leuchten. Sie raffte ihr langes Kleid und stieg die vier Stufen hinauf. Wie durch Magie öffnete sich die Flügeltür. Vor ihr erstreckte sich der Gang zum Altar, an dem Tilo auf sie wartete. Lilli sah sie forschend an.

Du könntest umdrehen und einfach wegrennen …

Clara hakte sich bei ihrer Freundin ein, stützte sich auf sie, als sie an den Bankreihen entlangschritten, in denen Menschen saßen, die sie nicht kannte.

Dann stand sie vor ihm, vor ihrem zukünftigen Ehemann, dessen Augen vor Rührung glänzten. Während der Ansprache des Pfarrers spürte Clara überdeutlich ihr Herz schlagen. Es war ihr sogar, als würde das silberne Herz auf ihrer Brust pulsieren. Sie war froh, dass sie beide nach vorn schauen mussten, denn so konnte Tilo nicht sehen, wie aufgewühlt sie war.

»Wollen Sie, Clara Vogel, Tilo Wittgenstein zum Mann nehmen?«, fragte der Pfarrer schließlich.

Auf einmal spulten sich wie bei einer Nahtoderfahrung vor ihrem inneren Auge Bilder ab. Sie sah Alex, wie er sie im Hochsommer behutsam gegen eine angenehm kühle Mauer schob. Auf seinen Lippen schmeckte sie die Erdbeeren, die er für sie ergattert hatte. Das Sonnenlicht umkränzte seinen Hinterkopf wie ein Heiligenschein.

Aber Alex war unerreichbar …

Und sie sehnte sich danach, endlich anzukommen, sich ein neues Zuhause aufzubauen. Es war an der Zeit.

Ihre Lider senkten sich, und eine Träne löste sich aus ihrem Wimpernkranz.

»Ja, ich will«, sagte sie.

49.

1964

Betty

Karminrot, Rostbraun, Ocker und Herbstgold … Summend schlenderte Betty unter der Pracht der Bäume hindurch und erinnerte sich daran, wie vor langer Zeit Onkel Theodor ihr die Namen der Farben beigebracht hatte. Mildes Sonnenlicht sprenkelte zwischen den Ästen hindurch. Das herabgefallene Laub knisterte unter ihren Sohlen und duftete herrlich nach Vegetation.

Sie konnte es sich nicht verkneifen, vor lauter Vorfreude, Charlie zu sehen, ein bisschen zu hüpfen, auch wenn das vielleicht albern war. Wie hatte sie nur jemals glauben können, in Kurt verliebt zu sein? Sie hatte ja keine Ahnung gehabt! Sie war so unerfahren gewesen … Viel zu jung. Erst durch Charlie hatte sie begriffen, wie es sich anfühlte, wahrhaftig zu lieben, wahrhaftig geliebt zu werden. Er passte auf sie auf, und sie konnte sicher sein, dass er es nur gut mit ihr meinte.

Seit einem Monat waren die Dreharbeiten des Kinofilms, in dem sie die Hauptrolle übernommen hatte, vorbei. Sie war auf mehreren Vorsprechen gewesen, hatte zwei neue Rollen angeboten bekommen und stand nun vor der Entscheidung, welche sie annehmen würde. Charlie hatte ein neues Drehbuch verfasst, das bald verfilmt werden würde. Alles war gut.

Kinderlachen riss sie aus ihren Gedanken. Zwei Jungs und ein Mädchen tobten in dem bunten Laub, das von den Zweigen gefallen war. Sie sammelten die Blätter auf, warfen sie in die Luft und ließen sie auf sich herabregnen. Sie rannten, wühlten die Farbenpracht auf und quiekten vor Vergnügen. Betty erschrak, als das Mädchen stürzte, aber die Kleine rappelte sich auf, als wäre nichts gewesen, und jagte den beiden Jungs hinterher. Wie so oft empfand Betty einen dumpfen Schmerz, wenn sie Kinder sah, dachte daran, wie alt ihr Kind nun schon wäre. Und doch lächelte sie auch und konnte nicht aufhören, den Kleinen bei ihrem Toben zuzuschauen.

Bis die Mutter des Mädchens herbeieilte. »Silke, komm her! Ein Mädchen rennt nicht, das machen nur Jungs!« Sie ging vor ihrer Tochter in die Hocke und klopfte den Dreck von ihrem Kleid. »Wie siehst du denn aus? Du willst doch hübsch sein, wenn wir gleich Oma und Opa besuchen.«

Begann es denn wirklich schon so früh, dass man ihnen eintrichterte, wie sie sich zu verhalten und wie sie auszusehen hatten? Sie dachte daran, wie ihre Mutter sie jedes Mal, wenn sie irgendwohin auf Besuch gingen, ermahnt hatte, dass sie stets Bitte und Danke sagen und zum Kaffee nicht mehr als ein Stück Kuchen essen sollte.

Sie lief weiter, den Blick nun nachdenklich auf das herabgefallene Laub gesenkt. Als sie wieder aufsah, stand er ein paar Meter entfernt von ihr auf dem Weg und blickte ihr entgegen. Charlie. Der Wind fuhr durch den Ahornbaum rechts von ihm und zupfte ein paar Blätter ab, die ihn zu umtanzen schienen. Betty spürte auch einen leichten Hauch im Rücken, als würde sie auf magische Weise zu ihm geschoben werden. Ihre Beine setzten sich in Bewegung.

Dann stand sie vor ihm. Sie betrachtete sein Gesicht, als würde sie es das allererste Mal sehen. Versank in seinen graublauen Augen, in denen früher oft Misstrauen und Skepsis gelegen hatten, nun aber nur noch Zärtlichkeit und Liebe zu finden waren.

»Hallo, der Herr«, sagte sie spielerisch und schenkte ihm einen verführerischen Augenaufschlag.

»Hallo, die Dame«, erwiderte er und versuchte, ebenso wie sie mit den Wimpern zu klimpern, was Betty zum Lachen brachte.

Er sah gut aus in seinem frisch gebügelten Fleischerhemd, den Jeans und den Trampern aus Wildleder. Sein Blick war wie warmes Licht, und sie konnte nicht anders, als die Arme um ihn zu schlingen und ihn festzuhalten. Er legte sein Gesicht an ihr Haar, und sie hörte, wie er ihren Duft einatmete.

»Gehen wir ein Stück?«, fragte er schließlich.

»Einen Moment noch …«, sagte sie, hielt ihn noch ein bisschen fester und schaffte es dann, sich von ihm zu lösen.

Charlie erzählte von seinem neuen Projekt mit Anton und von dem Gedichtband, an dem er nebenbei schrieb. Betty bewunderte ihn, und gleichzeitig stimmte es sie traurig, dass er sein Talent nicht voll und ganz ausleben konnte, sondern nur mit angezogener Handbremse, unter fremdem Namen. Sein Vater war Brite und lebte im Westen, deshalb stand er auf der Schwarzen Liste.

»Unser Film ist ja diesmal eine Auftragsarbeit der DEFA, wir mussten also vorsichtig sein. Aber wir haben es trotzdem geschafft, hier und da zwischen den Zeilen Botschaften zu verpacken«, erzählte er, nachdem er sich umgeschaut hatte, ob die Luft rein war.

»Bestimmt wird auch dieser Film ein voller Erfolg. Sag mal, wo gehen wir denn eigentlich hin?«

Inzwischen hatten sie den Park in Friedrichshagen verlassen und schlenderten durch ein Wohngebiet.

»Hast du etwa keine Vermutung?«, fragte er.

In der Gegend gab es eigentlich nichts, was sie interessierte, bis auf die alte Jugendstilvilla, an der sie als junges Mädchen so oft vorbeigelaufen war und sich vorgestellt hatte, wie es wohl war, darin zu leben.

Vor genau dieser Villa blieben sie stehen. Betty sah Charlie an. Sah dann wieder das traumhaft schöne, verspielte Haus an, an dem bis vor Kurzem noch der Zahn der Zeit genagt hatte.

Charlie öffnete das schmiedeeiserne Türchen, das frisch lackiert worden war. Der Rasen im Vorgarten, der bis vor ein paar Wochen noch verwildert gewesen war, war gekürzt, die Hecke in Form gebracht, die Steinplatten, die zum Eingang führten, waren von Moos befreit, und das Unkraut dazwischen war gejätet.

Betty hielt sich an ihm fest. »Charlie, was machen wir hier?«

Er zog einen Schlüssel aus seiner Manteltasche. »Na, wir trinken einen warmen Tee oder plaudern einfach nur. Alles, was du willst.«

Zögerlich folgte sie ihm die Steinstufen zum Eingang hinauf. »Aber …«

»Du weißt vielleicht, dass der Ehemann der Besitzerin vor ein paar Jahren verstorben ist«, sagte Charlie, während er aufschloss. »Und seine Frau hat vor nicht allzu langer Zeit nach einem Mieter gesucht, der nicht nur hier wohnt, sondern sich auch um den Garten und das Haus kümmert. Du hast mir so von dieser Villa vorgeschwärmt, dass ich nicht widerstehen konnte, bei ihr einzuziehen.«

Betty stolperte über ihre eigenen Füße, als Charlie ihr die Tür aufhielt und sie eintrat. »Du wohnst jetzt hier?«

»So ist es. Die Miete zahle ich bar auf die Kralle.«

Das Herz schlug ihr bis zum Hals. Ein Traum ging für sie in Erfüllung. Er hielt ihr die Tür auf, und sie trat ein. Es duftete angenehm nach frisch geschlagenem Holz, das sich neben dem Kamin in der Wohnstube stapelte, und nach Apfelkuchen.

Sie konnte nicht anders, sie küsste ihn.

»Du bist bestimmt Betty«, sagte eine warme Frauenstimme hinter ihr.

Hitze schoss in Bettys Wangen, als sie sich umwandte. »Ja, Betty Reinhart ist mein Name.«

Die alte Dame, die sie so herzlich anlächelte, musste die Besitzerin sein. Ihre aufrechte Haltung war beispielhaft, sie wirkte insgesamt sehr vornehm, aber in keiner Weise arrogant oder unnahbar. »Ich bin Ingeborg.«

Fast hätte Betty wie bei Hofe einen Knicks gemacht. »Sie können sich gar nicht vorstellen, wie viel es mir bedeutet, hier zu sein.«

»Oh doch. Dieser junge Mann hier hat mir schon davon erzählt, wie sehr du mein Zuhause liebst, obwohl du es noch nie betreten hast.«

Bestimmt glühte ihr Gesicht nun regelrecht vor Schamesröte. »Ja, das Haus ist wunderschön.«

»Überhaupt schwärmt er die ganze Zeit von dir. Deshalb war ich auch ein bisschen aufgeregt, dich endlich kennenzulernen. Fühl dich bitte wie zu Hause.«

Charlie führte sie durch die hellen Räumlichkeiten. Dieses Haus erzählte Geschichten, erzählte von den Menschen, die hier gelebt hatten. Ingeborgs Eltern hatten die Villa bauen lassen. Ihr Vater war im Ersten Weltkrieg gefallen. Ein Foto von ihm stand auf dem Flügel im Musikzimmer.

Am meisten liebte Betty die Fenster aus teilweise buntem Glas. Die Einrichtung war verspielt. Auf den glänzenden Kirschholzkommoden standen zarte Porzellanfiguren, die bestimmt aus dem letzten Jahrhundert stammten und Vögel, Elfen oder Fantasiewesen darstellten. Die Zierkissen auf dem Sofa und den Sesseln im Wohnzimmer waren in sanften Pastellfarben gehalten. Sie stiegen die Treppe hinauf in den ersten Stock. Das Treppengeländer war verschnörkelt und mit Fantasieblumen besetzt. Ein langer Perserteppich lag auf den alten Holzdielen und endete vor Charlies Zimmer, das sie nun betraten. Licht flutete durch die zwei großen Spitzbogenfenster herein und ergoss sich über das Himmelbett, das mitten im Raum stand.

»Traumhaft«, sagte Betty und fuhr mit den Fingerspitzen über die weiß lackierte, verschnörkelte Kommode. Darauf lag die Mütze, die er nicht mehr trug. Die einzige Erinnerung, die er an seinen Vater hatte.

»Bereust du es manchmal, nicht doch drüben geblieben zu sein, um deinen Vater zu finden?«, fragte sie ihn.

Darüber dachte er einen Moment nach. »Nein«, antwortete er schließlich. »Jetzt bist du meine Familie.«

Zwischen den Fenstern stand ein Sekretär. In der Schreibmaschine war ein Blatt Papier eingespannt, als hätte er vorhin, ehe sie sich im Park getroffen hatten, noch gearbeitet. »Dort schreibst du?«

Er nickte und hatte dieses ansteckende Lächeln, aus dem sie aber nicht ganz schlau wurde … Er machte fast den Eindruck, als würde er sich über sie amüsieren. »Schau dir den Sekretär ruhig an, er stammt aus dem achtzehnten Jahrhundert.«

»Bestimmt fühlst du dich wie Goethe höchstpersönlich, wenn du daran arbeitest«, neckte sie ihn.

Er schob die Hände in die Hosentaschen. »Mach mal die oberste Schublade auf.«

Darin fand sie nicht wie erwartet ein Notizbuch. Sondern eine kleine Schmuckschatulle. Ihr Herz setzte einen Schlag aus.

»Für dich«, sagte er.

Sie nahm die Schatulle heraus, öffnete sie. Darin steckte, eingebettet in dunkelblauem Samt, ein Ring. Ein silberner Verlobungsring.

Erst jetzt fiel ihr auf, was er auf der Schreibmaschine getippt hatte: *Willst du meine Frau werden?*

Als sie sich zu ihm umwandte, war er auf die Knie gesunken. »Meine Betty, würdest du mir die Ehre erweisen, diesen Verlobungsring zu tragen? Willst du mich heiraten?«

Dieser Moment war fast zu schön, um wahr zu sein. Ihr Leben war perfekt. Sie übte ihren Traumberuf aus, und gerade machte der Mann, den sie liebte, ihr in dem Haus, das sie liebte, einen Heiratsantrag. Fast hätte sie »Ja« gesagt, da dachte sie auf einmal an das kleine Mädchen im Park, dem seine Mutter verboten hatte zu rennen. Sie dachte an Kurt, der ihr eingeredet hatte, sie hätte von nichts Ahnung, nicht mal vom Haushalt. Aber das stimmte nicht … Sie hatte mit ihren Verbesserungen das Drehbuch gerettet, das Kurt geschrieben hatte. Sie hatte Talent. Während der Dreharbeiten hatte Anton sogar zu ihr gesagt, dass sie selbst eine gute Regisseurin wäre.

Sie war so lange Muse gewesen, war so lange abhängig gewesen von der Gunst irgendwelcher Männer. Sie wollte selbst kreativ sein, wollte sich entdecken, sich entfalten.

Sie nahm seine Hände und zog ihn auf die Beine. »Charlie, ich könnte mir nichts Schöneres vorstellen. Aber gib mir noch etwas Zeit. Das hier ist kein Nein. Ich will nur erst versuchen, alleine klarzukommen. Ich will mir die Zeit nehmen, mich auszuprobieren. Kannst du das verstehen?«

Charlie schloss die Augen und ließ ihre Worte auf sich wirken. »Alles, was ich will, ist, dass du glücklich bist«, sagte er schließlich. »Ich habe schon so lange auf dich gewartet und dich mit keinem Tag weniger geliebt. Wenn du Zeit brauchst, kann ich auch noch länger warten.«

50.

1973

Clara

»Das hast du fein gemacht«, sprach Clara beruhigend auf das niedliche weiße Kaninchen ein, dem sie ein bisschen Blut abgenommen hatte, und streichelte es. »Du bist Teil von etwas Großem, weißt du das? Das interessiert dich nicht wirklich, nicht wahr? Du willst nur deine Belohnung.« Sie legte den Löwenzahn, den sie am Morgen extra gesammelt hatte, auf sein Heu und schloss dann den Käfig.

Seit drei Jahren arbeitete Clara im Wedding für das Pharmaunternehmen Schering. Tilo hatte ihr die Stelle verschafft, nachdem sie erfolgreich ihr Chemiestudium abgeschlossen hatte. Sie mochte den Gedanken, dass sie mit ihrer Arbeit Menschen helfen und ihre Gesundheit verbessern konnte. Und sie mochte das Magische an der Chemie. Man kippte zwei Stoffe zusammen, und *puff!*, wie von Zauberhand kam etwas völlig Neues dabei heraus.

Das Blut brauchte sie, um den Hormonspiegel des Kaninchens zu bestimmen. Seit Clara einen Artikel über den Ursprung der Antibabypille gelesen hatte, wusste sie, dass sie in diesem Forschungsbereich arbeiten wollte. Den Anstoß für diese Verhütungsmethode hatte die Feministin Margaret Sanger gegeben. Sie war davon überzeugt, dass die Frau erst dann befreit sein würde, wenn sie selbst entscheiden konnte, ob sie schwanger werden wollte oder nicht. Margaret hatte das Schicksal ihrer Mutter vor Augen gehabt, die nach elf Kindern und sieben Fehlgeburten bereits im Alter von vierundvierzig Jahren gestorben war. Und Clara hatte Bettys Schicksal vor Augen. Sie selbst nahm die Pille nicht, da Tilo keine Kinder zeugen konnte.

Clara zog gerade die Gummihandschuhe von den Fingern, als Axel, ihr Gruppenleiter, sich vor ihr auf die Kante des Labortischs setzte. »Ich habe gute Neuigkeiten! Dreimal darfst du raten!«

»Puh, in der Kantine gibt es endlich ordentliches Essen?«

»Leider falsch.«

»Ich werde für meine Überstunden bezahlt?«

»Nein, etwas viel Besseres!«

»Nun spuck's schon aus.«

»Wie du weißt, gibt's seit ein paar Jahren auch drüben in deiner Heimat die Antibabypille«, begann er. »Ovosiston.«

»Die Wunschkindpille«, verbesserte sie ihn.

»Ein Euphemismus zu Propagandazwecken, wenn du mich fragst, aber gut. Seit einem Jahr wird sie dort kostenlos ausgegeben. Deshalb findet in Ostberlin nächsten Monat ein Kongress zur *Wunschkindpille* statt – und rate mal, wen ich dort hinschicke, damit sie einen Vortrag hält.«

Clara fiel fast vom Stuhl. »Etwa mich? Ich darf auf diesen Kongress?«

»So ist es.«

»Danke!« Clara sprang auf, sodass die Reagenzgläser auf dem Labortisch schepperten, und fiel ihm um den Hals.

Verwundert tätschelte er ihr den Rücken, aber er konnte ja auch nicht wissen, was diese Neuigkeit für sie bedeutete … Endlich, nach so vielen Jahren, wäre sie wieder in der Heimat.

Clara faltete gerade ein Kleid zusammen und legte es auf die zwei Röcke im Koffer, als Tilo hereinkam. Trotz der hohen Temperaturen trug er einen Pullunder mit V-Ausschnitt und darunter ein weißes Hemd, dessen Kragen teilweise unter den Wollstoff gerutscht war. Er hielt sich die meiste Zeit über im Haus auf. Erst abends, wenn die Temperaturen kühler wurden, setzte er sich auf die Terrasse, ließ sich eine Tasse Tee servieren und las in einem Fachbuch, wobei er eigentlich mehr die Vögel am Futterhaus beobachtete. Jetzt klemmte eine Zeitung unter seinem Arm.

»Hast du alles gepackt?«, fragte er.

»Ich brauch ja nicht viel. Der Kongress ist ja nur an zwei Vormittagen. Und nachmittags besuche ich dann meine Mutter und treffe mich mit Betty und Martha.«

»Und dann bist du auch schon wieder zu Hause bei deinem alten Mann.«

Sie trat zu ihm, um ihm den Kragen zu richten. Ihr Blick tadelte ihn sanft. »Oh, er ist alt? Das war mir nicht bewusst. Dann suche ich mir doch einen jungen Liebhaber«, neckte sie ihn.

Tilo gab oft so etwas von sich. Hatte sie anfangs darüber milde gelächelt, fühlte sie sich inzwischen in die Ecke gedrängt. So als müsste sie die Zeit mit ihm in vollen Zügen genießen, solange es noch möglich war. Verbrachte sie einen Tag mit Lilli, hatte sie ein schlechtes Gewissen.

»Untersteh dich«, erwiderte er. »Sonst muss ich auf meine alten Tage noch ein Duell ausfechten.«

»Wie dramatisch und überaus romantisch.« Sie suchte aus dem Kästchen auf der Kommode ein paar Schmuckstücke aus, die sie mitnehmen wollte.

»Bist du denn aufgeregt?«, fragte er.

Sein früher grau meliertes Haar war zunehmend weiß geworden, aber er war noch immer ein sehr attraktiver Mann, der auf sich achtete. Morgens verzichtete er auf das Frühstück, um seine schlanke Figur zu halten. Aber Clara hatte ihn davon überzeugen können, zumindest am Wochenende eine Ausnahme zu machen, denn sie fühlte sich schlecht, wenn sie neben ihm saß und frische Schrippen mit Marmelade verputzte. Es war vor allem seine Ausstrahlung, die Frauen anziehend fanden. Ihr war es ja nicht anders gegangen. Egal, ob es die Bibliothekarin im Institut oder die Bedienung in einem Restaurant war, die Frauen konnten den Blick nicht abwenden und waren von seiner ruhigen Art und seinem kultivierten Charme nahezu hypnotisiert. Es war sogar schon vorgekommen, dass man ihn gefragt hatte: »Und was dürfen wir Ihrer Tochter bringen?«

»Vati, darf ich ein Eis haben?«, hatte sie damals gefragt und den Kopf wie ein Backfisch schief gelegt.

Staub tanzte im Sonnenlicht, das durchs hohe Fenster hereinfiel.

»Ja. Sehr sogar. Nicht wegen des Kongresses, sondern

weil ich es kaum erwarten kann, all meine Lieben wiederzusehen.«

Er trat neben sie, und weil sie dachte, er würde die Arme um sie legen oder sie küssen wollen, wandte sie sich ihm zu. Doch stattdessen nahm er den Anhänger ihrer Kette. »Die legst du nie ab.«

Er wusste, dass sie von Alex war, er hatte sie bereits kurz nach der Hochzeit auf das Schmuckstück angesprochen.

Sie wandte sich ab, holte ein paar Strümpfe aus der Schublade, legte sie geschäftig in ihren Koffer. »Die Kette erinnert mich an mein Zuhause«, wich sie aus. »Das ist alles.«

Tilo nahm die Zeitung in die Hand, als würde er sich an ihr festhalten. Nickte.

Er war schon fast wieder aus dem Zimmer, als er noch einmal innehielt und halb über die Schulter zu ihr sah. »Wenn es die Mauer nicht gäbe, wenn du von ihm nicht getrennt worden wärst – wärst du dann jetzt mit ihm zusammen?«

Clara hörte auf zu atmen. »Ich …«, setzte sie an, aber ihr Zögern hatte sie schon verraten.

»Du musst dich nicht rechtfertigen«, sagte Tilo. »Du hattest ein Leben dort drüben. So wie ich ein Leben hatte, bevor ich dich kennengelernt habe.«

Sie ging zu ihm und schlang die Arme um ihn. »Wir sehen uns in zwei Tagen wieder. Ich kann's kaum erwarten.«

»Genieß die Zeit dort drüben«, sagte er. »Aber komm zurück nach Hause.«

»Das werde ich«, versprach sie, schmiegte ihr Gesicht an seine Schulter und verdrängte den leisen Zweifel.

Nächste Station: Köpenick, wurde durchgesagt. Die S-Bahn hielt. Ein Mann im Parka öffnete die Tür und rannte nach draußen, vermutlich, um die Tram oder einen Bus zu erwischen. Auf ihren hohen Schuhen machte Clara einen großen Schritt und stieg aus der Bahn. Sie stellte ihren schweren Koffer auf den Bahnsteig. Eine Taube saß schräg über ihr auf einer der Verstrebungen des Dachs, gurrte und flatterte auf.

Bereits hier am Bahnhof in Köpenick entdeckte sie ein paar bekannte Gesichter. Die Ehefrau vom Chorleiter wartete auf dem gegenüberliegenden Bahnsteig. Und Manfred, der Hühner schlachtete, unter der Hand verkaufte und damit gutes Geld machte, war gemeinsam mit ihr ausgestiegen. Die beiden erkannten sie nicht. Kein Wunder. In ihrem silbergrauen kurzärmligen Kleid sah sie vermutlich aus wie eine feine Dame aus dem Westen. Die sie ja auch war …

Mit den Augen einer Touristin nahm sie die heruntergekommenen Fassaden der Häuser wahr. Die halb leeren Regale in dem kleinen HO-Laden. Da war die Bäckerei mit den leckeren Kuchenbrötchen. Ein Stück weiter das Vereinshaus. Sie spürte Blicke auf sich, als sie die Bölschestraße entlanglief.

Die Auslage des Obst- und Gemüsehändlers war im Vergleich zu drüben so spärlich, dass Clara sich prompt schlecht fühlte, zu Hause in solchem Überfluss zu leben. Ihr Koffer mit all den Geschenken darin war schwer, und sie musste zweimal stehen bleiben und eine kurze Pause machen, ehe sie die Straße erreichte, in der sie groß geworden war.

Dann erreichte sie den Eingang zum Hof des Wohnblocks, in dem sie früher mit Kreide auf dem Asphalt gemalt hatte. Die Werkstatt des Hausmeisters stand offen. Der Mann war gerade dabei, das Holzgestell eines Bettes abzubeizen. Die dazugehörige Matratze stand daneben an die Wand gelehnt. Clara grüßte den Hausmeister, und daran, wie er höflich seinen Hut lupfte und sich sogar ein wenig verneigte, sah sie, dass auch er sie nicht erkannte.

Weiße Wäsche hing an einer Leine, die quer über den Hof gespannt war. Hemden und lange Unterhosen, wie Clara sie von ihrem Großvater kannte. Der Wind wehte ihr einen Hauch des vertrauten Seifendufts entgegen. An der Hauswand lehnte ein Fahrrad mit einem Platten.

Ihre Nase erkannte sofort den Geruch des Gebäudes, als sie eintrat. Im Erdgeschoss roch es wie früher leicht nach dem Hochprozentigen, den der Hausmeister im Keller heimlich braute. Die Wohnungstür der Schultes stand wie immer vertrauensselig offen. Das alte Ehepaar war jederzeit bereit, Besuch zu empfangen und Schnaps auszuschenken. Clara überlegte, einen Blick zu den beiden hineinzuwerfen, aber sie wollte nicht eine Sekunde mit ihrer Mutter verlieren.

Unwillkürlich seufzte sie auf, als sie das vertraute Knarzen der Holzstufen unter ihren Füßen vernahm.

Als sie vor der Wohnungstür stand, hörte sie, dass leise das Radio lief. Ein Schlager. Auf einmal war sie so bewegt, dass sie überlegte, wieder zu gehen. Über zehn Jahre war sie nicht hier gewesen. Sie hatte ja nicht mal mehr einen Schlüssel. Den hatte sie damals natürlich zurückgelassen.

Clara holte tief Luft und klingelte.

Es dauerte, ehe Schritte zu hören waren. Ihre Mutter räusperte sich. Und dann öffnete sich die Tür.

»Clärchen«, hauchte sie und legte die zittrige Hand vor den Mund.

Seit Tagen hatte Clara sich vorgestellt, wie es sein würde, ihre Mutter wiederzusehen. Sie hatte sich alle möglichen Szenarien ausgemalt, wie sie sich gegenseitig in die Arme fielen und weinten. Und doch kam keins der dramatischen Bilder ihrer Vorstellung an diesen Moment heran.

Sie umarmten sich, als würden sie einander nie wieder loslassen wollen. »Mutti ...« Clara war überwältigt.

»Komm rein ... Komm schnell rein ...«

In der Wohnung roch es nach Putzmittel und gekochten Kartoffeln. Der Geruch von zu Hause. So schön es war, wieder hier zu sein, so weh tat es auch. Es tat weh zu sehen, dass ihre Mutter nichts von ihren Sachen fortgeräumt hatte – als hätte sie fest mit ihrer Rückkehr gerechnet. Noch immer standen ihre Hausschuhe neben der Tür. Auch ihr Zimmer fand sie noch genau so vor, wie sie es hinterlassen hatte.

Und es war schmerzhaft zu sehen, wie alt ihre Mutter geworden war. Ihr einst rötlich blondes Haar war inzwischen ganz grau geworden. Ihr Gesicht war von Falten zerfurcht, und sie ging, als würde ihr Körper schmerzen.

Früher hatte Clara ihre Tasche einfach auf den Boden geworfen. Sie war aus ihren Schuhen geschlüpft, in die Küche marschiert und hatte vor lauter Kohldampf aus dem Topf auf dem Herd genascht. Nun benahm sie sich wie ein Gast. Sie stellte ihren Koffer und ihre Tasche vorsichtig ab, ihre Schuhe ordentlich nebeneinander und rieb sich über die schmerzenden Schultern.

Ihre Mutter nahm ihr die leichte Sommerjacke ab, die

Clara sich um die Hüften gebunden hatte, und staunte über den guten Stoff. »Bist ja 'ne richtige Dame jeworden. Bist ja jetzt auch 'ne verheiratete Frau. Dein Mann konnte nicht mitkommen?«

»Nein, aber wenn es möglich ist, dann kommt er bestimmt das nächste Mal liebend gerne mit.« Clara bückte sich und holte eine Packung Kaffee aus ihrer Tasche. »Schau mal, was ich dir mitgebracht habe. Wie ich in meinem letzten Brief versprochen habe.«

»Uiii.« Ihre Mutter hielt die Packung an die Nase. »Wie der duftet! Davon mache ich uns gleich einen.«

»Im Koffer habe ich noch mehr für dich.« Sie neigte sich leicht nach hinten und warf einen Blick ins Wohnzimmer. »Wo ist denn Opa?«

Erschrocken schaute ihre Mutter sie an. »Det weeßt du ja noch jar nich. Opa is vor zwei Monaten verstorben.«

Clara hörte ihre Mutter nur noch dumpf, als stünde sie hinter einer Glaswand.

Friedlich eingeschlafen in der Nacht … Einfach nicht mehr aufjewacht …

Ein Teil von ihr hatte insgeheim damit gerechnet, immerhin war ihr Großvater schon betagt gewesen und hatte, nachdem sein Sohn gestorben war, keinerlei Lebensmut mehr gehabt. Und doch war ihr Zuhause ohne ihn schlichtweg nicht vorstellbar. Er war ein fester Bestandteil, wie das Mobiliar. Sie hatte sich vorgestellt, wie seine kleinen müden Augen aufleuchteten, wenn er erkannte, wer da vor ihm stand, hatte sich auf seine Umarmung gefreut, die fest und herzlich und doch mit einer gewissen Vorsicht war, weil sein alter, magerer Körper zerbrechlich war. Sie hatte sich darauf gefreut, wie er sanft ihren Unterarm tätschelte. Seine Hände waren ganz weich gewesen, viel weicher als ihre, weil er sie jeden Abend mit Ringelblumensalbe gepflegt hatte. Mit ihm hatte sie ein zweites Familienmitglied verloren. Jetzt gab es nur noch ihre Mutter und sie. Umso schwerer würde es ihr fallen, ihr Zuhause wieder zu verlassen.

Ihre Mutter sah zerknirscht aus. »Ick wusste nich, ob ick es dir schreiben soll«, sagte sie und zupfte an einer Ecke der Kaffeepackung. »Aber ick kenne mein Clärchen doch, und am Ende hättest du alles dafür getan, zur Beerdigung zu kommen. Ick wollte nich, dass du in Schwierigkeiten jerätst.«

»Ich verstehe dich.« Clara strich ihr über den Oberarm. »Vielleicht können wir später noch zu seinem Grab?«

»Ja. Det machen wir.« Ihre Mutter nickte eifrig. »Heißt det, du bleibst über Nacht?«

»Ich bleibe sogar zwei Nächte.« Clara lächelte. »Morgen früh muss ich erst mal auf einen Kongress, einen Vortrag halten. Und danach fahren wir ins Zentrum und kaufen dir einen Fernseher. Betty hat mir geschrieben, dass du noch keinen hast.«

Die Augen ihrer Mutter wurden mindestens wagenradgroß. Sie schlug eine Hand vor den Mund und schüttelte den Kopf. »Neee, det kann ich doch nich annehmen. Clärchen …«

»Doch, das kannst du. Keine Widerrede! Und jetzt lass uns mit Kaffee anstoßen. In einer Stunde treffe ich mich mit Martha und Betty. Ich kann's kaum erwarten.«

»Wo trefft ihr euch denn?«

»Wo wohl?«, lachte Clara.

»Im Strandbad!« Ihre Mutter seufzte melancholisch. »Wie früher …«

»Ja, wie früher …«, erwiderte Clara.

Bevor sie losging, suchte Clara in ihrem alten Zimmer noch einen Moment der Ruhe. Jetzt, da sie erwachsen war, kam es ihr noch kleiner vor. Ihr Klappbett war mit ihrer Lieblingsbettwäsche bezogen. Sie öffnete den Wandschrank. Dem frischen Duft nach zu schließen, steckte ihre Mutter noch immer Lavendelsäckchen zwischen ihre Röcke und Blusen, damit die Motten fernblieben. Auf einmal überkam es sie. Sie zog ihr schickes Kleid aus und eines der schlichten Modelle aus dem Schrank an. Wie anders sich der Stoff anfühlte. Er war leicht rau, und zweifellos würde sie darin schwitzen. Aber er fühlte sich auch nach zu Hause an.

Als Clara später die Treppe hinabstieg, hörte sie vom Hof her bereits die Stimmen ihrer beiden Freundinnen.

Bettys aufgeregtes Geplapper: »Kannst du dir vorstellen, wie lange wir sie schon nicht mehr gesehen haben?«

Marthas ruhige Antwort: »Du warst immerhin in Westberlin. Im Gegensatz zu mir.«

»Ja … Aber das ist viel zu lange her!«, erwiderte Betty dramatisch.

Clara sah zuerst die Sandalen ihrer Freundinnen, der Rest war noch vom Türrahmen abgeschnitten. Sie stieg eine Stufe tiefer und sah den Saum ihrer Kleider. Trotz ihrer Sommerschuhe mit dem kleinen Absatz konnte sie sich nicht länger zurückhalten und sprang die letzten drei Stufen hinab. Sie eilte nach draußen, warf sich gegen ihre Freundinnen, spürte

Bettys weiche Kurven und Marthas drahtigen Körper. Sie hielten einander fest, taumelten, lachten, weinten und plapperten durcheinander.

»Es ist so schön, dich zu sehen!«

»Ich kann es kaum erwarten, was ihr alles zu erzählen habt!«

»Ich habe die letzten zwei Nächte kaum geschlafen, so aufgeregt war ich!«

»Gut siehst du aus!«, sagte Martha schließlich, als sie sich wieder ein wenig beruhigt hatten.

»Ach, schaut euch beide mal an! Ich stehe vor den zwei Ikonen der DDR!«

»Betty vielleicht …«, murmelte Martha.

»Als ob! Die Leute reißen euch den … *Panther* …« Betty hatte kurz die Stimme gesenkt. » … regelrecht aus den Händen. Es kommen sogar Leute aus anderen Städten, um euer Heft zu kaufen.«.

»Aber vor allem wird der *Panther* in Kirchen, Familien und unter Freunden weitergereicht«, fügte Martha bescheiden hinzu.

Clara staunte. »Ich dachte immer, ich bin der Revoluzzer von uns. Aber da sieh mal einer an, wie sich das Leben ändern kann. Jetzt bin ich eine verheiratete, sittsame Frau.«

»Zeig mal deinen Ring!« Martha bewunderte das schlichte goldene Schmuckstück. »Wahnsinn … Herzlichen Glückwunsch.«

»Und schaut mal meine Hand an.« Betty wackelte mit den schmucklosen Fingern ihrer rechten Hand. »Kein Ring mehr.«

»Herzlichen Glückwunsch zur Scheidung«.

»Ist ja schon ’ne ganze Weile her. Das nächste Mal muss Tilo mitkommen!«

»Das wird er. Ich rede ständig von euch. Und er will euch unbedingt kennenlernen. Aber jetzt lasst uns erst mal losradeln. Ich kann es kaum erwarten, das Strandbad zu sehen!«

»Wer als Erste da ist!«, rief Betty und schwang sich auf den Sattel ihres Fahrrads, das an der Hauswand gelehnt hatte.

»Na, der zeigen wir’s!«

Wie früher setzte sich Clara bei Martha auf den Gepäckträger und streckte die langen Beine seitlich aus, damit ihre Füße den Boden nicht berührten. Ihre Freundin trat in die Pedale.

Sie genoss die Sonne im Gesicht, den Fahrtwind, den Duft des Waldes, an dem sie vorbeifuhren, nach Kiefern, Moos und feuchter Erde. Eine Rennpappe ratterte an ihnen vorbei und stieß auf ihrer Höhe eine graue Wolke aus. Martha fuhr Schlangenlinien. Sie kicherten, bis ihnen die Bäuche wehtaten, und schließlich schmiegte Clara das Gesicht an den Rücken ihrer Freundin. Sie war selig.

Marthas Bremsen quietschten, als sie vor dem schlichten weißen Gebäude hielten. In blauer Schrift stand »Strandbad Müggelsee« über dem Eingang. Clara bemerkte ein Plakat, das an dem Gemäuer hing. »Lagerfeuer. Heute Abend«, stand darauf.

Das erste Mal nahm Clara all die Details im Strandbad bewusst wahr. Da war die Dachterrasse, die man trotz der hellen Steinplatten im Hochsommer kaum barfuß betreten konnte, ohne sich die Füße zu verbrennen. Am Geländer reihten sich die Tische und Stühle des Strandcafés aneinander, das an einem strahlend schönen Tag wie diesem voll besetzt war. Da war die Freitreppe, auf deren Stufen immer Sand lag, außer, man kam ganz früh am Morgen.

Sie schlenderten durch die Wandelhalle, vorbei an den Umkleiden und Duschen und dem kleinen Laden, in dem man Badeanzüge und Spielsachen kaufen konnte. Und schließlich blieben sie vor dem Kiosk stehen, an dem sie sich hin und wieder eine Süßigkeit oder Fassbrause geleistet hatten. Uschi fiel fast die Kuchengabel aus der Hand, als sie Clara sah. »Det glob ick nich! Ja, träum ick denn?«

Schon wurde Clara in eine so feste Umarmung geschlossen, dass sie kaum noch Luft bekam. Uschi ließ sie nur deshalb ins Wasser gehen, weil Clara ihr versprach, später wiederzukommen und ihr in Ruhe zu erzählen, wie es ihr in den letzten Jahren ergangen war.

Sie schwammen zur Wasserinsel. Das einschläfernde Schaukeln. Das leise Gluckern der Wellen. Die angenehme Brise auf der Haut … Es war fast, als wären sie in der Zeit zurückgesprungen und wieder siebzehn Jahre alt.

»Wie ich das vermisst habe …«, murmelte Clara selig.

»Glaubt ihr, diese verdammte Mauer wird irgendwann weg sein?«, fragte Betty. »Damit wir uns wieder ganz oft sehen können?«

»Da müsste schon ein Wunder passieren …«, seufzte Martha.

»Ich glaube inzwischen an Wunder«, antwortete Clara. »Es ist ein Wunder, dass ich es rübergeschafft habe. Warum soll es nicht mehr davon geben?«

Als ihre Haut von der Sonne spannte, schlug Betty vor, sich ins Strandcafé zu setzen. »Wisst ihr noch, wie wir uns das früher nie getraut haben? Weil wir dachten, das dürften nur die Erwachsenen.«

»Sind wir denn jetzt erwachsen?«, fragte Clara.

»Also ich nicht«, erwiderte Martha trocken. »Zumindest fühlt es sich nicht so an. Ich bin einfach nur älter geworden.«

»Ich dachte, ich wäre erwachsen, als ich geheiratet habe und schwanger war. Aber jetzt, wo ich frisch verliebt bin, fühle ich mich wieder wie damals mit siebzehn«, sagte Betty.

»Aber vielleicht ist das der Punkt«, sagte Clara nachdenklich. »Vielleicht gibt es ›Erwachsen*sein*‹ gar nicht. Vielleicht befinden wir uns alle in einem ständigen Zustand des Erwachsen*werdens*. Und das jeden Tag aufs Neue.«

Sie hüpften ins Wasser, schwammen zum Ufer und zogen sich etwas über. Zum Glück wurde genau in dem Moment, als sie die letzte Stufe der Freitreppe erklommen, ein Tisch direkt am Geländer frei. Von dort aus überblickten sie die Strandkörbe und die bunten Sonnenschirme. Als Clara die Karte zur Hand nahm, staunte sie, wie günstig alles war. »Bestellt, was ihr wollt, ich lade euch ein.«

Bei dem unfreundlichen Kellner, der in seiner langen schwarzen Kleidung bestimmt furchtbar schwitzte, bestellten sie Eiskaffee und drei verschiedene Stücke Kuchen, die sie sich teilen wollten.

Kaum war alles da, nahm Clara einen Happs von dem Apfelkuchen. »Was macht denn eigentlich die Schreiberei?«, fragte sie Martha kauend.

»Es läuft gut. Der Erzählband, den ich vor zwei Jahren veröffentlicht habe, wird wohl immer noch gerne gekauft.«

»Und was ist aus deinem Roman geworden?«

»Eigentlich ist er fast fertig.« Martha schnitt mit der Gabel ein Stück vom Mohnstrudel ab. »Aber irgendwie bin ich nicht ganz zufrieden …«

»Martha feilt ununterbrochen daran«, warf Betty ein und wischte sich mit dem Daumen Sahne von der Oberlippe.

»Betty schreibt übrigens an einem eigenen Drehbuch«, lenkte Martha von sich selbst ab.

»Wirklich?«

»Ja«, Betty strahlte. »Ich liebe die Schauspielerei, aber ich wollte selbst kreativ sein, wollte unabhängig sein. Charlie hilft mir. Er hat großartige Ideen. Und wenn Anton gefällt, was ich mir ausgedacht habe, dann wird er den Film umsetzen. Und ich dürfte gemeinsam mit ihm Regie führen. Ist das nicht toll? «

Aus dem Augenwinkel sah Clara, wie ein kleines Kind einem Ball hinterherrannte, der vom Wind über den Sand getrieben wurde. »Und worum geht es in deinem Film?«

»Um drei Freundinnen, die von der Mauer getrennt wurden«, sagte sie. »Und wie sich ihre Leben auf unterschiedliche Weise in Ost und West entwickeln. Am meisten gefällt mir daran, dass drei Frauen die Hauptrollen haben werden. Es gibt viel zu wenige Filme mit Frauen in der Hauptrolle, wenn ihr mich fragt.«

»Glaubst du, die DEFA wird diesen Film genehmigt bekommen oder gar gefördert?«, fragte Clara.

Eine Möwe war auf dem Metallpfahl gelandet, an dem die DDR-Flagge flatterte, und gierte auf Kuchenreste.

»Na ja, die Kunst wird darin bestehen, so zu tun, als wäre das Leben in der DDR ein bisschen schöner als im Westen. Das kriegen wir hin, denn in der DDR sind die Freundinnen zu zweit. Die junge Frau in der BRD ist allein. Wenn wir das mit Bildern entsprechend darstellen, sind die Anforderungen erfüllt.«

Das Stück Kuchen in ihrem Mund schien größer geworden zu sein. Clara konnte kaum schlucken. »Das ist unsere Geschichte …«, sagte sie schließlich, als sie mit etwas Kaffee nachgespült hatte.

»Ja. Sie ist es wert, erzählt zu werden«, sagte Betty.

»Was ist das denn jetzt zwischen dir und Charlie?«, wechselte Clara das Thema. »Hast du seinen Antrag inzwischen angenommen?«

»Noch nicht … Ich habe mir zu Herzen genommen, was du früher immer gepredigt hast. Dass eine Frau unabhängig sein sollte. Das will ich erst mal auskosten. Aber ich liebe Charlie einfach, da beißt die Maus keinen Faden ab. Und das weiß er.«

Clara musterte sie aufmerksam. »Kann es sein, dass du Angst hast?«

»Angst?«, fragte Betty.

»Na ja, weil Kurt so eine Katastrophe war und du schon eine Scheidung hinter dir hast. Gebranntes Kind, Feuer und so weiter.«

Betty zuckte mit den Schultern. »Ich weiß nicht … Vielleicht. Aber ich liebe es, allein zu wohnen. Mich einfach mal auf mich zu konzentrieren. Versteht mich nicht falsch, ich genieße die Zeit mit Charlie, wir sehen uns jeden Tag, und am Wochenende bin ich meistens bei ihm, aber noch ist es unverbindlich. Es ist gut so, wie's ist, warum sollte ich etwas daran ändern?«

»Das geht jetzt seit einer gefühlten Ewigkeit so, meinst du nicht, es ist mal genug mit unverbindlich?«, fragte Martha. »Ich finde, du solltest Nägel mit Köpfen machen und ihn heiraten.«

»Du bist genauso streng wie früher.« Clara lehnte sich auf ihrem Stuhl zurück, sah erst Martha, dann Betty an. »Ich bin so stolz auf euch beide, ehrlich.«

»Und wir auf dich«, sagte Martha. »Es muss unendlich schwer gewesen sein, sich allein drüben ein Leben aufzubauen. Und jetzt sieh dich an, wie gut du es gemeistert hast.«

»Lasst uns heute Abend auf unsere jeweiligen Erfolge anstoßen«, schlug Betty vor. »Beim Lagerfeuer.«

»Klingt gut. Werde ich dann auch Tom kennenlernen?«, fragte Clara.

Martha zuckte mit den Schultern. »Er ist viel unterwegs. Kann sein, dass er mit Freunden um die Häuser zieht.« Sie klang bitter.

»Du weißt, wer auch dort sein wird, nicht wahr?« Betty sah Clara an und ließ vielsagend die Augenbrauen tanzen.

Clara legte eine Hand auf das silberne Herz auf ihrer Brust. »Alex …«, sagte sie.

Obwohl sie sich immer wieder einredete, dass es einfach nur ein netter Abend im Strandbad sein würde, war Clara schrecklich unruhig. Sie hatte nicht mal Hunger, mehr noch, etwas zu essen schien ihr unmöglich. Aber ihre Mutter hatte ihr zuliebe Königsberger Klopse gemacht, und Clara sah leicht verzweifelt zu, wie sie ihr eine ordentliche Portion auf den Teller lud.

Sie weigerte sich fest, sich einzugestehen, dass ihre Nervosität darin begründet lag, dass auch Alex anwesend sein würde, und redete sich ein, dass sie nur deshalb das schönste Kleid anzog, das sie mitgebracht hatte, weil es ein besonderer Abend mit ihren Freundinnen sein würde. Es hatte einen herzförmigen Ausschnitt und war aus einem festen sonnengelben Stoff. Sie schminkte sich vor dem Flurspiegel und brachte ihr vom Nachmittag im Strandbad zerzaustes Haar mit Festiger wieder in Form.

Vielleicht würde er nicht dort sein, sagte sie sich. Vielleicht hatte er etwas anderes vor oder musste arbeiten. Von Betty wusste sie, dass er inzwischen Musik studiert und eine kleine Musikschule in Friedrichshagen aufgebaut hatte. Die Vorstellung machte sie glücklich. Endlich tat er das, wofür sein Herz wahrhaftig schlug.

Martha holte sie wieder mit dem Fahrrad ab. »Hallo, die Dame! Sie werden den jungen Männern Schadenersatz zahlen müssen, wenn sie reihenweise von ihren Stühlen kippen.«

»Ach, du übertreibst.« Clara raffte ihr Kleid, das ihr bis zu den Knöcheln reichte, und setzte sich auf den Gepäckträger. War sie zu aufgetakelt?

Je näher sie dem Strandbad kamen, desto heftiger schlug ihr Herz. Am liebsten hätte sie Martha gebeten, sie wieder nach Hause zu bringen. Aber sie wollte ihre Freundinnen nicht enttäuschen. Und feige war sie schon gar nicht! Sie hatte Alex doch gern. Auch wenn sich alles zwischen ihnen geändert hatte und sie inzwischen eine verheiratete Frau war, so würde es trotzdem schön sein, mit ihm zu reden. Sollte sie ihn fragen, ob er ihren Brief erhalten hatte? Aber was brachte es jetzt noch, die Antwort zu erfahren. Sie würden nur alte Wunden aufreißen mit so einem Gespräch.

Am Strand war Holz aufgestapelt, das in wenigen Minuten angezündet werden würde. Aus Uschis Kiosk drang Musik, ein Song, den sie nicht kannte. Die Melodie war ruhig und passte zur Abenddämmerung.

»Ah, ich habe Betty und Charlie in dem Strandkorb dort entdeckt!«, rief Martha über die Schulter und beeilte sich, die von Fackeln gesäumte Freitreppe hinabzukommen.

Clara blieb stehen, um das Leuchten der bunten Lampions, den Duft von Gegrilltem sowie das eifrige Treiben am Strand in sich aufzunehmen. Mit zwei Helfern kippte Herr Reinhart Benzin über den Holzberg. Schaulustige hatten sich darum versammelt. Obwohl es bestimmt schon zehn Uhr war, rannten noch Kinder an diesem besonderen Abend über den Strand.

Clara hob den Saum ihres Kleides ein wenig an und setzte sich gerade in Bewegung, als sie bemerkte, dass sie auf einmal Gänsehaut auf den Armen hatte. Sie spürte einen Blick auf sich.

Sie hielt inne.

Am Fuß der Treppe stand Alex. Er sah sie an, und die Welt blieb stehen. Ihre Gefühle für ihn trafen sie mit einer Heftigkeit, die ihre Knie weich werden ließ. Es war, als wäre kein einziger Tag vergangen.

Deshalb hast du Angst gehabt …, sagte eine Stimme in ihr. *Weil du wusstest, dass du ihn noch immer liebst. Selbst nach all der Zeit, die vergangen ist.*

Sie schaffte es, ihm langsam entgegenzugehen. Stufe für Stufe, ohne den Blick aus seinem zu lösen. Schließlich stand sie vor ihm.

Zwei, drei, vier Herzschläge lang schwiegen sie beide.

»Clara«, sagte er, als müsste er sich vergewissern, dass wirklich sie es war. Sein Kehlkopf hüpfte auf und ab. »Du siehst atemberaubend aus«, brachte er schließlich hervor.

»Danke«, hauchte sie.

»Du hast dein Versprechen gehalten.« Ein kleines mildes Lächeln umspielte seine Lippen.

»Welches Versprechen?«

»Damals musstest du mir versprechen, dass du es schaffst. Dass wir uns irgendwann wiedersehen.«

»Es ist …« Sie wollte ihm sagen, wie sehr es sie bewegte, mit ihm sprechen, ihn sogar berühren zu können … Doch in diesem Moment ging der Jubel los.

Das Feuer war entzündet worden. Es brannte lichterloh.

Auf einmal war neben Alex eine junge, kurzhaarige Frau aufgetaucht. Sie zupfte an seinem Hemd. »Wo bleibst du denn?«

»Ich komme gleich«, sagte er, ohne seine Freundin anzusehen.

»Wer ist das?«, fragte die hübsche Frau geradeheraus. Sie klang nicht unfreundlich, nur offen interessiert.

Clara schaffte es, ihr die Hand hinzuhalten. »Clara«, sagte sie, nahm innerlich Anlauf und fügte dann hinzu: »Clara Wittgenstein.«

»Wittgenstein?«, wiederholte Alex. »Du hast geheiratet?«

»Ja. Hat Betty das nicht erwähnt?«

»Nein.« Sie konnte Alex' Kiefer mahlen sehen.

Vermutlich hatte Betty ihren Bruder nur schützen wollen.

»Und du bist seine Freundin?« Sie schaffte es, sich zusammenzureißen und so zu klingen, als wäre sie völlig entspannt und nicht gerade dabei, innerlich auseinanderzufallen wie eine Rosenblüte im Sturm.

»Ich bin Brigitte«, stellte sich Alex' Freundin vor. »Aber meine Freunde nennen mich Gitti.«

»Freut mich.« Ihr ging die Luft aus. »Ihr entschuldigt mich? Ich müsste … ich würde gern … Betty und Martha.«

Sie war völlig durch den Wind. Den restlichen Abend war sie nur damit beschäftigt, Alex aus dem Weg zu gehen. Irgendwann, als sie die sorgenvollen Blicke ihrer Freundinnen nicht mehr ertrug, setzte sie sich ans Ende des langen Stegs und suchte einen Moment der Ruhe. Hierhin drang nur noch leise die Musik, hin und wieder ein Lachen. Sie zog ihre Riemchenschuhe aus und hielt die Zehen ins kühle Wasser, gab sich dem Blinken des Mondlichts auf den kleinen Wellen und dem Streicheln des lauen Nachtwinds hin.

Sie ärgerte sich über sich selbst. So sehr hatte sie sich darüber gefreut, wieder in ihrer Heimat zu sein, und jetzt blies sie in der wenigen Zeit, die sie hatte, Trübsal.

»Gehst du mir aus dem Weg?«, fragte auf einmal jemand hinter ihr.

Ihre Lider senkten sich. Davor, allein mit ihm zu sein, hatte sie sich am meisten gefürchtet.

»Ja«, antwortete sie und erhob sich vom Steg. »Du weißt, warum …«

»Um ehrlich zu sein, nein.«

Sie wandte sich zu ihm um. Ihn anzusehen tat weh. »Hast du meinen Brief nicht bekommen?«

»Welchen Brief?«

Sie nickte. Damit war alles gesagt. »Nicht so wichtig …«

»Doch, Clara. Für mich ist es wichtig. Was hast du mir geschrieben?«

Sie sah auf das Wasser hinab und fühlte sich seltsam angezogen. Als würde sie ohnehin gerade ertrinken. Auf einmal bemerkte sie ein grünliches kleines Licht, das durch die Luft schwirrte. Dann noch eines. Glühwürmchen …

»Ich hatte dir geschrieben, kurz nachdem Tilo mir einen Antrag gemacht hatte.« Sie zuckte mit den Schultern. Hilflos. »Ich weiß nicht mal, was ich damit bewirken wollte. Ich wollte dir wohl sagen, dass ich an dich denke.« Sie legte den Kopf in den Nacken und sah hinauf in den Sternenhimmel. »Jede Woche. Jeden Tag. Jede Stunde.«

»Ich habe deinen Brief nie bekommen«, sagte er. »Sie werden ihn abgefangen haben.«

Sie nickte. Merkte, dass sie nicht atmen konnte. Ein kleiner Laut entschlüpfte ihrer Kehle. »Alex, es ist besser, wenn wir …«

»Wenn wir was?«

Er machte es ihr schwer, viel zu schwer, wenn er sie so ansah wie jetzt. In seinen Augen sah sie ihre eigene Sehnsucht gespiegelt.

»Wir dürfen uns nicht sehen, weil …« *Weil ich dich noch immer liebe.*

Sie hörte nicht mehr das leise Plätschern der Wellen. Die fernen Gespräche. Die Musik … Alles war verblasst. Die Welt schien zu schwanken, und kurz hatte sie das Gefühl, sich wieder setzen zu müssen.

»Entschuldige mich«, sagte sie eilig und sammelte ihre Riemchenschuhe vom Boden auf. »Ich gehe jetzt nach Hause.«

»Ich fahre dich.«

»Und deine Freundin?«, hielt sie dagegen.

»Die kommt schon allein klar.«

Clara protestierte, aber Alex kümmerte sich nicht darum, sondern lief einfach voraus. Und sie folgte ihm. Hatte sie nicht insgeheim doch gehofft, ein wenig Zeit mit ihm allein zu verbringen? Natürlich hatte sie das. Aber sie hatte Angst. Angst vor dem unvermeidlichen Schmerz, Angst davor, der Versuchung nicht widerstehen zu können.

Sie verabschiedete sich nicht von ihren Freundinnen, holte nur ihre Handtasche, die sie auf einem Strandkorb abgelegt hatte. Sie würde die beiden ohnehin vor der Abreise noch einmal sehen.

Während Alex den Trabi durch die Nacht lenkte, spürte sie seine Nähe überdeutlich. Die Wärme, die er ausstrahlte, der leichte Duft nach Waschmittel, der an seinem Hemd haftete. Sie konnte sich kaum darauf konzentrieren, was er sagte.

Als sie schließlich ankamen, begleitete er sie sogar bis zur Haustür. Da etwas Sand an ihren nackten Füßen klebte, hatte sie ihre Sandalen noch immer nicht angezogen. Mit jeder Faser ihres Körpers verzehrte sie sich nach Alex, wollte ihn berühren, ihn küssen … Aber sie spürte den Ring an ihrem Finger, als würde er in ihr Fleisch einschneiden.

»Es war schön, dich zu sehen«, sagte er.

»Ja, fand ich auch. Danke fürs Fahren.«

Sie umarmten einander. Ihr heftig trommelndes Herz drückte sie noch ein wenig dichter an ihn heran. Aus alter Gewohnheit legte sie eine Hand auf seine Brust. Sie hielten einander fest. Spürten sich. Nahmen einander auf. Es war ihr kaum möglich, sich von ihm zu lösen.

»Ich sollte dann reingehen …«, brachte sie mit dünner Stimme hervor, wandte sich um, suchte in ihrer kleinen Handtasche nach dem Schlüssel, den ihre Mutter ihr mitgegeben hatte.

»Ich fühle mich schuldig …«, hörte sie ihn sagen.

Sie drehte sich zu ihm um. »Schuldig weswegen?«

»Weil ich etwas unbedingt will.« In seinem Blick lag so viel Zärtlichkeit, so viel Wärme … Aber auch Leidenschaft. Die Luft war auf einmal erfüllt von Elektrizität.

»Alex …«, hauchte sie. *Bitte, sprich nicht weiter …*

Aber er ließ sich nicht aufhalten. »Weil ich etwas unbedingt will, aber nicht haben kann. Weil du verheiratet bist und ich eine Freundin habe. Eine Freundin, die ich nicht liebe. Die von Anfang an keine Chance hatte.« Er machte eine Pause. »Das musste ich noch loswerden.«

Er wollte schon gehen, da hielt er noch einmal inne. Unerwartet breitete sich ein schiefes Grinsen auf seinen Zügen aus. »Weißt du was? Wenn ich mich schon schuldig fühle, dann aber auch zu Recht.«

Ehe sie verstehen konnte, was er da redete, war er schon bei ihr. Im nächsten Moment lagen seine Lippen auf ihren. Ohne dass sie etwas dagegen tun konnte, gab sie sich seinem Kuss völlig hin. Ihr ganzer Körper stand in Flammen. Sie verlor völlig die Beherrschung, schlang die Beine um ihn, und er hob sie hoch, als würde sie nichts wiegen. Sie taumelten gegen die Hauswand. Sie mochte es, Tilo zu küssen, aber das hier, das war Verschmelzung, das war eine Gefühlsexplosion. Zwei Galaxien, die aufeinandertrafen. Tausende Sterne.

Sein Kuss wurde sanfter, ein Streicheln ihrer Lippen. Sie spürten einander.

»Ich kann nicht glauben, dass dieser Moment echt ist«, flüsterte er.

»Ich auch nicht …« Sie weinte.

Er schob eine Hand in ihr Haar. Legte seine Stirn an ihre. Sie hatten nur diese eine Nacht … Und deshalb traf sie eine Entscheidung.

»Komm mit«, flüsterte sie, nahm seine Hand und öffnete die Tür der Werkstatt, die nicht verschlossen war. Wie erhofft lehnte dort noch die Matratze an der Wand.

»Was …«, setzte er an, aber sie unterbrach ihn mit einem Kuss.

Sie stellte sich ungeschickt an, als sie seinen Gürtel öffnete, da ihre Hände so sehr zitterten. Dann knöpfte sie sein Hemd auf, streifte es von seinen Schultern, ehe sie sich zu ihm umwandte und ihn bat, ihr Kleid zu öffnen. Er zog den Reißverschluss hinab, küsste sie auf den Nacken. Der Stoff glitt über ihren Körper und blieb als leuchtend gelbe Pfütze um ihre Füße liegen.

»Ich liebe dich, Clara«, sagte Alex.

»Ich liebe dich«, erwiderte sie. Sie hielten einander in den Armen, ließen sich auf die Matratze sinken, die sie auf den Boden gezerrt hatten.

Sie wusste, dass das, was sie hier tat, falsch war, dass sie Tilo damit schrecklich wehtun würde. Aber sie wusste auch, dass sie es den Rest ihres Lebens bereuen würde, wenn sie die Nacht nicht mit Alex verbrachte. Ihm so nah zu sein, ihn so intensiv zu spüren war wie zu fliegen, immer höher, bis es keine Zeit und keinen Raum mehr gab. Es gab nur noch sie beide, zwei weit entfernte Galaxien, die doch wie durch ein Wunder zusammenfanden, kollidierten und Tausende von Sternen entstehen ließen.

51.

Martha

Immer wieder dieselbe Frage: Wie sollte sie es Tom nur sagen …

Sie war gerade im Konsum, um Gemüse und Reis für das Abendessen zu kaufen. Sie hatte vor, etwas Leckeres für Tom und sich zu kochen. Sie würde Kerzen anzünden und eine Schallplatte auflegen. Nach dem Essen würde sie vorschlagen, dass sie sich auf das Sofa kuschelten.

»Tom, rate mal, was heute passiert ist …«, sagte sie probeweise zu sich selbst, als sie eine Paprika in die Hand nahm.

Nein, das war kein passender Anfang für ein solches Gespräch … Das klang danach, als hätte sie einen netten Bekannten auf der Straße getroffen.

»Tom, wir müssen reden …« Sie schüttelte den Kopf. Dieser Satz verhieß Ärger und Stress.

So schwer konnte das doch nicht sein! Was sie ihm mitzuteilen hatte, war doch prinzipiell eine schöne Neuigkeit, oder nicht? Sie stellte sich vor, wie Toms Augen aufleuchteten. Wie er sich das blonde feine Haar raufte, wie er es oft tat, wenn er mit etwas überfordert war.

»Ich muss dir etwas sagen …«, sprach sie zu einem Kohlkopf hinab. »Ich bin schwanger.«

»Na, herzlichen Glückwunsch!«, riss eine rauchige Frauenstimme sie ins Hier und Jetzt zurück. Eine kaugummikauende Wuchtbrumme mit knallrot gefärbtem Kurzhaarschnitt deutete auf den Kohlkopf vor ihr. »Darf ich da mal hin?«

»Natürlich. Entschuldigung.« Martha trat beiseite.

Sie wusste ja selbst nicht mal, wie sie zu der Neuigkeit stand, die ihr der Frauenarzt gerade eben mitgeteilt hatte. Schwanger … Ein Kind wuchs in ihr heran. Wie hatte das passieren können? Sie verhüteten doch mit der Pille. Aber sie musste zugeben, dass sie nicht nur einmal vergessen hatte, sie zu schlucken … Martha Kubiki, die einst mit ihren Listen stets alles unter Kontrolle gehabt hatte, schlug offenbar immer mehr nach ihrer leiblichen Mutter. Eine Katastrophe …

Tom war nicht zu Hause, als sie in die Wohnung kam. Sie trat einen Nicki aus dem Weg, der mitten im Flur auf dem Boden lag, und stellte die Einkäufe auf dem Tisch ab. Für Letscho schnitt sie Zwiebeln, Paprika und Tomaten. Der würzige Duft, der schon bald die Wohnung erfüllte, beruhigte sie ein bisschen. Alles würde gut werden.

Als die Wohnungstür zufiel, gab sie gerade Reis in das kochende Wasser.

»Hallo«, sagte sie, als Tom seinen Rucksack achtlos auf das Sofa warf. »Wie war dein Tag?«

Seine Augen leuchteten, genau so, wie sie es sich vorgestellt hatte. »Großartig!«, rief er begeistert aus und war aufgeregt wie ein kleiner Junge. »Du glaubst ja nicht, was heute passiert ist!«

Oh. Noch eine Neuigkeit …

»Ich war auf den Weltfestspielen der Jugend und Studenten am Alexanderplatz.«

Martha runzelte die Stirn. Hätte er nicht bei der Arbeit sein sollen? Seit zwei Monaten half er in einer Holzwerkstatt aus. Sie beschloss, lieber nichts zu sagen, um keinen Ärger zu provozieren.

»Ich wollte gerade los, da mischt sich Wolf Biermann unters Volk und singt ein Lied über Che Guevara!«

»Wahnsinn …«, sagte Martha und rührte im Letscho.

»Hinterher habe ich noch ein bisschen mit ihm gequatscht«, fuhr Tom fort, als wären er und Biermann dicke Freunde. »Er hat erzählt, dass er das Lied zuvor erfolglos eingereicht hatte.«

»Das ist toll. Ich habe auch Neuigkeiten …«, setzte sie an, aber Tom schien sie gar nicht zu hören.

Er sah sich zerstreut im Raum um. Als er schließlich die Truhe in der Ecke öffnete, die er selbst angefertigt und bemalt hatte, und in dem Durcheinander darin wühlte, legte Martha den Holzlöffel auf dem Topfdeckel ab.

»Tom, gib mal kurz Ruhe. Wir müssen über etwas reden.«

»Gleich.«

Als er ins Schlafzimmer ging, folgte sie ihm. »Nein, jetzt. Das ist wichtig.«

Er lag auf dem Boden und suchte unter dem Bett. Mit seinem großen Rucksack, den er bei ihrem letzten Campingausflug dabeigehabt hatte, tauchte er wieder auf.

Da er offenbar nicht vorhatte, ihr zuzuhören, sprach sie es einfach aus: »Tom, ich bin schwanger …«

Gleichzeitig sagte er. »Ich verlasse dich.«

Die daraufhin einsetzende Stille fühlte sich an wie hauchdünnes Glas.

»Du verlässt mich?«, wiederholte sie, als sie wieder atmen konnte. Sie legte eine Hand auf die Stirn. Nein … Das war nicht möglich …

Als Tom begann, wahllos Kleidung in den Rucksack zu stopfen, begriff sie, was hier vor sich ging. Er wollte weg. Hatte wirklich vor, sie zu verlassen …

»Das wird dir alles knittern«, sagte sie mechanisch.

»Bitte, Martha!« Sein Blick war flehentlich, aber auch so, als wäre er auf einmal wütend auf sie und würde unter entsetzlichem Stress stehen. »Kannst du nicht ernst ein?«

»Oh, ich bin ernst«, erwiderte sie. »Sehr ernst sogar. Du verlässt mich. Das habe ich verstanden. Darf ich erfahren, warum?« Sie verschränkte die Arme vor der Brust.

»Das Gespräch mit Biermann hat mich inspiriert! Ich spüre endlich wieder dieses Feuer in mir, das ich verloren hatte! Ich muss raus, muss Neues erleben. Und ich will mir meine Kunst nicht vorschreiben lassen. Ich will frei sein, will auf den Straßen zeigen, was ich erschaffe!«

Sie schüttelte verwirrt den Kopf. »Und dieses Feuer, von dem du sprichst, das hast du durch mich verloren? Oder warum willst du von mir weg?«

»Das zwischen uns …« Er ruderte mit den Händen, suchte nach den richtigen Worten. » … Das ist so eingefahren. Ich fühle mich eingeengt.«

»Und was genau engt dich ein? Dass ich für dich koche und putze? Dass ich das Geld für uns beide verdiene, weil du es nicht schaffst, eine Stelle länger als ein halbes Jahr zu behalten?«

Er verdrehte die Augen, als wäre ihm dieses Gespräch zu dumm.

»Und wo willst du hin?«, fragte sie weiter. »Du kommst nämlich leider nicht weit. Da ist eine Mauer, falls ich dich daran erinnern darf!« Sie hatte die Stimme erhoben und versuchte, sich zu beruhigen, nicht, dass die Nachbarn sie hörten.

Auf einmal hielt Tom inne. »Was hast du eigentlich vorhin gesagt?«

Kurz überlegte sie, ob sie ihm einfach verschweigen sollte, dass sie schwanger war. Aber er war nun mal der Vater und hatte ein Recht darauf, es zu erfahren. Und sie wollte ihm zumindest einen kleinen Teil der Bürde aufladen, die sie trug.

»Ich bin schwanger«, sagte sie noch einmal.

»Du … du bist schwanger?«

Er reagierte genau so, wie sie es erhofft hatte. Er raufte sich die Haare, und als er sie ansah, lag ein Glanz in seinen Augen, wie sie ihn noch nie zuvor bei ihm gesehen hatte. »Das ist ja ein Wunder …«

»Eher eine Tragödie, wenn du mich fragst.«

»Wie kannst du so etwas sagen?« Er nahm ihre Hände. »Martha, das ändert alles. Natürlich werde ich für dich da sein. Für euch …«

Er legte den Rucksack auf dem Bett ab und wollte eine Hand auf ihren Bauch legen, aber sie riss sich von ihm los.

»Das ändert nichts, Tom«, schrie sie ihn an. »Du willst mich verlassen. Gut, dann geh!« Sie wies mit dem Finger aus dem Schlafzimmer. »Dieses Kind wird sicher nicht die Bürde tragen, der Kitt zwischen uns zu sein.«

Er blinzelte verwirrt. »Was heißt das?«

Sie sah ihn einfach nur an.

»Du denkst doch wohl nicht etwa darüber nach abzutreiben?«

»Was bleibt mir denn übrig?«, fauchte sie ihn an.

»So hätte ich dich nicht eingeschätzt«, spie er ihr entgegen.

»Geh jetzt«, sagte sie.

Nach einem Moment, in dem er sie wütend und fassungslos anfunkelte, schnappte er sich schließlich seinen Rucksack, stürmte raus und knallte die Tür hinter sich zu.

Martha blieb allein zurück mit der wohl schwersten Entscheidung ihres Lebens. Sie legte die Hände vors Gesicht. Fühlte sich so leer, dass sie nicht mal weinen konnte. Sie musste mit jemandem reden … Nur mit wem? Mit Betty konnte sie nicht darüber sprechen. Ihre Freundin hatte ihr Kind verloren. Wie sollte Martha ihr da ins Gesicht sagen, dass sie darüber nachdachte abzutreiben?

Und so machte sie sich auf den Weg zu der Person, deren Leben selbst so chaotisch war, dass sie Verständnis für alles hatte.

52.

Clara

Es war Sonntag und so stickig, dass man selbst dann schwitzte, wenn man sich nicht bewegte.

Während Tilo am Terrassentisch saß und gegen sich selbst Schach spielte, jätete sie Unkraut. Obwohl ihre helle Haut an den Schultern leicht verbrannt war, gab sie nicht auf. *Das hast du verdient.* Das war ihre neue Formel. Wenn sie stolperte oder von der unfreundlichen Putzfrau im Pharmaunternehmen angeschnauzt wurde, sie solle gefälligst auf die Toilette ein Stockwerk höher gehen, hier werde jetzt sauber gemacht, sagte sie sich: *Das hast du verdient.* Clara verurteilte sich für das, was in der Nacht des Lagerfeuers geschehen war. Und doch wollte sie es um nichts in der Welt rückgängig machen.

Oder doch, wahrscheinlich wollte sie das … Denn sie hatte nicht damit gerechnet, wie sehr sie Alex vermissen würde. Ohne ihn fühlte sie sich kraftlos.

Seit sie zurück war, suchte sie nach einem Weg, Tilo die Wahrheit zu sagen.

Tilo, du hast mich doch vor meiner Abreise auf meine Kette ange-

sprochen, die ich nie ablege … Tilo, mein Besuch zu Hause hat viel in mir ausgelöst …

Sie malte sich alle möglichen schrecklichen Reaktionen von ihm aus. Dass er sie rausschmiss oder einen Herzinfarkt bekam.

Immer wieder kamen ihr die Bilder ihrer gemeinsamen Nacht mit Alex in Erinnerung. Seine braun gebrannte Haut auf ihrer. Seine Küsse, die ihren ganzen Körper liebkosten. Sie hörte sein Keuchen, ihr lustvolles Stöhnen …

Nachdem sie am nächsten Tag völlig übermüdet auf dem Kongress einen Vortrag gehalten hatte und ihre Mutter nun stolze Besitzerin eines Fernsehers war, hatte sie sich mit Martha und Betty im Strandbad getroffen, wo gerade die Reste des Feuers beseitigt wurden. Trotz der Sonnenbrille, die sie trug, hatten die beiden ihr natürlich sofort angesehen, was passiert war. Selbst nach all den Jahren war ihre stille Verbindung nicht abgerissen.

Betty hatte einen Freudenhüpfer gemacht und in die Hände geklatscht. »Das ist wundervoll!«

»Na ja …«, hatte Clara erwidert. »Wir sehen uns jetzt erst mal nicht wieder …«

Sie dachte daran, wie er sie am Ende ihres Aufenthalts an die Grenze begleitet hatte. Spürte auf ihren Lippen den letzten sehnsuchtsvollen Kuss, den sie ausgetauscht hatten. Er hatte nicht zulassen wollen, dass sie ging, hatte sie immer wieder festgehalten.

»Ich muss, Alex …«, hatte sie gehaucht, und er hatte die Tränen von ihren Wangen geküsst.

»Willst du nicht endlich Ruhe geben? Immerhin ist Sonntag.«

Clara zuckte zusammen, als Tilo auf einmal neben ihr stand. Er trug einen Strohhut und hatte Sonnencreme auf der Nase.

»Nanu, so schreckhaft? Du hast doch wohl nichts zu verbergen?«

Es war nur ein Scherz, und dennoch war ihr trotz der drückenden Hitze auf einmal kalt. Wusste er am Ende Bescheid? Hatte ihr schuldbewusster Ausdruck sie schon längst verraten?

»Ich bin gleich fertig«, wich sie aus. »Nur noch dieses Beet. Und die Nachbarn sehen mich doch nicht.«

»Ganz schön belastend, diese Hitze, nicht wahr?«, sagte er, schirmte mit der flachen Hand die Augen vor der Sonne ab und sah in den Himmel, der am Horizont dunkel war. »Da braut sich was zusammen.« Er zog ein Taschentuch aus seiner Hosentasche und tupfte sich damit den Schweiß von der Stirn. »Du warst ja gerade völlig abwesend. Bedrückt dich etwas?«

Sie zögerte. *Sag es ihm jetzt!*, riet eine innere Stimme ihr. Aber sie war zu feige. Stattdessen erhob sie sich vom Boden, zog die Handschuhe aus und wischte Tilo die Sonnencreme von der Nase. »Nein, alles gut.«

Tilo setzte sich wieder an den Tisch, um sein Schachspiel fortzusetzen. Clara warf einen letzten Blick in Richtung des Gewitters, das anrückte, ging dann auf die Terrasse und nahm ihm gegenüber Platz.

»Tilo, ich muss dir etwas sagen. Ich …«

»Hast du mit ihm geschlafen?«, fragte er sie direkt.

Stille. Ihr Herz setzte einen Schlag aus.

»Ja«, sagte sie.

Die Haushälterin brachte auf einem Tablett frische Limonade mit Minze und stellte Karaffe und Gläser auf dem Tisch ab. Tilo wartete, bis sie ihnen eingeschenkt hatte und wieder nach drinnen verschwunden war, ehe er sagte: »Ich habe gewissermaßen Verständnis dafür. Eigentlich habe ich es sogar erwartet.«

Tränen brannten in ihren Augen. Sie schüttelte den Kopf, hatte das Gefühl, sein Verständnis nicht zu verdienen. Warum regte er sich nicht auf? Warum schrie er sie nicht an oder sagte ihr, sie solle ihre Koffer packen?

Stattdessen sagte er: »Ich liebe dich, Clara. Ich bin dankbar für jeden Tag, den ich mit dir verbringen darf. Aber wenn meine erste Frau durch ein Wunder zu mir zurückkommen könnte, dann würde ich dich auf der Stelle verlassen. Und deshalb verstehe ich dich.«

Sie weinte, barg ihr Gesicht in den Händen. »Ich fühle mich schrecklich …«

»Das musst du nicht«, sagte er sanft. »Liebst du ihn?«

»Ja«, antwortete sie mit erstickter Stimme. »Aber ich liebe auch dich.«

»Aber ihn mehr, nicht wahr? Er ist deine erste große Liebe. Und mich liebst du wie einen Freund.«

Sie wollte etwas sagen, doch er ließ sie nicht reden. »Das ist alles, was ich wissen muss.«

Er machte seinen nächsten Zug. Der König war schachmatt gesetzt.

Ende August traf sie sich mit Lilli im Strandbad am Wannsee. Sie breiteten ihre großen Handtücher aus und cremten sich gegenseitig den Rücken ein. Lilli erzählte von ihrem Frankreichurlaub. In Paris hatte sie eine lebenslustige, kluge Französin namens Lucille kennengelernt, die sie bald in Berlin besuchen wollte.

»Und bei dir?«, fragte Lilli. »Du siehst ziemlich erschöpft aus.«

Clara nickte. »Ich muss dir etwas erzählen …«

Sie schilderte, wie sie anfangs dagegen angekämpft hatte, sich einzugestehen, dass sie Alex nach all der Zeit noch liebte, fasste knapp die Geschehnisse am Abend des Lagerfeuers zusammen. Und schließlich vertraute sie ihrer Freundin an, dass sie mit Alex geschlafen hatte.

»Und Tilo weiß davon?«, fragte Lilli.

»Ja. Er sagt, er versteht mich. Er ist mir nicht böse.«

»Dann weiß ich nicht, wo dein Problem ist.«

Clara dachte an das Ergebnis ihres letzten Arztbesuchs. Seit Tagen war ihr übel gewesen, weshalb sie sich hatte untersuchen lassen. Sie hatte gehofft, dass es nur ein kleines Magengeschwür war. Dass sie einfach nur der Stress der letzten Tage quälte. Aber eigentlich hatte sie die Wahrheit gekannt.

Sie sah auf den See hinaus, nahm innerlich Anlauf und sagte dann: »Ich bin schwanger.«

53.

Martha

»Ich bin so was von bescheuert …«, sagte Martha und schüttelte den Kopf, fassungslos über sich selbst.

Sie war wieder bei Anna eingezogen und hatte sich mit ihr aufs Sofa gekuschelt, die Knie angewinkelt, eine warme Decke über sich gebreitet. Anna zog an ihrer Zigarette und blies den Rauch langsam aus.

»Ich weiß einfach nicht, was ich jetzt tun soll …«

»Im Endeffekt hast du zwei Möglichkeiten«, sagte Anna und schnippte die Asche in den Aschenbecher auf ihrem Bauch. »Du kannst das Kind bekommen oder es abtreiben. Abtreibung ist kein Tabuthema mehr.«

Das Gesicht ihrer Mutter lag im Schatten. Bis auf den Schein der kleinen Tischlampe war es dunkel ringsum.

»Wenn ich das Kind bekomme, dann …« Erneutes Kopfschütteln. »Ich wäre so eine schreckliche Mutter.«

»Weißt du, was ich denke?«, sagte Anna. »Ich denke, dass du als Mutter bestimmt ein tolles Leben haben wirst. Aber du wirst auch ein tolles Leben haben, wenn du dich dazu entscheidest, das Kind nicht zu bekommen. Du hast viel mehr Kraft, als du ahnst. Ich bewundere dich.«

Martha schnaubte.

»Nein, ehrlich. Wenn du nur begreifen würdest, wie viel du erreicht hast.«

Martha rutschte tiefer, sodass sie den Hinterkopf auf die Rückenlehne legen konnte. »Ich frage mich immer öfter nach dem Sinn hinter allem …«

Darüber dachte Anna kurz nach. »Vielleicht liegt es gar nicht bei uns, nach dem Sinn des Lebens zu fragen«, sagte sie schließlich. »Vielleicht ist es das Leben, das Fragen stellt. Und wir sind die Befragten, die die Antworten finden müssen.«

Martha fühlte sich nicht in der Lage, auch nur eine einzige Antwort zu finden. Ihre Finger hatten auf der Armlehne eine Stelle entdeckt, an der der Bezug aufgeplatzt war. Wieder und wieder strich sie über die Unebenheit. »Wenn ich das Kind bekomme, dann schreibe ich nicht mehr für den *Panther*. Das ist mir zu riskant. Ich habe dann Verantwortung.«

Anna legte ihre Zigarette im Aschenbecher ab, stellte ihn auf den Sofatisch und legte die Hände auf Marthas Knie. »Ich höre mit dir auf.«

»Nein, das würde ich nicht wollen …«, protestierte sie.

»Doch. Und Hartmut auch. Ob du's glaubst oder nicht, wir haben eh schon drüber nachgedacht. Die Redaktion wird immer größer, wir finden uns da nicht mehr wieder.«

Martha atmete schwer aus. Sie hatte sich so viel aufgebaut, hatte so viel Kraft und Liebe und Ehrgeiz in den *Panther* gesteckt. Inzwischen schrieben fünfzehn Autorinnen und Autoren für das Blatt, die meisten von zu Hause aus. Sie veröffentlichten Berichte, Essays und Interviews, Gedichte und Aufrufe. Neben Anna und Tom illustrierten noch paar andere Künstler die Zeitschrift. Martha redigierte alles und verpasste den Texten den nötigen Feinschliff. Wollte sie das wirklich aufgeben?

Oder war es vielleicht sogar an der Zeit, einen neuen Lebensabschnitt zu beginnen? In den letzten Jahren war sie nicht wirklich glücklich gewesen. Sie hatte sich eingeredet, dankbar für Tom sein zu müssen, der so viel interessanter als sie, so besonders war. Aber sie hatte nur das gesehen, was sie sehen wollte. Sie musste endlich umblättern in ihrem Leben, wenn sich etwas ändern sollte, musste ein neues Kapitel aufschlagen.

Doch wie sollte sie allein ein Kind großziehen?

Vergessen lag im Aschenbecher Annas Zigarette. Ihr blasser Rauchfaden stieg empor und löste sich im Schummerlicht auf.

Martha war so wütend auf sich selbst … Dass sie sich überhaupt in diese Situation gebracht hatte! »Was mache ich denn jetzt?«

Anna strich ihr liebevoll das Haar hinter das Ohr. »Was sagt dir dein Gefühl?«

»Dass ich unfassbar blöd war, Micha gehen zu lassen.«

»Weißt du denn, wo er wohnt?«

Martha zuckte mit den Schultern. »Alex weiß es vermutlich.«

»Dann besuch Micha doch einfach.«

Sie verzog das Gesicht. »Ich glaube nicht, dass er mich sehen will.«

»Find's heraus.«

»Ich habe ihn so verletzt …«

»Er hat dich wirklich gerngehabt«, sagte Anna. »Er wird dich nicht wegschicken.«

»Verdient hätte ich es … Micha war immer gut zu mir. Er hat es mir so leicht gemacht, ihn zu mögen. Und trotzdem bin ich dem schönen Tom nachgelaufen. Im Nachhinein frage ich mich, ob ich Tom wirklich geliebt habe oder ob ich nur süchtig nach seiner Ausstrahlung war. Und dann war alles so schwierig, er war abwesend und desinteressiert, da konnte ich ihn doch nicht verlassen, das musste ich doch meistern.«

Ihre Mutter nickte wissend. »Als wäre eine Liebe, um die man nicht kämpfen muss, es nicht wert …«

»Kennst du das etwa?«

Anna lachte leise. »Von irgendwem musst du's doch haben. Bei deinem Vater ging es mir so. Heute weiß ich, dass das keine Liebe war. Weil keiner den zerstört, den er wirklich lieb hat.«

Martha dachte darüber nach.

»Anfangs hatte ich Schwierigkeiten, Hartmuts Herzenswärme anzunehmen«, fuhr Anna fort. »Ich habe ihn regelrecht weggestoßen. Bis ich gemerkt habe, wie schön es ist, sich auf jemanden verlassen zu können.« Sie lachte leise. »Hinzu kam die Erkenntnis, dass es außer Hartmut niemand mit mir aushalten würde.«

Martha schmunzelte, wurde aber schnell wieder ernst. Sie richtete sich auf und warf einen Blick nach draußen. Der Mond hing bereits als schmale Sichel am Himmel. In der Spiegelung der Balkontür sah sie, dass ihr die Haare vom Sofa elektrisch aufgeladen zu Berge standen.

»Ich weiß einfach nicht, wie man glücklich ist«, sagte sie. »Wie man ein gutes Leben führt. Ich weiß höchstens, wie man den Kopf über Wasser hält.«

Kurz war es still, und Anna betrachtete sie mitfühlend. »Ich glaube, du musst erst mal lernen, wer als Nächstes von dir geliebt werden soll.«

»Das Baby …«, sagte Martha und schloss die Augen.

Sie spürte eine Hand an ihrer Wange. »Nein«, hörte sie Anna sagen. »Du.«

Nach der Arbeit fuhr sie ins Strandbad. Sie zog ihre Sandalen aus, watete durch den Sand zum Steg, setzte sich an den Rand und streckte die Zehen ins Wasser. Sie legte eine Hand auf den Bauch und hatte auf einmal einen verwirrenden Wunsch, nämlich den, dieses Kind auszutragen und großzuziehen. Sie lehnte sich ein Stück nach vorne und betrachtete ihr Spiegelbild auf der Wasseroberfläche. *Moment mal,* sagte das Gesicht, das ihr entgegenblickte. *Du willst ein Kind bekommen? Du warst die letzten Jahre damit beschäftigt, irgendwie klarzukommen. Und ausgerechnet du willst ein Kind großziehen?*

Die einzige Antwort, die sie darauf hatte, war: Ja. Weil sie es schon jetzt lieb hatte. Sie wollte, dass dieses Wesen in ihr lebte, weil sie es liebte. Und sie wollte von ihm geliebt werden, so eigennützig das auch sein mochte. Sie würde es schaffen, ihm ein schönes Leben zu ermöglichen, auch ohne Vater.

Sie teilte der Redaktion des *Panther* mit, dass sie ihre Arbeit beenden würde, und überarbeitete ihren Roman ein letztes Mal. Annas Worte hatten etwas in ihr bewegt, und sie hatte endlich begriffen, weshalb sie sich all die Jahre so sehr abgekämpft hatte, ihre eigene Geschichte aufzuschreiben. Mühelos hatte sie Seiten mit den Abenteuern mutiger Heldinnen füllen können. Doch jedes Mal, wenn sie über sich selbst schreiben wollte, war ihr Kopf leer gewesen. Sie hatte sich selbst nicht als Heldin gesehen. Aber natürlich war sie das! Sie war die Heldin ihres eigenen Lebens. Und nachdem ihr das klar geworden war, fühlten sich die Worte auf dem Papier endlich richtig an, und die fehlenden Kapitel schrieben sich wie von selbst.

54.

1974

Betty

»Carla, übertreib es nicht mit der Mimik, es steckt sowieso alles in deinen Augen. Vertrau deinem Gefühl«, wies Betty die junge Nachwuchsschauspielerin an, die sie vor ein paar Wochen beim Vorsprechen zu ihrem Film entdeckt hatte. Während der Dreharbeiten sprach sie die Schauspielerinnen nur mit ihren Rollennamen an, damit sie nicht aus der Emotion fielen. »Ohnehin ist Carla eine eher verschlossene Figur. Okay, alle auf Anfang.«

Michaela, die dreißigjährige Regieassistentin, hielt die Tafel vor die Kamera. *Die Freundinnen vom Strandbad.* »Szene fünf, zweiter Durchgang«, sagte sie und schlug die Klappe.

»Und bitte!«, rief Betty, woraufhin die drei jungen Frauen erneut ihre Fahrräder vor dem weißen Gebäude des Strandbads abstellten. Die Rothaarige, die Brünette und die Blonde plauderten über die bevorstehende Abschlussparty der Jungs, auf die sie abends gehen würden.

Es war schön, wieder in die Vergangenheit einzutauchen, aber oft stimmten die Dreharbeiten Betty auch melancholisch. Könnte sie doch nur in der Zeit zurückspringen, noch einmal siebzehn sein, gemeinsam mit ihren beiden Freundinnen in der flirrenden Hitze auf dem Fahrrad zum Strandbad brausen, überdreht von Glück, nicht aufhören können zu kichern, über Jungs reden, die Hausaufgaben vergessen, sich einen Sonnenbrand holen und voller Hoffnung sein, dass das Leben es gut mit ihr meinte.

Auf einmal war sie schon dreißig und fragte sich, wo die Zeit hin war … Und nun waren ihre beiden Freundinnen auch noch schwanger. Martha hatte ihr die frohe Neuigkeit bereits vor ein paar Wochen mitgeteilt, und von Clara war gestern ein Brief eingetrudelt, in dem sie von dem Ergebnis ihrer Nacht mit Alex berichtet hatte. Es war wundervoll, dass die beiden gleichzeitig schwanger waren. Das war wirklich ein Wunder.

Konzentrier dich!, ermahnte sie sich.

Eine Hand an ihr Kinn gelegt, verfolgte sie konzentriert, wie Margot auf einmal stehen blieb und ihre Freundinnen angrinste. »Mädels, dieser Abend wird legendär!«

»Und Schnitt!«, rief Betty. »Sehr gut. Das wäre im Kasten. Ich denke, wir können für heute Feierabend machen.«

Anton, der ihr über die Schulter geschaut hatte, klatschte. »Dafür, dass das die erste Szene war, die du völlig allein inszeniert hast, war das ziemlich gut.«

»Du bist ja auch ein guter Lehrer«, erwiderte Betty.

Sie winkte den drei Schauspielerinnen, die eilig in den Wohnwagen am Straßenrand stiegen, um sich warm anzuziehen. Es war Herbst, aber die Szene spielte im Sommer, weshalb die Armen kurze Kleider tragen mussten.

Wie versprochen holte Charlie Betty nach Drehschluss ab. Arm in Arm spazierten sie den Müggeldamm entlang.

»Na los, sag schon.«

Sie verstand nicht, worauf er hinauswollte. »Was meinst du?«

»Irgendetwas bedrückt dich. Du bist auffallend schweigsam.«

Charlie konnte man nichts vormachen …

»Clara und Martha sind beide schwanger«, erzählte sie ihm.

»Oh. Schön.« Charlie grüßte seinen Nachbarn, der an ihnen vorbeiradelte. »Und was macht dir daran zu schaffen?«

»Na ja, Clara ist von meinem Bruder schwanger, aber mit einem anderen Mann verheiratet. Und Martha hat sich dazu entschlossen, ihr Kind allein großzuziehen. Natürlich mache ich mir Sorgen.«

Charlie blieb stehen und legte die Hände auf ihre Schultern. »Das musst du nicht. Die beiden meistern das schon.«

»Ich weiß …«

Er kniff die Augen zusammen und strich ihr dann sanft eine Haarsträhne aus dem Gesicht. »Und wie ist das für dich?«

»Ich freue mich natürlich für die beiden.«

»Und jetzt bitte die ehrliche Version.«

Er kannte sie zu gut … »Ich hätte mir natürlich gewünscht …« Sie kämpfte sich ab, versuchte, nicht auf offener Straße zu weinen, wo ständig Spaziergänger oder Fahrradfahrer an ihnen vorbeikamen. »Es wäre schön gewesen, gemeinsam mit den beiden schwanger zu sein. Aber ich habe mich ja entschieden, all meine Energie in meinen Beruf zu stecken, und nehme deshalb die Pille. Ich bin ja selbst schuld. Ich bin ja auch schon dreißig und prinzipiell zu alt, um Kinder zu bekommen, und …« Ihre Stimme brach.

Charlie legte die Arme um sie. Küsste sie auf den Haaransatz. »Meine tapfere Betty.«

»Ich werde einfach die beste Taufpatin der Welt sein.«

»Die allerbeste. Und mich kannst du ja auch lieb haben. Das bitte nicht vergessen.« Er küsste sie auf die Stirn und sah sie dann an, war auf einmal ernst. »Betty, seit ich dir einen Antrag gemacht habe, ist viel Zeit vergangen. Und an meinen Gefühlen dir gegenüber hat sich nichts geändert …«

Warum musste er gerade jetzt damit anfangen? Sie wandte sich ab. »Ich weiß …«

»Du wolltest unabhängig sein, das habe ich verstanden. Aber je älter ich werde, desto mehr merke ich, dass ich mir gerne ein richtiges Zuhause aufbauen würde. Mit dir als meiner Ehefrau, so spießig das klingen mag.«

Hast du Angst?, kamen ihr Claras Worte in den Sinn.

Als hätte Charlie ihre Gedanken gelesen, sagte er: »Ich weiß, dass du unschöne Erfahrungen gemacht hast. Aber ich würde sie gerne durch schöne ersetzen und dir beweisen, dass eine Ehe auch anders sein kann.«

Sie schluckte und hielt den Blick fest auf die Spitzen ihrer Stiefel gerichtet.

»Ich will morgens neben dir aufwachen und abends neben dir einschlafen, und das jeden Tag. Ich will dich nicht unter Druck setzen, wirklich nicht, aber …« Er zuckte hilflos mit den Schultern. »Ich bin damals aus München zurückgekommen, weil ich dich so sehr liebe. Was muss ich noch tun, damit du mir vertraust und meine Frau wirst?«

»Nichts, du musst nichts tun …« Sie schüttelte den Kopf. »Du hast recht, ich habe Angst, bin ein gebranntes Kind … Ich will das, was wir haben, nicht kaputt machen …«

Er zog sie an sich. »Ich wollte dich nicht aufwühlen. Tut mir leid. Aber es ist an der Zeit, dass wir uns darüber Gedanken machen, wie es mit uns weitergehen soll. Ob du nicht mal wenigstens zu mir ziehst. Du bist doch eh kaum in deiner eigenen Wohnung, liebst die Villa. Auch Ingeborg würde sich darüber sicher freuen.«

Sie nickte. »Ich denke darüber nach.«

Am Bootsverleih in der Nähe der Brücke, die über die Müggelspree ging, trennten sich ihre Wege.

Mit hängenden Schultern machte Betty sich auf den Weg zu ihrer kleinen Wohnung, die in Köpenick über einem *Delikat* lag. Ein paar Häuser davor stieg gerade ein älteres Ehepaar aus einem Wartburg.

»Immer machst du so viele Essiggurken an den Kartoffelsalat«, sagte er.

»Hat's dir letztes Mal also nicht geschmeckt?«, erwiderte sie gekränkt.

»Doch, aber …«

»Aber zu viele Essiggurken! Immer hast du deine Extrawünsche, immer bist du am Nörgeln.« Die alte Frau ging schwerfällig auf den Eingang des Hauses zu, sie humpelte ein wenig.

Auf einmal gab ihr der Mann einen leichten Klaps auf den Hintern. Seine Frau drehte sich zu ihm um und funkelte ihn wütend an, doch als sie sein spitzbübisches Grinsen sah, wurde ihr Blick weich. »Also gut, weniger Essiggurken«, sagte sie.

Lachend verschwanden die beiden im Inneren des Hauses.

Betty war ganz verzaubert. Wie schön es sein musste, so viele Jahre verheiratet zu sein und immer noch die Finger nicht voneinander lassen zu können, einander noch immer zu lieben … Es war also möglich.

Auf einmal machte sie kehrt und rannte zurück. Charlie schlenderte gemächlich den Gehweg entlang und war noch nicht weit gekommen.

»Warte!«, rief sie.

Er blieb stehen und sah sie verwundert an. Sie hatte so viel Schwung, dass sie gegen ihn taumelte. Sie wartete kurz, bis sich ihr Atem beruhigt hatte, und kniete dann vor ihm nieder. »Charlie, willst du mich denn wirklich noch heiraten?«

»Machst du mir gerade einen Antrag zurück?«

Sie nickte. Schluckte. »Ja«, sagte sie atemlos. Ihr Herz … Es würde ihr gleich aus der Brust springen!

Charlies helles Lachen war das Schönste, was sie je gehört hatte. Er nahm ihre Hände und zog sie auf die Füße. »Natürlich will ich dich noch heiraten. Natürlich, Betty …«

Sie schmiegte ihr Gesicht an seine Brust und schlang die Arme um ihn. »Ich liebe dich«, weinte sie sein Hemd nass. Es waren Tränen des Glücks.

55.

1974

Martha

Dicke Flocken taumelten vom Himmel herab und blieben nur einen Moment auf dem Asphalt liegen, ehe sie schmolzen. Es war Ende Februar, und Martha konnte es kaum erwarten, dass endlich wieder Frühling wurde. Sie hatte eigentlich gehofft, in dem kleinen Laden im Zentrum von Köpenick Eier zu ergattern, weil sie schrecklichen Heißhunger auf Pfannkuchen hatte. Aber sie musste wohl mit Pustekuchen vorliebnehmen, Eier gab's nämlich keine.

Inzwischen war sie kugelrund und fühlte sich wie ein träger Walfisch, als sie mit ihrem Korb ums Regal bog in der Hoffnung, wenigstens Mehl zu bekommen. Das war natürlich ausgerechnet ganz unten im Regal. Bücken war unmöglich, also versuchte sie schwerfällig, in die Knie zu gehen, und angelte nach einer Packung.

Aus dem Augenwinkel sah sie, wie jemand am Ende des Regals vorbeilief und innehielt.

Endlich bekam Martha das Mehl zu greifen und ließ es in

ihren Korb fallen. Allein diese kleine Anstrengung trieb ihr den Schweiß auf die Stirn.

»Martha …?«, sagte auf einmal jemand neben ihr. Es war Micha.

»Hallo«, erwiderte sie perplex.

Zwei Atemzüge verstrichen, ehe sie einander in eine unbeholfene Umarmung schlossen. Als Micha sich wieder von ihr löste, lächelte er zwar noch immer, aber er konnte nicht verbergen, dass er irgendwie getroffen wirkte.

Er deutete auf ihren Bauch. »Herzlichen Glückwunsch. Ich bin …« *Überwältigt*, sagte sein Blick. Sein Mund sagte: »In welchem Monat bist du jetzt?«

»Bald ist es so weit. In etwa zwei Monaten, wenn alles läuft wie geplant.«

Sie schwiegen, waren damit beschäftigt, einander in Augenschein zu nehmen. Micha sah gut aus und wirkte zufrieden.

»Ich habe überlegt, ob ich es dir sagen soll … ob es dich überhaupt interessiert … nach so langer Zeit …« Sie stammelte, schämte sich, wusste nicht genau, weswegen. »Aber ich … dachte, dass du …«

»Und was machst du beruflich?« Offensichtlich unterbrach er sie nur deshalb, weil ihm nicht entging, wie sehr sie sich abmühte. Er war also noch ganz der Alte: aufmerksam und liebenswürdig. »Alles in Ordnung?«

Sie nickte. »Ja. Alles in Ordnung. Mein Roman ist endlich fertig und erscheint schon nächste Woche. Ich bin aufgeregt.«

»Ich werde ihn lesen. Ich habe auch den Erzählband von dir gelesen. Hat mir gut gefallen.«

Auch wenn sie sich freute, ihn so unerwartet zu sehen, tat die Oberflächlichkeit des Gesprächs weh. Früher waren sie einander so nah gewesen, und jetzt war eine unüberwindbare Distanz zwischen ihnen.

»Ich muss zugeben, dass ich es schon wusste«, sagte er und fuhr sich durch sein haselnussbraunes Haar. »Aber es zu sehen ist dann noch mal was anderes.« Er meinte ihre Schwangerschaft.

»Hat Alex es dir erzählt?«

Er nickte.

»Wie geht es ihm?«

»Er schlägt sich tapfer. Hat hin und wieder ein Techtelmechtel, aber es hält nie lange.«

Sie wollte Micha fragen, ob er eine Freundin hatte, aber sie traute sich nicht, hielt sich mit beiden Händen an ihrem Einkaufskorb fest. »Hat er dir auch erzählt, dass es mit Tom aus ist?«, fragte sie nach einer unbehaglichen Pause.

Micha nickte, wollte etwas sagen, aber in diesem Moment wurde er von einer jungen Frau gerufen. »Ich hab Milch gefunden!« Als sie sah, dass er gerade im Gespräch war, trat sie näher und begrüßte Martha freundlich.

»Das ist Martha, und das ist Karin«, stellte Micha sie einander vor. Damit war die Sache klar.

»Freut mich«, sagte Martha und schaffte es noch, ein paar weitere Oberflächlichkeiten von sich zu geben. Sie redete über Anna, die als Verkäuferin in einer Bäckerei arbeitete. Micha erzählte von seiner Arbeit als Techniker beim Deutschen Fernsehfunk. Sie erzählte, dass Charlie Betty einen Heiratsantrag gemacht hatte … Oder andersherum, so genau hatte sie das nicht verstanden.

»War schön, dich zu sehen«, sagte sie schließlich.

»Ja. Fand ich auch.« Ein letztes Mal lächelte er sie an, und dann ging er gemeinsam mit Karin weg.

Sie freute sich für ihn. Er sollte glücklich sein, das hatte er sich verdient. Martha warf einen Blick auf ihre Liste und stellte fest, dass alles im Korb war, was sie hatte kaufen wollen. Bis auf die Eier. Sie bezahlte und trat hinaus in die kalte Februarluft. Der Streusand knirschte unter ihren Schuhen. Ihren Mantel konnte sie nicht mehr zuknöpfen, deshalb fror sie.

»Martha, warte!«, hörte sie Micha auf einmal rufen.

Sie blieb stehen und drehte sich zu ihm um.

Schnee verfing sich in seinem Haar. Seine Wangen waren gerötet, so auch seine Ohren und Fingerspitzen. Warum trug er denn auch bei dem Wetter keine Mütze oder Handschuhe?

Hatte er eben noch zufrieden und locker gewirkt, so stand in seinem Gesicht nun derselbe Schmerz, den sie die ganze Zeit über zurückgehalten hatte. »Können wir reden?«, fragte er. Ihm war anzusehen, wie viel Überwindung ihn die Frage kostete. »Irgendwann? In Ruhe?«

»Ja«, brachte sie hervor. »Das würde mich freuen.«

Martha überlegte lange, wo sie sich treffen sollten. In einer der neuen Broiler-Bars? Oder in einer richtigen Bar, vielleicht der *Koralle*? Sie entschied sich schließlich für die Gaststätte *Neu-Helgoland*, die malerisch an der Müggelspree lag. Drei Wochen waren vergangen, seit sie sich beim Einkaufen getroffen hatten, und Marthas Wunsch hatte sich erfüllt: Es wurde Frühling. Die Vögel zwitscherten und sammelten dünne Zweige und Gräser für ihre Nester.

Micha stand bereits an der Anlegestelle, als sie ankam. Sie hatte beschlossen, mit dem Dampfer zu fahren, der seit Anfang März wieder über den Müggelsee schipperte. Als sie vom Boot stieg, taumelte sie leicht. Sofort war Micha da, um sie aufzufangen. Er hielt sie einen Moment fest, und sie dachte: *Wie hatte ich nur jemals so dumm sein können, diesen Mann gehen zu lassen?*

Da die meisten Gäste sich noch nach drinnen ins Warme setzten, gab es am Wasser jede Menge freie Tische. Auch wenn man noch immer einen Mantel brauchte, war die Mittagssonne bereits erstaunlich kräftig.

Micha fragte sie nach ihrem Roman, der vor Kurzem beim Mitteldeutschen Verlag erschienen war, und sie erzählte ihm, dass die Reaktionen bis jetzt nur positiv waren.

»Das ist großartig«, freute er sich. »Ich habe ihn schon gelesen.«

»Und?«, fragte sie.

»Ich …« Er legte die Hände um seine Tasse, sah auf seinen Kaffee hinab. »Du hast viel zu gut über mich geschrieben.«

»Es ist die Wahrheit.«

Sie hatte geschrieben, wie sie einander kennengelernt hatten und er ihr ein guter Freund gewesen war. Hatte geschrieben, dass sie nie wieder einen Mann getroffen hatte, bei dem sie sich so wohl, so verstanden fühlte.

Das daraufhin einsetzende Schweigen ging ihr unter die Haut.

»Und wie geht es deiner Freundin?«, konnte sie sich nicht beherrschen zu fragen.

Er runzelte verwirrt die Stirn. »Welche Freundin?«

»Die, mit der du einkaufen warst.«

»Das ist eine Kollegin«, stellte er richtig. »Wir verstehen uns nur gut, aber da ist nichts zwischen uns.«

»Ah …« Sie sah zwei Enten nach, die gemächlich über das Wasser glitten. Es lag wohl an ihr, den Anfang zu machen, schließlich war sie diejenige, die ihn verletzt hatte. »Ich wollte mich bei dir entschuldigen. Ich habe dich enttäuscht. Lange habe ich mein Verhalten mit dem entschuldigt, was mir an Schlimmem widerfahren ist. Jahre mussten vergehen, bis ich begriffen habe, dass ich mich mit solchen Ausreden immer nur im Kreis drehe und kein Stück weiterkomme. Außerdem tue ich so den Menschen weh, die es gut mit mir meinen.«

Insgeheim hatte sie gehofft, er würde etwas sagen wie: *Schon vergessen. Ach, Schwamm drüber!* Aber er schwieg.

»Ich erwarte nichts von dir«, fuhr sie fort. »Dass du mir vergibst oder es wieder wie früher ist. Die Zeit kann man nicht zurückdrehen. Eigentlich weiß man das, aber wirklich klar wird es einem trotzdem immer erst hinterher.«

Eine lange Pause entstand, und da er offensichtlich nicht die Absicht hatte, etwas zu sagen, fuhr sie fort: »Ich hab's vermasselt.«

Er räusperte sich. »Danke, dass du so offen sprichst. Und ich wäre bestimmt nicht hier, wenn ich nicht hören wollte, dass du genau das sagst. Ich war lange enttäuscht, aber gerade freue ich mich einfach nur, dich zu sehen. Zu sehen, dass es dir gut geht und wie sich dein Leben entwickelt. Ich habe hin und wieder an dich gedacht.« Er fuhr sich mit einer Hand über das Gesicht. » … oft.«

Ein Funken Hoffnung flammte in ihr auf.

»Es geht mir gut«, sagte sie mit Nachdruck, so als müsste sie sich selbst überzeugen. »Ich habe nur Angst. Angst, davor, dass ich keine gute Mutter bin. Aber ich glaube, dass diese Schwangerschaft etwas in mir bewegt, dass ich …« Sie zuckte hilflos mit den Schultern. »Dass ich … Ich weiß nicht … dass ich dadurch ein besserer Mensch werde.«

»Ist dein Kind … Ist es von Tom?«

In diesem Moment spürte sie einen saftigen Tritt in ihrem Bauch. »Sie ist von mir«, sagte sie und lächelte.

Micha sah ihr sanft in die Augen. »Sie?«

Martha nickte. »Sie.«

»Oh Mann … Das ist echt … Noch so eine wie du. Na, Prost Mahlzeit!«

Sie lachten beide. »Ich weiß nicht, wie ich das bewerkstelligen soll. Es wird nicht leicht, das ist klar. Aber ich finde schon eine Lösung. Mein Kind wird es gut haben.«

»Da mache ich mir keine Sorgen.« Er legte einen Arm auf die Lehne des freien Stuhls neben ihm. »Du wirst ihr deine Geschichten vorlesen und ihr beibringen, wie man Abenteuer erlebt. Du wirst ihr beibringen, was Mut bedeutet und wie man immer wieder aufsteht, wenn man gestürzt ist.«

Es wurde frisch, und sie beschlossen aufzubrechen. Als sie sich am Dampfersteg voneinander verabschiedeten, befiel Martha auf einmal eine schreckliche Angst davor, Micha nicht wiederzusehen. Als sie ihn umarmte, wollte sie ihn kaum loslassen. Auch er hielt sie fest. Erst als der Dampfer hupte, lösten sie sich voneinander.

»War schön, dich zu sehen«, sagte sie traurig.

»Fand ich auch.«

Alles in ihr leistete Widerstand, und doch ging sie, stieg auf das Schiff und stellte sich an die Reling, um ihm zu winken.

Sie spürte das Vibrieren des Motors, die Wellen, die den Dampfer zum Schaukeln brachten. Außer ihr waren nur ein paar wenige an Bord, die sich alle ins Innere verkrochen. Der Dampfer setzte sich in Bewegung und Micha genauso. Er rannte, sie dachte noch, *oh Gott, was tut er denn da!* In letzter Sekunde sprang er auf das Schiff, klammerte sich am Geländer fest und schwang erst ein Bein, dann das andere darüber.

»Ich will ihr Vater sein!«, sagte er atemlos.

Es war Martha, als würde sie von purem, reinem Licht durchflutet.

»Willst du sie mal spüren?«, fragte sie, nahm seine Hand und legte sie auf ihren Bauch.

»Wahnsinn …«, hauchte er.

»Es ist wie Magie …« Sie sah in seine Schokoladenaugen. »Du hast mich damals schon geliebt, aber jetzt erst spüre ich es. Du hast mich geliebt, als ich es selbst nicht konnte.«

Sie küsste ihn. Schlang die Arme um ihn und versuchte, ihn näher an sich heranzuziehen, obwohl das mit ihrem Bauch kaum möglich war. Sie spürte seine Wärme, seinen aufgeregten Puls, sein liebendes Herz, und sie verstand, warum manche Menschen weinten, wenn sie glücklich waren.

56.

1978

Clara

»Hast du die Geschenke?«, fragte Clara. Sie selbst trug den Kuchen mit den tropischen Früchten, den sie gestern Nacht noch gebacken hatte, als sie mal wieder nicht hatte schlafen können.

»Natürlich«, antwortete Tilo geduldig.

»Und die Blumen für Martha? Sind auch die Blumen im Korb?«

»Oh, die habe ich vergessen!«

Clara blieb stehen. »Dann müssen wir noch mal zurück zur Wohnung meiner Mutter, ich …«

Tilo lächelte sanft. »Selbstverständlich habe ich auch an die Blumen gedacht.«

Sie riskierte es, den Kuchen auf einer Hand zu balancieren, um ihrem Gatten liebevoll einen Klaps gegen die Schulter zu geben. »Sei lieber vorsichtig, sonst sorge ich noch dafür, dass du nichts von Uschis Weltklasse-Prasselkuchen bekommst.« Sie warf einen Blick über die Schulter. »Marie, kommst du?«

Ihre Tochter hüpfte von einer Steinplatte auf dem Gehweg zur nächsten. Die Regel war, bloß nicht auf die Rillen dazwischen zu treten. Das wusste Clara, weil sie dieses Spiel mit Martha und Betty selbst oft genug gespielt hatte.

Es war ein zauberhafter Frühlingstag. Am Wegrand blühten die ersten Krokusse, und ein Eichhörnchen turnte über ihnen im Geäst der alten Linde. Tilo hatte seinen Mercedes ein Stück abseits geparkt. Clara hatte ihn darum gebeten, weil sie vor den anderen Geburtstagsgästen nicht protzig wirken wollte.

»Wie lange warst du jetzt nicht mehr hier?«, fragte er sie, als sie durch das Eingangstor des Strandbads traten, das trotz der Jahreszeit geöffnet hatte, weil Martha sich gewünscht hatte, den vierten Geburtstag ihrer Tochter Lisi hier zu feiern.

»Ein Jahr ist seitdem schon wieder vergangen.« Ihr war es wichtig, jedes Jahr zu Lisis Geburtstag anwesend zu sein. Das erste Mal waren auch ihr Ehemann und ihre Tochter dabei.

»Wird er auch dort sein?«, fragte Tilo.

Clara warf einen Blick zu Marie, die aber völlig in ihrer Traumwelt abgetaucht war und nicht zuhörte. »Ich weiß es nicht. Ich glaube nicht. Das ist ein Kindergeburtstag, was sollte er da?«

Das Geländer der Dachterrasse war mit selbst gebastelten Girlanden geschmückt, von denen Martha später mit einem Grinsen erzählen würde, dass sie dafür die Kinder in der Krippe eingespannt hatte. Der Duft von Gegrilltem ließ Clara das Wasser im Mund zusammenlaufen.

Zunächst wateten sie über den Sand zu Martha und Micha, die gerade auf ein paar aneinandergestellten Campingtischen die verschiedenen Kuchen, die Buletten und Salate arrangierten. Am liebsten hätte sie schon jetzt zugegriffen. Obwohl Clara vom Essen im Westen verwöhnt war, schmeckte es hier immer nach zu Hause …

»Ihr kommt genau zur richtigen Zeit!«, freute Martha sich und nahm ihr den Kuchen ab. »Wir haben gerade das Büfett fertig. Ich freue mich so, dass ihr hier seid!« Sie staunte über den Strauß bunter Schnittblumen, den Tilo ihr überreichte.

Es war das erste Mal, dass die beiden sich sahen, und zunächst schüttelte Martha Tilo die Hand, um ihn dann doch unbeholfen zu umarmen. »Freut mich sehr, dich kennenzulernen.«

Clara herzte Lisi und ließ Marie das Geschenk überreichen, das halb so groß war wie die beiden. Mit funkelnden Augen riss Lisi das Papier auf. In dem Karton war ein Feuerwehrauto, das sie sich gewünscht hatte.

Anna und Hartmut standen hinter dem Grill und legten gerade Bratwürste darauf, als Clara sie begrüßte. Aus Uschis Kiosk erklang Musik von einer Kassette, die Betty und Charlie mitgebracht hatten. Die beiden sahen so schön miteinander aus. Inzwischen trug Betty einen goldenen Ring an ihrer rechten Hand. Vor etwa vier Jahren hatten sie im kleinen Rahmen geheiratet und anschließend im Garten der Villa, in der sie nun gemeinsam lebten, gefeiert. Lange hatten sie es versucht, aber leider konnten die beiden keine Kinder bekommen. Zunächst war Betty traurig darüber gewesen, aber inzwischen hatte sie sich damit abgefunden und war Lisi eine wunderbare Patentante. Und wenn Clara mit Marie zu Besuch war, verwöhnte Betty die Kleine nach Strich und Faden.

Valerie und ihr Lebensgefährte kümmerten sich darum, dass die Gäste mit Getränken versorgt waren. Marthas Adoptivmutter schöpfte gerade mit einer Kelle Frau Hartweg, der Chefredakteurin der *Evelyn*, etwas von der selbst gemachten Bowle in eine Tasse. Uschi kümmerte sich liebevoll um die Kinder und spielte mit ihnen Fangen. Alex war nirgends zu sehen.

Sie sangen ein Geburtstagslied, und dann schnitt Martha die Kuchen an. Als Clara schon ein Stück von Uschis begehrtem Prasselkuchen gegessen hatte und sich ein Stück Quarktorte nahm, war Alex noch immer nicht da. Ein Teil von ihr war enttäuscht, ein anderer Teil erleichtert, weil Tilo an ihrer Seite war und sie keine Ahnung hatte, wie die beiden Männer aufeinander reagieren würden. Das Letzte, was sie wollte, war, Lisis Geburtstag zu ruinieren. Abgesehen davon wusste er ja nicht mal, dass sie eine Tochter hatte. Sie hatte Martha und Betty gebeten, es ihm zu verschweigen. Damals, auf der Hochzeit seiner Schwester, war ihr die Schwangerschaft noch nicht anzusehen gewesen, außerdem war sie Alex aus dem Weg gegangen. Vor allem durfte er nicht wissen, dass Marie von ihm war. Sie wusste, wie impulsiv er sein konnte. Er hätte sofort sein Leben aufs Spiel gesetzt und versucht rüberzumachen.

Sie atmete auf, doch just in diesem Moment sagte jemand: »Entschuldigt die Verspätung.«

Unter hundert anderen Stimmen hätte sie diese tiefe, melodische Stimme erkannt. Ihr ganzer Körper stand unter Strom.

Sein Gang war aufrecht und kraftvoll. Sein schiefes, zurückhaltendes Lächeln, als er Lisi sein Geschenk überreichte, das in Zeitungspapier eingewickelt war, brachte ihr Herz zum Schmelzen. »Tut mir leid, ich Trottel hab vergessen, Geschenkpapier zu kaufen.«

»Du Trottel«, bestätigte Lisi, und alle lachten.

Wie er dem kleinen Mädchen durchs Haar strubbelte und sie dann hochhob … Clara konnte gar nicht aufhören, ihn anzusehen. Und auf einmal war sie wieder in der Werkstatt des Hausmeisters, spürte ihn ganz nah bei sich, schmeckte seine Küsse und wollte ihn nie wieder loslassen …

»Das muss Alex sein«, riss Tilo sie ins Hier und Jetzt zurück.

Clara verschluckte sich fast am Kuchen.

Da entdeckte auch Alex sie. Kurz zögerte er, ehe er direkt auf sie zukam. Während sie wie erstarrt war und sich an ihrem Pappteller festhielt, reagierte Tilo gelassener. Er richtete sich ein klein wenig auf und schüttelte Alex die Hand. »Alexander, nicht wahr?«

»Alex reicht«, erwiderte er. »Und Sie sind Professor Wittgenstein.«

»Sagen Sie bitte einfach Tilo zu mir.«

Ihr Lächeln schmerzte, so angespannt war es. »Alex. Schön, dich zu sehen.« Sie umarmten einander verkrampft.

»Ich habe schon viel von Ihnen gehört«, sagte Tilo.

Alex war anzusehen, dass er sich fragte, wie viel Tilo gehört hatte beziehungsweise was genau er wusste. Auch davon, dass Alex mit seiner Frau geschlafen hatte?

»Wir haben uns lange nicht gesehen«, sagte Alex zu ihr. »Ich hatte gehört, dass du ein paarmal hier warst.«

»Ja, immer zu Lisis Geburtstag.«

»Du hast gar nicht Bescheid gesagt.«

»Was macht die Musikschule?«, wechselte sie das Thema.

»Gut. Es läuft gut. Und was macht die Arbeit in dem Pharmaunternehmen?«

»Gut. Danke.«

Clara fühlte sich, als schnitte man ihr bei lebendigem Leib das Herz raus. Als Tilo besitzergreifend einen Arm um sie legte, wäre sie am liebsten nur noch fortgerannt. »Meine Frau arbeitet viel. Eigentlich hat sie so gut wie keine Freizeit.«

Meine Frau. Provozierte er Alex bewusst?

Alex presste die Zähne zusammen. »Sie war schon immer strebsam«, sagte er dann.

Oh Gott, sie musste hier weg …

»Ich habe meine Handtasche im Auto vergessen«, sagte sie. »Schatz, gibst du mir den Schlüssel?«

Eigentlich hatte sie vorgehabt, sich in den Wagen zu setzen und in Ruhe durchzuatmen. Aber als sie die Tür aufzog, wurde sie wieder zugedrückt. Alex war ihr gefolgt.

»Kannst du nicht mal mehr mit mir reden?«

Sie konnte ihn ja nicht mal ansehen … »Es tut doch nur weh.«

»Und mir nicht? Sogar auf Bettys Hochzeit hast du kaum ein Wort mit mir gewechselt, schon damals hatte ich das Gefühl, dass du mir aus dem Weg gehst. Und seitdem sind vier Jahre vergangen. Vier Jahre, in denen ich darauf gewartet habe, etwas von dir zu hören.«

»Damit ich nie aufhöre, dich zu vermissen?« Sie atmete

ein und wieder aus. Ein und aus … Verzweifelt versuchte sie, sich zusammenzureißen und nicht zu weinen. Vergeblich.

»Warum hast du dann mit mir geschlafen? Hat dir das denn gar nichts bedeutet?«

»Ich … ich wollte …« *Wenigstens einmal erleben, wie es ist … Dir nur einmal so nah sein …*

»Liebst du Tilo?«

»Wir lieben einander als wahre Freunde. Wir sind Lebensgefährten. Aber wir sind nicht ineinander verliebt.«

»Mutti?« Marie kam herbeigehüpft. »Darf ich noch ein Stück Kuchen essen?«

Schnell wischte Clara sich die Tränen aus dem Gesicht. »Eins noch. Nicht dass dir schlecht wird. Ich komme gleich nach.«

Alex war so blass geworden, dass sie befürchtete, er würde zusammenklappen. »Du hast eine Tochter?«

»Ja.« Sie wollte gehen, ehe er ihr die Frage stellte, vor der sie am meisten Angst hatte. Doch zu spät. Er hielt sie am Arm fest. »Wie alt ist sie?«

Sie schwieg. »So alt wie Lisi«, sagte sie dann leise.

»Also vier …« Wenn das überhaupt möglich war, wich noch mehr Farbe aus seinem Gesicht. Ihm war anzusehen, dass er nicht wusste, wie er das, was ihm durch den Kopf ging, formulieren konnte. Schließlich fragte er geradeheraus. »Ist sie von mir?«

Erneut nickte sie. Starrte auf den platt getretenen Kaugummi auf dem Asphalt.

Alex legte die Hände vor die Augen, fuhr sich durchs Haar. Die verschiedensten Emotionen spielten sich auf seinem Gesicht ab. Erst schüttelte er ungläubig den Kopf. Dann breitete sich ein Lächeln auf seinen Lippen aus, das wie die Frühlingssonne war, ehe es auf einmal verschwand und er wütend die Augenbrauen zusammenzog. »Und das sagst du mir erst jetzt.«

»Alex, ich …«

Er ließ sie nicht ausreden. »Verdammt, Clara! Ich habe eine vierjährige Tochter. Ich habe ein Kind, mit dem ich vier Jahre verpasst habe!« Er schrie sie fast an.

»Wäre es leichter für dich gewesen, wenn du es gewusst hättest? Wenn du nicht zu ihr kannst, weil die Mauer dich gefangen hält?!«

Er wandte sich ab, und als er sie wieder ansah, fragte er: »Denkt sie, dass Tilo ihr Vater ist?«

Wieder ein Nicken. »Wir werden ihr die Wahrheit sagen. Ich weiß nur noch nicht, wann. Aber ich will nicht denselben Fehler machen wie Marthas Adoptiveltern. Wobei ich auch nicht weiß, was richtig oder falsch ist … Manchmal weiß ich gar nichts mehr …«

Mehrere Atemzüge lang lag verzweifeltes Schweigen zwischen ihnen.

»Du hättest es mir sagen sollen«, sagte er schließlich und ging.

Clara setzte sich in den Wagen und hieb die Stirn gegen das Armaturenbrett. *Das ist Lisis Geburtstag,* sagte sie sich. *Du bist wegen ihr und Martha hier. Also reiß dich zusammen.*

Als sie zurückkam, entging ihr nicht, dass Alex Marie anstarrte. Suchte er sich selbst in ihrem kleinen Gesicht? Sie hatte schon jetzt Claras leuchtend rotes Haar. Aber die hellblauen Augen hatte sie von ihm.

Dann geschah die Katastrophe. Es begann damit, dass Marie das Stück Prasselkuchen, das Martha ihr gerade auf einen Plasteteller geladen hatte, herunterfiel. Das Mädchen fing an zu weinen. Sofort eilte Alex zu ihr.

»Ich kümmere mich um sie«, sagte Tilo scharf und nahm Marie an der Hand.

»Ich wollte sie nur trösten …«, rechtfertigte Alex sich.

»Aber ich bin ihr Vater.«

An Alex' Hals trat eine Ader hervor. Kurz befürchtete Clara, er würde Tilo damit konfrontieren, dass dieses Kind, das er in seinen Armen hielt, seines war. Marie war inzwischen zu ihr gerannt und klammerte sich an ihren Beinen fest.

Alex' Anblick brach Clara das Herz. Sie atmete auf, als er einen Schritt zurück machte und sich die Situation zu entspannen schien. Aber dann ging auf einmal alles ganz schnell. Im nächsten Moment stürzte er sich auf Tilo und verpasste ihm einen Fausthieb.

Mehrere Atemzüge lang waren alle Anwesenden wie erstarrt. Dann fing Marie wieder zu weinen an und steckte all die anderen Kinder an. Ein kollektives Geheule setzte ein. Am liebsten hätte Clara einfach nur eingestimmt.

»Na, die Feier nimmt ja richtig Fahrt auf«, hörte sie Frau Hartweg leise sagen. »Und ich hab natürlich keinen Fotografen dabei.«

»Eine Serviette!«, rief Clara.

Uschi brachte ihr gleich einen ganzen Stapel, und Clara

machte sich vorsichtig daran, das Blut aus Tilos Gesicht zu tupfen, während die Kioskbesitzerin Marie tröstete.

Tilo sog zischend die Luft ein, als sie die aufgeplatzte Lippe berührte. »Jetzt habe ich mich ja doch duelliert«, sagte er und lächelte. »Und verloren …«

»Das hast du sicher nicht«, erwiderte sie. »Wenn jemand etwas verloren hat, dann ja wohl Alex, und zwar seine Contenance. Vielleicht hat Uschi Eiswürfel im Gefrierfach, ich schaue mal nach.«

Zu ihrem Leidwesen war Alex dort und kühlte sich seine Faust unter dem Wasserhahn.

Sie wollte gerade ansetzen, ihn zu fragen, was zur Hölle in ihn gefahren war, da kam er ihr zuvor. »Es tut mir leid …«

»Gut, dass du es wenigstens einsiehst«, sagte sie streng.

Er kniff die Augen leicht zusammen. »Oder weißt du was? Es tut mir doch nicht leid.« Er stellte das Wasser ab und kam langsam auf sie zu. »Es tut mir nicht leid, dass ich meine Tochter kennenlernen will. Es tut mir nicht leid, dass es mir das Herz bricht, nicht nur dich, sondern auch sie an der Seite eines anderen Mannes zu sehen.«

Clara machte einen Schritt auf ihn zu. »Und mir tut es nicht leid, dass ich dir verschwiegen habe, dass wir eine gemeinsame Tochter haben. Weil ich dich schützen wollte, weil ich Angst hatte, dass du dein Leben aufs Spiel setzen würdest, um sie zu sehen.«

Inzwischen standen sie direkt voreinander.

»Und mir tut es nicht leid, dass ich trotzdem versuchen werde, zu euch zu gelangen«, sagte er.

»Alex, was redest du denn da? Ist dir bewusst, wie stark

die Grenze inzwischen gesichert ist? Du hast keine Chance. Das lasse ich nicht zu.«

»Das ist mir egal. Ich will bei euch sein.«

»Dann tut es mir auch nicht leid, dass ich es dir verbiete rüberzumachen. Und es tut mir nicht leid, dass …« Auf einmal schien etwas in ihr zu zerbrechen. » … dass ich dich liebe. Selbst nach all den Jahren, die vergangen sind. Ich liebe dich, Alex …«

Sie trat so dicht an ihn heran, dass kein Lufthauch mehr zwischen sie gepasst hätte. »Und weil ich dich liebe, müssen wir getrennt sein. Du darfst dein Leben nicht aufs Spiel setzen … Versprich mir, dass du hierbleibst. Dass du dein Leben lebst. Dass du glücklich wirst. Dass du dich bedingungslos verliebst. Heiratest …«

Er packte sie am Handgelenk. »Lass mich eines klarstellen«, sagte er scharf, als hätte sie ihn beleidigt und ihm nicht gerade ihre Gefühle offenbart. »Ich werde mich immer für dich entscheiden. Immer.«

»Alex …«

»Ich kann für nichts garantieren. Sie ist meine Tochter.«

»Ja, und du bist ihr Vater und hast deshalb die Verpflichtung, auf dich aufzupassen.«

»Verpflichtung …«, sagte er verächtlich.

Clara legte eine Hand an seine Wange. »Bitte, Alex …«

Alex atmete schwer aus. »Einmal im Jahr«, gab er sich schließlich geschlagen. »Ich will sie einmal im Jahr sehen …«

Das würde bedeuten, dass auch sie sich einmal im Jahr sehen würden. Dass sie nie über ihn hinwegkommen würde.

»Einverstanden«, sagte sie dennoch. »Jedes Frühjahr.«

57.

1979

Martha

Es war einer dieser Tage, an denen alles ein bisschen leichter war. Martha atmete tief die frische Frühlingsluft ein und lauschte zufrieden dem Gesang der Vögel. Dieser Duft … Würzig, nach Erde und feuchtem Gras, aber auch leicht süß von den Frühlingsblüten und der gefüllten Plundertasche, die Lisi neben ihr zufrieden verputzte, wobei sie sich die Marmelade im gesamten Gesicht verteilte. Schneeglöckchen und Krokusse wuchsen in den Vorgärten, und in den Beeten leuchteten die ersten Narzissen. Der Anblick war nach einem langen und kalten Winter eine wahre Wohltat. Früher war ihr das gar nicht so aufgefallen, sie hatte sich nicht für Blumen interessiert. Inzwischen gönnte sie sich dann und wann ein paar Alpenveilchen, die sie auf den Tisch in der Mitte des Wohnzimmers stellte. »Alles, nur keine Nelken«, sagte sie jedes Mal im Laden. »Die kann ich einfach nicht leiden.«

Micha verschränkte seine Hand mit ihrer und schwang sie vor und zurück. Vor einem Jahr war sie zu ihm gezogen und hatte es noch keine Sekunde bereut. Er war ihr ein wunderbarer Mann und Lisi ein wunderbarer Vater.

»Warum lächelst du?«, fragte Micha.

»Weil ich glücklich bin«, sagte sie und spürte, wie ihr Herz vor Dankbarkeit für die beiden Menschen neben ihr glühte.

Sie erreichten den Schmöckwitzer Markt. Martha bewunderte die getöpferten und bemalten Schalen und Tassen und stöberte an einem Stand mit Trödel. Lisi war inzwischen von all den Eindrücken müde geworden. Weil ihre Beine noch so kurz waren und die Welt so groß war, hob Martha sie hoch und trug sie. Als sie kleine, klebrige Finger in ihrem Gesicht spürte, tadelte sie ihre Tochter sanft, aber dann lachte dieser Wonneproppen, und Martha konnte nicht mehr ernst sein.

Ein Stück weiter gab es Knoblauch zu kaufen, einzeln oder geflochten zu dicken Kränzen. Die Leute rissen sich geradezu um die weißen Knollen, die es nur selten gab. An dem Stand wurden auch Präsentkörbe mit Öl, Schinkenspeck und Aufstrich angeboten.

Martha überlegte gerade, ob ein solcher Präsentkorb ein schönes Geschenk für Hartmut wäre, der bald Geburtstag hatte, als sie den Mann am anderen Ende des Stands bemerkte.

Gert Asseln.

Martha war wie erstarrt. Er war alt geworden und wirkte irgendwie … klein. Als wäre er geschrumpft.

»Und wie bereitet man Knoblauch zu?«, fragte er hilflos, aber auch so, als wäre er ein bisschen wütend, weil er eine

Schwäche eingestehen musste. Dieser mächtige, allwissende Mann wusste nicht mal, wofür die aromatische Knolle in der Küche gut war.

»Na, einfach reinschmeißen, vielleicht vorher leicht anschwitzen«, antwortete die Verkäuferin mit dem blauen Kopftuch und runzelte die Stirn. »Gestern hab ick den in Jeschnetzeltes jemacht.«

»Geschnetzeltes ...«, wiederholte ihr Adoptivvater ratlos.

Die Frau sah ihn an, als würde ein Außerirdischer vor ihr stehen. Aber in Wahrheit stand vor ihr der wohl einsamste Mann dieser Welt, weil er alles, was im Leben Bedeutung hatte, verloren hatte. Nämlich seine Familie.

Eigentlich wollte sich Martha still und leise davonstehlen, da bemerkte die Verkäuferin sie. Sie strahlte richtig. »Frau Kubiki, na det is 'ne Ehre!«

Martha war erleichtert, Micha und Lisi bei sich zu haben. Sie fühlte sich stark und selbstbewusst durch die beiden.

Die Frau beugte sich leicht über ihren Verkaufsstand. »Ick hab Ihren Roman verschlungen. Ihre Geschichte hat mich so berührt, vor allem det mit dem Wiedersehen im Strandbad. Ick hab jeheult wie 'n Schlosshund.«

»Danke.« Martha lächelte.

Micha hatte Gert Asseln natürlich auch sofort erkannt und ließ es sich nicht nehmen hinzuzufügen: »Der Roman erscheint inzwischen sogar drüben im Westen und ist auch dort ein ziemlicher Erfolg.«

»Na, det is auch verdient!«

»Das sind meine Tochter Lisi und mein Mann Micha«, stellte Martha die beiden vor.

»Anjenehm. Und arbeiten Sie denn schon an wat Neuem?«

»Ja«, antwortete Martha. »Aber das ist noch geheim.«

»Na, denn lass ick mir überraschen. Hier, Kleene.« Sie reichte Lisi ein Zitronenbonbon über ihren Verkaufsstand.«

Gert Asseln ging, ohne Knoblauch gekauft zu haben. Martha stellte fest, dass sie absolut nichts mehr für diesen Mann empfand. Nicht mal mehr Hass oder Wut. Das Ungeheuer, dessen Schatten vom Scheinwerferlicht an die Wand geworfen worden war, war in ihr Sichtfeld getreten, und es hatte sich herausgestellt, dass es nur eine Maus gewesen war.

Gert Asseln war zu einem Nichts geworden.

58.

1989

Clara

Martha war traumhaft schön in dem schlichten Hochzeitskleid, als sie den Gang entlang in Richtung des Altars schritt, an dem Micha auf sie wartete. Kein Geringerer als Theodor Kaiser hatte das Kleid für sie entworfen, und das, obwohl er inzwischen schon längst im Ruhestand war und zum Gehen einen Stock brauchte. Das Dekolleté war gerade, und auf derselben Höhe begannen die Ärmel, sodass Marthas filigranes Schlüsselbein frei lag. Der Rock reichte ihr bis knapp über die Knie und schwang wunderbar bei jedem Schritt. »Dann kann ich es nach der Hochzeit färben und im Sommer tragen«, hatte sie gesagt und gegrinst.

Ihr braunes Haar war hochgesteckt und mit selbst gebastelten Stoffrosen verziert. Allein bei ihrem Anblick musste Clara ja schon weinen …

Lisi und Marie waren die Blumenkinder und verteilten im Gang zwischen den Kirchenbänken weiße Rosenblätter. Als die Braut den Altar erreicht hatte, winkte Betty die Mädchen zu sich her. Wie groß die beiden schon waren … Obwohl sie erst fünfzehn Jahre alt waren, diskutierten sie schon fleißig bei den Erwachsenen mit. Wahrscheinlich würden die zwei die Männerwelt mal ordentlich aufmischen. Lisi mit ihrer Stupsnase und dem seidigen braunen Haar, das ihr fast bis zum Hintern reichte, und Marie mit ihren langen Beinen, den himmelblauen Augen und dem fuchsroten Kurzhaarschnitt. Vor zwei Wochen hatte ein Junge sogar einen Liebesbrief für Marie in ihren Briefkasten geworfen.

Alex saß neben ihr und reichte ihr ein kariertes Taschentuch. Tilo hatte sie nicht zur Hochzeit begleitet. Er hatte gesagt, sie solle den Nachmittag in vollen Zügen mit Alex genießen. Er war wirklich der großherzigste Mann, den sie kannte.

Martha hatte sich gewünscht, im Strandbad zu feiern. Inzwischen senkte sich der Abend herab, aber noch immer tobten die Kinder über den Strand. Uschi hatte die Musik lauter gestellt und animierte die Gäste, auf der Terrasse zu tanzen. Clara nahm ihr Glas Sekt und folgte den Fackeln zum Wasser hinab. Ein Kuckuck war zu hören. Sie zählte seine Rufe, schob ihre nackten Füße tiefer in den inzwischen abgekühlten Sand, blickte über den dunklen See und trank gerade den letzten Schluck, als Alex neben sie trat.

Sie stellte ihr Glas auf dem Boden ab und schmiegte sich an ihn. Er streichelte ihren Rücken und atmete den Duft ihres Haares ein. Ihre Lider senkten sich, und sie wünschte sich, es wäre möglich, Momente wie diesen wie Schmetterlinge in Marmeladengläsern einzufangen. Wenn sie wieder drüben wäre, würde sie in einer Stunde, in der sie ihn zu sehr vermisste, das Glas aufschrauben.

Als sie die Augen wieder öffnete, sah sie, dass Marie mit Lisi über den Strand stürmte. Lisi hatte das Federballspiel in der Hand, das sie ihr mitgebracht hatten. Marie hatte ihr Freundschaftsbuch in der Hand, in das die beiden Mädchen gemeinsam schrieben.

»Marie! Mach langsam!«, rief sie.

Doch ihre Tochter hörte sie gar nicht.

»Sie wird viel zu schnell groß«, sagte Alex.

»Ja. Verrückt nicht wahr?«

»Und sie wird später mal sämtlichen Jungs den Kopf verdrehen.!«

»Ich werde sie wohl einsperren müssen«, scherzte Clara.

Alex lachte. »Und ich kann sie nicht mal beschützen vor all den Mistkerlen dort draußen …«

Clara strich sanft über seine Brust und verschränkte dann ihre Finger miteinander. Inzwischen wusste Marie, dass Alex ihr leiblicher Vater war. Tilo, Marie und sie hatten sich hier am See mit Alex getroffen und es ihr gesagt. Natürlich war sie zunächst traurig gewesen und hatte eine Woche lang nicht mit Tilo und ihr gesprochen. Aber inzwischen genoss sie es fast ein bisschen, zwei Väter zu haben, die sie nach Strich und Faden verwöhnten. Sie schrieb Alex oft lange Briefe, eine Art Tagebuch-Ersatz, und legte Fotos von sich und ihren Freundinnen bei. Clara durfte nie lesen, was sie ihm erzählte, aber darüber war sie nicht traurig. Diese Briefe gehörten allein ihrer Tochter und Alex.

»Was macht die Schule?«, fragte Alex.

»Gut. Es fällt ihr leicht. Sie langweilt sich oft, hat den ersten Platz beim Rechenwettbewerb belegt.«

»Oh Gott, noch so eine, die alles weiß …«

Clara schmunzelte, legte den Kopf in den Nacken und bewunderte den Mond, der am samtigen Himmel stand. »Weißt du, genau deshalb bin ich damals rüber. Nicht nur wegen mir und meiner Zukunft. Ich wollte, dass mein Kind alle Möglichkeiten hat. Dass es nicht so kämpfen muss wie ich. Dass es nicht ständig Angst haben muss.«

»Vati, guck mal, was ich kann!«, hörten sie ihre Tochter rufen.

Marie schlug ein Rad und kam gekonnt wieder auf den Füßen auf. Trotzdem erschrak Clara. »Das darfst du doch noch nicht!«

»Wieso nicht?«, wollte Alex wissen.

»Ach, sie ist vor einem Monat vom Fahrrad gestürzt und hatte eine Gehirnerschütterung. Der Arzt hat gesagt, sie soll es langsam angehen lassen.«

»Davon weiß ich ja gar nichts!«, entgegnete Alex. »Warum hast du vor zwei Wochen am Telefon nichts gesagt? Warum hat Marie mir das nicht in ihrem letzten Brief erzählt?«

»Darum habe ich sie gebeten, weil ich dich nicht unnötig beunruhigen wollte … Als klar war, dass sie bald wieder auf die Beine kommt, dachte ich, es wäre besser, wenn du nichts davon weißt.«

»Mensch, Clara!«, fuhr er sie an und trat nach dem Sand. »Hast du eigentlich eine Ahnung, wie das für mich ist? Ich sehe mein Kind nur alle Jubeljahre mal, sehe, wie es wächst, wie es sich verändert, und ich bin nicht Teil davon. Ich will

Marie Gitarre spielen beibringen. Ich will mit ihr singen. Ich will mit ihr für die Schule lernen. Ich will an ihrem Leben teilhaben!«

Sie zog ihre Stola enger um ihren Oberkörper. »Das tust du doch …«

»Weißt du, was mich umbringt? Dass ich Tilo mehr in ihr erkenne als mich selbst. Die Wörter, die sie benutzt. *Dechiffrieren, despektierlich* … So was sage doch nicht ich!«

»Alex, bitte …« Sie sah sich um, wollte nicht den Hochzeitsabend ihrer besten Freundin mit einem Streit ruinieren.

»Wie soll das denn weitergehen? Soll ich immer nur darauf hoffen, dass ihr einmal im Jahr zu mir rüberkommt? Und wenn sie mich braucht, dann kann ich nicht zu ihr. Wenn sie ihren ersten Freund hat, dann kann ich ihn nicht kennenlernen.«

Ein paar Gäste sahen von der Dachterrasse zu ihnen her. Sie tat so, als würde sie seinen Kragen richten, und flüsterte dabei: »Alex, wir klären das später …«

Aber er ließ sich nicht beruhigen. »Und dich sehe ich auch kaum. Ich fühle mich wie ein Verdurstender, dem man hin und wieder einen Tropfen Wasser auf die Zunge gibt. Ich halte das nicht mehr aus, Clara.«

Obwohl die Nacht angenehm warm war, jagte ihr ein kalter Schauer den Rücken hinab. »Was heißt das?«

Sein Kehlkopf hüpfte auf und ab. »Ich werde einen Weg finden, zu euch zu kommen.«

Sie schüttelte heftig den Kopf. »Nein … Bist du verrückt? Hast du nicht mitbekommen, wie viele Menschen inzwischen an dieser verfluchten Mauer ihr Leben gelassen haben?«

»Aber hin und wieder schafft es jemand. Es gibt Fluchthelfer. Ich könnte einen ausfindig machen …«

»Das lasse ich nicht zu!«, widersprach sie heftig. »Wegen Marie!«

»Ja, für Marie und dich bin ich bereit, mein Leben zu riskieren.«

»Warte doch noch ein bisschen. Seit in der Sowjetunion Gorbatschow an der Macht ist, tut sich doch was! Was, wenn die Mauer bald Vergangenheit ist?«

»Ich kann nicht auf ein Wunder hoffen, Clara.«

Sie verspürte eine ohnmächtige Wut auf ihn, gemischt mit einem Gefühl der Machtlosigkeit und Angst. »Doch, kannst du! Wunder geschehen!«

Sein Gesicht wurde weich. »Das stimmt. Du und Marie, ihr seid mein Wunder.«

59.

Betty

Eigentlich hatte Betty vorgehabt, ihnen allen einen gemütlichen Abend mit gutem Essen und Wein aus dem *Delikat* zu bescheren. Aber kaum hatte sie den Nachtisch serviert, hatte sich ihr Beisammensein zu einer Katastrophe entwickelt.

Bereits als Alex ihr im Flur das Glas selbst gemachte Johannisbeermarmelade in die Hand gedrückt und ihr für die Einladung gedankt hatte, war ihr aufgefallen, dass er mit den Gedanken woanders war. Er hatte sich nicht mal entschuldigt, dass er fast eine halbe Stunde zu spät war, dabei kam er sonst nie zu spät, und falls doch, entschuldigte er sich. Micha und Martha saßen bereits am Kamin auf dem Sofa und tranken Rotwein. Sie würden früh zu Abend essen, weil sie später noch gemeinsam ins Theater wollten. Leise lief der Fernseher. In einer Dreiviertelstunde würde die Pressekonferenz beginnen.

»Wird doch eh wieder nur enttäuschend sein«, hatte Charlie gesagt, als er den Fernseher auf ihre Bitte hin angestellt hatte.

»Aber die können die Montagsdemonstrationen doch nicht mehr lange ignorieren!«, hatte Betty entgegnet.

»Kaum zu glauben, dass euch jetzt die Hütte allein gehört«, hatte Alex gesagt, als er ihr ins Wohnzimmer folgte. In seiner rechten Socke hatte er ein Loch am großen Zeh. Er brauchte dringend eine Frau an seiner Seite, die ein bisschen auf ihn achtete, dachte Betty. Eine, die er öfter sehen konnte als Clara. Es war ja nicht nur, dass er sein Äußeres vernachlässigte. Er schien auch immer bitterer zu werden, igelte sich ein, ging kaum mehr aus.

»Ja, ich kann es selbst kaum glauben, dass Frau von Walser wirklich uns als ihre Erben eingesetzt hat. Wobei Charlie schon so eine Art Sohn für sie war«, hatte sie gesagt und die Walnüsse, Kerzen sowie den Efeu auf dem herbstlich dekorierten Tisch so arrangiert, dass Platz für die gekochten Kartoffeln und die Kohlrouladen war. »Und sie selbst hatte ja keine Kinder. Wir vermissen sie sehr, aber … Hörst du mir zu?«

Als er bemerkte, dass sie zu reden aufgehört hatte, schüttelte er verwirrt den Kopf. »Entschuldige, was hast du gesagt?«

Sie hatte nur deshalb nicht gefragt, was ihn bedrückte, weil es aus der Küche angebrannt gerochen hatte. »Oh nein, die Kartoffeln!«

Nun, etwa eine Stunde später, saß Betty schluchzend am Tisch. Charlie hatte einen Arm um sie gelegt und versuchte, sie zu trösten. Martha und Micha saßen steif auf ihren Stühlen und machten den Eindruck, als wüssten sie nicht, ob sie gehen oder bleiben sollten. Alex hingegen spießte mit der Gabel einen Mandarinenschnitz auf und schob ihn sich in den Mund, als wäre alles in bester Ordnung. Es hatte Vanillepudding mit tropischen Früchten zum Nachtisch gegeben. Die Dose hatte Clara ihr vor ein paar Monaten aus Westberlin mitgebracht, und Betty hatte sie seitdem gehütet wie einen Schatz.

»Du bist mein Bruder, Alex.« Sie tupfte sich mit ihrer Serviette die verlaufene Wimperntusche aus dem Gesicht und schnäuzte sich die Nase. »Ich werde sicher nicht zulassen, dass du dich in Gefahr begibst.«

»Für mich ist das keine Gefahr«, hielt er dagegen. »Für mich ist es die Chance, auf die ich seit Jahren warte. Ich habe schon von ein paar Leuten gehört, die über Ungarn geflohen sind.«

Nachdem im Juni die Außenminister von Ungarn und Österreich vor den Augen der Presse ein Loch in den Stacheldrahtzaun an der Grenze geschnitten hatten, hatte sich für die DDR-Bürger eine Fluchtmöglichkeit aufgetan. Unter dem Vorwand eines Sommerurlaubs fuhren sie nach Ungarn, um von dort aus den Eisernen Vorhang zu überwinden.

»Und weil immer mehr Menschen diese Möglichkeit genutzt haben, sind Reisen nach Ungarn inzwischen verboten«, erwiderte sie scharf. »Flüchtlinge werden an der Grenze festgenommen und an die DDR-Staatssicherheit ausgeliefert!«

Im Hintergrund plätscherte die Pressekonferenz dahin … Hoch konzentrierte Journalisten saßen auf der einen Seite, auf der anderen Seite die Politbüromitglieder, in ihrer Mitte Schabowski, der ohne jegliche Körperspannung auf seinem Stuhl hing und über den Rand seiner schmalen Brille hinweg zu den Männern und Frauen mit Notizblöcken und

Aufnahmegeräten sprach. Es ging um Reformen von Partei, Wirtschaft und Gesellschaft.

Betty hatte begonnen, die benutzten Schälchen zu stapeln, und riss Alex seines einfach fort, obwohl er sich gerade noch Nachschlag nehmen wollte. »Was sagst du denn dazu, Martha?«

»Seine Tochter und Clara sind drüben …«, sagte ihre Freundin vorsichtig.

»Aber wir sind hier!«, rief Betty und marschierte unter Tränen in die Küche, wo sie die Schälchen in die Spüle knallte.

»Ich hab mich entschieden«, sagte Alex, als sie zurückkam, um die Löffel einzusammeln. »Du kannst mich nicht umstimmen. Morgen geht's los. Es ist alles gepackt.«

Deshalb hatte er vorhin so abwesend gewirkt. Betty gab ein Geräusch von sich, das halb Knurren, halb Schluchzen war, und stapfte wieder in die Küche, wo sie ihre Gummihandschuhe anzog, das Wasser anstellte und zu viel *Fit* auf die Teller und Schälchen gab. Martha trat zu ihr, nahm sich ein Trockentuch und einen der Teller, die Betty energisch in das Abtropfgestell beförderte.

»Wie kannst du ihn auch noch verteidigen?«, fuhr sie ihre Freundin an.

»Das tue ich gar nicht. Ich verstehe dich, aber ich verstehe auch ihn. Er sieht Clara und seine Tochter viel zu selten. Und die beiden leiden doch auch unter der Situation.«

Betty schrubbte ein Weinglas mit einer Vehemenz, dass Martha es ihr lieber aus der Hand nahm, damit es nicht kaputtging. »Er kann doch noch ein bisschen warten«, sagte sie verzweifelt. »Die SED-Führung muss doch irgendwann mal den Druck abbauen, der durch die Flüchtlingswelle und die Demonstrationen entstanden ist! Vielleicht geschieht ein Wunder! Vielleicht fällt die Mauer endlich, und die Grenzen sind auf. Oder glaubst du etwa nicht an das, was du und Micha und all die anderen auf den Montagsdemonstrationen fordern?«

»Na ja.« Martha räumte einen trockenen Teller in den Schrank. »Dass die Grenzen auf einmal geöffnet werden, wäre, wie du selbst gesagt hast, ein Wunder.«

Betty schniefte. »Ich glaube an Wunder! Sogar Clara glaubt an Wunder! Und Clara hat immer recht!«

Als der Abwasch erledigt war und sie zurück ins Wohnzimmer kamen, saßen die Männer dicht vor dem Fernseher. Im Raum herrschte eine eigenartige Stimmung. So konzentriert hatten die drei ja noch nie eine Pressekonferenz verfolgt …

»Wollen wir langsam mal los …«, setzte Betty an, aber Charlie machte »Schhh« und winkte ungeduldig ab.

Die Kamera war auf Schabowski gerichtet. » … also, Privatreisen nach dem Ausland können ohne Vorliegen von Voraussetzungen, Reiseanlässen und Verwandtschaftsverhältnissen beantragt werden«, las er aus einer Akte vor. »Die Genehmigungen werden kurzfristig erteilt …"

Betty sank auf die Armlehne des Sofas.

Verwirrung und Aufregung unter den Journalisten. Blicke wurden getauscht. Hatten sie richtig verstanden? Dieselbe Frage stand auch auf den Gesichtern ihrer Freunde.

Höchstwahrscheinlich auf den Gesichtern im ganzen Land, zumindest auf denen, die die Pressekonferenz verfolgten.

Ein Reporter fragte: »Wann tritt das in Kraft?«

Schabowski blätterte, sichtlich überfordert von der Frage, in seinen Akten und, als er die Antwort nicht auf die Schnelle fand, sagte er: »Das tritt nach meiner Kenntnis … ähh, ist das sofort, unverzüglich …«

Reisefreiheit. Sofort. Unverzüglich.

»Kneif mich mal«, sagte Betty und hielt Charlie den Arm hin, der prompt der Aufforderung nachkam. »Au!« Sie träumte also nicht. »Was … was heißt das denn?«

Bestimmt hatte sie etwas falsch verstanden … Dass man so lange auf etwas hoffte, für etwas kämpfte, und dann, *puff* – auf einmal war es da!

Micha strich sich über sein Kinn. »Ich glaube … Ich glaube, dass … Das müsste doch heißen, dass …«

»Dass man über die Grenze kann, oder?«, vollendete Martha den Satz für ihren Mann und verschränkte ihre Hände miteinander.

»Dass ich endlich zu Clara und Marie kann …«, sagte Alex.

Betty zitterte vor Aufregung. »Ist das wahr? Ist das auch echt? Also wirklich? Wird das wirklich umgesetzt?«, stammelte sie.

Charlie runzelte misstrauisch die Stirn. »Da gibt es doch sicher einen Haken.«

»Ich weiß es nicht … Was, wenn nicht?« Micha lachte auf, wurde ernst, lachte wieder. »Ich habe keine Ahnung.«

Sie wichen nicht mehr vom Fernseher. Kein Theaterstück

würde jemals so spannend sein wie die folgenden Übertragungen.

Um halb acht ertönte die Intromusik der *Aktuellen Kamera.* Knapp, als wäre es keine große Sache, fasste die Sprecherin die Ereignisse zusammen. » … dabei gab er auch einen Beschluss des Ministerrates zu neuen Reiseregelungen bekannt«, sagte die schlanke Frau in dem schlichten Kostüm, mit der gediegenen Kurzhaarfrisur und der großen Brille. »Demzufolge können Privatreisen nach dem Ausland ab sofort ohne besondere Anlässe beantragt werden …«

Charlie holte eine Flasche Sekt aus dem Keller, und sie stießen an, nippten aber nur zögerlich. Noch immer war da diese Angst, etwas falsch verstanden zu haben und am Ende tief enttäuscht zu sein.

Schließlich, gegen neun Uhr, schlug Martha kurzerhand vor, zur Grenze zu fahren. »Wir testen das einfach aus!«

In der Stadt herrschte Chaos. Wie ein Lauffeuer hatte sich die Neuigkeit verbreitet. Es war ein einziges Trabirennen in Richtung Mauer. Eine Bürgerwanderung. Autos hupten. Menschen streckten die Köpfe aus den Wagen und jubelten.

Ihr Ziel war das Brandenburger Tor, das erschien ihnen irgendwie logisch. Menschen drängten sich dort, ein wogendes Meer unzähliger Schaulustiger. Ein Verrückter war sogar auf die Mauer geklettert. DDR-Grenztruppen versuchten, den Platz zu räumen, bespritzten die Menge mit Wasser, vor allem den mutigen Kerl, der auf der Mauer auf und ab lief und tanzte. Feuchtigkeit war überall in der Luft, wie feiner Sprühregen.

»Irgendwann ist det Ding leer!«, rief jemand aus der Menge.

Sie kämpften sich nach vorne durch. Betty sah einen Mann, der mit einer Spitzhacke ein Stück aus der Mauer schlug. Wo verflixt noch mal hatte dieser Kerl auf die Schnelle eine Spitzhacke her? Das alles war so bizarr, dass sie glaubte, in einem Traum festzuhängen. Sie zuckte zusammen und wurde von Charlie zur Seite gerissen, als ein Stein über die Menge hinwegflog. Ein kleines Stück der Mauer, das sofort aufgesammelt wurde als Erinnerung an diesen denkwürdigen Tag.

Charlie tauschte sich mit jemandem aus, der etwas abseits der großen Menschentraube stand. »Es gibt einen Durchgang an der Bornholmer Straße, ein anderer ist am Grenzübergang am Ende der Invalidenstraße«, berichtete er, als er wieder zu ihnen stieß.

»Ein Durchgang? In den Westen rüber? Dann lasst uns dorthin fahren!«, schlug Betty vor.

Auch dort drängten sich die Menschen, und zwar von beiden Seiten, von Ost und West. Der Gedanke, dass die Menschen des geteilten Deutschlands offenbar ein so starkes Bedürfnis hatten, wieder vereint zu sein, war so schön, dass Betty Tränen in den Augen hatte und sich bei Charlie einhakte. Sie spürte eine tiefe Verbundenheit zu all den Fremden um sie herum.

Auf einmal kam ihr ein Gedanke. Sie zupfte Martha an der Jacke. »Glaubst du, Clara könnte auf der anderen Seite sein?«

»Hab ich auch schon gedacht. Hängt davon ab, ob sie die

Nachrichten verfolgt hat!« Das Leuchten in den Augen ihrer Freundin offenbarte, dass Martha es auch spürte: Hier passierte etwas Großes. Diese Nacht würde in die Geschichte eingehen.

Vopos dämmten die Euphorie. »Liebe Bürger, ich bitte Sie im Interesse der Ruhe und Sicherheit, den Platz vor der Grenzübergangsstelle zu verlassen und sich an die zuständigen, eben bekannt gegebenen Meldestellen zu wenden. Es ist nicht möglich, Ihnen hier und jetzt die Ausreise zu gewähren«, verkündeten sie aus einem Polizeiauto heraus mittels Lautsprecher.

»Wir wollen doch nur mal gucken, nur 'ne halbe Stunde!«, rief ein junger Kerl mit langem Haar und Parka. »Ach, kommt schon! Seid doch nicht so!«

Ein Mann mit gefütterter Jeansjacke und Vokuhila reagierte zornig. »Massenverarsche ist das hier!«, brüllte er enttäuscht. »Dann hätt ick auch zu Hause bleiben und pennen können! Die sind sich nicht einig!«

»Totale Verarsche«, stimmte ihm sein Kumpel zu und zog seine Mütze über die Ohren. »Det is doch ein Witz!«

Betty bemerkte, dass Alex sich Tränen von der Wange wischte. In seinem Gesicht wechselten sich die verschiedensten Emotionen ab. Hoffnung, die Angst davor, enttäuscht zu werden und unverrichteter Dinge nach Hause zurückzukehren, Zorn, weil sie nicht rüberdurften, obwohl doch nun offiziell Reisefreiheit herrschte! Sie nahm seine Hand und beschloss, dass sie sich wenn nötig die ganze Nacht, ja, die ganze nächste Woche nicht vom Fleck rühren würde, nicht, ehe die Grenzen offen waren. Für ihren Bruder und die Liebe seines Lebens.

»Lasst uns rüber!«, rief sie.

Ein Sprechgesang setzte ein. »Die Mauer muss weg! Die Mauer muss weg!« Auch Betty sang und klatschte und gab sich dem Rhythmus der Menge hin. Ihr Atem war eine kleine Wolke vor ihrem Mund. Aber ihr war kein bisschen kalt.

Ein Mann mit Zigarette im Mundwinkel zerriss seinen Pass und warf die Stücke in die Luft. »Die Freiheit braucht keine Papiere!«

Besonders die Menschen auf der Westberliner Seite wurden ungeduldig, redeten auf die beiden Uniformierten ein und riefen: »Wir wollen rein!«

Das Gedränge wurde immer dichter. Dennoch blieb die Stimmung friedlich. Einer der Grenzer verkündete etwas, aber sie verstanden ihn nicht. Nach und nach sickerte die Neuigkeit bis zu ihnen. Es hieß, ein kleines Schlupfloch würde gewährt werden. »Aber die, die rübergehen, werden nicht zurück gelassen«, erklärte ihnen eine Frau mit Dauerwelle und Lederjacke.

Betty verständigte sich mit Charlie stumm über einen langen Blick. Sie konnten nicht riskieren, nicht mehr zurück gelassen zu werden, ihr Zuhause zu verlieren.

Auch Martha und Micha schüttelten beide den Kopf. Ihr Kind war hier … Betty sah ihren Bruder an und wusste, dass ein Abschied bevorstand. Sie hatte schreckliche Angst, ihn nicht wiederzusehen oder zumindest nur ein paar Male im Jahr …

»Macht den Schlagbaum endlich auf!«, rief sie ein letztes

Mal, verzweifelt, flehend, wurde von der Menge nach vorn und zur Seite geschubst, bekam kaum noch Luft.

Auf einmal wurde vor ihnen gesagt, an der Bornholmer Straße sei die Grenze jetzt offen. Diese Neuigkeit war, als hätte man Öl ins Feuer gegossen. Die Massen drängten nach vorn, Betty und Charlie wurden mitgeschoben und mitgezerrt, und plötzlich öffnete sich ein Stück vor ihnen die rotweiß gestreifte Schranke.

Eine kleine Lücke nur, aber dahinter lag die Freiheit …

Die Massen schwemmten sie mit. Betty war in Panik, ermahnte sich, tief zu atmen. Sie durfte jetzt auf keinen Fall stolpern, sonst würde sie am Ende niedergetrampelt werden. Aber Charlie hielt sie am Oberarm fest. Ihr Herz schlug wie verrückt. Alles ging so schnell … Dann hatten sie auf einmal die Grenze übertreten.

Menschen rannten aufeinander zu. Es wurde gejubelt. Geweint. Eine fremde Frau umarmte sie. Wo waren die anderen? Alex, Martha, Micha … Da, ein brauner Schopf! Sie griff nach Martha, spürte ihre Arme um sich. Sie weinten, lachten, weinten wieder, torkelten vor Glück. Es wurde gesungen. Was gerade geschah, war absolut nicht zu begreifen. Das hier war eine Revolution! Die Jahre der Demütigungen und Angst waren vorbei.

Charlie küsste sie lang und innig. Singend und tanzend zogen sie wie eine Parade die Straße entlang. Ein schwarzer Wagen hielt neben ihnen, und sie wurden eingeladen mitzufahren zum Ku'damm. Als sie ankamen, hatten auch die ersten Trabis die Westberliner Prachtmeile erreicht und wurden mit Jubel begrüßt. Neben dem Bahnhofseingang war ein langer Blumenstand aufgebaut, und das um diese Uhrzeit! Und erst die Vielzahl an verschiedenen Schnittblumen, die einen betörenden Duft verströmten. Überhaupt die aufregenden Gerüche hier … Sektkorken knallten. Ein Fest des neuen Miteinanders.

»Das ist unsere Stunde!«, wurde gerufen. »Die Stunde der Freiheit!«

Menschen hielten Telefone aus den Fenstern und boten an, dass man seine West-Verwandtschaft anrufen könne. Sollten sie Clara anrufen? Aber sie hatten ihre Nummer nicht dabei … Oh Gott, sie hatte ja nicht mal ihre Adresse im Kopf! Aber Lilli wohnte doch irgendwo am Ku'damm. Hatte Clara nicht mal was von einer Tanzschule erzählt, die in der Nähe lag?

»Wir könnten Claras Mutter anrufen und ihr sagen, dass …«

Martha schüttelte den Kopf. »Frau Vogel hat doch kein Telefon.«

»Aber meine Eltern! Sie sollen Frau Vogel abholen! Alle sollen herkommen!«

Ein Halbstarker taumelte trunken vor Freude gegen sie. Betty merkte es kaum. Wo war Alex? Er war mit ihnen im Auto gewesen, aber nach dem Aussteigen abgedrängt worden. Charlie zog Betty zur Seite, als ein Trabi hupend angefahren kam. Jemand drückte ihr eine Flasche Sekt in die Hand. Sie nahm einen Schluck, reichte sie dann an Martha weiter. Menschen setzten sich auf die Motorhauben der rollenden Rennpappen und ließen sich singend kutschieren.

Betty war so durcheinander, dass sie nicht mal mehr

wusste, ob sie weinte oder lachte. Beides vermutlich. Das Gefühl, bei diesem epochalen Ereignis dabei zu sein, war überwältigend.

Charlie nahm sie an der Hand, Betty packte Martha und die wiederum Micha, und so zogen sie als Kette zu einem Kiosk, um von dort aus nach Alex Ausschau zu halten. Der Mann hinter dem Tresen schenkte ihnen Bananen. Es war völlig verrückt …

»Wie sollen wir denn nur Clara finden …?«, fragte Betty in die Runde.

»Martha? Betty?« Ein zartes Geschöpf in Anorak und Jeans bahnte sich erstaunlich robust seinen Weg durch die Menge. War das möglich? Clara …

Martha und Betty stürmten auf sie zu. Und dann lagen sie sich in den Armen, weinten, lachten, weinten schon wieder. Der Trubel um sie herum verblasste, den Jubel hörten sie wie von fern. Nach so vielen Jahren waren sie endlich vereint …

Betty spürte, wie der Körper ihrer Freundin bebte. »Ein Wunder …«, hauchte sie.

Clara wischte sich die Tränen aus dem Gesicht. »Lilli rief an und meinte, ich muss sofort herkommen … Und jetzt steht ihr hier, an dem Kiosk, bei dem ich früher immer meine Zeitung geholt habe … « Sie befühlte ihre Gesichter. »Ihr seid es wirklich!«

»So ein Tag, der dürfte nie vergehen!«, johlte eine Gruppe, die an ihnen vorbeizog.

Lilli und Tilo waren bei Clara. Tilo hatte eine Flasche Sekt dabei, die sie untereinander herumreichten.

»Trabis am Ku'damm«, lachte Lilli. »Na, das ist mal ein Anblick!«

»Wo ist Alex?«, fragte Clara, stellte sich auf die Zehenspitzen und sah sich um.

Wo zur Hölle steckte ihr Bruder? Clara war hier, aber ihn hatte das Gedränge verschluckt …

Betty wollte ihr gerade sagen, dass sie ihn verloren hatten, da nahm sie aus dem Augenwinkel eine Bewegung war.

»Da seid ihr ja …«, sagte Alex, und dann bemerkte er, dass sich ihre Gruppe erweitert hatte. »Clara …« Er blinzelte mehrmals. »Du bist hier …«

»Ja. Und du auch!«

Im nächsten Moment lagen sie sich in den Armen. Hielten einander fest, ehe Alex Claras Gesicht in die Hände nahm und sie küsste. Noch nie zuvor hatte Betty ihren Bruder so glücklich gesehen.

Wunder … Es gab sie also wirklich.

60.

1990

Martha

»Heiße zweiunddreißig Grad«, tönte es aus dem neuen pastellfarbenen Radio in Uschis Kiosk. »Der Sommer gibt sein Bestes! Und jetzt heizt euch David Hasselhoff mit *Looking for Freedom* noch mehr ein!«

Martha saß neben Betty und Clara auf einem der Hocker vor dem Kiosk und wippte mit den Füßen im Takt der Musik, als Uschi das Radio lauter drehte und das fetzige Lied über den Strand hallte. Sie blinzelte in den wolkenlosen Himmel hinauf und konnte einfach nicht aufhören zu grinsen. Das lag wohl am vielen Fruchtzucker. Erdbeeren, Wassermelone, Trauben … Sonntags bot Uschi neuerdings nämlich Früchte an.

Das Quaken der Enten, die am Ufer in den angespülten Algen wühlten, die Schreie der Möwen, die gierig über dem Strandbad kreisten, das Geplauder der Badegäste, das leise Summen der Softeismaschine, das Plätschern der Wellen … All das zusammen klang in ihren Ohren wie ein wunderschönes Lied. Das Lied des Sommers. Wenn sie es hörte, ging es ihr gut.

Eigentlich hatte Martha gedacht, dass der gesamte Osten diesen Sommer – schließlich war es der erste Sommer in Freiheit – in einer gigantischen Trabikolonne Richtung Süden rollen würde. Aber das Strandbad war brechend voll. Wie die Sardinen lagen die Menschen nebeneinander, schwitzten und glänzten in der Sonne. Ein Mann mit Oberlippenbart kämpfte mit seinem Sonnenschirm, während seine Frau mit wasserstoffblonder toupierter Mähne entspannt auf ihrem Strandtuch lag und in einer sehr bunten Zeitschrift blätterte. Ein Stück davon entfernt schnarchte ein Mann mit sonnengegerbter Haut. Auf seinem Bauch, der nach zu viel Eisbein und Jägerschnitzel aussah, lag ein Buch, und Martha kicherte bei der Vorstellung, dass seine Haut an der Stelle später heller sein würde. Zwei Kinder bauten am Ufer eine Sandburg, ihre Mütter, beide mit moderner Schüttelfrisur, saßen ganz in der Nähe auf einer karierten Decke und hatten ein Auge auf sie. Eine Gruppe Jungs bewarf sich gegenseitig im Wasser mit Schlamm, den sie vom Grund des Sees holten. Wie Alex und die Jungs früher …

Fast hätte man meinen können, es hätte sich nichts geändert. Aber an ein paar Details machte sich der Wandel der Zeit eben doch bemerkbar. Die Kioskbesitzerin verzichtete inzwischen darauf, sich ihr Haar rot zu färben, und stand zu ihrem Grau, was ihr aber unerwartet gut stand. Sie schwang die Hüften im Takt, den David Hasselhoff vorgab. *Nicht schlecht für ihre fünfundsechzig Jahre,* dachte Martha und lachte ein bisschen, als Uschi auch noch mitsang: »Abbii lugging fo friiiidom.«

Auf dem Schild am Kiosk standen mit Kreide geschrieben allerlei neue Köstlichkeiten, die aus dem Westen rübergeschwappt waren. *Hamburger. Softeis. Früchteteller …*

Schüchtern näherte sich ihnen ein junges Mädchen. »Entschuldigen Sie, Frau Bischof, aber schreiben Sie mir ein Autogramm in die *Evelyn*?«

»Liebend gern«, sagte Betty, nahm ihre Sonnenbrille ab und holte einen Stift aus der Tasche, um ihren Namen unter das Porträt von sich zu setzen.

Gestern hatte die Frauenzeitschrift einen großen Artikel über Bettys nächsten Film veröffentlicht, in dem sie nicht nur mitspielte, sondern zu dem sie auch das Drehbuch geschrieben und Regie geführt hatte. *Die Vielseitige,* lautete der Titel.

Martha sah in die Gesichter ihrer beiden Freundinnen, sah die Falten um ihre Augen. Augen, in denen die Brutalität, aber auch die Schönheit des Lebens geschrieben stand. Sie hatten sich verändert, und doch waren sie im Herzen noch dieselben wie früher.

Inzwischen hatte sie sich mit ihrer Geschichte ausgesöhnt. Wäre ihre Jugend nicht so hart gewesen, wäre sie nicht Schriftstellerin geworden. Wäre Clara nicht so schikaniert worden, dass sie fliehen musste, würde sie jetzt nicht an einem Medikament gegen Krebs forschen. Alles war gut so, wie es war.

»Ich hätte Lust auf Brause«, sagte Betty und zupfte das gepunktete Oberteil ihres Bikinis zurecht.

Clara grinste, lehnte sich mit dem Rücken gegen den Tresen und schlug die langen Beine übereinander. Ihr fuchsrotes Haar leuchtete in der Sonne. »Wie früher?«

»Au ja! Wie früher.« Martha ließ die Augenbrauen tanzen.

Die Kioskbesitzerin stellte drei Flaschen Fassbrause auf den Tresen. »Mädels, die geht aufs Haus!«

Mädels. Als ob sie noch immer siebzehn wären …

»Dass du nicht längst pleite bist, ist mir wirklich ein Rätsel«, unkte Martha.

»Die muss weg, weil ick morgen in den Urlaub fahr. Nach Italien«, erzählte Uschi. »Det auf meine alten Tage … Ick bin schon janz uffjeregt!«

»Wir werden dich vermissen«, sagte Betty.

»Ach, sind doch nur zwei Wochen.«

»Du wirst es lieben«, versprach Clara. »Italien ist atemberaubend.«

»Wir könnten doch mal einen Mädelstrip nach Italien machen«, schlug Betty vor. »Ich war auch noch nie dort.«

Darauf stießen sie an. Die Flaschen klirrten, die Brause prickelte auf der Zunge.

»Schaut mal, was ich heute Morgen in meiner Fotokiste gefunden habe.« Martha zog ein Buch aus ihrer Strandtasche und klappte es auf. Darin lag das Foto, das ihr das liebste auf der ganzen Welt war. Es zeigte sie drei an dem Tag, an dem sie den alten Horst aus dem Wasser gezogen hatten. Damals waren sie gerade mal dreizehn Jahre alt gewesen. Auf dem weißen Rand stand mit Bleistift geschrieben: *1956.*

Betty hielt das Foto eine ganze Weile in der Hand. Sie war so gerührt, dass ihr Tränen in die Augen traten.

»Ich habe auch ein bisschen geweint, als ich es gefunden habe«, gestand Martha.

Erst hatte sie gelacht, als ihr das Foto zufällig in die Hände geraten war. Wie dürr sie alle drei damals noch gewesen waren! Und erst die seltsamen Körperproportionen! Aber dann hatte es wehgetan, die drei jungen Mädchen darauf zu sehen. Sie strahlten vor Glück, wussten noch nichts von dem, was ihnen bevorstand. Wussten nichts von all den Schicksalsschlägen, Hindernissen, Tiefpunkten und Enttäuschungen.

Inzwischen hielt Clara das Foto in ihren schlanken Fingern. Sie lächelte sanft. »Welchen Rat fürs Leben würdet ihr den dreien mitgeben, hättet ihr die Chance dazu?«, fragte sie.

»Ich würde ihnen raten: Egal, was passiert, lasst euch nicht unterkriegen«, sagte Betty. »Es wird wieder besser.«

Martha rieb sich übers Kinn, an dem Wassermelonensaft klebte. »Und ich würde ihnen ans Herz legen: Verliert nie den Kontakt zueinander. Denn gemeinsam seid ihr viel stärker als allein.«

Jetzt hatten sie aber wirklich alle feuchte Augen.

Betty nahm ihren Strohhut ab und fächerte sich Luft zu. »Es ist so heiß … Ich bin ganz träge.«

»Wer als Erste im Wasser ist!«, rief Clara auf einmal, sprang vom Hocker und rannte los.

Wie die Kinder, dachte Martha. Egal. Sie jagte ihren beiden Freundinnen hinterher, lief Slalom um all die Sonnenanbeter und warf sich schließlich hinein ins angenehme Nass. Sie spritzten sich gegenseitig voll und schwammen dann zur Insel. Die hatte auch schon bessere Tage gesehen. Das Holz war inzwischen an manchen Stellen morsch, und an der Unterseite wuchsen dicke Algen. Trotzdem war die Insel noch immer der schönste Platz auf der ganzen Welt.

Wie eine funkelnde Schatztruhe bewahrte der Müggelsee all ihre Erinnerungen, ihre Hoffnungen und Träume. Martha streckte die Füße ins Wasser und lächelte in die Sonne. *Noch einmal siebzehn und unsterblich verliebt sein*, dachte sie. Noch einmal das Gefühl haben, unbesiegbar zu sein … Zu Hause Zeit damit verplempern, welcher Badeanzug am besten aussah. Aufs Fahrrad steigen, zum Müggelsee sausen. Die vertraute Geräuschkulisse des Strandbads, das sonore Durcheinander der Gespräche, Kinderlachen, das Platschen, wenn jemand ins Wasser sprang. Sand unter den Füßen, Sonnenbrand auf den Schultern. Erste Küsse. Das Gefühl zu schweben. Erster Herzschmerz. Das Gefühl, noch nie so traurig gewesen zu sein.

»Mit Tilo bin ich ja viel gereist, aber einen Platz wie diesen habe ich nirgendwo sonst gesehen«, sagte Clara, die am Rand der Insel lag und einen Fuß im Wasser hatte.

»Heimat gibt's eben nur einmal.« Betty stützte sich hinter dem Rücken auf die Hände und wackelte zufrieden mit den Zehen.

Martha lag auf dem Bauch, ließ sich den Rücken von der Sonne wärmen und gab sich dem sanften Rhythmus des Müggelsees hin. Eine Schwebfliege setzte sich auf ihren Unterarm. »Damals, als du rüber bist, hast du gedacht, dass wir uns jemals wiedersehen?«

»Ja, sagte Clara. »Ich war mir sicher. Früher oder später werden wir drei hier wieder liegen.«

In der Ferne schipperte der Dampfer vorbei. Sie winkten, und ein paar der Fahrgäste winkten zurück.

Martha rollte sich auf den Rücken und verschränkte die Arme unter dem Hinterkopf. Sie dachte an ein paar Zeilen, die sie heute Morgen geschrieben hatte. *Freundschaft … das ist gemeinsame Dankbarkeit für schöne Momente, die in die Erinnerung eingehen. Das ist Dankbarkeit für Gespräche, die wie ein sicherer Raum sind, in dem Verständnis und Vertrauen herrschen. Das ist Dankbarkeit für etwas Wertvolles, das man durch den anderen erhält: den Schlüssel zum eigenen Selbstwertgefühl.*

Auf dem Steg saßen wie die Hühner auf der Stange drei junge Mädchen und sahen immer wieder zu ihnen herüber. Es war offensichtlich, dass sie nur darauf warteten, endlich auf die Holzinsel zu dürfen.

»Überlassen wir ihnen den Platz«, sagte Martha.

»Da kommen eh unsere Männer.« Clara stand auf, brachte dabei die Wasserinsel zum Schwanken. Alex, Charlie und Micha stiegen gerade die Freitreppe herab.

»Lassen wir sie nicht warten!« Im nächsten Moment sprang Betty schon auf.

»Wartet«, lachte Martha. »Auf drei.«

Sie nahmen sich an den Händen.

»Eins«, sagte Betty.

»Zwei«, sagte Clara.

»Drei!«, rief Martha.

Gemeinsam hüpften sie ins Wasser und tauchten ein in den Müggelsee.

Danksagung

9. November 1989. Noch am Morgen hat wohl niemand damit gerechnet, dass dieser Donnerstag in einem weltgeschichtlichen Ereignis enden würde. Durch einen Fauxpas leitet der Berliner SED-Chef Günter Schabowski auf einer Pressekonferenz den Mauerfall ein. Die Staatspartei SED ist durch die Massenflucht via Prag und Ungarn unter Druck geraten, die Bürger- und Protestbewegung in Ostdeutschland drastisch angewachsen, die wirtschaftliche Lage der DDR desolat. Die Regierung sieht sich gezwungen, darauf mit einem neuen Gesetz zu reagieren, das der Bevölkerung eine bis dahin unvorstellbare Reisefreiheit zugesteht. Kurz vor Ende der Pressekonferenz am 9. November verkündet Schabowski, dass DDR-Bürger über sämtliche Grenzkontrollstellen ausreisen könnten. Und das »… sofort, unverzüglich«. Dabei hätte diese Sensations-Neuigkeit eigentlich erst am nächsten Tag um vier Uhr morgens verbreitet werden sollen, um einen Massenansturm an die Grenzstellen zu vermeiden. Nur wenige Stunden später strömen zehntausende DDR-Bürger in den Westen. Der Eiserne Vorhang ist gefallen. Ein histori-

sches Ereignis, das die »Freundinnen vom Strandbad« endlich wieder vereint.

Es war mir eine große Freude, Martha, Betty und Clara über zwei Bände hinweg durch die Höhen und Tiefen ihres Lebens zu begleiten. Auch wenn es sich bei diesem Roman um eine fiktionale Erzählung handelt, sind doch einige der beschriebenen Schauplätze real. Allen voran natürlich das Strandbad Müggelsee, in dem ich selbst im Herbst letzten Jahres einen wundervollen Nachmittag verbracht und ein paar freundliche Menschen kennengelernt habe, die diesen besonderen Ort noch von früher kannten. Aber auch beispielsweise das Hochhaus an der Weberwiese, in dem Betty mit Kurt eine Wohnung bezieht, den Müggelturm, die Künstlerbar *Möwe* oder das Restaurant *Lukullus* hat es wirklich gegeben. Der Imbiss *Konnopke* ist heute noch eine Institution in Berlin.

Wichtig ist mir zu betonen, dass jeder Mensch geschichtliche Prozesse anders erlebt und wahrnimmt, wodurch sich verschiedene Blickwinkel und Meinungen ergeben. Ich war bemüht, diese bei der Auswahl der Literatur und Zeitzeugen, die ich zu Rate gezogen habe, breitgefächert abzudecken. Ich bin sehr dankbar dafür, dass ich mich mit Menschen austauschen durfte, die mir von früher, aus ihrer Zeit in der DDR und in West-Berlin, erzählt und meine Fragen beantwortet haben.

Besonders danken möchte ich Lutz Hildebrandt sowie meiner lieben Kollegin Petra Göbel und deren Mutter Barbara Gerkens. Auch meiner Schwester Madeleine bin ich für ihre Beratung zu medizinischen Fragen dankbar.

Danken möchte ich auch meiner Lektorin Wiebke Bolliger, die es mir ermöglicht hat, diesen Roman zu schreiben, sowie meinem Agenten Kai Gathemann. Susann Rehlein hat sich des Zweiteilers wunderbar angenommen – tausend Dank!

Von Herzen danken möchte ich auch meinen Leserinnen und Lesern – ich hoffe, die *Freundinnen vom Strandbad* waren Ihnen eine spannende und unterhaltsame Lektüre.

Ihre Julie Heiland